Isaac Bashevis Singer

辛格
自选集

〔美〕艾萨克·巴什维斯·辛格 著　　韩颖 等 译

人民文学出版社

著作权合同登记号　图字01-2019-1731

图书在版编目（CIP）数据

辛格自选集／（美）艾萨克·巴什维斯·辛格著；韩颖等译. —北京：人民文学出版社，2018（2023.2重印）
ISBN 978-7-02-014121-0

Ⅰ.①辛…　Ⅱ.①艾…②韩…　Ⅲ.①短篇小说—小说集—美国—现代　Ⅳ.①I712.45

中国版本图书馆CIP数据核字（2018）第070142号

责任编辑　张海香
装帧设计　李思安
责任印制　张　娜

出版发行　人民文学出版社
社　　址　北京市朝内大街166号
邮政编码　100705

印　　刷　三河中晟雅豪印务有限公司
经　　销　全国新华书店等

字　　数　594千字
开　　本　640毫米×960毫米　1/16
印　　张　41.75　插页1
印　　数　10001—15000
版　　次　2019年5月北京第1版
印　　次　2023年2月第2次印刷

书　　号　978-7-02-014121-0
定　　价　89.00元

如有印装质量问题，请与本社图书销售中心调换。电话：010-65233595

目录

前　言

美国犹太裔意第绪语作家艾萨克·巴什维斯·辛格（1904—1991）出生于华沙附近小镇莱翁钦，四岁时随家迁往华沙，后来又跟外祖父在卢布林省的比尔戈雷住过几年。波兰1918年年底恢复独立之前，这些地方都由沙俄帝国管辖。辛格的父亲、祖父和外祖父都是拉比[I]，他自己虽受过传统的犹太教训练，却选择了与祖上不同的世俗生活，很早就使用意第绪语创作，心目中的受众是欧洲犹太读者。辛格1935年离开波兰移民美国后，这条独特的文学之路从未中断。在他小说家的生涯里，第二次世界大战以前波兰犹太社区的风土人情始终是他创作的动力和灵感。

辛格于1978年深秋获诺贝尔文学奖，当年年初正式复刊的《世界文学》杂志立即请名家译介他的作品，在1979年第二期刊出《市场街的斯宾诺莎》等三个短篇以及施咸荣先生撰写的作家小传。不久陈焜先生还写了长文《美国作家贝娄和辛格》，在11月的《文艺报》整版刊出。[II]外国文学出版社的《辛格短篇小说集》收作品二十二篇，于1980年问世，第一版就印了九万册。可以说，辛格是在十一届三中全会带动的改革开放大潮中来到中国的第一位诺奖作家，他的作品激发了很多年轻的文学爱好者走上创作之路，[III]而图书界的诺贝尔奖效应，也是从他开始。1981年，辛格从自己的百余篇短篇小说中精心挑出四十七篇，组成一本自选集。这部短篇集子的价值不在辛格任何一部长篇小说之下，堪称作者在英语世界的代表作。人民文学出版社曾从中选了二十七篇，

I. 拉比是犹太教会众的精神领袖、宗教导师，负责执行教规律法，主持各种仪式，是犹太社区的绝对权威。

II. 该文收入影响很大的陈焜先生论文集《西方现代派文学研究》，北京大学出版社，1981年。

III. 关于辛格对当代中国文坛的影响，详见傅晓微著作《上帝是谁》，人民文学出版社，2006年。

于 2006 年出了插图版《傻瓜吉姆佩尔》（韩颖等译）。这个版本割爱太多，不免留下遗憾。现在人民文学出版社推出《辛格自选集》的全译本，称得上是外国文学界庆祝改革开放四十周年的一件大事。

一

1980 年的中国读者带了久旱逢甘霖的兴奋和喜悦来阅读现当代外国文学，但是在举国一致的"现代化"语境下，很多欧美作家却是不折不扣的异类，辛格更是异类中的异类。重读辛格，这样的感受尤其深切。

十九、二十世纪之交的中国，严复翻译的赫胥黎《天演论》风行一时，连新式学堂的作文也以"物竞天择"为题目。胡适的《四十自述》对此做了生动的记载。当时"优胜劣败，适者生存"的社会达尔文主义公式转化为接触过一点西学的中国知识分子改造本土传统的利器。到了二十年代初期，由"进化"和"科学"这两个舶来的概念所衍化出来的一套语言在科学昌明的国家反而从未听闻。1923 年亚东图书馆汇印讨论科学与人生观的系列文章，应邀为之作序的陈独秀无意隐瞒自己的立场，他说："现在由迷信时代进步到科学时代，自然要经过玄学先生的狂吠，这种社会的实际现象，想无人能够否认。" Ⅰ 用论辩中颇占优势的地理学家丁文江的话来讲，甚至连生活的乐趣也"只有拿望远镜仰察过天空的虚漠，用显微镜俯视过生物的幽微的人，方能参领得透彻，又岂是枯坐谈禅，妄言玄理的人所能梦见"。Ⅱ 当时中国的大多数人还迷信巫鬼符咒，算命卜卦，丁文江理应驳斥"玄学先生"张君劢，但是他也可能矫枉过正。

辛格完全没有这种"科学的人生观"。《市场街的斯宾诺莎》中的主人公菲谢尔森博士服膺斯宾诺莎在《伦理学》里展现的那种纯而又纯的理性的、逻辑的论证方式，他相信心灵最高度的完美是"对神的智性之爱"，并要用这种爱把人间的七情六欲严严实实地包裹起来。在宗教上，这位犹太老学者像斯宾诺莎

Ⅰ.《科学与人生观》，张君劢等著，辽宁教育出版社，1998 年，第 3 页。

Ⅱ. 引自丁文江《玄学与科学——评张君劢的〈人生观〉》一文，《科学与人生观》，第 50 页。时至今日，科学精神对于很多相信神药和"黄道吉日"的中国人来说，还是十分必要的。

那样离经叛道，衣着和生活习惯已经很像"外邦人"（"gentile"，即非犹太人）。他躲在犹太街区的阁楼里自成一统，以图书和学问为伴，还有一架望远镜供他"仰察天空的虚漠"。但是使他参领透彻生活乐趣的，并不是什么科学器具或纯理性的深思，而是一位帮助他从病中康复的文盲老姑娘。当隔壁邻居"黑多比"把她珍藏多年且从未用过的嫁妆——向他展示的时候，菲谢尔森博士的身体战栗起来，斯宾诺莎式的科学理性顿时像阳光下的冰块一样融化。两人举办了传统的犹太婚礼，由拉比来主持。婚后，年事已高的博士恢复了生命活力，他惊叹自己的青春，也惊叹自己的"愚蠢"。也许肉体的激情一旦唤醒，灵魂的渴望将更加强烈。还可以断言，"黑多比"将使她的丈夫重新融入犹太社区。假如他们住处楼下热闹的广场"像是缀满了罂粟种子的椒盐卷饼"，"市场街的斯宾诺莎"或许会成为这卷饼里一粒普普通通的调料。

按照我们熟悉的模式，菲谢尔森博士即使要结婚，也应该找一个新式学堂的毕业生。"黑多比"不识字，也没有"脱盲"的要求，这样的落后女子，即使是明媒正娶的，信奉"进化"和"科学"、追求个人自由解放的进步男性知识分子也尽可以把她休了。由此可见，在普及科学知识与进化观念的背后，还有一套关于"个人幸福"的话语。我们习惯于假定，冲破"旧礼教"和"封建"家庭樊篱是新青年（如巴金《家》里的觉慧）的必然选择。易卜生的《玩偶之家》在我国引起的热烈反响就是一个很好的例子。我们同情娜拉的命运，赞美她的勇气。整整一百年前，胡适在《易卜生主义》一文里表述了很有代表性的观点："社会最大的罪恶莫过于摧折个人的个性，不使他自由发展。"[Ⅰ] 易卜生向友人推荐"有益纯粹的为我主义"，并写了一段深得胡适之心的话："你要想有益于社会，最好的法子莫如把你自己这块材料铸造成器。……有的时候我真觉得全世界都像海上撞沉了船，最要紧的还是救出自己。"[Ⅱ] "救出自己"就是履行娜拉在剧中所说的"我对于我自己的责任"。

在辛格的眼里，这种以个人为出发点的"为我主义"也可能是现代社会的

Ⅰ.《胡适文集》，欧阳哲生编，北京大学出版社，第二版，2013年，第二卷，第441页。
Ⅱ.同上，第440页。

一种病态。让我们先从短篇小说《三次偶遇》以及作品中隐含的对中东欧犹太人聚居区的态度谈起。

世界各地的犹太人聚居区名称不一，用得较多的是"ghetto"（"隔都"是译名之一）。长期以来犹太人在区内按照自己的传统方式生活，有自己的救助基金和救济院，甚至在法律上也独立，拉比法庭有一套惩罚仪式，比如《羽冠》就提及有人犯了"对抗社区罪"，被关押在专设的小屋里，甚至上了铁链。辛格笔下的隔都保留了犹太习俗，与外界比较隔绝，人口众多，街巷湫隘，楼房破旧密匝。《小鞋匠们》的一开头就写到还在使用中的坍塌老宅："地基下沉，小窗户歪着，木瓦房顶上一层霉绿……橡子实在是烂得很，都长蘑菇了。割礼时需用木屑止血，人们只需揭下一片外墙，手指一捻就行了。"至于区内的公共卫生，鞋匠的儿子如此抱怨："希伯来语教师打孩子；妇女们直接把泔水倒在门外；开店的在街上闲逛；没有厕所，人们随地大小便，在净身浴池后面，甚至大庭广众之下，造成了传染病和瘟疫的流行。"当外面的世界在不断"前进"的时候，古老闭塞的隔都就成了被文明遗忘的角落，一个有上进心的犹太青年出于对"自己的责任"应该克服隔都心态，走出隔都。但是辛格却揭示这种观点可能含有的意识形态偏见。

《三次偶遇》中的叙述者"我"就是一个不满犹太人聚居区现状的年轻人。他的经历与辛格本人有点类似：父亲是拉比，但他不相信上帝在西奈山赐予摩西一部律法，不想子承父业。看到旧世界的瓦解和新人类的诞生，"我"也跃跃欲试。他十七岁离开家乡老斯蒂科夫，折腾了几年后因病回家，后来得知能到华沙一份意第绪语文学刊物做校对，将去未去之际很是得意。村里鞋匠的女儿莉芙基尔刚和父亲店里的学徒扬奇订了婚，她曾到"我"家借过一杯盐，归还时"我"见缝插针地向她灌输新思想，还吹牛说做了作家。这位"新青年"把一套文明进步的语言背得烂熟：外面的人看电影，听歌剧，上图书馆，但是在老斯蒂科夫，人们保守落后，不懂卫生、科学和艺术。这样的地方在物质和精神上都是一片泥潭：

"逃出泥坑吧！"我喊道，就像垃圾小说里的诱奸者，"　　等我成名了，我们就去旅游，巴黎、伦敦、柏林、纽约。那里，人们在盖六十层的高楼，火车在街上和地下到处跑⋯⋯"

我有种奇怪的感觉，好像这不是我在说话，而是某个启蒙运动的宣传老手附在了我身上，通过我的嘴来讲话。

"逃出泥坑"与胡适所说的逃离冰海沉船，两者约莫相似。这番话在一个乡下姑娘身上产生了奇效，立即破坏了一桩也许不自由但未见得不幸福的婚姻（就像胡适父母的婚姻）。莉芙基尔也要像"我"那样挣脱自己的文化与宗教之根，她撕毁婚约，像抓救命稻草一样抓住一个由美国返回波兰的犹太移民，发觉上当，最后跟芝加哥的意大利后裔结婚，改宗天主教，终于完成了美国梦的第一步。"我"也从波兰移居美国，他没有急于到大熔炉里自我改造，反而生活在美国的意第绪语圈子里，用母语表达乡愁。他一系列的作品反映的不是新大陆的见闻，而是被自己抛在身后的老斯蒂科夫的景物和人事[I]。这时的故乡早已不是死气沉沉的"墓地"，可惜他只是在人生阅历大大丰富后才能领略渗透在战前波兰犹太社区生活中的价值。莉芙基尔读到这些署了化名的故事泪流满面，立刻猜到作者是谁。她毫不犹豫地赴纽约找到"我"，提议与他结婚，重做犹太人的女儿。[II]

《羽冠》表现了类似的认祖归宗的热情。小女孩艾卡莎爱上了读书，读了禁书《圣经·新约》，还学了法语、钢琴。到了谈婚论嫁的年龄，提出要见一见求婚者，没有中意的。祖父又介绍了学经堂学生泽马契，不许两人见面。艾卡莎签婚约时才见到未来的夫君，此时耳边响起已故祖母的声音，让她别签，她遵命了。结果泽马契骂她泼妇，发誓永不原谅她。艾卡莎背弃了犹太教，还与外邦人结婚，更名玛利亚。但是年岁渐长，她越来越相信是魔鬼劝她改宗的，决心重做犹太人，不顾一切地徒步寻找当年被她拒绝的男子。艾卡莎如愿了，告诉泽马契自己回归了犹太教，但是已结过两次婚的泽马契还是骂骂咧咧。等待艾卡莎的，又将是何种命运？难道她永远满足于独自诵读感恩祈祷词？辛格作

[I]. 辛格只身赴美时已婚，他的犹太妻子留在波兰，后与他离异，移民巴勒斯坦。隔都里的女性并不能与男性享受同等权利，用餐时不与男性同桌，会堂的座席上也没有她们的位子。
[II]. 传统的犹太教徒不许子女与外邦人结婚，不然断绝关系。莉芙基尔已被逐出家门。

品里那些走出隔都试图融入基督教社会的犹太人一般都不会幸福，他们总想着回到隔都重做犹太人。读到这些归宗认祖的故事，笔者也在担忧，是不是有着一种本质主义的宗教观、种族观在制约着他们的选择？

二

"诱奸者"和"宣传老手"等用语表明故事叙述者为自己当年的轻狂而懊悔。《三次偶遇》《羽冠》刻画了个人为追求所谓自由幸福产生的失重感、负罪感。辛格一再表明，在波兰的犹太共同体里，在老斯蒂科夫低垂的苍穹下，有一种难以释怀的、使个人的存在具有社会意义的东西；那里的生活绝非"愚昧落后"之类的语言所能概括、形容。在老斯蒂科夫和芝加哥、纽约等大都会之间，不能用一条进化发展的直线相连。[1] 可以用来衡量两类异质的生活孰优孰劣的尺子是否存在，不能做出过于简单的结论。承认这一点，并不意味着标举绝对的文化相对主义，否定带有普遍意义的价值。辛格精心呈现的是隔都的独特的魅力——即使它不为启蒙运动的光芒所照亮。对任何贬低隔都的言论，辛格都不以为然。他在诺贝尔奖颁奖仪式上的致辞中说，别人在隔都里只看到悲惨和耻辱，犹太人却发现幸福；"伟大的宗教所宣扬的，生活在隔都里讲意第绪语的人们每天都在实践着。……隔都不仅是少数受迫害者的避难之处，还是一个实验着和平、自律和人道主义的伟大地方"。难怪辛格笔下的老一辈犹太人在说到不厚道的犹太青年出走纽约和巴黎时非但不羡慕，反而会说："这样的骗子还能去哪儿？"（请看《以色列的叛徒》）第二次世界大战后，全世界都认识到纳粹以及东欧国家反犹主义的危害，但是笔者也以为，不必将隔都理想化，改造隔都，使之在法制和公共卫生等领域符合与时俱进的国家标准，也是不容回避的话题。十八世纪

---

1. 辛格会欣赏被误解为"反犹太分子"的 T.S. 艾略特在《四个四重奏》之三"干燥的塞尔维吉斯"中的诗行：
　　……发展在部分意义上是谬见，
　　受到肤浅的进化概念的鼓舞，
　　在公众头脑里，成为否定过去的一种说法。

的哈斯卡拉运动[I]其实有助于以色列的建国。

艾·巴·辛格的哥哥伊斯雷尔·辛格（1893—1944，也是旅美作家）一度就是启蒙思想的宣传老手。他年轻时常以无神论的观点刺激当拉比的父亲，父亲会骂他邪恶之人。在我国二十世纪八十年代初一篇全面评价辛格的文章里，作者这样写道："艾萨克认为，他父亲的辱骂正好证明他理屈词穷。"可见当时在接受辛格的作品时有意把艾萨克往伊斯雷尔一边推，仿佛这样一来他的人生观与宗教观就比较安全、正确。辛格在不少方面（包括 1935 年赴美）受到哥哥的帮助，但是在他作品中，伊斯雷尔否定犹太传统的一些言论往往出自反面角色（甚至魔鬼）之口，这不难从本书中好几个故事得到印证。

但是我们也要看到，两兄弟都是意第绪语作家，这使他们与一大批用英语写作并充分融入美国社会的犹太裔美国作家极为不同。辛格曾说，意第绪语是为外邦人和所谓思想解放的犹太人看不起的，但它却是无数犹太神奇传说的宝库。可以说，意第绪语是辛格的"回忆之母，情人中的情人"（波德莱尔诗句），他坚持使用这一语言来界定他的文化身份，同时使之成为连接他和波兰犹太社区生活的牢固纽带。[II]二战期间，讲意第绪语的欧洲犹太社会遭到致命打击，新成立的以色列国又提倡希伯来语，意第绪语成为濒危语种。辛格半开玩笑地说："当弥赛亚降临的时候，复活的犹太亡灵都要读书，我得为他们做好准备才行。"调侃的口吻背后是沉痛，因为他知道意第绪语主要是亡灵的语言。

辛格的作品大致可分两类，一类讲述二战前波兰犹太人的故事，另一类描

I．哈斯卡拉运动（Haskala），也称犹太启蒙运动，兴起于十八世纪末的中东欧，主张犹太人改变与世隔绝的生活方式，淡化祖传宗教，废除传统服装，以各地通用语言替代意第绪语，从而充分融入当地主流社会。现代希伯来文也在同一时期开始流行。犹太正统派担心哈斯卡拉运动会危及维系犹太人的纽带，与之形成对立。哈西德派兴起于十八世纪初期的波兰，重视信仰中的情感因素，颇有神秘主义色彩，也为正统派所不容。辛格在哈西德派犹太人中长大，在二十世纪七十年代初还写过介绍该派的小册子。

II．辛格的美国国籍对他而言不是特别重要的。法国女作家尤瑟纳尔也有美国护照，但她真正的居所还是法国。"四海为家的尤瑟纳尔不在乎她身份证的颜色，凭借她的语言，她就是不折不扣的法国人。在她的语汇中没有爱国主义这个词，但一旦事关捍卫她的语言文化遗产，爱国主义的观念便会油然而生。"见若斯亚娜·萨维诺著《玛格丽特·尤瑟纳尔》，段映虹译，花城出版社，2004 年，第 229 页。海外华语作家取得别国国籍，有时仅仅是个技术性问题。

写旅美犹太人经历。在后一类作品中，叙述者往往也是一位旅美意第绪语作家，他的眼睛里闪出一种居高临下的冷光，似带几分嘲弄，然而又无可奈何，还不乏温存的理解。故事中的人物住在纽约公寓楼里，比邻若天涯。有的精神不健全（《崇拜者》），有的为病态的警惕性所苦（《暮年之爱》），他们与周边的美国社会有程度不一的疏离感。也许他们都有点像《思亲小母牛》里那头被卖掉的黑色母牛，孤零零地站在陌生的田地上，思念从小熟悉的环境和亲友，发出执拗的吼叫。这类故事写得再好也比另一类作品稍稍逊色。当辛格写到战前波兰犹太村社的生活时，他的眼睛里流露出来的是一种惊喜的、永难满足的兴致，这是恋爱中痴醉而又无比敏感的目光。于是我们看到人们在老式犹太澡堂里用一把光秃秃的柳枝把皮肤擦打得红扑扑，听到厨房里烧烤洗漂捣切的各种声音，闻到煮沸后溢到炉子铁皮上的汤嘶嘶嚓嚓地发出诱人的香味。这一切具体入微的细节都通过意第绪语创造性地得以再现。

辛格使用意第绪语也可能在一定程度上缓解了他心里某种隐痛。他作品里像他父亲那样老派的犹太教徒（一般都属虔信派，即哈西德派）总是得到他莫大的敬意。《爷孙》里的外公整天读经唱赞美诗，他的一年四季就是各种犹太宗教节日周而复始。他在故事结束时对那些歧视犹太人的俄国警察说："是的，我是犹太人。我向上帝祈祷。"《短暂的礼拜五》里的施穆尔－莱贝尔和妻子苏雪又是一对典型的质朴单纯的犹太教徒，他们严守各种教规，为准备安息日整日操劳，晚间不幸煤气中毒。这对老夫妻在弥留之际依然恩恩爱爱，作者以飘忽动人的笔法描绘了他们生命中的最后一刻。也有一些教徒身上蕴藏了惊人的宗教热诚。《狂热》中那位卖杂货的莱伯·贝尔克斯按微缩比例用火柴棍搭建了被毁之前的圣殿。有人或许担心安全隐患，将他的精心之作拆毁，他毅然离家出走，徒步到耶路撒冷圣殿原址朝圣，五年后回归故里。同一篇作品里的穷裁缝约纳森与出言不逊的高利贷者塞基尔先生打赌，发誓说一年后要比他博学。他发愤背下全部《塔木德》，赢得比赛后重操旧业，并把赢来的一幢房子捐给社区。这两位人物与那些为功名悬梁刺股、雪案萤窗的读书人完全是两种类型，他们在生活上不忮不求，仿佛身不由己地属于一种更大的力量，也许这就是忘我的宗教精神。辛格创造的不少男性角色是情种，最有名的也许是长篇小说《卢布林的魔术师》里的雅夏。小说结尾处，雅夏身上也爆发出强大的宗教热诚，他因此变为忏悔者雅夏。当他自我禁闭的时候，我们想到《狂热》中所说的一句话："固执是一种力量。"

施穆尔-莱贝尔等人对自己祖先的神启的宗教坚信不疑，他们生活在犹太教哈西德派的相对窄小的圈子里，丝毫不受犹太启蒙运动的影响。辛格也曾描写过信仰中的困惑，甚至是对信仰的全面否定，但是否定却是通往肯定之途。在《那里是有点什么》里，贝契伏镇年轻的尼切米亚拉比看到好人受欺压，犹太人被残杀，而上帝对这一切不加过问，他终于发怒了。此时魔鬼以怀疑主义和无神论的思想引诱他、折磨他。于是他把犹太男子必备的祈祷巾和护经匣扔在一旁，以反叛的姿态来到华沙。目睹了都市里一幕幕纵欲的景象和形形色色的物质主义造神运动，他心力交瘁。尼切米亚拉比回到贝契伏镇时失魂落魄，几乎已奄奄一息。就在他的意识将离他而去之际，一道他未曾见过的光芒在他脑子里晃动，这大概就是显示上帝无限仁慈的神光了：

> 在东方，天空渐渐红了。"那里是有点什么。"拉比喃喃自语着。
> 贝契伏镇的拉比与上帝之间的战斗终于结束了。

《创世记》中的雅各（又称以色列，犹太人先祖）就曾与神摔跤。信仰因经历一个怀疑的阶段而更成熟，更持久，这也是《旧约·约伯记》的主旨。《那里是有点什么》不妨被视为新版的约伯醒悟记，拉比在昏迷中所见的晨曦则是T.S.艾略特所说的"半猜到的暗示，半理解的礼物" [1]。

三

笔者曾在火车上遇到一位农民出身的浙江女老板，她在北京红桥市场拥有

---

[1]. 即"the hint half guessed, the gift half understood"，出自《四个四重奏》之三"干燥的塞尔维吉斯"。

几个摊位，满脸是毫不掩饰的能干相。她说的两句话使我这个同乡久久不语："北京人真笨，真不会做生意。外国人真傻，真好骗。"再笨再傻也比不过这本集子里最出名的人物傻瓜吉姆佩尔。产生上面那位女老板的社会要欣赏《傻瓜吉姆佩尔》这样的故事，需要暂时悬置的恐怕还不仅是自鸣得意的"聪明"。

面包师吉姆佩尔被人称为傻瓜，村里人都爱欺侮捉弄他。他糊里糊涂地与已有身孕的埃尔卡结了婚，时时受妻子虐待。埃尔卡患了乳腺癌，临终前请求吉姆佩尔宽恕，并告诉他，他们的六个孩子没有一个是他的骨肉。吉姆佩尔葬了妻子后，心里的愁苦和愤怒无法排解。此时魔鬼鼓动他报复："全世界都骗了你，也该轮到你骗这世界了。"吉姆佩尔敬畏上帝，不敢存害人之心。魔鬼告诉他没有末日审判，上帝也无非是那"深潭泥沼"，良心的顾忌尽可打消。吉姆佩尔受诱惑后偷偷往面团上撒尿，要让耍笑过他的人尝尝他的厉害。但埃尔卡的亡灵显现了，警告他说："你这个傻瓜！难道因为我虚情假意，一切就都是假的？"吉姆佩尔猛然警醒，尽管他的作为无人知晓，他还是把已经搅拌了尿液的面包从炉膛里取出，在冰冻的地上掘了个洞，把它们全部埋掉（"慎独"的典型事例）。从此吉姆佩尔开始流浪，东西无定。他渐入老境，坦然等候动身去"真实的"世界：那儿"没有算计、没有嘲弄、没有欺骗。赞美上帝：在那里，即便是吉姆佩尔也不会被骗"。

这里有两个值得讨论的问题。首先，吉姆佩尔与其作恶一刻，不如做一生傻瓜。他的道德世界独重动机。假如这批面包烤出来很香，是不是动机便可以不再追问而且用尿液掺拌面团将成为一道工序呢？在电影《红高粱》里"我爷爷"当众对酒篓子撒尿是为了抖威风，图报复，可是我们注重的是实用与功利的结果而非道德动机。经尿碱勾兑的高粱酒更醇美，大家为此还兴奋一番。

其次，或许有人会用"哀其不幸，怒其不争"这样的套话来形容他们对吉姆佩尔的态度。在我们的文化里，吉姆佩尔这样的人因所谓的"过于软弱"和"姑息养奸"而容易被看不起。要是说某人抱了"满腔仇恨"去"与命运抗争"，那就是莫大的褒奖。"人若犯我，我必犯人""以其人之道还治其人之身""君子报仇，十年不晚"之类的话语支配了我们的本能反应。也许我们的敌我界限过于分明了。如鲁迅在《野草》的题词里列出这几个对立的范畴："友与仇、人与兽、爱者与不爱者"。对"仇""兽"和"不爱者"就要痛打,出言则以多刺伤人为上品,绝不讲什么"费厄泼赖"。但是在辛格的世界里,仇恨、愤怒和报复心等暴烈的情绪有待克服(我国也有"制怒""惩忿"的观念),而内心的平和才是值得敬仰的境界。吉姆佩尔没有睚眦必报的雄心,倒有一颗仁恕的大心。他和欺软怕硬的阿Q全然不同:阿Q在心理上"常处优胜",吉姆佩尔对胜败则有点木然。韩信忍受"胯下辱"是有事业要做,吉姆佩尔的事业是做一个好人,没有曲承颜色的心计,也记不得什么奇耻大辱,一心为灵魂的纯洁含辛茹苦。他因善良而不设防范,也因善良而面对魔鬼的引诱绝不退让。《短暂的礼拜五》里的施穆尔-莱贝尔也是类似吉姆佩尔的"傻瓜"。他心存感激,屡屡受人捉弄也从不在意,从不生气。镇里要找送信的人,他总是抢着去,即使路途遥远,他也高高兴兴地上路,从不以为这是仁爱之举。这两个"傻瓜"像是犹太传说中隐匿在人间的谦卑的义人,是他们在默默地给世界撑起道德的标准。

辛格笔下也有女性的"傻瓜",她们可能做过在常人眼里不合正道的"傻事",但是她们也具有吉姆佩尔的仁厚与善良。在《克洛普施托克的引言》里,年轻作家迈克斯·伯斯基为查证一段德文诗歌的出处,求教于在华沙教授德国文学的犹太女子特蕾莎·斯坦小姐。这位作家是辛格笔下诸多唐璜式的人物之一,大胆得几近无耻,然而在他半是炫耀、半是抱怨地说自己正同时与四个女人有染后,他听到的话居然是"你这个可怜的孩子"。迈克斯利用对方的同情与善意强行向她求爱,想不到被接受了。比他年长二十几岁的特蕾莎·斯坦小姐爱上了他,坚贞不渝。迈克斯在他猎物名单上增添了一位十六世纪西班牙圣女特蕾莎(中国天主教会的正式译名是德肋撒)般圣洁的人物,继续把他的情爱东抛西掷。他一面勉强敷衍斯坦小姐,一面不断向她倾倒自己在情场上的垃圾经历,这一切从未激起听者的妒忌和怨恨。为了斯坦小姐的体面和清名,迈克斯不应该讲述这个颠覆死者形象的故事。不过话又说回来,我们并不觉得斯坦小姐与这个浪荡子做出来的荒唐事构成她身上的瑕疵,我们不会笑她,反而因她那种类似吉姆佩尔的"愚忠"而笑自己开明的盲目。真正令人失望的是以她这样的纯洁和宽厚最终仍不能使迈克斯稍稍有所改变。

斯坦小姐是犹太启蒙运动(哈斯卡拉)的产物,《泰贝利和魔鬼》中的弃妇泰贝利则是没读过书的村姑。泰贝利的几个孩子都夭折了，丈夫远出不归。她是不幸的，但她生性喜乐，从不埋怨生活亏待了她。犹太社区里教师的仆人阿尔乔农穷困潦倒，丧妻五年，也没有子嗣。他见泰贝利独居，起了邪念，假扮犹太传说中的鬼怪赫米札，乘夜色潜入她的卧房，利用她的惊慌和迷信迫她就范。从此他每周两次光顾她的小屋。阿尔乔农满脑子奇思怪想，口才极好，随意编说的故事都像山谷里的闲花野草，清新可爱。他也许早就迷上了泰贝利，不然她一年来穿用过的衣裙和披肩，他怎么一件件一条条都说得出来呢？泰贝利听这鬼怪夜半胡言，倒也开心，时间一久也就爱上了他。有一晚阿尔乔农因病未能按时赴约，泰贝利久候赫米札不至，心中悲切。在一个寒冷的冬日，阿尔乔农孤零零地死去，没人为他送葬。泰贝利见办丧事的抬着尸体走过，不知道就是他在扮鬼，出于对死者的同情，她跟着担架，"把这个寂寞地活着又寂寞地死去的无用之人送到他安息的地方"。又一个美好的爱情故事，被封存在心底。

在生活的表象下，还多多少少有这类不为人知的真实故事。套用英国十九世纪女作家乔治·爱略特的话[1]来说，正是像斯坦小姐和泰贝利这样的弱女子在使人类的感情财富代代相传。但是辛格也写到以所谓的"贞洁"捕获猎物的女子，如《隐身者》里的女仆希芙拉·兹瑞尔。

斯坦小姐和泰贝利的爱情都是难以理解的，人的行为中怪异出格之处恰恰是辛格纵横无忌地展示睿智的地方。《凡维尔德·卡瓦》里有这样一句话："有许多人类行为是毫无动机可言的。"故事里的主人公是司马相如那类"含笔而腐毫"的作家，他应约写一篇概述意第绪语文学的文章，开始还顺顺当当，但写到"纯种"一词后就离题万里，探讨起马的生理学和解剖学特征来。《黑暗的力量》和《姊妹记》里也有一些让读者感到突兀新奇的成分。人类社会的无限复杂性和多样性也许就取决于人的行为无法预测。当我们习惯于从经济角度或以人均国民生产总值来理解人的行为或社会状况时，我们就把自己和自己的同类视为巴甫

1．爱略特在《米德尔马契》的结尾处讲到女主人公多萝西娅时，说道"她对周围人的影响，依然不绝如缕，未可等闲视之，因为世上善的增长，一部分也有赖于那些微不足道的行为，而你我的遭遇之所以不致如此悲惨，一半也得力于那些不求闻达，忠诚地度过一生，然后安息在无人凭吊的坟墓中的人们"（第 981 页，人民文学出版社，1987 年，项星耀译）。

洛夫实验室里的小狗了：它们总是在给定的状态下做出可以预料的反应。简单机械的因果律和决定论无助于伟大文学的产生。

四

辛格极少直接描写重大政治历史事件，但这本集子有几个故事涉及广义上的政治，我们不妨从两个方面来谈。

在《爷孙》里，恪守传统的犹太教徒与年轻一代的犹太裔世界主义者之间的冲突表现为对二十世纪初俄罗斯历史进程的探讨。莫德凯·梅尔先生属华沙隔都里的哈西德派，整天研读经书。独生女儿嫁给一位立陶宛的开明犹太人，他就断绝与她的父女关系。故事发生时梅尔的妻女都已病逝，俄国刚在日俄战争中被打败，境内（包括波兰）的罢工和骚乱接连不断。火车出轨和暗杀之类的恐怖事件也时常传来。人们为了想象中的社会正义不择手段。从未见过的外孙弗列此时找上门来，他的举止穿着已没有丝毫犹太人的痕迹。外公外孙仿佛生活在难以沟通的世界里。弗列读的是经济方面的书籍，对人间苦难的成因有着简单现成的答案。他信奉进化论，否定上帝的存在。梅尔的反应有点像辛格本人的父亲，恨不得对外孙大喊："恶棍、耶罗波安、尼八养的，从我家里滚出去！"外孙告诉外公世界为什么不公道，要使全人类得解放，犹太人必须联合一切被压迫者推翻沙皇，由"人民"来统治国家，将来一切按需分配，捞取油水的商人将不复存在。外公则对美好的乌托邦有所怀疑。弗列携枪参加示威游行，随时准备回击那些"阻碍进步，试图让这个世界在黑暗中停滞的人"，但最终还是被俄国警察枪杀。梅尔曾以《创世记》里以扫和雅各的故事（"以扫倚靠刀剑度日"）反驳外孙，他反对暴力和仇杀的立场不会动摇，但他对死去的弗列也怀悲悯之心，相信他动机纯正，所做的一切缘起于对受苦受难者的同情，灵魂必能得救。面对反犹排犹的沙皇警察，梅尔唯一的武器就是他在故事结束时说的一句话："我向上帝祈祷。"

假如《爷孙》触及使用暴力是否合理这样的道德议题，辛格还将敏锐的目光投向有可能被警惕地设为禁区的领域：受迫害者的操守和不幸事件的利用价值。

辛格在犹太裔意第绪语作家中是有点争议的人物，有人指责他仇恨犹太人，想从犹太人内部对犹太人实施报复。意第绪语作家芬伯格说，基督徒和背弃犹太教的犹太人喜欢读辛格的作品，"就因为这些故事中犹太人被表现得比外邦人还要邪恶"。[1] 我想这类指控之所以出现，并不完全是因为辛格把吉姆佩尔周围的人写得太灰暗。

我们说到现代史总会有一种近乎幼稚的好人与坏人、受害者与施害者的预设。有的苦难史被神圣化，于是苦难本身就成了巨大的权力资源。滥用这种权力，彼时的受害者可能沦落为此时的施害者。[2] 我们需要考查受难的故事如何产生、演变，如何被阐释并赋予特殊意义，我们也应探究受难与现今政治外交利益的错杂关系。可是这些至关紧要的问题却容易被搁置起来，甚至在多种因素作用下变为禁忌。辛格的勇气和可贵之处就在于他一方面谴责纳粹暴行，一方面又拒绝煽扬集体悲情，拒绝把犹太民族在二战时的不幸遭遇当作取之不竭、用之不尽的政治和道德的资本。这位犹太民族忠诚的儿子在着力刻画历史悲剧对本民族造成创伤的同时，也用批评甚至有点挑剔的眼光来看待犹太社群内部可能存在的问题。为了犹太民族的灵魂的纯洁，他不惧众怒。他深刻揭示，犹太民族和其他民族一样，并不是只有一个声音，一张面孔；受过迫害并不意味着获致美德，在有的情况下，受害者与施害者之间只一纸之隔。

《旅游巴士》里那位犹太女子塞琳娜是集中营幸存者。二战结束后，一位瑞士银行家与她结了婚，仍被她骂为"反犹分子"（她不时搬出来投击别人的最有效武器）。和泰贝利、斯坦小姐等人相比，塞琳娜只以怨天尤人见长。她总是从昂贵的店家拎回大包小包的商品，可见十分阔绰，还要抱怨丈夫小气。每到一处观光，她总是不能按时回到旅游巴士上，让一车人等候，她也绝无一丝歉意。故事叙述者不得不向她指出："夫人，您的所作所为对犹太人的伤害，超过所有反犹主义。"这样的语言大概触犯了作者的一些同胞。

在有的故事里纳粹成了给人方便的借口，各种心病都可以找永远不会回嘴的纳粹来担负责任。《玩笑》里那位德国犹太人瓦尔登博士在编撰一本希伯来百

Ⅰ．转引自傅晓微《上帝是谁》，人民文学出版社，2006 年，第 31 页。
Ⅱ．参看拙著《思想背后的利益》（广西师范大学出版社，2005 年）中《不屈不挠的博学》一文。

科全书，这部巨著就同乔治·爱略特的小说《米德尔马契》里卡苏朋先生的神话研究一样永无竣工之日。旅美犹太人李伯金特·班代尔为捉弄这位希伯来语大学者，虚构了一个他的美国女性崇拜者，并在二战爆发前夕以她的名义把他骗到美国。战争如约而来，瓦尔登博士如释重负，那鸿篇巨制终于有了个交代：

> 我一直在编一部大百科全书，可是印版全部留在柏林了——连手稿也包括在内。纳粹在我们办公室里安了个定时炸弹，我们险些被炸得粉身碎骨，侥幸逃脱。

瓦尔登博士眼看就要享用受迫害者的好处了，但犹太同胞为他设下的圈套却要了他的命。他心脏病发作，死在美国。一位犹太难民在悼词上说："纳粹坚持认为大炮比黄油更重要，但是我们犹太人，熟读圣典的人民，仍然相信文字的威力。"这一对照在逻辑上显得疲弱，鉴于瓦尔登博士本人是个大玩笑，悼词反而让读者感到有一种自拆台脚的讽刺味道。[1]

纳粹还帮了其他人的忙。李伯金特·班代尔在美国靠股票和房地产发了大财，他有众多宏大计划，其中之一是到巴勒斯坦建立犹太国。他把瓦尔登博士骗到美国后担心难以收拾局面，溜往古巴，不料又有新收获——从犹太难民手里买到一张从欧洲某画廊里偷来的名画家夏加尔的作品。他为收购赃物辩解："这张画要是让纳粹抢走，难道说那更好吗？马其诺防线的价值不值一撮烟叶。希特勒早晚会占领巴黎！你记住我这句话！"看来他恨不得雇人去偷盗卢浮宫里的藏品。然而巴黎沦陷后并未发生艺术品遭劫掠的事件。

《文稿》中的犹太作家玛拿西在德军入侵波兰后逃到当时已划入苏联版图的比亚韦斯托克，忘了带上自传体小说《梯级》的文稿。一路同行的情人什布塔毅然决然地赶回华沙取稿。就在她高高兴兴地准备把文稿交还作者时，玛拿西正在与一陌生女子淫乱，于是她一怒之下把文稿付之一炬。战后玛拿西越老越风流，他甚至自比唐璜，但是对文稿不存的原因却不敢正视。他在接受采访时

1．季羡林先生对当时德国大学重视学问与文字的状况最有发言权。见《留德十年》。

说纳粹取走了他的文稿。

瓦尔登博士和玛拿西只是用纳粹掩饰自己的弱点，他们和《俘虏》（本书未收）里积极进取的索尼亚相比就差得太远了。索尼亚在二战前就移民巴勒斯坦，当画家的丈夫左拉克·克莱特早已与她分居，二战时死于集中营。战后索尼亚托死者的福，当上了以色列一个幸存者组织的负责人，与政界打得火热。她是"精明无比的生意人"，居然雇了一个蹩脚画匠炮制了很多托名克莱特的作品，稳稳妥妥地经营卖假画的行当。人们只要稍有常识就能识破索尼亚的骗局，但是为什么她能够在以色列为所欲为？最难以置信的是故事叙述者本人也屈服于她的淫威，被软禁起来，与她合作撰写所谓的克莱特回忆录，"一部震惊世界的书"。她的住处里关押了两个协助作假的俘虏，听任她摆弄的整个世界都是她的俘虏。站出来戳穿谎言要冒很大风险，人们选择沉默，大概是害怕戴上"反犹"的帽子。曾有非犹太人假冒犹太人写书染指"大屠杀"的金矿，结果身败名裂。

辛格在这样的故事里暗示，纳粹做出来的事情，其他人也做得出来。在长篇小说《冤家，一个爱情故事》里，主人公旅美犹太人赫尔曼周旋于三个女人之间，其中之一对他说："干吗总是要提纳粹呢？我们都是纳粹。全人类都是！你不仅是个纳粹，还是个懦夫，连自己的影子都怕。"那部作品中最大的骗子是纽约的兰珀特拉比。他集房地产商、犹太教领袖、慈善家、社会闻人和作家于一身，整日奔忙。但是他的每部著作，每篇演讲，都由赫尔曼捉刀。犹太民族在二战时的经历是兰珀特拉比的滚滚财源。辛格在这部小说的"序"上说，他自己"没有荣幸地经历希特勒的大屠杀"。"荣幸"一词暗含讥诮，它所传达的信息不难领会。

五

辛格在为这本选集作序时扼要比较了短篇小说和长篇小说的差别："长篇小说可以容纳，甚至原谅冗长的题外话、倒叙及松散的结构，短篇小说则不然。它必须直指高潮，必须有一气呵成的紧张和悬念，而且简短是其本质。"他多数作品符合这样的特点，有几个短篇（如《月与疯狂》《狂热》和《救济院一夜》）不具单刀直入的模式。作者会让三四个小偷、乞丐和工匠雪夜聚在暖烘烘的经房你一言我一语地闲聊，故事随之而出。辛格短篇小说的妙处来自他对生活的细致观察以及对人性各种奇妙形态的深刻领会。看似简单的故事背后时时透出意蕴复杂的洞察。《文稿》不仅仅是嘲讽什布塔所说的战时犹太大人物道德上的寒碜。什布塔是三流演员，她戏剧性地焚稿给她带来一种成就感。她自己在爱情上始终忠于玛拿西吗？听她故事的人居然问出如此唐突的问题。她给出的回答是否定的。《旅游巴士》也不仅是针砭塞琳娜的行为，故事中玛特伦夫人和她十四岁的儿子马克在旅途上物色了一个可以担保他们去美国的美籍犹太人，频频发起攻击，母子间微妙而又形成反衬的配合也许写得更加精彩。

在辛格写作的年代，评论家们热衷于制作"流派"和"主义"的标签，不一而足。辛格是个像契诃夫那样会讲故事的大师，难以归类。他反对作家为追求所谓原创性而滥用修辞手段，玩弄象征符号。他指出文学可以描述荒诞，但文学本身绝不能成为荒诞。他觉察到作家面临的诱惑，呼吁人们警惕自己身上故弄玄虚的冲动："就连真正的天才也掉到了这些所谓'实验性'写作的语言陷阱里；这些隐患摧毁了许多现代诗歌，使之变得含混、费解，魅力全失。想象是一回事，扭曲斯宾诺莎所说的'事物之顺序'则完全是另一回事。文学当然可以描述荒诞，但文学本身绝不能成为荒诞。"辛格的魅力来自他对隔都生活的细致观察，但是他也善于借用犹太传说，使用魔幻的笔法。《隐身者》里的内森经不住引诱被罚，看得到别人，别人却看不到他。《火神海娜》的同名女主人公身体烧成黑炭，家具却未见任何损伤。《已故提琴手》里粮商的女儿就要签署婚约了，不料她身子成了两个亡灵的附体，已故提琴手和一个不正经的女人借着她的嘴发声。附鬼无法无天，拉比念经，羊角号吹响，都无法将他们逐出。更有趣的是附鬼还鼓起嘴奏出各种活蹦乱跳的舞曲，"时而学古提琴轰轰隆隆，时而如铙钹叮叮当当，一会儿模仿笛子的哨音，转而又似击鼓咚咚"。最妙的是附鬼知晓围观者的秘密，对每个人揶揄嘲弄，公开揭短，"众人宁愿忍羞含辱，也想看看其他人被羞辱的样子"。结果两个附鬼互相吵起架来，方言外语全都用上了。粮商答应了附鬼的全部要求，总算把他们请了出去。故事结局凄惨，"落了个白茫茫大地真干净"。但是结尾处有一丝袅袅的暖意。一个孩子问，烟囱里不绝的乐音来自何方，母亲告诉他，那是已故提琴手的琴声。

辛格的叙述还有一个特点。绝大多数结局伤心的故事，叙述者都是恶人、魔鬼，比如集子里最长的作品《克莱谢夫的毁灭》以此开头："我是古蛇、邪恶者、撒旦。喀巴拉称我为萨麦尔，犹太人有时仅用'那一位'来指称我。"故事讲的是克莱谢夫地方最富有的商人布尼姆的女儿莱丝，嫁给了华沙一位年轻犹太教学者肖洛米尔，但是后者却利用妻子的轻信，向她灌输"罪孽可以涤荡灵魂"的思想，号称自己是所罗门王转世，谎称她的前生是书念童女亚比煞，他家马车夫曼德尔则是哈及之子亚多尼雅，两人的灵魂还在游荡，双方的激情全部释放，弥赛亚才会来临。只有结合了才能得救。莱丝完全被他迷惑，准备做她命中注定必做之事，结果在他纵容下莱丝与浪荡子曼德尔产生了爱情，肖洛米尔冲入周一的礼拜会堂，承认自己犯下了罪行，迫使妻子与人通奸，还交代男的就是车夫曼德尔，他痛悔自己，两人的来往在小镇曝光。会众拥到莱丝住处，砸碎玻璃窗，暴徒撕碎她的睡衣，衣不蔽体，赤着双足，被暴徒拉到拉比家，曼德尔也被一帮男孩暴打一顿，送进会堂后室的社区监狱。拉比裁决，罪人游街，于是出现了类似霍桑在《红字》里描写过的场景，两位罪人被游街示众。这时的文字鼓荡着小镇里欢快的正义感：

> 终于，莱丝在丧葬会妇女的陪同下出现在了门口。刹那间，人群似乎冻结了。继而，号叫从每一个张开的喉咙冲出来。莱丝还穿着昨日的衣服——头上却被扣了一顶布丁锅，脖子上挂着一辫大蒜和一只死鹅；一手拿着扫帚，一手拿着鹅毛掸，腰间系着草绳。显然，为了让富家小姐承受最大的羞辱和嘲弄，丧葬会的女人们可真没少花功夫。按照裁决，罪人要游遍镇上的大街小巷，在每家每户门前停下，任人唾弃和咒骂。游街从拉比家开始，一直到镇上最卑贱的那些人家。很多人担心，莱丝可能会晕倒，那样就没乐子看了，然而，她似乎决心要将苦痛承受到底。

居民惩罚莱丝和曼德尔，兴奋异常，大家过起了狂欢节：

> 宗教小学的男孩子们拿着松果和弓箭，还有家里带来的食物，疯

跑打闹，尖声学起山羊叫，一整天都不歇。主妇们也不生火做饭了，学经堂里空无一人。甚至救济院的病人、穷人也出来参加这场黑色狂欢。

　　莱丝在游街过程中维护了自己的尊严，第二天却自杀了。克莱谢夫仿佛遭了报应，一场大火席卷全镇，多数居民不得不迁徙外地。作品里游斗的场面，我们也似曾相识。如果《红字》里在高台上示众的女子是众人嬉笑的对象，那么霍桑的同情心反而是在受辱者一边。他写道，"海丝特·白兰很可以对他们报以更冷酷更轻蔑的微笑的"。[1]《克莱谢夫的毁灭》里那些以此取乐的旁观者，才是辛格讽刺的对象。

　　读了辛格一个个精彩的故事，不免产生一些联想。《叶希瓦的男学生妍特尔》让我想到梁山伯与祝英台的故事，不过我更想说的是文化差异。忏悔的场景在辛格的小说里占有非常突出的地位，比如在《傻瓜吉姆佩尔》的收尾处，埃尔卡向受骗的吉姆佩尔忏悔。中国古代文学史上，忏悔的主题极少出现，甚至完全缺席。如何看待、评价这一现象？日本学者川合康三的《中国的自传文学》探讨的是中国人如何自我认识，然而我们的古代文学界未做认真的回应，仿佛这是一个无关紧要的话题。又如《净屠师》里的叙述者梅耶被社区推为净屠师，心里有很多不情愿，甚至产生罪感。他最终还是想通了：同情心是必要的，但是凡人又不能比宇宙之主更有同情心。犹太民族关于屠宰、饮食有很多必须严格遵守的禁忌和律法，我们这方面好像比较自由随意。梅耶不光杀牛杀羊，还要宰杀家禽。将所有动刀见血之事，委托专人办理，是合乎人道的。我国私屠乱宰的现象还十分普遍，牲畜被杀之前，有时还得承受"注水"的痛苦。地方政府管理不力，固应追责，而文化习俗上的因素，更必须重视、反省。普通人家杀鸡宰鸭，还是常见的。人们操刀时没有意识到，血腥的场景，少儿不宜。辛格对各种生物抱有温情。《写信者》里的出版社编辑赫尔曼家中有一只偷食的老鼠，他还经常给这个同伴留点吃的，老鼠非但不躲避，还看着他，"那是充满爱恋和感激的人类的目光"。

----

[1]. 《红字》，侍桁译，上海译文出版社，1981年，第10页。

六

辛格刻画的人物基本上都是犹太社区里的常人，不少还是十分卑微的角色。他相信，越渺小，越伟大；越贴近尘土，越靠近上帝。我国自古以来崇拜英雄豪杰，男女概莫能外（"生当作人杰，死亦为鬼雄"），"功成名就""青史留名"是无数读书人的理想，而失意者则会做狂傲状，赢得后世的称许。楚辞尤多诗人的自我美化和肯定，"独清""独醒"之类的标榜是不必接受检验的。读者习惯了自命的"圣人"如何自比鸟中凤、鱼中鲲，然后为自己的"遗行"辩解："夫圣人瑰意琦行，超然独处，世俗之民，又安知臣之所为哉！"（宋玉《对楚王问》）士大夫清高孤傲，自命不凡，从来不将自己视为社会中负责的一员。杜甫研究专家往往以"致君尧舜上，再使风俗淳"（《奉赠韦左丞丈二十二韵》）来证明诗人的志向崇高，并以为他的所谓"孤独感"因此而产生。不妨看一看这两句名诗前的内容："甫昔少年日，早充观国宾。/读书破万卷，下笔如有神。/赋料扬雄敌,诗看子建亲。/李邕求识面,王翰愿卜邻。/自谓颇挺出,立登要路津。"《壮游》中也有自炫：

> 七龄思即壮，开口咏凤凰。
> 九龄书大字，有作成一囊。

评家说到诗人"自负气概"，其实是欣赏的。我们的文化对骄傲自夸是十分容忍的，而自傲与贬低他人总是一对难兄难弟。中小学生诵读这些诗行，也无形中受其感染。辛格笔下都是小人物，见不到"大丈夫"的踪迹。我想特别请读者留意辛格处理"骄傲"或"虚荣"的方式。《教皇泽德鲁斯》又是以魔鬼的口吻开头："古时，每一代人中都会有那么几个是我，邪恶之灵，无法靠常规手段使之堕落的。诱使他们谋杀、淫乱或抢劫是绝无可能的，就连让他们停止学习律法都做不到。只有一条途径可以直击这些正直灵魂的内心狂热之处——通过虚荣。""虚荣"一词接下来被"骄傲"所取代。故事主人公泽德尔出身高贵，堪比"帝高阳之苗裔"，"五岁开始学习《革马拉》和《评论汇编》；七岁已背下

《结婚与离婚律法》；九岁开始布道，引经据典，最年长的学者都为之惊叹。"诸如此类的文字是中文传记里常见的。泽德尔"少有大志"，背叛祖宗，到天主教里高升，当上了教皇，魔鬼让他中了"骄傲"的邪，人生的终点不外是恶人受折磨的地方——火焚谷。辛格笔下脱离犹太教的人都没什么好下场，这是他令读者失望的一面，但是从分析、揭示作为罪恶的"骄傲"而言，这个短篇对于自我认知具有极大的参照价值。英国学者 C.S. 路易斯（1898—1963）的《魔鬼家书》（华东师范大学出版社，2010 年，也译作《地狱来鸿》）是高级魔鬼"私酷鬼"致侄子"瘟木鬼"书信的汇编，专门教授一套从心理上拖人下地狱的伎俩。路易斯以资深魔鬼的口气剖析人性的弱点，让每个读者都对自己意识中最隐蔽、真实的动机有所警惕。下面这个例子应该让习惯于积极评价自己的中国传统文人警醒。"私酷鬼"知道如何攻破常人的心防，他说，让"病人"（持守美德不甚坚定者）把注意力从别人身上转向自我，转向自己的美德："一旦一个人意识到自己具备何种品德，对我们而言，那种品德就没那么可怕了，一切品德概莫能外，不过，这招对谦卑特别管用。在他真正虚心起来的那一刻，要把他一把抓住，并在他脑子里偷偷塞入'哎呀！我变得谦卑起来了'这样欣慰的念头，而骄傲——对于自己谦卑的骄傲——几乎立刻就会出现。"骄傲是魔鬼击溃善人心防的最强大武器，忘记自己，让自己消失在爱的对象之中，这是魔鬼最惧怕的态度。路易斯揭示，意识到自己的美德其实是骄傲的起点，容易致人堕落。我们诗文里的自美自夸实在数不胜数，路易斯看来，自夸者已经深得撒旦的精神了。辛格深知骄傲之害，他笔下的善人丝毫意识不到自己的美德。这，恰是魔鬼所痛恨的。

　　末了，我要向韩颖女士等诸位译者致敬。辛格的故事含有无数犹太教和隔都生活的细节，要翻译得准确、地道，对译者来说是巨大的挑战。通读这本短篇小说集，感到译文顺畅、优美，好像得来不费功夫，这恰恰是译者的功力所在。

陆建德

写毕于 2018 年圣诞节

作者序

为什么百余篇短篇小说中，这四十七篇会入选本集，我很难做出评论。我就像东方国度的某位老爷，妻妾成群，子女绕膝，但每一个都是我所珍爱的。

在创造这些故事的过程中，我意识到了潜伏于小说家背后的诸多危险，其中最糟糕的包括：（1）认为作家必须是社会学家和政治家，要适应所谓的社会辩证法；（2）对金钱以及迅速成名的贪欲；（3）矫揉造作的独创，即幻想凭借矫情的修辞、过分的文体创新，加之卖弄一些做作的象征，可以表达人类关系中最基本且不断改变的本质，或反映遗传与环境的种种错综复杂的关系。就连真正的天才也掉到了这些所谓"实验性"写作的语言陷阱里；这些隐患摧毁了许多现代诗歌，使之变得含混、费解，魅力全失。想象是一回事，扭曲斯宾诺莎所说的"事物之顺序"则完全是另一回事。文学当然可以描述荒诞，但文学本身绝不能成为荒诞。

虽然现在短篇小说不流行了，我却仍然认为它最能挑战创造性作家。长篇小说可以容纳，甚至原谅冗长的题外话、倒叙及松散的结构，短篇小说则不然。它必须直指高潮，必须有一气呵成的紧张和悬念，而且简短是其本质。短篇小说必须有明确的计划，不能是文学行话里所谓的"生活片段"。短篇小说大师们，如契诃夫、莫泊桑，还有写就了《创世记》约瑟故事的那位伟大的文书，他们很清楚自己要去哪里。他们的故事可以一读再读，永远不会腻烦。一般来讲，小说永远不该分析。事实上，小说作家甚至就不该涉足心理学及其各种主义。真正的文学当寓教于乐，力图清晰而深邃。文学可以魔术般地将因果与目的合一，将怀疑与信仰合一，将肉体的激情与灵魂的渴望合一。文学既独特又普遍，是民族的又是世界的，是现实的又是神秘的。文学要忍受别人对其指指点点，且永远不要试图自我解释。我必须强调这些显而易见的原则，因为虚假的评论和伪原创已在我们这一代制造了一种文学健忘症。许多作家热切地想要传达信息，已然忘却讲故事才是艺术写作的存在理由。

有些读者希望我说些"更个人"的事，那我就从最近的回忆录中引用几段（不是按照写作顺序）："我还是与一切保持疏离。我已向忧郁投降，成为它的囚犯。我已向'造物'发出最后通牒：'告诉我你的秘密，否则让我死去。'我必须逃离自己，但怎么做？又逃向哪里？我梦想着一种人道主义，一种伦理，其根基乃是拒绝为邪恶——那上帝带给我们的，且准备将来继续带给我们的邪恶——辩护。艺术最多就是一种暂时忘却人类灾难的手段。"

我仍在为了使这"暂时"值得一忘而努力。

我有幸与三位极有才华的、真正的编辑共事，他们是罗伯特·吉鲁、塞西尔·赫姆利和雷切尔·麦肯齐。谨以此书纪念尊敬的雷切尔·麦肯齐。她聪慧、迷人、谦卑，通晓文学——她是伟大的编辑，更是伟大的人。

艾·巴·辛

1981 年 7 月 6 日

韩颖 译

The Collected
Stories of
Isaac Bashevis Singer

傻瓜吉姆佩尔[1]

我是傻瓜吉姆佩尔。我不认为我是傻瓜，恰恰相反，但人们都这么叫我。我还在上学时，他们就给我起了这个名字。我总共有七个名字：笨蛋、蠢驴、麻头、傻蛋、呆子、缺心眼儿、傻瓜。最后一个名字固定了下来。我怎么傻了？容易受骗。他们说："吉姆佩尔，你知道拉比的夫人要生孩子了吗？"于是我没上学。结果这是骗人的。我怎么会知道？她没有大肚子。但我从来没看过她的肚子。这真的很傻吗？那帮人又笑又叫，跺脚跳舞，还唱起了晚祷词。女人生孩子，我们会得到葡萄干，他们却塞给我一把羊屎。我不是没力气呀，我要是扇他一个耳光，能把他打到克拉科夫去，但我天生不爱打人。我跟自己说：算了吧。于是他们就欺负我。

放学回家的路上，我听到了狗叫。我不怕狗，当然我也不想招惹它。也许哪只狗疯了呢，万一被咬，就是鞑靼人也帮不了你呀。于是我赶紧跑。等我回头一看，才发现市场里的人都在大笑不已。根本就不是狗，是那个小偷沃尔夫－莱布。我怎么会知道是他？那声音就是像嚎叫的母狗嘛。

那些爱捉弄人的促狭鬼发现我很容易上当后，每个人都要拿我试一番。"吉姆佩尔，沙皇要来弗兰姆普尔了；吉姆佩尔，月亮掉在图尔宾了；吉姆佩尔，小荷德尔·弗尔皮斯在澡堂后面发现了宝藏。"我就像个泥偶似的，谁的话都信。首先，一切皆有可能，正如《先祖智慧书》所载，我忘了具

---

[1] 由索尔·贝娄翻译。——原注

体怎么说的了。其次，全镇子的人都这么说，我不得不信呀！我要是敢说："啊，你在开玩笑吧！"那就会有麻烦的。人们会生气。"你什么意思！你是说大家都是骗子吗？"我能怎么办？我信他们的，我希望至少这样对他们有些好处。

我是个孤儿。把我带大的祖父已经快入土了。他们就把我送到了面包师那里，我在那儿的日子可真是有的受呀！每个来烤面条的姑娘媳妇都要戏弄我一番。"吉姆佩尔，天堂里有集市；吉姆佩尔，拉比在第七个月生了头小牛；吉姆佩尔，有头母牛飞过屋顶，下了好些铜蛋。"有个叶希瓦的学生来买面包卷，他说："你，吉姆佩尔，当你在这儿拿着面包铲刮刮蹭蹭时，弥赛亚已经来了。死者已经复活。""你说什么？"我说，"我没听见吹羊角号呀！"他说："你聋了吗？"然后大家都开始喊："我们听到了，我们听到了！"接着，蜡烛匠里兹走了进来，用她那沙哑的嗓子嚷道："吉姆佩尔，你爸妈已经从坟墓里站起来了。他们在找你呢。"

说实话，我很清楚根本没这回事，但那又怎样，大家七嘴八舌，我赶忙穿上羊毛背心出去了。也许真的发生了什么事，看看又有什么损失呢？唉，大家可真是乐坏了！然后我发誓什么都不再相信。但那也没用。他们把我搞糊涂了，长短粗细都分不清。

我去找拉比，想听听他的建议。他说："书上说，最好一辈子当傻瓜，也不要一时作恶。你不是傻瓜，他们才是。因为那些令邻居难堪的人，自己则失去了天堂。"可是拉比的女儿却把我骗了。我离开拉比法庭时，她说："你亲吻墙壁了吗？"我说："没有，为什么？"她回答说："这是律法。每次来都要这样做。"好吧，好像也没什么坏处。她大笑起来。挺有招儿嘛。她骗了我，就这样吧。

我想去别的镇子，大家立刻忙着给我做媒，紧逼不放，差点把我的外套下摆扯破了。他们对我说呀说呀，唾沫星子溅到我的耳朵上。她不是什么贞洁姑娘，他们却说她是纯洁处女。她走路有些瘸，他们说她是故意的，怕羞。她有个私生子，他们对我说那是她的小弟弟。我喊道："你们在浪费时间。我不会和那妓女结婚的。"他们却愤愤然道："怎么说话呢！你不害臊吗？你这样污蔑她，我们可以把你拉到拉比那里，让他处罚你。"我明白了，要摆脱他们可不容易。我想：他们是铁了心要拿我取乐。不过一旦结婚，丈夫可是一家之主。她要是愿意，我也没意见。何况，谁又能平安一生呢，这念头根本就不该有。

我来到她的土坯房，房子建在沙地上。那群人叫着，唱着，一直跟着我，逗狗熊似的。不过到了井边，他们就停下了。他们不敢招惹埃尔卡。她的嘴上就像有铰链，一碰就开，伶牙俐齿不饶人。我进了屋，几条绳子横在两墙之间，上面晾着衣服。她光脚站在盆边洗衣服，穿着一件破破烂烂的棉绒长袍，别在头顶的两条发辫臭气熏天。

显然她知道我是谁。她看了我一眼说："瞧瞧谁来了！他还真来了，傻子。坐吧。"

我全对她说了，没有任何隐瞒。"告诉我实话，"我说，"你真的是处女吗？那个捣蛋鬼叶希尔真是你的小弟弟吗？别骗我，我可是孤儿。"

"我也是孤儿，"她说，"谁要是骗你，就让他的鼻子歪着长。不过，你别听他们的，以为我好欺负。我要五十盾的嫁妆，他们还得额外给我募集一笔钱。否则就让他们吻我的——你知道哪儿。"她很直接。我说："是新娘，不是新郎出嫁妆。"她说："别跟我讨价还价。干脆些，行或者不行。哪儿来的哪儿去。"

我心想：这团面还真烤不出面包来。但我们镇子可不穷。他们什么都答应了，着手准备婚礼。碰巧当时痢疾肆虐。婚礼就在墓地门口举行，旁边就是小洗尸房。大家都喝醉了。起草婚书时，我听到最虔诚的大拉比问："新娘是丧偶还是离异？"司事的妻子替她答道："既是丧偶也是离异。"那一刻对我来说真是黑暗。但我又能怎么做，从婚礼华盖下逃跑吗？

人们唱歌跳舞。一个老太太在我对面跳舞，抱着一根辫穗白面包。婚礼主持唱诵"上帝怀仁"以纪念新娘的双亲。男孩子扔着刺果，仿佛是阿布月初九斋戒日。布道结束后，人们送上了许多礼物：擀面板、揉面槽、水桶、笤帚、舀勺等各种家用器具。我扫了一眼，看到两个壮小伙儿抬着一张儿童床。"我们要这干吗？"我问。他们说："别琢磨了。没问题，会用得上。"我意识到我要被骗。不过换个角度想，我又能失去什么呢？我寻思着：我倒要看看会怎样。也不能整个镇子都疯了呀。

2

晚上我来到我妻子睡觉的地方，可她不让我进去。"你看，他们让咱俩结婚不就是为这个吗？"我说。她说："我来月经了。""但是昨天她们才带你去了净身浴池，那应该是在月经后，不是吗？""今天不是昨天，"她说，"昨天不是今天。不高兴就滚。"总而言之，我得等着。

不到四个月，她就生孩子了。镇上的人捂着嘴偷笑。我又能怎么办？她疼痛难忍，手指挠着墙。"吉姆佩尔，"她喊道，"我要去了。原谅我！"房子里挤满了女人。她们烧了一盆盆的热水，尖叫声直上云霄。

我应该做的是去会堂念赞美诗，于是我就去了。

镇上的人喜欢那样，好吧。我站在角落里念诵赞美诗和祈祷文，他们冲我直摇头。"祈祷，祈祷！"他们对我说，"祈祷可从来不会让女人怀孕。"有人往我嘴里塞了根稻草说："吃草吧，母牛。"倒也有些道理，上帝呀！

她生了个男孩儿。周五，司事站在会堂约柜前，敲着读经台宣布："富有的吉姆佩尔先生喜得麟儿，邀请众教友赴宴同庆。"整个会堂笑声雷动。我的脸在发烧，一点儿辙都没有。毕竟，是我负责给孩子行割礼、办庆典呀。

半镇子的人都来了，再多一个都塞不下。女人们拿来了胡椒鹰嘴豆，酒馆送来了一桶啤酒。我和大家一起吃呀喝呀，他们都向我道喜。之后是割礼，我以我父亲的名字为孩子命名，愿我父安息。大家都走了，就剩下了我和我妻子。她把头伸出床帐，叫我过去。

"吉姆佩尔，"她说，"你为什么不说话？你的船翻了吗？"

"我能说什么呢？"我回答道，"你给我做下的好事！要是我母亲知道了，她得再死一次。"

她说："你是疯了，还是怎么了？"

"你怎么能这样骗我，我可是一家之主呀？"

"你是怎么了？"她说，"胡思乱想些什么呀？"

看来我只能把话挑明了。"你觉得你就该这样利用孤儿吗？"我说，"你生了个野种。"

她说："打消这愚蠢的念头吧。这孩子是你的。"

"他怎么会是我的？"我争辩道，"我们结婚十七周，他就出生了。"

她跟我说他是早产。我说："他是不是也太早了些？"她说她祖母也是这样，怀孕没多久就生产，她跟她这位祖母很像，就像两滴水珠。她信誓旦旦，要是在集市上遇到这样发誓的农民，你肯定也会信他的话。说实话，我不信她的。可是第二天我跟学校校长谈起此事，他说亚当和夏娃就是这样呀。上床时是两个人，下床时是四个人。

"这世上哪个女人不是夏娃的孙女！"他说。

事情就是这样了，他们让我无话可说。不过话又说回来，这种事谁又真正明白是怎么回事？

我渐渐忘了我的烦恼。我非常爱那个孩子，他也爱我，一看见我，就挥舞着小手让我抱他。他肚子疼时，也只有我能让他安静下来。我给他买了一只磨牙骨环和一顶金线小帽。他总是被邪恶之眼盯上，我就赶紧给他请来符咒，让他能摆脱出来。我像牛一样辛苦工作。你知道家里多了个孩子，得添多少花销。我不想撒谎；我并没有因为这件事讨厌埃尔卡。她又骂我又咒我，我却总想和她在一起。她真是威力四射！只消看你一眼，就能让你说不出话来。还有那些激昂之辞！火药味儿十足，却很有魅力。她说的每一个字我都喜欢听。虽然她让我伤痕累累。

晚上，我带给她我自己烤的一块白面包、一块黑面包，还有罂粟籽面包。我为她偷东西，只要经我手，就顺带抄走：杏仁饼、葡萄干、杏仁、蛋糕。面包房炉子里有女人们放在那儿保温的安息日炖锅，我从锅里偷东西，愿我得到宽恕。我会拿几片肉、一大块布丁、一只鸡腿或鸡头、一片牛肚，凡能迅速偷走的我都不放过。她吃了，长胖了，漂亮了。

我平时都是在面包房过夜。周五晚上回家时，她总是找出各种借口，不是胸口疼，就是肋骨疼，要么打嗝，要么头疼。你知道女人都能找出些什么借口。我的日子不好过呀，很艰难。还有她那个小弟弟，那个私生子，他长大了。他把我都打肿了，我一要还手，她张嘴就骂，那个狠啊，一团绿雾在我眼前飘。她总拿离婚威胁我，一天十次。换作别的男人，早就不辞而别，人间蒸发了。但我是那种默默忍受、毫无怨言的人。有啥办法呢？肩膀是上帝给的，负担也是。

有一天晚上，面包房出事了：炉子爆裂，险些引起火灾。无事可做，只能回家。于是我回了，心里想着，我也要尝一尝工作日睡在床上的欢愉。我不想吵醒孩子，蹑手蹑脚地进了房门。进屋后，我觉得我听到的鼾声不是一个人的，而是两个人，一个细弱，另一个则像宰牛。哦，这我可不喜欢！一点都不喜欢。我走到床边，顿时一切都变黑了。埃尔卡身边躺着一个男人的身形。换作别人肯定要大吵大闹，把整个镇子都吵醒，但我想那样会把孩子惊醒的。他那么小——为什么要吓唬一只小燕子。就这样吧，我回到面包房，躺在一袋面粉上，一夜不曾合眼，直到清晨。我像得了疟疾似的浑身哆嗦。"这蠢驴我也是当够了，"我自言自语，"吉姆佩尔不能一辈子被欺负。傻也有个限度呀，哪怕是吉姆佩尔这样的傻瓜。"

早晨我去找拉比拿主意，整个镇子都轰动了。他们马上让执事去找埃尔卡。她来了，抱着孩子。你们觉得她会怎么做？她不承认，什么都不承认，死都不认。"他脑子糊涂了，"她说，"我可不懂什么解梦占卜的事。"他们冲她吼，警告她，拍桌子，但她就是不松口。"诬陷。"她说。

屠夫和马贩子都站在她这一边。屠宰场的一个年轻人过来对我说："我们盯上你了，你死定了。"就在这时，孩子拉屎了，弄脏了衣裤。拉比法庭有约柜，不容亵渎，于是他们让埃尔卡离开了。

我对拉比说："我该怎么办？"

"你必须马上与她离婚。"他说。

"她要是拒绝呢？"我问。

他说："你必须提出离婚。你要做的就是这个。"

我说："好吧，拉比，让我想想。"

"没什么好想的，"他说，"你不能再和她待在同一个屋檐下。"

"要是我想见孩子呢？"我问。

"让她走吧，那个妓女，"他说，"还有她那些私生子。"

他给出的判决是我不能再跨进她的门槛——永远不能，只要我还活着。

白天我还不太为此事烦恼。我想，事情迟早要发生，脓包总是要破的。但到了晚上，躺在面粉袋上时，我就觉得非常悲苦。我渴望她，也渴望孩子。我想发怒，但这就是我的不幸所在，我骨子里不是一个真的会发怒的人。首先——我是这么想的——人难免会犯错，活着就会犯错。也许是那个和她在一起的小伙子哄骗她，给她礼物什么的，女人总是头发长见识短，于是他就得手了。再说她既然否认，也许是我眼花了？人是会产生幻觉的。你看到了一个人影，或人体模型什么的，走近却没了，什么都没有。若是那样，我可就冤枉了她。想到此，我开始哭泣。痛哭流涕，把我躺在上面的那袋面粉都弄湿了。早晨我去找拉比，跟他说我搞错了。拉比用鹅毛笔记下我的话，说果真如此，他得重新考虑这件事。在他做出决断前，我不能接近我的妻子，但我可以让人给她送去面包和钱。

3

九个月过去了，几番信件往来，拉比们终于达成了一致意见。我没想到这么件事居然有那么大的学问。

这期间，埃尔卡又生了个孩子，这回是女孩儿。安息日，我去会堂为孩子祈福。他们叫我走到《托拉》前，我给她取了我岳母的名字——愿她安息。镇上的贫嘴无赖到面包房，好好奚落了我一番。我的麻烦和痛苦让弗兰姆普尔全镇神清气爽。不过我还是决心别人怎么说我就怎么信，永远不变。不信又有什么好处？今天你不信老婆；明天不信的就是上帝了。

面包房的一个学徒是她的邻居，我每天都托他带给她一根玉米或者一块白面包，要么就带块糕点、面包卷或面包圈。只要有机会，我就给她拿块布丁，一片蜂蜜蛋糕或婚礼上的酥卷——碰到什么拿什么。学徒是个好心的小伙子，不止一次地自己添上些东西。以前我挺烦他的，他总是捏我的鼻子，戳我的肋骨，自从他开始去我家，就变得和善而友好了。"嗨，你，吉姆佩尔，"他对我说，"你有一个好体面的小妻子呀，还有两个好孩子。你可真配不上。"

"但人们说她的那些事。"我说。

"哼，人们就是喜欢嚼舌头，"他说，"胡说八道罢了，不用管他们，就当作是去年冬天的寒冷好了。"

有一天拉比把我叫去说："吉姆佩尔，你确定你是冤枉了妻子？"

我说："确定。"

"可是你看，这可是你亲眼所见呀。"

"一定是个影子。"我说。

"什么影子？"

"房梁的影子，我想。"

"那你就可以回家了。你得感谢雅诺夫的拉比。他在迈蒙尼德的书里找到了一条对你有利的资料，很难找的。"

我抓起拉比的手，吻了一下。

我想立即跑回家。和妻儿分别这么久，可不是件小事呀。可我又一想：我最好现在回去干活，晚上再回家。我对谁都没说，心里却像在过节。女人们还像平日一样嘲笑我、捉弄我，我想的却是：随你们瞎说吧。真相已大白，如水上之油清清楚楚。迈蒙尼德说了可以，那就是可以！

晚上，我将面团盖上让它发酵，然后拿了我那份面包和一小袋面粉往家走。满月当空，星辉璀璨，却有什么事让人从骨子里感到恐惧。我急急往家走，前方投下长长的暗影。那是冬天，刚刚落了一场新雪。我想唱歌，但已经挺晚了，我不想吵醒别人。然后我又想吹口哨，但我想起来晚上是不能吹口哨的，会招来魔鬼。于是我默默加快了脚步。

路过基督徒的院子时，他们的狗冲我吠叫，我心想：叫吧，叫吧，把你们的牙都叫出来！你们不就是狗吗？我可是个男人，一位好妻子的丈夫，两个有出息的孩子的父亲。

离她的房子越来越近，我的心怦怦乱跳，如犯了什么罪。我并不害怕，可心却咚！咚！好啦，不能回头了。我轻轻抬起门闩，走进去。埃尔卡睡着。我看了看婴儿的摇篮。百叶窗关着，但月光从裂隙处挤了进来。我看着新生儿的脸，一眼就爱上了这小脸蛋——立刻——每一根小骨头都爱得不得了。

然后我走到床边。我看到的不正是那学徒吗？躺在埃尔卡身边。月亮顿时不见了踪影。一片漆黑。我哆嗦着，牙齿打战。手里的面包掉了，惊醒了我的妻子。她问："谁呀？"

我咕哝道："是我。"

"吉姆佩尔？"她问，"你怎么会在这儿？我以为你是不许来这儿的。"

"拉比说的。"我回答道，浑身颤抖，像在发烧。

"听我说，吉姆佩尔，"她说，"去牲口棚看看那山羊怎么样了。它好像病了。"我忘了说我们有只山羊。听说它病了，我立刻走到院子里。那母山羊可是个很好的小东西。我对它的感情与对人的感情几乎一样。

我犹犹豫豫地走到牲口棚，打开门。山羊四蹄站着。我把它全身摸了一遍，拉了拉它的角，检查了它的乳房，什么问题都没发现。它或许是树皮吃多了。"晚安，小羊，"我说，"好好的。"那小畜生"咩"地叫了一声，似在答谢我的好意。

我回到房间。学徒已经消失了。

"小伙子在哪儿？"我问。

"什么小伙子？"我妻子回答说。

"你什么意思？"我说，"那个学徒。你在和他睡觉。"

"愿我昨晚与今晚梦到的事都成真，"她说，"愿你的身体与灵魂统统灭绝！你是被邪灵附体了，眼花缭乱。"她嚷道，"你这个讨厌的家伙！你这个疯子！幽灵！野人！出去，否则我就把整个弗兰姆普尔镇的人都叫起来！"

没等我挪步，她弟弟就从炉子后边跳出来，给了我的后脑勺一拳，感觉把我的脖子都打折了。我觉得一定是我有什么地方大错特错了，于是我说："别嚷嚷，千万别让人说我招魂引鬼。"她就是想达到这个目的。"那样就没人碰我烤的面包了。"

总之，我让她安静了下来。

"好吧，"她说，"够了。躺下吧，看车轮不碾死你。"

第二天早晨，我把学徒叫到一边。"听着，兄弟！"我把事情原原本本说了一遍。"你说什么？"他盯着我，就好像我是从屋顶或什么地方掉下来似的。

"我发誓，"他说，"你最好去找个草药大夫或者疗愈师什么的。你的脑子怕是螺丝松了，我不会跟别人说的。"事情就这样了。

长话短说，我和妻子生活了二十年。她为我生了六个孩子——四个女儿，两个儿子。发生了各种各样的事情，我既没看见，也没听见。我相信，就是这样。拉比最近对我说："信仰本身就有好处。书上说好人是靠信心活着。"

我妻子突然就病了。起初只是乳房上长了个很小的小瘤子。但显然她活不长了，日子已无多。我在她身上花了很多钱。我忘了说，那时我已经有了自己的面包房，也算是弗兰姆普尔镇的富人了。疗愈师每天都来，周边的巫医也请了来。他们决定用水蛭疗法，后来又用杯子放血。再后来连卢布林的医生都请来了，但已太晚。她临死时把我叫到床边说："原谅我，吉姆佩尔。"

我说："有什么可原谅的？你一直是个忠实的好妻子。"

"天哪，吉姆佩尔！"她说，"骗了你这么多年，实在是丑恶。我想干干净净地去见我的造物主，所以我必须告诉你，那些孩子不是你的。"

就算我头上挨了一棒也不会这么晕头转向。

"他们是谁的？"我问。

"我不知道，"她说，"有很多人……但他们不是你的。"说着，她头一歪，眼神黯淡下去，埃尔卡就这样完了。苍白的嘴唇上留着一丝笑意。

虽然她已死，我却想象着她在说："我欺骗了吉姆佩尔。那就是我这短暂一生的意义。"

守丧期已过，一天晚上，我躺在面粉袋上做梦，邪恶之灵亲自来了，对我说："吉姆佩尔，你为什么睡觉？"

我说："我该做什么？吃饺子吗？"

"全世界都骗了你，"他说，"也该轮到你骗这世界了。"

"我怎么能骗全世界呢？"我问他。

他回答说："你可以每天都攒一桶尿，晚上倒在面团里。让弗兰姆普尔的圣人们也吃些腌臜物。"

"那来世的审判怎么办？"我说。

"没有什么来世，"他说，"他们是骗你的，说你肚子里怀了猫你都会信。胡说八道！"

"那么，"我说，"上帝存在吗？"

他回答说："上帝也不存在。"

我说："那么，那里有什么？"

"深潭泥沼。"

他就站在我面前，留着山羊胡子，头上长角，身后长尾，还有长长的獠牙。听他这么说，我真想抓住他的尾巴，可我却从面粉袋上滚了下去，差点摔断了肋骨。恰巧那时我想小便，看到了发好的面团，它似乎在对我说："干吧！"简单说，我屈服了。

黎明时分，学徒来了。我们揉好面团，撒上香菜籽，放到炉中烘烤。学徒走了，剩下我一个人，炉子旁有道坎儿，我就坐在那儿的一堆破布上。好了，吉姆佩尔，我心想，他们对你的种种羞辱，你都报仇了。屋外冰霜莹莹，炉子旁却十分暖和。火焰烤热了我的脸。我低下头，迷迷糊糊地睡着了。

我立刻就梦到了埃尔卡，裹着尸衣。她叫我："你做了什么，吉姆佩尔？"

我对她说："都是你的错。"就哭了起来。

"你这个傻瓜！"她说，"你这个傻瓜！难道因为我虚情假意，一切就都是假的？除了我自己，我又骗得了谁。我正为此付出代价，吉姆佩尔。

在这里，他们可毫不留情。"

我看着她的脸，黑黑的；我吓醒了，呆呆地坐着。我感觉已走到临界点，一步踏错，便万劫不复。上帝却向我伸出了援手。我抄起长铲，取出面包，拿到院子里，在冰冻的地上挖坑。

正挖着呢，学徒回来了。"您在干什么，老板？"他问，脸色如尸首般惨白。

"我知道我在做什么。"我当着他的面，将面包全部埋了。

然后我回到家，拿出私藏的积蓄，分给孩子们。"我今晚看到你们的母亲了，"我说，"她变黑了，可怜的人。"

他们都惊得说不出话来。

"保重吧，"我说，"忘掉吉姆佩尔这个人。"我穿上短外套、靴子，一手拿着祈祷巾袋，一手拿杖，吻了一下门柱圣卷。街上的人看到我都很惊讶。

"你要去哪儿呀？"他们问。

我说："去见世面。"就这样，我离开了弗兰姆普尔。

我四处流浪，总有好心人照顾我。许多年后，我老了，头发白了；我听了很多事，很多谎言，很多妄语。但我活得越久，就越清楚世上本无真谎言。现实中没有的事，梦里有；这个人没遇到，那个人会赶上；今天没发生，明天保不齐，也可能是明年，或者百年后。有什么分别？有些故事听到后，我会说："这种事不可能发生。"可往往没过一年，我就听说某个地方发生了此事。

从这里走到那里，吃着百家饭，编着百家事——各种各样不可能发生的故事——关于魔鬼、魔术师、风车等等。孩子们追着我跑，喊着："爷爷，讲个故事吧。"有时他们会点故事，我就尽量满足他们。一个胖胖的男孩儿曾对我说："爷爷，这个故事您上次给我们讲过了。"这个淘气包，说的不错。

梦也如此。离开弗兰姆普尔多年，一闭上眼，我就又回到那里。你们觉得我会看到谁？埃尔卡。她站在洗衣盆旁，就像我们初次见面时一样，但她的脸神采奕奕，眼睛炯炯有神，如圣人的眼睛一般。她跟我说了许多不着边际的话，奇奇怪怪的事情，醒来我就全忘了。但只要还可以做梦，我就感到慰藉。我提的问题，她都一一回答，原来一切都是对的。我哭着恳求她："让我和你在一起吧。"她安慰我说不要着急。时候就快到了，已经不远了。有时她会抚摸我，吻我，贴着我的脸哭泣。我醒来时，还可以感到她的唇，还有她的眼泪留下的咸味。

毫无疑问，这个世界全然虚幻，但与真实世界也只是隔了一层。我躺在茅舍里，门口立着抬尸板，挖墓人已准备好了铁锹。坟墓空待，虫蛆饥肠辘辘；尸衣就装在我的讨饭袋里，随时可用。又一个要饭的来了，等着继承我的草席。大限来临时，我会高高兴兴地走。不论那里有什么，都会是真实的，没有算计、没有嘲弄、没有欺骗。赞美上帝：在那里，即便是吉姆佩尔也不会被骗。

韩颖 译

来自克拉科夫的绅士[1]

◆ 1

密林深沼间的弗兰姆普尔小镇斜倚在小山坡上，延及山顶。没人知道是谁建了这个小镇，或为什么建在那儿。墓园里，碑石倾陷，山羊啃着野草。镇公所有卷羊皮纸书，记载着小镇的历史，首页已遗失，字迹也已模糊。坊间流传着一些阴诡故事，关于贵族疯子、浪荡贵妇、犹太学者和一只野狗，真实缘起则已淹没在往昔。

在周边种地的农民穷困潦倒，土地也贫瘠。小镇里的犹太人同样一贫如洗，茅草作屋顶，黄土为地板。夏天，许多人都不穿鞋，天冷了，也就是用破布裹着脚，或穿双草鞋。

奥泽拉比虽以博学著称，也仅能得到每周十八格罗兹的微薄薪水。拉比助理除了担任净屠师的职责，还是教师、媒人、助浴员，以及救济院护理。即便是那些公认的富人也鲜有奢侈品。他们穿着棉质长袍，腰间系着绳子，安息日才吃得上肉。在弗兰姆普尔，金币实属稀罕物。

不过，弗兰姆普尔的孩子们倒是值得骄傲。男孩子高大健壮，女孩子美丽动人。这件事喜忧参半，青年男子们都入赘去了别的镇子，留下没有嫁妆的姊妹待字闺中。令人不解的是，虽说环境恶劣，食物匮乏，水也发臭，孩子们还是在茁壮成长。

某年夏天，发生了一场旱灾。即便是最年长的农民也想不起来何时经

---

1. 由玛莎·格利克里希和伊莱恩·戈特利布翻译。——原注

历过如此严重的灾难。滴雨未落，玉米焦枯萎靡，田间几乎没有收成。勉强割了几把麦穗后，才下了场雨，随之而来的却是冰雹，将躲过旱灾的一点点谷物又砸了个精光。风暴将歇，飞鸟大小的蝗虫接踵而至，据说它们的嗓子里发出了人声。农民试图赶走蝗虫，它们却径直往人眼前飞。在弗兰姆普尔，不论是农民，还是犹太人都断了粮。尽管在大些的镇子里有粮食，却没人买得起。

当人们放弃了一切希望，全镇准备逃荒乞食时，奇迹出现了。一辆八骏马车来到了弗兰姆普尔。镇民们以为马车里坐着的必定是位信奉基督的绅士，谁知下车的却是个犹太人，一位二十多岁的年轻人，身材颀长，面色白皙，连鬓胡须圆弧齐整，一双黑目如火似焰。他头戴紫貂皮帽，足蹬银扣亮靴，腰系绿色绸带，衣缝海狸毛边。他的出现轰动了全镇，人们倾巢而出，只为一睹陌生人的风采。有传闻说：他是位医生，来自克拉科夫的鳏夫，亡妻是富商之女，难产而死，孩子也没能存活。

镇民们迫不及待地想知道他为什么来到弗兰姆普尔。他说是听从了一位施奇迹拉比的建议。拉比向他保证，丧妻带来的忧伤一定会在弗兰姆普尔消失殆尽。救济院的乞丐将他团团围住，分领他的施舍——三个格罗兹、六个格罗兹或者半盾。显然陌生人是上天恩赐，弗兰姆普尔命不该绝。乞丐们跑到面包房买面包，面包师赶紧派人去扎莫希奇买一袋面粉。

"一袋？"年轻的医生问，"连一天都不够。我会买一车的，不仅有面粉，还有玉米粉。"

"可我们没钱。"镇里的长老们解释道。

"上帝佑助，等你们日子好过了再还我。"说着，陌生人掏出钱包，里面全是金光闪闪的达克特。他点着金币，弗兰姆普尔一片欢腾。

第二天，满载着面粉、荞麦粉、大麦、小米和各种豆子的马车驶入了弗兰姆普尔。小镇的好运传到了附近农民的耳中，他们来找犹太人买东西，就像《圣经》里埃及人去找约瑟籴粮。没有钱，他们就用物来换；这样一来，镇子上就有了肉。炉子重新点燃，锅满瓢满。炊烟袅袅从烟囱上升起，将烤鸡烤鹅、洋葱大蒜、新鲜面包和点心的香味送入夜空。镇民们重新操起活计，鞋匠修鞋，裁缝拿起了生锈的剪刀和烙铁。

尽管住棚节已过，夜还温暖，天空澄净，星星似乎格外地大。鸟儿还醒着，像在仲夏似的啁啁啾啾。克拉科夫的陌生人租下了旅店里最好的房间，他的晚餐是烤鸭、杏仁饼和面包卷，甜点则是黄杏配匈牙利红酒，六支蜡烛点缀着餐桌。一天晚上，用过晚餐后，克拉科夫的医生走进了宽敞的活动室，喜欢八卦的镇民们聚在那里。医生问道：

"有人想打牌吗？"

"可是还没到光明节啊！"大家吃了一惊。

"为什么要等到光明节？我用一盾换一个格罗兹。"

几个浅薄的男人想碰碰运气，运气还真不错。一个格罗兹就是一盾，一盾变成了三十盾。谁想玩都可以。所有人都赢了，那陌生人似乎并不介意。桌子上堆满了纸币、银币、金币。女人和姑娘们挤了进来，眼睛似乎反射着金子的光芒。她们惊得目瞪口呆，弗兰姆普尔还没有发生过这样的事情。母亲提醒女儿好生梳妆打扮，还允许她们穿上了节日盛装。如能得到年轻医生的青睐，那女子可就走了运，他可不会要什么嫁妆。

2

第二天，媒人们就来登门了，极力夸赞自己代表的女孩儿如何温婉贤淑。医生请他们落座，招待他们享用蜂蜜蛋糕、小杏仁饼、坚果和蜂蜜酒。他宣布：

"你们每个人说的都一样：你推荐的姑娘美丽聪明、才艺绝伦，但我怎么知道谁说的是实话？我要娶她们中最好的那一位。我的建议是：我们办场舞会，所有适龄姑娘都会被邀请。亲眼见了她们的仪态举止，我才好从中挑选，然后签婚书，安排婚礼。"

媒人们都惊呆了。老门德尔第一个缓过神来，说道："舞会？那是富裕的外邦人做的事，自从圣殿被毁，我们犹太人就不再有这样的庆典了——除非是在律法规定的那几个节日。"

"难道把女儿嫁出去不是每个犹太人的责任吗？"医生问。

"但姑娘们没有合适的衣服，"又有媒人提出反对，"都是旱灾惹的祸，她们只能穿着破衣烂衫去跳舞了。"

"我负责给她们置备衣服。我会从扎莫希奇订购丝绸、羊毛、法兰绒，还有亚麻，足够给每个姑娘做衣服。让我们办场舞会，办一场会被永远铭记的舞会。"

"但我们在哪儿办呢？"又一个媒人打断了他，"以前办婚礼的礼堂已经被烧毁了，我们的屋子又太小。"

"市场啊！"克拉科夫的绅士建议说。

"可是已经到了赫舍汪月，不定哪天就要降温。"

"那我们就挑个暖和、有月亮的夜晚，别担心。"

不论媒人们以什么理由反驳，陌生人都有说辞回应。最终他们同意问问长老们的意见。医生说他不急，等他们来决定。他一边和媒人们讨论，一边和镇上最聪明的一位年轻人下着棋，嘴里嚼着葡萄干。

长老们听到这个建议，惊得不敢相信自己的耳朵。姑娘们却很兴奋，小伙子们也乐意。母亲们则假意迟疑，最终也表示同意。当长老代表去征求奥泽拉比的意见时，拉比大为光火。

"哪儿来的骗子？"他喊道，"弗兰姆普尔不是克拉科夫。就差办舞会了！上帝不许，这会招来灾祸的，无辜的婴儿将为我们的轻浮付出代价！"

几个更为现实的人与拉比理论道："我们的女儿赤着脚，穿着破衣服。他会给她们置办鞋子和服装。若有哪个姑娘能得到他的欢心，他就会娶她，住在这儿。这对我们显然是有好处的。会堂需要新屋顶，学经堂的窗户也碎了，净身浴池实在是该维修了，救济院里，病人们只能躺在烂草堆上。"

"你说的都对，但我们要是犯下罪孽呢？"

"所有事情都会依照律法来办，拉比。相信我们。"

奥泽拉比取下律法书翻看，时而停下仔细研读，终于他叹了口气，迟疑片刻，同意了。还有别的选择吗？他自己也六个月没拿薪水了。

一旦征得拉比的同意，大家就忙活起来。绸布商、皮货商立刻前往扎莫希奇和雅尼夫，买回了布匹和皮革，都是克拉科夫的绅士付的钱。裁缝们昼夜忙碌，鞋匠们只在祷告时才离开座位。姑娘们秋水望穿，心急如焚，练习着约略记得的舞步。她们烤蛋糕，做点心，用光了存储的果酱、果脯，那可是为生病时预备的。弗兰姆普尔的乐手也忙活起来。钹、小提琴、风笛，这些久被忽视的乐器，需要扫尘调音。连那些耄耋翁妪也被这欢乐的气氛感染了，因为听说这位文雅的医生要为穷人设宴，还发善款。

适龄姑娘一门心思地梳妆打扮。她们清洁皮肤，梳理发辫；还有几位甚至和已婚妇女一起去净身浴池洗澡。到了晚上，这些脸颊绯红、双目灼灼的姑娘就聚在这家或那家，讲故事猜谜语。她们睡不着觉，母亲也一样，父亲则叹着气自行去睡了。突然之间，弗兰姆普尔的年轻姑娘变得魅力十足，那些想娶外乡姑娘的小伙子一个个地爱上了她们。尽管小伙子们还端坐在学经堂，苦读《塔木德》，却完全看不懂书上写了些什么。现在，他们张口闭口都是舞会，脑子里想的还是舞会。

克拉科夫的医生也很开心。他每天要换好几身衣服，先是丝绸外套，配一双绒球便鞋，然后是系带外套，配高筒靴。这顿饭身披海狸尾装饰的长披肩，下顿饭又换了件花叶刺绣的斗篷。早饭是烤鸽子配干红，午饭是鸡蛋面和煎饼卷。他竟然还胆大包天地在平日吃起了安息日布丁。他从不参加祷告，总是玩各种游戏：扑克、山羊与狼、投硬币。午饭后，车夫载着他在周边闲逛。农民看到他脱帽致意，身子几乎要躬到地上。有一天，他拄着金头拐杖在镇子里散步。女人们拥到窗前去看他，男孩子们追着他，不时捡起他扔给他们的糖块。晚上，他和他的同伴们，就是那些放荡的小伙子，喝酒聊天，从不在乎有多晚。奥泽拉比不断提醒他的信众们，魔鬼正带着他们走下坡路，但没人理会他。他们的心神头脑已完全被舞会占据。舞会即将在市场举办，就在本月中旬，月圆之夜。

3

在镇子的边缘、靠近沼泽的小山谷里，有一间比鸡笼大不了多少的茅屋。泥巴地，木板窗，屋顶覆盖着黄黄绿绿的苔藓，乍一看，还以为是废弃的鸟窝。

一堆堆的垃圾扔在茅屋前，泥泞的土地上横着几道石灰沟。垃圾堆里偶尔会有一把没了坐面的椅子，缺把手的罐子，或是无腿的桌子。各种各样的笤帚、骨头和破布似乎都在那里腐烂。这就是捡垃圾的利帕和他女儿荷德尔住的地方。发妻还在世时，利帕在弗兰姆普尔可是一位受尊敬的商人，会堂东墙有他的一席之地。自从妻子淹死在河中，利帕的境遇就急转直下。他开始酗酒，和镇上最烂的人混在一起，很快就破产了。

他的第二位妻子是雅尼夫的乞丐，给他生下一个女儿后就跑掉了，因为利帕不养她。利帕根本不在乎妻子离家出走，孩子也不管，任其自生自灭。每周他都在垃圾堆里捡几天碎布，其余时间就泡在酒馆里。酒馆老板娘批评他几句，他就骂骂咧咧地回敬她。男人们都喜欢听利帕讲故事。靠着那些女巫、风车、魔鬼、妖精的故事，他给这地方带来了不少生意。他还会背诵波兰语和乌克兰语诗歌，又擅长讲笑话。酒馆老板允许他待在靠近炉子的地方，还不时地给他一碗汤和一片面包。有些老朋友还记得利帕曾经多富有，偶尔会给他一条裤子、一件旧外套或衬衫。他总是大大方方，毫不客气地收下礼物，别人一转身，他就向人家吐舌头。

正如老话所说："有其父必有其子。"荷德尔承继了父母双方——酗酒的父亲，乞讨的母亲的恶习。六岁时，她就得了贪吃与偷窃的恶名。她赤着脚，半裸着身子在镇上游荡，见主人不在家，就溜进去把食品柜洗劫一空。她抓鸡逮鸭，用玻璃片划开鸡鸭的喉咙就开吃。尽管镇上的人常提醒她父亲，她会成为一个放荡女人，他似乎毫不在意。他很少对她说话，她甚至不叫他父亲。荷德尔十二岁时，镇上的女人已对她的淫荡议论纷纷。有吉卜赛人去她的小屋，还有传言说她吃猫肉狗肉，什么肉都吃。她高高瘦瘦，红发碧眼，无论冬夏都光着脚，穿着碎布拼成的裙子，那些花花绿绿的碎布都是女裁缝们丢弃的。母亲们都怕她，据说她会施咒让孩子们生病。镇里的长老批评她，她会厚颜无耻地回敬他们。她有着私生子的狡黠和蝮蛇的利舌。街头孩子们若是攻击她，她就毫不犹豫地反击。她尤擅骂人，词汇量大得无边。她会说，"你舌上长疮，眼里生疳"，或者"愿你烂到黄鼠狼都躲着你的味儿"。

有时她的咒骂还真管用。慢慢地，镇上的人不愿再招她生气。不过随着她逐渐长大，她也尽量不到镇上来，后来人们几乎把她忘了。不过就在弗兰姆普尔的商人们为准备舞会，给镇上的姑娘发布料皮革的那天，荷德尔又出现了。她大约有十七岁了，已发育成熟，虽然还穿着短裙；她的脸上长着雀斑，头发蓬乱，脖子上戴着吉卜赛人的珠串，腕上是狼牙做的手链。她挤进人群，要求她应得的那份，却只得了些剩下的零碎。拿着分给她的东西，荷德尔气哼哼地回了家。围观的人笑道：“看看谁要去参加舞会了！这下可有好戏瞧了！”

终于，鞋匠裁缝都完工了，衣服件件合体，鞋子双双合脚。一连几日，白天温暖异常，夜晚的星空如五旬节之夜般璀璨。舞会那天，启明星唤醒了全镇。市场一侧摆放着桌椅。厨子们已烤好了小牛肉、绵羊肉、山羊肉、鹅肉、鸭肉和鸡肉，还烤了松糕和提子蛋糕、辫穗面包和面包卷、洋葱饼干和姜饼。酒商带来了蜂蜜酒、啤酒，还有一桶匈牙利葡萄酒。孩子们来时，手中拿着拉·巴－奥默节玩耍的弓箭、普珥节的响板和托拉旗。就连医生的马都装饰了柳条和秋天的各色花朵，在车夫的驱赶下招摇过市。学徒们丢下手头的活计，叶希瓦的学生撂下了厚厚的《塔木德》。尽管奥泽拉比禁止少妇参加舞会，她们还是穿着结婚时的礼服和姑娘们一起去了。姑娘们都是一身白裙，人手一支蜡烛，如伴娘一般。乐队已开始奏乐，琴声欢愉。只有奥泽拉比没去，把自己关在书房。他的女仆也去了舞会，留下他自己照顾自己。他知道舞会不会带来什么好事，却也无能为力。

临近黄昏，所有的姑娘都已聚集在市场上，周围是镇上的居民。鼓声响起，小丑开始表演。姑娘们翩翩起舞，先是一支方阵舞，又是一支剪刀舞，之后是哥萨克舞，最后是怒舞。太阳还未落山，月亮已然升起，该克拉科夫的绅士出场了。他骑着一匹白色母马，保镖与伴郎分侍两旁。他头戴大羽毛帽，绿外套的银扣闪闪发光，腰挎宝剑，锃亮的皮靴踩着马镫，就像一位带着随从上战场的绅士。他坐在马鞍上，静静地看着姑娘们跳舞。她们是多么优雅，舞姿如此迷人！只有一人没有跳，捡垃圾的利帕的女儿。她站在一边，无人问津。

◆ 4 ◆

夕阳大得出奇，如一只天眼愤怒地瞪着弗兰姆普尔的市场。弗兰姆普尔还从未有过这样的日落。燃烧的云彩如硫黄泻过天空，如象，如狮，如蛇，如怪兽。它们似乎正在天上干仗，相互吞噬，喷出火，呼出焰，简直就像它们看管下的地狱火河，魔鬼在燃煤灰堆间折磨那些作恶者。血红色的月亮益发肿大了，带着斑块与伤痕，发出微光。夜越来越黑，星星不见了踪影。小伙子们拿来火把，还准备了一桶燃烧的沥青。幢幢暗影翩翩起舞，似乎有着它们自己的舞会。市场周边的房子在震动；屋顶颤抖，烟囱摇晃。弗兰姆普尔何时见过这样的欢愉与迷醉？几个月来，大家终于吃饱喝足了一回。连动物们也加入了这狂欢的场面，马嘶牛叫，没被宰杀的几只公鸡打着鸣，几群乌鸦和一些怪鸟飞来捡拾残羹剩饭。萤火虫点亮了黑暗，地平线上划过闪电，却不闻雷声。一道怪异的环形光在天空闪烁片刻，之后突然坠向地面，后面拖着一条殷红的尾巴，貌似燃烧的条杖。众人惊异地盯着天空，克拉科夫的绅士说：

"听我说，我有好消息要告诉你们，不过可别乐坏了。丈夫们，拉住你们的妻子。小伙子们，照看好你们的姑娘。你们看，我是世上最富有的人，钱财于我如沙子，钻石好似鹅卵石。我来自圣书所载的俄菲，所罗门王为建造圣殿曾去那儿寻找黄金。我住在示巴女王的宫殿里。我的马车是纯金打造，车轮镶嵌着蓝宝石，车轴乃是象牙造，车上的灯饰有红宝石、祖母绿、猫眼和紫水晶。以色列'消失的十部落'的主宰者了解你们的苦难，特遣我来救助你们，但有一个条件。今晚，每一个处女都要结婚。我会为每位姑娘提供一万达克特的嫁妆，外加及膝的珍珠项链一条。但是要快，在钟敲响十二下之前，每位姑娘都要找到夫婿。"

众人鸦雀无声，寂静如新年号角吹响之前，人们甚至能听到苍蝇的嗡嗡声。

一位老者喊道："但那是不可能的。姑娘们都还没订婚哪！"

"那就给她们订婚。"

"和谁订婚呀？"

"我们可以抓阄，"克拉科夫的绅士说，"适龄者都把自己的名字写在一张卡片上，我也写，然后抓阄，看看谁和谁是天作之合。"

"但女子必须等七天呀，还要行沐浴之礼。"

"有罪我担着，她们不用等。"

尽管老人们和他们的妻子都反对，文书还是把一张纸撕成小条，写上了姑娘小伙儿的名字。镇上的执事现在为克拉科夫的绅士效力，他从盛有男子名字的圆顶小帽里拈一张纸，再从另一顶小帽里抽出一位姑娘的名字，然后用召唤信众诵读《托拉》的声调念出名字。

"纳胡姆——卡特埃尔之子，与妍特尔——内森之女定亲。所罗门——科夫·拜尔之子，与特里娜——约拿·利巴之女定亲。"因缘配得着实奇怪，不过反正所有的绵羊在夜里都是黑的，人们也就觉得挺有道理。每配成一对，新人们就手拉手来到医生面前，接受嫁妆和结婚礼物。正如他所许诺的，克拉科夫的绅士给每对新人约定数目的达克特，并在每位新娘的颈项上挂了一串珍珠。母亲们再也抑制不住心中的喜悦，起舞欢叫。父亲们站在一旁，一脸迷惑。姑娘们撩起裙子接住医生给的金币，露出大腿和内裤，挑逗起男人们的阵阵情欲。提琴嘁啦，鼓声咚咚，喇叭嘟嘟，震耳欲聋。十二岁的男孩儿和十九岁的"老姑娘"配成双；富人的儿子娶了乞丐的女儿做新娘；矬子和巨人成了一对儿，美人儿和瘸子结为夫妻。最后两张纸条上的名字是克拉科夫的绅士与荷德尔，那个捡垃圾的利帕的女儿。

先前反对此事的那位老者说："作孽啊，那姑娘是个婊子。"

"到我这儿来，荷德尔，到你的新郎这儿来。"医生召唤她。

荷德尔编着两条长辫，穿着印花布裙和凉鞋，不等医生再次召唤，马上走到克拉科夫的绅士的马前，跪倒在地，七次俯伏在他面前。

"那个老傻瓜说的是真的吗？"她的未来夫婿问道。

"是的，大人，是真的。"

"你的罪孽仅限于犹太人，还是也有外邦人？"

"都有。"

"你是为了面包才这样做吗？"

"不，我就是喜欢。"

"你是从多大开始做这种事的？"

"不到十岁。"

"你后悔所做之事吗？"

"不后悔。"

"为什么不后悔？"

"为什么要后悔？"她毫不害臊地回答。

"你不怕在地狱里受折磨吗？"

"我什么都不怕——连上帝也不怕。没有上帝。"

那位老者又喊起来："造孽呀，造孽呀，犹太人！大火要燃起了，犹太人，撒旦之火。救救你们的灵魂吧，犹太人。赶快跑吧，否则就来不及了！"

"堵住他的嘴。"克拉科夫的绅士下了命令。

卫兵们抓住老人，堵住了他的嘴。医生拉着荷德尔的手开始跳舞。黑暗力量似乎被调动起来，落下雨与冰雹；震耳的雷声伴随着闪电。虔诚的男男女女却无视暴雨，相拥起舞，中了魔般不知羞耻，就连上了岁数的人也被感染了。混乱中，衣裙撕破了，鞋子掉下来，帽子、假发和小圆帽被踩在泥浆里，腰带滑到地上，蛇似的扭在一起。突然一道霹雳，同时击中了会堂、学经堂和净身浴池。全镇燃起了大火。

终于，神志不清的人们意识到这不是什么自然现象。雨继续下，越来越大，火却没有被浇灭。市场上有种诡异的光。有几个小心谨慎之人试图从疯狂的人群中摆脱出来，却被挤倒在地，遭到踩踏。

这时，克拉科夫的绅士亮出了他的真实身份。他再也不是镇民们欢迎的那个年轻人了，他身上长满鳞片，胸前有只眼睛，额头上长着一只飞速旋转的角，臂膀上满是毛、荆棘和纠缠的乱发，尾巴是好几条活蛇。他不是别人，正是魔鬼头子，"苦毒"克泰夫·魔黑黑。

女巫狼人、小妖大魔、各路妖怪从天而降，有的骑扫帚，有的踩圆环，还有的驾蜘蛛。玛赫拉斯的女儿奥丝纳斯的红发在风中飘荡，乳房、大腿裸露着，从一个烟囱跳到另一个烟囱，沿着房檐滑行。纳玛，还有阿芙的女儿赫米扎，以及其他许多女魔头翻着各式筋斗。撒旦亲引着四狗陪伴的新郎，四邪灵举起婚礼华盖的四柱，那四柱已化作扭动的巨蛇。荷德尔的衣服掉下来，她赤条条地站在那里，双乳垂到肚脐，趾间长着蹼，乱发里满是蠕虫与毛虫。新郎掏出一枚三角形戒指，他没有说："这枚戒指意味着你与我根据摩西和以色列的律法结为神圣夫妻"，而是说："这枚戒指意味着你与我根据可拉和以实玛利的污言苟合为双"。邪灵们不是为新人祝福，而是口呼"厄运"，继而唱道：

> 夏娃之咒，该隐之印，
> 毒蛇之黠，魔作之合。

那位老者捂着头，发出最后一声哀号，溘然而逝。克泰夫·魔黑黑唱起了挽歌：

> 魔鬼的粪便与撒旦的咒语
> 将他的鬼魂带入地狱烤炙。

老拉比奥泽半夜醒来。他是圣人，镇上蔓延的大火并未威胁到他的房子。他坐在床上四下看了看，心想莫非天已破晓，但外面既非白昼，也非黑夜。天空是火红色的，远处传来纷乱的叫喊声、歌唱声，如野兽在怒吼。起初，老人什么都没想起来，寻思着这是出了什么事。"世界末日到了吗？难道是我没听见宣告弥赛亚来临的号角？祂来了？"他洗了手，穿上便鞋，走出去。

镇子已面目全非。房子没了，只有烟囱还立在那里。这一堆，那一堆的煤块冒着黑烟。他叫执事，却无人回应。拉比拄着拐，去找他的信众们。

"你们在哪儿？犹太人，你们在哪儿？"他悲伤地喊着。

大地灼伤了他的脚,但他没有放慢脚步。疯狗和奇形怪状的东西袭击他,他挥舞着拐杖将它们击退。悲哀占据了他的心灵,他已感觉不到恐惧。他来到曾经是市场的地方,看着眼前恐怖的景象。只有一大片沼泽,满是污秽、泥浆和灰烬。一群赤裸的人在及腰的泥浆里挣扎着跳舞。起初,拉比以为那些怪模怪样的是魔鬼,刚要念"满足……"等驱魔章节,突然他认出了镇上的居民。这时他才想起克拉科夫的医生,拉比痛苦地喊道:"犹太人呀,看在上帝的分儿上,救救你们的灵魂吧! 你们已落入撒旦之手! "

　　迷乱的小镇居民听不到他的喊声,继续疯狂地扭动,像青蛙一样跳,发烧般颤抖,许久都停不下来。女人的头巾掉了,乳房裸露着,又哭又笑,摇摇晃晃。一个姑娘拽着叶希瓦学生的鬓发,拉他坐到自己腿上。还有个女人揪着陌生男子的胡子。老头儿、老太太站在泥里,泥浆淹到大腿根儿,一副半死不活的样子。

　　拉比一遍又一遍地敦促人们抵抗邪恶,口中诵读着《托拉》和其他圣书篇章,念着咒语和上帝的几个名号。拉比唤醒了一些人,其他人也很快有了回应。他帮助第一个男人走出泥浆,那男人又去帮助下一个,接着再下一个,一个接一个。启明星出现时,大部分人已清醒过来。也许是有祖先的灵魂为他们说情,尽管很多人犯了罪,那晚却只有一人死在了市场。

　　这时,人们被自己所行之事吓到了,意识到是中了魔鬼的道,被拖入了污秽中,他们开始哭泣。

　　"我们的钱呢? "姑娘们哭道,"我们的金子、我们的首饰呢? 我们的衣服呢? 葡萄酒、蜂蜜酒、结婚礼物呢? "

　　一切都已变作泥浆;弗兰姆普尔镇被洗劫一空,毁于一夜,化为沼泽。居民们一身污泥,赤身裸体,丑陋而怪诞。一时间他们忘了自己的悲伤,彼此嘲笑。姑娘的头发纠缠在一起,困着几只蝙蝠。小伙子头发花白,皱纹满面;老人们蜡黄如死尸。在他们中间,躺着那位死去的老者。太阳升起来,臊得红了脸。

　　"我们撕破衣服哀悼吧。"有人喊道,他的话招来一片笑声,因为大家根本就没穿衣服。

"姐妹们，我们已在劫难逃。"一个女人哀叹道。

"干脆淹死在河里算了，"一位姑娘喊道，"还活着干吗？"

一个学生说："让我们用腰带勒死自己吧。"

"兄弟们，我们没救了，诅咒上帝吧。"马商说。

"你们没脑子了吗，犹太人？"奥泽拉比喊道，"忏悔吧，否则就来不及了。你们中了撒旦的圈套，这是我的错，让我一人来承担罪责。我有罪，让我来做你们的替罪羊，你们仍是清白的。"

"这可真是疯了！"一位学者抗议道，"上帝不许，这么多罪孽怎能都压在您那圣洁的头上！"

"别担心，我的肩膀足够宽。我本该料到这些。是我瞎了眼，没有认出克拉科夫的医生就是魔鬼。牧羊人的眼瞎了，羊群就会迷路。该受惩罚，该被诅咒的是我。"

"我们的宝宝！"年轻的妈妈嚷道，"快回去看看！"

弗兰姆普尔的居民们因贪恋黄金而误入歧途，真正受害的却是那些婴儿。婴儿的摇篮被烧毁了，小骨头被烧焦了。母亲们弯腰拾起小手、小脚、头骨。哭泣声、哀号声盘桓不散，但整个镇子又能哭多久？掘墓者收拾起尸骨，运到墓地。镇上半数的人开始行七天悼礼。所有人都在斋戒，因为根本没有食物。

还好犹太人是出了名的乐善好施。消息传到临近的雅尼夫镇，人们便收集了衣服、被褥、面包、奶酪和碗碟，送到弗兰姆普尔。木材商送来盖房子的木头，有位富人提供了贷款。第二天，小镇开始重建。虽然律法禁止丧礼期的人劳动，但奥泽拉比说这是特殊情况：人们的生命受到了威胁。也真是奇迹，天气竟一直很和煦，没有下雪。弗兰姆普尔的人从来没有这样努力地工作过。居民们建屋、祈祷，将石灰与沙子混合，念诵诗篇以求护佑。女人与男人一同劳动，姑娘们也来帮忙，不再吹毛求疵，学者和有身份的人也伸出了援手。附近小镇的农民听闻这场灾难，便将老人和病人接到自己家中。他们还带来了木材、土豆、白菜、洋葱和其他食物。卢布林的牧师和主教听说了这些事，觉得与巫术有牵连，便来镇上询问目击者。

文书登记弗兰姆普尔居民的名字时，大家突然想起了荷德尔——捡垃圾的利帕的女儿。人们来到她曾经居住的茅屋，只看到杂草荆棘丛生的小丘，除了乌鸦啼叫，野猫哀鸣，四下悄然无声，似乎从未有人在那里居住过。

大家这才明白荷德尔就是莉莉斯，众妖魔就是因为她才来到了弗兰姆普尔。经过一番调查，卢布林的教士对所见所闻大为震惊，随后返回家中。几天后，就在安息日的前一天，奥泽拉比去世了。全镇的人都参加了他的葬礼，镇子的布道者为他念悼词。

过了些时日，镇上来了新拉比，一个新的镇子开始复苏。老人们死去了，墓地里的坟冢渐平，墓碑也慢慢塌陷。但在羊皮纸地方志上，人们还可以读到这个有目击者签名的故事。

故事的尾声：在弗兰姆普尔，人们对金子的欲望消失了，再未被点燃。一代又一代，人们一贫如洗。弗兰姆普尔的居民厌恶金币，对银子也是疑虑重重。每当有鞋匠或裁缝要高价，人们就会对他说："去找克拉科夫的绅士呀，他会给你一桶桶的黄金。"

追思堂里，奥泽拉比的墓前点着一盏长明灯。一只白鸽常常落在屋顶，那是奥泽拉比圣洁的灵魂。

韩颖 译

快　乐[1]

1

　　埋葬了三子布奈姆，科玛洛夫的柏尼施拉比不再为他那些生病的孩子祈祷了。就剩下了一儿两女，还都吐血。他妻子常闯进他的书房，打破他的孤寂，嚷嚷说："你为什么不说话？有什么招数，你倒是使呀？"她挥舞着紧握的拳头，哀号着："你的知识、你的祈祷、祖先的阴德、越来越长的斋戒，有什么用？祂——我们的天父——跟你有什么仇？为什么祂的怒气都要冲着祢来？"绝望之下，她有一次甚至抄起圣书扔到地上。柏尼施拉比默默地捡起书。他的回答永远是："走开！"

　　拉比还不到五十，却像个老头儿似的，稀疏的胡须和几乎数得过来的头发已经花白，高大的身躯已是腰弯背驼，严肃的黑眼睛直直地看着前方。他不再讲解《托拉》，不再主持宴饮，好几周都不出现在学经堂。他的追随者从其他镇子赶来拜访他，却连个打招呼的机会都没有，悻悻而归。门上了闩，他坐在屋里默然无语，思索、探求。那些给他提供基本生活保障的哈西德派教徒渐次离开，找别的拉比去了，只有跟他最亲密的那些老哈西德，那些智者们留了下来。小女儿丽贝卡死去时，拉比甚至没有为她扶灵。他让司事阿维格多拉下百叶窗，就再也没打开过。窗格间有个心形小孔，透进些微光，拉比就借着这光亮读书。他不再诵读经文，只是手捻着书页，随意地翻开这篇、那篇，又闭上一只眼，茫然地盯着前方，目光穿透了书

---

　[1].由诺伯特·古特曼和伊莱恩·戈特利布翻译。——原注

页和墙壁。他提笔在墨水瓶里蘸了蘸，拿过纸来，却又无从下笔，装上烟丝，却不点燃。送到书房的早饭和晚饭，他似乎就没有碰过。一周又一周，一月又一月，就这样过去。

夏天，拉比有一天来到了学经堂。几个男孩儿和小伙子在学习，两三位不肯离弃拉比的老者在沉思。见到许久未露面的拉比，大家都吓了一跳。拉比走前一步，又退回来，问道："波利索夫的亚伯拉罕·摩西在哪里？"

"在旅店。"还没被吓呆的一个小伙子说。

"你可以请他来这儿见我吗？"

"好的，拉比。"

小伙子立刻前往旅店。拉比走到书架前，随便抽出一本书，扫了一页，又放回去。他就站在那儿，长袍没系扣，披着长长的穗子四角巾，裤腿下露出白袜，帽子推到脑后，鬓发蓬乱，眉头紧蹙。学经堂里一片寂静，水滴到盆中，滴滴答答，苍蝇围着烛火，嗡嗡嘤嘤。那座表盘上镶着石榴的长链老爷钟，吱嘎敲响了三下。透过窗户，可以看到园中果树，听到鸟儿啁啾。一道尘柱斜斜地射到屋中，许多小微粒在振动，已非物质，却未至精神，折射出彩虹的颜色。拉比向一个男孩儿招了招手，男孩儿刚从希伯来语学校毕业，已经可以自己读《塔木德》了。

"你叫什么名字，嗯？"

"摩西。"

"在学什么？"

"第一篇论著。"

"第几章？"

"Shur Shenagah ath haparah."

"怎么翻译？"

"公牛撞伤母牛。"

拉比穿着便鞋，跺了下脚。"为什么公牛要撞母牛？母牛怎么得罪它了？"

"公牛是不会思考的。"

"但是创造了公牛的那个祂是会思考的。"

男孩儿不知该如何回答这个问题。拉比掐了把他的脸蛋儿。

"学习去吧。"他说，然后回到了自己的房间。

不一会儿，亚伯拉罕·摩西先生就来找拉比了。他个子不高，面相挺年轻，胡须和鬓发却都白了。他身着一件垂地长袍，系着苔藓绿的腰带，手中拿着及膝的长烟枪，小圆帽上又戴了一顶高帽子。他的古怪可是出了名的，他在下午念早祷文，大家晚祷结束早就回家了，他却开始念下午祷文。他在普珥节时念诗篇，赎罪日前夕，大家在做"一切誓约，祈求废除"的祷告，他却睡着了。别人都在高高兴兴地吃逾越节晚餐，他却要去研究有关《塔木德》"破坏与赔偿"的论述所做的评论。听说有一次他在酒馆下象棋，赢了一位将军，那将军奖励了他一张出售白兰地的许可证。生意由他妻子打理，他在科玛洛夫待的时间比在家里还长。他说什么生活在科玛洛夫就像站在西奈山脚下，单是这里的空气就能净化你的心灵。高兴时他还说，在科玛洛夫根本不需要学习，在学经堂的椅子上闲坐就够了，只要呼吸就能把《托拉》吸进去。哈西德们都知道拉比对亚伯拉罕·摩西先生非常推崇，与他讨论隐秘信条，还征求他的意见。亚伯拉罕·摩西先生总是坐在桌首的位置。不过每次他去拜访拉比，都像个年轻人似的把自己捯饬一番，洗手，扣上外套扣子，卷一卷鬓发，梳一梳胡须。他总是毕恭毕敬地进去，仿佛来到圣人的房间。

自从丽贝卡去世，拉比就没再找过他，这本身就说明了拉比的悲痛有多深。亚伯拉罕·摩西先生这次没像往常似的拖着脚慢慢走，而是一路快走，甚至小跑。到了拉比的门前，他稍停片刻，扶了扶帽子，整了整衣衫，用手绢擦了把额头，然后碎步进门。拉比打开了一扇百叶窗，坐在象牙扶手的老式座椅里，抽着烟斗。桌上放着半盏茶，旁边有块面包卷。看来拉比的悲痛已经平复了。

"拉比，我来了。"亚伯拉罕·摩西先生说。

"我知道，请坐。"

"谢谢。"

拉比沉默了一会儿，纤细的手放在桌子边，眼睛盯着长手指上的白指甲。"亚伯拉罕·摩西，太糟了。"

"什么太糟了？"

"亚伯拉罕·摩西，比你想的还要糟。"

"还能有什么更糟的？"亚伯拉罕·摩西语带讥讽地问道。

"亚伯拉罕·摩西，无神论者是对的。没有公义，没有法官。"

亚伯拉罕·摩西先生习惯了拉比的激烈言辞。在科玛洛夫，就连宇宙之主也不会被网开一面。但叛逆是一回事，否认上帝的存在则是另一回事。亚伯拉罕·摩西先生脸色煞白，腿发软。

"那么统治世界的是谁，拉比？"

"世界一片混乱。"

"到底是谁？"

"全是谎言！"

"得了，得了……"

"一堆狗屎……"

"狗屎从哪儿来？"

"起初就是一堆狗屎。"

亚伯拉罕·摩西先生僵住了。他想说话，但那些道理却哽在喉头。算了，是他的悲痛在讲话，他想。但他还是震惊了。如果约伯可以忍受，那么拉比也应该可以。

"那我们该怎么办，拉比？"亚伯拉罕·摩西先生哑着嗓子问。

"我们应该崇拜偶像。"

亚伯拉罕·摩西先生抓住桌子边，以免摔倒。

"什么偶像？"他问，五脏六腑都收紧了。

拉比干笑了两声。"别害怕，我不会把你送到牧师那里去的。如果无神论者是对的，亚伯拉罕与他的父亲他拉又有什么区别，各自供奉各自的偶像。头脑简单的他拉造出一个泥做的偶像，亚伯拉罕造出一个造物主。重要的是大家造出来的是什么？就算是谎言也得有点真东西在里面。"

"你是在开玩笑。"亚伯拉罕·摩西先生结结巴巴地说。他嘴里发干，喉头发紧。

"好了，别哆嗦了！坐下。"

亚伯拉罕·摩西先生坐下来。拉比起身走到窗前，久久地站着，凝视着虚空。他又走到书橱前。书橱有股葡萄酒和残烛的味道，里面有只香料盒，有只香橼盒，以及一座光明节烛台。拉比拿出一卷《光辉之书》，随手翻开一页，盯着看了看，点点头，咂了下嘴，朗声说道："编得妙呀，非常妙！"

越来越多的哈西德教徒离开了。周六的学经堂里，连十人的法定人数都几乎达不到。除了阿维格多，其他会堂司事也都走了。拉比的妻子受不了孤独，去找她哥哥——比亚瓦的拉比——去了，近期也不打算回来。亚伯拉罕·摩西先生留在了科玛洛夫，除了每月一次回自己的镇子与家人共度安息日。他认为，如果说不能把身体有病的人丢下不管，那么当然也不能把灵魂生病的人丢下。如果他们的拉比悖逆律法——上帝不许——那的确不该和他交往，但拉比却从未如此虔敬过，祈祷、学习、去净身浴池。他热衷慈善，甚至卖掉了自己最珍贵的藏品——银烛台、光明节大烛台、他的金表，还有逾越节盘子——并把所得都给了穷人。亚伯拉罕·摩西先生责备他挥霍家族遗产，但拉比说："我们能确定的是，穷人的确存在。"

夏天过去了，以禄月来临。会堂司事阿维格多平日在学经堂吹羊角号，以备新年仪典。以前，每到以禄月，科玛洛夫镇总是熙熙攘攘；旅馆爆满，没有铺位，年轻人只好睡在储藏室、谷仓和阁楼里。但今年，科玛洛夫镇静悄悄的。旅馆的百叶窗还拉着。拉比的院子里，野草疯长，无人踩踏，空中飘荡着蛛网。果园里，苹果、梨和李子已在树上熟透，因为以前摘果子的男孩子们都不在了。鸟儿叫得似乎比以往格外响。鼹鼠在地里挖出了一堆堆的小丘。野树丛长出了毒莓。一天，拉比在去净身浴池的路上摘了颗毒莓。"如果这么一个东西就可以把人变成尸体，"他想，"那尸体又是什么？"他闻了闻毒莓，扔掉。"如果一切都取决于一颗莓果，那我们所做之事便都是莓果。"拉比进了净身浴池。"好了，魔鬼们，你们在哪儿？"他高声问，回声把他的话又扔了回来。"至少魔鬼得存在吧。"他坐在长凳上，脱掉衣服，摘下穗子四角巾，仔细查看。"线与结，没别的……"

水是冷的，他无所谓。"是谁冷？冷又怎样？"水之寒冷令他倒吸了一口气，抓紧了栏杆。他一个猛子扎入水中，久久没在水下，内心有个声音在笑："只要你还喘气，你就得喘气。"拉比擦干身子，穿上衣服。回到书房后，他打开了一本讲喀巴拉的书——《约书二版》。书中写道，"应怀柔律法之严苛，以夺撒旦之给养。""那么，如果这是个童话呢？"拉比眯起一只眼，另一只眼继续盯着看，"太阳？闭上双眼就没有太阳。鸟儿？堵上双耳就没有鸟儿。痛苦？吞下野莓果就不再痛苦。那还剩下什么？什么都没有。过去已过去，未来还未来。结论就是除了现在，什么都不在。好吧，果真如此，那我们真没什么好担忧的。"

留在科玛洛夫过新年的哈西德还不到三十人。尽管拉比穿着长袍，披着祈祷巾参加了仪典，人们却不知道他是否在祈祷，因为他一直默然不语。仪典结束后，哈西德们坐在桌边，他们的拉比的位子却是空的。一位老者开始吟唱短歌，其他人用响板为他伴奏。亚伯拉罕·摩西先生重复了拉比二十年前对《托拉》做的评论。感谢上帝，拉比还活着，尽管他实已辞世。

阿维格多送到拉比房间一瓶红酒、蜂蜜苹果、鲤鱼头、两块辫穗圆面包、一夸特胡萝卜炖鸡，还有一片菠萝，用以念诵初熟果的祝词。虽然已是晚上，拉比却什么食物都没动。

在以禄月，拉比一直斋戒，身体似乎被掏空了。他的胃似乎还能感到饥饿，但那种饥饿与他无关。他，科玛洛夫的柏尼施，与食物有何相干？人们必须屈从于身体的欲望吗？如果拒绝，又怎样——死亡？"那就让身体去死吧，如果这是它想要的。我同意。"一只金绿色的苍蝇穿过敞开的窗户，从帘子的另一边飞进来，落在呆滞的鲤鱼眼睛上。拉比喃喃道："好了，你还等什么？吃吧……"

拉比半梦半醒地坐在他那张旧椅子里，手搭在扶手上，想着他自己都不知道他在想的那些念头，外界的一切不复存在。突然，他看到了他的小女儿——丽贝卡。她穿过紧闭的房门走进来，站在那里，苍白的脸，两条编辫，穿着最漂亮的那条金线裙，一手拿着祈祷书，一手拿着手绢。拉比一时忘了她已离世，有些惊讶地看着她。"看，她长成大姑娘了，怎么没结婚呢？"她身上散发出一种别样的贵气，看似病后初愈，颈上的珍珠项链有种离尘的光芒，笼罩着敬畏之日的光环。她看着拉比，目光谦和，爱意绵绵。

"节日快乐，父亲。"

"节日快乐，新年快乐。"拉比答道。

"父亲，做感恩祷告。"

"什么？当然，当然。"

"父亲，去和大家一起用餐。"她半是命令，半是恳求。

拉比打了一个寒战，冰冷透骨。"但是她死了！"他的眼中顿时噙满泪水。拉比一跃而起，似要向她奔去。透过迷蒙的泪水，丽贝卡的身体变形了，变长了，有些模糊不清，但她还在那里。拉比注意到她祈祷书上的银扣和手绢上的蕾丝。她左边的发辫系着一条白色绸带。但她的脸，似乎蒙了纱，模糊一片。拉比的声音变了。

"我的女儿，你在这儿吗？"

"在，父亲。"

"你为什么来？"

"为你。"

"什么时候？"

"等过了节。"

她似乎在退却。她的形象在打着转的泪雾中失去了质感，但她的衣裙仍拖曳在地上，翻滚涌动的金色裙裾熠熠生辉。很快，这也消失了，什么都没了，只剩下了惊奇、一种超自然的味道和一丝天堂般的快乐。拉比没有哭，但晶莹的泪滴坠落在他那绣有花叶纹样的丝绸白袍上。有一股桃金娘、丁香和藏红花的香气。他的嘴里感觉腻腻的，像是吃了杏仁软糖。

拉比想起丽贝卡让他做的事。他戴上毛皮帽子，起身打开通往学经堂的门。已是晚祷时间，不过老人们都还坐在桌边。

"节日快乐，朋友们。"拉比的声调愉悦欢欣。

"节日快乐，拉比。"

"阿维格多，我要做感恩祷告。"

"准备好了，拉比。"

阿维格多拿来葡萄酒，拉比唱起节日颂歌，念诵祷词。他边洗手，边念洗手祷词，又念了面包祷词。用过肉汤，拉比开始评论《托拉》，他已多年没做这件事了。他的声音虽然还能听到，却很低沉。拉比讲解了新年时为何月亮无光。答案是新年时，人们为生命祈祷，生命意味着自由选择，而自由是玄秘之事。如果人们知道真理为何，还能有什么自由？如果地狱和天堂明摆在市场里，每个人都会成为圣人。上帝赐予人诸多恩典，而最大的恩典就是上帝的脸永远秘示人。人类是上帝的孩子，全能的主与他们在玩捉迷藏。祂藏起祂的脸，孩子们寻找祂，坚信祂的存在。但是如果——上帝不许——人们失去了信心呢？邪恶之人是靠否认活着；否认也是一种信心，做坏事的信心，人们可以从中为肉体获得力量。但若虔敬之人失去了信心，真理则会展现给他，他会重新蒙召。这就是"当人死在帐中"这句话的象征意义：当虔敬之人失足，如同恶人，失去永恒庇护时，一道光从天而降，所有疑虑化为乌有……

拉比的声音越来越弱。老人们向前倾着身，侧耳细听。学经堂里一片寂静，听得到烛火闪烁的声音。亚伯拉罕·摩西先生脸色苍白，意识到了这一切背后的原因。新年刚过，他就连夜写了几封信寄出去。拉比的妻子从比亚瓦回来了，许多哈西德也来到镇上准备过赎罪日。拉比又回到了往昔的样子。住棚节那几天，拉比在自己的棚子里讲解《托拉》。大和撒那日，拉比与哈西德们彻夜祈祷，直到天明。欢庆律法节，他不知疲倦地围着读经台跳舞。追随他的哈西德后来说在科玛洛夫，即便是老拉比在世时——上帝保佑他——大家也没有如此热忱起劲儿地庆祝过这个节日。拉比与每个哈西德交谈，询问他的家庭状况，仔细阅读每一份祈求。他帮孩子们用灯笼、绸带和葡萄藤来装点他们的棚子，亲手用棕榈叶编织放香桃木的篮子。看到随父亲一起来的男孩儿，他就掐一下他们的脸蛋儿，给他们曲奇吃。通常，拉比是在晚些时候独自祈祷，但在住棚节后的第二日，拉比与到学经堂的前十个人一起祈祷。仪式结束后，他要了杯咖啡。亚伯拉罕·摩西先生和几个年轻人站在那里，看着拉比边喝咖啡，边抽烟斗。拉比说道："我想告诉你们物质世界是没有实体的。"

早餐后，拉比做了感恩祷告。然后他让人为他铺床，还咕哝着什么他的旧祈祷巾。他刚一躺下，就到了濒死状态。他的脸色蜡黄，如他的穗子四角巾。他双眼紧闭，皱纹密布的额头有种怪异的感觉。人们可以眼睁睁地看到生命在离他而去；他的身体在缩小，走了形。拉比的妻子想要叫医生，但拉比示意她不用。他睁开眼，看着门口。门框间，就在门柱圣卷旁边，他们都站在那里——他的四个儿子和两个女儿，他的父亲（上帝保佑他），还有他的祖父。他们神情肃穆地看着他这个方向，伸出手臂，期待着，每个人都散发出不同的光芒。他们向前探着身，似乎被一道看不见的篱笆挡住了。"原来是这样，"拉比想，"好吧，现在一切都明了了。"他听到妻子在哭泣，想要去安慰她，可是喉头与嘴唇都没有了力气。亚伯拉罕·摩西先生俯身靠向他，似乎突然意识到拉比想说些什么。拉比喃喃道，"人应该永远快乐。"

这就是他的遗言。

韩颖 译

小鞋匠们[1]

1 鞋匠们和他们的家谱

小鞋匠家族的名声不仅限于弗兰姆普尔，在周边地区——雅尼夫、克莱谢夫、比尔格雷，甚至在扎莫秀——这个家族也是赫赫有名。赫米尔尼茨基大屠杀后不久，家族创始人阿巴·沙斯特就来到了弗兰姆普尔。他在宰牲栏后面那座遍布断株残梗的山上买了片地，盖了间房。房子立了几百年，最近才塌毁了，塌毁的状况实在很糟——地基下沉，小窗户歪着，木瓦房顶上一层霉绿，吊着几个燕子窝。门也塌了，栏杆仿佛罗圈腿，进屋时不是向上迈进门槛，倒是要向下走。即便如此，早年间弗兰姆普尔几次失火，这房子倒都幸免于难。不过，椽子实在是烂得很，都长蘑菇了。割礼时需用木屑止血，人们只需揭下一片外墙，手指一捻就行了。房顶向前倾斜得厉害，扫烟囱的爬不上去，房顶总是被火星点燃。靠着上帝护佑，这房子才没毁在大火中。

弗兰姆普尔犹太社团年鉴羊皮书上记载着阿巴·沙斯特的名字。他每年都为孤儿寡妇做六双鞋；他的善举为他赢得了在会堂领读《托拉》的荣誉，人们尊称他为"穆伦努"，意为"我们的老师"。

在老墓园，他的墓碑已经不在了，但鞋匠们知道他坟墓的标记——附近有棵榛子树。老妇们都说，那棵树是从阿巴先生的胡子里长出来的。

阿巴先生有五个儿子，其中四个定居在附近的镇子，只有格兹尔一直

1．由艾萨克·罗森菲尔德翻译。——原注

住在弗兰姆普尔。他像他父亲一样继续为穷人做鞋，在挖墓会也很积极。

据年鉴记载，格兹尔有个儿子格戴尔，格戴尔生了特莱特尔，特莱特尔生了吉姆佩尔。制鞋手艺代代相传。这个家族的规矩是长子必须在家承继父业。

几代鞋匠都很像，五短身材，沙色头发，都是些诚实可信的匠人。弗兰姆普尔的人相信，鞋匠家族创始人阿巴先生是从布罗德的一位制鞋师那里学到的手艺，掌握了如何使皮革强劲耐久的秘密。在他们家的地下室里，小鞋匠们有只用来泡牛皮的大缸，谁也不知道他们往鞣革液里加了些什么化学原料。这配方父子相传，秘不示人。

我们不是要听每代小鞋匠的故事，而是限定在最后三代。利佩先生老而无子，人们想当然地认为这个家族要完了。没想到他年近七十时，妻子辞世，之后他娶了位熟透了的处女，一个挤奶工，这女子为他生了六个孩子。长子费维尔挺有钱，在镇子上算是个人物，重要的会议他都参加，在匠人会堂担任司事多年。这个会堂的惯例是在每年的欢庆律法节，选出一位新司事。被选中的人要在头上放一只象征荣誉的南瓜，里面点燃几根蜡烛，然后这个幸运儿要挨家挨户地拜访，每家都会招待他葡萄酒、蜜饯点心和蜂蜜蛋糕。费维尔就是死在了欢庆律法节，正当他挨家挨户履行职责时，突然倒在了市场上，没能救过来。由于费维尔是著名的慈善家，为他主持葬礼的拉比说他头上的蜡烛会为他照亮通往天堂的路。费维尔的遗嘱放在保险箱里，根据他的遗嘱，下葬时，人们在棺材的黑罩布上放了一把锤子、一根锥子和一只鞋楦，表明他是个老实做事、从不欺瞒顾客的匠人。

费维尔的长子叫作阿巴，以家族始祖的名字来命名。和家里的其他人一样，他也是五短身材，浓密的黄胡子，布满皱纹的高额，那种只有拉比和鞋匠才会有的额头。他的眼睛也是黄色的，给人的整体印象就像只生气的母鸡。不过，他可是个聪明的匠人，像他的祖先们一样乐善好施，在弗兰姆普尔没有比他更守信的了。他只在确有把握时才做出承诺；如果不确信就会说：谁知道呢，如果上帝愿意，也许吧。他还读过些书。每天，他都读一章意第绪语《托拉》，一有闲暇，就拿出小册子来看。赶上巡回布道者来到镇上宣讲，他可是场场不落，他尤其喜欢冬天那几个月会堂里读的《圣经》章节。安息日时，他妻子佩莎给他读意第绪语《创世记》里的故事，他就想象自己是挪亚，有三个儿子闪、含、雅弗。要么他就把自己当成亚伯拉罕、以撒，或雅各。他常常想如果上帝要他以长子吉姆佩尔作牺牲，那他会起个大早，立即执行上帝的命令。他当然也会离开波兰，离开他的出生地，去流浪，去上帝要他去的地方。他对约瑟和兄弟们的故事很熟悉，但还是不厌其烦地读了一遍又一遍。他羡慕古人，因为宇宙之王向他们显现，并为他们施奇迹，不过想到从他自己、阿巴，到族长们，这之间的链条一代一代从未断裂，还是挺欣慰的——好像他也是《圣经》的一部分。他是雅各的后代，他和他的儿子们也是多如沙、繁如星的族长子孙。他生活在流放地，是因为圣地的犹太人犯了罪，不过他在等待救赎，救赎来临时，他已准备好。

阿巴是弗兰姆普尔迄今最好的鞋匠。他做的鞋总是很合脚，不大不小。那些脚上长冻疮鸡眼的，有静脉曲张的人尤其喜欢他的活儿，声称穿上他做的鞋，脚就不疼了。他瞧不上那些新样式，靴子和凉鞋华而不实，都是细高跟儿，胡乱缝上的鞋底下一场雨就散架。他的顾客是体面的镇子居民，或附近小镇的农民，他们应该拥有最好的鞋。他用传统结绳给他们量尺寸。弗兰姆普尔的妇女大多戴假发，他妻子佩莎则额外戴顶帽子遮住假发。她为他生了七个儿子，他以祖先的名字给儿子命名——吉姆佩尔、格兹尔、特莱特尔、格戴尔、费维尔、利佩，还有哈纳尼阿。他们都像父亲一样五短身材，沙色头发。阿巴说他要把他们都培养成鞋匠，做个守信的人。孩子们还很小时，他就让他们在制鞋台旁观看，还经常跟他们说起那句老话——活儿好废不了。

他每天在制鞋台上工作十六个小时，膝上铺个麻袋片儿，锥子钻孔，钢针缝线，给皮子着色抛光，或是用玻璃打磨；他边干边哼唱着敬畏之日的圣歌片段。通常他的猫会蜷在一边看他干活，似在照顾他一般。它的妈妈和奶奶在世时，曾为小鞋匠们抓老鼠。阿巴可以从窗户看到山下的整个镇子，以及远处通往比尔格雷的路和松林。他看着妇人们每天早晨聚集在宰牲栏前，小伙子和游手好闲之人在会堂院子里进进出出，姑娘们去水泵那儿打水泡茶，黄昏时分，女人们急急地赶到净身浴池。

太阳落山时，整个房子都笼罩在暮光中。光线在角落里舞蹈，闪烁着跃过房顶，阿巴的胡须如金丝般闪闪发光。阿巴的妻子佩莎在厨房里做荞麦粥和汤，孩子们在玩耍，邻居的妇人和姑娘们来来往往。这时，阿巴会起身洗手，穿上他的长袍，去匠人会堂做晚祷。他知道大千世界有许多陌生的城市和遥远的土地，弗兰姆普尔还不如祈祷手册上的一个黑点大，但对他而言，他的镇子就是宇宙的肚脐，而他的房子则在正中央。他常常想，当弥赛亚来临，带犹太人回到以色列地时，他，阿巴，要留在弗兰姆普尔，就在他自己的房子里，在他自己的山上。只有在安息日或节日，他才会踩上云朵，飘到耶路撒冷。

② 阿巴和他的七个儿子

作为长子，吉姆佩尔注定要承继父业，阿巴对他也最是关注。他送他去最好的希伯来语教师那里学习，甚至为他延请老师，教他基础意第绪语、波兰语、俄语和数学。阿巴亲自领儿子到地下室，传授给他鞣革液所添加的化学药剂及各种树皮的配方。他告诉儿子，一般来说，右脚比左脚要大些，鞋子不合脚的问题大多是由于大脚趾。他教给吉姆佩尔各种裁鞋原则，鞋底和内衬、宽头鞋和尖鞋、高跟鞋和低跟鞋，以及平足、拇囊炎、槌状趾和胖胀顾客的特殊要求。

周五总是有很多活儿要赶着做，年长些的孩子们上午十点就从宗教小学回来，帮父亲在店里干活。佩莎烤了辫穗面包，为他们准备午饭。她会抓起刚出炉的第一块热面包，一边吹着气，一边来回在手心里倒腾，拿给阿巴看。她举着面包，前前后后，直到他点头通过。然后她会舀一勺鱼汤让他尝，或者品尝刚烤好的蛋糕。佩莎很看重他的意见。她去给她自己和孩子们买布料时，会拿些小样回来让他挑。甚至去买肉前也要问问他的意见——该买什么，鸡胸还是烤肉，肚腩还是肋排？她问他的意见并不是因为怕他，或是自己没主意，只是因为经验告诉她，他知道自己在说什么。

甚至当她确信他错了时，最终还是会证明他对了。他从不斥责她，只需一个眼神就能让她明白她在犯傻。他对孩子们也这样。虽然墙上挂着一根皮带，但他很少用；他的慈爱已经够了。就连陌生人对他也尊重有加。商人们卖给他的皮子价格公道，他要赊账，没人会反对。顾客信任他，不会对价格有任何抱怨。在匠人会堂，他总是第六个被请上台读《托拉》，这可是很高的荣誉。他做出的承诺，或该交的税款，无须提醒。安息日一过他就交钱，从不拖欠。镇上的人很快就了解了他的美德，虽然他不过是个普通鞋匠，甚至说实话，没什么学问，他们却对他另眼相待。

吉姆佩尔十六岁时，阿巴给孩子系上围裙，让他去制鞋台边干活。吉姆佩尔之后，格兹尔、特莱特尔、格戴尔和费维尔也成了学徒。尽管他们是他的儿子，由他出钱抚养，他还付给他们工资。最小的两个孩子，利佩和哈纳尼阿，虽然还在上小学，也帮着砸砸钉子。阿巴和佩莎很为孩子们自豪。早晨，六位匠人鱼贯走进厨房吃早饭，念着洗手祷词，洗干净六双手，六张嘴嚼着烤麦粒和玉米面包。

阿巴喜欢抱着最小的两个孩子，两膝上一边一个，给他们唱古老的弗兰姆普尔歌谣：

> 妈妈有十个小男孩儿，
>
> 哦，主呀，十个小男孩儿！
>
> 第一个叫作阿夫莱米尔
>
> 第二个叫作贝莱尔
>
> 第三个叫作吉姆佩尔
>
> 第四个叫作道维德
>
> 第五个叫作赫谢尔……

这时所有的孩子齐唱：

哦，主啊，赫谢尔！

有了学徒，阿巴干的活儿多了，收入也增加了。弗兰姆普尔的生活不贵，农民还常送些东西给他，一杯玉米粒或一卷黄油，一袋土豆或一罐蜂蜜，一只鸡或一只鹅，这样在吃的方面他就能省些钱。生活好了，佩莎开始提重建房子。房间太小，房顶太低，地板走起来摇摇晃晃。墙皮脱落了，各种虫蛆在木头里爬。他们总担心哪天房顶会掉下来，砸在他们头上。虽然他们有只猫，但老鼠还是很多。佩莎坚持要把这破房子拆了，重新盖所大房子。

阿巴没有立即说不，而是跟妻子说让他想想。考虑之后，他说他宁愿保持原样。首先，他担心拆房会招来厄运。其次，他怕邪恶之眼——人们已经嫉妒他了，说三道四的。最后，他不想和老房子告别，他的父母、他的祖父母，以及祖祖辈辈在这里生，在这里死。他知道房间的每个角落，每道裂缝和褶皱。一层墙皮脱落后露出另一层墙皮，露出另一种颜色；这层后面，还有一层。墙皮就像是记录着家族兴衰的相册一般。阁楼里堆满了祖辈们传下来的东西——桌子和椅子、制鞋台和鞋楦、磨石和刀具、旧衣服、锅碗瓢盆、被褥、盐板，还有摇篮。翻烂了的祈祷书装了几袋子，散在地板上。

阿巴喜欢在炎炎夏日爬到阁楼上去。透过墙上的裂隙射进来的阳光照在大大的蛛网上，彩虹般斑斓。所有东西都罩着一层厚厚的灰尘。仔细听，他就会听到低声细语，以及轻轻抓挠的声音，好像有什么看不见的生物没完没了地做着什么，说着谁也听不懂的话。他相信祖先的灵魂看护着这所房子。他也同样爱着撑起这所房子的土地。野草有一人高，遍地是郁郁葱葱的树木荆棘，树叶树枝仿佛长着牙齿和爪子一般紧紧抓住人们的衣服。苍蝇蚊子到处飞，各种蛇虫满地爬。蚂蚁在灌木丛间堆出小山；田鼠则挖出了洞穴。荒野里长着一棵梨树，每到住棚节时，都会结出小梨子，硬得像木头，味道也像。鸟儿和蜜蜂飞过这片丛林，还有长着金色肚子的硕大的苍蝇。每下一场雨，毒蘑菇就遍地冒出来。没人打理这片地，但有只看不见的手似乎在耕耘这片沃土。

站在这里仰望夏日的天空，如痴如醉地看着朵朵白云如帆船、如羊群、如扫帚、如象群，阿巴能够感受到上帝的显现，祂的意旨和祂的仁慈。他似乎亲见万能的上帝坐在祂的荣耀宝座上，地球是他的脚凳。撒旦被击溃，天使们唱着颂歌。记录人们种种行为的《记忆之书》被打开。有时在黄昏时分，阿巴甚至觉得他看到了地狱火河。火焰从燃烧的煤块上跃起。火浪卷起，吞噬了河岸。仔细聆听，他确信他听到了罪人那被捂住的惨叫，以及魔鬼嘲弄的笑声。

不，对阿巴·沙斯特来说，这已经够好了，没有什么需要改变。就这样吧，千年不变，直到他寿终正寝，埋在祖先长眠的墓地里，他的祖先曾为这神圣的社区做鞋子，不仅在弗兰姆普尔，周边的人们也在传颂他们的美名。

3 吉姆佩尔移民美国

有谚云：谋事在人，成事在天。

有一天，阿巴正在做靴子，长子吉姆佩尔走进店里。他那长着雀斑的脸涨得通红，小圆帽下的头发乱蓬蓬的。他没有坐到制鞋台旁，而是走到父亲身边，迟疑地看着他。终于，吉姆佩尔开口了："父亲，我必须跟您说件事。"

"那就说吧，我又没拦着你。"阿巴答道。

"父亲，"他喊道，"我要去美国。"

阿巴停下手里的活儿，他怎么也没想到他儿子会提这件事，眉头立刻蹙起来。

"出什么事了？你是抢劫了，还是跟人打架了？"

"没有，父亲。"

"那为什么要逃跑？"

"我在弗兰姆普尔没有未来。"

"怎么没有？你有手艺。上帝保佑，有一天你会结婚。你很有前途的。"

"我讨厌小镇，我讨厌这儿的人。这里就是个臭烘烘的烂泥塘。"

"等他们把水抽走，"阿巴说，"这儿就没有泥塘了。"

"不，父亲，我不是这个意思。"

"那你是什么意思？"阿巴生气地嚷道，"说呀！"

男孩儿讲了他的理由，恶狠狠地抱怨会堂和镇子，阿巴却一个字都听不懂，他只能认为这可怜的孩子中邪了。他还说：希伯来语教师打孩子；妇女们直接把泔水倒在门外；开店的在街上闲逛；没有厕所，人们随地大小便，在净身浴池后面，甚至大庭广众之下，造成了传染病和瘟疫的流行。他嘲讽术士艾兹瑞尔和媒人米谢利斯，也没放过拉比法庭和助浴员、救济院的洗衣妇和管理者，还有那些专职人员、慈善组织。

起初阿巴担心这孩子是不是疯了，但是听着他的高谈阔论，阿巴心里越来越明白他已偏离正途。无神论者雅各·里夫曼在舍布里辛一度很有影响力，那儿离弗兰姆普尔不远。他的学生，一个诋毁以色列的人，常来弗兰姆普尔看他姨妈，不少混混儿都追随他。阿巴怎么也没想到他的吉姆佩尔也会和这些人混在一起。

"您看怎么样，父亲？"吉姆佩尔问道。

阿巴想了想。他知道和吉姆佩尔争论不会有什么结果，他想起了那句谚语：烂苹果一只，坏掉一桶。"嗯，"他答道，"我能怎样？你想去就去，我不拦你。"

他又开始干活儿。

佩莎可没那么容易放弃。她恳求吉姆佩尔不要去那么远的地方；她哭着哀求他不要让家人蒙羞。她甚至跑到墓地去，到她祖先的坟前，希望死人能替她说句话。最终她明白阿巴是对的：争论没用。吉姆佩尔脸色铁青，黄眼珠透出敌意。在自己家中，他却如同路人。那晚他没回家，和朋友们在一起。早晨他回来收拾行囊，祈祷巾、护经匣、几件衬衣、一条毛毯、几只煮鸡蛋——一切就绪。他已攒下足够的钱支付旅费。看到一切收拾停当，母亲劝他至少带罐腌菜，再带瓶樱桃酱、被褥和枕头，吉姆佩尔拒绝了。他要偷渡到德国，轻装简行成功率要大些。简短截说，他吻别了母亲，向弟弟们和朋友们道别，然后走出了家门。阿巴不想和儿子在怨气中告别，赶着马车送他去了雷维兹车站。半夜，火车喘着粗气，吹着口哨进了站，喧闹纷乱。阿巴把车头大灯当成了丑陋的魔鬼之眼，忙不迭地躲开冒着火星、浓烟和蒸汽的烟囱。刺眼的灯光加重了周围的黑暗。吉姆佩尔提着行李疯子似的乱跑，父亲在后面追赶。分别的时刻到了，孩子吻了吻父亲的手。望着他，阿巴对着黑暗喊："祝你好运！别放弃你的宗教！"

火车出站了，阿巴的鼻子里留着烟味，耳鸣阵阵，大地在他脚下颤抖，他感觉孩子似乎被魔鬼拖走了！回到家，佩莎扑在他肩头哭泣。他说："赏赐在主，收取也在主……"

好几个月都没有吉姆佩尔的消息。阿巴知道年轻人离家后总是这样——把亲人们都忘了。有谚云："不见，不想。"他不知道这辈子能否再见到他，然而突然有一天，他收到了来自美国的信。阿巴认出了儿子的笔迹。吉姆佩尔说他安全越过了边境，看到了许多奇怪的城市，然后在船上过了四周，只吃土豆和鲱鱼，因为他不想碰不符合犹太净仪的食物。海洋深广，巨浪滔天。他看到了飞鱼，没见到美人鱼，也没有美男鱼，也没听到他们唱歌。纽约是个大城市，房子直插云中。火车在房顶上跑。外邦人说英语。没人低头走路，所有人都昂着头。他在纽约遇到许多同胞，都穿着短外套，他也是。他在家学的手艺很有用，一切安好，他能挣钱养活自己。他还会再写信的，下封信再细说。吻他的父亲、母亲和弟弟们，问朋友们好。

总算是好消息。

吉姆佩尔在第二封信里说他爱上了一位姑娘，给她买了颗钻戒。她叫贝丝，来自罗马尼亚，在制衣厂工作。阿巴戴上铜边眼镜，琢磨了好久这个词。这孩子在哪儿学了这么多英文词？第三封信说他结婚了，婚礼由牧师主持。信中夹着一张他和妻子的合影。

阿巴简直不敢相信。他的儿子穿着绅士礼服，戴着礼帽。新娘打扮得像伯爵夫人，白色婚纱，裙裾，面纱，手中拿着一束花。佩莎看了一眼照片就开始哭泣。吉姆佩尔的弟弟们看得目瞪口呆。邻居们也跑来看照片，全镇的朋友们都来了：他们坚信吉姆佩尔是被施了魔法，去了黄金之地，娶了那里的公主为妻——就像杂货商带到镇上的故事书里说的那样。

简单说，吉姆佩尔把格兹尔弄到了美国，格兹尔带走了特莱特尔，格戴尔跟着特莱特尔也去了美国，费维尔又跟着格戴尔走了，然后五兄弟把小利佩和哈纳尼阿也带走了。佩莎就靠邮件活着。她在门口放了一只捐款箱，每收到一封信就往箱子的投币口里放一枚硬币。阿巴独自干活。他不需要学徒，开销小了，少挣些钱也可以。其实他完全可以不工作，儿子们给他从国外汇钱来。不过他还是每天老时间起床，在制鞋台边一直干到深夜。锤子叮叮当当，炉边蟋蟀、洞中老鼠，还有屋顶瓦片跟着轻声应和。他的脑子里却是乱糟糟的，停不下来。小鞋匠们世世代代生活在弗兰姆普尔，突然之间，鸟儿全都飞出了笼。这是对他的惩罚，还是审判？什么意思呢？

阿巴钻了个孔，插入一颗钉子，喃喃道："这么说——你，阿巴知道自己在做什么，而上帝却不知道？惭愧啊，傻瓜！愿上帝的意旨成全。阿门！"

4　弗兰姆普尔之劫

四十年将过。佩莎早已死于霍乱，那是在奥地利占领时期。阿巴的儿子们在美国挣了不少钱。他们每周都写信，央求他去美国和他们团聚，但他还是待在弗兰姆普尔，在他的老房子里，在满是断株残梗的山上。他的坟墓已经备好，就在佩莎的墓旁，和其他小鞋匠们在一起。墓碑已立，只差填上日期。阿巴在佩莎的墓旁放了条凳子，在犹太新年前夜或斋戒日时，他会去那里祈祷，读《耶利米哀歌》。他喜欢待在墓地里。比起镇子上，这儿的天空更澄澈，更高远，肃穆从这片圣洁的土地升起，年代久远的墓碑上满是苔痕。他喜欢坐在这儿，看着高大的白桦树，哪怕无风也在颤抖。乌鸦在枝头小心翼翼地保持平衡，如黑色的果实。佩莎去世前让他保证不会再娶，还要常来她的坟前，跟她说说孩子们的消息。他没有食言。他会躺在她的坟冢旁，低声对她耳语，仿佛她还在世一般。"吉姆佩尔又当爷爷了。格兹尔的小女儿订婚了，感谢上帝……"

山上的房子几乎成了一片废墟。房梁已经朽烂，房顶得靠石柱来支撑。三扇窗户有两扇用木板封死了，因为已经装不上玻璃。地板几乎没了，脚直接踩在光秃秃的地上。园子里的梨树已经枯萎，树干树枝斑斑驳驳。园中长满毒莓和浆果，还有很多孩子们在阿布月初九扔的刺果。人们发誓说，夜里看到那儿有鬼火在燃烧，还说阁楼里到处是蝙蝠，会往女孩儿头发里飞。随他们怎么说，反正房子附近肯定是有猫头鹰在叫。邻居们总是劝阿巴赶快搬出那废墟，否则就太晚了——一阵微风都能把房子吹倒。他们劝他别再干活了——儿子们给他的钱足够用了。但阿巴还是固执地清早起床，在制鞋台边干活。虽说黄头发不太容易变白，阿巴的胡须却已全白，沾了些脏东西，又渐渐变回黄色。他的眉毛乱得像树丛，遮住了眼睛，高高的额头仿佛黄色的羊皮纸。但他的手艺可分毫没丢，他依然做得了结实耐用的粗跟儿鞋，虽然花的时间可能要长一些。他用锥子钻孔，针线缝合，锤子砸钉，一边还用沙哑的嗓子唱着老鞋匠的歌谣：

> 妈妈买了只公山羊，
> 净屠师杀了公山羊，
> 哦，主呀，公山羊！
> 阿夫莱米尔吃了羊耳朵，
> 贝莱尔吃了羊的肺，
> 吉姆佩尔吃了羊食管
> 道维德吃了羊舌头
> 赫谢尔吃了羊脖子……

没人跟他一起唱，他就自己来合唱部分：

> 哦，主啊，公山羊！

朋友们敦促他请个仆人，但他不愿让陌生女人进家门。有时，邻家的女人会来替他打扫，这他也受不了。他习惯了一个人。他学会了自己做饭，在三足锅里煮汤，甚至还会在周五做安息日布丁。他最喜欢一个人坐在凳子上，天马行空地思考。随着年纪越来越大，他的思维也越来越混乱了。白天黑夜，他总是自说自话。一个声音问，一个声音答。妙语机锋涌进他的脑子，渗透着古老智慧，似乎他的先祖们还魂归来，在他的脑子里无休止地辩论着此世与来世的问题。他的思考只有一个主题：什么是生，什么是死，永不停歇的时间是什么，美国有多远？有时他闭上眼睛，锤子从手中掉落，但他还是能听见鞋匠那特有的敲击声——轻一声，重一声，第三声更重——似乎有个魂灵坐在他旁边，修补着看不见的鞋子。若有邻居问他干吗不去找儿子们，他就会指指制鞋台上那一堆说："你倒说说，那些鞋怎么办？谁来补？"

一年又一年，他一点不晓得那些岁月如何消失，去了哪里。路过弗兰姆普尔的传道者们带来外界的消息，令人不安。阿巴还是去匠人会堂，那儿的年轻人谈论着战争和反犹条令，还说大批犹太人去了巴勒斯坦。找阿巴做了多年鞋子的农民突然不来了，开始去找波兰鞋匠。有一天，老人听说一场新的世界大战就要爆发。希特勒——愿他的名字消失——已纠集一支野蛮人军团，威胁要攫取波兰。这根驱赶以色列的鞭子已将犹太人逐出德国，就像以前在西班牙发生的一样。老人想起了弥赛亚，一阵激动。谁知道呢？也许这就是歌革与玛各之战？也许弥赛亚真的来了，死人要复活了！他看到坟墓开了，小鞋匠们一个个走了出来——阿巴、格兹尔、特莱特尔、吉姆佩尔、他的祖父、他的父亲。他把他们都请进家，摆上白兰地和蛋糕。看到房子如此颓败，妻子佩莎觉得很难堪，但是"不要紧"，他向她保证，"我们找人来打扫。只要我们都在一起！"突然一朵云飘来，笼罩了弗兰姆普尔全镇——会堂、学经堂、净身浴池、所有犹太人的家，包括他自己的家——把一切都送到了圣地。当他遇到来自美国的儿子们时，想想看，他是多么惊讶。他们跪倒在他面前，喊道："原谅我们，父亲！"

阿巴想象着这一切，锤子越锤越快。他看到小鞋匠们穿上了丝绸滑缎，长衣飘飘，博带束腰，去耶路撒冷欢庆安息日。他们在所罗门圣殿祈祷，喝着天堂的美酒，吃着硕大的公牛和巨兽利维坦。以虔诚和智慧著称的老鞋匠约赫纳和小鞋匠家族打招呼，与他们一起讨论《托拉》和制鞋手艺。

安息日结束后，整个家族回到了弗兰姆普尔的老房子，那里已成为以色列地的一部分。尽管房子还是像以前一样小，却奇迹般地变得足够宽敞，就像那本书中所说的鹿皮，可大可小。他们都在同一张制鞋台边干活，阿巴们、吉姆佩尔们、格兹尔们、格戴尔们、特莱特尔们，还有利佩尔们，为锡安的女儿们缝制金色凉鞋，为锡安的儿子们做华贵的靴子。弥赛亚亲自来到小鞋匠们的家，让他们给他测量，做一双丝绸便鞋。

　　一天清晨，阿巴正沉浸在自己的臆想中，突然听到一声巨响。老人浑身一颤：弥赛亚的号角吹响了！他丢下手中正在做的靴子，激动地冲了出去。然而并不是先知以利亚宣告弥赛亚的莅临，而是纳粹的飞机轰炸弗兰姆普尔。镇子顿时乱了套。一颗炸弹落在会堂附近，爆炸声如此之响，阿巴觉得自己的大脑在头颅里颤抖。地狱在他面前敞开。一道强光，接着一声巨响，照亮了整个弗兰姆普尔。黑云从会堂院子里升起，成群的鸟儿扑腾着飞到空中，森林在燃烧。从他所在的山上往下看，可以看到滚滚浓烟下的果园，苹果树花枝颤颤，烈焰腾腾。身旁几人扑倒在地，大声对他喊"趴下"。他听不到他们在说什么，他们的嘴唇在动却没有声音。他吓得发抖，腿肚子打战。他走进屋，拿了个袋子，装上他的祈祷巾和护经匣、一件衬衣、制鞋工具，还有他藏在干草床垫里的钞票。他拿起一根棍子，吻了吻门柱圣卷，走出了家门。他没死在那儿真是个奇迹，刚一出门，房子就起火了。屋顶像盖子似的被掀开，露出阁楼里的宝贝，墙塌了。阿巴转身看到放圣书的架子被火焰吞噬。发黑的书页在空中翻转，燃烧的字母光芒四射，仿佛西奈山上赐给犹太人的《托拉》。

5 漂洋过海

　　自那日起，阿巴的生活变得面目全非——就像他读的《圣经》故事，或是从外来的传道者那里听到的奇谈。他已经抛弃了祖辈的房子和他出生的地方，杖棍在手，游荡世界，如族长亚伯拉罕。发生在弗兰姆普尔和周边小镇的浩劫让他想到了所多玛和蛾摩拉，那些地方熊熊燃烧，如火炉一般。

他和其他犹太人一起在墓地过夜，头枕墓碑——就像雅各从别是巴去哈兰的路上，在伯特利枕石而眠。

犹太新年，弗兰姆普尔的犹太人在森林中举行仪典，由阿巴领诵最肃穆的《十八祝祷》，因为只有他有祈祷巾。他站在松树下，权当是圣坛前，以沙哑的嗓子诵读敬畏之日的祷文。布谷鸟和啄木鸟为他打着节拍，其他鸟儿则啁啁啾啾、叽叽喳喳地唱着。夏末的游丝飘飘荡荡，挂在阿巴的胡须上。密林深处不时传来一声低吟，如吹响了羊角号。赎罪日到了，弗兰姆普尔的犹太人子夜起床，念诵祷文，祈求原谅，断断续续，能记住多少念多少。附近牧场的马儿嘶嘶，凉夜中青蛙鸣叫。远处传来间歇的枪炮声；云朵彤红，流星陨落，闪电恣意空中。饥肠辘辘的小孩子们哭累了，病恹恹的，死在母亲的怀中。空场上办了许多葬礼。一位妇人产子了。

阿巴觉得变成了自己的高祖，他的高祖逃过了赫米尔尼茨基的屠杀，名字记载在弗兰姆普尔的年鉴里。他已准备好为上帝之名的圣洁而奉献自己。他梦到了牧师和宗教裁判所。风穿过树枝，他听到殉道的犹太人在呼喊："以色列啊，你要听！耶和华——我们神是独一的主！"

所幸，阿巴靠着他的钱和制鞋工具可以帮助许多犹太人。他们花钱雇了车，一路向南，逃往罗马尼亚，但还是经常需要长途跋涉，鞋子都磨坏了。阿巴于是停在树下，拿出他的制鞋工具。靠着上帝的佑助，他们冲破险阻，夜间穿过了罗马尼亚边境。第二天正是赎罪日的前一天，清晨，一位老寡妇将阿巴迎进屋。阿巴发电报给在美国的儿子们，报了平安。

阿巴的儿子们当然在想尽办法营救老人。得知他的下落后，他们跑到华盛顿，费尽周折为他搞到了签证；然后又汇了一笔钱到布加勒斯特领馆，请求他们帮助父亲。领馆派了一位信使去接阿巴，带他坐上去布加勒斯特的火车。他在那儿待了一周，又被转往意大利海港。在那儿，人们给他剪发，除虱，衣服统统蒸汽消毒。之后安排他登上了最后一班去美国的船。

这是一段漫长而痛苦的旅程。从罗马尼亚到意大利的火车上坡下坡，哐哐当当走了三十六个小时。人们给了他食物，但他担心食物不符合犹太净仪，什么都没吃。他的护经匣和祈祷巾丢了，这一丢，他就完全没有了时间概念，分不清哪天是安息日，哪天是工作日。他似乎是船上唯一的犹太人。有个男人说德语，但阿巴听不懂他在说些什么。

风卷浪涌，阿巴几乎一直躺着，常常把胆汁都吐了出来，除了干面包和水，他什么都没进。他昏昏沉沉地睡去，又被吵醒，要么是引擎不分昼夜地哭泣，要么是令人恐惧的长长的警报，空气中有股火与硫黄的味道。他隔间的门不时被撞上又打开，好像有个小妖精在上面荡悠。橱柜里的玻璃器皿在颤抖、舞蹈，墙壁晃动，甲板仿佛摇篮一般。

白天，阿巴透过他那层甲板的舷窗向外观望。轮船跃起似要登天，被撕裂的天空则跌落下来，世界好像要回到最初的混沌。轮船随即又扎入大洋，苍穹再次与诸水分离，就像《创世记》所说的那样。波涛呈现出硫黄般的黄色与黑色，锯齿状，如高山涌向天际。阿巴想起了《诗篇》中的句子："大山踊跃，如公羊；小山跳舞，如羊羔。"之后，波涛又弓起了腰，如分红海的奇迹。阿巴没什么学问，脑子里却不停闪现着《圣经》场景。他把自己看作是欲躲开上帝的约拿。他也是在鲸鱼肚子里，向上帝祈求拯救。之后，他又觉得自己好像不是在海上，而是在无垠的荒漠，毒蛇、怪兽、猛龙四处爬行，如《申命记》所载。他几乎整夜不合眼。起来上厕所时，他会头晕跌倒，勉强爬起，拖着发软的双腿四处乱撞，迷失在狭长曲折的走廊，呻吟着呼救，直到有船员领他回到隔间。每到这时，他就认定自己的大限已到，连场犹太葬礼都不会有，而是被扔进大洋。他忏悔，用骨节增生的拳头敲打着胸口，呼喊道："原谅我，天父！"

他记不清旅途几时开始，也没意识到旅途何时结束。船已停泊在纽约港码头，阿巴却丝毫不知晓。他看到巨大的建筑和高塔，却误以为是埃及的金字塔。一个戴白帽的高个儿男人到他的隔间冲他喊了些什么，他还是一动不动。最后，他们帮他穿好衣服，领他到了甲板上，他的儿子儿媳、孙子孙女都在那里等他。阿巴糊涂了，一群波兰地主、伯爵、伯爵夫人、外邦男孩儿、女孩儿向他冲过来，拥抱他，亲吻他，说着奇怪的语言，像是意第绪语，又不像意第绪语。他们半拉半拽地把他拖上了车。又来了几辆车，满载着阿巴的家人。他们飞驰而去，如离弦之箭越过桥梁、河流、屋顶。

楼房升起又退却，魔术一般，有些楼宇都擦到了苍穹。一座座城市在他面前展开，阿巴想起了积货城比东和兰塞。车开得如此之快，阿巴感觉街上的人都在倒着走。空中电闪雷鸣，撞击声、号角声乱作一团，又像婚礼又像火灾。天下大乱，异教徒的狂欢……

儿子们围在他身边，他似在雾里，一个都认不出来。这些白头发的矮个儿男人。他们大声喊叫，好像他是个聋子。

"我是吉姆佩尔！"

"格兹尔！"

"费维尔！"

老人闭上眼不作声。他们的声音混作一团，乱七八糟，颠三倒四。突然他想到雅各到了埃及，法老的马车队来迎接他。他觉得他在前世似乎经历过相同的事。他的胡须开始颤抖，胸中涌起一声沙哑的哭泣。一段忘却的《圣经》经文堵在了他的喉头。

他胡乱抱住一个儿子泣道："是你吗？你还活着？"

他想说的却是雅各之言："我既得见你的面，知道你还在，就是死我也心甘。"

❻ 美国遗产

阿巴的儿子们住在新泽西州的镇郊，七座花园环绕的房子矗立在湖畔。他们每天都开车到吉姆佩尔开办的鞋厂去，但这一天阿巴来了，他们放假，要为他办欢迎宴。宴会在吉姆佩尔家举行，完全按照犹太礼仪准备食馔。吉姆佩尔的妻子贝丝的父亲来美国前是希伯来语教师，贝丝记得所有仪轨，一丝不苟地照章而行，连头发都用头巾包起。妯娌们也都戴上了头巾，阿巴的儿子们戴上了以前过节时戴的小圆帽。孙辈和重孙辈一句意第绪语都不懂，却也学了几个词。他们听大人们讲过弗兰姆普尔、小鞋匠，还有第一位阿巴的传奇。连周围的外邦人也都熟悉了这段历史。吉姆佩尔在报纸上做广告，骄傲地宣传他的家族是制鞋业的贵族。

我们的制鞋史要追溯到三百年前的波兰城市布罗德。先祖阿巴从当地一位大师那里传承了手艺。我们的家族在弗兰姆普尔制鞋已有十五代，阿巴的慈心善行为他赢得了大师的尊号。我们坚持社区责任感、精湛的技艺和童叟无欺的原则，三者并举。

阿巴抵美那天，伊丽莎白镇的报纸上发了通告，著名的鞋业七兄弟欢迎父亲从波兰抵美。吉姆佩尔收到了一大堆来自竞争对手和亲朋好友的贺电。

宴会相当奢华。吉姆佩尔家的餐厅里，排开了三张桌子，老人和儿子儿媳坐一桌，孙辈一桌，重孙辈一桌。虽是大白天，桌上却点着蜡烛——红色、蓝色、黄色、绿色——盘碟、银器、水晶杯、红酒杯、分酒器反射着烛光，让人想起逾越节晚餐。房间的每个角落都是鲜花争艳。儿媳们当然想给阿巴换上合适的礼服，但吉姆佩尔发了话，阿巴在美国的第一天可以穿着他弗兰姆普尔风格的长袍。吉姆佩尔还雇了摄影师为宴会拍照登报，并特意邀请了一位拉比，还有赞礼员为老人唱起了传统歌曲。

阿巴坐在主座的扶手椅上。吉姆佩尔和格兹尔端来水碗，把水洒在阿巴的手上，念饭前的赐福祷词。食物放在银盘上，由黑人女仆端上桌。老人面前摆着各式果汁和沙拉，还有甜白兰地、干邑白兰地、鱼子酱，但他满脑子都是法老、约瑟、波提乏的妻子、歌珊地、膳长和酒政。他的双手发抖，食物都送不到嘴里，吉姆佩尔只好帮他。不论儿子们对他讲了多少次，他还是分不清他们。电话铃一响，他就跳起来——纳粹要轰炸弗兰姆普尔。整栋房子像旋转木马似的转呀转呀；桌子立在房顶上，每个人都是倒着的。在烛光和电灯泡下，他脸色苍白，一副病容。刚喝完汤，正上鸡肉，他就睡着了。孩子们把他带到卧室，替他脱下衣服，叫来了医生。

他在床上躺了几周，时而清醒，时而糊涂，发高烧似的不时迷糊睡去，连祈祷的力气都没有了。护士在他床边日夜守护。终于他恢复了一些，能在房前走几步了，但感官还是很混乱。他不是走到衣橱里，就是把自己锁在卫生间，忘了怎么出来；门铃和收音机会吓着他；门前疾驰而过的汽车令他焦虑。有一天，吉姆佩尔带他去了十英里外的一个会堂，即便在那儿，他还是很糊涂。会堂司事的胡子刮得干干净净；烛台上点着电灯泡；没有院子，没有洗手的水龙头，没有大家围站的炉子。赞礼员不像赞礼员那样唱诵，而是哑着嗓子咕咕哝哝。会众的祈祷巾那么小，像围巾似的。阿巴坚信他是被拉到了教堂来皈依的……

春天到了，他并没有什么起色。儿媳们开始暗示把他送进养老院，也是个不坏的主意。然而一件谁也没预料到的事情发生了。一天，阿巴偶然打开了一个储藏间，看到地上有张麻布片，很眼熟。定睛一看，原来是他在弗兰普尔做鞋的家伙什儿：鞋楦、锤子、钉子、刀子、钳子、锉、锥子，还有只破鞋。阿巴激动得颤抖起来，简直不敢相信自己的眼睛。他坐在脚凳上，不灵便的手指笨拙地摸索。贝丝进来，见他拿着一只脏兮兮的破鞋玩，不禁大笑起来。

"您在做什么，父亲？小心别伤着自己，上帝不许！"

那天，阿巴没有躺在床上打盹儿。他一直工作到晚上，吃起鸡肉来都觉得比平时香。孙子孙女们进来看他在做什么，他冲他们微微一笑。第二天早晨，吉姆佩尔告诉弟弟们，他们的父亲如何重操旧业。他们都笑起来，也没再多想——但这件事却拯救了老人。他不知疲倦地天天干活，从柜子里找各种旧鞋子，求儿子们给他皮子和工具。儿子们屈服了，他把屋里的旧鞋子全都修了一遍——男人的、女人的，还有孩子们的。逾越节过后，弟兄们决定在院中搭个小棚子，备上制鞋台，还有不少皮子、鞋底、钉子、染料、刷子——把这行当要用的东西尽量置备齐全。

阿巴开始了新生活。儿媳们高兴得哭了，他看起来年轻了十五岁。现在，他凌晨即起，祈祷完毕径直去工作，就像以前在弗兰普尔一样。他再次拿起了结绳量尺寸，第一双鞋是给贝丝做的。老人开始做鞋这件事成了邻居们议论的话题。贝丝常抱怨脚疼，但这双鞋，她认定是她穿过的最舒服的鞋。紧接着，妯娌们都开始测量，然后是孙辈。连那些外邦邻居听说阿巴就是喜欢定制鞋子后，也来找他。阿巴得比比画画地跟邻居们交流，不过也还可以。至于年龄小的孙辈、重孙辈，他们都习惯了在门口看他干活儿。阿巴开始挣钱了，便常常给他们许多糖果和玩具。他还削了一支笔，教他们一些基础的希伯来语和犹太礼仪。

一个周日，吉姆佩尔来到工作间，半开玩笑地挽起袖子和阿巴一起在制鞋台边干活。弟弟们也不甘落后。下一个周日，棚子里就摆上了八张凳子。阿巴的儿子们在膝上铺好麻布开始工作，剪鞋底，做后跟，钻孔，敲钉，跟以前一样。女人们站在门外笑，为她们的男人感到骄傲，孩子们则看得入了迷。阳光透过窗户射进来，灰尘在光线里跳舞。春日暖阳，湖水绿草之上，流云在高高的空中飘荡，如扫帚，如船帆，像羊群，又似象群。鸟儿欢唱，蝶舞蝇飞。

阿巴抬起浓密的眉毛，忧伤的眼睛看着他周围的继承人——七个鞋匠：吉姆佩尔、格兹尔、特莱特尔、格戴尔、费维尔、利佩、哈纳尼阿。他们的头发已经白了，虽然还隐约有几缕黄发。不，赞美上帝，他们没有成为埃及的拜偶像者。他们没有忘记祖先，没有堕落成浪子。老人胸中隐隐响起一个声音，突然他开始用沙哑的嗓子闷声闷气地唱起了歌：

> 妈妈有十个小男孩儿，
> 哦，主呀，十个小男孩儿！
>
> 第六个叫作维尔维尔
> 第七个叫作赞维尔
> 第八个叫作舍尼尔
> 第九个叫作特维尔
> 第十个叫作袭戴尔……

阿巴的儿子们齐声唱道：

> 哦，主啊，袭戴尔！

韩颖 译

隐 身 者[1]

1 内森与特摩尔

人们说我，邪恶之灵，下到凡界引诱人们犯罪后，便回到天庭指控他们。其实也是我给了罪人第一把推动力，不过我做得很巧妙，使罪孽恍如美德，因此其他不信神者并不会吸取教训，而是继续不断地堕入深渊。

还是给你们讲个故事吧。弗兰姆普尔镇曾经住着一位挥金如土的富豪，名叫内森·乔斯弗维尔，因为他在小乔斯弗维镇出生。他娶了一位弗兰姆普尔的姑娘，就在这儿住了下来。故事开始时，内森先生有六十岁，也许更老些。他个子不高，骨架不小，像大多数有钱人一样挺着个大肚子，酒红色的脸颊夹在黑色短须间，忽闪的小眼睛上方眉毛浓密而蓬乱。他这一生都是在吃喝玩乐中度过的。早餐，他妻子给他端来冷盘鸡和提子面包，他就像个大地主似的，就着蜂蜜酒把它们吃下去。他喜欢美味珍馐，比如烤鸡雏、鸡脖夹鱼白、鸡肝饼、肉汤鸡蛋面条等。镇上的人都议论说他妻子罗伊斯·特摩尔每天都给他做面条布丁。只要他想吃，平日也给他做安息日大餐。事实上，她也喜欢奢华的生活。

有钱没孩儿，夫妻俩当然相信好日子会排队到来，就这样两人都变得又胖又懒。用过午膳，他们就拉下卧室的百叶窗，躺在羽毛大床上呼呼大睡，就当是午夜。在如犹太人大流散般漫长的冬夜，他们会从床上爬起来，以鸡胗、鸡肝、果酱犒劳自己，还就着甜菜汤或苹果汁，然后回到那华盖遮

1．由诺伯特·古特曼和伊莱恩·戈特利布翻译。——原注

蔽的大床上，继续梦着明天的肉汤。

内森先生的谷物生意可自行运转，不需要他怎么打理。他从岳父那儿继承的房子后面就是大粮仓，有着两扇橡木大门。院子里也有好几个谷仓、牲口棚啥的。附近小镇的许多老农民只肯把谷物和亚麻卖给内森，尽管别人出的价可能更高，他们相信内森的诚实。他从不让任何人空手而归，有时还预付第二年的收成。淳朴的农民为表示感激，给内森带来森林里的木头，他们的妻子则为他采摘蘑菇和莓果。一个自年轻时就守寡的老仆人为他们做家务，有时还帮衬生意。除了开市的日子，内森整整一周都不需要动根手指。

他喜欢穿好衣服，讲故事。夏天，他会在果园的床上打个盹儿，或是读一读意第绪语《圣经》，要么就看本故事书。安息日，他喜欢听巡回传道士宣讲教义，有时还会请穷人到他家来。他有许多癖好，比如，他喜欢妻子罗伊斯·特摩尔搔他的脚，而她总是有求必应。有传闻说，他和妻子在自家院子的浴室里洗鸳鸯浴。下午，他穿上有花叶刺绣纹样的真丝睡衣，趿着绒球拖鞋，踱到门廊上，抽着琥珀烟斗。路人向他打招呼，他便友好地回应。有时他会拦住路过的女孩儿，问这问那，开个玩笑把姑娘打发走。周六念过经文，他会和女人们一起坐在长凳上，吃坚果，嗑南瓜子，听听八卦，再给她们讲讲他和地主、牧师以及拉比们的故事。年轻时他去过不少地方，克拉科夫、布罗德，还有但泽。

罗伊斯·特摩尔和她丈夫简直一模一样。就像老话所说：夫妻共一枕，最终共一头。她身材矮小，体态丰满，虽然上了年纪，脸颊依然饱满红润，小嘴巴说个不停。因为略懂些希伯来语，勉强能读下来祈祷书，她成了会堂妇女区的领袖人物。她经常引领新娘进会堂，辅助割礼，有时还为贫穷的姑娘募集嫁妆钱。虽身为富人，她会为病人端茶倒水，能熟练地去除坏死的鸡舌尖，还会刺绣编织。她有许多首饰、裙子、外套、皮草，全都放在橡木柜里，防蛾子，防小偷。

亲切和蔼的她走到哪里都受欢迎，不论是在屠宰场，还是在净身浴池。她唯一的遗憾就是没有孩子。为了弥补这一缺憾，她做慈善，并请了一位虔诚的学者在她死后为她祈祷。这些年，她存了些私房钱，放在袋子里藏起来，时不时地拿出来数数她的金币。不过她要什么内森都给她，所以她也不知道该怎样花这些钱。内森知道她存私房钱，只是佯装不知，"偷来的水比蜜甜"嘛，他并不介意她这无关痛痒的爱好。

2 女仆希芙拉·兹瑞尔

有一天，他们的老仆人病倒了，很快便命丧黄泉。内森和他妻子非常伤心，不仅因为他们已经习惯了这位老仆，她就像亲人一样；也因为她诚实、勤劳、忠诚，找人替代她不那么容易。夫妻俩在她坟前哭泣，内森为她念了第一句《卡迪什》。他保证三十天哀悼期后，就开车去雅诺夫，为她订购她应得的墓碑。老仆生前很少花钱，也没有家人，她把所有的财产都留给了雇主。

葬礼过后，罗伊斯·特摩尔马上着手寻找新的仆人，但没有人能比得上第一个。弗兰姆普尔的姑娘们不仅懒惰，烘焙煎炸的手艺也达不到罗伊斯·特摩尔的要求。孀居的、离婚的、被抛弃的女人们都被推荐给她，但是没人符合罗伊斯·特摩尔的期许。对每一个上门来应聘的人，她都要问些棘手的问题，如何准备鱼，如何腌制甜菜汤，如何烤酥饼、酥卷、鸡蛋曲奇等等；牛奶和甜菜汤酸了怎么办，鸡肉太硬怎么办，肉汤太油腻怎么办，安息日布丁过火了怎么办，粥太稠或太稀又怎么办？被搞晕的姑娘瞠目结舌，尴尬地离开。就这样过了几周，被宠坏了的罗伊斯·特摩尔不得不亲自做所有的家务事，现在她明白了吃饭可比做饭容易。

而我，引诱者，是不会袖手旁观，看着内森和他妻子挨饿的；我给他们派去了一个仆人，奇迹中的奇迹。

她是扎莫希奇本地人，还在卢布林的富人家做过工。起初，她拒绝去弗兰姆普尔这样的小地方干活儿，就是给她和她体重那么沉的金子也不去，但架不住众人都来劝她，罗伊斯·特摩尔也同意多付她几盾。最终，希芙拉·兹瑞尔接下了这份差事。

有马车专程去扎莫希奇接她，马车里塞满了她的各种箱子、篮子和背包，那阵势就像一个富有的新娘。她已经二十大几了，看上去却只有十八九的样子。头发编成两条发辫盘在头两侧；一条印花布裙，披着流苏格子披肩，脚蹬细跟鞋；耳悬环珰，项挂珊瑚。她有着狼一般的尖下巴，薄嘴唇，目光精明而放肆。她一来就抱怨弗兰姆普尔的泥浆，土腥味儿的井水，结着硬块的家庭制面包。第一天，罗伊斯·特摩尔给她端来了菜汤，做过头了，她尝了一勺，扮了个鬼脸，抱怨道："酸了，臭的。"

她要求配备助手，犹太姑娘或者外邦女子都行。罗伊斯·特摩尔费了好大劲儿，找来了一位外邦女子，助浴员的女儿，身材很是健壮。希芙拉·兹瑞尔开始下命令了。她让姑娘擦地，擦炉子，把墙角的蛛网扫掉，还建议罗伊斯·特摩尔处理掉那些多余的家具，快要散架的椅子、凳子、桌子和橱柜等等。窗户都擦干净了，脏窗帘撤掉了，房间变得轻快宽敞了许多。她做的第一顿饭就令罗伊斯·特摩尔和内森惊艳不已，皇帝也找不到更好的厨子呀。开胃菜是小牛肝和小牛肺，半煎半煮，香味挑逗着他们的鼻腔，之后是肉汤，汤里的调料可是在弗兰姆普尔找不到的，那些红辣椒和刺山柑，显然是新女仆从扎莫希奇带来的。甜点是提子杏仁加苹果酱，撒上肉桂、藏红花和丁香粉，香飘满室。之后，像在卢布林的富人家那样，她端来了菊苣咖啡。午餐过后，内森和他妻子像往常一样想打个盹儿，但希芙拉·兹瑞尔提醒他们说，吃饱就睡不健康，气会从胃跑到脑子里。她建议雇主在院子里散散步。这么多美食，内森吃撑了，加上咖啡冲上了头，他摇摇晃晃地不断说："唉，亲爱的老婆，她可真是个宝贝呀，对不对？"

"但愿没人抢她走。"罗伊斯·特摩尔说。她知道人们有多嫉妒，她担心邪恶之眼，也担心有人会出更高的价格。

就不用细数希芙拉·兹瑞尔做的那些美味了，还有她烤的巴布卡蛋糕、马卡龙，她创制的那些开胃菜。邻居们都认不出内森的房子和庭院了。希芙拉·兹瑞尔让人粉刷了墙壁，清理了棚子和储藏间，雇人拔除花园的野草，修了篱笆和门廊栏杆。所有的事都听她的，她不像仆人，倒像是女主人。周六，用过前一天做好的炖肉午餐，希芙拉·兹瑞尔穿上羊毛裙和尖头鞋，出去散步。盯着她看的不仅有那些干活的普通人和穷人家的女儿，就连富裕人家的小伙子、大姑娘也在盯着她看。她的助手，那个助浴员的女儿跟在她后面，提着一袋子水果和曲奇，因为犹太人在安息日是不能提东西的。女人们坐在门前长凳上看着她，摇摇头。"她就像地主的老婆一样骄傲！"她们议论纷纷，并且预言她在弗兰姆普尔的时间长不了。

3 诱 惑

　　那是一个周二，罗伊斯·特摩尔去雅诺夫了，她的姐姐病了。内森让那外邦女孩儿给他准备蒸汽浴。从早晨开始，他就四肢酸痛，全身骨头疼，他知道只有出场透汗才能缓解。女孩儿给炉子添足了柴火，围着砖摆好，点着，往大桶里加上水，就回到了厨房。

　　火灭之后，内森脱掉衣服，往烧红的砖上浇了一桶水。蒸汽充盈了浴室。内森上到最高一层台阶，那里的蒸汽最热最浓，他用事先准备好的一把小笤帚抽打着自己。通常，罗伊斯·特摩尔会替他做。他发汗时，她来浇热水；她发汗时，他来浇热水。他俩互相用小笤帚抽打，然后罗伊斯·特摩尔在木桶里为他洗澡，梳理头发。但这一次，罗伊斯·特摩尔必须去雅诺夫看她生病的姐姐，内森觉得没必要等她回来，他的大姨子已经很老了，也许快死了，那样的话，罗伊斯·特摩尔还得待上七天。他以前从没有自己洗过澡。和往常一样，蒸汽很快就没了。内森想下去，往砖上再多浇些水，又觉得双腿很沉，而且他很懒。他躺在那儿，肚子朝天，用小笤帚抽打着，搓搓膝盖和脚踝，盯着房顶被熏黑的弯曲的房梁。一小块蓝天透过裂隙盯着里面。已是以禄月了，到年底了，一阵伤感袭上内森的心头。他还记得这位大姨子年轻时的样子，生命力旺盛，现在却奄奄一息。他也不会永远吃着杏仁饼，盖着鸭绒被。他意识到有一天，他会被埋进漆黑的坟墓，眼睛上盖着瓦片。罗伊斯·特摩尔嫁给他快五十年了，一直悉心宠爱着他的身体，而这身体却要成为虫子的食物。

　　内森躺在那儿，肚子朝天，探索着他的灵魂。突然，他听到铁链咣当，门吱呀一声开了。他四下望去，吃惊地看到希芙拉·兹瑞尔走了进来。她光着脚，白绢包头，仅穿了一件睡衣。内森倒吸了一口气，叫道："不！"赶紧找东西盖住自己。他很不安，摇着头，示意她走开，但希芙拉·兹瑞尔说："别害怕，主人，我不会吃了你的。"

她把一桶水浇到热砖上。浴室里响起嘶嘶声，白雾迅速升起，侵灼着内森的四肢。然后希芙拉·兹瑞尔爬上台阶，来到内森身边，拿起小笤帚，开始抽打他。他惊得说不出话来，结结巴巴，几乎滚下湿滑的架子。希芙拉·兹瑞尔继续认真地抽打着，用她带进来的肥皂给他擦抹。终于，内森平静下来，哑着嗓子说："你怎么回事？不害臊！"

"有什么好害臊的？"女仆漫不经心地说，"我不会伤害主人的……"

她忙活了好一阵，给他梳头、按摩、擦肥皂、冲洗，内森不得不承认这个魔鬼女人比罗伊斯·特摩尔能干。她的双手也更光滑，挑逗着他的身体，激起了他的欲望。他很快就忘了这是以禄月，敬畏之日马上就到了。他让女仆插上门的木闩，用颤抖的声音向她提出了请求。

"绝不，叔叔！"她坚决地说，往他身上浇了一桶水。

"为什么不？"他问道，脖子、肚子、头、四肢都滴着水。

"因为我属于我的丈夫。"

"什么丈夫？"

"有一天要娶我的人，上帝保佑。"

"得了，希芙拉·兹瑞尔，"他说，"我会给你些东西的——珊瑚项链，或者胸针。"

"别白费力了。"她说。

"至少亲一下！"他恳求道。

"亲一下，二十五枚。"希芙拉·兹瑞尔说。

"格罗兹，还是三便士的？"内森连忙问。希芙拉·兹瑞尔答道："盾。"

内森想了想。二十五盾可不是个小数目，但我这个老鬼提醒他人生有尽头，少留下几盾在身后也没什么。于是，他同意了。

希芙拉·兹瑞尔俯下身，双臂缠绕着他的脖子，吻着他的嘴。这半吻半咬让他屏住了呼吸。欲望在他体内升腾，他下不了台阶，胳膊腿都在颤抖。希芙拉·兹瑞尔扶他下去，还帮他穿上了浴袍。"原来你是那样的……"他喃喃道。

"别侮辱我，内森先生，"她警告说，"我是纯洁的。"

"像猪蹄一样纯洁。"内森心想。他为她打开门。稍后，他不安地四下看了看，确信没人看到他，便也离开了。"想不到会发生这样的事！"他喃喃道，"无耻！真是个婊子！"他决心再也不和她有任何瓜葛。

4　夜不能寐

晚上，内森躺在他的鸭绒床垫上，盖着丝绸毯子，枕着三个枕头，可是我的妻子莉莉斯和她的同伴们却让他无法入眠。他迷迷糊糊睡去，又醒过来；开始做梦，又被梦中的景象吓醒。有隐身者对他悄悄耳语。他一时觉得口渴，又感觉头在发热。他下床，穿上拖鞋，披上睡袍，来到厨房想舀杯水。他在水桶前弯下腰，滑了一下，险些跌倒。刹那间，他觉得他像年轻人那样渴望着希芙拉·兹瑞尔。"我这是怎么了？"他喃喃道，"一定是魔鬼在捣乱。"他想回自己的房间，却发现自己正在朝仆人的小房间走去。他在门口停下脚步，听了听。炉子后面传来一阵窸窣声，干柴中有什么东西嘎吱作响。窗外有盏灯发出苍白的光，还有一声叹息。内森想起来现在正是以禄月，虔敬的犹太人在黎明时分该起床念忏悔祷文了。他刚要转身回去，女仆打开了门，惊讶地问道："是谁？"

"是我。"内森小声说。

"老爷要什么？"

"你不知道吗？"

她咕哝了一声，默然不语，似乎在想怎么办。"回去睡吧，老爷。说也无益。"

"但是我睡不着，"内森抱怨道，有时他对罗伊斯·特摩尔说话也会用那样的语气，"别赶我走！"

"走吧，老爷，"希芙拉语中带着怒气，"否则我就要喊了！"

"嘘——我不会强迫你的，上帝不许。我喜欢你。我爱你。"

"老爷要是爱我，就娶我吧。"

"那怎么行！我有老婆！"内森吃惊地说。

"那又怎样？你觉得离婚是为什么？"她边说边坐了起来。

"她不是女人，"内森心想，"是魔鬼。"他被她和她的话惊到了，站在门口，一片迷茫，沉甸甸的身子靠在门柱上。良善之灵的力量在以禄月是最强大的，他提醒内森想想《正直之度》里的故事，他读过意第绪语版，书中记述了虔诚之人的事迹，他们被地主的老婆、女魔和妓女引诱，却没有向诱惑屈服。"我要马上把她打发走，明天就走，哪怕要付她一年的工资。"内森下了决心，可他口中却说："你是怎么回事？我和我老婆都生活了快五十年了！我为什么要现在和她离婚？"

"五十年够长了。"无耻的仆人答道。

她的厚颜无耻不仅不让他反感，反而越发吸引他。他走到她的床边坐下，她身上腾起一股粗鄙的热气。一股强烈的冲动之下，内森不禁说："我怎么和她离婚？她不会同意的。"

"你不需要她同意就可以离婚。"仆人说，显然很了解这种事。

无论他如何奉承，如何承诺，都改变不了她的心意。内森说什么，她只当是耳旁风。他回到自己的床上时，天已经亮了。他的卧室墙壁是画布般的灰色。太阳从东方升起，如煤块在一堆灰烬上燃烧，发出地狱之火的红光。一只乌鸦落在窗台上，张开弯曲的黑色的喙，开始哀鸣，似在宣读噩耗。内森浑身一颤，感到无法再掌控自己，邪恶之灵已勒紧他的缰绳，驱赶着他，走上了一条充满险阻的邪恶之路。

从那时起，内森不再有片刻安宁。

罗伊斯·特摩尔在雅诺夫为姐姐守丧期间，内森夜夜都往希芙拉·兹瑞尔那里跑，每次都被拒绝。

无论他怎样哀求，许诺多么贵重的礼物，甚至要给她出嫁妆，把她加进遗嘱，都无济于事。他发誓不再找她，但每次都违背誓言。他傻话连篇，自贬身价，一点都不像个有身份的人。被他吵醒后，她不仅会赶他走，还会责备他。他摸着黑，从他的房间到她的房间，常常撞上门、橱柜、炉子，身上青一块紫一块。他碰翻过泔水盆，摔碎过玻璃杯。他想背一章他曾熟记于心的《诗篇》，祈求上帝将他从我撒下的网中救出来，但圣洁的词语在他的口中走了样，他的脑子完全被那些龌龊念头搞乱了。在他的卧室里，各种萤火虫、苍蝇、蛾子、蚊子嗡嗡不断，都是我，邪恶之灵，放进去的。内森躺在床上毫无倦意，大睁着双眼，竖着两耳，聆听哪怕是一点微小的动静。公鸡喔喔，沼泽里青蛙呱呱，蟋蟀嚁嚁，霹雳闪着怪异的光。有小妖精不断提醒他：别傻了，内森先生，她在等你；她想看看你是个男人还是只老鼠。小妖精唱道：管他什么以禄，女人就是女人，今生不享用，来世徒伤悲。内森呼叫着希芙拉·兹瑞尔的名字，等待着她的回应。他似乎听见了她光脚走路的啪嗒声，似乎看到了黑暗中她那雪白的胴体，也许是她穿着的睡衣。终于，他按捺不住欲火，颤抖着从床上爬起来，去她的房间，但她还是那么坚定。"要么是我，要么是太太，"她宣布，"走吧，老爷！"

她从垃圾堆里抄起笤帚，朝他的背上打去。弗兰姆普尔的富豪，人人尊敬的内森·乔斯弗维尔就这样灰头土脸地被赶回了自己的华盖床，辗转反侧直至天明。

5 森林之路

从雅诺夫回来，罗伊斯·特摩尔看到她丈夫，真是吓坏了。他面如土灰，眼睛下垂着两个眼袋，胡子不久前还是黑黑的，现在却杂着白须，肚子松松的，像个袋子似的挂在那里。他仿佛病入膏肓，脚都拖不动。"天哪，你看上去比有些入了土的人还糟！"她喊道。她盘问他出了什么事，他不能把实话和盘托出，只说自己头痛，胸口痛，肋间也痛，还有其他类似症状。虽然罗伊斯·特摩尔期待着见到丈夫好好跟他亲热一番，也只能叫了马车马匹，让他去卢布林看医生。她给他的行李箱里装满了曲奇、果酱、果汁等各种食品，跟他说别吝惜钱，要找最好的医生，按医嘱吃药。希芙拉·兹瑞尔也去为老爷送行，跟着马车走到桥头，祝他早日康复。

天上月满，夜已深了。马车行走在森林间，暗影在前方穿行，我，邪恶之灵，来到内森身边问道："你要去哪儿？"

"你看不见吗？去看医生。"

"你的病，医生治不好。"我说。

"那我该怎么办？和我的老妻离婚？"

"为什么不？"我对他说，"难道亚伯拉罕没有把他的女仆夏甲赶到旷野中，只给她带了一瓶水，因为他更喜欢撒拉？后来，难道他没有再娶基土拉，还跟她生了六个儿子？摩西，犹太民族的老师，难道不是娶了西坡拉，又娶了位古实当地的女子？他的姐姐米利暗因而毁谤他，不就得了大麻风？要知道，内森，你注定要有儿女承欢，根据律法，你在和罗伊斯·特摩尔结婚十年后就该跟她离婚。唉，你不会没有子嗣就离开这个世界的，所以上天才把希芙拉·兹瑞尔送入你的怀抱，让她怀孕生下健康的孩子，在你百年之后，他们会为你念《卡迪什》，会继承你的产业。所以别抗拒了，内森，这是天命。如果你不这么做，就要被惩罚，你很快就会死去，罗伊斯·特摩尔还是会成为寡妇，而你则要下地狱。"

听闻此言，内森害怕了，从头到脚抖个不停。他说："如果是这样，我还去卢布林干吗？我应该让车夫返回弗兰姆普尔。"

我回答说："不，内森。干吗把你的打算告诉妻子？如果她知道你打算和她离婚，娶那女仆替代她，她会很伤心的，可能会报复你，或是报复女仆。还是听从希芙拉·兹瑞尔给你的建议吧。在卢布林拿到离婚书，偷偷放到你妻子的衣箱里，这样离婚就能生效。然后跟她说你长了一个肿瘤，医生建议你去维也纳做手术。走之前，带上所有的钱，只把房子、家具，还有你妻子的私人物品留给她。当你走得远远的了，希芙拉·兹瑞尔也来找你了，你才可以通知罗伊斯·特摩尔，她已经是离了婚的女人了。这样你就不会卷入丑闻。不过不要再耽搁了，内森。希芙拉·兹瑞尔是不会等你的，如果她离开你，你可能会被惩罚，失去此世和来世。"

我又说了许许多多，虔诚的，不虔诚的。破晓时分，他睡着了，我给他送来了裸体的希芙拉·兹瑞尔，还给他看她将来要生的孩子长什么样儿，男孩儿、女孩儿，留着鬈发和卷毛，我让他吃想象中她做的饭菜：珍馐美馔。当他从幻想中醒来时，饥饿难耐，欲壑难填。卢布林到了，马车停在了旅馆前，内森用了早餐，一张软床已为他准备好。在他的舌根，还留着梦中吃到的馅饼的味道。在他的唇上，他似乎还可以感觉到希芙拉·兹瑞尔的香吻。他无法克制自己的欲望，重新披上外套，对店家说他要赶去见客户。

我把他引到一条僻静的小巷，在那儿他找了一个贪婪的文书，付了五盾钱，文书就按律法写好了离婚书，找证人签了字。然后内森从药店买了一堆瓶瓶罐罐和药片，返回了弗兰姆普尔。他对妻子说他找了三个大夫，他们都发现在他的胃里有一个肿瘤，他必须马上去维也纳，找专家治疗，否则活不过当年。罗伊斯·特摩尔吓坏了，说道："钱算什么？你的健康对我要重要得多。"她想陪他一起去。但内森跟她讲："那样路上就得花双倍的钱，而且这儿的生意也得有人照看。别去了，留下吧，上帝保佑，如果一切顺利的话，我会回来的，然后我们就能幸福地在一起。"长话短说，罗伊斯·特摩尔同意了，留了下来。

当晚，罗伊斯·特摩尔睡着后，内森起床悄悄地把离婚书放进了她的衣箱。他还去了希芙拉·兹瑞尔的房间，告诉她他都做了些什么。她又是吻他，又是抱他，保证要做一个好妻子和他孩子的好母亲。而她心里却暗自笑道：你这个老傻瓜，爱上了一个婊子，你要付出代价的。

现在开始讲我和我的同伴如何迫使这个老罪人，内森·乔斯弗维尔，成为一个能看到他人，他人却看不到他的人，他的尸骨也因此永远不会被安葬，这就是对荒淫的惩罚。

6 内森归来

一年过去了，罗伊斯·特摩尔已再婚，第二任丈夫是弗兰姆普尔的谷物商——摩西·莫什利斯。她被抛弃时，他的妻子刚刚过世。摩西·莫什利斯是位长着红胡子的小个儿男人，有着浓密的红眉毛，锐利的黄眼睛。他经常跟弗兰姆普尔的拉比争论，祈祷时总是戴着两副护经匣。他经营一家磨坊，身上常常落满白面粉。摩西·莫什利斯本也是个富人，和罗伊斯·特摩尔结婚后，他接管了她的粮仓和客户，成为一方巨贾。

罗伊斯·特摩尔为什么要嫁给他？首先，是别人撺掇的。其次，她很孤独，她认为再嫁个丈夫也许至少可以稍稍替代内森。最后，我，引诱者，有我自己的原因让她再嫁。婚后，她意识到她犯了个错误。摩西·莫什利斯行为怪异。他很瘦，她想让他长些肉，但是他不肯碰她做的饺子、馅饼和鸡肉。他喜欢吃蒜香面包，带皮的土豆，洋葱和萝卜，每天一片水煮瘦牛肉。沾了污渍的长袍从来不系扣子，用一根带子吊着裤子。罗伊斯·特摩尔给他准备好了洗澡水，他却拒绝。她得逼着他换衬衣和内衣。他很少在家，要么出差，要么参加社团会议。他睡得很晚，在床上哼哼，打呼噜。天一亮他就起床了，精神抖擞得像只小蜜蜂。虽然已快六十岁了，罗伊斯·特摩尔仍有着其他人都有的需求，但摩西·莫什利斯很少与她亲近，来也只是尽责而已。女人最终承认她犯了个大错误，但又能怎样呢？她咽下自己的骄傲，默默地忍耐。

以禄月的一个下午，罗伊斯·特摩尔到院子里倒泔水，她看到了一个奇怪的身影，不禁失声叫了出来，盆掉在地上，泔水溅到脚上。十步之遥，站着内森，她的前夫。他穿得像个乞丐，长袍破了，一根绳子系在腰间，鞋子开裂了，头上的帽子就剩了衬里。曾经粉扑扑的脸现在却是蜡黄，胡须大都灰白了，眼袋下垂，乱蓬蓬的眉毛下，双眼紧盯着罗伊斯·特摩尔。有那么一刻，她想他定是死了，站在面前的是他的鬼魂。她几乎要喊出来：可怜的灵魂，回到属于你的地方，安息吧！但这是大白天呀，她很快恢复过来，颤巍巍地问道："我的眼睛骗了我吗？"

"没有，"内森说，"是我。"

良久，丈夫与妻子默默地凝视彼此。罗伊斯·特摩尔惊得说不出话来，双腿颤抖，她不得不扶住树，以免摔倒。

"天哪，发生了什么事？"她喊道。

"你丈夫在家吗？"内森问。

"我丈夫？"她糊涂了，"不……"

刚要请他进屋，罗伊斯·特摩尔想起根据律法，她不能和他站在同一个屋檐下，而且，她也担心仆人们会认出他。她弯腰捡起泔水盆。

"出了什么事？"她问。

内森支支吾吾地告诉她，他如何在卢布林见到希芙拉·兹瑞尔，娶了她，然后被她说服，去匈牙利找她的亲戚。在靠近边境的一家旅店，她抛弃了他，偷走了所有东西，甚至他的衣服。自那时起，他就在各处流浪，睡在救济院里，像个乞丐似的挨家乞讨。起初他想要拿到一百个拉比的签名，这样就能再婚，去弗兰姆普尔。后来他听说罗伊斯·特摩尔又结婚了，就来寻求她的原谅。

罗伊斯·特摩尔简直不敢相信自己的眼睛，一直盯着他。他则像个乞丐似的，靠在一根弯棍儿上，一直不抬眼。他的耳朵里，鼻孔里，一丛丛的毛发伸出来。透过他的破外套，她可以看到里面的麻布衣，透过麻布衣的裂缝，她可以看到他的皮肉。他似乎变小了。

"镇上有人看到你吗？"她问。

"没有，我从田间穿过来的。"

"天哪，我现在拿你怎么办？"她喊道，"我结婚了。"

"我对你没有任何要求，"内森说，"永别了。"

"别走！"罗伊斯·特摩尔说，"哦，我太不幸了！"

她捂着脸，开始哭泣。内森走到她身边。

"别为我哭泣，"他说，"我还没死呢。"

"我但愿你死了，"她说，"我还能高兴些。"

呵呵，我，破坏者，还没把我的诡计都使出来呢。罪与罚的天平还没有摆平。于是，我斗胆对那女人讲话，动之以情，要知道，同情就像其他情感一样，可以用来干好事，也可以用来干坏事。罗伊斯·特摩尔，我说，他是你的丈夫；你和他共同生活了五十年，现在他堕落了，你不能弃他不顾。她问："我该怎么做？我怎么也不能就站在这里，任人嘲笑。"这时，我给了她一条建议。她颤抖着，抬起眼，示意内森跟她走。他顺从地跟在她后面，和其他贫穷的造访者一样，女主人怎么说就怎么做。

7 废墟中的秘密

在院子粮仓的后面，靠近浴室的地方，有一处废墟。许多年前，罗伊斯·特摩尔的父母住在那里。一层的窗户用木板封上了，不过二层还有几间像样的房间。鸽子在屋顶栖息，燕子在排水槽下筑窝，烟囱里堵了把旧笤帚。内森以前常说该把这房子彻底拆了，但罗伊斯·特摩尔坚持说只要她还活着，她父母的家就不能拆。阁楼里堆着各种杂七杂八的东西。上学的孩子说，夜半时分，废墟里会射出光来，还说魔鬼住在地窖里。现在，罗伊斯·特摩尔把内森领到了那里。进到废墟里不那么容易，路上都是带刺的野草，扎得人生疼。罗伊斯·特摩尔的裙子挂在了尖如钉子的荆棘上。鼹鼠丘到处都是，门口挂着重重蛛网。罗伊斯·特摩尔用烂树枝扫掉蛛网。楼梯快散架了。她步履沉重，不得不扶着内森的胳膊。一层厚厚的灰尘升起来，内森开始打喷嚏、咳嗽。

"你要把我带到哪儿去？"他迷惑地问道。

"别害怕，"罗伊斯·特摩尔说，"没事的。"

她把他留在废墟，自己回到房子里。她告诉仆人可以休息了，这种话是不需要说第二遍的。仆人走后，罗伊斯·特摩尔打开内森的衣柜，仍旧满满的，都是他的衣物。她拿出内森的衣服，全都送到废墟去。之后她再次离开，回来时带了一只篮子，里面是米饭和炖肉、牛肚和小牛蹄、白面包，还有煨梅脯。他狼吞虎咽地吃下晚餐，把梅脯盘舔得干干净净。罗伊斯·特摩尔打来一桶井水，让内森去另一个房间洗澡。夜幕开始降临，黄昏却还迟迟不肯走。按照罗伊斯·特摩尔的吩咐，内森去洗澡了，她可以听见他在隔壁房间的撩水声和叹息声。当他换好衣服，再次出现在罗伊斯·特摩尔面前时，眼泪从她眼里涌出。窗外的圆月将房间照得如同白昼，内森穿着干净的衬衣，花叶刺绣的睡袍，戴着丝绸睡帽，趿着天鹅绒拖鞋，似乎又回到了原来的自己。

摩西·莫什利斯恰巧不在镇上，罗伊斯·特摩尔不需要着急。她又回到房子里，这回拿来了床单被褥。只需要给床上好床板就行了。罗伊斯·特摩尔不想点蜡烛，担心有人看到烛光。于是她摸着黑，和内森一起爬到阁楼，摸索着，找来一些旧床板，然后在上面放好床垫、床单和枕头。她甚至还记着带来了一些果酱和一盒曲奇，这样内森睡前可以吃点零食。一切就绪，她才坐在摇摇晃晃的凳子上休息。内森坐在床边。

沉默了许久，他说："有什么用？明天我就得走。"

"为什么明天就走？"罗伊斯·特摩尔说，"好好休息一下。有的是时间在救济院里挨日子。"

他们对坐到深夜，喃喃低语。罗伊斯·特摩尔哭一阵，停一阵，又哭一阵，又安静下来。她坚持让内森把一切都告诉她，不要漏掉任何细节，于是他又跟她讲了一遍他如何与希芙拉·兹瑞尔会面，如何结婚，她如何劝他跟她去普莱斯堡，她如何在旅店里与他一夜甜言蜜语，缠绵不已。黎明时分，他睡着了，她则起床解下了挂在他脖子上的袋子。他还告诉罗伊斯·特摩尔，他如何迫不得已，忍羞含辱地睡在乞丐间，到陌生人家中讨吃的。虽然他的故事令她愤怒，她骂他是个傻瓜、笨蛋、蠢驴、白痴，怜悯却让她的内心几乎化掉。

"现在该怎么办？"她不断地自言自语，一遍又一遍。我，邪恶之灵，则答道：别让他走。他不该过乞丐的生活。他也许会悲痛而死，羞惭而死。罗伊斯·特摩尔争辩说，她是个结了婚的女人，没有权利和他在一起。我则说：五十年相濡以沫的两个灵魂怎能被一纸十二行的离婚书分开？难道律法能将兄妹变作路人？难道内森没有成为你的一部分？难道你不是夜夜梦到他？你的所有财产难道不是因为他的辛勤劳动？摩西·莫什利斯算什么？一个陌生人，一个粗人。与其在天堂里给摩西·莫什利斯做脚凳，还不如和内森一起在地狱里受熬煎，不是吗？我还提醒她一则故事，地主的妻子和训熊师私奔了，后来地主原谅了她又将她接回自己的庄园。

弗兰姆普尔教堂的钟声敲响了十一下，罗伊斯·特摩尔回到自己房中。躺在奢华的华盖床上，她发烧似的辗转难眠。内森在窗前站了许久，看着窗外。以禄月的夜空繁星密布。会堂房顶上，猫头鹰的尖叫仿佛人声。猫的尖叫让他想起女人生产时的哀号。蟋蟀喁喁，看不见的锯子似乎在锯着树干。穿过田野，传来吃夜草的马的嘶鸣，伴着牧羊人的呼叫。因为是在二层，内森可以一眼看到整个小镇、会堂、教堂、屠宰场、净身浴池、市场，以及外邦人居住的小巷。他认出了自家院落的每一间棚子、小屋，每一块板子。山羊啃掉了一块树皮。田鼠离开粮仓回到自己的洞。内森看了许久，周围的一切又熟悉又陌生，真实又虚幻，似乎他已经离开了尘世——只有他的魂灵在游荡。他想起有句希伯来语正好可以形容他的状态，但是记不清楚了。想了很久，他终于记了起来：**看得到他人，他人却看不到他。**

8　看得到他人，他人却看不到他

在弗兰姆普尔，大家都说罗伊斯·特摩尔和女仆吵了一架，聘期未到就把她辞了。主妇们都很吃惊，那姑娘可是出了名的勤劳诚实。其实，罗伊斯·特摩尔辞了那姑娘，是怕她发现内森住在废墟里。我的一贯做法是，诱人犯罪时，要让夫妻俩相信这只是权宜之计，一旦内森从流浪的疲惫中恢复过来就离开。不过，我得确保罗伊斯·特摩尔欢迎这位隐身客人，而内森也喜欢待在那里。虽然他们每次在一起时，都会讨论将来如何分开，罗伊斯·特摩尔却把内森的住处布置得似乎他要永久待下去。她又开始为他煮饭做菜，再一次为他奉上美味佳肴。几天后，内森的形象大变。吃了糕点布丁，他的脸色重新变得粉扑扑的，肚子又突了出来，像个富人样儿了。他又穿上了绣花衬衣，天鹅绒拖鞋，丝绸睡袍，拿着细亚麻布手绢。怕他无聊，罗伊斯·特摩尔给他拿来了意第绪语《圣经》《鹿的遗产》和许多故事书。她还给他买来了烟丝，他喜欢抽烟斗。她又从地窖里拿来了内森珍藏多年的红酒和蜂蜜酒。这对离婚鸳鸯在废墟里排开了盛宴。

为了保证摩西·莫什利斯很少在家，我把他打发到各种各样的集市上去，甚至推荐他当诉讼仲裁官。很快，粮仓后面的废墟就成了罗伊斯·特摩尔唯一的安慰。就像吝啬鬼整天都想着他藏起来的宝贝，罗伊斯·特摩尔一心只惦记着废墟和她心里的秘密。有时她想内森已经死了，她只是用魔法将他复活了一阵子；有时她则想这整件事就是场梦。每当她看着窗外苔藓覆盖的废墟屋顶，就想：不！内森不可能在那儿，我肯定是被骗了。她必须立即飞奔过去，跑上吱吱呀呀的楼梯，看到前来迎接她的内森本人，带着他熟悉的微笑和好闻的气味。"内森，你在这儿吗？"她会问。他则答道："是的，罗伊斯·特摩尔，我在这儿，在等你。"

"你想我了吗？"她会问。他则答道："当然。你的脚步声就是我的节日。"

"内森，内森，"她会接着说，"一年前你会想到这样的结局吗？"

他则会喃喃地说："不会，罗伊斯·特摩尔，简直是场噩梦。"

"哦，内森，我们已经失去了此世，恐怕我们也要失去来世了。"罗伊斯·特摩尔说。

他回答说："噢，那太糟了，不过地狱也是给人准备的，不是给狗。"

摩西·莫什利斯是哈西德派，所以我，老反叛者，让他去和他的拉比过敬畏之日。独自在家的罗伊斯·特摩尔给内森买了一条祈祷巾、一袭白袍和一本祈祷书，还为他准备了节日大餐。新年那晚是没有月亮的，他只能在黑暗中吃晚餐，瞎乎乎地拿起一片面包蘸了蘸蜂蜜，尝了块苹果，吃了胡萝卜、鲤鱼头，又对着石榴念诵初熟果的祷文。白天他穿着长袍，披着祈祷巾，站着祈祷。耳畔隐隐传来会堂里的号角声。祈祷间歇，罗伊斯·特摩尔穿着金色的裙子，白缎外套，披着银线披肩来看他，祝他新年快乐。她戴着订婚时内森送给她的金项链，胸前颤巍巍的是他从但泽给她买的胸针，腕上跳脱的是他从布罗德给她买的手镯。她身上散发出一股蜂蜜蛋糕和会堂妇女区的味道。赎罪日前夕，罗伊斯·特摩尔给他买了一只白公鸡作为代罪祭品，并给他准备了斋前餐。在会堂，她还为他的灵魂奉上了一根蜡烛。去会堂做午祷前，她来与他道别，却放声大哭起来，内森都担心被别人听到。她扑到他怀里，紧紧抱着他，不肯松开，脸上满是泪水，疯了般哀号。"内森，内森，"她哭泣道，"但愿我们从此再无哀伤。"她说的那些话就像是家里死了人似的，一遍又一遍地重复。内森担心她会晕倒，搀扶她下了楼梯。然后，他站在窗口，看着弗兰姆普尔的人朝会堂走去。女人们步履坚定而迅速，似乎要赶去为家中的病危之人祈祷；她们手提着裙子，碰上别的女人，则拥抱在一起，前后摇晃，好像在与什么神秘之人推搡。权贵的妻子敲开穷人的家门，请求原谅。孩子生了病的母亲奔跑着，双臂张开，似乎在把什么人赶走，疯了般哭号。老人们在离家前，脱下鞋子，穿上白袍，披上祈祷巾，戴上白色的圆顶小帽。会堂院子里，穷人们坐在长凳上，旁边放着善款箱。一片红光笼罩着屋顶，映在玻璃窗上，照亮了一张张苍白的脸。西边，太阳越来越大，云层被烧着了，直至半边天空都燃起了火焰。内森想起来了火河，所有灵魂都要在里面净化自己。太阳迅速沉到地平线下。穿着白裙的姑娘们走到外面，小心地拉下百叶窗。会堂的高窗里有小火苗在跳跃，整个会堂就像一簇熊熊燃烧的火焰，里面传来低低的哼唱，继而爆发出哭泣。内森脱了鞋，用长袍和祈祷巾紧紧裹住自己。靠着模糊的记忆，他唱诵起"一切誓约，祈求废除"，这是活着的人与坟墓中的死人都要唱的祷文。他，内森·乔斯弗维尔，不就是个死人吗？不在墓里安息，却要在世上游荡，而这世界并不存在。

9　雪中脚印

至圣节期过去了，冬天来临。内森还在废墟中。屋里不能生炉子，炉子已经给拆了，而且烟囱冒出的烟会引起人们的怀疑。为了不让内森冻着，罗伊斯·特摩尔给他送来厚厚的衣服，还有一个煤锅。晚上，他盖着两床羽绒被，白天，则穿着狐皮大衣，脚蹬毡靴。罗伊斯·特摩尔给他带来了一小桶烈酒，里面有吸管。觉得冷时，他就吸上一口，再吃片羊肉干。吃了罗伊斯·特摩尔给他的大鱼大肉，内森变沉了，变胖了。晚上，他站在窗口，饶有兴趣地看着女人们去净身浴池。赶上开市的日子，内森在窗口根本看不够。推车开到院中，农民们从车上卸下一袋袋的粮食。摩西·莫什利斯穿着一件棉夹克，跑前跑后，哑着嗓子喊。尽管想到这可笑的家伙挥霍他的财产，还睡他的老婆会让他心痛，看到摩西·莫什利斯的样子，他实在想笑，似乎这整件事就是他，内森，给他的竞争者搞的一个恶作剧。他有时想对他喊：嘿，摩西·莫什利斯！再扔给他一片墙皮，或一根骨头。

只要没下雪，内森就什么都不缺。罗伊斯·特摩尔经常来看他。晚上，内森会出去沿着通往河边的路散步。有一晚，天降大雪。第二天，罗伊斯·特摩尔没有来，因为她担心有人会看到她留在雪地上的脚印。内森也无法出去方便。两天来，他吃不上一口热饭，桶里的水也结成了冰。第三天，罗伊斯·特摩尔雇了个农民把房子与粮仓之间的雪扫干净，还有粮仓与废墟之间的雪也没放过。摩西·莫什利斯回家后吃了一惊，问她："为什么？"她赶紧转移了话题。他没有怀疑什么，很快也就忘了。

从那时起，内森的日子越来越不好过。每下一场雪，罗伊斯·特摩尔都要把小路上的雪铲净。为了不让邻居看到院子里发生的事，她叫人重修了篱笆。为了有借口去废墟，她让人在那附近挖了一条排污沟。每次她去见内森，内森都会说是时候卷铺盖走人了，但罗伊斯·特摩尔总是能劝住他再等等。"你要去哪儿呢？"她问，"你会——上帝不许——累死的。"她争辩说从历书来看，今年冬天不会太冷，夏天会来得比较早，普珥节前几周天儿就暖和了，他只需要熬过半个基色娄月，再加上太贝特月和舍巴特月。有时她还聊些别的，有时，两人就只是静静地坐着，执手相泣。每一天，他俩的力气都在慢慢流失。内森越来越胖，更像是浮肿，肚子里全是气，双腿像灌了铅，视力越来越模糊。他已经看不了故事书了。罗伊斯·特摩尔越来越瘦，像得了肺结核似的，没有胃口，也睡不好。有几个晚上，她根本睡不着，只是躺在床上哭泣。摩西·莫什利斯问她怎么了，她就说因为她没有孩子，死后无人为她祷告。

一天，暴雨冲走了积雪。罗伊斯·特摩尔已经两天没来了，内森肯定她很快就会到。他没吃的了，只有桶底还剩着一点白兰地。他在窗前站了几个小时等着她。窗上结了冰霜，模糊不清。她没有来。夜晚漆黑一片，寒冷刺骨。狗的吠叫伴随着风的呼啸。废墟四壁颤抖，烟囱里传来嗖嗖的声音，屋檐嘎嘎作响。在内森的房子——现在是摩西·莫什利斯的房子里，似乎点着几盏灯，灯光格外明亮，加重了周围的黑暗。内森觉得他听到了车轮声，似乎院子里来了驾马车。黑暗中，有人从井里打水，又有人倒脏水。夜更深了，这么晚了，百叶窗却一直开着。看到黑影跑来跑去，内森想一定是有贵客造访，盛宴排开。他盯着窗外的暗夜，直到双膝发软。他拼尽最后一点力气，把自己拖到床上，沉沉睡去。

翌日清晨，他被冻醒了。僵硬的四肢几乎使他难以走到窗前。夜里又落了雪，还有一层严霜。内森吃惊地看到在他的房子周围，站着一群男男女女。他急切地想知道出了什么事。他不需要等太久。门突然开了，四个男人抬着一副灵柩出来，上面盖着黑布。"摩西·莫什利斯死了！"内森想。随后他却看到摩西·莫什利斯跟着灵柩出来。不是他，而是罗伊斯·特摩尔死了。

内森哭不出来，似乎严寒已冻住了他的眼泪。他浑身发抖，看着男人抬着棺材，看着执事摇晃着善款箱，看着哀悼的人在厚厚的雪堆中艰难前行。苍白如亚麻布般的天空四幕低垂，与积雪覆盖的大地相接。在飞雪中摇晃的田间树木似乎漂浮在洪水里。内森从窗户可以一直看到墓地。灵柩起起伏伏，跟随灵柩的人群时而变小，时而彻底消失，沉入地中，又冒出头来。有那么一刻，内森觉得送葬人群停了下来，不再往前走，之后，人群以及尸体都开始向后退。人群逐渐变小，直到变成一个黑点。黑点不再动了，内森意识到送葬人群已经到了墓地，他在眼睁睁地看着他那忠实的妻子被埋入土中。桶里的水已经结了冰，他用仅剩的白兰地洗了洗手，开始为死者念诵祷文。

10 两张脸

内森本打算夜里就收拾行囊离开，但是我，魔鬼头子，不会让他那么做。天还没亮，他突然感到腹中一阵绞痛，头发烫，腿发软，实在走不了路。他的鞋子变硬了，根本穿不上；腿变得很粗。良善之灵建议他寻求帮助，大声呼喊，直到有人听到来救他，没有人会自寻死路嘛。但是我对他说：还记得大卫王的话吗，"宁愿落入上帝手中，也不能落入众人手中"？你可不想让摩西·莫什利斯和他的那些喽啰们报复你，嘲笑你，称了他们的心，还不如像狗一样死去。总之，他听了我的话。首先，因为他很骄傲，其次，因为命中注定，他不会依律法被安葬。

拼尽最后一点力气，他把床推到窗前，躺在那里看向外边。他早早地睡了，又醒了过来。一天，一夜。他有时听到院子里有呼喊声，有时觉得有人在叫他的名字。他感觉自己的头变得像怪物似的硕大无比，很累赘，磨盘般压在脖子上。他的手指木了，舌头也硬了，好像超出了它本应占据的空间。我的助手，那些小妖精们出现在他的梦里。他们尖叫、吹口哨、点火、踩高跷，就像普珥节上的杂耍戏子。他梦见洪水，之后是大火，世界已被毁灭，而他则浮在虚空，长着蝙蝠的翅膀。他也会梦到馅饼、饺子、奶酪宽面。醒来时，他感觉胃里鼓胀，好像真的吃了那些东西。他打着嗝，叹了口气，摸了摸自己的肚子，空空如也，疼痛难忍。

有一次他坐起来，看了看窗外。令他吃惊的是，他看到人们都在倒着走路，不明白是怎么回事。很快他又看到了其他怪事。在过往的人中，他认出了那些已死去很久的人。"我的眼睛骗了我？"他想，"还是弥赛亚来了，死者都复活了？"他越看越感到惊异。一代又一代的人从镇子里走过，男男女女肩上背着行李，手中拄着棍子。在这些人中，他认出了自己的父亲，还有祖父、奶奶和姥姥，以及他们的姊妹。他看着人们建造弗兰姆普尔会堂。他们搬砖、锯木、和灰浆、钉房檐。男学生们站在一旁，盯着上方，说了一个他不懂的词，似乎是外语。会堂两侧有两只鹳，似乎在围着《托拉》跳舞。然后会堂和建会堂的人都消失了。他又看到一群人，光着脚，留着胡须，目光狂乱，手中拿着十字架，将一个犹太人带向绞刑架。尽管那黑胡子的年轻人撕心裂肺地喊叫，他们还是用绳子绑着他，拖着往前走。钟声大作；街上的人四散而逃，躲藏起来。虽然是中午，却是一片黑暗，好像日食一般。终于，年轻人喊道："以色列啊，你要听！耶和华——我们神是独一的主。"他就这样吊在那里，舌头耷拉在外面。他的腿晃荡了许久，一群乌鸦在空中盘旋，嘶哑地鸣叫。

在他生命的最后一晚，内森梦到了罗伊斯·特摩尔和希芙拉·兹瑞尔，她们原来是长着两张脸的同一个女人。看到她，他高兴极了。"我以前怎么没有发现？"他想，"我为什么非要费尽周折，吃尽苦头？"他吻了吻那双面女人，她则用两张嘴来回吻他，用两副乳房压向他。他对她说着绵绵情话，她则用两个声音来回答他。在她的四臂四乳的环绕下，他的疑问都解决了。"真理是两面的，"内森喊道，"这是奥秘中的奥秘！"

当晚，内森死去了，没有做临终忏悔。我马上把他的灵魂带到下界的深渊。直到现在，他还在那荒凉的界域游荡，未被准许进入地狱。摩西·莫什利斯又结婚了，这次娶了一位年轻女子。她可让他付出了高昂的代价，很快，她继承了他的财产，又都挥霍一空。希芙拉·兹瑞尔成了普莱斯堡的妓女，死在了救济院里。废墟还在那儿，内森的尸骨还在那儿。谁知道呢，也许另一个隐身人正躲在那里，看得到他人，他人却看不到他。

韩颖 译

市场街的斯宾诺莎[1]

1

内厄姆·菲谢尔森博士在华沙市场街他那阁楼上来回地踱步。菲谢尔森博士是一个驼背的矮个儿，胡须已经花白了，头顶秃得厉害，只有颈窝上还稀稀落落地剩几撮毛发。他长着鹰钩鼻，眼睛很大、很黑，不时地要眨巴几下，像是一双大鸟的眼睛似的。那是一个炎热的夏夜，可是他身上还穿着一件长到膝盖的上衣，围着硬领，打着领结。他从门口慢慢地踱到高高地开在屋顶斜面上的"老虎窗"下，再从窗子下踱回来。要从窗子里望出去，先得走上几步踏级。桌子上放着一个铜烛台，蜡烛在燃烧。形形色色的小飞虫绕着烛焰嗡嗡地打转。每隔一会儿，总会有一只小虫子飞得太靠拢火焰，把翼翅烧焦了，甚至把身子都烧着了，片刻间在烛芯上烧个通红。在这当儿，菲谢尔森博士总要做一下苦脸。他那满是皱纹的脸儿会扭动起来，乱蓬蓬的胡子底下的嘴唇会紧咬一下。最后，他从口袋里掏出一块手帕向小飞虫挥动着。

"飞开吧，你们这些傻瓜和白痴呀，"他骂道，"你们在这儿是得不到温暖的，只有烧死的份！"

小虫子被赶散了，但是一眨眼又飞回来了，绕着战栗的火焰打转。菲谢尔森博士擦了擦满是皱纹的额头上的汗，叹口气道："跟人类一样，这些虫子只顾贪图眼前的欢乐！"桌子上放着一部打开了的拉丁文书籍，页边

1．由玛莎·格利克里希和塞西尔·赫姆利翻译。——原注

留着宽阔的空白，菲谢尔森博士在上面用印刷体小字写满了注解和批语。这部书就是斯宾诺莎的《伦理学》[1]。菲谢尔森博士研究这部著作已经有三十年了。每一条命题、每一个论证、每一个推论、每一个注解，他都能背出来。他要查书中的某一段时，只消打开来就是，根本用不着翻来翻去地寻找。可是他仍然继续每天研究《伦理学》，一看就是几小时；只见他瘦骨嶙峋的手里拿着一个放大镜，嘴里念念有词，看到对劲的地方，不住地点头。真情实况是，菲谢尔森博士越研究，发现疑难的字句、晦涩费解的段落、莫名其妙的评语也就越多。每一句中都含着深意，而这又是随便哪一个斯宾诺莎的研究者都不曾探索过的。事实上，康德和他的追随者们提出的种种纯粹理性批判，这一位哲学家早就全都预见到了。菲谢尔森博士正在写一篇阐述《伦理学》的论文。他有几抽屉的笔记啊、草稿啊，可是看来他的大作不像会有完成的一天。这几年来他一直闹着胃病，近来这胃病更是一天比一天厉害了。现在只要咽几口麦片粥，他的胃就痛。"老天爷啊，真难对付啊，难哪！"他往往跟自己这么说，说这话的调声，就跟他的父亲——已故的蒂歇维支拉比——一个模样，"真正太难受啦！"

菲谢尔森博士并不害怕死。首先，他已经不是一个年轻人了。其次，在《伦理学》的第四部里是这样说的："一个自由人思考得最少的是死亡，而他的智慧不在于沉思死而在于沉思生。"最后，书中还有这样一段话："人的心灵是不会随着肉体而完全消灭的，总有一部分留下来永生不灭。"可是菲谢尔森博士的溃疡（也许是癌呢）不断地使他心神不宁。他的舌尖上总是有一层苔。他经常打嗝，一打嗝，就吐出一股难闻的气味，而且这气味每次都不同。他又有胃气痛，又发痉挛。有时候，他感到像要呕吐；有时候，想吃大蒜、洋葱、油煎的东西。他早就把医生们给他开的药方丢在一边，他有他自己的治疗办法。他发觉吃过饭以后再吃些萝卜丝，俯躺在床上，把头伸出床边耷拉着，倒是可以舒服些。可是这种土办法只不过暂时

----

[1]. 斯宾诺莎（1632—1677），荷兰唯物主义哲学家，祖先为犹太人。斯宾诺莎认为自然界的一切都是必然的，"实体"有无数"属性"，如"思维"，如"广延"；他给自己的哲学体系披上了泛神论外衣。《伦理学》是他的重要遗著。

有效。有些医生给他检查后，认定他没有什么病。"这不过是你的神经质罢了，"医生跟他说，"你可以活到一百岁呢。"

可是在那个炎热的夏夜，菲谢尔森博士感到他的体力不行了。他的双膝在发抖，他的脉息很弱。他坐下来想看书，可是眼前一片模糊。书上的字母先是绿色，又变成了金色。一行行字成了波浪形，在做跳背游戏，书页上忽然出现了一块块空白，原来在这儿的文字神秘莫测地不见了。热得受不了，热气直接从铁皮屋顶上倾泻下来；菲谢尔森博士只觉得他是在一个炉灶里。有好几次他爬上四个踏级，攀着窗口，把头探到窗外的凉快的晚风里。他一直保持着这个姿势，直到他的双膝颤抖起来。"这可是一阵好风啊，"他喃喃自语道，"真愉快啊。"于是他想到了斯宾诺莎，按照他的哲学，道德和幸福是同一性的，一个人最符合道德的行为，就是尽情享受并不违反理性的乐事。

2

菲谢尔森博士站在最高的踏级上，向窗外望出去，能看到两个世界。在他头上是布满了繁星的天空。菲谢尔森博士从没有认真研究过天文学，不过他能分辨出哪些星球像地球一样，是绕太阳运转的行星，哪些是固定的恒星，它们就是遥远的太阳，它们发出来的光，要一百年甚至一千年才能照射到我们的地球上来。他认识一些标志着地球在太空中运行轨迹的星座，以及那星云状的衣带——银河。菲谢尔森博士有一个小望远镜，那是他在瑞士留学的时候买的，他特别喜欢拿起望远镜望月亮。他能清清楚楚地分辨出月球的表面上承受着阳光的火山和黑暗的、模糊的火山口。他从不知厌倦地凝视着这些裂口和裂缝。在他看来，这些东西既近又远，既是实体，又非实体。有时候他望见一颗流星在太空中划过一条大弧线，消失了，在它后面留下一条火红的尾巴。菲谢尔森博士知道有一颗陨星进入了我们的大气层，它那还没有烧尽的残片可能掉进海洋了，或是落到沙漠中了，也许呢，甚至掉到有人烟的地区去了。那些从菲谢尔森博士的屋顶后面出现的星星慢慢地升起来，照耀在对面街上的房屋的上空了。可不是，当菲谢尔森博士抬头向苍穹望去的时候，他意识到了那无限的延伸，根据斯宾诺莎的学说，那是上帝的属性之一。尽管他只是一个瘦小衰弱的人，只是绝对无限的实体在变动中的一种形态，可他仍然是宇宙的一个组成部分，是用跟天体相同的物质构成的；他既是神性的一部分，那他就是不可毁灭的了。这样的想法使菲谢尔森博士感到一种安慰。每逢到这样的时刻，他体会到**一种理性之爱** [I]——根据阿姆斯特丹的那位哲学家 [II] 的说法，是心灵的最高度的完美。菲谢尔森博士深深地吸了几口气，尽量把头抬得高些（虽说受到他那硬领子的牵制），他当真感觉到整个身子飘飘然地在打转，在与地球、与太阳、与银河中的恒星为伍，与只有无限的思维才知道的无量数的星座群为伍。他的两腿变得轻快了，没有重量了，他双手握紧窗框，好像唯恐他会立脚不住，从窗口飞出去，飞向永恒。

菲谢尔森博士凝望着天空，望得厌倦了，他的眼光就落到了下面的那条市场街上。他可以看到长长的一条街，从亚纳什商场延伸到铁街，沿路都装着煤气灯，到了远处，溶成一连串火星。一家家黑色的铁皮屋顶上，烟囱在冒烟；面包房里的人们正在给烘灶生火呢，不时有火星随着黑烟冒出来。这条街上，再也没有像夏天的夜晚那样熙熙攘攘了。窃贼啊、妓女啊、赌徒啊、买卖贼赃的人啊，都在广场上荡来荡去。从上面望下去，这广场竟像是缀满了罂粟种子的椒盐卷饼。小伙子们粗鲁地大笑，姑娘们在尖叫。有一个小贩，背着一小桶柠檬水在叫卖，在那一片嘈杂声中，每隔片刻，就听得见他那压倒一切的叫卖声。有一个卖西瓜的小贩，一股蛮劲儿地叫喊着，他手里还拿着一把切西瓜的长刀子，像鲜血似的西瓜汁正从刀口上滴下来。街上的那股骚扰劲儿，有时候变得更剧烈。几辆救火车奔驰过去，沉重的车辆发出辚辚声；它们是由几匹强壮的黑色马挽着的，赶车的紧紧地拉着勒马索，唯恐马儿要乱窜乱奔。接着来了一辆救护车，一路上都发

I．原文为拉丁文。
II．即斯宾诺莎。

出尖锐的笛声。接着一帮亡命之徒内讧了，打起架来了，不马上去把警察叫来还不行呢。一个行人遭到了抢劫，他一面奔逃，一面呼救。几辆装着木柴的货车想要进入开设面包房的院子里，可是石阶太陡，马儿没法把轮子拖上去。赶车的又是骂，又是举鞭抽打牲畜。嘚嘚作响的马蹄底下迸出了火星。现在早已过了七点钟啦，按照规定，商店在这时候该关门了，其实生意才刚刚开始呢。顾客被悄悄地从后门领进去。街上的俄罗斯警察已经被塞了钱，所以他们也就眼开眼闭，装作什么也没有看见。商人们继续在叫卖货物，他们谁都想比别人叫喊得更响一些。

"黄金，黄金，亚赛黄金哟！"一个卖烂橘子的妇女尖声喊道。

"甜啊，甜啊，甜啊！"一个卖熟透的李子的小贩嘎声叫道。

"头啊，头啊，谁要头啊！"一个卖鱼头的孩子大声嚷道。

对面有一个哈西德派学经堂，穿过学堂的窗子，菲谢尔森博士望得见那留着长鬓角的孩子们在摊开着的圣书前面摇摆着身子，一边做鬼脸，一边用单调的嗓音高声念着。屠夫啊、门房啊、水果贩子啊，正在楼下的酒店里喝啤酒。烟雾从酒店开着的门里飘出来，就像蒸汽从浴室里冒出来一样；还有响亮的音乐传出来。在酒店外边，妓女们扑向喝醉了的兵士和从工厂下班回家的工人；有些人在肩上扛着一捆捆的柴，叫菲谢尔森博士想到了在地狱里，那些为非作歹的人在被投入烈焰之前，先罚他们点燃那柴堆。从开着的窗子里传出了留声机的锉刀般的磨刮声。礼拜天的祷告和庸俗的轻松喜剧中的歌曲交替着传过来。

菲谢尔森博士向半明半暗的疯人院张望进去，还竖起了耳朵。他知道这些胡闹的人的行为跟"理性"正好是对立面。这些家伙满脑子都是最虚荣的激情，陶醉在七情六欲中，而按斯宾诺莎的看法，七情六欲从来就不是什么好东西。他们追求的是欢乐，结果得到的却只是疾病、监狱、羞辱以及无知带来的苦难。在这个地方，就连在屋顶上游荡的猫，也比这个城市的其他地方的猫更野蛮，更疯狂。它们在叫春，那声音就像分娩的妇女在叫喊。它们像魔鬼般跳上了墙，跳到了屋檐上、阳台上。有一只公猫停留在菲谢尔森的窗口，发出一阵号叫，使得菲谢尔森博士不寒而栗。他从窗口的踏级走下来，拿起一把扫帚，在那只黑猫的发光的绿眼睛前摇晃着："呸，滚吧，你这无知无识的野蛮畜生！"接着他又用扫帚柄敲打屋顶，那只公猫这才逃跑了。

3

菲谢尔森博士在苏黎世学的是哲学，当他从那儿回到华沙来的时候，大家都说他前途无量。他的朋友们都知道他正在写一本关于斯宾诺莎的重要著作。有一家犹太血统的波兰人办的日报请他做撰稿人。他以贵宾的身份经常出入于好几家有钱人的公馆，华沙的犹太会堂请他担任图书馆主任。就在当年，人家已把他看成一个老单身汉了。即便如此，媒人们还是来跟他说过几次亲，女方都是有钱人家的小姐。可是菲谢尔森博士并没有利用这些机会。他要做一个无拘无束的人，就像斯宾诺莎本人一样。他果然做到了。但是由于他这种离经叛道的想法，他跟那个拉比发生了冲突，结果他不得不辞去了图书馆中的职务。从这以后，有好些年他靠个别教授希伯来文、德文过日子。后来他病倒了，柏林的犹太人团体在会议上投票通过给他一年五百马克的津贴。这还是多亏那著名的希尔德斯海默博士帮了忙，他跟这位博士有信札来往，讨论哲学。这实在是一笔很小的津贴，却要应付一年的生活，所以菲谢尔森博士把家搬进了阁楼，而且开始在煤油炉子上自己动手煮饭。他有一个碗橱，这碗橱的抽屉挺多，他给每一个抽屉贴上一个标签，写上抽屉中贮藏的食品——荞麦啊、米啊、大麦啊、洋葱啊、胡萝卜啊、土豆啊、蘑菇啊。一星期一次，菲谢尔森博士戴上了他那阔边的黑帽子，一手提着篮子，另一手拿着斯宾诺莎的《伦理学》，到市场上去采购食品。在轮到他购买以前，他等候着，把《伦理学》打开来。商人们都知道他，就招呼他到他们的摊子上去。

"这奶酪可好啦，博士——入口就化。"

"新鲜的蘑菇，博士，刚从林子里采来的。"

"女顾客们，给博士让条路吧，"肉店的老板会这样喊道，"请不要把通道堵住了。"

在他早年生病的时候，菲谢尔森博士在晚上还是要到一家咖啡馆去坐一会儿，那里是希伯来教师以及其他知识分子常去的地方。他坐在那儿，喝半杯不加牛奶的咖啡，同时跟人下棋，这已经成为他的习惯了。有时候，他在圣十字架路的那些书店前停下来，那里可以买到各种旧书旧杂志，价钱是很便宜的。有一次，他从前的一个学生约他在某一个晚上到一家饭馆里一叙。菲谢尔森博士来到饭馆的时候，不免吃了一惊，原来那里已聚集了一群他的朋友和崇拜者。他们硬是要他在主宾位上坐下来，同时还说了一番钦佩、敬仰的话。但那是发生在许多年前的旧事了。现在谁也不对他感兴趣了。他已经把自己和外界完全隔绝，成了一个被遗忘的人。一九〇五年那一年，市场街闹出了好些事情，伙计们开始组织罢工，向警察局扔了几颗炸弹，开枪射击阴谋破坏罢工的家伙。即使不是礼拜六和礼拜天，店家也不开门。这更是大大地使他跟外界隔绝了。凡是跟现代犹太人有关的一切东西——犹太复国主义啊、社会主义啊、无政府主义啊——他都开始觉得看不入眼。这些青年人在他看来，无非是一群无知无识的乌合之众罢了，他们一心一意要搞的是毁灭社会；没有社会，是不可能有合理的存在的。他有时偶尔读一本希伯来文杂志，但是他对于现代希伯来文是看不起的，因为现代希伯来文无论在《圣经》中或是在犹太教义中都找不到根源。波兰文字的拼法也变了。菲谢尔森得出的结论是：就连所谓注重性灵的人，也放弃了理性，尽力去迎合群众。每过一段时间，他还是要上图书馆去，翻开一些现代哲学史，浏览一番；可是他发现那些教授不懂得斯宾诺莎，引文不正确，把他们自己混乱的概念塞给了那位荷兰哲学家。尽管菲谢尔森博士明知道发怒对于那些走向理性道路的人来说，是一种有失身份的感情，可是有时候他还是会勃然大怒，一下子把书合上，推开去。"这些白痴，"他喃喃自语道，"驴子，暴发户。"于是他会发誓，从今以后再也不去翻读什么现代哲学了。

4

每隔三个月，就有一个专送汇款的邮差给菲谢尔森博士送来八十个卢布。他七月初就在盼望他那每季度的津贴了，可是一天一天过去了，那个长着金黄色胡子以及有一排亮晶晶的纽扣的高大邮差一直没有出现，博士于是有些惴惴不安。他身边差不多连一个子儿也不剩了。谁知道呢——也许柏林的那个团体把他的津贴取消了。也许，希尔德斯海默博士已经死了。天哪，这可使不得啊。邮政局也可能会发生差错。每事每物都有它的原因，这是菲谢尔森博士知道的。一切发生的事都是早已决定了的，都是必要的，一个富于理性的人是没有权利发愁的。可是不管怎么说，他还是在发愁，他的心事像一些发出嗡嗡声的苍蝇，老是在他脑子里打转。万一到了糟得不能再糟的地步，怎么办呢？他想到了一个念头，就是自杀。于是他接着想起了斯宾诺莎是不赞成自杀的，他把那些自杀的人看成疯子。

有一天，菲谢尔森博士上街到书店去买一本练习簿，他听到人们在谈论着战事。在塞尔维亚的什么地方，一个奥国的王子被人用枪暗杀了[1]，奥地利向塞尔维亚人递交了一份最后通牒。书店的老板是一个长着黄胡子和灵活的眼睛的青年，他宣布道："我们就要打一场小小的战争啦。"他劝菲谢尔森博士赶快贮藏一些食品，因为只怕过不了多久，食品就要紧张了。

一连串的事情发生得好快啊。菲谢尔森博士甚至还没有决定，是否值得花四个子儿去买一份报纸，宣布动员令的告示已经贴出来了。在街上的行人中已经看到有些男子的上衣翻领上佩着一块金属小圆牌——表明此人已经应征入伍了。跟随在他们后面的是哭泣着的妻子。有一个星期一，菲谢尔森博士下楼去买食品，他口袋里只剩最后几个子儿了。他发现店门都关上了。老板和老板娘们都站在店门外向人解释：没有货源了呀。可是有一些特殊的顾客却被拉到了一边，从后门放进去。街上是一片混乱。警察

---

1 . 指一九一四年六月二十八日奥匈帝国王位的继承人斐迪南大公在萨拉热窝遇刺，后成为第一次世界大战的导火线。

们手拿着出鞘的军刀，骑着马在巡逻。有一大群人围聚在酒店前面，根据沙皇的诏令，酒店里所存的威士忌一律拿出来倾倒在阴沟里。

菲谢尔森博士来到了他过去常去的咖啡馆。也许他会找到什么熟人给他出个主意。可是偏偏一个认得的人也没有碰到。于是他决定去看会堂里的那个拉比，他从前是在会堂做过图书馆员的。不料那戴着六角形便帽的会堂司事回答他说，拉比和他的一家已经到温泉疗养地去了。在本城，菲谢尔森博士还有其他一些老朋友，可是他白找了，他们一个也不在家。他走了那么些路，腿都酸疼了，眼前出现了黑点子和金点子，他感到要昏过去了。他停下步来，等候一阵晕眩过去。过路的人们推他撞他。一个黑眼睛的中学女学生想要给他一枚硬币。虽说战争刚爆发，身穿全副军装的兵士八个八个地并排开步走着，这些人都是满脸风尘，皮肤晒得黝黑。他们腰里挂着水壶，胸前拷着子弹带。插在他们的来复枪上的刺刀闪耀着冷冷的绿光。他们唱着歌，声音很悲哀。跟在这些兵士后面的是大炮——每门大炮由八匹马拖着，黑魆魆的炮口阴森吓人。菲谢尔森博士感到要呕吐。他的胃在作痛，肚子里的肠子好像要翻过来似的。冷汗从他的脸上渗出来。

"我快要死了，"他想道，"这下子该完了。"可是他终于一步一拖地走回家来。他一踏进房内就躺倒在小铁床上不动了，气喘吁吁的。他该是睡着了，因为他还以为他这会儿正在故乡蒂什维兹。他的喉头在作痛，他的母亲忙着把装满了炒热的盐的袜子裹在他的脖子上。他听得见屋子里有人一直在谈话，在谈一支蜡烛，谈着一只青蛙咬了他。他想要到街上去，可是大人们不许他去，因为一支天主教徒组成的游行队伍正在走过去。男人们穿着长袍，手拿着双刃斧，一边唱着拉丁文的赞美歌，一边在洒着圣水。十字架在闪闪发光，圣像在空中挥舞。空气中有一股香料和尸体的气味。忽然间，天空红得像火烧似的，眼看整个世界也要烧起来了。钟声响了，人们像疯了一般地横冲直撞。成群的鸟儿在头上飞过，发出尖锐的叫声。菲谢尔森博士猛然惊醒。他浑身都是冷汗，这会儿喉头可是真在作痛了。他寻思这个离奇的梦境，想要找出这个梦和他眼前的遭遇有什么内在的联系，这样就好在永恒的相下去理解它。可是他一点也摸不着头脑。"唉，人的脑子无非像一盆糨糊，"菲谢尔森博士想道，"这个地球是属于疯人的呀。"

他又一次闭上了眼睛，他又一次睡着了，他又一次做起梦来了。

很明显，那永恒的规律还没有给菲谢尔森博士规定他的生命末日。

对着菲谢尔森博士的阁楼房间的左面有一扇门，开向黑暗的走廊，那儿乱七八糟地堆放着箱子啊、篮子啊；煎洋葱的气味、洗衣肥皂的气味，一年四季总是扑鼻而来。门里边住着一个老姑娘，邻居们都管她叫"黑多比"。多比长得又高又瘦，黑得就像面包房里的那把铁铲。她的鼻梁断了，上嘴唇上长着胡子。她说话粗声粗气像个男人，她那双脚上穿的是男人的鞋子。这些年来，黑多比一向靠卖面包、面包卷和百吉圈为生；她先从面包房里把这些食品买来，然后在大门口卖。可是有一天，她和面包房老板争吵起来，于是她只好把她的买卖移到市场那儿去了。现在她做起所谓"皱皮肤"的生意来了。"皱皮肤"就是硌窝儿蛋的同义语。黑多比跟男人打交道，运气总是不好。她先后跟面包房里的两个学徒订了婚，可是两次，对方都把订婚契约退回来了。后来她又从一个装玻璃的老头儿那儿接受了订婚契约，那个老头儿自称已经离婚，可是后来事情被揭穿了，原来他是个有妇之夫。黑多比有一个表兄在美国，是做鞋的；她一再向人夸耀，说这位表兄就要给她寄来出洋的旅费了。可是她始终待在华沙。一些娘儿们常常要故意去撩她，说："多比啊，你再没有希望了。你是命中注定要做一辈子老姑娘啦。"多比总是这样回答道："我可不准备给哪一个男人做奴隶。让他们统统见鬼去吧！"

那天下午，多比接到从美国寄来的一封信。通常她总是到叫作莱泽尔的裁缝那儿去，请他读给她听。可是那一天莱泽尔出去了，所以多比想到了菲谢尔森博士。住在一幢房屋里的邻居们都当他已经抛弃了他本来信仰的宗教，因为他从来不到会堂去做礼拜。她敲了博士的房门，可是没有人应门。"大概这个异教徒出去了吧。"多比心中想道，可是她还是敲门。这一回门稍微动了一下。她推门进去就站在了那儿，吓坏了。只见菲谢尔森博士和衣躺在床上，脸色蜡黄，喉结高高地突出来；胡须往上翘着。多比发出一声尖叫；她肯定他已经死了，可是——不——他的身子在动哪。多比拿起桌上的一个玻璃杯，奔到走廊去，在龙头下盛满了一杯水，又赶忙回来，把一杯水泼在这个失去知觉的人的脸上。菲谢尔森博士摇摇头，睁开了眼睛。

"你什么地方不舒服？"多比问道，"你得病了吗？"

"多谢你。我没有病。"

"你有家属吗？我去叫他们来。"

"没有家属。"菲谢尔森博士说。

多比要去把街对面的理发师叫来，可是菲谢尔森博士做了一个动作，表示他不希望请理发师来帮忙。那天，多比没到市场去，她手边没有"皱皮肤"，所以她决定要做一件好事。她帮着病人下床来，把床上的绒毯铺平。接着她替菲谢尔森博士把衣服脱了，为他在煤油炉上烧了一锅浓汤。阳光从来不照进多比的房间，可是在这儿，有几方微弱的阳光照在褪色的墙上。地板漆成红色。床头挂着一幅男子的画像，那人头发很长，脖子上围着阔边的绉领。"难为这样一个老头儿，把屋子收拾得这么整洁干净。"多比带着赞许的心情想道。菲谢尔森博士要看那本《伦理学》，她很不以为然地把书递给了他。她肯定这是一本异教徒的祈祷书[1]。接着她这样那样地忙起来。她提着一桶水进来，擦了地板。菲谢尔森博士吃过东西之后，精神就振作了一些，于是多比要求他替她读信。

他念得很慢，信纸在他的手里发抖。那信是从纽约她的表兄那儿寄来的。在信里，他又一次说就要给她寄去一封"真正重要的信"和一张到美国去的船票。可是这套话如今对于多比已是老调了，她都能背出来了；她帮着那老头儿认出她的表兄写得很潦草的字。"他是在撒谎，"多比说道，"他早就把我忘掉啦。"到了晚上，多比又来了。他的床边放着一把椅子，椅子

1．这里的异教徒的祈祷书是泛指一切非犹太教的经书。

上有一个铜烛台，蜡烛在燃烧。在墙壁和天花板上，暗红色的阴影在颤动。菲谢尔森博士撑起半个身子，坐在床上看书。蜡烛把金黄色的光芒投射在他的额头上，好像把他的额头一劈为二似的。有一只鸟儿从开着的窗子外飞进来，栖息在桌子上。有那么一会儿，多比害怕起来。这个男人使她想起了妖巫啊、有魔法的镜子啊，在半夜里出来游荡、恐吓妇女的尸体啊。可是不管怎样，她向他走近几步，问道："你怎么样了？好些了吗？"

"稍许好一些，谢谢你。"

"你可当真已经改变宗教信仰了吗？"她问道，虽说什么叫"改变宗教信仰"，她还闹不大清楚。

"我，改变宗教信仰？不，我是一个犹太教徒，跟别的犹太人一模一样。"菲谢尔森博士回答说。

博士这一个语气肯定的回答使多比放心不少。她找到煤油瓶，点燃了炉子，接着，她到自己的房里去拿一瓶牛奶来，替他煮麦糊。菲谢尔森博士继续读他的《伦理学》，可是那天晚上，他对于那些定理啊、证明啊，以及证明所引用的原理、定义和其他定理啊，一点也读不进去。他用发抖的手把书拿起来，放在眼前，只见书上写着："人体的每一变更的概念，并不涉及对人体本身的充分的认识……人体的每一变更的概念的概念，并不涉及对人类心智的充分的认识。"

6

现在菲谢尔森博士认定，他随时都可能死。他立了遗嘱，把他所有的藏书和手稿都捐赠给会堂的图书馆。他的衣服和家具送给多比，因为是她照顾了他。可是死亡并没有来临。倒是他的健康一天天有起色了。多比回到市场去做买卖，可是她每天都要去看老人几次。她为他准备浓汤，替他留下一杯茶，告诉他战争的消息。德军已占领了卡利什、本丁和塞斯特霍夫，如今正在向华沙进军。有人说，在静寂的早晨还可以听到大炮的隆隆声。多比报告说，死亡惨重。"士兵像苍蝇般死去，"她说道，"对妇女们来说，这是多可怕的灾难啊！"

她说不出是什么缘故，可是那个老头儿的阁楼对她有一种吸引力。她喜欢把那些金边的书从书橱里拿出来，拂去灰尘，然后放在窗台上让它们透风。她时常走上几级踏级，在窗口用望远镜眺望。她还觉得跟菲谢尔森博士谈天很有意思。他给她讲他留学过的瑞士的情景，讲他经过的大城市，讲那些高山，即使在夏天，山顶也覆盖着积雪。他的父亲是一个拉比，他说，而他自己成为大学生之前，曾经在叶希瓦听过课。她问他懂得几种语言，原来他能说能写希伯来语、俄语、德语、法语，还没把意第绪语算在内。他也懂得拉丁文。这使多比感到吃惊，这样一个有学问的人竟住在市场街一个阁楼上的一间屋子里。但最使她惊异不止的是，虽说他有"博士"的头衔，他可不会开药方。¹ "为什么你不做一个真正的'博士'呢？"她这样问他道。"我是一个博士呀，"他这样回答，"只是我不是一个大夫罢了。""是什么博士呢？""哲学博士。"虽说她一点也不懂得什么叫哲学博士，但她觉得哲学博士一定是十分重要的。"噢，我的妈呀，"她这样说，"你哪儿弄来这样的头脑呀？"

有一个晚上，多比给他饼干，给他端来一杯牛奶红茶，他开始询问她的出身来历，问她的父母是怎么样的人，为什么她还不出嫁。多比吃了一惊。从来没有人问过她这些问题。她用平静的口气向他讲了自己的身世。她留在他房中直到十一点钟。她的父亲是一个门房，替犹太人开的肉店看门。她的母亲在屠宰场里拔鸡毛。他们一家人曾经住在市场街十九号的地下室。她十岁就当小女仆。她的东家专收在广场上弄来的贼赃。多比有一个当兵的弟弟进了俄国军队，从此再没有回来过。她的一个姊姊嫁给了普拉加的一个赶马车的，后来难产去世了。多比讲了一九〇五年间黑社会和革命党间的一场斗争；讲了那个瞎眼伊奇和他的党徒怎样去向各家商店勒索保护费；讲了那时候青年男女礼拜六下午出外散步，如果不付安全费，就会遭暴徒的毒手。她还讲到那些人贩子乘着马车到处转，专门诱拐妇女，

1．doctor 兼有"博士"和"医生"之意，因此多比误以为凡称"博士"的即是医生。

卖到布宜诺斯艾利斯去。多比发誓说，有几个男人甚至想把她诱骗到妓院去，可是她逃跑了。她诉说她吃尽了苦头。她遭到过抢劫，她的男朋友被人偷了钱财；有人抢她生意，有一次把一品脱煤油全倒在她的一篮百吉圈里；她自己的表兄，就是那个鞋匠，在动身到美国去之前，骗去了她一百卢布。菲谢尔森博士注意地听她讲那番话。他问了她一些问题，摇摇头，发出气愤的声音。

"嗯，你信不信上帝呢？"他终于问她。

"我说不上来。"她回答，"你呢？"

"是啊，我是相信的。"

"那么你为什么不上会堂去呀？"她问。

"上帝无所不在，"他回答，"在会堂里。在市场上。就在这间屋子里。我们自己也就是上帝的一部分。"

"别说这些话，"多比说，"你说得我害怕起来了。"

她离开了他的房间，菲谢尔森博士以为她一定上床睡觉去了。可是他纳闷儿：为什么她不说一声"再会"呢。"也许我的哲学把她吓跑了吧。"他想道。可是紧接着，他听到了她的脚步声。她像小商贩一样，捧了一摞衣裳进来了。

"我要让你看看这些衣裳，"她说道，"这些是我的嫁妆。"于是她开始把衣裳在椅子上摊开来——羊毛的、丝的、丝绒的。她依次把衣裳一件一件拿起来，贴在自己的身上。她把自己嫁妆中的每一件东西都向他交代一下——内衣啊、鞋子啊、袜子啊。

"我不是乱花钱的人，"她说，"我是一个省吃俭用的人。我有足够的钱到美国去。"

接着她不开口了。她的脸涨得通红。她胆怯地、询问地，从眼角里望着菲谢尔森博士。菲谢尔森博士的身子突然开始战栗起来，好像是一阵阵寒战。他说道："很不错呀，多漂亮的东西。"他的额头起了皱纹，他用两个手指拉着他的胡须。他那没有了牙齿的嘴浮起了一个苦笑，他那眨巴着的大眼睛，穿过阁楼的窗户，向远处凝视，也在苦笑着。

7

那天，黑多比来到拉比家里，宣称她要跟菲谢尔森博士结婚了。拉比的妻子认为她是疯了。不过消息早已传到莱泽尔那个裁缝的耳朵里，再又传到面包房，到别的店家。有些人认为这个老姑娘运气很好，那个博士藏着好大一笔钱财呢；可是另有些人认为他是个把身体搞垮了的性欲倒错者，他会把梅毒传染给她。尽管菲谢尔森博士坚持着婚礼要悄悄地办，不要铺张，但还是有一大群宾客聚集在拉比的屋子里。面包房的几个学徒平时总是只穿着内衣，光着两脚，头上顶着纸袋，到东到西地走；现在他们穿上浅色的衣裳，戴着草帽，穿着黄皮鞋，系着鲜艳的领带，带来了很大的蛋糕和几盘装得满满的家常小甜饼。在目前战时，烈酒是被禁止的，可他们还是想法弄来了一瓶伏特加。当新娘和新郎进入拉比的屋子时，从一大群宾客中间发出了一阵喊喳声。女宾们没法相信自己的眼睛了。她们眼前所看到的新娘不是她们从前所认得的那个女人了。多比戴着一顶阔边帽，帽子上装饰着许多樱桃、葡萄和李子；她身上穿一条拖着裙摆的白色绸袍，脚上穿一双高跟的金色皮鞋，一串赛珍珠项链挂在她瘦瘦的脖子上。这还不算什么。她的手指上戴着亮晶晶的戒指和光彩四射的宝石。她的脸上罩着面纱。看起来，她差不多像一个有钱的新娘在维也纳的市政大厅举行婚礼呢。面包房的学徒们开玩笑地吹起口哨来。至于菲谢尔森博士呢，他穿着黑色上装和一双方头皮鞋。他几乎走路都困难了，他靠在多比身上。他在门口望见来了那么一群人，心里慌了，想要往后退缩，可是多比过去的一个雇主走近他身边，说道："进来吧，进来吧，新郎。别怕羞呀。这会儿我们都成了兄弟啦。"

仪式按照法律程序进行。拉比穿着一身旧的缎子上衣，他写完结婚契约，叫新娘和新郎碰一碰他的手帕，作为同意的表示。拉比又把笔尖在便帽上擦了擦。有几个看门的撑起了华盖（他们是从街上叫来凑足人数的）。菲谢尔森博士穿上一件白袍子，它向人提醒他死亡的那天，而多比遵照习俗的规定，绕着他走了七圈。编带形蜡烛射出的光芒在墙上摇曳。黑影幢幢。把酒倒进了酒杯之后，拉比用悲伤的曲调唱了祝福歌。多比只发出了一声叫喊。其他的妇女们掏出了花边手绢儿，拿在手里，站着做鬼脸。面包房里的学徒们彼此悄悄地说着俏皮话；这时候，拉比把一个指头放在嘴唇上，喃喃地说道："Eh nu oh"，表示不许说话。现在，给新娘戴上结婚戒指的时候到了，可是新郎的手开始发抖，想要把戒指套在多比的食指上可费了好大劲儿。按照习俗，接下来是要弄碎一只玻璃酒杯，可是菲谢尔森博士踢了几脚还是没把那玻璃酒杯踢碎。女孩子们低下头，开心地你拧我一把，我拧你一把，发出咯咯的笑声。最后还是由一个学徒用脚跟把酒杯踩个粉碎。连拉比都忍不住笑了一下。举行过婚礼以后，宾客们喝伏特加，吃家常小甜饼。多比以前的那个雇主来到菲谢尔森博士跟前，说："新郎，恭喜，恭喜。愿你的幸运就像你的新娘一样美好。""多谢，多谢，"菲谢尔森博士喃喃地说道，"可是我并不在盼望着什么好运气啊。"他巴不得能马上回到他的阁楼上去。他的胃部发紧，他的胸部感到胀痛。他的脸儿发青了。多比忽然生起气来。她把面纱揭开了，向那群人嚷道："你们笑什么呀？这可不是在看戏呀。"她也不去把那些裹在软垫套里的贺礼捡起来，就跟她的丈夫回到他们六层楼上的房间里去了。在室内，他那张床铺得齐齐整整，菲谢尔森博士躺了下去，开始读他的《伦理学》了。多比回到她自己的房内。博士已向她说明过，他是个老头儿，又生了一场病，体力不济了。他什么也没有答应过她。可是她换了一件绸睡衣，穿上一双有绒球的拖鞋回来了，她的头发披散在两肩。她脸上浮起一个笑容，她感到害羞，迟迟疑疑的。菲谢尔森博士发抖了，《伦理学》从他手里掉下来了。烛火熄灭了。在黑暗里，多比向菲谢尔森博士摸索过去，她亲了他的嘴。"我的亲丈夫啊，"她低声耳语道，"恭喜，恭喜。"

当晚的那一段经历可以称之为奇迹。如果菲谢尔森博士不是深信万事万物无不合乎自然规律，他准会以为黑多比用魔法把他的心窍给迷住了。在他身上长期沉睡的力量苏醒了。虽说他才只喝了一小口祝福酒，他却仿佛醉醺醺似的。他吻着多比，跟她谈起爱来。他早已把克洛普斯托克[1]、莱辛、歌德的一些名句忘得干干净净，现在它们却都涌到他嘴边来了。那发紧的

1．克洛普斯托克（1724—1803），德国诗人，曾与其表妹相恋，著有颂诗，纪念他的爱情。

感觉啊、胀痛啊，一齐都消失了。他拥抱着多比，把她紧紧搂在怀里，好像又是个小伙子了。多比快活得神魂颠倒，哭起来了，她喊喊喳喳跟他说了许多话，但说的是华沙土话，他可听不懂。后来，菲谢尔森博士进入了沉沉梦乡——只有青年人才能睡得这样酣畅。他梦见了他身在瑞士，他正在爬山——奔啊，滚跌啊，飞啊。第二天黎明，他睁开眼来，感觉到有什么人在他耳边吹气。原来是多比在打鼾。菲谢尔森博士悄悄地起了床。他穿着夜晚穿的长衬衫，走向窗子，走上踏级，带着诧异的神情向窗外望去。市场街寂然无声，还没有醒来呢。煤气灯光摇曳闪烁。店家的黑黑的百叶窗用铁杆闩上了。凉快的微风不断吹来。菲谢尔森博士抬头望望天。黑沉沉的天穹布满繁星——有绿星，有红星，有黄星，有蓝星；有大星星、小星星、眨眼的星和不眨眼的星。有些星星簇拥在一起，成为密密的一大群，有些星星却是孤零零的。显然，在那九天之上是不会理会人间的这件事的：某一个菲谢尔森博士在他的晚年娶了一个叫作黑多比的女人为妻。从宇宙高处俯视人间，就连一场世界大战也无非只是短促的军事游戏罢了。那无量数的恒星在无边无际的太空里、在它们的预定的轨道上继续运行。彗星、行星、卫星、小行星始终绕着那些发光的中心在打转。在宇宙的急剧的动荡中，有些世界诞生了，有些世界消亡了。在那星云的动乱中，原始的物质形成了。不时有一颗星星挣脱出来，横扫过天空，留下火似的一条痕迹。这是八月里，天上经常有骤雨似的流星。对啊，神圣的物质是延伸的，无始也无终。它是绝对的、不可分割的、永恒的、无期限的，具有无限的属性。它的波浪、它的泡沫在那宇宙的大锅子中舞蹈，起着沸腾的变化，追随着永远一环紧扣一环的因果锁链；而他菲谢尔森博士呢，在他那不可避免的命运支配下，是其中的一个组成部分。博士闭上了眼睛，听任微风来吹凉他额上的汗珠，吹动他的胡须。他在夜半的空气中，深深地呼吸，把他那发抖的手支撑在窗台上，喃喃地说道："神圣的斯宾诺莎啊，宽恕我吧。我变成一个傻瓜了。"

方平 译

克莱谢夫的毁灭[1]

1 布尼姆先生来到克莱谢夫

我是古蛇、邪恶者、撒旦。喀巴拉称我为萨麦尔，犹太人有时仅用"那一位"来指称我。

众所周知，我就好乱点鸳鸯谱，喜欢各式各样的不般配，华发配红颜，人老珠黄的寡妇嫁与风华正茂的小伙儿，瘸子娶个大美女，赞礼员和聋子结了婚，哑巴和牛皮大王成夫妻。让我给你讲讲我在克莱谢夫，森河边的一个小镇，撮合成的这"有趣的"一对儿。这回，我得以施展各种虐术、小伎俩，使人们在一念之间，此世来世俱失。

克莱谢夫就像最小的祈祷书上的最小的字母那么大。镇子两边是松树密林，还有一边就是森河。附近小镇的农民是卢布林地区最贫困也是最封闭的，土地也最贫瘠。大半年的时间，通往大点儿镇子的道路不过是宽水沟而已，马车旅行是很危险的。居住区外潜伏着熊和狼，它们有时会攻击走失的母牛、小牛，甚至会攻击人。最后，为了让农民永远摆脱不了困窘，我在他们心中注入了狂热的信仰。在那地方，每两个小镇就有一个教堂，每十个家庭就有一座神龛。童贞女戴着生锈的光环，抱着犹太木匠约瑟的新生儿耶稣。老人们来朝拜她，在冰天雪地中跪下，得了风湿病。五月来临，每天都有游行，人们饿着肚子，哑着嗓子，祈求甘霖。焚香散发出刺鼻的气味，得了痨病的鼓手使足力气打着鼓，妄图把我吓跑。然而，雨没有来，

1．由伊莱恩·戈特利布和琼·露丝·弗劳姆翻译。——原注

即便来了，也来得太晚。但这并不妨碍人们的信仰，这信仰源自何时，已无人记得起来。

克莱谢夫的犹太人比农民有知识，也更富足。他们的妻子开店，擅长在砝码秤砣上做些文章。小镇里的小贩知道怎么让农妇们买各种各样的小玩意儿，以换取玉米、土豆、亚麻、鸡、鸭、鹅等等。为一串珠子、一柄好看的鸡毛掸子、一块花布，甚至只是陌生人嘴里的一句漂亮话，女人什么都肯付出。因此在亚麻色头发的孩子中间，偶尔看到一个卷发黑眼睛的小淘气，一点都不奇怪。农民睡觉都很死，但魔鬼可不允许他们的年轻老婆休息，而是要带她们走上通往谷仓的小路，小贩正在干草堆里等她们。狗对月吠，公鸡打鸣，上帝在云间打着盹儿。全能的神岁数大了；长生不死可不轻松。

我们还是回来说说克莱谢夫的犹太人吧。

一年到头，市场就是片深沼泽，毕竟女人都往那儿倒脏水。房子七扭八歪，半倒在土里，屋顶已是补了又补。窗户缝里塞着破布，或是蒙着牛的膀胱膜。屋里没铺地板，有的房子甚至连烟囱都没有，炉子上的烟从房顶的洞排出去。女人们十四五岁就结婚了，生孩子太多，迅速老去。在克莱谢夫，坐在矮凳上的鞋匠只有穿旧的破鞋子可以练手艺。裁缝没别的事可做，把人们送来的破皮衣再三再四地翻面缝补。制刷匠用木刷刷着猪鬃，哑着嗓子唱着颂歌和婚礼曲的片段。开市的日子一过，店家们无事可做，就在学经堂里晃悠，搔搔痒，翻翻《塔木德》，或是讲一段耸人听闻的怪物、鬼魂，还有狼人的故事。显然，在这样一个镇子，我没什么用武之处。在这种地方，想犯点什么真格的罪还真不容易。居民们既没力气，也没动机。有时，女裁缝会八卦一下拉比的妻子，或聊一聊提水工的女儿如何被搞大了肚子，但我对这种事没兴趣。这就是为什么我很少光顾克莱谢夫。

不过，在我这个故事开始的时候，镇子里还是住着几个富人的。在富足之家，什么事都可能发生。所以每次我往镇子那个方向看时，一定要看看布尼姆·肖尔先生家过得怎样，他可是镇上最富有的人了。布尼姆先生是怎么住到了克莱谢夫，这事讲起来并不复杂。他以前住在佐科夫镇，距离伦贝格不远，离开那里是因为生意上的事。他是做木材生意的，没花多少钱就从克莱谢夫的地主手里买下了一大片上好的林子。而他妻子，希芙拉·塔玛（一位出身高贵的女人，著名学者撒母耳·艾德尔斯的孙女）常年咳嗽，都咳出血来，伦贝格的医生建议她住在树木多的地方。总而言之，布尼姆先生带着他的全部家当搬到了克莱谢夫，一起来的还有他已长大成人的儿子和十岁的女儿莱丝。他在会堂街的尽头盖了栋房子，孤零零的，挺清静。房子里塞满了他带过来的几车家具、陶罐、衣服、书籍等等。他还带来了两个仆人，一个老女仆，还有一个叫曼德尔的小伙子，后者做他的车夫。新来的居民令镇子恢复了生机。现在,布尼姆先生的林子需要年轻人来干活，克莱谢夫的车夫们也有木头拉了。布尼姆先生翻修了镇上的浴池，为救济院修葺了新屋顶。

　　布尼姆先生个子挺高，大骨架，身材健硕。他有着赞礼员的嗓音，漆黑的胡须末端分成两绺。他没什么学问，一章《米德拉什》都读不下来，但他做慈善倒是慷慨。他一顿饭就能吃下一条面包，六只鸡蛋的煎蛋饼，用一夸脱牛奶冲下。周五洗澡时，他会爬到最高一层，让助浴员拿一捆小树枝鞭打他，直到点蜡时分。他带着枪去森林，还有两只凶猛的猎犬跟着他。据说，他一眼就能看出来是良材还是朽木。如有必要，他可以连续工作十八个小时，步行几英里。他妻子希芙拉·塔玛曾经是个美人，但是奔波于诊所，揪心于病痛让她过早地衰老了。她又高又瘦，胸几乎是平的，脸很长，面色苍白，鹰钩鼻，薄唇紧闭，眼睛好斗地看着这个世界。她有痛经，一来月经就躺在床上仿佛得了重病。实在是个病秧子———一会儿头疼，一会儿牙肿了，一会儿又肚子疼。她配不上布尼姆先生，但他并无怨言。很可能，他以为女人都是这样的，毕竟他结婚时只有十五岁。

　　关于他儿子，没什么可说的，跟他父亲差不多——没学问、贪吃、游泳健将、积极进取的生意人。在他父亲搬到克莱谢夫之前，他就娶了一位布罗德姑娘，立刻投身到了生意场。他很少来克莱谢夫。同父亲一样，他从来不缺钱。两个男人都是天生的理财好手，似乎能把钱吸过来。从当时的情况来看，似乎布尼姆先生和他的家人没有理由不平平安安过一生，普通人因为简单淳朴不会交什么厄运，总是无风无浪地过日子。

2 女 儿

但是布尼姆先生还有个女儿。女人，大家都知道，会带来厄运。

莱丝长得漂亮，又有教养。十二岁时，她已经和父亲一样高了。她有着金色的，几乎是黄色的头发，皮肤像缎子一样雪白柔滑，眼睛有时是蓝色，有时是绿色。她的言谈举止，既像波兰贵妇，又像虔诚的犹太女儿。六岁时，她父亲就延请了家庭女教师来教她教义和语法。后来，布尼姆先生又送她去正规老师那里学习。打一开始，她就表现出对书籍的浓厚兴趣。她自学了意第绪语《圣经》，还读了母亲的《摩西五经》意第绪语评论。此外，她还读过《鹿之遗产》《惩罚之杖》《善心》《直径》等她在家里能找到的各种书籍。后来，她又全凭自学，掌握了基础希伯来语。她父亲跟她说了好多次，女孩子学习《托拉》不合适，母亲也警告她，这样会嫁不出去的，没有人想娶个有学问的老婆。对这些警告，她都无动于衷。她继续学习，读了《心之责任》、约瑟夫斯的著作、《塔木德》里的故事，还有古时的律法学者——坦拿和阿摩拉的许多警句格言。她对知识的渴望没有止境。每当有书商来到克莱谢夫，她就会请进门，买下他袋子里的所有书籍。安息日大餐后，和她同龄的那些克莱谢夫富家女会来找她玩，聊天、做游戏、猜谜语，像所有那个年龄的女孩儿一样疯闹嬉戏。莱丝对朋友们很友善，给她们拿来安息日水果、坚果、曲奇、蛋糕，但她的话不多——她所想的事比衣服、鞋子重要得多。不过她的态度总是很友好，毫无倨傲之色。节日到了，莱丝会去会堂的妇女区礼拜，虽然她这个年龄的女孩儿一般不参加仪典。布尼姆先生非常爱她，不止一次悲伤地说："她不是个男孩儿，真是可惜。否则她会成为多么杰出的人啊。"

希芙拉·塔玛可不这么想。

"你把这姑娘惯坏了，"她坚持说，"再这么下去，她连烤土豆都不会。"

在克莱谢夫，没有教世俗知识的好老师（雅克尔是社区唯一的老师，也就将将能写出一句让人看得懂的意第绪语来），布尼姆先生只好让女儿去和医师卡尔曼学习。卡尔曼在克莱谢夫很受人尊敬。他知道如何烧掉小妖打的发结，如何用水蛭放血，如何用一把普通的面包刀做手术。他有一箱子的书，自己采集田间药草做药丸。他身材矮胖，挺着大肚子，由于身体太重，走起路来似乎都摇摇晃晃的。他像当地绅士那样戴长绒帽，穿天鹅绒长袍、及膝的裤子，还有搭扣鞋。克莱谢夫有个习俗，送新娘去净身浴池时要在卡尔曼的门廊前停一下，为他唱首欢快的歌。人们说："这样的人，必须得哄他高兴，但愿永远不要求他帮助。"

可布尼姆先生的确需要卡尔曼的帮助。医师必须常常来为希芙拉·塔玛诊治，他不仅给母亲看病，还允许女儿从他那里借书。莱丝把他的藏书都看遍了：大部头的医学著作、关于远方和野人的游记，还有贵族的浪漫故事，他们如何打猎，如何做爱，以及他们的盛大舞会。这还不是全部。卡尔曼的书斋里有各种奇妙的书籍，关于巫师和奇怪的动物，还有骑士、国王和王子。是的，所有这些莱丝都仔细读过。

好啦，现在我该说说曼德尔了，男仆曼德尔——车夫曼德尔。在克莱谢夫，没人知道这位曼德尔来自何方。有人说他是个私生子，被遗弃在了大街上。还有人说他是叛教者的孩子。不论他打哪儿来，显然他是个无知之辈，他不仅在克莱谢夫大名鼎鼎，方圆几英里都很有名。他真的是大字不识，没人见过他祈祷，虽然他的确有一副护经匣。周五晚上，别的男人都在会堂祈祷，他却在市场上闲逛。他会帮女仆打井水，或者在马厩里与马做伴。曼德尔刮了胡子，扔了穗子四角巾，从不念诵祷词，他已把自己从犹太传统中彻底解放出来。刚到克莱谢夫时，有好几个人对他感兴趣，愿意免费教他。几个虔诚的女士还提醒他，当心死后躺在火焚谷的钉板上受刑。但这年轻人谁的话都听不进去，噘着嘴，放肆地吹着口哨。如果有哪个妇人骂得太狠，他就会傲慢地冲她嚷嚷："哦，你这个上帝的帮凶，就是你。反正你又不会在我的火焚谷。"

他还拿出不离身的鞭子，把妇人的裙子抽起来，引来一片混乱和大笑，那虔诚的妇人则发誓再也不找车夫曼德尔的麻烦。

虽是异端，却不影响他长得帅。不，他可是相当好看，身材高大而灵活，修长的双腿，窄窄的臀部，浓密的黑发有些卷曲，还有些蓬乱，里面总是有几根干草和麦秆，浓重的眉毛在眉心相连，黑眼睛，厚嘴唇。他的穿着不像犹太人。他穿马裤和靴子，短夹克，戴着波兰式的帽子，皮制帽舌朝后，触到后脖颈。他会用小树枝做哨子，还会拉提琴。他的另一个爱好是鸽子，他在布尼姆先生的房顶上搭了个鸽子窝，有时人们会看到他蹿到房顶上拿着长竿训练鸽子。虽然他有自己的房间，床也足够大，却喜欢睡在干草棚里，兴致来了，能一连睡十四个小时。有一次克莱谢夫失火了，火势汹汹，大家都赶着要逃离镇子。在布尼姆先生家，人们四处找寻曼德尔，指望他帮着打包，搬东西，但哪里都找不到他。直到大火被扑灭，一切复归平静，人们才在院子里找到他，他正在苹果树下打着呼噜，似乎什么都没有发生。

车夫曼德尔可不是成天只睡觉。大家都知道他追女人，但有一点要为他澄清：他不会骚扰克莱谢夫的姑娘。他总是和附近小镇的农家女鬼混。他对这些女子的吸引力堪称神奇。据当地酒馆那些喝着啤酒聊着天的人说，曼德尔只需盯着姑娘看一眼，她就会立即到他身边。大家都知道，来他的阁楼找他的可不止一位姑娘。这当然令农民们不快，他们警告曼德尔说，迟早有一天要砍下他的脑袋，可曼德尔并不理会这些威胁，反而越来越深地沉浸在肉欲享乐中。每次和布尼姆先生去个小镇，他就会留下"老婆们"、孩子们。似乎他真的只消吹声口哨，姑娘就像中了魔似的飞到他身边。不过，曼德尔不愿意谈论他对女人的魔力。他不喝威士忌，不打架，远离鞋匠、裁缝、箍桶匠和制刷匠，这些人是克莱谢夫的穷人。他们也不把他当自己人。他对钱也不在乎。据说，布尼姆先生只给他提供食宿。曾经有个克莱谢夫的车夫头儿想雇他，给他付真正的工钱，他却拒绝了，没有背叛布尼姆先生家。显然，他不介意被当作奴隶。他只关心他的马和靴子，他的鸽子和他的女人。镇上的人因而也就放弃了车夫曼德尔。

"迷失的灵魂，"他们说道，"一个犹太外邦人。"

渐渐地，他们习惯了他，也忘记了他。

3 婚 约

莱丝一到十五岁，人们就开始给她张罗婚事。希芙拉·塔玛病着，夫妻俩的关系也紧张，于是布尼姆先生决定和女儿谈谈这件事。提及此事，莱丝羞答答地说，一切由父亲做主。

有一次，父女俩又谈起了这件事。"你有两个选择，"布尼姆先生说，"第一个小伙子来自卢布林一个非常富有的家庭，但没什么学问。另一个来自华沙，真正的天才，但我必须提醒你，他可是一文不名。说吧，姑娘，你自己定，喜欢哪一个？"

莱丝轻蔑地说："哦，钱有什么用？钱可以失去，但知识却丢不了。"说完低下了头。

"这么说，如果我没理解错的话，你喜欢华沙那个男孩子？"布尼姆先生说，一边捋着他那黑色的长须。

"我听父亲的。"莱丝轻声说。

"我还得再说一句，"他接着说，"那个富家子长得很英俊——身材高大，金黄的头发。而那个学者非常矮——比你要矮整整一头呢。"

莱丝揪着自己的两根发辫，脸色通红，倏尔又煞白，咬紧了嘴唇。

"你怎么想，闺女？"布尼姆先生问道，"不要害臊。"

莱丝臊得双膝发抖，结结巴巴。"他在哪儿？"她问，"我是说，他做什么？他在哪儿学习？"

"华沙的男孩儿？他是个——愿上帝保佑我们——他是孤儿，现在朱斯米尔叶希瓦学习。听人说，他能背诵整部《塔木德》，是个哲学家，还学习喀巴拉。他已经写了一篇关于迈蒙尼德的评论了，我记得。"

"好的。"莱丝咕哝道。

"这么说你想要他？"

"如果您许可的话，父亲。"

她双手捂着脸跑出了房间。布尼姆先生目送她离开。他喜欢她——她的美丽、纯洁、智慧。她与父亲的关系比与母亲更亲近。虽然已几乎长成大姑娘了，她还是喜欢抱着他，捋他的胡子。周五，在他去净身浴池前，她已给他准备好了干净的衬衫。他会在点亮安息日蜡烛前回来，莱丝则给他拿来刚出炉的蛋糕和煨李脯。他从未听见过她像其他女孩子那样放声大笑，她也从不在他面前光着脚。安息日午餐后，他通常会打个盹儿，她总是蹑手蹑脚，以免吵醒他。若他病了，她会把手放在他的额头，看他是否发烧，给他端汤送药。布尼姆先生总是嫉妒那个将来要娶她为妻的幸福的年轻人。

几天后，克莱谢夫的人听说莱丝的意中人来到了镇上。年轻人独自坐着马车前来，住在奥泽拉比家。看到这个又瘦又小，简直就是皮包骨的年轻人，大家都吃了一惊。他鬓发蓬乱，面色苍白，尖尖的下巴上稀稀拉拉地冒出几根胡须。长长的袍子耷拉到脚面，弓着腰，步履急促，就好像不知道要去往哪里。年轻姑娘们拥到窗前看他走过。男人们见他来到学经堂，过来跟他打招呼，他马上与他们交谈起来，尽显自己的聪明才智。毫无疑问，他天生属于大城市。

"嗯，你们这里还真有点大城市的样子。"年轻人看了看周围。

"这里可比不了华沙。"镇上的一位小伙子说。

年轻的城里人笑了。"一个地方和另一个地方没什么两样，"他指出，"只要在地球上，都差不多。"

说完，他就开始引用《巴比伦塔木德》和《耶路撒冷塔木德》的原文，给大家开讲克莱谢夫外面的世界。他虽与波兰贵族拉兹维尔没有私交，却见过他，还认识假弥赛亚萨巴泰·泽维的追随者，遇到过一位来自波斯旧都书珊城的犹太人，以及另一位叛教的犹太人，该人私下学习《塔木德》。似乎这还不够，他以最难的谜题考问众人；问烦了，就自娱自乐地说起赫舍尔拉比的逸事。他有意无意地让众人知晓，除此之外，他还会下棋，会画十二星座壁画，会写希伯来回文诗，正读、倒读都是一个意思。还没完。这位少年天才还学习了哲学和喀巴拉，是神秘主义数学的高手，已能计算出《塔木德·混杂篇》中的比率。不用说，他当然看过《光辉之书》和《生命之树》，对《迷途指津》熟悉得就像自己的名字。

初到克莱谢夫时，他还是衣衫褴褛。几天后，布尼姆先生就给他置备了新袍、新鞋、白袜，还送给他一块金表。现在这年轻人开始梳理胡须，卷缠鬓发。在签订婚书之前，莱丝一直没有见到新郎，不过已经听说了他的博学，心中欢喜自己选择了他，而不是卢布林的富家子。

订婚庆典如婚礼般嘈杂。半个镇子的人都受邀而来。按照惯例，男女分席而坐。未婚夫肖洛米尔的讲话充满妙语机锋，婚书上的签名华丽潇洒。镇上几个最博学的人试图与他谈论些深奥的话题，他的谈吐与智慧却令他们招架不住。庆典还在继续，按照习俗，新娘与新郎在婚礼前是不能见面的，但布尼姆先生打破了这个常规。宴席开始前，他将肖洛米尔领入了莱丝的闺房。毕竟，对律法的真正解释是除非已见过女方，否则男子不能娶她为妻。年轻人的长袍没系扣，露出真丝马甲和金表链，脚蹬锃亮的鞋子，头戴天鹅绒圆帽，一看就是个见过世面的人。他额头微汗，双颊潮红，黑眼睛好奇而又羞涩地看着周围，食指紧张地不停缠绕着腰带上的穗子。看到他，莱丝羞红了脸。别人跟她说他一点都不好看，可在她眼里，他却是英俊帅气。在场的其他女孩儿也这么看。不知怎的，肖洛米尔似乎增添了许多魅力。

"这就是你要娶的姑娘，"布尼姆先生说，"不必害羞。"

莱丝身着一袭黑色丝裙，项戴珍珠，那是她的订婚礼物。烛光下，她的头发几乎是红色的，左手戴着戒指，上刻字母 M，"美满幸福"的首字母。肖洛米尔进来时，莱丝的手中拿着一条绣花手绢，看到他，手绢从她指尖滑落了。一个女孩儿走过去，捡了起来。

"今晚夜色真美。"肖洛米尔对莱丝说。

"整个夏天都很美。"新娘和她的两位同伴说。

"也许有点热。"肖洛米尔说。

"是的，有些热。"三个姑娘又齐声说。

"你觉得这是我的错吗？"他拿腔拿调地问，"《塔木德》说……"

肖洛米尔没说完就被莱丝打断了。"我很清楚《塔木德》是怎么说的。'即便是在塔姆兹月，驴子也会觉得冷。'"

"哦，一位《塔木德》学者！"肖洛米尔吃惊地喊道，耳尖红了。

很快，谈话结束，众人都拥到厅堂。奥泽拉比不赞成新娘和新郎在婚前见面，命他们分开。于是，肖洛米尔又被男人们包围了。庆典持续到天明。

◆ 4 爱 情

自从第一眼看到肖洛米尔，莱丝就深深地爱上了他。有时她觉得，婚前就曾梦到过他的脸。有时她确定，在此生之前的某种存在，他们就已结合在一起。其实是我，邪恶之灵，为了实行我的计划，需要如此深沉的爱情。

晚上莱丝睡觉时，我把他的精魂召来，带到她面前，俩人聊天、亲吻、互换信物。白天，她无时无刻不在想他，与心中他的幻象说话，那幻象也回应她。她把心底最隐秘的事说与幻象听，它则安慰她，向她诉说她渴望听到的绵绵情话。当她穿上裙子或睡袍时，她想象着肖洛米尔就在那里，她觉得害臊，又为自己洁白光滑的皮肤感到高兴。有时，她会向那幻象发问，问那些从儿时起就困扰她的问题："肖洛米尔，天是什么？地有多厚？为什么夏天热，冬天冷？为什么晚上尸体要聚集在会堂祈祷？如何才能看到魔鬼？为什么人们能在镜中看到自己的形象？"

她甚至想象肖洛米尔对这些问题一一做出解答。还有一个问题，她也问了那脑中的幻影："肖洛米尔，你真的爱我吗？"

肖洛米尔让她放心，没有哪个女孩儿像她那般美丽。她幻想自己在森河里快要淹死了，是肖洛米尔救了她。她被邪灵绑架了，又是肖洛米尔救了她。她满脑子都是这些白日梦，爱情令她迷乱。

可是布尼姆先生却把婚期推迟到了五旬节后的安息日，这样，莱丝不得不等将近九个月。焦急的等待让她理解了雅各的苦恼，他被迫等待七年才与拉结成婚。肖洛米尔一直住在拉比家，直到光明节才得以再次看望莱丝。姑娘常常站在窗前，希冀能看上他一眼，却是徒劳，从拉比家到学经堂并不会路过布尼姆先生家。只有从来找她玩的姑娘们那里，莱丝才能听到他的消息。一个姑娘说他长高了一点，另一个说他在学经堂与其他年轻人一起学习《塔木德》。又有一个姑娘说显然拉比夫人没给他什么好吃的，他瘦了好多。出于矜持，莱丝控制着自己，不去问朋友们太多的问题；但每当听到情郎的名字，她的脸都羞得通红。为了尽快把冬天打发走，莱丝开始为未婚夫绣护经匣袋，还有安息日面包的盖布。袋子是黑天鹅绒的，莱丝用金线绣了大卫星、肖洛米尔的名字和日期。盖布更让她费心，她绣了两条面包和一只高脚杯，"神圣安息日"几个字用银线绣成，盖布四角分别绣上了鹿头、狮头、豹头和鹰头。她还在接缝处缀以彩珠，以花边流苏装饰四边。克莱谢夫的姑娘们都为她的技艺所折服，请求用她的纹样。

订婚改变了莱丝：她变得更漂亮了。皮肤光洁细腻，眼神顾盼迷离。她像个梦游者似的轻轻走过房间，有时会莫名其妙地微笑，在镜前站上几个小时，整理头发，对着镜中人自言自语，着了魔一般。若有乞丐来到房前，她则殷勤相待，给他施舍。每次用过餐，她就去救济院，给那些穷病之人送去汤羹肉菜。那些不幸的穷人会微笑着为她祝福："愿上帝保佑，你能尽快享用婚宴汤。"

莱丝则轻轻加上一句："阿门。"

手上有大把的时间无处打发，她就常常去父亲的书房浏览群书。她在那儿看到一本题为《婚俗》的书，书中说新娘在婚礼前必须行洁礼，记录行经日期，去净身浴池。书中列出了婚礼的各种仪式，什么时候该念诵婚礼七福，如何警诫夫妻行为，特别是女人该做些什么，很多细节。莱丝对这一切都很感兴趣，她以前看过鸟和动物的求偶，已大致了解性是怎么回事。她开始仔细思索书上的话，为此几夜无眠。她比以前还要矜持，脸红红的，身上发烫。看到她怪异的举止，仆人认为她定是着了"邪恶之眼"的道，唱起咒语想要治好她。一听到肖洛米尔的名字，莱丝就脸红，不管别人是不是在说她的事；一有人走近，她就赶快把那本她一直在读的指南书藏起来。不仅如此，她还变得焦虑而多疑，期盼着婚期快到，又怕婚期将至。希芙拉·塔玛却只是自顾自地准备着女儿的嫁妆。虽然她与女儿并不亲近，还是希望女儿能有场盛大的婚礼，让克莱谢夫的人回味多年。

5 婚 礼

婚礼的确盛大。新娘嫁衣由卢布林的裁缝准备。在布尼姆先生家，裁缝们忙活了好几周，在睡袍、内衣、衬衣上刺绣，缝花边。白绸缎制成的婚纱，下摆足有四肘长。至于婚宴，厨子做的安息日面包几乎有一人长，两头都编了穗子，克莱谢夫可从来没有见过这样的面包。布尼姆先生一点都不肯将就：在他的命令下，小牛、小羊、母鸡、公鸡、肥鸭、腴鹅，纷纷成了盘中餐。还有森河的鱼，匈牙利葡萄酒以及当地酒馆送来的蜂蜜酒。婚礼当天，布尼姆先生下令广宴克莱谢夫的穷人，此言一出，附近的混混们也都拥到镇上，趁机饱餐一顿。大街上摆起长桌长凳，乞丐面前奉上了安息日白面包、鲤鱼盒子、醋炖肉、姜饼，还有大杯大杯的麦芽酒。乐手为流浪汉们奏乐，还有传统的婚礼小丑逗他们开心。这群破衣烂衫的人在市场中心围成圈，唱歌跳舞，不亦乐乎。每个人都唱啊，叫啊，噪音震耳欲聋。晚上，婚礼的宾客逐渐聚集到布尼姆先生家。女人们穿着镶珠外套，戴着发带、羽饰、各种首饰。姑娘们身着丝裙，脚穿为婚礼特制的尖头鞋。不过，裁缝们、鞋匠们并不能满足所有订单，由此还发生了不少口角。婚礼当晚，待在家里、守着炉子哭到泪干的可怜姑娘可不止一个。

那天莱丝斋戒。祈祷的时刻到了，她捶胸忏悔自己的罪孽，如在赎罪日，因为她知道婚礼当天，所有的罪愆都会被赦免。她并不是很虔诚，甚至有时还对信仰产生动摇，爱沉思的人都是这样，但那一天，她的祈祷却是热忱而恳切的。她也为在那天结束时就要成为她丈夫的那个人祈祷。希芙拉·塔玛进来看到女儿站在墙角，眼泪汪汪地用拳头捶打着自己，不禁喊道："看这姑娘，真是个圣人！"她让莱丝别哭了，可不能眼睛又红又肿地站在华盖下。

不过相信我，让莱丝痛哭流涕的可不是什么宗教热情。婚礼前的这几周，我可是忙得够呛。各种怪异淫邪的念头折磨着姑娘。她一会儿害怕自己根本就不是处女，一会儿又痛哭起来，担心花心初绽时会不会疼得让她无法忍受。有时她把自己臊得无地自容，有时又担心新婚之夜，她会大汗淋漓、胃疼，或者尿床，或者，谁知道会有什么糗事。她怀疑有人对她施了魔法，翻遍自己的衣物，找寻隐藏的衣结。她想摆脱这种种焦虑，却无能为力。她对自己说："也许这一切都是做梦，我根本就不会结婚。或者，也许我的丈夫是什么魔鬼，化作人形，婚礼只是幻象，宾客们都是些邪灵。"

这还只是她的梦魇之一。她茶饭不思，肝肠郁结。虽然克莱谢夫的姑娘们对她羡慕不已，却无人知晓她的苦楚。

新郎是孤儿，准备结婚用品的任务就落到了岳父布尼姆先生身上。他为女婿订购了两件狐皮上衣，一件日常穿，一件安息日穿；还有两条长袍，丝质和绸缎的；一件纯棉外套、两条睡袍、几条裤子、一顶貂皮十三角帽，还有一条三饰物土耳其绒祈祷巾。送给新郎的礼物包括刻有哭墙图案的银质香料盒、香橼金盒、祖母绿柄面包刀、象牙盖烟丝盒、丝套《塔木德》、银质封皮的祈祷书。在单身宴会上，肖洛米尔可谓口吐莲花。他首先提出了十个看似非常基础的问题，然后以一句话回答了所有十个问题。之后话锋一转，指出这十个关键性问题根本就不是什么问题，他所构建的博学高墙顿时倾倒，留下一群目瞪口呆的听众。

我就不在婚礼上多费口舌了，跟所有婚礼一样，特别是富豪嫁女的婚礼，大家唱歌又跳舞，知道这些就够了。两三个裁缝和鞋匠想和女仆跳舞，被赶了出去。几位宾客喝多了，开始跳吉格舞，不停地喊"安息日，安息日"。有些人唱起了意第绪语歌，开头是这样的，"穷苦的人啊做什么吃？土豆炖汤……"乐手起劲儿地拉着提琴，号音刺耳，铙钹铿锵，鼓声咚咚，笛子风琴齐鸣。老妪们把帽子往后一推，撩起裙子跳起舞，面对面，拍拍手，脸颊刚要碰，又佯装生气地避开，围观的人看得哈哈大笑。虽然希芙拉·塔玛总说自己身体不好（几乎抬不动脚），也被嬉笑的众人拥簇着跳了一曲科索茨基舞和剪刀舞。我，主魔，在婚礼上总要安排人们因嫉妒而吵架，还有各种虚荣、轻浮以及吹牛皮。女孩子们跳蹚水舞时，撩起裙子露出脚踝，挤在窗前看热闹的无聊的人们不禁想入非非。婚礼小丑急于逗笑众人，为宾客们唱了一支又一支的情歌，将各种淫词秽语插入圣洁的唱词，扭曲了《圣经》，仿佛普珥节上的小丑。听到这些歌，姑娘们、少妇们兴奋得鼓掌尖叫。

突然，一个女人的叫声打断了这欢快的场面。她的胸针丢了，急得晕倒在地。大家四处寻找，哪里都寻不到胸针的踪影。没过多久，又是一阵混乱。一个姑娘说，有个小伙子用针扎她的大腿。这场混乱结束后，就该跳美德舞了。与此同时，希芙拉·塔玛和伴娘们将莱丝领入了洞房。洞房在一层，厚厚的窗帘帷幔将光线挡在外面。去洞房的路上，妇人们告诉莱丝该如何行事，提醒她见到新郎不要害怕，因为律法第一条就规定我们要生养众多。很快，新郎在布尼姆先生和另一位男子的陪伴下来到新娘身边。

好了，我要就此打住了，我是不会满足你们的好奇心，告诉你们洞房内发生了什么事的。早晨，希芙拉·塔玛来到房里，看到女儿躲在被子下面，羞得开不了口。你们知道这个就足够了。肖洛米尔已经起床，去了自己的房间。希芙拉·塔玛费了好大劲儿才说服莱丝让她查床，没问题，床单上有血迹。

"祝贺你，女儿，"希芙拉·塔玛叫道，"你现在是女人了，和我们一起承担夏娃的诅咒吧。"

她哭着抱住莱丝的脖子，亲吻她。

6 怪异的举止

婚礼结束后，布尼姆先生很快就去树林忙他的生意去了，希芙拉·塔玛则回到病床上，与药罐相伴。学经堂的年轻人认为，肖洛米尔婚后很快就会成为叶希瓦的领袖，投身到社团事务中，他可是个天才，又是富豪的乘龙快婿，这再合适不过了。但肖洛米尔没有那么做。他整天宅在家里。晨祷仪式，他总是迟到。刚一念完"在我们"，仪式结束，他就冲出门往家走。晚祷后，他也不逗留。镇上的女人说肖洛米尔吃过晚餐就上床，毋庸置疑，卧室的绿色百叶窗要日上三竿才会打开。布尼姆先生家的女仆说，这小夫妻俩举止实在不端。他们总是窃窃私语，说着悄悄话，一起看书，以各种奇怪的昵称称呼彼此。他们从一个盘子里吃饭，喝同一杯酒，像波兰的绅士小姐似的手牵手。有一次，女仆看到肖洛米尔用腰带套着莱丝，就好像套着一匹拉车的马，又用小树枝抽打她。莱丝则驯服地学马叫，学马走路。女仆还见到他们玩另一个游戏，胜出者要揪对方的耳垂，她发誓说，他们的耳垂都红得快出血了。

是的，他们在恋爱，一天比一天激情更甚。他去祈祷，她就站在窗前目送他离开，好像他要出远门似的。她去厨房做汤或燕麦粥，肖洛米尔要么跟进厨房，要么立马就喊她出来。安息日，莱丝忘了自己来会堂是做祈祷的，只顾站在栏杆后面看着身披祈祷巾的肖洛米尔在东墙礼拜。他则会看向楼上的妇女区，想瞄她一眼。虽然这让饶舌的人议论纷纷，布尼姆先生却毫不在意，看到女儿女婿如此情投意合，他很满意。每次做生意回来都带给他们礼物。希芙拉·塔玛可不那么高兴。她不赞成俩人这些卿卿我我的怪异举止，没完没了的亲吻爱抚。在她父亲家，可没有这种事，她也没见别的夫妻这个样子。她觉得很没面子，就责备莱丝和肖洛米尔。她不能容忍这样的举止。

"不，我不能忍受，"她抱怨道，"一想到这件事我就头疼。"有时她会突然爆发："就是波兰贵族也没有这么公然示爱的。"

但是莱丝知道怎样回答她。"难道雅各没有向拉结表达爱意吗？"博学的莱丝问母亲，"难道所罗门没有娶一千个老婆吗？"

"你怎敢把自己比圣人！"希芙拉·塔玛嚷道，"你不配提他们的名字。"

其实，希芙拉·塔玛年轻的时候对自己的要求并没有那么严格，现在却对女儿看得很紧，确保她遵守了所有净仪律法，甚至陪着莱丝去净身浴池，以免她未完全遵守沐浴礼仪。母女俩在周五晚上时常吵架，因为莱丝没有按时点亮蜡烛。按照习俗，婚礼后，剃掉头发的新娘要戴上丝巾，但希芙拉·塔玛发现莱丝的头发已经又长起来了。莱丝时常坐在镜前，梳理她的卷发，编辫子。希芙拉·塔玛和女婿之间也不免口角。她不愿见他整日在果园田间游荡，很少去学经堂。他显然还是个好吃懒做的人，每天都要吃烤牛香肠和油炸馅饼，让莱丝往牛奶里加蜂蜜。这还没完，他让仆人把煨李脯、果仁曲奇、提子干和樱桃汁送到他的房间。晚上他们都休息了，莱丝会把卧室房门反锁。希芙拉·塔玛能够听到小夫妻俩的笑声。有一回，她听到俩人似乎是光着脚在地板上跑，墙皮从房顶掉下来，吊灯都在颤动。希芙拉·塔玛只好打发女仆上楼敲门，让这对儿小夫妻安静些。

"真是奇怪，"人们交头接耳，"肯定有什么蹊跷。"

坐在门廊织袜子纺线的老妇们可是不缺话题了。她们竖起不太灵光的耳朵，不满地摇着头。

7　卧室的秘密

该透露些卧室秘密了。对于某些人，仅仅满足欲望是不够的，他们必须要说些空洞无物的话，沉浸在激情中。走上这条邪路的人，必然抑郁苦闷，堕入"四十九道不洁之门"。很久以前就有智者指出，谁都知道新娘为什么站在华盖下，但那些用言语亵渎仪式的人，是没有来世可期的。知识渊博，又对哲学感兴趣，聪明的肖洛米尔开始越来越深入地探究"他与她"的问题。比如，爱抚妻子时，他会突然问："假如你当初没有选择我，而是选择了那个卢布林的男人，你认为你现在会和他一起躺在这里吗？"起初，这样的问题让莱丝很惊诧，她会说："但我没有选择他，我选择了你。"没有得到答案，肖洛米尔是不会善罢甘休的，他会继续追问，甚至问一些更淫秽的问题，直到莱丝不得不承认如果她选择了卢布林的那个男人做丈夫，现在定是躺在他的怀中，而不是肖洛米尔的怀里。他似乎还嫌不够，继续追问，如果他死了，她会怎么做。他想知道的是："你会再婚吗？"不，她不会再对别的男人感兴趣，莱丝坚持说，但肖洛米尔会与她诡辩，最终让她动摇。

"看，你还年轻，有魅力。很快就会有媒人来提亲，多得让你招架不过来，你父亲是不会允许你孤老一生的。又会有一顶婚礼华盖，又一场婚庆，你会上另一张婚床。"

莱丝觉得这个话题既折磨人，又没有意义，谁也不能预见未来，便求他不要再谈此事，根本没用。不论莱丝说什么，肖洛米尔都继续说着那些罪恶之辞，因为这会激起他的情欲。渐渐地，莱丝也对这些话题有了兴趣。没过多久，他俩大半夜的时间都在窃窃私语，纠缠于那些谁也不明白的问题和答案。肖洛米尔想知道如果莱丝遇到海难，只和船长一人流落到荒岛，她会怎么做。如果和非洲野人在一起，她又怎么办。假如她被太监抓住，送到苏丹的后宫，又当如何？如果她是以斯帖王后，被带到亚哈随鲁面前！这些还只是他的一小部分想象。她若责备他耽于这些轻浮之事，他就会与她谈喀巴拉，男女相亲的秘密以及婚姻的启示。在布尼姆先生家，有《生命之树》《天使拉吉尔》等喀巴拉书籍。肖洛米尔告诉莱丝，雅各、拉结、利亚、辟拉，还有悉帕在天界交媾，脸对脸，臀对臀，还有圣父与圣母的云雨，这些书中的用词本就是亵渎。

　　这还不够，肖洛米尔还给莱丝讲邪灵的威力——它们不仅是反对者、幽灵、魔鬼、怪物、小妖精、老妖怪，他们还掌控着天界，比如神宝座上方的光辉"挪迦"，就是那神圣与不洁的合体。他还给出证据，表明邪恶天使与创世流溢层相关。从他的话来看，似乎撒旦与上帝势均力敌，争斗不断，却难分胜负。他还说并没有什么罪，因为罪与善行一样可大可小，若是罪得到提升，也能达到天界的高度。他向她保证与其温暾水般行善，不如激情洋溢地作恶，还说是与否、黑暗与光明、右与左、天堂与地狱、神圣与堕落，凡此种种都为神性具象，不论人在何处堕落，都在万能之主的荫蔽下，因为没有祂的光辉，便空无一物。他讲起来振振有词，又有大量的例子佐证，听他说话就是种享受。莱丝越来越喜欢和他在一起，听他传授这些知识。有时，她也会觉得肖洛米尔在诱她偏离正道。他的言辞令她恐惧，她觉得已失去了自我，灵魂已被俘获，只愿想他所想。但她没有勇气反抗，只是对自己说："不论发生什么，他让我去哪里我就去哪里。"很快，他完全控制了她。她对他言听计从，任他支配。他命她脱去衣服，像动物一样在地上爬，命她给他跳舞，唱他写的歌，半是希伯来语，半是意第绪语，她都照做不误。

　　讲到这儿已经很清楚了，肖洛米尔是萨巴泰·泽维的秘密追随者。虽说那个假弥赛亚早就死了，他的追随者在很多地方却还有秘密组织。他们在集市上碰头，通过秘密的符号相认，以逃避其他犹太人的愤怒，以免被驱逐出教。很多拉比、教师、净屠师，还有许多看似尊贵的人都加入了这个邪教组织。他们假装会施奇迹，从一个镇子游荡到另一个镇子，给人们所谓的护身符，里面写的不是神圣的上帝之名，却是狗、邪灵、莉莉斯和阿斯魔德，还有萨巴泰·泽维的名字。他们做事隐秘，只有自己人才能欣赏到他们的诡计。欺骗虔诚的人，制造混乱带给他们极大的满足感。有个萨巴泰·泽维的信徒来到一个镇子，声称自己是术士，很快许多人都拿着小条儿去找他，上面写着他们的问题、困难和请求。这个冒牌的施奇迹者在离开镇子之前，跟大家开了个玩笑，他把那些纸条散落在市场里，被些流氓无赖捡了去，很多人因此颜面扫地。还有个信徒是文书，他放在护经匣里的不是律法摘录，而是各种秽物和山羊粪，他还让戴那些护经匣的人亲吻他的屁股。邪教里还有些人是折磨自己，冰水沐浴，冬天在雪地上打滚，夏天服用有毒的藤蔓，从一个安息日斋戒到下一个安息日。这些同样是堕落之举，他们败坏《托拉》和喀巴拉的原则，每个人都以自己的方式效忠邪恶力量——肖洛米尔正是他们中的一员。

8 肖洛米尔与车夫曼德尔

一天，莱丝的母亲，希芙拉·塔玛死了。七天丧期过后，布尼姆先生又忙他的生意去了，留下莱丝和肖洛米尔独自在家。布尼姆先生在沃尔西尼亚买了一大片林子，他在那儿雇了农民养牛牧马，因此离家时没带上车夫曼德尔。年轻人就留在了克莱谢夫。时值夏日，肖洛米尔和莱丝常常坐着曼德尔的马车在乡间闲逛。若是莱丝没时间，就两个男人去。松树的清香抖擞了肖洛米尔的精神。他喜欢在森河游泳，到水流清浅的地方，曼德尔会停下马车，等着肖洛米尔，毕竟肖洛米尔是要继承整个家产的。

就这样，俩人成了朋友。曼德尔几乎比肖洛米尔高出两头，肖洛米尔也欣赏曼德尔的见多识广。曼德尔会蛙泳、仰泳，还会踩水、空手抓鱼，能爬上岸边最高的树。一头母牛就能吓着肖洛米尔，曼德尔却敢追赶整个牛群，公牛也不怕。他夸口说，他敢在墓地待上整晚，还说他制服过攻击他的熊和狼。路遇盗匪，也照样被他拿下。他还会吹笛子，各种曲调都会，会模仿乌鸦啊啊，啄木鸟嗒嗒，牛群哞哞，羊群咩咩，猫咪喵喵，蟋蟀曜曜。肖洛米尔喜欢和他在一起，看他各种表演。曼德尔还答应教肖洛米尔骑马。莱丝以前根本无视曼德尔的存在，现在也对他很友善，派给他各种差事，给他送去蜂蜜蛋糕和甜白兰地，她可是个善良的女人。

有一天，两个男人在森河游泳，肖洛米尔注意到曼德尔健美的身躯，不禁艳羡起他的魅力雄姿，修长的双腿，细腰宽背，力量蓬勃。穿好衣服，肖洛米尔与曼德尔攀谈，后者对自己的情场战果毫不讳言，吹嘘有多少农家姑娘被他俘获芳心，附近小镇的女人们为他生了多少野种。他的情人还包括贵妇、城里的女人和妓女。肖洛米尔对此丝毫不怀疑。他问曼德尔难道不怕遭报应，年轻人反问道拿一具尸体能怎么办？他不相信什么死后的生命，异端邪说滔滔不绝。说完，他聚拢双唇，吹了声尖哨，敏捷地蹿到树上，打落了松果与鸟巢。一声狮吼，声传数里，在林间回荡，仿佛成百上千的邪灵在回应他的吼叫。

当晚，肖洛米尔将所发生的事情原原本本道与莱丝听。俩人没有漏掉任何细节，说得欲火中烧。然而，肖洛米尔无法满足妻子的激情。他虽情炽欲烈，奈何力不从心，只能以淫词秽语聊作安慰。突然，肖洛米尔脱口说道："说实话，亲爱的莱丝，你想不想与车夫曼德尔上床？"

"上帝保佑，这是什么鬼话？"她反问道，"你疯了吗？"

"怎么样——？他年轻英俊，健壮有力——姑娘们都为他疯狂……"

"不害臊！"莱丝喊道，"当心污了你的嘴！"

"我喜欢污秽！"肖洛米尔嚷嚷着，两眼冒火，"我是要到邪恶天使那边去的！"

"肖洛米尔，我真担心你！"好一会儿，莱丝说道，"你陷得越来越深了！"

"什么都不要怕！"肖洛米尔说，双膝发抖，"既然这代人不能彻底纯洁，那就彻底堕落！"

莱丝似乎缩到了自己的身体中，沉默许久。肖洛米尔几乎无法辨认她是睡着了，还是在思考。

"这么说，你是认真的？"她好奇地问，声音低沉不清。

"是的，认真的。"

"你难道一点都不会生气？"她问道。

"不……如果能给你带来快乐，我也快乐。事后你可以讲给我听。"

"你这个不信神的人！"莱丝喊道，"异端！"

"是的，我就是异端！阿比亚的儿子以利沙也是异端！看过葡萄园的人就得承担后果。"

"你真是言必称《塔木德》——当心吧，肖洛米尔！当心！你在玩火！"

"我喜欢火！我喜欢焚烧……我但愿全世界都烧掉，让阿斯魔德来接管。"

"别说了！"莱丝喊道，"再说我就喊人来了。"

"你怕什么，傻瓜？"肖洛米尔安慰她，"想一想又不是真做。我跟你一起学习，告诉你《托拉》的秘密，你却还是那么天真。你觉得上帝为什么命令何西阿娶一个妓女？为什么大卫王把拔示巴从赫人乌利亚手里抢过来，还娶了拿八的妻子亚比该？为什么他已年老体迈，却还让人送来书念童女亚比煞？古之圣贤也通奸。罪孽可以涤荡灵魂！啊，我的爱人莱丝，我希望你想做什么就去做。我只想要你幸福……虽然我会把你引向深渊……！"

他抱住她，爱抚她，亲吻她。他的一番言辞令莱丝筋疲力尽，茫然不解。她身下的床在震动，墙壁在颤抖，她觉得似乎已经躺在了我，黑暗王子，为她张开的网中，摇来荡去。

9 哈及之子亚多尼雅

怪事接踵而至。莱丝平时不常遇到车夫曼德尔，即便遇到了，她也不会注意他。然而，自从那天肖洛米尔跟她提起了曼德尔，她好像去哪儿都会碰到他。她走进厨房，见他正与女仆调笑。看到莱丝，他就不说话了。她很快就发觉随处都能看见他，在谷仓里，或是骑着马去往森河。他像哥萨克人似的坐得笔直，不屑于用马鞍或缰绳。有一次，莱丝需要用水却找不到女仆，就拿了水罐去井边。突然，车夫曼德尔不知从哪里冒出来，帮她打水。一天晚上,莱丝在草场散步(肖洛米尔恰好去了学经堂),碰巧遇到镇上的那只老山羊。莱丝想从它旁边过去。她往右走,那山羊也往右走,挡住了她的路。她往左转,它又跳到左边。与此同时,它低下尖尖的羊角,一副要顶她的样子。突然,它后腿站立,前腿抵在了她身上。两只羊眼睛通红,燃烧着怒火,着魔一般。莱丝想挣脱它,它的力气却比她大得多,几乎将她摔倒。她尖叫起来,差点晕过去。这时,突然响起一声响亮的口哨和甩鞭子的声音。车夫曼德尔来了,见此危难,他用鞭子狠抽了一下山羊背,粗糙盘结的鞭子几乎抽断了山羊的脊骨。山羊咩的一声惨叫,夺路而逃。它的腿上长着厚密的毛,蓬乱虬结,不像山羊,更像是野兽。莱丝惊得目瞪口呆,一时间只默默地盯着曼德尔。稍许,她似恍然从噩梦中惊醒,说道:"非常感谢。"

"这只蠢羊!"曼德尔厉声说,"要是再让我碰到,我就把它的肠子肚子打出来!"

"它要干吗?"莱丝问。

"谁知道呢?有时山羊是会攻击人的,总是攻击女人,从来不攻击男人!"

"这是为什么?——你在开玩笑吧!"

"不,我是认真的……我和老爷去过一个小镇,那儿有只山羊,专等着女人从净身浴池回来时袭击她们。人们问拉比怎么办,拉比说宰了它……"

"真的?为什么非要杀它?"

"这样它就不能顶女人啦……"

莱丝再次对他表示感谢,心想他的出现真是个奇迹。年轻人脚蹬锃亮的马靴,穿着马裤,手执马鞭,肆无忌惮地直视她,似乎心照不宣。莱丝犹豫是否还要继续散步,她担心那只山羊会伺机报复。年轻人似乎知道她在想什么,提出护送她,保护她。他像卫兵似的跟在她后面。就这样走了一程,莱丝决定回家。她面颊发热,能感觉到曼德尔的目光,她双踝打架,磕磕绊绊,有火星在她面前舞蹈。

肖洛米尔回家后,莱丝本想立刻把发生的事都告诉他,但她克制住了自己，一直等到晚上熄了灯才对他讲。肖洛米尔惊诧无比，详细地询问每个细节。他亲吻她，抚摸她，似乎这件事让他很满意。突然，他说："那只可恶的山羊想要你——"莱丝问："山羊怎么会想要女人？"他解释说像她这样的美女就是山羊看了也要动心的。他又赞赏了车夫的忠心，并说他在那一刻出现不是什么巧合，而是爱的表现，他会为她赴汤蹈火。莱丝奇怪肖洛米尔怎么会知道这些事，他说要告诉她一个秘密。他让她把手放在他大腿下面，按照古老的习俗起誓，永远不会透漏一个字。

她照做后，他开始讲："你和车夫都是轮回转世，来自同一个精神之源。你，莱丝，在你的第一世是书念童女亚比煞，他则是哈及之子亚多尼雅。他想要你，就让拔示巴去跟所罗门王说，希望他能将你赐他为妻，然而根据律法，你是大卫王的遗孀，提出这种请求是要处以死刑的，祭坛之角也不能保护他，于是他被带走处死。但律法只适用于肉体，却不适用于灵魂。若一个灵魂渴望另一个灵魂，上天垂怜，只有欲望得到满足后他们方可找到安宁。书上说所有的激情都圆满释放后，弥赛亚才会来，所以弥赛亚到来之前的那一代是彻底不洁的！当一个灵魂在此世无法满足它的欲望时，它就会一遍又一遍地转世，你们俩就是这样。你们的灵魂已孤孤单单地游荡了近三千年，无法回到源发的'流溢层界'。撒旦的力量一直阻止你们相遇，恐怕救赎就要到来。所以当他是王子时，你是女仆，当你是公主时，他是奴隶。你们之间还隔着大海。他向你驶来，魔鬼就卷起风浪，击沉船只。重重险阻，已令你悲伤至极。现在你们虽同在一个屋檐下，你却因他目不识丁而躲着他。其实，你们体内的神圣灵魂在黑暗中呐喊，渴望团聚。你之所以会成为有夫之妇，是因为有一种涤荡只能依靠通奸才可达成。正因如此，雅各娶了两姊妹，犹大睡了儿媳她玛，吕便上了他父亲的妾辟拉的床，何西阿则娶了妓女为妻，其他人也一样。还有，要知道那山羊也不是什么普通山羊，而是魔鬼，是撒旦的手下，如果曼德尔没有来，那畜生——上帝不许——是会伤害你的。"

莱丝问肖洛米尔是否也是转世，他说他是所罗门王，回来弥补他在前世犯下的过错。因为处死了亚多尼雅，他不得进入属于他的天堂玉宇。莱丝又问，修正错误后，当他们都要离开尘世时又会怎样？肖洛米尔回答说，接下去，他和莱丝会幸福长久地生活在一起，但他没有提曼德尔的未来，只是暗示说那个年轻人在世上的日子不多了。这一切，他都说得振振有词，像个无所不晓的喀巴拉信徒。

听闻这席话，莱丝一阵战栗，木然地躺在那里。莱丝熟读《圣经》，一直对大卫王的逆子亚多尼雅心怀同情。由于觊觎父亲的妾和王位，他为他的叛逆付出了项上头颅。读到《列王纪》这一章时，莱丝总不免潸然泪下。她也怜悯书念童女亚比煞，以色列地最美的姑娘，虽然并未与国王有夫妻之实，却被迫守寡一生。得知她，莱丝，就是书念童女亚比煞，而亚多尼雅的灵魂就寓居在曼德尔体内，她方才恍然大悟。

她突然意识到，曼德尔的确像她想象中的亚多尼雅，这令她大为惊诧。她明白了为什么他有如此黑的与众不同的眼睛，为什么他的头发如此浓密，为什么他躲着她，离群索居，为什么会以如此炽烈的目光盯着她。她觉得她开始记起了作为书念童女亚比煞时的前生，她看到亚多尼雅驾着马车从殿前驶过，前面跑着五十人，虽然她在侍奉所罗门王，却有一种强烈的要把自己交给亚多尼雅的欲望……肖洛米尔的解释似乎为她解开了一个深埋地下的谜，理清了积年乱麻。

那晚，夫妻俩都没有睡。肖洛米尔靠在她身边，两人窃窃私语直到天明。不论莱丝问什么，肖洛米尔都答得头头是道，我的人可是出了名的能言善辩。她那么单纯，什么话都相信。何况即便是真正的喀巴拉信徒，也会对这些话信以为真，当作是上帝之语，由以利亚先知亲口告诉肖洛米尔。肖洛米尔的话令他自己兴奋不已，他在床上翻来覆去，牙齿打战像在发烧，身下的床摇来晃去，汗水如小溪般从他体内冒出来。莱丝意识到她必须遵从肖洛米尔，做她命中注定要做之事，不禁失声痛哭，泪水浸湿了枕头。肖洛米尔安慰她，抚摸她，向她透露喀巴拉的最深奥秘。清晨，她神情恍惚地躺在床上，四肢无力，死了一般。就这样，一个假喀巴拉信徒，一个萨巴泰·泽维的门徒，一番胡言乱语令一位恭谨之女偏离了正道。

其实，肖洛米尔这个坏蛋编出这套谎言，只是为了满足自己的变态情欲。

他整天胡思乱想，早就走火入魔。在他为欲望的满足的东西，于常人来说已是不堪的折磨。由于性欲过度，他已阳物不举。那些了解人性复杂的人会明白，欢乐与苦痛、丑陋与美丽、爱与恨、慈悲与残忍等等矛盾的情感总是交织在一起，难解难分。因此，我可以使人远离他们的造物主，毁坏他们的身体，而且还打着臆想出来的、正大光明的幌子。

⑩ 忏 悔

那年夏天酷热而干燥。农民收割着可怜的一点玉米，悲悲戚戚地唱着歌。玉米长得太小，还是干瘪的。我从森河对岸带来蝗虫和鸟，农民的辛苦劳作统统被昆虫吃掉。许多母牛都没了奶，或许是被女巫施了魔法。在离克莱谢夫不远的卢考夫小镇，有人看到女巫骑着铁环，挥舞着扫帚，前面有个什么东西在跑，黑色卷发，浑身是毛，还有尾巴。磨坊主抱怨说小妖精将魔鬼的粪便撒在面粉里。夜间，牧马人在沼泽边照料马匹，看到空中有一个戴荆棘冠的活物。基督徒们认为这意味着最后的审判即将来临。

以禄月到了。树木突然凋萎，叶片纷披飘落，在风中回旋。阳光的热量，掺杂了冻海吹来的冷风。向远方迁徙的鸟在会堂屋檐上开会，叽叽喳喳说着鸟语，争论不休。晚上，蝙蝠俯腾飞转，吓得姑娘们不敢出门，若是有蝙蝠搅进头发里，那可就活不过当年了。像往常一样，每到这个时节，我的门徒，黑暗之子们就要耍他们的鬼把戏了。孩子们纷纷染上了麻疹、水痘、痢疾、喉炎、皮疹，虽然母亲们采取了通常的防范措施，又是测量坟墓，又是点长明蜡，孩子们还是夭折了。会堂里，羊角号一天要吹响好几次。众所周知，吹号是为了将我赶走，当我听到号角时，我应该认为弥赛亚要来了，上帝——赞美祂的圣名——要来毁灭我。但我的耳朵还没那么迟钝，不至于连大号角的鸣吒和克莱谢夫的公羊角的声音都分辨不出来……

所以你看，我还是精神抖擞地在这里，为克莱谢夫的人们准备一场盛宴，这场盛宴，他们一时半会儿可是忘不掉了。

那是周一早晨，正是礼拜时间，会堂里满满的都是人。司事正要请出

《托拉》卷轴，他已掀开约柜前的帘子，打开柜门。突然，房间里一片混乱。前来礼拜的人都看向了噪音发出的地方。是肖洛米尔闯进门来。他的样子实在吓人，披着一件旧斗篷，衬里破了，衣领也已撕烂，如在哀悼什么人；他只穿着长袜，就像在阿布月初九似的，腰间系着条绳子，而不是腰带。他面如土灰，胡须蓬乱，鬓发也拧着劲儿。众人简直不敢相信自己的眼睛。肖洛米尔快步走到铜盆前盥手，随后登上读经台，猛捶一下桌面，颤抖着喊道："各位，我带来了坏消息！发生了一件恐怖的事。"会堂顿时安静下来，长明蜡的烛火啪啪跳跃。此刻就像风暴来临前的森林，人群间一阵窸窣，每个人都向读经台靠拢了些。祈祷书掉落在地，也无人去捡。孩子们爬到椅子上、桌子上，虽然神圣的祈祷书就在上面，也没人赶他们下去。妇女区也是一片骚动，女人们拥到栏杆旁看下面的男人发生了什么事。

老拉比奥泽先生还健在，依然以铁腕统治着他的信众。此刻，他正身披祈祷巾，头戴护经匣，在东墙礼拜。虽然不愿仪式被打断，老拉比也不得不转过身来，怒气冲冲地喊道："你想干什么？说！"

"各位，我是悖逆者！我是唆使人犯罪的罪人，就像尼八的儿子耶罗波安。"肖洛米尔边说边捶打着前胸，"你们要知道，我迫使我的妻子通奸。一切我都坦白，我将灵魂袒露在你们面前！"

虽然他轻言轻语，声音却如在空屋中回荡。会堂的妇女区似乎发出了一阵笑声，继而又转为低低的啜泣，犹如赎罪日前夕，人们晚祷时听到的啜泣声。男人们似乎呆住了。许多人都觉得肖洛米尔发了疯，还有些人已经听到些风言风语。奥泽先生早就怀疑肖洛米尔是萨巴泰·泽维的秘密追随者。过了一会儿，他举起遮住头的祈祷巾，披在肩上。须发皆白的拉比脸色变得如死尸般蜡黄。

"你做了什么？"这位大家长厉声问道，语气颇为不祥，"你妻子和什么人通奸？"

"和我岳父的车夫，那个曼德尔……都是我的错……她不愿意，是我劝她……"

"你？"奥泽先生一副要扑向肖洛米尔的样子。

"是的，拉比——是我。"

奥泽先生伸手捏了一撮鼻烟，似乎需要用它来振奋自己的精神，但手指一颤，鼻烟从指间滑落。他感到双膝在颤抖，只能靠着台子撑住身体。

"你为什么要这么做？"他虚弱地问。

"我不知道，拉比……我不知道被什么蒙了心！"肖洛米尔喊道，他那矮小的身躯似乎越发小了，"我犯了大错……大错！"

"错？"奥泽先生斜睨着眼问，透出一丝不属于尘世的笑意。

"是的，错误！"肖洛米尔凄凉言道，迷茫不解。

"唉，悲哀啊——犹太人啊，大火已燃起，火焚谷的大火！"一个胡须漆黑、鬓发长而蓬乱的男人突然嚷道，"我们孩子的死就是因为他们！无辜的婴儿啊，哪里知道什么是罪！"

一提到孩子，妇女区一片哭声。母亲们想起了她们夭折的宝贝。克莱谢夫是个小镇，消息迅速传开，可怕的混乱随即而至。男男女女混杂在一起，护经匣掉在地上，祈祷巾也扯了下来。待众人稍稍安静，肖洛米尔继续坦白，说他如何在小时候就加入了萨巴泰·泽维的秘密组织，如何与同门一起学习，如何被教导说极致的堕落意味着更高的圣洁，邪恶越是丑陋，民族救赎越是切近。

"我是以色列的叛徒！"他哭诉道，"一个彻底变态的异端，一个拉皮条的！我偷偷亵渎安息日，奶与肉混吃，不祈祷，亵渎我的祈祷书，遍行各种不端……我强迫妻子通奸！我骗她说那个流浪汉，车夫曼德尔，其实是哈及之子亚多尼雅，而她则是书念童女亚比煞，他俩只有结合才可得救！我甚至让她相信，她是在通过犯罪来行善！我悖逆律法，无信下流，傲慢自大，唆人作恶，偏离正途。"

他尖声喊着，每说一句都捶打着胸脯。"唾弃我吧，犹太人。鞭打我吧！将我撕碎！审判我！"他喊道，"让我以死抵罪。"

"犹太人啊，我不是克莱谢夫的拉比，而是所多玛的拉比！"奥泽先生喊道，"所多玛与蛾摩拉！"

"唉——撒旦在克莱谢夫跳舞！"那个黑须发的犹太人哀号道，双手抱着头，"毁灭者撒旦！"

他是对的。那天那夜，我一直统治着克莱谢夫。那一天，没有人祈祷或学习《托拉》，没有人吹响山羊角。沼泽里的青蛙呱呱叫着："肮脏！肮脏！肮脏！"乌鸦带来不祥的征兆。镇上的山羊发了狂，袭击了一个从净身浴池回来的女人。每个烟囱里都藏着魔鬼。妖怪从每个女人的嘴里发声。当群氓来攻击莱丝的房子时，她还在床上睡着。人们用石头砸碎了窗户，闯进她的卧室。莱丝看到众人，脸色变得如身下床单般煞白。她请求容她穿好衣服，但人们拽下被子，撕烂了她身上的真丝睡衣。她衣不蔽体，头未裹巾，赤着双足，被拉到了拉比家。那年轻人曼德尔在别的小镇住了几日，刚刚回到镇上，没弄清楚是怎么回事，就被一帮凶巴巴的男孩子暴打，五花大绑地送进了会堂后室的社区监狱。肖洛米尔因为主动坦白，只是脸上挨了几拳，但他自己要求趴在学经堂的门槛上，让进进出出的人都唾弃他，从他身上踏过，这是忏悔通奸罪的第一步。

11 惩 罚

深夜，奥泽先生端坐在审判室，净屠师、受托人、七位长老以及一众德高望重之士，与他一同审问这几个罪人的事。虽然门窗紧闭，外面还是围了一群好奇的人，执事不得不三番五次把他们赶走。细数肖洛米尔和莱丝所说的种种不堪太花时间，我就重复几点吧。虽然大家都以为莱丝会流泪，会坚持自己的清白，甚至直接晕倒，她却镇定自若。对拉比的每个问题，她都清晰作答。她承认与那年轻人苟合。拉比又问，像她这样善良聪慧的犹太女儿怎么会做出这等事。她说错都在她，她犯了罪，情愿承担任何责罚。"我知道我已抛弃了此世与来世，"她说，"已经不可救药。"令人错愕的是，她说话的语气如此平静，似乎这一切不过寻常之事。拉比问她是否爱上了那年轻人，或者是否是被逼迫，她回答说她心甘情愿。

"也许你是被邪灵所惑？"拉比说，"或许被施了魔法？也许是什么黑暗力量强迫你？你可能是在迷乱中，忘记了《托拉》的教诲，忘记了自己是个犹太好姑娘？如果是这样——不要否认！"

可莱丝说她没遇到什么邪灵、魔鬼，也没被施魔法，没有幻觉。

其他人则问得更细，她是否发现打结的衣物，头发是否打结，镜子上可有黄色污迹，身上可有青紫印记，但她宣称什么都没有。肖洛米尔坚持说都是他唆使的，她的内心是纯洁的，莱丝低下头，既不承认，也不否认。当拉比问她是否后悔自己的悖行时，她沉默片刻，继而说道："后悔有什么用？"又补充说："我希望接受律法的审判——无情的审判。"然后她闭上嘴，不愿再吐一个字。

曼德尔承认他与主人的女儿莱丝有染，许多次；她上过他的阁楼，还有花圃间，他也去过几次她的卧室。虽然他遭到暴打，衣服都被撕破了，却还是一副桀骜不驯的样子——正如书上所写："就是到了火焚谷口，罪人也不会忏悔……"他的言辞还相当粗野。一位尊者问他："你怎么能做出这种事？"曼德尔嚷道："怎么了？她比你老婆强。"

他谩骂他的审判者们，骂他们是小偷、贪食者、高利贷者，说他们卖东西缺斤短两。他还污蔑他们的妻女。他对一位德高望重者说，他老婆总是留一堆垃圾在身后；又对另一个说他的体味太重，连他老婆都不愿与他同床；等等诸如此类的话，言语傲慢，连讥带讽。

拉比问他："你就没有畏惧吗？你想要永生吗？"他回答说一个死人和一匹死马之间没什么分别。愤怒的人们对他一阵猛抽，屋外的人听到他骂骂咧咧，莱丝则捂脸痛哭。

由于肖洛米尔是主动忏悔的，而且愿意立即赎罪，人们饶恕了他，有些人甚至对他颇为友善。在法庭，他再次陈述当他还是孩子时，萨巴泰·泽维的门徒如何将他网罗，他如何偷偷学习他们的书籍、手稿，逐渐相信越是在污秽中沉沦，越是临近末日。拉比问他为什么单单选了通奸这种罪恶，一个男人，哪怕是深陷邪恶之人，怎会想让别人玷污他的妻子？他说恰恰是这种罪能够带给他快感。离开曼德尔的怀抱后，莱丝会与他做爱，他会问她所有细节，这令他很满足，甚至强过亲身参与。有人说这太反常了，肖洛米尔回答说可他就是这样的人。他说，莱丝与曼德尔睡过多次后，开始渐渐疏远他，那时他才意识到他在失去他的爱妻，他的愉悦也变成了深深的痛苦。他想改变她，但为时已晚，她已爱上了那年轻人，渴望得到他，张口闭口都是他。他还透露莱丝送给曼德尔礼物，把自己的嫁妆钱拿出来给他，曼德尔用那些钱给自己买了马、马鞍，还有各种马饰。有一天，莱丝对肖洛米尔说，曼德尔让她和丈夫离婚，然后与他逃往远方。还不止这些。肖洛米尔说在这事之前，莱丝是很诚实的，但此后，她开始用各种谎言、欺骗来保护自己，后来甚至不告诉肖洛米尔她和曼德尔在一起。这些话在人群间引发了争论，甚至打了起来。人们感到震惊，一个小小的克莱谢夫镇怎会隐藏着这样的丑闻，并且担心整个镇子都会因此被上帝惩罚——上天不许——也许会有旱灾，会遭到鞑靼人的攻击，或者会有洪水。拉比宣布全镇人立即斋戒。

拉比和长老们担心镇上的人会袭击，甚至杀死罪人，就将曼德尔关在狱中，直到次日。莱丝则被交予丧葬会的女人们，她们将她带到救济院，为她的安全着想，将她关在单独的房间里。肖洛米尔还待在拉比家。他拒绝睡在床上，而是躺在地板上。经与长老们合议，拉比做出了裁决。次日，罪人将游街示众，以昭示抛弃上帝的耻辱。肖洛米尔将与莱丝离婚，根据律法，现在他们已不能同房。她也不能与车夫曼德尔结婚。

翌日一大早，人们就开始执行裁决。男人、女人、男孩儿、女孩儿，聚集在会堂院子里。淘气的孩子们爬上学经堂的房顶和会堂妇女区的阳台，好能看得更清楚。好搞恶作剧的人带来了折梯和高跷。虽然执事警告说，大家要严肃认真地对待游街，不可耍笑嬉闹，但各种搞怪没完没了。虽是节日前夕，女裁缝们最忙碌的时候，她们也丢下手里的活儿，去瞧堕落富家女的好戏。男裁缝、鞋匠、制桶匠、制刷匠聚在一起说笑推搡，和女人们打情骂俏。有身份的女孩儿披巾遮头，如莅葬礼。女人们系着两条围裙，一条在前，一条在后，就像在参加驱鬼会，或兄终弟及的婚礼。商人关闭店铺，工匠离开了工作台，就连外邦人也来看犹太人如何惩罚他们的罪人。所有的眼睛都盯着老会堂，罪人将从那里被带出来，遭受众人的羞辱。

橡木门砰然开启，人群间一阵嗡嗡。两个屠夫带出了曼德尔——双手绑缚，夹克破烂，头上扣着小圆帽的衬里。额头一块青紫，没刮脸，下巴上冒出了黑色的胡子楂。他傲慢地看着群氓，聚拢嘴唇似要吹口哨。屠夫紧紧拽着他的胳膊肘，他已经试图逃跑过了。人们对他发出一阵嘘声。虽然因肖洛米尔主动忏悔，法庭已赦免他，他却要求与另外两个罪人一同受罚。他出现时，人们吹口哨、尖叫、狂笑。大家都认不出他的样子了。他脸色惨白，身上没有长袍、穗子四角巾和长裤，而是挂着些碎布。他的一侧脸颊肿了，没有穿鞋，袜子破了洞，露出脚指头。人们让他站在曼德尔旁边，他弯着腰，僵硬地站着，仿佛稻草人。许多女人见此情景开始哭泣，似乎在哀悼亡人。有些人抱怨说镇上的长老们太残忍了，若是布尼姆先生在，绝不会发生这样的事。

莱丝迟迟未出现。出于对她的好奇，群氓中掀起一阵恐怖的骚乱。女人们兴奋得头巾都掉在了地上。终于，莱丝在丧葬会妇女的陪同下出现在了门口。刹那间，人群似乎冻结了。继而，号叫从每一个张开的喉咙冲出来。莱丝还穿着昨日的衣服——头上却被扣了一顶布丁锅，脖子上挂着一辫大蒜和一只死鹅；一手拿着扫帚，一手拿着鹅毛掸，腰间系着草绳。显然，为了让富家小姐承受最大的羞辱和嘲弄，丧葬会的女人们可真没少花功夫。按照裁决，罪人要游遍镇上的大街小巷，在每家每户门前停下，任人唾弃和咒骂。游街从拉比家开始，一直到镇上最卑贱的那些人家。很多人担心，莱丝可能会晕倒，那样就没乐子看了，然而，她似乎决心要将苦痛承受到底。

克莱谢夫仿佛在以禄月过起了拉·巴－奥默节。宗教小学的男孩子们拿着松果和弓箭，还有家里带来的食物，疯跑打闹，尖声学起山羊叫，一整天都不歇。主妇们也不生火做饭了，学经堂里空无一人。甚至救济院的病人、穷人也出来参加这场黑色狂欢。

那些家中有孩子生病的女人，还有那些仍在守七日丧期的女人跑出来挥舞着拳头，对着一干罪人哭号咒骂。人们不敢对车夫曼德尔怎么样，他要报复起来太容易了，对肖洛米尔，他们只当他是糊涂了，所以也没什么真正的仇恨，于是把怒火都发泄在莱丝身上。虽然执事警告过不可施加暴力，但还是有些女人会掐她，拧她。有个女人泼了她一桶污水，另一个女人则向她扔鸡肠鸡肚，她身上被泼上了各种黏糊糊的东西。因为莱丝讲过山羊的故事，说山羊令她想到曼德尔，镇上的混混儿就捉来那只山羊，牵着它跟在队伍后面。有人吹口哨，有人唱着嘲讽的小调。人们骂莱丝是"荡妇、妓女、婊子、娼妇、狐狸精、野鸡、站街女、蠢驴、母狗"等等。几个提琴手和鼓手、铙钹手随着游街队伍演奏着婚礼乐曲。一个年轻人假装是婚礼上的小丑，朗诵着粗俗下流的诗歌。陪同的妇女试图宽慰莱丝，说游街可以为她赎罪，忏悔可使她重新找回尊严——她却一声不吭。没人看到她掉一滴泪，她也没松开过手中的扫帚和掸子。我得说说曼德尔了，对那些折磨他的人，他也没反抗，只管走他的路，毫不理会人们的咒骂。至于肖洛米尔，从他的表情来看，很难判断他是在笑还是在哭。他跟跟跄跄，走走停停，人们推他，他才肯往前。后来，他变得一瘸一拐的。因为他是教唆犯，自己并没有犯罪，很快就获准离开。还有人护送他，保护他的安全。当晚，曼德尔又被送回了监狱。在拉比家，莱丝和肖洛米尔离婚了。当莱丝举起双手，肖洛米尔将离婚书放到她手中时，女人们悲叹惋惜，男人们眼中也饱含泪水。之后，丧葬会的两个女人陪同莱丝回到了她父亲家。

12　克莱谢夫的毁灭

那天夜里，狂风大作，就像（如老话所说）七个女巫上了吊。其实，只有一位年轻女子上吊了——莱丝。早晨，老仆人来到女主人的房间，看到床上空无一人。她等了一会儿，心想莱丝定是在如厕。然而过了许久，莱丝都未出现，女仆于是出去寻找，很快便在阁楼找到了莱丝——她挂在一根绳上，未戴头巾，赤着脚，身子已经凉了。

消息震惊了全镇。前一天还朝莱丝扔石头、觉得对她的惩罚太轻、心怀不满的女人们，现在却在哭泣，因为长老们杀死了一位犹太好姑娘。男人分成两派。第一派认为莱丝已经赎罪，应将她葬在墓园，在她母亲身旁，她还是令人尊重的。第二派认为应将她葬在墓园外，篱笆后面，和那些自杀者在一起。后一派声称从莱丝在法庭的所作所言来看,她至死都是叛逆的，没有忏悔过。拉比和长老们属于后者，他们的意见占了上风。夜里，人们点着一盏灯，将她埋了，在篱笆后面。女人们哽咽哀号。墓园树上栖息的乌鸦被惊醒，悲啼起来。有些长者请求莱丝的原谅。按照习俗，她的眼睛上盖着瓦片，指间放了一根杖，这样当弥赛亚来临时，她可以从克莱谢夫挖出一条通道去圣地。因为她还是个年轻女子，人们请来医师卡尔曼查看她是否有身孕，埋葬未出世的孩子可不是什么好兆头。挖墓人照例说了丧礼上的那些话："石头，祂的杰作，是完美的；因祂的一切行为都是审判：信仰之神，中正公道，完美无邪。"人们抓了几把草扔到身后，每人都铲了些土撒到墓里。虽然肖洛米尔已经不再是她的丈夫，他还是走在抬尸板后面，为她念悼文《卡迪什》。葬礼结束后，他扑倒在坟冢上，不肯起来，直到被人拉走。虽然按照律法，他不必为她守七日丧期，他还是回到岳父家，料理了所有丧仪。

守丧期间，镇上有几人来和肖洛米尔一起祈祷，安慰他，但他一言不发，就好像发誓再也不开口了似的。他身穿破衣服，坐在矮凳上，专心读着《约伯记》，脸色蜡黄，胡子鬓发蓬乱。瓦片做油盏，孤蜡明灭。水杯中浸着一块布，是给逝者的灵魂用的，为的是能浸在杯中。老仆人为肖洛米尔端来食物，他却只肯吃一片加盐干面包。七日丧期过后，肖洛米尔手持杖棍，肩背行囊，将自己放逐。镇上的人送出去很远，希望能劝他留下，至少要等布尼姆先生回来，但他不说话，只是摇了摇头，继续往前走，劝他的人最终无话而返。自那以后，没有人再见过他。

而这时候，布尼姆先生却因生意上的事耽搁在了沃里尼，对这些不幸一无所知。新年前几日，他让农民雇了辆马车，载他回克莱谢夫。他为女儿女婿带来了许多礼物。一天晚上，他在客栈歇脚，打听起家人的情况，虽然大家都知道发生了什么事，却没有人敢告诉他，都说不知道。布尼姆先生请几个人喝酒吃糕点，他们勉强接受了，却逃避着他的目光。布尼姆先生很奇怪为何他们如此遮遮掩掩。

上午，布尼姆先生乘马车回到了克莱谢夫，小镇上似乎空无一人，居民们都在躲他。来到家门口，看到虽然已是午时，窗户却关得严严实实，他心中一惊。他呼叫莱丝、肖洛米尔和曼德尔，无人应答。女仆也已离开，病倒在救济院里。终于，不知从哪儿来了一位老妇，将噩耗告诉了布尼姆先生。

"啊，再也没有莱丝了！"老妇哭道，绞着双手。

"她什么时候死的？"布尼姆先生问，脸色煞白，皱着眉。

她告诉他日期。

"肖洛米尔在哪儿？"

"走了！"老妇说，"七日丧期一过就走了……"

"赞美真正的法官！"布尼姆先生为逝者诵念祝福，并加上了《约伯记》中的一句话，"'我赤身出于母胎，也必赤身而归。'"

他来到自己的房间，将领子撕破，脱掉靴子，坐在地板上。老妇人送来了律法所要求的面包、煮熟的鸡蛋和一点灰。她慢慢告诉他，他的独生女并非自然死亡，而是上吊自杀。她还跟他讲了她自杀的原因。听到这些，布尼姆先生并没有乱了方寸，他是个敬畏上帝的人，不论上帝降下何种惩罚，他都会接受，正如书上所说："顺途逆旅，都应心存感激。"他的信仰依旧坚定，对宇宙之主并无怨言。

新年来临，布尼姆先生在会堂祈祷，专注地诵念经文。然后，他独自吃了节日宴。女仆给他端来羊头、蜂蜜苹果和胡萝卜，他边咀嚼，边摇晃着身子唱诵餐间颂歌。我，邪恶之灵，试图让伤心欲绝的父亲偏离正道，将悲哀注入他的灵魂，造物主遣我来到这世上就是为这目的。但布尼姆先生根本不理会我，他做到了《箴言》里的那句话："不要照愚昧人的愚妄话回答他。"他不跟我争论，只顾学习和祈祷。赎罪日一过，他就开始搭建住棚节的棚子，就这样终日忙碌于《托拉》和圣行。众所周知，我只能影响怀疑上帝之道的人，对那些践行圣道的人，我则无能为力。至圣节期就这么过去了。他还让人将车夫曼德尔从狱中放出来，给他自由。然后，布尼姆先生就像圣人一样离开了镇子，如书上所说："当圣人离开时，美丽、辉煌、荣耀也随之而去。"

至圣节期一过，布尼姆先生就低价卖掉了房子、财产，离开了克莱谢夫，这个镇子带给他太多痛苦的回忆。拉比和众人都送他到路边，他给学经堂、救济院分别留下了一笔钱，还有其他捐款。

车夫曼德尔在附近的小镇又逗留了几日。克莱谢夫的小贩们都说农民们如何如何怕他，他经常与农民吵架。也有人说他去过莱丝的墓，沙地上留下了他的靴子印，各种传闻不一而足。有些人害怕他会报复这个镇子——他们是对的。一天夜里，镇子突然起火了。火是从几个地方同时烧起来的，虽然下了大雨，火苗还是从一所房子烧到另一所，直到几乎四分之三的克莱谢夫都被毁掉。镇上的那只山羊也在火中丧了命。有人发誓说看到车夫曼德尔纵火。天寒地冻，头上又无片瓦，不少人都病倒了，接着又爆发了疫病。男人、女人、孩子们相继死去，克莱谢夫真的是被摧毁了。直到今天，这还是个又小又穷的镇子，再也没能恢复往昔的样子。这一切都是因为一位丈夫、一位妻子和一个车夫犯下的罪孽。按照习俗，犹太人通常不会去自杀者的坟前祈愿，但是来祭扫父母之墓的年轻女人们，常常在篱笆后的坟冢前拜倒在地，流着泪祈祷，不仅为她们自己和家人，也为堕落的莱丝——希芙拉·塔玛的女儿——的灵魂。这一习俗延续至今。

韩颖 译

泰贝利和魔鬼[1]

1

离卢布林不远，有座小镇叫拉什尼克。那里住着一对夫妇，男的叫钱姆·诺森，女的叫泰贝利。他们没有孩子，但是曾经生育过。泰贝利给丈夫生过一个儿子和两个女儿，他们都在童年夭折了：一个得了百日咳，一个得了猩红热，还有一个患的是白喉。从此以后，泰贝利再也不生育了。各种办法都用过，祈祷啦、求符念咒啦、吃偏方啦，全不见效。悲哀使得钱姆·诺森与人世隔绝。他不再亲近自己的妻子，不吃肉，也不在家里住宿，晚上就睡在教堂的长板凳上。泰贝利的父母留给她一爿杂货店，她就整天坐在柜台后面，右边放着尺子，左边放把大剪刀，面前摊开意第绪文的妇女祈祷书。钱姆·诺森长得又高又瘦，有一双黑眼睛和一撮山羊胡子。他向来不声不响、愁眉不展，高兴的时候也是那副样子。泰贝利呢，长得娇小白净，圆圆的脸蛋上长着一双蓝色的眼睛。尽管老天爷给她惩罚，她还是爱笑，一笑起来面颊上就显出两个酒窝。现在她不用给谁做饭了，可还是每天生着火炉子或者三脚炉，给自己熬点儿粥，煮点汤。她还照样编织毛活，有时织双袜子，有时又织件背心，再不，就在帆布上面绣花。她生来不爱怨天尤人，忧郁寡欢。

有一天，钱姆·诺森把他的祈祷巾和护经匣统统装进一条麻袋，又放进去一身换洗衣服、一大块面包，就离开了家。邻居问他到哪里去，他回答道：

1．由米拉·金斯伯格翻译。——原注

"到哪儿算哪儿。"

等到别人告诉泰贝利她丈夫抛弃了她，已经追不上了。他已经过了河。后来才知道他雇了一辆马车到卢布林去了。泰贝利打发一个送信的去找他，结果连丈夫带送信的从此都音讯杳然。泰贝利在三十三岁上成了弃妇。

她寻找了一阵，后来觉得没了指望。上帝召走了她的孩子，又召走了她的丈夫。她没法再结婚，从此以后只能独自一个人生活下去。她身边只剩下房子、店铺和家具衣服。镇上的人都可怜她，因为她是个沉静的女人，心肠又好，做买卖从来不弄虚作假。人人都问：她的命为什么这样苦？但是凡人猜不透上帝的安排。

镇上有几个家庭主妇是泰贝利童年的朋友。主妇们白天忙着锅碗瓢盆的家务活，到了晚上却总是到泰贝利家来串门聊天。夏天的时候，她们常常坐在她家门口的板凳上讲故事，谈家常。

一个没有月色的夏日傍晚，镇上漆黑一团，像在埃及一般，泰贝利和她的朋友们坐在板凳上。她正在对她们讲一个从书上看来的故事。那本书是过路小贩卖给她的。故事讲的是个年轻的犹太女人，她被一个魔鬼霸占了身体，魔鬼跟她生活在一起，就像夫妻一样。泰贝利详详细细讲着这个故事。女人们手拉着手，挤成一团，吐着唾沫驱邪，害怕地哧哧笑着。

有个女人问："她为啥不贴道符驱逐魔鬼呢？"

"有的魔鬼才不怕符咒呢。"泰贝利回答道。

"她为啥不朝拜神圣的拉比呢？"

"魔鬼警告说，只要她一泄露秘密，他就要把她掐死。"

"唉哟，天主保佑我们，这样的事还是不知道的好！"有个女人叫了起来。

"我可不敢回家啦。"另外一个女人说。

就在她们说话的工夫，教师的仆人阿尔乔农走了过来。他希望有朝一日能当上婚礼上的丑角。阿尔乔农的老婆死了五年了。人家都说他是个滑稽大王，又是个调皮鬼，说他疯疯癫癫，头脑不怎么正常。他的脚步声特别轻，因为鞋底全磨穿了，等于是光着脚板在走路。他听见泰贝利在讲故事，就停下来侧耳细听。四下一片黑暗，女人们只顾听那个叫人毛骨悚然的故事，谁也没看见他。这个阿尔乔农是个放荡不羁的家伙，满脑子不正经的滑头花招。转眼间他就想出了一个鬼点子。

等女人们走后，阿尔乔农偷偷溜进了泰贝利的院子。他躲在一棵树后面，窥视着窗子里的动静。他看见泰贝利上了床，吹熄了蜡烛，就悄悄地进了屋。泰贝利没有闩大门，因为镇上从来没有小偷。他在门廊里脱下身上破旧的土耳其长袍、磨损了边的外套，还有裤子，脱得全身精光，赤条条的，就像他母亲刚生下他来一样。然后他轻手轻脚地走到泰贝利床边。泰贝利蒙蒙眬眬地刚要入睡，眼前忽然从黑暗中冒出一个身影，吓得她连喊都喊不出声来了。

"谁？"她战战兢兢地低声问道。

阿尔乔农瓮声瓮气地回答：

"别喊，泰贝利。你一喊，我就要你的命。我是魔鬼赫米札，专管黑夜、雨水、冰雹、雷霆和野兽。你今晚故事里讲到一个年轻女人，跟她结成夫妻的恶魔就是我。你的故事讲得有声有色，我在深渊里听见了你的话，很想念你的身子。你别想反抗，凡是不服从我的，我就要把他们拖到黑山那边人迹不到、兽类不敢践踏的荒野里。那里的土地是铁打的，天空是铜铸的。我把他们扔到荆棘丛里，扔到火里，扔到毒蛇蝎子堆里，直到他们身上的骨头一根根全都化成了灰，叫他们在阴曹地府永世不能翻身。只要你顺从了我，我连你头上一根头发也不会伤，还要让你事事都称心如意……"

泰贝利像昏迷一样一动不动地躺着，听着这番话。她的心怦怦直跳，又像要停止跳动似的。她觉得自己的末日来临了。过了一会儿，她鼓起勇气低声说："你为什么找我？我已经结过婚了！"

"你丈夫已经死了。我去送葬的。"教师的仆人响亮地说，"当然，我不能到拉比那里去做证，使你有再嫁的自由。拉比们都不相信我们魔鬼的话。再说我也不敢跨过拉比的房门槛——我害怕神圣的经书。不过我说的是实话，你丈夫是得传染病死的，蛆虫已经啃掉了他的鼻子。即使他还活着，法律也不禁止你跟我睡觉，因为舒尔汉·阿鲁希的法律不适用于我们魔鬼。"

赫米札滔滔不绝地讲下去，一会儿甜言蜜语，一会儿恐吓威胁。他召唤天使和魔鬼来替他做证，又召唤着了魔的野兽和吸血鬼来做证。他发誓说魔王阿斯莫德斯是他继叔父，又说魔后莉莉思给他表演独脚舞，想方设法讨他的喜欢。还有那个专偷产妇的婴儿的女妖魔希布塔，她也为他在地狱的炉子里烤罂粟籽饼，还蘸上巫师和黑狗的脂油。他讲个没完，妙语生花，出口成章，最后连万般无奈的泰贝利也不得不微微地笑了。赫米札发誓说他早就爱上了泰贝利。他把泰贝利今年穿过什么衣裙和披肩，去年又穿过什么衣裙和披肩，一件件都数了出来；他把她在和面的时候、在做安息日饭菜的时候、洗澡的时候、上厕所的时候心里那些最隐秘的念头都讲了出来。他还提醒她，有天早晨她醒来发现胸前青紫了一块。她以为那是专吃死尸的恶鬼掐出来的。其实，他说，那是赫米札的嘴唇吻出来的痕迹。

待了一会儿，魔鬼就上了泰贝利的床，恣意玩弄了她。他对她说，以后每星期他来找她两次，一次是星期三晚上，一次是星期天晚上。那两个晚上，妖魔鬼怪都出来在大地上游荡。他还警告她对谁都不许泄露这件事，连提都不许提，不然就要受到严厉的惩罚：他要把她的头发一根根拔光，要把她的眼睛扎瞎，要把她的肚脐咬掉。他要把她扔到荒野里，让她吃粪便，喝鲜血，叫她整天整夜听札尔马维斯的号哭声。他命令泰贝利用母亲的尸骨起誓，至死保守秘密。泰贝利瞧见自己躲不过去，便把手放在他的大腿上发了誓。恶魔让她干什么，她就干什么。

赫米札走上前纵情吻了她许久。既然他不是人，是魔鬼，泰贝利也回过来吻他，她的泪珠打湿了他的胡须。他虽说是恶魔，待她倒是蛮温柔体贴的……

赫米札走了，泰贝利把头埋进枕头，啜泣起来，一直哭到太阳升起。

以后，赫米札每逢星期三和星期天晚上都来。泰贝利怕自己怀上孩子，会生下一个头上长犄角、后面长尾巴的怪物——不是小鬼就是畸形儿。可是赫米札向她保证，不会让她出丑。泰贝利问他，每次月经以后是不是该沐浴礼拜，洗净身上的污秽？赫米札却说，对于那些和妖魔鬼怪结为配偶的人，有关月经的条文是不适用的。

俗话说得好，习惯成自然，见怪不觉怪。泰贝利正是这样的。起初她怕夜里的来客给她带来晦气，害她生疮，害她头发纠结成团，使她说话像狗吠，或者使她喝人尿，遭人耻笑。但是赫米札从来不鞭打她，掐她，也不朝她吐唾沫。相反，他总是爱抚她，在她耳边说些亲热的话，为她编些俏皮话和顺口溜。有的时候他开起玩笑来就满嘴胡言乱语，使她禁不住哈哈大笑。他轻轻地扯她的耳垂，亲热地啃她的肩头，到了早晨，她发现皮肤上还留着他的齿痕。他劝她戴上帽子，把头发蓄长，他替她编发辫。他教给她念各种符咒。他还把他黑夜里的同伴——其他那些魔鬼——的事情讲给她听。他说，他和他们飞过长满毒菌的原野和废墟，飞过所多玛[1]的盐碱沼泽，还飞过冰海上那冰封雪冻的茫茫荒原。他并不否认他还有其他的老婆。可她们都是些女魔鬼。只有泰贝利是他唯一的人间妻子。泰贝利问他那些妻子都叫什么名字，他就一个个告诉了她：她们叫纳玛、梅奇拉思、阿弗、丘尔达、兹卢查、纳夫卡，还有切依玛，一共是七个。

他告诉她说，纳玛黑得像沥青，一肚子火气。她和他吵架，嘴里就吐出毒汁，鼻孔喷出火焰和烟来。

梅奇拉思的脸长得像条蚂蟥，她的舌头不管碰到谁，就在谁身上留下永远不会消失的烙印。

阿弗爱戴银首饰、绿宝石和金刚钻。她的发辫是金丝编成的。她的脚踝上系着小铃铛和脚镯，当她翩翩起舞的时候，所有的沙漠都响起了它们的叮当声。

丘尔达长得像只猫，她不会说话，只会像猫一样喵呜喵呜地叫。她的眼睛是碧绿色的，像两只醋栗。她在同床的时候嘴里总不停地咀嚼着熊肝。

兹卢查是新娘子们的对头。她能使得新郎们阳痿。在七婚祝福节那天新娘如果晚上独自走出家门，兹卢查就会到她跟前跳起舞来，使新娘变成哑巴，或者使她突然得急病。

1．所多玛，古代巴勒斯坦的一个城市，据《圣经》记载，由于全城人犯下极大的罪恶，这个城市遭到天谴而毁灭。

纳夫卡是个荡妇，经常背着他和其他魔鬼私通。他只是欣赏她恶毒而傲慢的谈吐，才保持了对她的宠爱。

从名字上看，切依玛应该是个泼妇，纳玛倒该是个温柔的女人。事实恰好相反：切依玛是个毫无恶意的女恶魔。她一天到晚都在做好事：主妇们病了，她就帮她们揉面团，还把面包送到穷人的家里。

赫米札挨个儿介绍了他的老婆们，还告诉泰贝利他怎样和她们闹着玩，比如说，在屋顶上捉迷藏以及诸如此类的玩意等等。平时，一个男人要是跟别的女人来往，他的女人是会吃醋的。但是普通人怎么好去妒忌女魔鬼呢？简直不可能。泰贝利觉得赫米札的故事非常有趣，总是向他问这问那。有时他向她透露的秘密是任何凡人都不该知道的，那都是关于上帝、天使和天使长，还有天国以及七重天堂的秘密。他还告诉她男女罪人怎么样在沥青桶和燃烧着炽热的木炭火的大锅里受煎熬，怎样躺在铺满铁钉的床上和填满冰雪的深坑里受罪，黑天使又是怎样用火焰缭绕的魔杖敲打罪人的身体。

赫米札说，地狱里最重的刑罚要算呵痒了。地狱里有个名叫勒基希的小鬼。勒基希搔挠奸妇的脚心或者胳肢窝，那时，她痛苦难禁的笑声一直传到了马达加斯加岛。

就这样，赫米札整宿整宿地给泰贝利解闷散心。没过多久，凡是他不在跟前的时候，泰贝利就想念起他来。夏天的夜晚显得过于短促，因为赫米札一听到鸡叫就要离去。就连冬天的晚上也不嫌长。事实是她爱上了赫米札。她也知道，一个女人不应该迷恋魔鬼，可是她还是日夜想念他。

2

阿尔乔农虽说已经当了多年鳏夫，媒人们还是不断上门给他说亲。他们提的都是穷人家的姑娘以及寡妇和离过婚的女人，因为当一名教师的用人挣的钱是养不起家的，何况阿尔乔农又是个出了名的游手好闲的二流子。阿尔乔农用这样或是那样的借口回绝了所有的亲事：这个女人太丑，那个爱吵架，还有那个又太邋遢。媒人们都奇怪：一星期只挣九个格罗兹的教师用人怎么敢如此挑剔？一个单身汉又能独身多久？不过，他既然不肯，别人也没法强拉他进洞房。

阿尔乔农在镇上晃悠着，他又高又瘦，衣衫褴褛，一把红胡须乱蓬蓬的，穿着一件揉皱了的衬衣，凸出的喉结上下跳动着。他等待着婚礼的丑角里贝·泽克尔死掉，好接替他的差使。但是里贝·泽克尔还不想死呢，他在婚礼上仍然滔滔不绝，出口成章，就像他年轻时代一样活跃。阿尔乔农还曾经想当教师，招几个一年级小学生。但是家长们都不放心把孩子托付给他。他只好早上送孩子上学，傍晚送他们回家。他白天就坐在教师里贝·伊特切利的院子里无聊地削几根木头的教鞭，为一年一度的五旬节剪几朵纸花，或者用泥巴捏些小人儿。泰贝利的店铺附近有一口井。阿尔乔农每天要到井边上去好多回，有时提回一桶水，有时喝口水，弄得红胡子上溅满了水滴。每回他都要飞快地瞧一眼泰贝利。泰贝利很可怜他：这个人为什么老是独来独往呢？而阿尔乔农每回都对自己说："唉，泰贝利呀，你不知道实情啊！……"

阿尔乔农住在一个耳朵聋、眼睛也快瞎了的老寡妇家里的阁楼上。老太婆常怪他不像别人那样经常到犹太教堂做祈祷。原来阿尔乔农把孩子们送回家以后，匆匆忙忙做完晚祷，就上床睡觉去了。老太婆有时候觉得她听见教师的仆人半夜起床出门去。她问他晚上到哪儿游荡去了，阿尔乔农却说她在做梦。镇上的女人们傍晚时分坐在板凳上一面织袜子，一面聊天。她们传出谣言，说阿尔乔农每天后半夜变成一只狼。有些女人说他交上了一个女妖怪。若不是这样，一个男人为什么这么久不找老婆？从此以后，有钱的人都不把孩子交给他接送了。他现在只能接送穷人家的孩子。他常常吃不上热饭菜，只有一点又干又硬的面包渣充饥。

阿尔乔农愈来愈瘦，可是脚步还像以前一样轻快。他迈着两条细长的腿穿过大街，好像踩高跷似的。看起来他经常口渴得要命，因为他总往井边跑。有时他只不过去帮过路小贩或者农民饮饮马。一天，泰贝利远远地发现他身上的土耳其外衣已经破烂不堪，就把他叫到店铺里。他惊慌地看了她一眼，脸色发白了。

"瞧，你的土耳其外衣破啦，"泰贝利说，"只要你愿意，我可以赊给你几码布，以后你再一点点还给我钱，一星期还一格里夫尼克。"

"不要。"

"为什么不要？"泰贝利惊奇地问道，"你就是还不起，我也不会把你拉到拉比那里去。你能还就还。"

"不要。"

他飞也似的走出了店铺，唯恐她听出他的声音来。

夏天的时候，半夜里去找泰贝利没有什么困难。阿尔乔农用土耳其外衣紧紧裹住赤裸的身体，穿过偏僻的小胡同去她家。到了冬天，在泰贝利家冰冷的走廊里穿衣服和脱衣服是越来越困难了。最糟的还是刚下过雪的晚上。阿尔乔农担心泰贝利或者哪个邻居会发现他的足迹。他感冒了，开始咳嗽。有天晚上，他上下两排牙齿捉对儿打着寒战，爬到泰贝利床上，过了很久都没有暖和过来。他怕她发现他的骗局，就编出种种理由来进行解释。可是泰贝利并不追问，也不想盘根究底。她早就发现魔鬼的习惯和弱点完全跟人一样。赫米札也出汗、打喷嚏、打嗝儿、打哈欠。他的嘴里有时候一股洋葱味，有时候一股大蒜味。他身上和她丈夫一样，也是瘦骨伶仃，长满了毛发，他喉头有结，他也长着肚脐眼。有时候赫米札心情欢畅，有时候又忍不住长吁短叹。他并没有长着鹅的脚掌，他的脚跟人脚一模一样，也有脚指甲，还长了冻疮。有一回泰贝利问他，这是什么道理，赫米札解释道：

"魔鬼要是跟女人相好，就得变成凡人模样，不然会把她吓死。"

真的，泰贝利习惯了，也爱上了他。她不再怕他，也不怕他的恶作剧了。他的故事总也讲不完。可是泰贝利常常发现里面的破绽。他像所有爱撒谎的人一样健忘。起初他对她说魔鬼永远不会死。但是有天晚上他却问道：

"如果我死了，你怎么办呢？"

"魔鬼是不会死的！"

"他们会沉没到深渊的最底层去的……"

那年冬天镇上发生了传染病。从河流上、树林里和沼地里刮来一股恶浊的风，寒热不但缠上了儿童，连成年人也不放过。暴雨夹着冰雹，直泻而下。河水泛滥，冲决了堤坝。风暴刮走了磨坊的一架风车。星期三晚上，赫米札钻到泰贝利床上，她注意到他浑身滚烫，两只脚却冰凉冰凉的。他颤抖着，轻声地呻吟着。他还想让她开心，就讲起女魔鬼的故事来，讲她们怎样勾引年轻人，怎样和别的魔鬼蹦跳飞跃，受洗礼时瞎闹腾，把乱发团系在老头儿的胡子上。但是他已经体弱力竭，无法向她求欢。她从来没有见他如此衰弱过，因此心里感到不安。她问道：

"我给你拿点加覆盆子的牛奶，好吗？"

赫米札回答说："我们魔鬼用不着这种药方。"

"你们生了病怎么办呢？"

"我们就搔呀、抓呀……"

后来他就不再说什么了。他吻泰贝利，嘴里发出一股酸味儿。过去他总是在她身边待到鸡叫的时刻。这次他很早就走了。泰贝利默默地躺着，谛听着他在走廊里的响动声。他曾经对她发誓，即使窗户闩上了，关得紧紧的，他也能从窗里飞出去，但是她听见了门的吱呀声。泰贝利知道为魔鬼祈祷是有罪的，人们应该诅咒它们，把它们从记忆中摒弃出去。然而她却为了赫米札向上帝祈祷。

她痛苦地喊道："已经有那么多魔鬼了，请您允许再多一个吧……"

接下去那个星期日泰贝利眼睁睁地等待着赫米札，直到天明。他始终没有来。她从内心召唤他，她喃喃地低声念诵着他教给她的咒语，但走廊里仍是一片沉寂。泰贝利发呆地躺在床上。赫米札有次吹嘘自己曾经为塔巴尔凯恩和伊诺克表演舞蹈，还说他曾经坐在挪亚方舟上，用舌头舔掉洛特的妻子鼻子上的盐，扯过阿哈苏鲁斯的胡须。他曾预言她在一百年以后将要投生为一位公主，而他赫米札则会在他的奴仆奇蒂姆和塔奇蒂姆的帮助下俘虏她，把她带到埃索的妻子巴谢马斯的宫殿。可是现在他大概生了病，躺在什么地方，一个软弱无力的魔鬼，一个寂寞的孤儿，无爹又无娘，也没有忠实的妻子来照顾他。泰贝利记起来他最后一次和她在一起时，他的呼吸急促得像锯子锯木头一样，他擤鼻涕的时候，耳朵里发出尖锐的啸声。从星期日到星期三，泰贝利都像在做梦一般。星期三那晚上她焦急万分地等待钟敲十二点。可是一夜过去了，赫米札没有出现。泰贝利伤心地面朝向墙壁躺着。

白天来了，阴暗得像黄昏时刻。细小的雪粒从幽暗的天空飘下。烟囱里的轻烟无法升上天空，像一床床破烂的白被单似的笼罩在房顶上。乌鸦哑声啼叫，狗在狺狺地吠着。泰贝利度过了痛苦难熬的一夜，已经没有力气到店铺里去了。然而她还是穿好衣服走出门去。她看见四个办丧事的抬着一副担架走过。洒满雪花的被单下露出死人一双发青的脚。走在死人后面的只有教堂的差役。泰贝利问他死人是谁，差役回答：

"是阿尔乔农，教师的仆人。"

泰贝利起了一个奇怪的念头——去给阿尔乔农送葬，把这个寂寞地活着又寂寞地死去的无用之人送到他安息的地方。今天还会有谁到店里来买东西呢？她还在乎什么买卖不买卖？泰贝利已经失掉了一切。至少，送送葬，也算是做件好事。她跟在死人后面，走上了去墓地的漫长道路。她在那里等着掘墓人扫开积雪，在冻得硬邦邦的土地上掘出一个墓穴来。他们把教师的仆人阿尔乔农裹在一条祈祷巾和一件道袍里，在他的双眼上盖上几块碎瓷片，在他的手里塞进一根番石榴树枝。这样，救世主降临的时候，他就可以用这根树枝挖出一条通向圣地的道路。后来，他们填满了墓穴，掘墓人念了一段悼文。泰贝利忍不住迸发出一声呜咽。这个阿尔乔农曾经孤独地度过一生，和她一样。他也像她一样没有留下后代。是的，教师的仆人阿尔乔农跳完了他在人间的最后一次舞。泰贝利听赫米札讲过，人死后并不直接进入天堂。每一桩罪过都产生一个魔鬼，这些魔鬼就是人死后的子女。他们都来分自己应得的一份。他们把死人叫作父亲，把他滚进森林和荒原，直到他得了足够的惩罚，可以送到地狱里进行净化为止……

从此以后泰贝利孤零零地生活着，她又一次遭到遗弃——第一次遗弃她的是一个禁欲主义者，第二次遗弃她的是一个魔鬼。她很快地衰老下去。往日的生活只给她留下了一个秘密，一个无法说出口也没有人会相信的秘密。这种秘密要一直带进坟墓。杨柳轻拂，喃喃地低语着，乌鸦哇哇地叫噪着，墓碑用石头的语言默默地谈论着，它们都在诉说这个秘密。总有一天，死人都将会苏醒过来。但是他们的秘密却要留在全能的主最后的审判那天，直到全人类的末日。

文美惠 译

一个人[1]

◆ 1 ◆

以前我常盼着那些不可能发生的事会发生——结果就真的发生了。虽说心想事成，却是颠三倒四，似乎那隐秘之力要对我说，你根本就不知道你想要的是什么。那年夏天在迈阿密海滩就是这样。我本来住在一个大饭店里，那儿有许多来迈阿密避暑的南美观光客，还有很多像我这样有花粉热的人。我已经待够了——和吵吵闹闹的游客一起在海里扑腾；整天听着西班牙语；每天两顿油腻腻的饭菜。我要是读意第绪语报纸或书籍，就会引来旁人诧异的目光。于是有一天散步时，我脱口而出："我希望饭店里只有我一个人。"这话肯定被小妖精偷听了去，他立刻开始布局。

次日清晨，我下楼吃早饭，发现饭店大堂里一片混乱。客人们三三两两站在一起，声音比平时还要大。成堆的行李箱。行李员推着小车奔来跑去，车上满是衣物。我问别人发生了什么事。"你没听到公共信息系统的通知吗？饭店要关张了。""为什么？"我问。"他们破产了。"那男人走开了，很讨厌我的无知。真是怪事：饭店关张！可是据我看来，他们的生意很好呀。而且饭店里有几百个客人，怎么能突然就关张了？但在美国，我认为最好别问那么多问题。

空调已经停了，大堂里很憋闷。前台那边，客人排着长队结账。四处一片混乱，人们在大理石地板上踩灭烟头，孩子们揪着热带盆栽的叶片花

---

[1]. 由乔尔·布洛克尔翻译。——原注

140

瓣。几个南美人昨天还装作是正宗拉丁美洲人，现在却大声讲着意第绪语。我自己倒是没什么要收拾的，一只箱子而已。我提着箱子，开始找别的饭店。外面骄阳似火，让我想起了《塔木德》里的故事，在幔利平原，上帝把太阳从套子里取出来，这样就不会有陌生人打扰亚伯拉罕了。我觉得有些头晕，又想起无忧无虑的单身日子，那时，我会收拾起行囊，离开，五分钟找好下一个房间。我走过一家有些破旧的小旅馆，看到牌子上写着："淡季价格，每天 2 美元起。"还有比这更便宜的吗？我走了进去。没有空调。前台后面站着一个驼背姑娘，黑黑的眼睛很犀利。我问她能否租个房间。

"整个旅馆都是你的。"她回答说。

"没别人吗？"

"没人。"姑娘大笑，露出一排烂牙，牙缝很大，说话带着西班牙语口音。

她告诉我，她是从古巴来的。我租下一间房。驼背女带我上了一个狭小的电梯，来到三层。走廊又长又黑，只有一只灯泡发出微弱的光。她开了门让我进去，就像把犯人关进牢房。窗上挂着蚊帐，外面是大西洋。墙皮脱落了，地毯磨得已看不出颜色。卫生间一股霉味儿，柜子里有股杀虫剂的味道。床单虽还干净，却潮乎乎的。我把行李归置好，下楼。一切都是我的：游泳池、海滩、大洋。露台上有几把残破的帆布椅。阳光从四面射下。海水泛着黄色，海浪低沉慵懒，几乎不动，似乎令人窒息的灼热将海浪也烤得筋疲力尽了。一只海鸥孤单地站在水面，犹豫着要不要抓条鱼。在我面前，是阳光笼罩下的夏季忧郁——奇怪，通常是悲秋呀。人类似乎已在一场灾难中灭绝了，只有我幸存下来，像挪亚——但是方舟空空，没有儿子，没有妻子，什么动物都没有。我本可以裸泳，但我还是穿上了泳裤。水很温暖，这大洋简直就是个澡盆。周边漂着丝丝缕缕的水草。在前一个饭店，羞涩让我放不开——这里却是孤独。在一个空荡荡的世界，谁还能玩游戏呢？我是可以游泳，但万一出现意外，谁来救我呢？隐秘之力的确给了我一个空荡荡的饭店——但它们也可以给我一股暗流，一个深洞，一条鲨鱼，或一条海蛇。与未知力量周旋必须格外小心。

游了一会儿，我从水中出来，躺在一张歪斜的帆布海滩椅上。肤色苍白，没戴帽子，虽有墨镜护眼，光线还是透过来。淡蓝色的天空丝云不着。空气中有股盐、鱼和芒果的味道。我觉得有机物与无机物之间并无分别。在我周围，每一粒沙、每一块卵石都在呼吸着，生长着，渴求着。根据喀巴拉，圣慈之流通过天道流向人间，在北方是不会明白这真理的。我放弃了一切雄心壮志；感觉慵慵懒懒，所求不过那一点物质——一杯柠檬水或橙汁。我想象着，一个目光撩人的女人搬进旅馆，要住上几晚。我并非想一个人待在旅馆里。那小妖精误会了，要么就是装糊涂。就像所有的生命形式一样，我也想生养众多，多子多孙——或者至少也要有所行动嘛。我已准备放弃所有的道德或审美标准，准备用一张床单遮住我的羞耻，彻底放荡，像个盲人一样，完全依赖触觉。就在这时，那永恒的问题又闯入了我的头脑：现象世界的背后是谁？是具有无限属性的本体？是一中之一？是绝对，盲目意志，还是无意识？这些幻象背后一定隐藏着什么超级存在。

海面，近岸处是油腻腻的黄色，远处则如瑟瑟玻璃，一叶孤帆在水面行走，如素布裹尸，它微微前倾，似乎要从海底深处唤出些什么。天上有架小飞机飞过，扯着一条广告：玛格丽餐厅——犹太净食，七道菜，1.75美元。这么说被造物还没有回到原始混沌中去。在玛格丽餐厅，他们仍然提供荞麦粥、肉丸、炸馅饼和烤牛香肠。若是这样，我明天可能就会收到一封信。他们同意转交信件。那是我在迈阿密与外界的唯一联系。每次想到有人会写信给我，还不辞辛劳地贴邮票、邮寄，我就感到很惊异。甚至在空白的信纸背面，我都要寻找些隐藏含义。

2

当你一个人独处时，一天可以变得真长呀！我看了一本书、两份报纸，在餐厅喝了杯咖啡，还做了拼字游戏。我逛了一家东方织毯店，还去了一家卖华尔街股票的店。的确，我是在迈阿密海滩的科林斯大街，但我感觉就像个游魂，与万物切断了联系。我去图书馆问了个问题——管理员似乎吓了一跳。我好像是个已死之人，曾经占据的空间已被重新填满。我路过了许多饭店，每家都有些特别的装饰和吸引人的地方。椰子树顶端蒲扇似的叶片已半是枯萎，挂在下面的椰果像沉沉的睾丸。一切似乎都凝固不动，包括滑过柏油路的闪亮新车。所有物体似乎都以无为之力延续着自己的存在，或许那无为之力正是所有存在的本质。

我买了本杂志，看了几行就看不下去了。我上了一辆公交车，漫无目的地任由公交车将我带过堤道、带池塘的小岛和两旁排着别墅的街道。居民们在荒原上栽种了从世界各地找来的花卉树木。他们将岸边的浅水湾填上土，创造了建筑奇迹，设计出寻欢作乐的精致系统。精心策划的享乐主义。但人们还是像在沙漠里一样感到无聊。吵闹的乐声赶不走无聊，俗艳的色彩也抹不掉无聊。我们路过了一株仙人掌，绿掌与蒙尘的尖刺催生出了一朵红花。我们行驶在湖边，几群火烈鸟在晾羽毛，湖水倒映着它们的长喙和粉羽。鸟的集会。野鸭四处飞翔，嘎嘎叫着——沼泽拒绝屈服。

我透过敞开的车窗向外望。目之所及都是簇新的，却让人感觉衰老而颓废：奶奶们染了头发，抹着腮红，姑娘们的比基尼聊以遮羞，晒得黝黑的小伙子们在冲浪板上大口喝着可口可乐。

一个老人四仰八叉地躺在游艇甲板上，晒着他那患了风湿的双腿，胸前的白毛对着太阳。他虚弱地微笑着。旁边，即将继承他遗产的情妇用涂了红色指甲油的手指在抠脚，她对自己的魅力信心十足，就像确信明天太阳定会升起。船舷边站着一条狗，傲慢地看着游艇划出的尾波，打着哈欠。

过了很久才到终点站。到站后，我又上了另一辆公交车。我们经过一个码头，刚刚捕到的鱼在过秤。那诡异的颜色、血糊糊的伤口、呆滞的目光、满是凝血的嘴、尖利的牙齿——都指向深如寒渊的邪恶。男人们取出鱼内脏，有一种亵渎的快感。汽车路过了蛇场，还有猴子养殖地。我看到被白蚁啃噬的房子，看到咸水池里，古蛇的后代爬行滑动。鹦鹉凄厉地尖声叫着。有时会从车窗飘进来奇怪的味道，那浓烈的气味熏得我头疼。

感谢上帝，在夏天，南方比北方的白昼要短。夜幕突然降临了，没有黄昏。黑暗丛林笼罩着环礁湖和高速路，浓重得没有任何灯光可以穿透。汽车打开大灯，滑向前方。月亮出来了，硕大通红，挂在空中，像是地理学家的地球仪，展示着不属于此世的地图。夜有一种氛围，似乎有奇迹要发生，洪荒将变。一个我从未放弃的希望又在心中唤醒：我是命中注定要目睹太阳系的巨变吗？也许月亮要掉下来了。也许地球要脱离绕日轨道，飘进新的星系。

公交车曲曲折折驶过不知名的地方，最终回到了林肯路和那些奢侈品店，虽说在夏季，商店已半空，阔绰的游客还是可以在那里买到他们想要的东西——貂皮围巾、栗鼠领、十二克拉钻石、毕加索真迹。衣冠楚楚的推销商聚在开着空调的商店里聊天，坚信涅槃之后，因果不灭。虽然不饿，我还是进了家餐厅。女服务生顶着刚刚漂染过的一头烫发，静静地给我端来一整套正餐，一声不吭。我给了她半美元。离开餐厅时，我感觉头昏胃疼，一出来就被阳光炙烤的向晚空气噎了个正着。附近一座楼上有霓虹灯显示气温——九十六华氏度，湿度也差不多！用不着天气预报员，我也知道。闪电照亮了天空，虽然我没听到雷声。一大团乌云从天而降，厚如高山，积满火与水。大滴大滴的雨水打到我的光脑袋上。椰子树似乎石化了，任凭宰割。我急匆匆地赶往我那空荡荡的旅馆，希望能在雨下起来之前回去；或许还有信件到了。还没走到一半，暴雨倾泻而下。一阵瓢泼，我就像被巨浪打湿了一般。一道喷火的闪电点亮天空，同时，一声炸雷——这意味着闪电近在身旁。我想找个地方避雨，可是附近露台上的椅子被风刮起，在我面前翻着跟头，挡着去路。广告牌纷纷坠落，被风削掉的椰子树冠从我脚边滑过，还有一棵裹着麻袋片的椰子树朝风弓着腰，随时要跪倒。混乱中，我继续往前跑，陷在深深的水坑中，几乎淹死。我向前飞奔，轻快迅疾如孩童。危险让我无所畏惧，我叫着，唱着，以狂风的调子回应着它的怒吼。所有的交通都已停止，汽车也被抛弃，而我在继续跑，下定决心要逃开这疯狂，或与之同归于尽。我必须拿到那封特快专递，其实没人写过那封信，我也从未收到。

我到现在也搞不清，我是怎么认出我的旅馆来的。进了大堂，我静静地站了几分钟，水滴到地毯上。对面的镜子映出我那模模糊糊的身影，仿佛立体派画作。我挣扎着走进电梯，来到三楼。房门半掩着：里面，蚊子、蛾子、萤火虫，还有各种蠓蚋嗡嗡乱飞，嘤嘤作响，正在这里避雨。狂风扯下了蚊帐，把我放在桌上的纸张吹落在地，地毯湿透了。我走到窗前，看着大洋。海中央卷起如山巨浪，怪物般似乎决心要将海岸一口吞没，将陆地冲走。海水咆哮着吐着飞沫，将白沫射向夜的黑暗，波涛如一群猎狗，朝着造物主狂吠。我拼尽全身力气拉下窗户、百叶窗帘，蹲下身将湿漉漉的书籍、手稿摆放整齐。我觉得很热，汗水从身上冒出来，与雨水混在一起。我将湿衣服从身上揭下，扔在脚边，仿佛蜕下来的一层皮。我感觉就像某种刚刚破茧而出的生物。

3

暴风雨还没达到高潮。呼啸的狂风似乎手执重锤在敲打、抨击。旅馆如大洋上漂浮的一艘船。有什么东西掉下来，砸下去——房顶、阳台、部分地基。铁栏杆断了，金属在呻吟。窗框松动了，玻璃窗咯咯作响，厚重的百叶窗帘翻卷起来，轻如布帘。燃着火焰的霹雳将房间照得通明，接着一声炸雷，吓得我大笑起来。黑暗中浮现出一个白影。我心一沉，大脑在脑壳里颤抖。我早就知道，迟早有一天那一类中的某个会在我面前现身，那种恐怖无法描述，因为凡是见过的，都没能活着告诉世人。我静静地躺着，等着大限来临。

这时，我听见有声音说："打扰了，先生，我很害怕。您睡了吗？"是那古巴驼背。

"没有，进来吧。"我回答说。

"我吓得发抖，快吓死了，"女人说，"从来没见过这样的飓风。您是这旅馆里唯一的客人。原谅我打扰了您。"

"您没有打扰我。我应该把灯打开，但我没穿衣服。"

"不，不。没必要……我不敢一个人待着。请容我留在这里，直到风暴过去。"

"当然可以。如果您愿意，您可以躺下。我坐椅子。"

"不，我坐椅子。椅子在哪儿，先生？我看不到。"

我起身，找到黑暗中的女人，领她到扶手椅旁。她拖着脚，跟在我身后，浑身发抖。我想去衣橱拿些衣物，却被床绊了一下，倒在床上。我赶紧用床单裹住身体，以免打闪电时让陌生人看到我的裸体。很快，又是一道亮闪，我看到她坐在椅子上，肥肥大大的睡衣裹着畸形的身体，背部拱起，头发蓬乱，手臂长而多毛，双腿扭曲，像一只患了结核病的猴子，野性的目光透出动物的恐惧。

"别怕，"我说，"风暴很快就会过去。"

"是的，是的。"

我躺在枕头上，有一种怪诞的感觉，那个爱开玩笑的小妖精满足了我最后的愿望。我希望旅馆里只有我一个人——实现了。我梦想有个女人能到我房间里来，就像路得去找波阿斯——女人来了。一有闪电，我的目光就会与她的目光相遇。她直勾勾地盯着我，沉默不语，如在施魔法的女巫。比起飓风，我更害怕这女人。我曾经去过一次哈瓦那，我发现，在那里黑暗力量仍然拥有古时的威力，就连死人也不得安宁——尸骨都要被挖出来。夜里，我曾听到过食人族的尖叫，还有少女的惨叫，她们的血被洒在拜偶像的祭坛上。她就来自那里。我想念诵咒语，以避邪恶之眼，我想向能阻止这巫女对我施魔法的神灵祈祷。我心中有声音在喊：万能的主啊，摧毁撒旦。就在那时，雷声轰鸣，海浪翻卷，又随着狂笑的水声碎掉。房间四壁变得血红。在这地狱之光中，古巴巫女如野兽般蹲伏，准备扑向她的猎物——嘴巴大张，露出烂牙；手臂、双腿黑毛盘结；脚上长着疱，拇趾外翻。她的睡衣滑掉了，皱巴巴的乳房耷拉着，没什么分量。就差长鼻子和尾巴了。

我定是睡着了。在梦里，我来到一个镇子，街道狭窄陡峻，窗户都被木条封死了，光线昏暗，如在日蚀，寂静如阿布月初九前的黑色安息日。天主教的送葬队伍一个接一个，没完没了，队伍里有十字架与棺材，矛戟与燃烧的火把。不是一具，而是好几具尸体被抬到墓地——整个部落都被灭了。香烟缭绕，哀歌唱着撕心的悲痛。很快，棺材变成了护经匣模样，亮闪闪的黑色护经匣模样，上面有打着结的皮带。这些棺材分隔成了多种隔间——

双人棺、三人棺、四人棺、五人棺……

我睁开眼。有人坐在我的床上——古巴女人。她操着不熟练的英语，支支吾吾地说道："别害怕。我不会伤害您的。我是人，不是野兽。我的背畸形，但不是生来就这样。小时候我从桌子上掉下去了。我母亲太穷了，没钱带我看医生。我父亲，他不是什么好人，总是喝醉。他和坏女人在一起，我母亲，她在烟草厂工作。她咳嗽，肺都咳出来了。您为什么发抖？驼背不传染，不会过给您的。我和其他人一样有灵魂——男人们想要我，甚至我的老板。他信任我，把我独自留在这旅馆里。您是犹太人，嗯？他也是犹太人……从土耳其来的。他会说——你们怎么说？——阿拉伯语。他娶了一位德国小姐，但她是纳粹。她的第一任丈夫也是纳粹。她诅咒我老板，要毒死他。他告了她，但法官向着她。我觉得她贿赂了法官——要么就给了他别的什么。老板，他不得不付给她——你们叫什么？——赡养费。"

"他当初为什么要娶她？"我问，只是为了说点什么。

"嗯，他爱她。他是个真男人，热血，您知道的。您恋爱过吗？"

"是的。"

"小姐在哪儿？您娶了她吗？"

"没有。他们杀了她。"

"谁？"

"就是那些纳粹。"

"哦——哦……那您现在是一个人？"

"不，我有妻子。"

"您妻子在哪儿？"

"在纽约。"

"您对她忠诚，是吗？"

"是的，忠诚。"

"一直都是？"

"一直都是。"

"偶尔找个乐子没什么。"

"不，亲爱的，我想一辈子都光明磊落地活着。"

"谁在乎您做什么？没人看见。"

"上帝能看见。"

"好吧，你要是提上帝，我就走了。不过你是个骗子。如果我不瘸，你不提上帝。祂惩罚谎言，你这头猪！"

她啐了我一口，下床，摔门而去。我赶紧擦拭，她的唾沫似乎是烫的，灼疼了我。我觉得我的前额在黑暗中开始肿大，皮肤痒痒的，有一种被吸抽的感觉，像是水蛭在吸我的血。我去卫生间清洗，沾湿了毛巾，压住前额。我已经忘了飓风。风不知在什么时候停了。我回去睡觉，醒来已近午时。我的鼻子堵了，嗓子发紧，双膝疼痛，下唇肿了，冒出一块大大的溃疡。我的衣服还在地板上，泡在一大摊水里。前一天晚上来避难的昆虫紧贴在墙上，全都死了。我打开窗，凉风吹进来，虽然还是潮潮的感觉。天空是秋日的灰色，海水如铅，不堪其重，几乎没有摇动。我勉强穿上衣服，来到楼下。前台后面站着驼背，苍白而羸瘦，头发梳在后面，黑眼睛闪着光。她穿着一件老式上衣，带黄色蕾丝。她嘲讽地瞥了我一眼。"你得搬走，"她说，"老板打电话，让我把旅馆关了。"

"没有我的信吗？"

"没有信。"

"请把账单给我。"

"没有账单。"

古巴女人不怀好意地看着我——一个没能得逞的女巫。我周围群魔环绕，她是它们的同伙，默默参与它们的诡计。

韩颖 译

叶希瓦的男学生妍特尔[1]

1

父亲过世后，妍特尔就没有了留在雅尼夫的理由。房子里只剩下她孤零零的一个人。的确有房客愿意搬进来，还付租金；媒人们也蜂拥而至，给她介绍卢布林、托玛舒夫、扎莫希奇的小伙子，但是妍特尔不想结婚。在她心中，有个声音反复在说："不！"婚礼结束后，女孩子会怎样？马上她就生儿育女，受婆婆管教。妍特尔知道她天生不适合女人的生活。她不会缝纫，也不会编织，做饭饭煳，煮奶奶溢。她从来就做不好安息日布丁，想做辫穗面包，面却发不起来。妍特尔更喜欢男人的生活，而不是女人的。她父亲，陶德罗斯先生——愿他安息——卧床多年，他常常与女儿一起学习《托拉》，拿她当儿子。他让妍特尔锁上门，拉上窗帘，然后他们一同研读《摩西五经》《密西拿》《革马拉》和《评论汇编》。妍特尔敏而好学，她父亲曾说：

"妍特尔——你有着男人的灵魂。"

"那我怎么生就女儿身？"

"即便是上天也会犯错。"

这点毫无疑问。妍特尔和雅尼夫的其他女孩儿都不一样——她又高又瘦，骨感，胸小臀窄。安息日下午，她父亲睡觉时，她会穿上他的长裤，戴上他的穗子四角巾，穿上他的绸缎外套，戴上他的圆顶小帽和天鹅绒帽，

1．由玛丽昂·马吉德和伊丽莎白·波利特翻译。——原注

仔细端详镜中的自己。她看起来就像一个黝黑英俊的小伙子。她的嘴唇上方甚至有些许绒毛，只有两条粗粗的发辫展现了她的阴柔一面——至于这个嘛，头发总是可以剪掉的。妍特尔想出了一个计划，整日整夜都在琢磨这事儿。不，她生下来可不是为了围着面板和布丁转，不是要和蠢女人聊天，或是为了买一块肉挤来挤去。她父亲跟她讲了那么多叶希瓦、拉比和学者们的故事！她满脑子都是《塔木德》式的辩论、问答，还有烂熟于心的名句。她甚至偷偷抽过她父亲的长烟斗。

妍特尔跟中间人说她要把房子卖了，去卡利士投奔姑母。左邻右舍的妇人们都想劝她改变主意，媒人们说她真是疯了，在雅尼夫她更有可能嫁个好人家。但妍特尔很固执，急急忙忙地把房子卖给了第一个出价的人，还搭上了家具。她的所有遗产最终只有一百四十卢布。阿布月的某一天，夜深人静之时，妍特尔剪掉发辫，打理好鬓边卷发，穿上了她父亲的衣服。她在草编箱里装上几件内衣、护经匣和几本书，往卢布林的方向走去。

来至大路，妍特尔搭车到了扎莫希奇，从那儿，再徒步行进。在路边旅馆投宿时，她说她叫安谢尔，那是她的已故叔叔的名字。旅馆里有许多前来向著名拉比求学的年轻人。大家正在争论哪里的叶希瓦最好，有些人说立陶宛的最好，另一些人则声称在波兰的叶希瓦，学到的东西更多，吃住也更好。妍特尔这还是头一次单独和一群小伙子在一起。她心想，他们聊的这些和女人的家长里短多么不同呀，但是因为害羞，她不敢加入讨论。一个小伙子谈起一桩即将举办的婚事，嫁妆有多少等等，另一个则模仿普珥节时假扮的拉比，抨击《托拉》经文，加上各种歪解。过了一会儿，小伙子们开始比谁的力气大，又是要掰开拳头，又是要掰弯手臂。有个学生在喝茶吃面包，没勺子，用折叠刀搅动着茶水。

这时有个小伙子来到妍特尔面前，捅了下她的肩膀。"你怎么不说话？没舌头吗？"

"我没有什么好说的。"

"你叫什么？"

"安谢尔。"

"你可真羞涩呀。路边一朵紫罗兰。"

小伙子捏了一下妍特尔的鼻子。她真该回敬他一巴掌，手臂却一动不肯动，只是脸色煞白。有学生来救她了，他比其他人要年长一些，个子高高的，肤色白皙，黑胡须，两眼好似冒着火。

"嘿，你，为什么找他麻烦？"

"你要是不喜欢，就别看呀。"

"想让我把你的鬓发扯掉吗？"

留胡须的年轻人冲妍特尔招了招手，问她从哪里来，要到哪里去。妍特尔告诉他，她正在找叶希瓦，想去一个安静些的。年轻人捻着胡须。

"那跟我去贝谢夫吧。"

他说他正要回贝谢夫，开始第四年的学习。那儿的叶希瓦规模不大，只有三十个学生，镇上的居民给所有学生提供食宿，食物非常丰富。主妇们会给学生补袜子，洗衣服。贝谢夫的拉比也是叶希瓦的校长，是个天才。他可以提出十个问题，然后一个证据都解决。大部分学生最后都在镇上成了亲。

"怎么学期没结束，你就离开了呢？"妍特尔问。

"我母亲去世了。我现在正要回贝谢夫。"

"你叫什么名字？"

"阿维格多。"

"你怎么没结婚？"

年轻人捋了捋胡子。"说来话长。"

"跟我说说。"

阿维格多捂住眼，思忖片刻。"你要来贝谢夫吗？"

"是的。"

"那你反正很快就会知道。我本来和奥尔特·维什科尔的独生女订了婚，他是镇子上最富有的人。婚期都定好了，可他们突然退了婚书。"

"出了什么事？"

"不知道。流言吧，我猜，小道消息满天飞。我有权利要求一半的嫁妆，但我不是那样的人。现在他们又给我说了另一家，不过我不喜欢那女孩儿。"

"在贝谢夫，叶希瓦的男学生可以看女人吗？"

"我每周一次在奥尔特家吃饭，哈达丝，他的女儿，为我端上食物……"

"她好看吗？"

"是个金发姑娘。"

"栗色头发的女孩儿也可以很好看呀。"

"不好看。"

妍特尔打量着阿维格多。他很瘦，皮包骨，脸颊深陷，卷曲的鬓发黑得发蓝，两道眉毛在鼻梁上方交会在一起。他的眼神锐利，似乎又因刚刚泄露了秘密，而有些害臊、后悔。按照守丧仪轨，他的领子撕烂了，长袍的衬里露出来。他不安地敲打着桌子，哼着歌儿，紧蹙的眉头后面，似乎思绪在驰骋。突然他说：

"好吧，管他呢。我去当隐士，就这样吧。"

2

说来也怪，妍特尔——或者安谢尔——刚到贝谢夫，就被分到那位富人奥尔特·维什科尔家，每周用餐一次，就是他的女儿毁掉了与阿维格多的婚约。

叶希瓦的学生是两人组对学习，阿维格多选择安谢尔做搭档，帮她学习。他还是游泳高手，提出要教安谢尔蛙泳和踩水，但她总是找借口不肯下河。阿维格多提出他俩一起住，但是安谢尔已经找到了住的地方，是在一位半瞎的老寡妇那里。每周二，安谢尔在奥尔特·维什科尔家吃饭，哈达丝为她端汤送菜。阿维格多总要问她很多问题："哈达丝看起来怎么样？她难过吗？她开心吗？要嫁人了吗？有没有提起我？"安谢尔说哈达丝碰翻了桌上的菜，忘了拿盐，端粥盘时，手指头都伸了进去。她命令女仆干这干那，永远在读故事书，每周都换发型。而且，她一定认为自己是个美女，总在照镜子，其实，她没那么漂亮。

"结婚两年，"安谢尔说，"她就会变成丑老太婆。"

"这么说你不喜欢她？"

"不喜欢。"

"但是如果她想要你，你不会拒绝吧。"

"不娶她也罢。"

"你没有一些邪恶的念头吗？"

两个朋友共用学经堂角落的一张桌子，俩人聊天的时间比学习的时间长。偶尔阿维格多抽根烟，安谢尔就从他唇上拿下香烟，也吸上一口。阿维格多喜欢吃烤荞麦饼，于是安谢尔每天早晨都在糕饼店买上一块，从不让阿维格多付钱。安谢尔的行为有时会令阿维格多大吃一惊。比如，阿维格多的衣服掉了粒扣子，第二天安谢尔就会拿着针线来叶希瓦，替他缝上。安谢尔送给阿维格多各种各样的礼物：真丝手绢、袜子、围巾。阿维格多越来越离不开这个比他小五岁，嘴上还没毛的男孩儿了。

一天，阿维格多对安谢尔说："我想让你娶哈达丝。"

"那对你有什么好处？"

"你娶她总比一个陌生人娶她强。"

"那你就成了我的情敌。"

"永远不会。"

阿维格多喜欢在镇子上散步，安谢尔常跟他一起去。两个人边走边聊，有时走到磨坊那儿，有时到松树林，或者走到有基督神龛的十字路口。有时他们就躺在草地上。

"为什么女人不能像男人那样？"阿维格多仰望天空问道。

"怎么个像法儿？"

"为什么哈达丝不能像你一样？"

"怎么像我一样？"

"哦——一个好人。"

安谢尔起了玩心，摘了朵花，把花瓣一片片地扯下来，又捡起一颗栗子，扔向阿维格多。阿维格多看着一只瓢虫爬过手心。

过了一会儿，他说："他们要让我结婚。"

安谢尔立即坐了起来。"和谁？"

"和菲特的女儿，佩舍。"

"那寡妇？"

"就是她。"

"你为什么要娶一个寡妇？"

"没有别人愿意嫁给我。"

"不会的。总会遇到合适的人的。"

"永远不会。"

安谢尔对阿维格多说，这桩婚事不好。佩舍不好看，也不聪明，不过是长着双眼睛的母牛。她还是个不祥的女人，结婚不到一年，丈夫就死了。这样的女人克夫。但是阿维格多不作声。他点了支烟，深吸一口，吐出几个烟圈，脸色都变绿了。

"我需要女人。我晚上睡不着。"

安谢尔一惊。"你为什么就不能等着你的真命天女出现呢？"

"哈达丝就是我的真命天女。"

阿维格多的眼睛湿润了。他猛然站起来，"躺够了，走吧。"

那之后，一切都发生得很快。刚刚阿维格多还在向安谢尔诉说烦恼，两天后他就与佩舍订了婚，带着蜂蜜蛋糕和白兰地来到叶希瓦。婚期也定了下来，很快就会成亲。新娘是寡妇，不需要等着准备嫁妆，一切都是现成的。新郎又是孤儿，不需要征求任何人的意见。叶希瓦的学生喝着白兰地，送上他们的祝福。安谢尔也抿了一口，呛住了。

"啊，好辣！"

"你真不像个男人。"阿维格多打趣道。

庆贺礼毕，阿维格多和安谢尔坐下来读《革马拉》，他们读得很慢，虽然也没怎么说话。阿维格多前后晃动着身体，揪着胡子，低声咕哝着。

"我完了。"他突然说道。

"如果你不喜欢她，为什么还要结婚？"

"母羊我都愿意娶。"

第二天，阿维格多没来学经堂。皮货商菲特是哈西德派的，他想让他未来的女婿在哈西德派会堂完成学业。叶希瓦的学生们私下说，那寡妇的确又矮又胖像个水桶，她母亲是奶商的女儿，父亲也没什么学问，但这家人真是富得流油。菲特是一家制革厂的合伙人；佩舍用嫁妆开了家店铺，卖鲱鱼、焦油、锅碗瓢盆，店里总是挤满了农民。父女俩在为阿维格多置备衣物，订购了一件毛皮外套、一件棉外套、一条丝绸长袍、两双靴子。除此之外，阿维格多很快又收到了许多礼物，都是佩舍亡夫的东西：维尔纳版的《塔木德》、一块金表、一座光明节烛台，还有一只香料盒。安谢尔独自坐在桌边。

周二，安谢尔到奥尔特·维什科尔家用餐。哈达丝问："你怎么看你的同伴——又回到福窝了，是吧？"

"你想怎样——没人愿意要他？"

哈达丝的脸红了。"是我的错。我父亲反对。"

"为什么？"

"他们得知他哥哥是上吊自杀的。"

安谢尔看着她站在那里——个子高高的、金发蓝眼、脖颈修长、脸颊瘦削，一条纯棉裙子，系着印花布围裙，两条发辫搭在肩后。真遗憾我不是个男人，安谢尔心想。

"你现在后悔吗？"安谢尔问。

"哦，是的！"

哈达丝逃离了房间。后面的饭菜，肉丸、茶等，都是女仆端上来的。直到安谢尔用完餐，洗手准备念饭后祷词时，哈达丝才又出现。

她来到桌边，压低声音说："向我发誓，你什么都不会跟他说。为什么要让他知道我心里所想！"

说完她就又跑开了，差点被门槛绊倒。

叶希瓦的校长让安谢尔再找个学习伙伴，但几周过去了，安谢尔还是独自学习。在叶希瓦，没有人能取代阿维格多的位置。其他人都很矮小，不论是体格还是精神。他们满嘴胡说，一点小事就吹嘘，笑起来像个傻子，还占小便宜。没有了阿维格多，学经堂显得空荡荡的。晚上，安谢尔躺在老寡妇家的床上，无法入眠。脱下长袍和长裤，她又成了妍特尔，一个待嫁的姑娘，爱上了一个年轻人，他却与别人订了婚。也许我该告诉他实情，安谢尔想。但是太晚了。安谢尔不能再做回女孩子，不能没有书和学经堂。她躺在床上胡思乱想，简直要疯了。蒙眬睡去，又突然惊醒。在梦里，她既是男人也是女人，戴着女人的胸罩，又披着男人的穗子四角巾。妍特尔的经期迟了，她突然感到恐惧……谁知道呢？她在《堡垒书》中读到过，有个女人仅仅因为想男人就怀孕了。现在，妍特尔方才明白为什么《托拉》禁止男女易装。这样做，不仅是骗他人，也是骗自己。甚至灵魂都会糊涂，觉得自己是寓居在一个陌生的身体里。

晚上，安谢尔睡不着，白天，眼睛又睁不开。在她用餐的家庭，主妇们抱怨说，这年轻人根本就没有动桌上的饭菜。拉比注意到安谢尔不再专心听讲，而是盯着窗外想心事。周二到了，安谢尔来到维什科尔家用餐。哈达丝把汤端到她面前，候在一旁，可是安谢尔心不在焉，连声谢谢都没说。她伸手拿勺，勺子掉到地上。

哈达丝小心翼翼地问："听说阿维格多抛弃你了。"

安谢尔似乎恍然惊醒。"什么意思？"

"他不再是你的搭档。"

"他离开了叶希瓦。"

"你还能见到他吗？"

"他好像在躲着我。"

"至少你会去参加婚礼吧？"

安谢尔沉默片刻，似乎没听懂。然后她说："他是个大傻瓜。"

"为什么这么说？"

"你这么美，那位就像只猴子。"

哈达丝的脸红到了发根。"都是我父亲的错。"

"别担心。你会遇到一个配得上你的人的。"

"我谁都不想要。"

"但是每个人都想要你……"

久久的沉默。哈达丝的眼里满是忧伤，那是心知世上无物可以抚慰的忧伤。

"你的汤凉了。"

"我也想要你。"

安谢尔被自己说出的话吓了一跳。哈达丝扭头盯着她。

"你说什么？"

"这是真的。"

"会被人听见的。"

"我不怕。"

"喝汤吧。我一会儿端肉饺来。"

哈达丝转身离去，高跟鞋嗒嗒作响。安谢尔挑着汤里的豆子，盛起一粒，又掉下去。她没有胃口，喉头紧锁。她很清楚自己正陷入邪恶中，但有某种力量在敦促她继续。哈达丝回来了，端着一只盘子，上面有两个肉饺。

"你怎么不吃？"

"我在想你。"

"想什么？"

"我想娶你。"

哈达丝的表情就好像刚刚吞下了什么东西似的。

"这种事，你得和我父亲说。"

"我知道。"

"按照习俗，应该遣媒人。"

她跑出房间，砰的一声关上门。安谢尔内心大笑："对女孩子，我想怎样就怎样！"她往汤里撒上盐、胡椒粉。她坐在那儿，感觉轻飘飘的。我做了什么？我一定是疯了。没有别的解释……她强迫自己吃东西，却什么滋味都尝不出来。这时安谢尔才想起来，是阿维格多想让她娶哈达丝。渐渐地，纷乱的头绪中萌生出一个计划；她要为阿维格多复仇，同时利用哈达丝，使他与自己更亲近。哈达丝是处女：她对男人知道些什么？像她那样的女孩儿，可以骗很久。当然，安谢尔自己也是处女，但她读过《革马拉》，又听男人们聊天，对男女之事已经知道很多。与那些打算蒙骗众人的人一样，安谢尔感到既恐惧又欣喜。她想起一句话："大众是傻子。"她站起来大声说："现在，我真得有所行动了。"

那晚，安谢尔一夜没合眼。每隔几分钟，她就要起来喝水，嗓子发干，额头发烫。大脑疯狂运转，根本不听她的指挥。她的体内似乎在进行着一场争论。她的胃痛，膝盖也疼。她就像是与撒旦——那个愚弄众生，在他们的道路上放置绊脚石、设置陷阱的邪恶者订了约。安谢尔睡着时，已是凌晨。醒来后，她感觉比睡前还疲惫，可是不能赖在寡妇家的床上。她挣扎着起身，拿起装着护经匣的袋子，往学经堂走，路上偏偏就遇到了哈达丝的父亲。安谢尔毕恭毕敬地向他问好，他也友好地回礼。奥尔特先生捋着胡子与她攀谈：

"我女儿哈达丝肯定净给你吃剩饭了。你好像没吃饱。"

"您的女儿很好，很慷慨。"

"那你怎么这么苍白？"

安谢尔沉默了一会儿。"奥尔特先生，有件事我必须对您说。"

"哦，那就说吧。"

"奥尔特先生，我喜欢您的女儿。"

奥尔特·维什科尔一怔。"哦，是吗？我还以为叶希瓦的学生不谈这种事呢。"

他的眼睛充满笑意。

"但我是认真的。"

"这种事，人们是不跟小伙子本人谈的。"

"但我是孤儿。"

"嗯……这种情况嘛，按照习俗应该遣个媒人。"

"好的……"

"你喜欢她什么？"

"她美丽……善良……聪慧……"

"好了，好了，好了……跟我说说你的家庭吧。"

奥尔特·维什科尔搂着安谢尔的肩，两人一路上边走边聊，直到会堂院子。

4

一旦说了"A"，就必须说"B"。思想导致言语，言语导致行动。奥尔特·维什科尔先生同意了这桩婚事。哈达丝的母亲弗雷达·利亚起初不同意。她说她不想再给女儿找什么叶希瓦学生，她想从卢布林或扎莫希奇给她找个如意郎君，但哈达丝威胁说，如果她再次当众受辱（就像阿维格多那次似的），她就跳井。这种乱点的鸳鸯谱总会得到众人的祝福——拉比、亲戚，还有哈达丝的闺蜜们全都赞同。贝谢夫的姑娘们迷恋安谢尔已经有段日子了，她们总是站在窗口，目送年轻人走过街道。安谢尔的靴子总是擦得锃亮，看到女人也不低头。去贝拉的面包房买椒盐饼时，安谢尔常与她们有说有笑，毫无学究气，令姑娘们很惊异。女人们一致认为安谢尔有什么地方与众不同：他的鬓发与别人卷的样式不同，他系围巾的方式也不一样；他目光含笑，却又若离若即，似乎总在盯着远方。阿维格多与菲特的女儿佩舍订婚，抛弃安谢尔的事，更是让后者成为镇上的宠儿。奥尔特·维什科尔让人起草了婚书，他所承诺的嫁妆、礼物比他当初承诺给阿维格多的要多，供养期也比他当初承诺的要长。贝谢夫的姑娘们抱着哈达丝，向她祝贺。哈达丝立即着手为安谢尔编织护经匣袋、辫穗面包盖布、无酵饼袋。阿维格多听说安谢尔订婚了，也来学经堂向他表示祝贺。过去这几周，他憔悴了许多，胡须蓬乱，眼睛通红。

他对安谢尔说："我就知道会是这样。打一开始，从我在旅馆碰到你时起，我就知道。"

"可是，这是你提议的呀。"

"我知道。"

"你为什么抛弃我？你连再见都没说就走了。"

"我要破釜沉舟。"

阿维格多提议一起散步。虽然住棚节已过，但天气尚还晴好，阳光明媚。阿维格多比以往更友善了，所有的事都对安谢尔说。是的，他哥哥忧郁成疾，上吊而死。现在，他觉得他也到了深渊之边。佩舍有很多钱，她父亲也是个富人，可他却夜不能寐。他不想做什么店主。他忘不了哈达丝，做梦都梦到她。当她的名字出现在安息日结束祷词里时，他就会感到晕眩。不过，安谢尔娶她总比别人娶她强……至少她嫁了个好人。阿维格多弯下腰，漫无目的地扯着蓬草。他语无伦次，就像是中了魔。

突然他说："我想过步我哥哥的后尘。"

"你就那么爱她吗？"

"她已经刻在了我的心上。"

两人信誓旦旦，永结金兰不再分离。安谢尔提议，待他俩都结了婚，应该比邻而居，或合住一栋房子。他们应该每天都一起学习，也许合伙开家店铺。

"想听真话吗？"阿维格多问道，"就像雅各和便雅悯的故事：我的命与你的命是相连在一起的。"

"那你为什么离开我？"

"也许正因如此。"

虽然天转凉了，刮起习习秋风，他们一直走到了松树林，黄昏时分该做晚祷时才往回转。贝谢夫的姑娘们站在窗口，看着他俩搭着肩，全神贯注地交谈，蹚过水坑，踩到垃圾都没注意。阿维格多形容憔悴，面色苍白，风吹乱了鬓发；安谢尔咬着指甲。哈达丝也跑到窗口，只看了一眼，便噙满了泪水。

事情进展得很快。阿维格多是第一个结婚的。因为新娘是寡妇，婚礼并不热闹，没有乐手，没有小丑，新娘也不戴面纱。佩舍今天还站在婚礼华盖下，第二天就回到店里，油乎乎的手舀起焦油。阿维格多披着新的祈祷巾去哈西德会堂祷告。下午，安谢尔去看他，俩人窃窃低语直到晚间。安谢尔和哈达丝的婚期定在了光明节那一周的安息日，虽然未来的岳父大人巴不得他们早些成亲。哈达丝已经订过一次婚了，新郎又是孤儿，既然可以有自己的妻子和家，为什么还要在寡妇家的简易床上翻来覆去？

安谢尔每天都警告自己好几次，她要做的这件事是罪恶的、疯狂的，是彻头彻尾的堕落。她是在把哈达丝和她自己卷进一连串的欺骗中，罪行累累，她永远也忏悔不完。一个谎言接着一个谎言。安谢尔几次下决心逃离贝谢夫，了结这场诡异的闹剧，这场闹剧更像是小妖精的手笔，非人力所为。可是她已经被某种力量所钳制，无法挣脱。她越来越依赖阿维格多，也不忍破坏哈达丝幻想的幸福。阿维格多既已成婚，他的学习欲望比以往任何时候都要强烈，两个朋友每天都要见面两次：他们上午学习《革马拉》和《评论汇编》，下午学习律法及注释。奥尔特·维什科尔和皮货商菲特很满意，将阿维格多和安谢尔比作大卫和约拿单。安谢尔晕乎乎地走过一项项繁杂的程序。为了置备一套新行头，裁缝要为她量体裁衣，她只得使尽各种花招，以免被人发现女儿身。虽然这场骗局已经上演了好几周，安谢尔还是不敢相信：怎么可能呢？欺骗众人已经成了一场游戏，但这能持续多久？真相将会如何浮出水面？安谢尔的内心真是哭笑不得。她变成了一个愚弄世人的捣蛋鬼。她对自己说，我是邪恶的、有罪的，我就是那尼八的儿子耶罗波安。她唯一能为自己做的辩护就是，她招来这些麻烦，仅仅因为她的灵魂渴望学习《托拉》。

阿维格多很快就开始抱怨佩舍待他不好。她说他游手好闲，是个傻瓜，白吃不干活。她想把他拴在店里，派给他那些他一点都不想干的活儿，给他很少的零花钱。安谢尔非但不安慰阿维格多，反而更煽起他对佩舍的反感。她说他老婆是个丑八怪、悍妇、铁公鸡，还说佩舍的第一任丈夫肯定是被她唠叨死的，现在轮到阿维格多了。安谢尔又列出阿维格多的种种优点：他高大的身材，男子汉气概，他的睿智和博学。

"我若是女人，嫁给了你，"安谢尔说，"我会知道如何欣赏你。"

"唉，可惜你不是……"

阿维格多叹了口气。

就这样，安谢尔的婚期越来越近了。

光明节前的安息日，安谢尔被叫上读经台，诵读《托拉》。女人们送给她许多葡萄干和杏仁。婚礼当天，奥尔特·维什科尔为小伙子们举办了一场盛宴。阿维格多就坐在安谢尔的右手边。新郎首先论述了一段《塔木德》，大家就此展开讨论，一边抽着烟，喝着红酒、烈酒、茶，配上柠檬或树莓果酱。之后是为新娘戴面纱的仪式，接着新郎被引到婚礼华盖下，就在会堂旁边。星夜寒霜，天朗气清。乐手奏乐，两排姑娘手持点亮的细烛和辫穗蜡烛。婚礼完毕，新郎新娘以黄灿灿的鸡汤结束了斋戒。按照习俗，大家开始跳舞，宣读新婚礼物，礼物多而昂贵。婚礼小丑描述新娘即将感受到的欢乐与忧愁。阿维格多的妻子佩舍也来了，一身的珠光宝气掩盖不了她的丑陋，头上的假发压得很低，披着长长的皮毛斗篷，手上沾着焦油，那是洗多少次都洗不掉的。美德舞之后，新郎新娘被分别送入洞房。随行者告诉新婚夫妇该如何行事，并祝福他们"生养众多"。

破晓时分，安谢尔的岳母和一干人等来到洞房，扯下哈达丝身下的床单，确保夫妻俩已经圆房。看到血迹，人们高兴地亲吻，并祝贺新娘。她们挥舞着床单拥到外面，在新雪中跳起犹太舞蹈。安谢尔找到了一个让新娘破处的方法。纯洁的哈达丝根本不知道，那事本不是那样做的。她已经深深地爱上了安谢尔。按照律法，新郎新娘初次行房后要分开七天。第二天，安谢尔和阿维格多开始学习《论行经妇女》。其他人走后，会堂里只剩下了他们俩，阿维格多不好意思地问安谢尔，前一夜他与哈达丝是如何行事的。安谢尔满足了他的好奇心。俩人窃窃私语，直到夜幕降临。

5

安谢尔可是掉进了福窝。哈达丝对她情深意重；不论她想要什么，岳父母都会满足她，逢人便夸她多有学识。的确，几个月过去了，哈达丝还是没怀上孩子，不过没人太把这当回事。阿维格多的境遇却是每况愈下。佩舍折磨他，到后来连顿饱饭都不给他吃，也不给他洗衣服。他总是身无分文，于是安谢尔又开始每天给他带一块荞麦饼。佩舍太忙，没时间做饭，也舍不得请仆人，安谢尔邀请阿维格多到他家吃饭。奥尔特·维什科尔先生和妻子都不同意，说被拒的求婚者是不应该登前未婚妻的家门的。镇上的人可有的聊了。但安谢尔举出先例，证明律法允许这样做。镇上的人大多站在阿维格多一边，把一切都怪在佩舍头上。没过多久，阿维格多就向佩舍提出了离婚。他也不想和这样的凶婆子有孩子，所以一直效法俄南，或如《革马拉》所说：他在里面打谷，却把种子抛在地上。他向安谢尔透露说，佩舍洗都不洗就上床，打起鼾来像拉锯，满脑子都是店里赚了多少钱，做梦都念叨。

"哦，安谢尔，我太羡慕你了。"他说。

"没必要羡慕我。"

"你什么都有。我希望我也有你的好福气——当然你的福气也不能减。"

"每个人都有自己的烦心事。"

"你能有什么烦心事？别要求太多。"

阿维格多又怎能想到，安谢尔辗转难眠，总想着逃跑？与哈达丝同床共枕，还要骗她，这件事让她越来越痛苦。哈达丝的爱情与温柔令她无地自容。岳父岳母的关爱和他们对孙子的期盼成了负担。周五下午，全镇的人都去净身浴池，每周安谢尔都要找一个新借口。人们已经开始怀疑，有人说安谢尔一定有个难看的胎记，或是有疝气，又或许割礼没做好。看这年轻人的岁数，怎么也该长胡子了，可他的脸颊还是光溜溜的。已经是普珥节了，眼看就要到逾越节，夏天很快就来了。离贝谢夫不远有条河，天气一暖和，叶希瓦的学生和年轻人就会去那儿游泳。谎言像脓包越长越大，总有一天要崩裂。安谢尔知道，她必须找到一个解救自己的途径。

按照惯例，逾越节的第三四天，与岳父母同住的年轻人会去附近的城市游玩。他们喜欢变变环境，换换心情，四处走走，看看有没有什么赚钱的机会，还可以买些书，或是别的什么必需品。贝谢夫离卢布林不远，安谢尔劝阿维格多与她同行，她来出钱。阿维格多很高兴能有几天摆脱家里那个悍妇。马车之旅令人心旷神怡。草色返青，从暖乡返回的白鹳在空中回旋俯冲。鸟儿啁啾，溪流奔向山谷，风车慢转，田间春花吐蕊，已可见到母牛悠悠地吃草。两个伙伴一路畅聊，吃着哈达丝准备的水果和小糕点，欢声笑语，曲诉衷肠，到了卢布林。他们在旅馆下榻，要了间双人房。路上，安谢尔就向阿维格多保证说，到卢布林后要告诉他一个惊天秘密。阿维格多玩笑道：能是什么秘密？安谢尔发现了秘密宝藏？他写了什么论文？通过研习喀巴拉，创造了一只鸽子？

进得房间，安谢尔小心地锁好门，阿维格多揶揄道："好吧，让我们听听你的惊天秘密。"

"准备好，你要听到的是一件最不可思议的事。"

"一切就绪。"

"我不是男人，我是女人，"安谢尔说，"我不叫安谢尔，我叫妍特尔。"

阿维格多大笑。"我就知道你是诳我的。"

"可这是真话。"

"就算我是个傻瓜，也不会上你这个当。"

"你要让我给你看吗？"

"是的。"

"那我就脱衣服了。"

阿维格多睁大了眼睛，还以为安谢尔有龙阳之癖。安谢尔脱下外套和穗子四角巾，又脱掉内衣。阿维格多看了一眼，脸色先是煞白，又变通红。安谢尔赶紧遮住自己。

"我这样做，只是为了让你能在法庭上做证。否则，哈达丝就成了弃妇。"

阿维格多一时说不出话来，浑身颤抖。他想开口，嘴唇动了动，却什么都没说出来。他双腿一软，赶紧坐下。

终于，他喃喃道："怎么可能？我不信！"

"要我再脱一次衣服吗？"

"不！"

妍特尔慢慢将来龙去脉讲与他听：卧病在床的父亲如何与她一同学习《托拉》；她如何从来不耐烦和女人闲聊；她如何卖掉了房子和家具，女扮男装离开镇子来到了卢布林，在路上遇到阿维格多。阿维格多默默地坐着，看着这个讲故事的人。妍特尔又穿上了男人的衣服。

阿维格多说："我一定是在做梦。"

他掐了一把自己的脸颊。

"这不是梦。"

"我怎么会遇上这种事！"

"这些都是真的。"

"你为什么要这么做？啊，我得坐稳了。"

"我不想把生命浪费在烘焙铲和揉面团上。"

"那哈达丝呢——你为什么要那样做？"

"我是为了你。我知道佩舍会折磨你，在我们家你能有些安宁。"

阿维格多沉默良久。他垂下头，手按着太阳穴，摇了摇头。"你现在怎么办？"

"我会去别的叶希瓦。"

"什么？如果你早些告诉我，我们本可以……"

阿维格多没有说下去。

"不——那样不好。"

"为什么不好？"

"我既非男，也非女。"

"我该怎么办！"

"和那凶婆子离婚。娶哈达丝。"

"她永远不会和我离婚的，哈达丝也不会要我。"

"哈达丝爱你。她不会再听她父亲的。"

阿维格多猛然站起，又坐下。"我永远都不会忘记你。永远……"

6

根据律法，阿维格多现在一分钟都不能和妍特尔单独在一起；但是穿上外套和长裤，她又成了熟悉的安谢尔。

他们又回到了老问题："你怎么能每天都违背律法：'女人不可扮男装'？"

"我生下来不是为了拔鸡毛，和女人闲聊的。"

"难道你宁愿失去来世？"

"也许吧……"

阿维格多抬起眼。现在他才意识到安谢尔的脸颊太光滑了，不像男人的，头发太多，手太小。即便如此，他也不能相信真的会发生这种事。他希望自己随时会从梦中醒来。他咬了咬嘴唇，又掐了下大腿。他与安谢尔的友谊，他们之间那些亲昵的交谈和秘密都成了骗局和幻想。他甚至想，也许安谢尔是魔鬼。他哆嗦了一下，似要摆脱梦魇；然而他还具备分辨梦境与现实的能力，那能力告诉他，这都是真的。他鼓足了勇气。他与安谢尔永远都不会变为路人，哪怕安谢尔成了妍特尔……

他小心翼翼地说："我记得，为弃妇做证的人是不能娶她的，因为律法认定他是'当事人'。"

"什么？我没想到！"

"我们必须查查《救助之石》那一卷。"

"我甚至不能确定哈达丝是否算弃妇。"安谢尔像个学者似的说道。

"如果你不想哈达丝成为弃妇，你就必须直接告诉她这个秘密。"

"我不能那么做。"

"不管怎样，你得另找证人。"

渐渐地，俩人又讨论起《塔木德》来。起初阿维格多觉得与一个女人讨论圣著很奇怪，但很快《托拉》就将二人结合在了一起。尽管他们的身体不同，灵魂却属一类。安谢尔拉长了声调，拇指做着各种手势，揪着鬓发，捋着没有胡须的下巴，这些姿态完全就像一个叶希瓦学生。讨论激烈时，

166

她甚至揪住阿维格多的领子，骂他愚蠢。阿维格多心中涌起对安谢尔的强烈爱恋，又夹杂着羞愧、后悔、焦虑。早知如此，他对自己说。他在心中将安谢尔（或者妍特尔）比作梅厄先生的妻子——圣女布鲁丽娅，或者拿赫曼先生的妻子雅尔塔。他第一次清楚地知道，这才是他一直想要的：一个不为世俗所绊的妻子……他对哈达丝的欲望消失了，他明白他想得到妍特尔，但他不敢开口。他觉得很热，知道自己的脸在发烧，不敢再直视安谢尔的眼睛。他开始列举安谢尔所犯下的罪，意识到他也被牵连了，因为在她不干净的日子，他曾坐在她身旁，也碰过她。对了，她与哈达丝的婚姻又怎么说？这是犯下了多少罪呀！故意欺骗，虚假誓言，弄虚作假！——天知道还有些什么。

他突然问："说实话，你是异端吗？"

"上帝不许！"

"那你又怎能做出这等事？"

安谢尔说得越多，阿维格多越糊涂。安谢尔的所有解释似乎都指向一件事：她有着男人的灵魂，女人的身体。安谢尔说她与哈达丝结婚，只是为了能亲近阿维格多。

"你本可以和我结婚呀。"阿维格多说。

"我想与你一起学习《革马拉》和《评论汇编》，不是给你补袜子！"

许久，两人谁都没说话。阿维格多打破了沉默："哈达丝得知这些，恐怕得大病一场了，上帝不许！"

"我想也是。"

"现在怎么办？"

黄昏时分，两人开始晚祷。阿维格多糊里糊涂地说错了祝福祷词，一会儿漏掉，一会儿重复。他瞟了一眼旁边的安谢尔，她前后摇晃着身体，捶打着前胸，低下头。他见她闭着双眼，抬头向天，似在祈求：天父啊，您知道真相……晚祷结束后，他们相对坐在椅上，隔着些距离。房间里暗影重重，晚照在窗户对面的墙上颤抖，如紫色纹绣。阿维格多又一次想开口，话语在舌尖颤抖，却不肯出来。

突然，话语喷薄而出："也许还不太晚？我不能再和那个可憎的女人过下去……你……"

"不，阿维格多，不可能。"

"为什么？"

"我要一辈子这样下去……"

"我会想你的，非常想你。"

"我也会想你的。"

"那为什么要这样呢？"

安谢尔没有回答。夜幕降临，光消退了。黑暗中，他们似乎在聆听彼此的思想。律法禁止阿维格多与安谢尔独处一室，但是他没法把她当女人。衣服的力量是多么神奇呀，他心想。

而他嘴里说的却是另一件事："我建议你干脆给哈达丝一张离婚书。"

"我怎么能那么做？"

"既然这场婚姻并非神圣，又有什么关系呢？"

"我想你是对的。"

"她有的是时间发现真相。"

女仆送来一盏灯，刚刚出去，阿维格多就把灯灭了。他们所处的困境，以及他们必须要说的话见不得光。黑暗中，安谢尔告诉了阿维格多所有细节，回答了他所有问题。钟敲两点，他们还在谈。安谢尔告诉阿维格多，哈达丝从未忘记过他。她经常提起他，担心他的身体，为他与佩舍的事感到遗憾——尽管也有一丝满足。

"她会成为一个好妻子的，"安谢尔说，"我甚至不知道怎么做布丁。"

"尽管如此，如果你愿意……"

"不，阿维格多，我注定不是……"

7

镇上的人一头雾水：信使给哈达丝送来了离婚书；阿维格多一直待在卢

布林，节期过后才返回，回来时垂头丧气，眼神无光，似乎病了一场。哈达丝病倒了，医生一天来三次。阿维格多闭门谢客。若是偶然遇到他，和他打招呼，他也不搭理人。佩舍向她父母抱怨说，阿维格多整夜抽烟，来回踱步。当他累得不行睡着时，梦中却叫着一个陌生女人的名字——妍特尔。佩舍提出离婚。镇上的人以为阿维格多不会与她离婚，至少也会要些钱，他却一口答应了。

贝谢夫的人不喜欢被蒙在鼓里。在这样一个人人都知道别人的锅里在煮什么饭的小镇，怎么可能保守秘密？然而，尽管有不少人偷窥锁眼，贴窗偷听，却还是解不开这个谜。哈达丝躺在床上哭泣。草药医生哈尼纳说她形销骨立。安谢尔还是杳无踪迹。奥尔特·维什科尔先生请来了阿维格多，那些站在窗户根下伸长脖子的人却什么都没听到。一些好打探隐私的人提出了各种解释，但没有一个说得通。

有些人说安谢尔落入了天主教牧师之手，已经叛教。似乎有些道理。但安谢尔怎么有时间和牧师在一起，他可是整天都在叶希瓦呀？再者说，哪个叛教者会给妻子离婚书？

还有些人说安谢尔看上了别的女人。但能是谁呢？贝谢夫可没有什么风流韵事呀。而且最近也没有年轻女人离开镇子——不论是犹太女人还是外邦女子。

又有人说安谢尔是被邪灵抢走了，或者他就是邪灵。这位摆出的证据是，安谢尔从未进过浴池，也未下过河。众所周知，魔鬼的脚像鹅掌。好吧，难道哈达丝从未见过他光脚？又有谁听说过魔鬼给妻子离婚书？魔鬼若是娶了凡人的女儿，通常会让她成为弃妇。

有人想到安谢尔怕是犯了什么重罪，于是自我放逐以悔过。但能是什么罪呢？而且他为什么不把这事交给拉比呢？阿维格多又为何像鬼魂般游荡？

乐师特维尔的假设最接近真相。特维尔声称，因为阿维格多一直无法忘却哈达丝，于是安谢尔与她离婚，好成全他的朋友。但在这个世上，这样的友谊可能吗？而且果真如此，为什么阿维格多还没和佩舍离婚，安谢尔就先与哈达丝离了婚？况且这事若能成，首先妻子得知晓并同意，但明摆着哈达丝深爱着安谢尔，忧郁成疾。

有件事大家都明白：阿维格多知道真相。但要从他那里套出话来是不可能的。他离群索居，一言不发，那种决绝似乎是在怪罪全镇的人。

亲朋好友都劝佩舍不要与阿维格多离婚，虽然他们已断绝一切往来，不再有夫妇之实。甚至在周五晚上，他都不再为她做晚餐祝祷。他要么在学经堂过夜，要么在安谢尔曾经留宿的那位寡妇家过夜。佩舍与他说话，他只低头不语。佩舍是个生意人，对这种事可没耐心。她需要一个年轻人帮她打理店铺，而不是一个抑郁寡欢、不能自拔的叶希瓦学生。那种人很可能拔腿就走，将她抛弃。佩舍同意离婚。

这期间，哈达丝的身体渐渐恢复了，奥尔特·维什科尔先生放出话来说正在起草婚书。哈达丝将嫁给阿维格多。镇子沸腾了。曾经订婚又毁约的男女现在要结婚了，这真是闻所未闻。婚礼在阿布月初九后的第一个安息日举行，完全按照处女的婚礼来办：穷人的宴席、会堂前的华盖、乐手、婚礼小丑、美德舞。只缺一样：欢乐。新郎站在华盖下，一个凄凉的身影。新娘虽已病愈，却是苍白消瘦，眼泪掉到黄灿灿的鸡汤中。所有的眼睛都在问一个问题：安谢尔为什么要这么做？

阿维格多与哈达丝成婚后，佩舍散布谣言说，安谢尔把老婆卖给了阿维格多，是奥尔特·维什科尔先生出的钱。有个年轻人想了许久，最终得出结论，安谢尔是打牌时把老婆输给了阿维格多，也可能是在光明节转陀螺时输掉了老婆。通常，当人们找不到真相时，就会大口吞下谎言。真相总是这样躲躲闪闪，你越是要找到它，越是找不到。

婚后不久，哈达丝就怀孕了。是个男孩儿，行割礼时，父亲给儿子起名为安谢尔，众宾客简直不敢相信自己的耳朵。

韩颖 译

170

教皇泽德鲁斯[1]

1

古时，每一代人中都会有那么几个是我，邪恶之灵，无法靠常规手段使之堕落的。诱使他们谋杀、淫乱或抢劫是绝无可能的，就连让他们停止学习律法都做不到。只有一条途径可以直击这些正直灵魂的内心狂热之处——通过虚荣。

泽德尔·柯恩就是这样一个人。首先，他出身高贵，有祖上阴德：他是大哲拉希的后人，而拉希家族可追溯到大卫王。其次，他是整个卢布林省最有学问的人。五岁开始学习《革马拉》和《评论汇编》；七岁已背下《结婚与离婚律法》；九岁开始布道，引经据典，最年长的学者都为之惊叹。他对《圣经》如数家珍；希伯来语法方面的造诣无人能及。他至今仍苦读不辍：无论寒暑，总是伴着晨星起床，随即开始阅读。他很少离开房间出去透气，也不做体力活儿，因此胃口不大，睡得也很少。他既无愿望也无耐心与朋友交谈。泽德尔只有一爱：书。一走进学经堂，抑或回家，他总是直奔书架，翻阅卷帙，将古旧书页上的灰尘深深吸到肺中。他的记忆力超群，读一段《塔木德》，或是某个评论新解，就能终生不忘。

我也无法通过肉体控制泽德尔。他的四肢光滑无毛，十七岁时，尖脑袋就已秃顶，只有下巴上稀疏地长着几根须发。他的面颊长而呆板，高高的额头上总是挂着三四滴汗珠。他的鹰钩鼻看起来怪怪的，光秃秃的样子，

---

[1] 由乔尔·布洛克尔和伊丽莎白·波利特翻译。——原注

仿佛戴眼镜的人刚刚摘下眼镜。眼皮红红的，后面是一双发黄而忧郁的眼睛。他的手脚又小又白，像是女人的，他从来不去净身浴池，所以人们也不知道他是不是阉人或雌雄同体。他的父亲，桑德尔·柯恩先生，非常富有，也是位学者，是个有些分量的人物，一心要给儿子娶个门当户对人家的女儿。新娘来自华沙的富豪之家，是个美女。直到婚礼当天，新郎为新娘戴上面纱时，她才第一次看到新郎，为时已晚。她嫁给了他，一直怀不上孩子。她坐在公公给她的房间里打发时光，织袜子，读故事书，听着墙上巨大的金链摆钟，每半小时敲响一次——她似乎在耐心等待，等待着分钟变成日子，日子变成年，直到长眠在雅诺夫墓地的那一刻来临。

泽德尔气场强大，周遭的一切似乎都刻上了他的性格烙印。虽有仆人打扫他的房间，但家具上总是盖着一层灰；窗户上挂着厚窗帘，似乎从未拉开过；地板上铺着厚地毯，消减了脚步声，似乎走过的是个幽灵，而非活人。泽德尔的父亲定期给他零用钱，但他自己从来不花钱，甚至不知道一枚硬币长什么样。他很吝啬，从不邀请穷人来家里过安息日，也不屑于交朋友，他和妻子从不请客，所以也没人知道房间里的布置是什么样子。

不为激情所困，不为生计所迫，泽德尔一门心思只是学习。他先是专注于《塔木德》和《评论汇编》，然后深入研究了喀巴拉，很快就成为这一神秘领域的专家，还写了两本小册子《天使拉齐勒》和《创造之书》。对《迷途指津》《库萨里》等哲学著作，他自然也是烂熟于心。有一天，他碰巧读到了武加大《圣经》译本，马上就学了拉丁语，开始大量阅读禁书。雅诺夫住着一位博学的牧师，泽德尔从他那里借了许多书。简而言之，正像他父亲用一生来搜集金币，泽德尔搜集知识。到他三十五岁时，整个波兰没有人比他更有学识。就在那时，我奉命诱他犯罪。

"诱泽德尔犯罪？"我问道，"什么样的罪？他不喜欢美食，对女人没有兴趣，从来不做生意。"我试过异端邪说，未果。我还记得我们上次的谈话：

"就让我们假设——上帝不许——没有上帝，"他回答我说，"那又怎样？他的不存在本身就是神圣的。只有上帝，因中之因，才有能力不存在。"

"如果没有造物主，你为什么要祈祷和学习？"我接着问。

"我还能做什么？"他反问道，"喝伏特加，与外邦女子跳舞？"

说实话，我不知该如何回答，就随便他了。他的父亲已经去世了，现在我再次奉命搞定他。我一点都不知道该从何入手，心情沉重地下到了雅诺夫。

2

过了一段时日，我发现泽德尔有一个人性弱点：骄傲。律法的确允许学者有些许骄傲，但泽德尔的骄傲已经超出了律法所允许的范围。

我制定好了计划。夜半时分，我将他从睡梦中唤醒，对他说："知道吗，泽德尔，您比波兰的任何一位拉比都更熟悉《评论汇编》上的那些蝇头小字？"

"我当然知道，"他回答说，"还能有谁？没别人了。"

"知道吗，泽德尔，您对希伯来语的掌握超过了所有的语法学家？"我接着说，"您意识到了吗，您对喀巴拉的了解已超过了哈伊姆·维塔尔先生？您知道您是一个比迈蒙尼德还伟大的哲学家吗？"

"你为什么要跟我说这些？"泽德尔好奇地问道。

"我跟您说这些是因为，像您这样伟大的人，一位《托拉》学者，一个知识的百科全书，怎能埋没在这穷乡僻壤，这里没人对您表示哪怕一点点的敬意，这里的人粗鄙不堪，拉比就是个傻瓜，您的妻子根本不了解您真正的价值。您仿佛一粒珍珠丢在了沙中，泽德尔先生。"

"那又怎样？"他问，"我能怎么做？难道要我四处为自己唱颂歌？"

"不，泽德尔先生。那没用。镇上的人只会把您当疯子。"

"那你有什么建议？"

"答应不打断我，我就告诉您。您知道犹太人从来不尊重他们的领袖：他们抱怨摩西；反抗撒母耳；将耶利米扔沟里；谋杀了撒迦利亚。上帝的选民憎恨伟大。他们视伟大者为耶和华的对手，所以他们热爱渺小与平庸。他们那三十六位圣徒都是鞋匠和送水工。犹太律法主要是关于种种琐事，一滴奶掉到肉锅里啦，或者节期下的蛋啦。他们有意败坏希伯来语，将古文庸俗化。他们的《塔木德》把大卫王描绘成一个给女人提出经期建议的乡下拉比。他们的思维方式是：越渺小则越伟大，越丑陋则越漂亮。他们的法则是：越贴近尘土，越靠近上帝。所以您看，泽德尔先生，这就是为什么他们视您为眼中钉——您有学识，有财富，有教养，有真知灼见，有超群的记忆力。"

"你为什么要告诉我这些事？"泽德尔问。

"泽德尔先生，请听我说：您必须成为一个基督徒。外邦人和犹太人正相反。既然他们的神是一个人，对他们来说，人也可以成为神。外邦人喜欢各种伟大，并热爱伟大的人：极仁慈之人或极残忍之人，伟大的建造者或伟大的毁坏者，极贞洁的女人或极放荡的女人，伟大的贤哲或伟大的傻瓜，伟大的统治者或伟大的反叛者，伟大的信徒或伟大的不信者。他们不在乎别的：如果他是伟大的，他们就崇拜他。所以说，泽德尔先生，如果您想要荣耀，就必须拥抱他们的信仰。别担心上帝。对于如此伟大崇高的存在来说，地球和它的居民不过一群蚊蚁。祂不在乎人们是在会堂里还是在教堂里向祂祈祷，也不在乎人们是从安息日斋戒到安息日，还是吃猪肉吃到撑破肚皮。祂太显赫了，根本不会注意到这些微小的生物，而他们还幻想自己是被造物之冠呢。"

"这是否意味着上帝并没有在西奈山上赐《托拉》于摩西？"泽德尔问。

"什么？上帝向一个凡夫俗子敞开心扉？"

"耶稣不是祂的儿子？"

"耶稣是拿撒勒的一个私生子。"

"没有褒奖，也没有惩罚吗？"

"没有。"

"那有什么？"泽德尔忧虑而迷茫地问我。

"的确有某种存在，但它没有存在。"我像一个哲学家似的回答他。

"难道就没有希望知道真相吗？"泽德尔绝望地问。

"世界是不可知的，并没有真相，"我把他的问题转了个弯儿，"就像你不能用鼻子品尝盐，不能用耳朵嗅香膏，不能用舌头听小提琴，你也不能用理智来把握世界。"

"那能以什么来把握世界？"

"用狂热——能够把握一点点。但是您，泽德尔先生，您只有一种狂热：骄傲。如果您连这也毁弃了，您就空了，虚空。"

"我该做什么？"泽德尔迷惑地问。

"明天，去找那个牧师，告诉他您想成为他们中的一员。然后卖掉您的财产，劝您妻子改宗——如果她愿意，很好；如果不愿意，也没什么损失。外邦人会奉您为牧师，而牧师是不能有妻子的。您还会继续学习，穿着长袍，戴着圆帽。唯一的区别是您不会再困在这个偏僻的小镇里，和那些憎恨您以及您成就的犹太人在一起，不会再在那个学经堂，那个憋屈的洞里祈祷，炉子后边乞丐在那儿搔痒，您会住在大城市里，在豪华的教堂里布道，有管风琴奏乐，您的信众将是那些有身份的人，他们的妻子会亲吻您的手。如果您做得出色，再七拼八凑些关于耶稣和他的童贞母亲的文章，他们就会奉您为主教，接着红衣主教——若上帝愿意，一切顺利，有一天他们会奉您为教皇。然后您会像偶像一般坐在镀金椅上，由外邦人抬着，香烟环绕在您周围，在罗马，在马德里，在克拉科夫，人们会跪倒在您的圣像前。"

"我的名字会是什么？"泽德尔问。

"泽德鲁斯一世。"

我的话深深触动了泽德尔，他一个激灵坐起在床上。妻子醒过来，问他为什么不睡觉。凭着某种莫名的直觉，她知道他是被一种强烈的欲望俘获了，心想：谁知道呢，也许奇迹发生了。泽德尔却已决定与她离婚，于是只对她说了句安静，别问了。他穿上便鞋，披上长袍，来到书房，点亮一根蜡烛，重读武加大《圣经》，直到天明。

3

泽德尔照我说的做了。他去找牧师说他想谈谈信仰的事。外邦人当然乐意之至。对牧师来说，还有比犹太灵魂更好的货物吗？总之，长话短说，全省的牧师和贵族都向泽德尔保证他在教会有着大好前途；很快他就卖掉了所有财产，与妻子离了婚，接受圣水洗礼，成了基督徒。头一次，泽德尔得到了尊荣：教会对他相当礼遇，贵族们对他赞美有加，他们的妻子和善地对他微笑，他被邀请到他们的府邸。扎莫希奇的主教是他的教父。他的名字由泽德尔——桑德尔之子——改为本笃·雅诺斯基——这个姓氏是为了纪念他出生的小镇。虽然泽德尔还不是牧师，甚至不是助祭，他已在裁缝那里订制了一件黑色长袍，项上挂上了念珠和十字架。他暂时住在牧师家，很少外出，因为他一出去，那些犹太男学生就在后面追着他跑，喊着："改宗者！叛教者！"

　　他的外邦朋友们给他提出了许多计划。有人建议他去神学院学习；有人建议他加入卢布林的多明我会修道院；还有人建议他娶个富有的当地女子做乡绅。但泽德尔对这些常规道路没有兴趣，他想要立即成名。他知道，过去有不少皈依基督教的犹太人都靠写文章反对《塔木德》而一举成名——彼得鲁斯·阿尔方佐、蒙彼利埃的费布罗·克里斯蒂阿尼、保罗·德·圣玛利亚、约翰·巴布蒂斯塔、约翰·佛夫孔，随便列几个。泽德尔决定步他们的后尘。改宗以后，面对街上犹太孩子的咒骂，他突然发现，自己从未爱过《塔木德》。《塔木德》的希伯来语已被阿拉米语侵蚀；书中细枝末节的辨析甚是无聊，各种传说纯属无稽之谈，关于《圣经》的评论牵强附会，全是诡辩。

　　泽德尔去了卢布林和克拉科夫的神学院，学习犹太改宗者写的论文。他很快就发现，这些文章不过大同小异。作者都很无知，任意剽窃，全都引用《塔木德》里那几句反外邦人的言论。有些人甚至都不用自己的话改写一下，全文照抄，然后署上自己的名字。真正的《反〈塔木德〉辩》还没有问世。凭借他掌握的哲学和喀巴拉神秘主义的知识，没有人比他更适合做这件事。同时，泽德尔着手从《圣经》当中寻找新的佐证，证明先知们已经预见到耶稣的诞生、受难、复活；并且为基督教从逻辑学、天文学、自然科学等领域寻找确凿的证据。泽德尔的论著对于基督教来说，无异于迈蒙尼德的《孔武之手》对于犹太教——这本书将直接把作者由雅诺夫送往梵蒂冈。

泽德尔学习、思考、写作，整日半宿地坐在图书馆里。有时遇到基督教学者，他就用波兰语和拉丁语与他们交谈。他以过去学习犹太书籍的热情来学习基督教文献。没过多久，他就可以全篇全章背诵《新约》。他成了拉丁文献专家，熟谙基督教神学。很快，牧师和修道士都不敢与他交谈了，因为以他的博学，他总能随时挑出他们的错误。他多次得到神学院职位的承诺，但没有一次兑现。本该给他的克拉科夫图书管理员的职位却给了总督的亲戚。泽德尔开始意识到，就是在外邦人这里，事情也非完美。教士更看重黄金，而不是他们的上帝。他们的布道错误百出。牧师大多不懂拉丁语，即便是说波兰语，引言也常出纰漏。

泽德尔已在他的著作上耗费多年，但仍未搁笔。他的标准很高，总是发现疏漏之处，而改动越多，越是有更多的地方需要改动。下笔，划掉，重写，扔掉。他的抽屉里塞满了手稿、笔记、参考，但就是无法达成结论。多年的努力令他疲惫，他无法再分辨对与错、道理与无稽，不知道什么会令教会高兴，什么会惹恼教会。他也不再相信所谓的真理与谎言。尽管如此，他还是继续思考，偶尔会有些新想法。他的研究经常要参考《塔木德》，于是他再次投入到浩瀚的《塔木德》，在书页空白处匆匆写下笔记，比对不同文本，他也不知道这样做是为了找到新的反对点，还是仅仅出于习惯。有时他会读一些关于女巫审判和年轻女子中魔的书籍，还有宗教裁判所文献，只要是他能找到的这类资料，不论是关于哪个国家、哪个时代的，都要拿来一读。

日消月长，挂在他脖子上的金币袋变轻了。他的脸色如羊皮纸般蜡黄，两目昏花，双手颤抖如老朽，长袍又破又脏。他想要功成名就的欲望消失了。他开始后悔改宗，但回头路已然封死：第一，他现在怀疑所有信仰；第二，当地法律规定，如果基督徒要回到犹太信仰，就要被烧死在火刑柱上。

有一天，泽德尔坐在克拉科夫的图书馆，研读一本褪色的文稿，眼前突然一片漆黑。起初他以为是天黑了，问为什么还不点蜡。一位修道士对他说，天还亮着呢，他意识到自己的眼睛瞎了。无法独自回家，泽德尔只得靠那位修道士领他回家。自那时起，泽德尔就生活在黑暗中。他担心钱很快就会花光，那时他可就是个穷瞎子了。犹豫许久，他决定在克拉科夫教堂外行乞。"我已经失去了此世和来世，"他想，"还有什么好骄傲的？如果上天无门，便只能往下走。"就这样，桑德尔之子泽德尔，或本笃·雅诺斯基，在克拉科夫大教堂外的台阶上，在一群乞丐间，找到了自己的位置。

起初，牧师和教士试图帮助他。他们想送他进修道院，但泽德尔不想成为修道士。他想继续住在自己的阁楼里，继续在衬衣下面挂着他的钱袋。他也不想跪倒在圣坛前。偶尔会有神学院的学生停下来与他谈几分钟，交流学问上的事，但没过多久大家就把他忘了。泽德尔雇了一位老妇人早晨带他去教堂，晚上领他回家。她每天还给他送一碗粥。好心的外邦人扔给他些施舍。他甚至还存下了一些钱，脖子上挂的钱袋子又沉了起来。其他乞丐嘲笑他，他从来不回应。他在台阶上一跪就是几个小时，秃顶的脑袋没有遮挡，闭着眼，长袍纽扣一直扣到下巴。他的嘴唇不住地颤动咕哝。过往的人以为他是在向基督教圣徒祈祷，其实他是在背诵《革马拉》《密西拿》，还有《诗篇》。外邦人的神学他学得快，忘得也快；能留在脑子里的还是年轻时的所学。街上喧嚣热闹：马车驶过鹅卵石路；马儿嘶鸣；车夫粗着嗓子喊叫着，挥舞着鞭子；姑娘们笑着，尖叫着；孩子们哇哇啼哭；女人们在吵架、咒骂，污言秽语。泽德尔不时闭上嘴，打个盹儿，头耷拉在胸前。他不再有世俗的欲望，只被一种渴望困扰：得知真相。有没有造物主，还是说这世界不过是原子及其组合？灵魂是否存在，抑或所有思想不过是大脑的回响？有没有最终的清算，有褒奖有惩罚？有没有终极实体，还是所有存在都是幻想？太阳炙烤，雨水浸泡，鸽子在他身上拉屎，这些他都无动于衷。既然他已失去了唯一的狂热——骄傲，他对这些物质上的事情都无所谓了。有时他问自己：我可能是天才泽德尔吗？我的父亲是社团领袖桑德尔先生吗？我以前真的有过妻子吗？还有人认识我吗？泽德尔似乎觉得这些事都不可能是真的。这些事根本就没有发生过，如果的确没有发生过，那么现实本身就是大大的虚妄。

一天早晨，老妇人来到泽德尔的阁楼，准备带他去教堂，却发现他病倒了。等他睡着，她悄悄剪下他脖子上的钱袋子离开了。泽德尔迷迷糊糊地知道自己被洗劫了，但他不在乎。他的头沉甸甸地枕在草枕上，脚疼，关节痛，瘦削的身体感觉火热，而又空荡荡的。泽德尔睡着，醒来，又迷糊过去；之后他突然惊醒，不知道是晚上还是白天。他听到街上有吵嚷声、尖叫声、马蹄声、铃铛声。似乎一群异教徒正在敲锣打鼓地庆祝什么节日，火把通明，野兽狂暴，舞蹈邪淫，还有向偶像奉上的祭品。"我在哪儿？"他自问。他记不起来城市的名字，甚至忘了他是在波兰。他觉得他可能是在雅典，或者罗马，也许是迦太基。"我生活在什么时代？"他寻思着。发着高烧，他以为他生活在基督纪元前几百年。很快他想累了。只有一个问题还在困扰他：伊壁鸠鲁派是对的吗？我真的就这样死了，没有什么顿悟？我要永久消失了吗？

突然，我，引诱者，现身了。虽然眼睛瞎了，他却看得到我。"泽德尔，"我说，"准备好。大限到了。"

"是你吗，撒旦，死亡天使？"泽德尔欢快地喊道。

"是的，泽德尔，"我回答说，"我来拿你了。忏悔帮不了你，别费劲了。"

"你要把我带到哪里去？"他问。

"直接去火焚谷。"

"如果真的有火焚谷，那么上帝也是存在的。"泽德尔说，嘴唇颤动着。

"这也证明不了什么。"我反驳道。

"不，可以证明，"他说，"如果地狱存在，一切都存在。如果你是真实的，祂就是真实的。现在把我带到我该去的地方吧。我准备好了。"

我挥剑结果了他，爪子抓住他的灵魂，在一干魔鬼的陪同下，飞到了下界。在火焚谷，毁灭天使们正在耙拢煤块。两个冷嘲热讽的小妖精站在门槛上，半是火焰半是沥青，都戴着三角帽，腰间别着鞭子。他们突然大笑起来。

"泽德鲁斯一世到了，"一个小妖精对另一个说，"那个想成为教皇的叶希瓦学生。"

韩颖 译

最后一个魔鬼[1]

我，魔鬼，做证已经没有魔鬼了。既然人已成了魔鬼，还要魔鬼干吗？既然人要作恶，为啥还要劝他们作恶？我是最后一个引诱者。我住在提什维茨的一个阁楼里，以一本意第绪语故事书——那场大灾难前的遗留物——为生。书中的故事很无聊，全是扯淡，但希伯来字母本身却是有分量的。不用说你也知道，我是个犹太鬼。还能是什么，外邦鬼？我听说是有外邦鬼的，但我不认识他们，也不想认识。雅各不会和以扫结亲家。

我来自卢布林。提什维茨是个偏僻的小镇；亚当都不会在这儿停下来尿尿。小镇很小，若有马车到镇上来，马到了集市，后轮刚好在收费点。从住棚节到阿布月初九，提什维茨都是泥浆一片。镇上的山羊不用翘胡子，就能吃到镇舍的茅草屋顶。母鸡在街上歇息，鸟儿在女人的帽子上筑巢。在匠人会堂，算上公羊刚好凑够法定十人数。

别问我是怎么跑到这个最小的祈祷书里的最小的字母这儿的。魔王阿斯魔德叫你去哪儿，你就得去哪儿。从卢布林到扎莫希奇，沿途都还熟悉。再往远了去，就只能靠自己了。有魔鬼告诉我，留意找学经堂屋顶上的铁风向标，上面有只乌鸦。那风向标以前是会随风转的，但已多年没动过了，哪怕是电闪雷鸣它都不动。在提什维茨，铁风向标都会死。

我用现在时讲故事，因为对于我来说，时间是静止的。我到了，四处

1．由玛莎·格利克里希和塞西尔·赫姆利翻译。——原注

转了转，根本找不到一个我的同类。墓地是空的。没有厕所。我去了净身浴池，听不到任何响动。我坐在最高的一排长凳上，看着下面那块石头，每周五都会有人往上面浇热水。我不明白为什么要让我来这儿。如果需要个小魔鬼，难道非要大老远地从卢布林引进一位吗？扎莫希奇难道没有足够多的魔鬼吗？外面阳光明媚——快到夏至了，浴室里却很阴冷。在我上方有张蜘蛛网，上面有只蜘蛛扭动着腿，似乎在吐丝，但什么都没吐出来。根本就看不到苍蝇，连苍蝇卵都没有。"这东西吃什么呢？"我自言自语道，"它自己的内脏？"突然我听到它拉长着声调，像诵读《塔木德》似的咕哝道："一口食喂不饱狮子的胃，斜坡的土填不满中间的沟。"

我哈哈大笑。

"这是真的？你怎会伪装成蜘蛛？"

"我已经当过了虫子、跳蚤、青蛙。我在这儿都坐了两百年了，什么事都没有。可是未经允许，又不能离开。"

"这儿的人就不犯罪吗？"

"小人物，小错误。今天眼馋别人的扫帚；明天他就斋戒，还把豆子搁在鞋里折磨自己。自从亚伯拉罕·萨尔曼幻想自己是约瑟之子弥赛亚，这儿的人就不再狂热了，血管里的血液都凝固了。我要是撒旦，就算是我们的顶尖高手，我也不往这儿派。"

"又不费他的事。"

"外面有啥新鲜事吗？"他问我。

"我们的日子不太好过。"

"怎么了？圣灵变强了？"

"变强了？只有在提什维茨，他才有威力。在大城市，人们都没听说过他。即便是在卢布林，他也过时了。"

"哦，这不挺好吗？"

"才不呢，"我说，"'对于我们，全是罪人比全是好人还糟糕。'人们想犯罪的欲望已超出了他们的能力，都到这地步了。为了最微不足道的一点罪，他们愿意做出最大的牺牲。如果是这样，那还要我们做什么？"

前不久，我飞过莱维托夫街，看到一个穿貂皮外套的男人。他留着黑胡子和波浪般的鬈发，一只琥珀雪茄烟管夹在双唇间。街对面，一位官员的妻子正款款走过。这时，我对他说：'不错的买卖，是不是呀，大叔？'我只希望他能有个想法。我已准备好了手绢，万一他啐我一口。那男人是怎么做的呢？'为什么在我这儿瞎费力气？'他气愤地嚷道，'我愿意。你做她的工作去。'"

"这又是什么倒霉事儿？"

"启蒙！你在这儿于尾巴上闲坐的两百年间，撒旦调制出一种新粥。犹太人现在有了作家，意第绪语作家，希伯来语作家，他们把我们的生计给抢了。我们对每个年轻人都是苦口婆心，说到嗓子嘶哑，他们却把那些花里胡哨的东西印上千万份，分给各地的犹太人。我们的伎俩——嘲讽、虔诚——他们都知晓。为什么老鼠是符合净仪的，他们能给出一百条理由。他们想要做的，无非是拯救世界。唉，你这两百年，一个人都没能诱惑成功，难道就这样一直闲待着？再者说，如果你两百年都没什么成就，他们以为我两周又能干成些什么？"

"知道那句谚语吧，'远客一眼看千里'"。

"有什么可看的？"

"从莫德利·鲍兹搬来了一位年轻拉比，还不到三十岁，却满腹经纶，《塔木德》的三十六篇他都能背下来。他是波兰最伟大的喀巴拉学者，每周一和周四都要斋戒，哪怕净身浴池的水冰冷刺骨，他也会去沐浴。他不许我们中的任何一个对他说话。他还娶了位漂亮妻子，已经是篮中面包了。我们还能拿什么来引诱他？还不如钻铁墙容易呢。要我说，提什维茨该从我们的档案中移除。我只求你在我疯掉以前，帮我离开这个地方。"

"不行，首先我必须和这位拉比谈谈。你觉得我该如何开始？"

"你说呢。没等你开口，他就要往你的尾巴上撒盐了。"

"我可是从卢布林来的，没那么容易被吓到。"

去找拉比的路上，我问那小妖精："你都试过些什么？"

"还有什么是我没试过的？"他回答说。

"女人？"

"不看。"

"异端？"

"他什么都答得上来。"

"钱财？"

"根本不知道钱长什么样。"

"名望？"

"唯恐避之不及。"

"他会回头看吗？"

"头一动不动。"

"他总得有什么软肋吧？"

"在哪儿藏着呢？"

拉比书房的窗户开着，我们飞了进去。常规陈设：有放圣卷的约柜，书架，木盒里的经文楣铭。拉比是位蓄着金色胡须的年轻人，蓝眼睛，黄鬈发，高额上有个深深的美人尖。他坐在拉比椅上，正在研读《革马拉》。他的装备很齐全：圆顶小帽、腰带、四角巾，每个角的穗子都编了八次。我听了听他脑子里的声音：纯洁的思想！他晃动着身子，用希伯来语唱诵："Rachel t'unah v'gazezah"，然后翻译："毛茸茸的绵羊剪了羊毛"。

"在希伯来语里，Rachel 既指绵羊，也是姑娘的名字拉结。"我说。

"那又怎样？"

"绵羊有羊毛，姑娘有头发。"

"那又如何？"

"如果她不是双性人，姑娘就有阴毛。"

"别胡言乱语了，我要学习。"拉比愤怒地说。

"等一等，"我说，"《托拉》又凉不了。雅各的确爱拉结，但是当利亚被送到他怀里时，她也不是毒药。拉结把辟拉给他做小妾，利亚是怎么报复她妹妹的？她把悉帕放到了他的床上。"

"那是在《托拉》被赐予之前。"

"那大卫王呢？"

"那是在革舜拉比废除多妻制之前。"

"不论在革舜拉比之前，还是之后，男人就是男人。"

"流氓。Shaddai kra Satan（上帝撕碎撒旦的阴谋）。"拉比念起了咒语。他抓住自己的鬓发，颤抖着，如做噩梦一般。我继续说，他却不再听，专心去读一篇费解的文章，没人跟我说话了。提什维茨的小妖精说："他不太容易咬钩，是吧？明天他会斋戒，在蓟草上打滚。他会把最后一分钱都施舍出去。"

"现在还有这么虔信的人？"

"坚如磐石。"

"他妻子呢？"

"献祭的羔羊。"

"孩子呢？"

"还是婴儿。"

"或许他有岳母？"

"已经去世了。"

"与人吵架吗？"

"半个对头都没有。"

"你是在哪儿找到这宝石的？"

"犹太人中偶尔也会有这么一位。"

"我必须把他解决掉。这可是我在这儿的第一份工作。他们答应我的，干得好，就把我派到敖德萨去。"

"那儿有什么好的？"

"对于我们来说，那里相当于天堂。你可以睡上二十四小时，人们自会犯罪，都不用你动根手指。"

"那你整天做什么呢？"

"和我们的女人玩笑呀。"

"在这儿，一个我们的姑娘都没有，"小妖精叹了口气，"以前有只老母狗，死了。"

"那还能做什么？"

"像俄南那样喽。"

"这可行不通。帮帮我，我以阿斯魔德的胡须发誓，我会把你弄走的。我们需要一个搅拌草药的小鬼。只有逾越节时，才需要干活。"

"希望能成功，不过别高兴得太早。"

"我们干掉过比他还难啃的硬骨头。"

一周过去了，我们的事没有任何进展；我的情绪很糟。提什维茨的一周，相当于卢布林的一年。提什维茨的小妖精倒还好，只是在这样一个洞里坐上两百年，你也就成了土包子。他的笑话一点不好笑，自己却笑到要抽筋；还整天聊《哈加达》里的传奇。他的故事都老掉牙了，古板陈旧。我实在想离开这鬼地方，但巫师怎能空手而归。我在同僚中，可是有些敌人的，我得当心他们的阴谋诡计。或许派我到这儿来，就是有谁要看我的笑话。当魔鬼不再与人斗时，就开始窝里斗了。

以往的经验告诉我们，在所有罗网中，有三种是屡试不爽的——欲望、骄傲、贪婪。没有人能三者都逃脱，索茨拉比都不行。在这三者中，骄傲又是最厉害的。《塔木德》说学者可以有八分之一的八分之一的虚荣。不过饱学之士往往超出了限度。眼看着日复一日，提什维茨的拉比还是那么顽固，我把重点放在了虚荣上。

"提什维茨的拉比，"我说，"我可不是昨天才生下来的。我从卢布林来，那儿的街道都是用《塔木德》注释铺就的。我们用手稿来点炉子。我们的阁楼地板都被喀巴拉压塌了。但即便是在卢布林，我也没见过像您这样博学的。怎么回事，"我问，"没人听说过您吗？或许真正的圣人应该是隐士，但沉默不会带来民族的救赎。您应该成为这代人的领袖，而不仅仅是这个社区的拉比，尽管这职位也是神圣的。是时候向世人彰显您的才华了。皇天后土在等待您。弥赛亚正坐在天庭的鸟巢宫向下张望，寻找如您一样完美的人。可是您在做什么？您坐在您的拉比椅上，判定哪个锅碗瓢盆是符合净仪的。原谅我这样来类比，这就像让大象去拉根稻草。"

"你是谁，你想干什么？"拉比惊恐地问，"你为什么不让我学习？"

"有时候，为上帝服务，就不得不把《托拉》撂在一边，"我嚷嚷道，"哪个学生不能学习《革马拉》？"

"谁派你来的？"

"我是被派来的，我是到了这儿。您以为上面的不知道您吗？他们对您很不满。宽阔的肩膀必须承担起应负的责任。有诗云：谦逊可失足。听着：亚伯拉罕·萨尔曼是约瑟之子弥赛亚，而您受命为大卫之子弥赛亚铺平道路。别睡了，起来战斗吧。世界已沉沦到第四十九重不洁之门，您自己倒是冲破了七重天。殿宇之中，只听到一人在呼号，那人来自提什维茨。掌管以东的天使已纠集了一群魔鬼对付您。撒旦也整装待发。阿斯魔德在削弱您的力量。莉莉斯和纳玛这两个女魔头徘徊在您的床头。您虽看不到，但魔鬼瞎布里里和布里里跟在您身后。若不是有天使保护您，那群魔鬼早就把您捶成灰了。您不是独自一人，提什维茨的拉比，大天使圣德芬寸步不离地守卫您，天使米达伦从他那光辉灿烂的天界守望您。一切恰在平衡点，提什维茨的凡人呀，您可以使天平倾斜。"

"我该怎么做？"

"记住我要说的话。即便是我要您违背律法，您也要照做不误。"

"你是谁？你叫什么名字？"

"提斯比人以利亚。我已经准备好弥赛亚的羊角号。是迎来民族救赎，还是继续在埃及的黑暗中流浪 2689 年，就看您的了。"

提什维茨的拉比沉默良久，脸色如他书写评论的纸般煞白。

"我怎么知道您讲的是实话？"他的声音颤抖，"请原谅，神圣的天使，给我一个神迹。"

"说得对。我这就给您一个神迹。"

我在拉比的书房里兴起狂风，桌上的纸张飞起如白鸽。《革马拉》的书页随风翻动。约柜前的帘子鼓胀翻滚。拉比的小圆帽从头上跳起，冲上房顶，又落回到他的头上。

"自然是这样的吗？"我问。

"不是。"

"您现在相信我了？"

提什维茨的拉比犹豫片刻。"您想让我做什么？"

"这代人的领袖必须声名显赫。"

"如何才能出名？"

"周游世界。"

"我在外面做什么？"

"布道筹钱。"

"我为什么筹钱？"

"先筹钱。以后我再告诉您拿钱做什么。"

"谁会给我钱呢？"

"我下令，犹太人就会掏钱。"

"我靠什么生活呢？"

"拉比传道士可以享用部分筹款。"

"我的家人呢？"

"您筹来的钱足够全家用了。"

"我现在该做什么？"

"合上《革马拉》。"

"啊，可是我的灵魂渴望《托拉》。"提什维茨的拉比呻吟道。不过，他还是掀起书皮，准备合上。要是那样，他可就完蛋了。拉里纳的约瑟做了什么？不过是给了魔鬼头子撒麦尔一小撮烟粉。我已开始暗自窃笑。"提什维茨的拉比，你已落入我的魔掌啦。浴室的小妖精站在角落里，竖起耳朵，嫉妒得脸儿都绿了。的确，我答应过要帮他，不过在我的同类中嫉妒心比什么都强。突然拉比说："请原谅，我的主，请再给我一个神迹。"

"您想要我做什么？让太阳停止运转？"

"给我看看您的脚就行。"

提什维茨的拉比说出这话的那一刻，我知道一切都完了。我们可以乔装身体的任何部位，就是拿脚没办法。从最微不足道的小妖到"苦毒"克泰夫·魔黑黑，都长着鹅脚。角落里的小妖精一阵狂笑。一千年来，我这个语言天才，头一次不知该说什么好了。

"我不给人看我的脚。"我怒气冲冲地说。

"那你就是魔鬼。滚，出去！"拉比喊道。他冲到书架，抽出《创造之书》，冲我挥舞着威胁我。哪个魔鬼能抵抗《创造之书》？我从拉比的书房夺路而逃，崩溃了。

长话短说，我仍被困在提什维茨，再也去不了卢布林了，再也去不了敖德萨了。我所有的巧计妙招刹那间灰飞烟灭。阿斯魔德亲自下令："你就在提什维茨熬煎吧，不得走出犹太人在安息日可以行走的范围。"

我在这儿待多久了？永恒再加一个周三。我什么都见到了，提什维茨的毁灭，波兰的毁灭。再也没有犹太人了，再也没有魔鬼了。冬至日的晚上，女人们不再泼水。她们不再避讳给出双数的东西。黎明时分，她们不再敲响会堂前厅的门。倒脏水时，也不再提醒我们。拉比在尼桑月的一个周五被杀害。整个社团都遭到屠杀，圣书被烧，墓地被亵渎。《创造之书》归还给了造物主。外邦人在净身浴池洗澡。亚伯拉罕·萨尔曼的小礼拜堂成了猪圈。再也没有善天使和恶天使了。没有罪恶，没有诱惑！这代人已犯下七倍的罪，弥赛亚却没有来。他来找谁呢？既然弥赛亚不来找犹太人，犹太人就去找他。魔鬼没用了。我们也被灭绝了。我是最后一个，是难民。我想去哪儿就可以去哪儿，但像我这样的魔鬼能去哪儿呢？去找屠杀者吗？

在制桶匠维尔维尔的老房子里，我在两只破桶间找到了一本意第绪语故事书。我就坐在那里，最后一个魔鬼。我以尘土为食，睡在尘埴之上。

我继续读着那些拗口的话。这本书是以我们的风格写就的；猪油做的安息日布丁：亵渎裹挟着虔诚。书中的道理是：没有法官，也没有审判。但不管怎么说，字母总是犹太人的字母。他们不能把字母驱散。我吸吮着字母，养活自己。我数字数，编韵脚，一遍又一遍寻幽探微，解读着每个字母的一点一画。

> Aleph，哀伤，除此无他，
> Beth，毙命，早已注定。
> Gimel，高主，假装祂知晓，
> Daleth，地狱，暗影愈渐浓。
> Hai，魂归，皆已就绪，
> Vov，伟智，尽显无知。
> Zayeen，周天，隐隐征兆现，
> Chet，赤子，生前命已定。
> Tet，泰斗，伟人被囚，
> Yud，衙门，骗子决断。

是的，只要还有一本书在，我就能存活。只要蛾子还没毁掉最后一页，我就有的把玩。当最后一个字母消失时，会发生什么，我可不敢说。

> 最后一个字母消失时，
> 最后一个魔鬼无了踪影。

韩颖 译

短暂的礼拜五[1]

1

在拉泼契兹镇里，住着一位名叫施穆尔－莱贝尔的裁缝和他的妻子苏雪。施穆尔－莱贝尔是半个裁缝，半个皮毛匠，一个彻头彻尾的穷人。他的手艺始终没有学到家。一接过做短上衣或是犹太长袍的活儿，他就免不了把这件衣服做得不是太短，就是太瘦。背后的带子不是上得太高就是太低，左右的开领从来没有对称过，而上衣背后的开衩，也不居中。传说有一次他缝条裤子，竟把中间开裆的纽扣盖缝到一边去了。施穆尔－莱贝尔的顾客中挑不出什么富裕的公民来。普通老百姓把他们褴褛的外套拿给他打个补丁或是翻个新，农民们则把他们老旧的皮衣叫他翻个面。跟那些笨拙的工匠一样，他出活也很慢。每次做件衣服，他总要磨蹭几个礼拜。尽管有这些缺点，还应该说施穆尔－莱贝尔是个诚实的人。他用的线结实耐磨，他缝的接缝从来不会开绽。要是人们让施穆尔－莱贝尔配个衬里，即使要的是普通粗麻布或是棉布，他也要去买最好的材料，这使他很少有赚头。他不像另外那些个裁缝把余料攒起来，而是把所有的零头碎角都还给他的顾客。

要不是他那位精明干练的妻子，施穆尔－莱贝尔早就饿死了。苏雪竭尽一切来帮助他。每逢礼拜四，她就到富裕人家去帮工，揉面团；在夏季，便到林子里去采草莓和菌子，还拾生炉子用的松球和小树枝。冬天她拔禽毛，替新娘做羽绒褥子。和她丈夫相比，她做裁缝的手艺高明得多，所以一见

1．由约瑟夫·辛格和罗杰·克莱恩翻译。——原注

他在那儿唉声叹气，在摸摸索索或嘟嘟囔囔，表示他已经无法解脱困境时，她便抢下他手里的画粉，给他比画该怎样做下去。苏雪没有孩子，但大伙儿都知道，这并不是因为她不孕，而是由于她的丈夫天生无能；因为她的几位姊妹都生儿育女，而他只有一个亲哥哥，却也像他一样没有个孩子。镇上的女人们不断地劝说苏雪和丈夫离婚，可是她连听也不听，两口子相互眷恋的爱情是十分深的。

施穆尔－莱贝尔个子很小，又笨手笨脚。他的手脚大得和身子不相称，他的额角在两侧鼓了出来，这是经常在傻子中间见得到的。他的双颊红得像苹果，光秃秃没有一根胡子，只有在下颌上蹿出来那么几根须毛。他几乎没有脖子，脑袋直接连在双肩上，活像个雪人。他走起路来，鞋跟就在地上蹭，远远就可以听到他的脚步声。他老是在哼哼着什么，脸上经常堆着温厚的笑容。不论寒暑，他总是穿着一件土耳其式的长袖长袍，戴一顶有护耳的羊皮帽。不论什么时候要找送信的人，总是施穆尔－莱贝尔抢着来要这个差事，而且不论路有多远，他都是高高兴兴地上路。爱开玩笑的人给他起了各式各样的绰号，而且使他成为种种恶作剧中的笑柄，可他从来不生气。别人呵责那些作弄他的人，他只不过说一声："我才不在乎呢，让他们开开心吧。他们不过是群孩子，说到底……"

有时，他给这个或那个小捣蛋送一块糖、一颗干果。他这样做一点也没有在肚子里打什么鬼主意，完全是出于一片好心。

苏雪个子比他高出一头。在她年轻的时候，人们认为她是个美人儿，雇她做女佣的那些人家都对她的诚实和勤劳有很高的评价。许多年轻男人争着向她求婚，她却选中了施穆尔－莱贝尔，因为他从来不夹杂在礼拜六中午卢布林大街上那批城市青年中间和姑娘们调情说爱。他那种虔诚和不爱交际的性格使她高兴。即使还是个女孩子的时候，苏雪在学习《摩西五经》、护理养老院老年人，以及听那些坐在屋前补袜子的老妇人们讲故事的过程中，就能得到乐趣。她在每月最后一天"赎罪日"吃素斋，而且经常参加妇女会堂里举行的礼拜仪式。别个做使女的姑娘嘲弄她，认为她太古板了。她一结婚就剃了发，在头上包上一块头巾，连耳朵也严严地遮住，从来不像有些年轻妇女那样，让一丝头发从她已婚妇女戴的假发套中散落出来。浴室管理人对她赞不绝口，因为她在礼拜沐浴时从不玩笑，总是遵照教规，斋戒沐浴。她只买无可争辩的照犹太教规处理过的肉类，尽管这样的话，买一磅就要多花半分钱。当她对规定食物的教律发生怀疑时，便去请教拉比的意见。不止一次，她毫不犹豫地把食物全都扔掉了，甚至打烂瓦罐。总而言之，她是个干练的敬畏上帝的女人，不止一个男人妒忌施穆尔－莱贝尔有位珍宝似的妻子。

除了日常生活中的祷告外，两口子尤其虔诚地尊崇安息日。每到礼拜五中午，施穆尔－莱贝尔就放下工具，停止工作。他总是第一个去净身浴池的人，他在水里沉浸四下，象征圣主名字的四个字母¹。他还帮助执事把蜡烛插在枝形吊灯和枝形烛台上。苏雪在一星期里省吃俭用，但是在安息日里她却大事铺张。大批蛋糕、小甜饼和安息日面包送进灶上热烘烘的烤炉里。冬天，她用塞满面团和熬过脂油的鸡脖子做布丁。夏天，她用大米或面条做布丁，涂上鸡油，还撒上白糖或桂皮粉。主菜里有土豆掺荞麦，或是珍珠麦拌扁豆，中间她决不会忘掉放上一块髓骨。为了保证这碟菜煮透，她用零散的面团把烤炉四周封上。施穆尔－莱贝尔珍惜每一口到嘴的东西，每次安息日饭桌上，他都要赞扬一番："啊，苏雪，亲爱的，这是皇帝吃的御膳！简直是天堂的滋味！"苏雪便回答说："敞开吃吧。愿你得到健康。"

虽然施穆尔－莱贝尔是个不高明的学生，记不全希伯来语法典中的一章一节，他却精通各种教规。他和他妻子经常学习意第绪语的《善心篇》。在半天休假日、节日和闲暇的日子里，他诵读意第绪语的《圣经》。他从来不错过一次布道，而且虽然是个穷人，他还是从小贩那儿购买一切有关道德指南和宗教故事的书籍，然后便和妻子一块诵读。他背诵圣训从不感到厌倦。早上他一起身，把手洗干净，嘴里就开始念起祷词的序文。接着，他便走向学经堂，挤在人群中参拜上帝。每天他除了背诵几章《诗篇》之外，还念那些被不太虔诚的人所存心省略的祷词。他从父亲那儿承继了一

1．指希伯来语中表示上帝正式名称的四个字母 YHVH。

本厚厚的用木板做封面的祷告书，书里面包含了一年中每日有关的礼拜仪式和教规。施穆尔－莱贝尔和他妻子注意每天的礼拜，也遵循每一条教规，他经常向妻子指出："我准得下地狱，因为我死后世上没有人会给我念悼词的。""别嚼舌头，施穆尔－莱贝尔。"她会反驳说，"第一，在上帝保佑之下，什么事都办得了的。第二，你会活到救世主弥赛亚降临的日子。第三，我死在你前头，你还要娶一个年轻妻子，他会给你养育成打的儿女，这样的事是完全可能的。"当苏雪说这些话时，施穆尔－莱贝尔就会大声吼着："上帝不许！你一定要活得好好的。我宁愿在地狱里烂掉！"

虽然施穆尔－莱贝尔和苏雪使每一个安息日都过得津津有味，他俩最最称心如意的还是冬季的安息日。由于安息日前的那个白天来得短暂，由于苏雪在礼拜四一直忙着干活干得很晚，夫妻俩在礼拜四晚上通常整夜不睡。苏雪在揉面盆里揉面团，再用布和一个枕头把盆盖住，使它容易发酵。她用引火柴和干树枝烧热烤炉。屋里的百叶窗全关严了，门也闭上。大床和长凳床也不整理，因为一等天亮，两口子还得小睡一会儿。只要天还黑着¹，苏雪便可以就着一支蜡烛的光亮准备安息日的吃食。她拔着一只鸡或是一只鹅的羽毛（如果她设法买到一只价钱便宜的鹅的话），用水泡，用盐渍，刮下腔里的脂油。她用文火给施穆尔－莱贝尔煨了肝儿，而且还烤个小小的安息日面包。有时，她在面包上用面团镶上她的名字，以后施穆尔－莱贝尔便会嘲弄她说："苏雪，我正把你吃进嘴里。苏雪，我已经把你吞下去了。"施穆尔－莱贝尔欢喜温暖，他会爬上烤炉，从那儿望着下面自己的娘子正在烧、烤、洗、漂、捣、切。安息日面包做得圆滚滚的，烤成褐色。苏雪飞快地编着面包，在施穆尔－莱贝尔看来，她简直像在跳舞。她麻利地动用着刮勺、拨火棍子、勺子、鹅毛掸子，有时甚至用手指抓起火热的煤块来。汤罐子喜气洋洋地开着锅。偶尔会有一丝汤水喷了出来，火热的铁皮上便会发出一阵嘶嘶嚓嚓声。与此同时，蟋蟀在嚯嚯奏鸣。虽然到这

1．这是一年中最丰富的安息日饭菜，必须从礼拜四晚上做一系列的准备，直到礼拜五天明才能睡觉，所以要点着蜡烛做事。

会儿，施穆尔－莱贝尔早已吃过晚饭，但他的胃口又给刺激起来，苏雪便会扔给他一块小馅儿饼、一个鸡胗肝、一块小甜饼、一颗李子脯里的李子，或是一大块罐焖肉。同时她会嘲弄他，说他是个馋鬼。一当他要为自己辩解，她便大叫："哦，这是我的罪过，我让你挨饿了……"

到天泛鱼肚白时，他们便疲累不堪地躺下来。由于他俩的努力，苏雪第二天便用不着精疲力竭了，而且在日落之前一刻钟可以在烛火下举行祝福礼。

故事发生的这个礼拜五，正是一年中最短暂的礼拜五。屋外，下了整夜的雪花，把房屋覆盖起来，一直埋到窗下，连屋门也堵住了。像往常一样，这对夫妇一直到清晨才躺下睡去。他们比往常起得更晚，因为他俩没有听见雄鸡报晓，而且由于窗上覆盖着霜雪，白天竟像夜晚一样漆黑。轻轻说了声"感谢主恩"之后，施穆尔－莱贝尔拿起扫帚和铁锹到屋外清出一条小道来，然后他拿了个水桶到井上去打了水。接着，由于没有急着要做的事，他决定休息一整天。他到学经堂去做早祷，早饭后又去了净身浴池。因为室外的严寒，来客们都一个劲儿喊着："来桶水！来桶水！"助浴员在灼热的石头上倒了许多许多水，水蒸气也越来越浓。施穆尔－莱贝尔找到了一把光秃秃的柳枝，爬上了一条最高的长凳，一直把皮肤抽成红色[1]。从净身浴池出来，他又匆匆回到学经堂，那里执事已在地上铺撒了沙子。施穆尔－莱贝尔点上了蜡烛，帮着把桌布铺在台上。在这之后，他又回到家里，换上了安息日穿的服装。他的皮靴已经在前几天换上新的鞋掌，不会再进水了。苏雪早已把一星期换洗的衣服洗好，给了他一件干净衬衫、一套内衣裤、一件穗子四角巾，甚至还有双干净袜子。她已经在烛火下做了祝福祷告，安息日的气氛从屋里的每一角落散发出来。她围上了上面有亮晶晶银箔的丝头巾，穿了一身黄灰相间的衣衫、一双尖头发亮的鞋子。在她项间，挂了一串施穆尔－莱贝尔的妈妈——愿她安息——在她结婚证书签字那天送她的项链。结婚戒指在她食指上闪闪发光。烛光在窗玻璃上反射着，施穆尔－莱贝尔幻想外面还有一间同样的房间，另一个苏雪在那儿点亮安息日的蜡

１．用柳枝抽打全身，代替肥皂。

烛。他巴不得告诉自己妻子，她是多么楚楚动人，但是已经没有时间说了，因为祷告书里特别列出，要能进入去会堂的前十名礼拜者之内，才是合乎教规的；事情也如愿以偿，他去祷告时正是第十个到达的人。当会众唱完《雅歌》时，赞礼员唱起了《称谢耶和华》和《让我们满口欢呼》。施穆尔－莱贝尔热诚地祷告着。这些语句在他唇舌上甜蜜温馨，它们好像有生命似的从唇间滚出，他感到这些语句在东墙上翱翔，上升到"圣方舟"、金狮、石碑的绣花帷幕，一直浮游到绘着十二星宿的天花板上。从那儿，祷词必然会飞升到"荣耀的宝座" [1]。

2

会堂赞礼员唱着"来吧，我敬爱的"，施穆尔－莱贝尔便极力唱着和声。接着是祷词，人们背诵"吾人天职，乃在颂扬……"施穆尔－莱贝尔跟着说"宇宙之主"。事后，他向每个人——拉比、净屠师、犹太长老、拉比助理，每一位到场的人道了安息日祝贺。宗教小学的孩子们一面高呼"安息日好，施穆尔－莱贝尔"，一面用手势和做鬼脸来嘲弄他，但是施穆尔－莱贝尔却以微微一笑回答他们，甚至有时还和蔼地捏捏一个孩子的脸蛋。接着他就上路回家了。雪积得很高，使人简直瞧不清屋顶的轮廓，好像整个居民区埋在皑皑白雪之中。天空，整天都低垂阴沉，现在变得清爽了。朵朵白云里，一轮明月向下窥视，在雪地里显出白昼的清晰。在西边，云堆边缘还露出一线落日的余晖。这个礼拜五夜空的星星显得大一些、亮一些，透过某种奇迹，拉泼契兹村似乎与天际混成一体了。施穆尔－莱贝尔的小屋坐落在距离会堂不远的地方，如今似乎贴在高悬的空间，正如会堂里所写的："上帝悬浮大地于虚无混沌之上。"施穆尔－莱贝尔一直慢慢走着，因为根据教规，凡人从圣殿里出来，不能快步行走。但是他渴望回家。"谁知道呢？"他思忖着，"说不定苏雪病了吧？说不定她出去汲水——上帝不许——掉到

---

[1]. 指耶和华的宝座。

井里了吧？上天保佑我们，有多少不幸之事会降落在一个人的头上。"

在门口，他跺跺双脚，抖去雪片，接着打开门，看到了苏雪。屋子里的情景使他联想到天堂。烤炉刚粉刷一新，枝形烛台上的蜡烛露出一圈安息日的光轮。一缕香气从封闭了的烤炉里透出一股安息日晚餐的味道。苏雪坐在长凳上显然在等待着他，她的两颊像妙龄女郎那样光泽动人。施穆尔－莱贝尔向她道了安息日愉快的祝颂，她则以愿他一年平安的祝颂作答。他开始哼起："愿平安降临在一家的守护天使……"等他和这些从会堂一径伴送他回家的看不见的天使们道别以后，他背诵了"珍贵的妇人"。他对于这几个字的寓意了解得多么透彻啊，因为他经常在意第绪语中念到，而每次念到，总会又一次想到这几个字对苏雪来说是多么恰当。

苏雪觉察到这些神圣的语句，是为了赞美她而说的，她暗自思忖："我在地上只是个平凡的妇人，一个孤女，而上帝却选中了我，保佑我有一个用崇敬的语言赞扬我的诚笃丈夫。"

他俩在白天都吃得很克制，这样才能有胃口去大吃安息日的晚餐。施穆尔－莱贝尔在喝葡萄干酒前说了祝福词，便把酒递给苏雪让她喝。之后，他把手指放在有柄的锡勺里涮了涮，接着她也洗了手，他俩用同一块手巾擦干了手，各拿一头擦。施穆尔－莱贝尔拿起了安息日面包，用面包刀把它切开，一片给自己，一片给他的妻子。

他马上告诉她面包烤得正合适，她反驳说："算了吧，每个安息日你都这样说的。"

"可这碰巧是真的呀。"他答道。

虽然在寒冬腊月很难得到鲜鱼，苏雪还是在鱼贩那儿买到四分之三磅的梭子鱼。她把鱼连同洋葱剁在一块，加上一个鸡蛋、盐和胡椒，配着胡萝卜和芹菜煨起来。这使施穆尔－莱贝尔吃时香得透不过气来。吃完鱼，他得喝上一大杯威士忌酒。当他开始唱起《餐桌歌》时，苏雪文静地跟着唱起来。接着上了鸡汤烩面条，汤面上浮闪着点点的脂油，好像金色的钱币一样。在汤和主菜之间，施穆尔－莱贝尔又唱了安息日颂诗。由于一年中这季节的鹅很便宜，所以苏雪便多给了施穆尔－莱贝尔一大块鹅腿表示厚待。吃完甜点，施穆尔－莱贝尔最后一次洗了手，又说了一遍祝福词。当他说到"让我们的生活里无所欠缺，不要收受现世的馈赠，也不向世人借贷"时，他把眼珠子向上一翻，挥舞着双拳。他从不中止祷告，但愿上帝允许他能继续独立谋生，但愿上帝不要让他成为布施的对象。

感谢天恩之后，他又说了《密西拿》中的一章和他那本大祷告书里可以找到的各种其他祷词。接着他又坐下来念《摩西五经》中有关这一礼拜的章节，两次用希伯来文，一次用阿拉米语。他把每个字都咬得准准确确，免得在艰难的阿拉米语的"翁格罗司"章中读错了字。等到读最后一段时，他哈欠连连，眼里充满泪水，他为极度的疲惫所征服了。他简直睁不开眼来，在两段文字间隔处，竟然有一两秒钟入睡了。苏雪一见他这副模样儿，就给他在长凳床上铺好被子，也在自己的羽垫床上铺上了干净床单。施穆尔－莱贝尔勉勉强强做完了他的睡前晚祷，随即宽衣。等他已经在长凳床上躺下来，他才说："一个美好的安息日，我虔诚的娘子。我太倦了……"接着转身向壁，马上发出鼾声。

苏雪又坐了一会儿，注视着安息日的蜡烛，它们已经开始冒烟，闪烁不定了。上床之前，她把长颈水壶和脸盆放在施穆尔－莱贝尔床头，使他不会在次晨起身时无水洗涤。接着，她也上床睡去了。

他俩睡了约莫一两小时，也可能是三小时——说实在的，这又有什么关系呢？——突然苏雪听见施穆尔－莱贝尔的声音。他喊醒了她，轻声叫着她的名字。她睁开一只眼，问道："什么事？"

"你身上干净吗？"他咕哝说。

她想了一会儿，答道："干净。"

他起身走向她，马上就同她躺在一床上了。对她肉体的渴望唤醒了他。他的心怦怦乱跳，血液在血管里奔流。他感到腰部有种压力。他的冲动要他马上和她成就好事，但是他想起教规警告过，除非首先喁喁情话一番，男人是不许同女人行房事的，于是他就倾吐起他对她的衷情，而且说这次同房很可能使他们养个男孩子。

"女孩儿你就不接受吗？"苏雪开着他的玩笑。他答道："凡属上帝所赐，我都欢迎。"

"我想我再不会得到这种恩赐了。"她说着叹了一口气。

"为什么不会？"他问，"我们的祖奶奶撒拉¹比你年纪大多啦。"

"我怎能把自己和撒拉相比呢？最好，你还是和我离婚另娶一个。"

他打断了她的话，用手按住她的嘴。"即使我肯定自己可以做以色列十二支族和别人的种马，我也不会离开你的。我不能想象自己和其他女人生活在一起。你是我冠冕上的珍珠。"

"如果我死了怎么办？"她问。

"上帝不许！我只能悲愁而死。人们会在同一天把我俩埋葬的。"

"不要说亵渎上帝的话。等我骨头成灰时，你还会活下去的。你是个男人。你会另外找一个的。可是没有你，我还能干什么？"

他想要回答她，可是她吻着他，把他嘴巴封住了。他就亲近她。他爱她的肉体。每当她献身给他，那种旖旎的境界就又一次使他惊奇不已。他会想这怎么是可能的呢，他，施穆尔－莱贝尔，居然能独个儿享有这样的瑰宝？他明白教规，一个人不该放纵情欲。但他曾经念过一本圣书，上面说，凡是根据摩西和以色列法律规定娶来的发妻，接吻和拥抱是允许的，他便爱抚她的脸庞、脖子和乳房。她警告他这是轻薄行为。他答道："那么让我躺上酷刑台吧。大圣徒也爱他们的妻子哟。"可是，他答应自己次晨去净身浴池，唱圣诗，保证出一笔慈善捐款。因为她也爱他，而且喜欢他的爱抚，也就听之任之了。

等他满足了欲望之后，他想回到自己的床上去，但是睡意沉沉。他觉得太阳穴发痛。苏雪也觉得头疼。她突然说："我怕烤炉里有什么东西焦了。也许我该把烟道打开？"

"算了，你在瞎想，"他答道，"这样屋子会太凉。"

他真疲惫得厉害，马上睡着了。她也一样。

1．撒拉是亚伯拉罕之妻。亚伯拉罕是以色列民族的始祖，他们的儿子以撒是上帝赐生的。撒拉怀孕时已九十一岁，亚伯拉罕一百岁。

那晚上，施穆尔－莱贝尔做了个怪梦。他以为自己已经死了。殡葬会的兄弟们来了，把他抬了起来，在他头旁点燃蜡烛，开了窗户，念起祷词，来证明死者是经上帝许可的。在这之后，他们把他放在板上洗净身子，再放在担架上抬到墓地。在那儿，他们把他埋葬了，掘墓人对他的遗体念了悼词。

"真古怪，"他想，"我一点也没有听到苏雪的悲悼和乞求宽恕的声音。她那样快就变了心是可能的吗？还是她——上帝不许——为悲哀压倒了呢？"

他想喊她的名字，但是喊不出声来。他挣扎着要离开坟墓，但是他的四肢软弱无力。猛然间，他醒了过来。

"多可怕的梦魇！"他想，"但愿我真个摆脱出来了。"

这时候，苏雪也醒来了。他把梦境告诉了她，她有一会儿一声不响。然后她说：

"灾难临头了。我梦见的和你梦见的一模一样。"

"真的吗？你也梦见了？"施穆尔－莱贝尔问道，现在害怕起来了，"我看事情不妙。"

他试着要起身，但是他动弹不了。似乎他全身的力量都被剥夺完了。他向窗户望去，看看是否已经天亮，可他却看不到有任何窗户，也没有一块窗玻璃。黑暗阴森森布满四周。他耸起耳朵，他经常能够听到蟋蟀的曧曧声、耗子的奔跑声，但是这次四周笼罩着一片死一般的寂静。他想要去碰碰苏雪，但是他的手似乎没有生命了。

"苏雪，"他平静地说，"我已经瘫痪了。"

"灾难临头了，我也一样，"她说，"我手脚动弹不了。"

他们在那儿躺了好大一阵子，安静地，感受到身体的麻木僵硬。接着苏雪说："我怕我们已经永远地进了坟墓。"

"我想你说得对。"施穆尔－莱贝尔用死人的声调回答。

"可怜我，是什么时候死的？怎样发生的？"苏雪问，"毕竟，我们入睡前是既健康又精神饱满的啊。"

"我们一定给炉灶里的煤气熏着了。"施穆尔－莱贝尔说。

"但是我说过要把风道打开。"

"罢了，现在已经来不及了。"

"上帝怜悯我们，我们现在怎么办？我们还是年轻人哪……"

"没办法。显然这是命里注定的。"

"为什么？我们安排了正规的安息日。我做了那么可口的晚饭。一整条鸡脖子和千层肚。"

"我们再用不着食物了。"

苏雪没有立刻回答。她正在思忖自己的内脏。不，她没有胃口。甚至一条鸡脖子和千层肚也引不起胃口。她想哭，但是哭不出来。

"施穆尔－莱贝尔，他们已经把我们埋葬了。一切都完了。"

"是呀，苏雪，该赞美最高的审判官！我们是在上帝的手里。"

"你能够在天使杜玛前背诵那节属于你名字的引文吗？"

"能。"

"幸而我们肩并肩地躺在一块儿。"她嘟囔着。

"是呀，苏雪。"他说，想起一首诗：**你们活着相爱相亲，你们死时也没有离分**。

"我们这座小屋子怎么办？你连遗嘱也没有留下。"

"毫无疑问，要给你的姊妹。"

苏雪想问问另外的事情，但是她羞于启齿。她对于那顿安息日饭菜有点不放心。是不是已经从烤炉拿出来了？谁把它吃了？但是她觉得这样的疑问是不适于一具死尸说的。她已不再是揉面团的苏雪了，只是一具纯洁的包着寿衣的尸首，眼皮上散着碎瓷片，头上戴着修道头巾，手指间夹着山桃枝。天使杜玛会随时带着他的火杖来临，她必须做好准备，向他忏悔。

是呀，那些混乱与诱惑的短促年头已经终结。施穆尔－莱贝尔和苏雪终于到达极乐世界。夫妻早已缄默无声。在沉寂中，他们听到天使翅膀的扇动和宁静的歌声。上帝差来的天使引导施穆尔－莱贝尔裁缝和他的妻子苏雪进入天堂。

冯亦代 译

降　神　会

（中央圆圈"1"）

那是一九四六年的夏天，地点是中央公园西路，科匹茨基太太的起居室。屋里只点着一只红色灯泡，灯罩上装饰的是科匹茨基太太的神绘图——有眼睛的圆圈，长着嘴的花朵，带手指的高脚杯。墙上挂的也全是洛特·科匹茨基的画，都是在她出神时所作，在她的控制者——巴格哈瓦·克里希那——的指引下完成。据说，这位巴格哈瓦·克里希那是生活在四世纪的一位印度哲人。是他，巴格哈瓦·克里希那画了那幅金尾孔雀，中间有佛陀的形象；有那些超自然的树，上面挂着卷发和神奇的水果；有那些来自金星的年轻女子，她们手臂如树枝，双耳垂下银丝网——那是传心术的器官。画作上方，旧家具上方，以及摆放着书籍的书架上方，红色暗影憧憧。窗户上挂着厚厚的帘子。

圆桌上放着一块占卜板、一支小号和一朵枯萎的玫瑰。佐拉克·卡里舍博士坐在桌边，他身材矮小，肩膀宽阔，前面的头顶已经秃了，后面还有稀疏的几缕头发，半黄半灰。乱蓬蓬的黄眉毛下面，是一对小而犀利的眼睛。卡里舍博士几乎没有脖子——头直接长在宽肩膀上，看上去就像一尊原始非洲雕像。他的鼻子不直，鼻梁扁平，鼻尖分叉。下巴上长着一小撮东西，很难说那是残存的胡须，还是一颗长毛的疣。脸上皱纹纵横，刮脸刮得不好，脏兮兮的。他穿着一件黑色灯芯绒夹克，白衬衫上有烟灰和咖啡的污迹，

I．由罗杰·H．克莱恩和塞西尔·赫姆利翻译。——原注

歪歪斜斜地戴着一只领结。

他用一种意第绪语和德语相混杂的奇怪语言，与科匹茨基太太交谈。"我们的朋友巴格哈瓦·克里希那怎么还不来？他在天界迷路了吗？"

"卡里舍博士，不要催我，"科匹茨基太太答道，"我们不能命令他们……他们有自己的想法和情绪。耐心点。"

"好吧，耐心就耐心。"

卡里舍博士手指敲打着桌子，每根指头上都生出几根红毛。科匹茨基太太头靠在皮椅靠背上，准备出神。红灯泡的幽光下，可以看出来她的头发刚刚染过，黑却没有光泽，烫了许多小卷；她抹着腮红，大鼻子，高颧骨，眼间距很大，涂了浓浓的睫毛膏。卡里舍博士常开玩笑说，她看起来像只化了妆的斗牛犬。她丈夫里昂·科匹茨基是位牙医，十八年前去世了，他们没有孩子。守寡的她就靠着保险公司的养老金度日。一九二九年的华尔街股灾让她损失惨重，不过现在靠着占卜板、灵应盘和水晶球的建议，她又开始买股票了。科匹茨基太太甚至还向巴格哈瓦·克里希那询问赛马的小道消息。有几次，他在梦里向她透露了获胜马匹的名字。

卡里舍博士垂下头，手捂着眼睛自言自语，孤独的人常常那样。"好了，我当够傻瓜了，这是最后一晚。饺子再好吃也吃腻了。"

"你说什么，博士？"

"什么？没什么。"

"你催我，我就不能出神。"

"出神——神经吧，"卡里舍博士咕哝道，"鬼魂迟到了，就这么回事。她以为她在骗谁？简直是疯了——鬼迷心窍。"

他大声说："我没催你，我有的是时间。如果美国人关于时间的说法是对的，我就是第二个洛克菲勒。"

科匹茨基太太正要张嘴回答，她的双下巴还有上面所有的疣子都开始颤抖，露出满嘴的大假牙。突然，她头朝后仰，叹了口气，闭上眼，打了声鼾。卡里舍博士呆呆地盯着她，疑惑，悲哀。他没听到大门响，但科匹茨基太太的听觉如动物般灵敏，或许是听到了。卡里舍博士搓了搓太阳穴和鼻子，捋着那一小撮胡子。

他曾试图以理性来理解一切，但那段理性的日子早已远去。自那时起，他已构建出一种反理性哲学，一种极端的享乐主义，在情色中看到"物自身"，在理性中有存在的最低阶段，即导向绝对死亡的熵。他的观点是哈特曼的无意识理论与艾萨克·卢里亚拉比的喀巴拉的怪异结合体。在后者看来，世间一切，从最微小的沙粒到神性自身，无非交媾与融合。卡里舍博士的这一理论体系，促使他在一九三九年从巴黎来到纽约，抛下了波兰的拉比老父，以及拒绝与他离婚的妻子，还有情人奈拉。他与奈拉曾先后在柏林和巴黎生活了多年。当卡里舍博士前往美国时，奈拉正在华沙看望父母。他曾计划一旦在美国找好翻译、出版商，还有美国大学的职位，就把奈拉接过去。

那时候，卡里舍博士还是很有前途的。耶路撒冷的希伯来大学给了他职位；巴勒斯坦的出版商计划出版他的书；他的文章已在苏黎世和巴黎发表。然而随着二战的爆发，他的生活开始走下坡路。文稿经纪人突然死了，翻译不称职，更糟糕的是，还带着很多稿子逃跑了，而他没有副本。在意第绪语出版界，不知什么原因，出现了对他不利的评论，甚至暗示他是个骗子。为他安排演讲的几家犹太组织全都取消了他的行程。根据他自己的哲学，他曾相信所有的痛苦不过是宇宙情色主义的负面表达：希特勒、斯大林，还有那些唱着霍斯特·威塞尔的纳粹党歌、让犹太人佩戴黄色臂章的纳粹们，他们其实是在寻找性爱救赎的新形式及变体。但卡里舍博士开始怀疑自己的理论了，陷入了绝望。他只得离开饭店，搬到一个装修简陋的房间。他穿着破衣服游荡，整天坐在自助餐厅里，喝着一杯又一杯的咖啡，抽着劣质雪茄，靠救济机构每月给他的那点钱勉强度日。他遇到的那些难民传递着各种谣言，比如如何给留在欧洲的人搞到签证，如何通过七七八八的中间人给他们寄去食品和药品，如何取道洪都拉斯、古巴、巴西，将亲人带出波兰。可是他，佐拉克·卡里舍，从纳粹那里谁都救不出来。他只收到了奈拉的一封信。

只有在纽约，卡里舍博士才意识到他有多么依恋他的情人。失去她，也就失去了性能力。

一切与昨天，以及前天一模一样。巴格哈瓦·克里希那开始操着外国口音说英语，似男又似女，犯着与科匹茨基太太一样的语音和语法错误。洛特·科匹茨基来自喀尔巴阡山脉的一个小镇。卡里舍博士一直搞不清她的国籍——匈牙利？罗马尼亚？加利西亚？她不懂波兰语和德语，会一点英语；在美国待了多年，她的意第绪语也不纯正了。事实上，她已经不剩什么语言了，巴格哈瓦·克里希那就说着她那各式各样的行话。起初，卡里舍博士问过巴格哈瓦·克里希那他生前的细节，但巴格哈瓦·克里希那说，住在天界殿宇，他已把前生事都忘了。唯一还记得的就是他曾住在马德拉斯的郊区。巴格哈瓦·克里希那甚至不知道在印度的那个地区，人们说的是泰米尔语。卡里舍博士曾试图跟他聊梵文、《摩诃婆罗多》《罗摩衍那》，还有《沙恭达罗》，但巴格哈瓦·克里希那回答说，他对凡间文学没兴趣了。巴格哈瓦·克里希那只知道几本科匹茨基太太订购的接神、降神方面的小册子和杂志。

在卡里舍博士看来，这就是个大笑话；但是你若住在爬满臭虫的房间，整天吃着自助餐厅的饭菜，六十多岁，身边一无亲人，你就能容忍各式各样的怪人。他是在一九四二年认识科匹茨基太太的，参加了她几十场降神会，读过她的神写文，欣赏过她的神绘图，听过她的神奏乐。他还向她借过几次钱，一直还不上。他在她家吃饭——素食，科匹茨基太太不吃肉、鱼、奶或蛋，只吃大地母亲赐予的水果和蔬菜。她擅长做沙拉，里面有坚果、杏仁、石榴和牛油果。

洛特·科匹茨基本想和他来段浪漫韵事。所有的神灵都认为洛特·科匹茨基和佐拉克·卡里舍来自同一个精神源头——"大白屋"，就连巴格哈瓦·克里希那也想来做媒。洛特·科匹茨基常常向卡里舍博士转达大师们的致意，这些大师与西藏净土、亚特兰蒂斯、天使团、香巴拉天国、自然第四国，以及婆娑世界的主宰永童仙人的议事会都有往来。四十年代初，天界与凡间一样危机四伏。各种力量重新站队，灵修之力正准备向宇宙之恶宣战。天使团派出使者点亮了地球，寻找隐秘男女以担殊责。科匹茨基太太向卡里舍博士保证，在宇宙重生这一伟业中，他有着举足轻重的分量。然而，他对这项任务不以为然，让大师们失望了。他答应打电话，却没打。他在费城待了好几周，连张明信片都没寄给她。回来时，他也没有通知她。科匹茨基太太是在第六大道的一家自助餐厅碰上他的，当时他穿着破外套、脏兮兮的衬衫，鞋跟都磨没了。他甚至没有申请美国公民，尽管难民不需到国外拿签证就可以取得公民身份。

现在已是一九四六年，洛特·科匹茨基所预言的一切都已成真。所有人都去了另一边——他的父亲、他的兄弟、他的姐妹，还有奈拉。巴格哈瓦·克里希那从他们那里带信给他。大师们还记得卡里舍博士，天使团的百年大会仍然需要他的参与。甚至他的家人都已死在特雷布林卡、马伊达内克、施图特霍夫这件事，也与光明之力、业果相生以及利莫里亚之后的新轮回密切相关，也是为了将人性导向爱的升华以及新的水世纪。

最近几周，科匹茨基太太不满足于以常规方式唤起奈拉的灵魂了。卡里舍博士得到了与奈拉的化身交流的珍贵机遇。事情是这样运作的：巴格哈瓦·克里希那会给卡里舍博士一个信号，让他沿黑暗的走廊走到科匹茨基太太的卧室。黑暗中，在科匹茨基太太的衣柜旁会浮现一个幽灵，应该就是奈拉。她用波兰语与卡里舍博士低声交谈，说着绵绵情话，带给他亲戚朋友的消息。巴格哈瓦·克里希那多次警告卡里舍博士，不要试图碰触幽灵，因为接触会给双方——他和科匹茨基太太——带来严重伤害。有几次，他试图接近她，她总是敏捷地避开。虽然卡里舍博士对这些事情感到迷惑，却也清楚这不过是个局。不是奈拉，不是她的声音，也不是她的举止。他所收到的消息什么都证明不了。这些名字他都跟科匹茨基太太提起过，她也询问过他。但卡里舍博士还是很好奇：谁是这幽灵？为什么她要演这出戏？也许是为了钱。科匹茨基太太居然能雇一个鬼魂，这说明她不仅自欺，她也欺人。每次卡里舍博士走上那条黑暗的走廊，就会咕哝："疯狂，鬼迷心窍，荒唐女人。"

今晚，卡里舍博士真是等不及巴格哈瓦·克里希那的信号了。他已厌倦了这种种荒唐。他有前列腺问题已经很多年了，现在每半小时就得小便一次。

一位偷偷在美国行医的华沙医生警告他说，要尽快手术，否则可能会有并发症。但是卡里舍博士没钱去医院，也不想去。他希望能通过盆浴、热水袋，以及他从法国带来的药品，给自己治病。他甚至尝试自己按摩前列腺。通常，他一到科匹茨基太太家就去厕所，但今晚他没去。现在，他感到膀胱有些压力，科匹茨基太太给他吃的那些生蔬菜，把他的肠子拧在了一起。"好吧，年纪大了，真是无福消受。"巴格哈瓦·克里希那讲话时，卡里舍博士几乎听不下去。"她在叨唠些什么，这个蠢货？连正经的口技表演都称不上。"

巴格哈瓦·克里希那一给他发出那个熟悉的信号，卡里舍博士立即站起身。他的腿不太好，但从来没像今晚抖得这么厉害。"嗯，我得先去厕所。"他心想。在黑暗中找到厕所不那么容易。卡里舍博士小心翼翼地走着，手臂前伸摸索着。他找到了厕所，打开门，里面有人立刻把门拽上。是她，那个女孩儿，卡里舍博士意识到。他吓了一跳，竟然忘了他要来做什么。"她或许是来这儿换衣服的。"他为自己，也为科匹茨基太太感到尴尬。"她为什么要这么做，她在给谁演这出闹剧？"他的眼睛已经适应了黑暗，能看到女孩儿的剪影。厕所有扇窗朝向大街，街上路灯的微光打到了窗上。她个子不大，肩稍宽，高挺的胸部。她似乎只穿着内衣。卡里舍博士站在那里，精神恍惚。"够了，这也太明显了。"可他的舌头木了，说不出话。心脏跳得很厉害，他能听到自己的呼吸声。

过了一会儿，他开始往回走，却迷迷糊糊地看不清路。他碰到了一个衣服架子，又撞上墙，磕到了头。他往回走。有东西掉下来，摔碎了。也许是科匹茨基太太的某个异世界风格的雕塑！正在那时，电话响了，铃声异常响亮，杀气腾腾。卡里舍博士抖了一下，突然感到内裤里一阵温暖。他尿裤子了，像个孩子。

3

"好吧，我算是惨到家了，"卡里舍博士嘟嘟囔囔，"可以被送去垃圾场了。"他朝卧室走去。不仅是内裤，他的外裤也湿了。他以为科匹茨基太太会去接电话；以前她不止一次从出神状态醒来，讨论股票、期货、分红。可是电话却响个不停。他这才意识到他干了什么——他把客厅的门关上了，把那道给他照路的红光挡在了外面。"我要回家去。"他下定决心。他朝大门走去，却发现在这公寓的迷宫中，他已完全丧失了方向感。他摸到了一只门把手，转动一下，听到一声被捂住的尖叫。他又走到了厕所。里面似乎没有搭扣锁，也没有挂链锁。他再次看到了那个穿着胸衣的女人，这回她的半张脸也在光线里。在那一瞬间，他知道她已到中年。

"请原谅。"他退了回去。

电话不响了，之后又响起来。突然，卡里舍博士瞥到一束红光，听见科匹茨基太太朝电话走去。他停下脚步，半是招呼，半是疑问："科匹茨基太太！"

科匹茨基太太一惊。"已经结束了？"

"我不舒服，我得回家。"

"不舒服？你要去哪儿？怎么了？是心脏吗？"

"哪儿都不舒服。"

"等一下。"

科匹茨基太太走过来，抓住他的胳膊，领他回到客厅。电话继续响，之后终于沉寂。"你胸闷吗，嗯？"科匹茨基太太问，"躺在沙发上，我去叫医生。"

"不，不，不必。"

"我给你按摩。"

"我的膀胱不好，我的前列腺。"

"什么？我去开灯。"

他想跟她说不要，但她已打开了好几盏灯。光线刺痛了他的眼。她站在那儿看着他，还有他的湿裤子，摇了摇头，说道："这就是独居的后果。"

"真的，我很羞愧。"

"有什么好羞愧的？我们都会老。没人会变年轻。你去厕所了吗？"

卡里舍博士没有回答。

"等一等，我还有他的衣服。我早有预感，有一天我会需要这些衣服。"

科匹茨基太太离开了房间。卡里舍博士坐在椅子边上，把自己的手绢垫在下面。他直直地坐着，湿湿的，像个孩子似的感到内疚与无助，但内心又有种平静，因病而生发的平静。这么多年，他一直害怕医生、医院，尤其是护士，那些护士拒绝女性的羞怯，将成年男子视作婴儿。现在他已准备好面对肉体最终的羞耻。"唉，我完了，彻底完了。"他迅速对自己的存在做出了总结，"哲学？什么哲学？情色主义？谁的情色？"他与词句打交道多年，却没得出什么结论。他都遭遇了些什么，他的内心都发生了些什么，在波兰，在俄国，在这个星球上，以及在这遥远的银河系又发生了些什么，既不能简单归结为叔本华的盲目意志，又不能归结为他，卡里舍的情色主义。不论是斯宾诺莎的实体，还是莱布尼茨的单子，抑或黑格尔的辩证、赫克尔的一元哲学，统统解释不通。"他们不过是像科匹茨基太太一样玩弄词句罢了。还好我没发表自己的那些胡言乱语。所有这些荒谬的假设有什么用？一点帮助都没有……"他抬头看着墙上科匹茨基太太的画，强光下，那些画犹如学生的涂鸦。街道上传来汽车喇叭声，男孩子的尖叫声，地铁通过时的轰鸣。门开了，科匹茨基太太抱着一堆衣服进来：夹克、长裤、衬衫、内衣。衣物有股樟脑球和尘土的味道。她问他："你去厕所了吗？"

"什么？没有。"

"奈拉没有来？"

"不，她没有。"

"好吧，换衣服吧。别顾忌我。"

她把衣服放在沙发上，像亲人一样俯下身。"你就留在这儿。明天我派人去取你的东西。"

"不用，没有必要。"

"我们在第二大道初次见面时，我就知道会发生这样的事。"

"怎么会？算了，无所谓啦。"

"他们事先会告诉我。我看到某人，就知道他会发生什么事。"

"是这样吗？我什么时候死？"

"你的日子还长着呢。你在这儿有用，必须完成你的任务。"

"我的任务就跟你的鬼魂一样有价值。"

"鬼魂的确有，他们是存在的！别这么玩世不恭。他们在上面看着我们，领着我们的手，测量我们走的每一步。我们对于宇宙的轮回复生来说，要比你想象的重要得多。"

他想问她："那你，为什么要雇个女人来骗我？"但他没开口。科匹茨基太太又出去了。卡里舍博士脱下长裤和内裤，用手绢将自己擦干。他就那么站着，上身穿戴得齐齐整整，下面却没穿裤子，就像个疯狂小丑一般。然后他穿上了一条宽松的内裤，冰凉如裹尸布，又套上一条条纹裤子，肥肥大大。他把裤子往上提了又提，一直把裤脚拉到膝盖，呼哧带喘的，几秒钟就得歇一下。突然，他想起来了！上学的时候，趁着父亲吃完安息日布丁打个盹儿的空，他就是这样偷穿父亲的衣服：老爷子的白裤子、绸缎长袍、穗子四角巾，还有他的毛皮帽子。现在他父亲已成了波兰某地的一堆灰土，而他，佐拉克，则穿上了一个牙医的发了霉的衣服。他走到镜前，看着自己，居然像孩子似的吐了吐舌头。然后他在沙发上躺下。电话铃又响了，科匹茨基太太显然是接了电话，因为这次铃声立刻停止了。卡里舍博士闭上眼，静静地躺着。他没什么好期待的，甚至没什么好想的。

他迷迷糊糊地睡着了，梦见自己在四十二街的自助餐厅里，就在公共图书馆旁。他正在掰一块鸡蛋曲奇。一个难民告诉他如何营救在波兰的亲戚，让他们穿上纳粹制服。然后他们会坐船，被送往北极、南极、穿过太平洋。会有中间人接待他们，在火地岛，在火奴鲁鲁和横滨……真是奇怪，这种偷渡竟然与他，佐拉克·卡里舍的哲学体系有关，不是以前的那种，而是新的体系，结合了情色主义与记忆。他把所有这些形象结合在一起，又惊异地问自己："性爱、记忆、自我救赎之间，能有什么关系？这种关系在无限时间中，又是如何运作的？一切无非曲解，曲解。是解释我自己性无能的一种方式。奈拉已经死了，我又怎能把她带过来？除非死亡本身不过是性爱的失忆。"他醒来，看到科匹茨基太太正俯下身，将一只枕头垫在他的脑后。

"你觉得怎么样？"

"奈拉走了吗？"他被自己的话吓了一跳。他一定还在半梦半醒间。

科匹茨基太太向后一缩，双下巴在颤抖，深色的眼睛充满母亲般的责备。

"你在笑，是吗？没有死亡，没有。我们永远都活着，永远都在爱。这就是纯粹真理。"

韩颖 译

净 屠 师[1]

1

尤涅·梅耶本应成为科勒米尔的拉比。他的父亲和祖父都曾坐在科勒米尔的拉比椅上。然而，库兹米尔拉比法庭的追随者发起了强烈抗议：这一次，他们不会允许一位特里斯克的哈西德成为镇子的拉比。他们贿赂地区官员，向总督递交了请愿书。经过长时间的争执，库兹米尔的哈西德终于得偿所愿，他们的人成了拉比。为了给尤涅·梅耶一个生计，他们任命他为镇上的净屠师。

听闻此事，尤涅·梅耶的脸色变得比平时还要白。他抗议说，他宰不了牲口。他心软，见不得血。可是所有人都联合起来劝他——社区领袖们、特里斯克会堂的信众、他的岳父盖茨·弗兰姆普勒先生，还有他妻子利茨·多什。新任拉比，肖勒姆·利未·霍伯斯坦姆先生，也敦促他接受这个职位。肖勒姆·利未先生是桑兹拉比的孙子，他为抢了别人的生计而感到不安，不忍年轻人没有面包吃。特里斯克的拉比，雅克夫·利比尔先生，写信给尤涅·梅耶说，凡人不可比至高之主更有同情心，祂乃同情之源。用纯净之刀和虔诚之心屠宰动物，你就解放了寓居其中的灵魂。众所周知，圣人经常借牛、家禽、鱼的身体还魂，以忏悔所犯罪孽。

读了拉比的信，尤涅·梅耶妥协了。任命早已生效，现在他开始着手学习《牛之稻谷》《布就筵席》，以及《评论汇编》里有关屠牲的律法。《牛之稻谷》的第一段说，净屠师必须是虔敬之人，于是尤涅·梅耶比以往更加热忱地投

１.由米拉·金斯伯格翻译。——原注

入到律法学习中。

尤涅·梅耶——瘦小，面白，下巴颏儿上长着一小撮黄胡子，弯鼻梁，瘪嘴，两只似乎总是受到惊吓的黄眼睛离得太近——他的虔诚远近闻名。他祈祷时要戴上三副护经匣：拉希的、塔姆拉比的，还有舍里拉·加昂拉比的。在岳父家的供养期结束后，他立即奉守所有斋戒日，并做子夜祷告。

妻子利茨·多什哀叹尤涅·梅耶不食人间烟火，向她母亲抱怨说，他从不跟她说话，也不注意她，即便是在她干净的日子。只有在她去了净身浴池后的当晚，他才会亲近她，每月一次。她说，他连自己女儿们的名字都记不住。

自从答应了做净屠师，尤涅·梅耶对自己的要求更加严格了。他吃得越来越少，几乎不再说话。每有乞丐上门，尤涅·梅耶就会跑去迎接，把最后一枚格罗什都给他。其实，成为净屠师后，尤涅·梅耶陷入了抑郁，但他不敢违背拉比的意愿。命该如此，尤涅·梅耶对自己说，命中注定他要施以折磨，并自受折磨。只有上天知道他忍受了多少苦痛。

尤涅·梅耶担心他屠宰第一只鸡时会晕倒，或者手不够稳。同时他又隐隐希望犯些什么错误，这样就不必遵从拉比的命令了。然而，一切都依照律法顺利进行。

每天，尤涅·梅耶都重复许多次拉比的话："凡人不可以比同情之源更有同情心。"《托拉》说："你就可以照着我吩咐你的，把耶和华赐给你的牛羊取些宰杀了。"在西奈山上，上帝告诉摩西如何宰杀牲畜，如何开膛寻找有无不洁之处。奥秘中的奥秘——生命、死亡、人、畜。那些没有被宰杀的终归要死于各种疾病，常常要忍受几周或者几个月的痛苦。森林中，野兽相食；海洋里，鱼类相吞。科勒米尔的救济院里挤满了瘸子和瘫子，他们每年躺在那儿，污秽不堪。没有人能逃避世间的苦楚。

然而这些想法并不能给尤涅·梅耶带来安慰。每只被宰禽鸟的战栗都会在尤涅·梅耶体内引起相应的战栗。屠杀每只牲畜，不论大小，都像是在割他自己的喉咙，疼痛难忍。对他最大的惩罚，莫过于屠宰。

尤涅·梅耶成为净屠师还不到三个月，日子却似乎长得没有尽头。他觉得自己像是浸泡在血液和淋巴液中，耳朵里充塞的是母鸡咯咯、公鸡喔喔、鹅鸭嘎嘎、大牛小牛哞哞、大羊小羊咩咩；翅膀在扑棱，爪子在挠门。肉体拒知种种说辞与借口——每个肉体都在以自己的方式抗争，试图逃跑，似乎在拼尽最后一口气与造物主理论。

在尤涅·梅耶的脑子里，各种问题穿梭不息。的确，为了创造世界，"无限之存在"必须收缩祂的光；没有无苦痛之自由选择。然而既然动物没有被赋予自由选择，它们为什么要受苦？尤涅·梅耶看着眼前的景象，瑟瑟发抖。屠夫举起刀斧砍向牛羊，未等它们咽下最后一口气，已开始剥皮；鸡还活着，女人们已开始拔毛。

按照习俗，每杀一只牛，净屠师都可以得到牛脾和牛肚。尤涅·梅耶的家里堆满了肉。利茨·多什煮肉汤的锅大如釜鼎。大厨房里整天忙碌不堪：煎炒烹炸，烘烤搅撇。利茨·多什又怀孕了，肚子凸出来，尖尖的。利茨·多什高大壮实，她有五个姐妹，都如她一样结实。姐妹们常带着孩子过来。每天，他的岳母，利茨·多什的母亲，都会带来自己烘烤的新鲜的糕饼和精美的点心。女人家不应让别人听到自己的声音，可是利茨·多什的女仆，那个送水工的女儿，整天唱歌，光着脚到处走，头发也不梳，常常大笑，每个屋子都能听到她的噪音。

尤涅·梅耶想逃避世俗世界，世俗世界却紧追不舍。屠宰场的味道不肯离开他的鼻腔。他想在《托拉》中忘掉自己，却发现《托拉》充斥着世俗。他开始读喀巴拉，虽然他知道四十岁之前，本不应涉足此奥秘之义。他翻阅着《哈西德论著》《果园》《创造之书》《生命之树》。在那儿，在天界，那里没有死亡，没有屠杀，没有苦痛，没有肠胃，没有心肺，没有肝脏，没有隔膜，没有不洁。

那天晚上，尤涅·梅耶走到窗边，仰望苍穹，见月华如水，星辰烁烁，每一颗星都有着自己的秘密。在"行动世界"之上，在星辰之上的某个地方，有天使飞翔，六翼天使、圣轮、圣兽。在天堂，灵魂得以了解《托拉》的奥秘。每一个神圣义人"柴迪克"都可得到三百一十重世界，为"神圣临在"编织王冠。越是靠近"荣耀宝座"，光就越明，华就越纯，魔则越少。

尤涅·梅耶知道不可自寻短见，但在他内心深处，他渴望了结。他厌恶所有与肉体相关的事情。他甚至无法和他人一起去净身浴池。在每一块皮肤下面，他都看到血。每个脖子都让他想到刀。人也与动物一样，有腰，有血管，有内脏和臀部。寒刀闪过，这些踏踏实实的有产者就会像牛一样倒下。如《塔木德》所说，必被焚烧之物皆视同已焚。如果说人类的结局是腐烂、虫蛆与恶臭，那么一开始他就不过是块烂肉。

尤涅·梅耶现在明白了为什么古时大哲将身体比作牢笼——灵魂因于其中，渴望着解脱的那一天。他现在才真正明了《塔木德》的那句话："很好，这就是死亡。"但是人不可越狱。他必须等待狱卒为他开枷释链，打开牢门。

尤涅·梅耶回到床上。他这一生都睡在羽绒垫上，盖着羽绒被，枕着枕头；如今他突然意识到，他是躺在从禽鸟身上拔下的羽毛和绒毛上。在他旁边的床上，利茨·多什在打鼾，鼻腔里不时传出一声哨响，一个气泡鼓起在她的唇边。尤涅·梅耶的女儿们不停地去污水桶边，光着脚，啪嗒啪嗒地走在地板上。她们睡在一起，有时会低语偷笑到半夜。

尤涅·梅耶渴望能有几个儿子，学习《托拉》，但利茨·多什生了一个又一个女儿。女儿们年幼时，尤涅·梅耶偶尔会掐掐她们的脸蛋儿。每次去参加割礼仪式，他都会给女儿们带回一块蛋糕。有时他还会亲吻一下小女儿的头。但现在她们都长大了。她们更像母亲，往横里长。利茨·多什抱怨她们吃得太多，长得太胖。她们总是从锅里偷拿食物。大女儿巴丝，已经有媒人上门了。姑娘们今天吵架谩骂，明天又给彼此梳头编辫。她们永远在念叨着衣服、鞋子、袜子、外套、内衣等等。她们一时哭一时笑。她们互相找虱子、打架、洗澡、亲吻。

每当尤涅·利茨想要管教她们，利茨·多什就嚷道："别插手！别管孩子们！"要么就责备他说："你还是看看怎么给孩子们搞到鞋子和衣服吧！"

她们为什么需要这么多东西？为什么要费这么多周折，给身体穿衣打扮，尤涅·梅耶暗自思忖。

成为净屠师之前，他很少在家，几乎不知道家里是怎么过的。现在他在家学习，看到了她们都做些什么。姑娘们跑去摘莓果，采蘑菇；与普通人家的女儿交往；带回家一篮又一篮的干树枝。利茨·多什做果酱。裁缝来量尺寸。鞋匠给女人们量脚。利茨·多什和她母亲为巴丝的嫁妆争吵。尤涅·梅耶听到她们在谈论丝质连衣裙、天鹅绒连衣裙、各种半身裙、斗篷、毛皮外套。

他躺在床上，无法入眠，那些闲言碎语在他脑子里回响。她们可以如此奢侈，是因为他，尤涅·梅耶，挣钱了。利茨·多什的子宫里，一个新生命正在成长，尤涅·梅耶清楚地感觉到这又是一个女孩儿。"好吧，不论上天赐予什么，人都要欣然接受。"他警告自己。

他盖着被子，此时突然觉得燥热。头下的枕头莫名其妙地变硬了，似乎羽毛里有块石头。他，尤涅·梅耶，也是肉体：脚、肚子、胸、胳膊肘。他的肠子一阵刺痛，口很干。

尤涅·梅耶坐起来。"天父啊，我无法呼吸！"

以禄月是忏悔之月。以前，以禄月会带来一种崇高的宁静。尤涅·梅耶喜欢从树林和丰收的田野吹来的习习凉风。他可以久久凝视淡蓝色的天空，丝丝缕缕的浮云让他想起包裹住棚节香橼的亚麻。蛛丝飘荡，树叶变成金黄。在鸟儿的啁啾声中，他听到了人们在敬畏之日审视灵魂时的忧愁。

但是对于净屠师来说，以禄月完全不是一回事。新年将至，需要宰杀许多牲禽。赎罪日之前，每人都准备了一只献祭家禽。每个院落，都可听到公鸡啼叫母鸡鸣，皆是死到临头。随后是住棚节、打柳节、圣会节、欢庆律法节、创世安息日。每个节日都要屠宰。几百万活蹦乱跳的家禽、牛羊，注定要被杀死。

晚上，尤涅·梅耶再也无法安然入眠，刚刚迷迷糊糊睡去，就噩梦连连。奶牛化作人形，留着胡子与鬓发，牛角上戴着小圆帽。尤涅·梅耶要屠宰一只小牛，它却变作一个女孩儿，哀求他饶她一命，脖颈上血管悸动。她跑向学经堂，院子里鲜血四溅。他甚至梦到他杀死的是利茨·多什，而不是羊。

还有一个噩梦，他听到被宰杀的山羊发出人的声音。脖子已被割开，山羊跳着向尤涅·梅耶冲过来，意欲撞他，一边用希伯来语和阿拉米语咒骂他，啐他，嘴角泛着白沫。尤涅·梅耶惊醒了，一身冷汗。一只公鸡开始打鸣，铃声一般，其他公鸡随即应和，如会众应和赞礼员。尤涅·梅耶觉得那些公鸡在厉声提问，在齐声抗议，为即将到来的厄运哀号。

尤涅·梅耶无法休息。他坐起来，双手抓住鬓发，摇晃着身体。

利茨·多什醒了。"怎么啦？"

"没什么，没什么。"

"你摇晃什么？"

"别管我。"

"怪吓人的！"

没多会儿，利茨·多什的鼾声又起。尤涅·梅耶下床，洗手，穿衣。他想在前额上涂灰，念诵子夜祷词，嘴唇却拒绝念出神圣的词语。他如何能哀悼圣殿被毁？就在这儿，在科勒米尔，一场屠杀已经就绪，而他，尤涅·梅耶，就是提图斯，就是尼布甲尼撒！

房间里很憋闷，有股汗水、脂肪、脏内衣和尿液的味道。一个女儿在睡梦中咕哝了些什么，另一个则发出一声呻吟。床板吱呀作响。壁橱那边传来一阵窸窣声。炉子下方的鸡窝里是利茨·多什为赎罪日准备的献祭家禽。尤涅·梅耶听到老鼠在抓挠，还有蟋蟀的叫声。他似乎听到了虫子在天花板和地板上挖洞的声音。数不清的生灵包围着人类，各有各的脾性，各自向造物主有着不同的索取。

尤涅·梅耶走到院中，一切都那么凉爽清新。露水已凝。子夜的星辰熠熠生辉。尤涅·梅耶深吸了一口气。他走到湿漉漉的草地上，走在落叶与灌木间，便鞋上方露出的袜子被打湿了。他停在一棵树旁，树枝间似乎有鸟巢，可以听到刚刚睡醒的雏鸟啾啾的鸣叫。山丘那边的沼泽传来青蛙的叫声。"它们难道不睡觉吗，那些青蛙？"尤涅·梅耶自问，"它们的声音和人一样。"

自从尤涅·梅耶干了屠宰这一行，脑子里便整天纠缠生灵之事，思来想去各种问题。苍蝇从哪里来？是胎生，还是卵生？如果所有的苍蝇都在冬天死了，夏天新生的苍蝇又从哪里来？还有在会堂屋檐下筑巢的猫头鹰——

霜降以后它做什么？它还在那儿吗？它会飞到温暖的国度吗？苦寒之下，怎么还会有生灵存活，盖着被子都暖和不起来呀？

尤涅·梅耶心中涌起一股陌生的爱，那是对所有生灵的爱，不论它是在爬行，还是在飞行，是在两两交配，还是群群聚合。甚至包括对老鼠的爱——它们成为老鼠，难道是它们的错？老鼠又有什么错？它的所求不过是一点面包渣或一点奶酪。猫又为什么非要与它为敌？

黑暗中，尤涅·梅耶前后摇晃着身体。也许拉比是对的。凡人不能，也不可以比宇宙之主更有同情心。但是他，尤涅·梅耶，却怜悯到要崩溃。如果一个人剥夺了他者的生命之息，又怎能为来年的生命祈祷，怎能祈求上天为他写下好评？

尤涅·梅耶认为，只要禽兽还在遭受不公，就是弥赛亚来了也拯救不了这个世界。一切都有权复活：每只小牛、每条鱼、每只蚊虫、每只蝴蝶。即便是在土中爬行的虫子也有神圣火花。屠杀一个生灵，就是屠杀上帝……

"悲哀啊，我要疯了！"尤涅·梅耶咕哝道。

还有一周就是新年了，一堆屠宰的活儿要干。尤涅·梅耶整天站在屠宰坑旁，宰杀母鸡、公鸡、鹅、鸭。女人们推搡，争吵，抢着要挤到净屠师面前，其他人则调笑取乐。羽毛飞舞，院子里充斥着公鸡喔喔嗷嗷的鸣声，不时有家禽像人一样喊叫。

尤涅·梅耶痛彻心肺。他一直希望自己能够习惯宰杀，但现在他知道，即便干上一百年，他的痛苦也不会止歇。他的双膝发抖，肚子胀胀的，口中津液发苦。利茨·多什和她的姐妹们也在院中，女人们交谈着，祝福彼此新年快乐，虔诚地祈愿来年再见。

尤涅·梅耶担心屠宰过程已不合律法。他一时觉得眼前发黑，一时又觉得一切都变成了金绿色。他不断在食指指甲上试刀锋，确保刀子没有缺口。每十五分钟，他就要去小便一次。蚊子咬他。树枝间的乌鸦冲他怒号。

他一直站到日垂西天，屠宰坑里满是血污。

晚祷礼毕，利茨·多什给他端来荞麦肉粥。尽管他从早到晚粒米未进，却还是吃不下。他的喉咙发紧，食管似乎堵着一团东西，第一口简直咽不下去。他念诵起艾萨克·卢里亚拉比的《施玛》祷文，忏悔，像绝症之人般捶打着前胸。

尤涅·梅耶以为那晚又要失眠，没想到头一挨枕头，眼睛就闭上了，还好已念过睡前祷词。梦中他似乎在检查一只被屠宰的牛，看有无不洁之处。他划开牛腹，扯出牛肺吹起来。这是什么意思？一般来说，这是屠夫的活儿。肺越鼓越大，覆盖了整个桌面，又向天花板隆起。尤涅·梅耶不再吹了，肺叶却还在扩张。那瓣俗称"小偷"的小肺叶颤动扑棱，似乎想要离开。突然，气管发出一声哨音，一阵咳嗽，一声愠怒的悲叹。有附鬼开始说话、怒吼、歌唱，吐出一连串诗文、《塔木德》引语、《光辉之书》的片段。牛肺升起、飞翔，如呼扇的双翼。尤涅·梅耶想要逃跑，一只长着尖角的红眼黑公牛堵在门口。公牛呼哧呼哧，张开嘴，露出两排獠牙。

尤涅·梅耶一抖，惊醒了，浑身汗水浸透。他头昏脑涨，脑子里似乎灌满了沙子，草垫上的双脚已经麻木。他竭力坐起身，披上长袍，走出家门。夜幕低垂，无法穿透，黎明前的黑暗浓重深沉。偶尔一阵风，不知从何处吹来，如有人躲在暗处太息。

尤涅·梅耶打了个激灵，好像有人拿羽毛轻抚了他一下。他心中有个声音在哭泣，在嘲讽。"好吧，就算拉比这样说了又如何？"他自言自语，"上帝下了命令又怎样？我不要来世的褒奖！我不要天堂，不要吃利维坦，不要野牛！就让他们把我平放在钉板上，就让他们把我扔在投石器里。我不需要你的那些好处，上帝！我不再害怕你的审判！我是以色列的叛徒，一意孤行的忤逆者！"尤涅·梅耶喊道，"我比至高上帝有着更多的怜悯——更多，更多！祂是残忍的上帝，是战争狂徒，是复仇之神！我不侍奉祂。这个世界不可救药！"尤涅·梅耶大笑，泪水却滚落腮边，滴滴灼烫。

尤涅·梅耶走到存放刀具、磨石和割礼刀的柜子旁，收罗起所有用具，扔到屋外厕所的坑里。他知道这是亵渎，他亵渎了神圣的器具。他知道他疯了，他不想再清醒。

他朝河边走去，走向小桥和树林。他的祈祷巾呢？他的护经匣呢？他不需要了！经文是写在牛皮上的。经匣是用小牛皮做的。《托拉》本身就是兽皮制成。"天父啊，你是个净屠师！"尤涅·梅耶的心中有声音在喊，"你是净屠师，是死亡天使！整个世界就是屠宰场！"

鞋子掉了一只，尤涅·梅耶无暇去管。他一脚穿鞋，一脚穿袜，大踏步往前走，喊叫，歌唱。我就是要把自己逼疯，他心想。而这本身已是疯狂……

他给自己的大脑打开了一扇门，疯狂涌入，淹没了一切。尤涅·梅耶的反抗越来越强烈。他扔掉小圆帽，抓住四角巾的穗子，一把扯下，又将马甲撕碎。他着了魔，那是一种扔掉一切包袱，不管不顾的力量。

狗狂吠着追赶他，他把它们赶走。门开了，有男人光着脚跑出来，圆帽上还沾着羽毛。女人穿着睡裙，戴着睡帽。大家都喊叫着，想要拦住他的去路，但尤涅·梅耶逃走了。

天空血红，一只圆圆的头颅蹦出血海，如新生儿冲出女人的子宫。

有人告诉屠夫说尤涅·梅耶疯了。他们拿着棍棒绳索跑来，而尤涅·梅耶已过了桥，跑向收割后的田野。他边跑边吐，摔倒又爬起，麦茬割伤了他。赶马吃夜草的牧人嘲笑他，向他掷马粪。草场上的牛追着他跑。钟声大作，如火灾报警。

尤涅·梅耶听到了喊声、叫声、跑步声。地一斜，他滚下了山坡。他来到树林边，跨过苔藓地、石块、奔流的溪水。尤涅·梅耶已看清真相：他面前的并非河流，而是血泊。太阳在流血，染红了树干。树枝上挂着肠子、肝脏、腰子。牲畜的前躯抬起前蹄，朝他吐胆汁和黏液。尤涅·梅耶无路可逃。形形色色的牛羊鸡鸭包围了他，准备复仇，为每一刀、每一道伤口、每一根割开的喉管、每一根拔起的羽毛复仇。流着血的喉咙，齐声诵念："人人可杀戮，杀戮均被许。"

尤涅·梅耶一声哀号，林间各式声音随即应和。他举拳向天："恶魔！谋杀者！饕餮之兽！"

几个屠夫找了他两天都没找到。后来，磨坊主赞维尔来镇上说，坝边的河里发现了尤涅·梅耶的尸体。他淹死了。

丧葬会的人立即带回了尸体。有很多人可以证明尤涅·梅耶疯了，于是拉比裁定死者并非自杀。人们为死者清洗身体，将他安葬在父亲和祖父的墓旁。拉比亲自致悼词。

时值节期，科勒米尔不能没有肉，镇上的人立即派出两位使者，带回新的净屠师。

韩颖 译

已故提琴手[1]

◆ 1 ◆

施德罗夫茨镇位于拉多姆和凯尔采之间，距离圣十字山不远，那里住着一位谢夫特尔·文格罗夫先生。谢夫特尔先生本是位粮商，但所有买卖都由他妻子采丝·费格打理。她从地主和农民那里买来小麦、玉米、大麦、荞麦，再卖到华沙。有些谷物她则磨成粉，卖给商店和糕饼店。采丝·费格有谷仓，助手扎尔金德帮她打理，需要男人出力的活儿都是他的。他要扛粮袋，照料马匹，如果采丝·费格去集市或去见地主，他就是马车夫。

谢夫特尔先生相信《托拉》才是最有价值的货物。他总是黎明即起，去学经堂研读《革马拉》《注释》《评论汇编》《米德拉什》，还有《光辉之书》。晚上，他与《密西拿》协会的人一起读一课《密西拿》。谢夫特尔先生对社区事务也很上心，还是一位热忱的拉齐明哈西德。

谢夫特尔先生比侏儒高不了多少，却有着施德罗夫茨镇及周边地区最长的胡子。他的胡子长及膝盖，似乎有着各种色彩：红、黄、甚至干草色。在阿布月初九，调皮的孩子们逢人便扔刺果，谢夫特尔先生的胡子上都扎满了。起初，采丝·费格想把刺果摘下来，但谢夫特尔先生不许，因为她总是连带着拽下来几根胡子，而胡子是犹太人的标志，也是提醒他，上帝依照自己的形象造人。刺果就扎在胡子上，直到自己掉下来。谢夫特尔先生不卷鬓发，他认为这种习俗很轻浮，他的鬓发一直耷拉到肩膀，鼻子上还

---

[1]. 由米拉·金斯伯格翻译。——原注

长着一小撮毛。他在学习时，总要抽一根长长的烟管。

谢夫特尔先生披着祈祷巾，戴着护经匣，站在会堂诵经台前时，活脱一位古代先哲。他有着高高的前额，蓬乱的眉毛下面，一双眼睛既透出学者的犀利，又含虔敬之人的谦卑。谢夫特尔先生给自己定了许多苦修的规矩。他不喝牛奶，除非是当着他的面现挤的奶。他只在安息日和节期吃肉，而且还要事先亲自查验屠宰刀具。据说逾越节前夕，他会命人给猫穿上袜子，以免它进屋时带进哪怕一小点发酵面包屑。每天晚上他都要做子夜祈祷。人们都说，虽然他从父亲和祖父那里继承了粮食生意，却分不清黑麦和小麦。

采丝·费格比她丈夫高出一头，年轻时可是出了名的美女。去她那里籴粮的地主们总是夸赞她，但犹太民族的好女人是不会在意这些闲话的。采丝·费格爱她的丈夫，以帮助他侍奉上帝为荣。

她生了九个孩子，只存活下来三个：儿子耶蒂迪亚已经结婚，住在沃多瓦他的岳父家；小儿子扎多克还在上宗教小学；女儿莱比·妍特尔已长大成人。莱比·妍特尔曾经订过一门婚事，即将成亲时，未婚夫奥泽得流感去世了。这位奥泽人称天才，是位学者，父亲是奥波拉的社区主席。尽管莱比·妍特尔只在签订婚书时见过奥泽，得此噩耗，仍是痛哭不已。很快众媒人就又来提亲了，毕竟她是个十七岁的大姑娘，但采丝·费格觉得，还是让她从这场不幸中缓一缓再说吧。

莱比·妍特尔的未婚夫奥泽是在逾越节后不久辞世的，现在已是赫舍汪月。通常住棚节后总是雨雪交加，今年这个秋天却还温煦。阳光明媚，天色湛蓝，仿佛刚过了五旬节。镇里的农民抱怨说，田里的冬作物都要发芽了，这会歉收的。人们还担心，温暖的天气会引起疫病的传播。粮价倒是涨了，每普特上涨三个格罗什，采丝·费格的利润更高了。按照夫妇间的通例，每个安息日晚上，采丝·费格都会把本周的收支状况报告谢夫特尔先生，他总是立即拨出一部分给学经堂、会堂，用于修补圣书，或救助救济院的穷人和流浪的乞丐。慈善总是需要钱的。

采丝·费格本是位能干的主妇，再加上还有女仆登雅，所以莱比·妍特尔基本不管家务。她有自己的房间，总是坐在房间里读故事书，或者照着字母书抄写字母。读完了所有的故事书，她就偷偷从父亲的书架上拿书看。她的针黹刺绣做得也不错，喜欢漂亮衣服。莱比·妍特尔继承了母亲的美貌，红头发却来自父亲的传承。如她父亲的胡须一样，她的头发也是长长的，一直垂到腰间。她有着绿色的眼睛、白皙的面庞，自从奥泽不幸辞世，她的脸变得更白更尖了。

谢夫特尔先生基本上不管女儿，只求上帝赐给她一个好夫婿。但采丝·费格看得出来，这姑娘已经长疯了，野草似的，满脑子奇思怪想，不着边际。她不许别人在她面前提鲱鱼或小萝卜。她不看杀鸡，不看腌板上的肉，不看腌渍的鱼。如果让她在粥里看到只苍蝇，她那天就什么都不吃。在施德罗夫茨，她没有朋友，总是抱怨镇上的姑娘太普通，太落伍，一结婚就变得邋遢不堪。如果不得不去人多的地方，前一天她就斋戒，以免吐出来。虽然她美丽、聪明、有学问，却总觉得人们对她指指点点，嘲笑她。

好几次采丝·费格都想跟丈夫谈谈管教女儿的事，可又不想打搅他学习。何况，他大概也不懂女人家的事。对所有事，他都有自己的准则。偶尔采丝·费格跟他提起她的担忧，他的唯一回答就是："等她结了婚——上帝保佑——她就会忘了这些愚蠢的念头。"

奥泽亡故后，莱比·妍特尔因为伤心也病倒了，夜不成眠。母亲听到她在黑暗中啜泣。她总是去喝水，一勺又一勺，满满的。采丝·费格搞不懂她的胃怎么能装下那么多水，就好像——上帝不许——她的身体里有一团火，焚烧着五脏六腑。

有时，莱比·妍特尔与母亲说话时好像神不守舍。采丝·费格自忖道，亏得这姑娘不愿见人。但是秘密又能守多久呢？镇上已经有人在嘀咕说，莱比·妍特尔行为古怪。她与猫玩耍；沿着通往墓地的外邦人的街道独自散步。有人与她说话，她立刻脸色煞白，答非所问。有些人觉得她是聋子，还有些人暗示说莱比·妍特尔在尝试魔法。有人看到她曾在月明之夜，走在桥那边的草地上，不时地弯腰摘朵花或药草。女人们提到她时，总要吐口唾沫，以防中邪。"可怜的人儿，这么不幸，又病着。"

2

莱比·妍特尔又要订婚了，这回是与扎维尔切的一个年轻人。谢夫特尔先生派人去考查准新郎，那人回来报告说施梅尔克·莫特尔是位学者。于是婚书拟就，准备签署。

和考查者一同去扎维尔切的还有那人的妻子特恩（他们有个女儿在那儿），特恩跟采丝·费格说，施梅尔克·莫特尔矮小黑瘦，其貌不扬，却有着天才的大脑。他是孤儿，由镇子供他饮食，每天他都去不同的人家吃饭。莱比·妍特尔在旁听着，一言未发。

特恩走后，采丝·费格给女儿端来晚餐——荞麦肉粥，但莱比·妍特尔一口都没吃。她对着盘子前后摇晃，就好像面前摆着的是祈祷书。没多久她就回了自己的房间。采丝·费格叹了口气，也上床睡了。因为要做子夜祷告，谢夫特尔先生早就睡觉了。房子里静悄悄的，只有炉后蟋蟀唱着夜之歌。

采丝·费格突然惊醒了。从莱比·妍特尔的房间，传来一阵被强压住的掊气声，似乎有人窒息了。采丝·费格跑到女儿的房间。明亮的月光下，她看到姑娘坐在床上，头发蓬乱，脸色如纸，强忍着不哭出声来。采丝·费格喊道："我的女儿呀，你这是怎么了？悲哀啊！"她跑进厨房，点了根蜡烛，端着一杯水回到莱比·妍特尔的房间，朝女儿脸上洒了些水，以免——上帝不许——她晕倒。

就在这时，从莱比·妍特尔的嘴里传出了男人的声音。"不用救我，采丝·费格，"那声音说，"我没那么容易晕倒。你还是给我拿杯伏特加吧。"

采丝·费格吓呆了，水也洒了出来。

谢夫特尔先生也醒了。他匆匆忙忙洗了手，披上睡袍，穿上便鞋，来到女儿的房间。

那个男人的声音向他打招呼。"睡得可好呀，谢夫特尔先生。给我来杯杜松子酒吧——我的嗓子干死了，或者梅子白兰地——什么都行，只要能解渴。"

夫妻俩立刻明白了这是怎么一回事：附鬼进入了莱比·妍特尔的身体。谢夫特尔先生哆里哆嗦地问："你是谁？你想要什么？"

"告诉你，你也不认识我，"附鬼说，"你是施德罗夫茨的学者，而我是品谢夫的提琴手。你掐凳子，我掐妞儿。你还在这'幻想的世界'，我已了了余生，翘辫子，尝到了此世之后的滋味。经历过炙烤冻寒，我又回到了这罪恶的世界——天堂无我门，地狱无我路。今晚，我本要飞去品谢夫，却迷路来到了施德罗夫茨——我是乐手，可不是车夫。不过有件事我倒是很清楚，那就是我的嗓子又干又痒。"

采丝·费格抖个不停，手中的蜡烛晃得厉害，燎了谢夫特尔先生的胡须。她想喊，想叫人帮忙，声音却卡在了嗓子眼儿。她双膝发软，只能靠着墙以防摔倒。

谢夫特尔先生揪着自己的鬓发，问那附鬼："你叫什么名字？"

"盖茨尔。"

"你为什么单挑我的女儿？"他绝望地问。

"为什么不呢？她长得好看。我不喜欢难看的——一向如此，永远如此。"附鬼随即大放猥亵浪荡之词，又是意第绪语，又是乐手行话。"别让我等了，亲爱的费格，"他最后大喊，"给我拿杯酒来，我都成干尸了，喉头干痒，五脏痉挛。"

"善良的人啊，帮帮我！"采丝·费格哀号道。手中的蜡烛掉在地上，谢夫特尔先生赶紧捡起，木头房子很容易起火的。

虽然已经很晚了，镇上的人却都跑了过来。心烦意乱、睡不着觉的人到处都有。守夜人特维以为起火了，跑到街上，拿着棍子挨家挨户地敲窗户。不一会儿，谢夫特尔先生家就挤满了人。

莱比·妍特尔的眼睛瞪得大大的，嘴巴扭曲，仿佛犯了癫痫，声音粗粗的，女人的喉咙不可能发出那样的声音。"你们是给我拿杯酒呢，还是不拿？活见鬼，等什么呢？"

"我们要是不拿呢？"屠夫赞维尔问，他刚从屠宰场回来。

"如果不拿，我就把你们揭个底儿掉，你们这些虔诚的伪君子。还有你们老婆的那些秘密——愿她们连人带巢烧个精光。"

"给他酒！给他酒！"众人纷纷说。

谢夫特尔先生的儿子，十一岁的扎多克·梅耶，也被这喧嚣吵醒了。他知道父亲的白兰地放在哪儿，安息日时，谢夫特尔先生总是在吃完鱼后喝白兰地。扎多克·梅耶打开橱柜，倒了一杯酒，递给他姐姐。谢夫特尔先生靠着抽屉柜，腿都软了。采丝·费格已倒在椅子里，邻居们怕她晕倒，往她脸上洒着醋。

莱比·妍特尔伸手接过酒杯，一饮而尽。近前的人简直不敢相信自己的眼睛，姑娘脸上的肌肉动都没动。

附鬼说："你们管这叫酒？水，就是水——嘿，老弟，给我把瓶子拿来！"

"不要给她！不要拿给她！"采丝·费格哭道，"她会把自己毒死的，上帝呀，帮帮我们！"

附鬼大笑，哼了一声。"别担心，采丝·费格，没有什么能再杀死我一次。在我看来，你的白兰地还没糖果的劲儿大。"

"你要是不告诉我们你是谁，怎么到的这儿，就别想再喝酒。"屠夫赞维尔说。既然没人敢对幽灵说话，赞维尔觉得自己有责任担当发言人。

"这个卖肉的想要什么？"附鬼问，"回到你的肠子肚子那儿去！"

"告诉我们你是谁！"

"我还得再说一遍吗？我是品谢夫的提琴手盖茨尔。我喜欢的东西别人也喜欢，我报到后，小妖精们就开始折腾我。我进不了天堂；地狱太热，不合我的胃口，魔鬼们又实在招我烦。于是晚上，我趁看守不在，就开溜了。我本打算去找我老婆——愿她活受罪——但路上太黑了，不知怎么我就到了施德罗夫茨。我透过墙看到这姑娘，心蹦到了嗓子眼儿，就爬进了她的胸膛。"

"你打算待多久？"

"永远加一天。"

谢夫特尔先生吓得几乎说不出话来，但他记念起上帝，恢复了镇定。他喊道："邪灵，我命令你离开我那无辜女儿的身体，去到没有人走、没有兽行的地方。否则，你就会被圣名，被羊角号赶出去，会被开除教籍。"

"继续说，还真能吓住我！"附鬼反击道，"你以为你胡子长就有本事了？"

"无耻的混蛋，以色列的叛徒！"谢夫特尔先生怒气冲冲。

"真小人强过伪君子，"附鬼说，"你也就骗骗施德罗夫茨的傻瓜，品谢夫的提琴手盖茨尔可是见过世面的。跟你们说了，把酒瓶拿来，否则让你们满地找牙。"

门口一阵骚动，拉比来了。有人去叫醒了拉比，随他前来的还有执事本迪特。后者拿着一根棍棒、一只羊角号，还有《天使拉齐勒书》。

3

耶胡希姆拉比一进卧室就命人吹响了羊角号。他让执事往火盆里堆满热煤块，然后将香撒在煤块上。随着药草的烟雾渐渐盈满房间，拉比诵念着《光辉之书》《创造之书》，以及其他喀巴拉书籍里的神圣誓言，命令邪灵离开采丝·费格之女莱比·妍特尔的身体。邪灵却拒不从命，非但没有离开，还鼓着嘴，奏出各种舞曲、进行曲、欢蹦乱跳的乐曲。他时而学古提琴轰轰隆隆，时而如铙钹叮叮当当，一会儿模仿笛子的哨音，转而又似击鼓咚咚。

那天晚上，以及接下来的几个晚上，附鬼所做之事，所说之辞实在罄竹难书——种种不知廉耻的把戏、各种渎神话语、对镇上人的侮辱、所吹嘘的猥亵之事、嘲讽、狂笑、哭喊、一连串的《托拉》引语，还有婚礼小丑的笑话，所有这些竟然合辙押韵，如歌如诉。

附鬼只在晚间说话。白天，莱比·妍特尔筋疲力尽地躺在床上，显然不记得前一晚都发生了些什么。她以为她是病了，有时还央求母亲请医生来，给她开些药。大部分时间她都是昏昏沉沉，二目紧闭，双唇紧锁。

施德罗夫茨拉比的咒语和护身符没有效力，谢夫特尔先生决定去找拉齐明的拉比寻求帮助。他动身的那天早晨变天了，又是风，又是雪。大雪封了路，就是坐雪橇，也很难到达拉齐明。几周过去了，谢夫特尔先生杳无音信。采丝·费格扛不住这场灾难，病倒了，生意上的事都由助手扎尔金德料理。

冬夜漫漫，无聊的人们无所打发时间。天一擦黑，他们就聚集到采丝·费格家，听附鬼瞎扯，围观他的怪诞举止。采丝·费格不许他们来打搅女儿，但在好奇心的驱使下，镇上的人竟然破门而入。

附鬼谁都认识，针对每个人的性情举止各有一套说辞。他总是抹黑德高望重的社区领袖和他们的妻子。他把每个人的真实一面都揭示给他本人：吝啬鬼或骗子，马屁精或乞丐，婊子或势利眼。他与马贩子聊马，与屠夫谈牛。他提醒磨坊主海伊姆，别忘了他自己放在秤下面的那块秤砣，他就是用这样的秤给农民称面粉。他又询问小偷于基夫最近偷了些什么。他的揶揄嘲弄令人惊异，又让人觉得好笑，就连那些上了年纪的人都不免露出笑容。附鬼所知晓的那些事绝不是外人可以知道的，来的人都明白什么秘密都逃不过这幽灵，他能看透他们所有的秘密。虽然邪灵把每个人都羞辱了一番，可众人宁愿忍羞含辱，也想看看其他人被羞辱的样子。

附鬼厌倦了揭别人的短，转而谈起自己干的那些坏事。每个晚上都有新的坏事可聊。附鬼什么都直言不讳，毫不抵赖。有人问他是否后悔那些恶行，他大笑道："后悔又能怎样？一切上天都有记录。吃了只生虫的李子，要被鞭打六百八十九下。一时情欲难忍，那就得滚一周钉板。"嘲弄间歇，他会吹拉弹唱各种曲调，其技艺之高超，生者无人能及。

一天晚上，教师的妻子跑到拉比那里说，人们随着附鬼的音乐跳舞。拉比穿上长袍，戴上帽子，赶紧跑过去。的确，在采丝·费格的厨房里，男男女女翩翩起舞。拉比斥责了他们，警告他们说这是渎神。他严厉禁止采丝·费格允许这帮乱民来到她家，但采丝·费格卧病在床，儿子扎多克·梅耶又住在亲戚家。拉比一走，那些闲人就又跳开了——剪刀舞、争吵舞、哥萨克舞、水波舞。人们一直闹到半夜，直到附鬼打了声鼾，莱比·妍特尔睡着了。

过了几天，镇上又有了新传言：又有一个附鬼进入了莱比·妍特尔体内，这回是个女的。房间里再次挤满了群情激昂的人们。还真是的，一个女人的声音从妍特尔的嘴里发出来——不是她本人的那种柔声细气，而是悍妇嘶哑的嗓音。人们问这个新来的附鬼是谁，她说她叫贝伊尔·茨罗夫，来自普罗克镇，曾在那儿做酒馆女招待，后来当了妓女。

贝伊尔·茨罗夫与提琴手盖茨尔的说话方式不同，带着当地高舌面的扁平口音，混杂着施德罗夫茨镇没听过的日耳曼语系词汇。贝伊尔·茨罗夫唱着那些下流歌曲和士兵小调，她的话让屠夫和刷猪鬃的人听了都脸红。她说她在蛮荒之地流浪了八十年，曾经寓居在猫、火鸡、蛇和蝗虫的体内。她还在一只乌龟的体内待了很久很久。有人问她是否认识提琴手盖茨尔，他也住在这个女人的身体里，她回答说："不认识，也不想认识。"

"为什么不呢？你怎么突然变得高尚了？"屠夫赞维尔问她。

"谁想要一个死了的提琴手？"

人们开始呼叫提琴手盖茨尔，催他说话。他们想听两个附鬼对答，但提琴手盖茨尔沉默不语。

贝伊尔·茨罗夫说："我在这儿没看见什么盖茨尔。"

"也许他躲起来了？"有人说。

"在哪儿？一英里外我就能闻到男人的味儿。"

在这一片叽叽喳喳声中，谢夫特尔先生回来了。他看起来更老更矮了，胡须花白。他从拉齐明带来了驱邪法宝和护身符，挂在房间四角和女儿的脖子上。

人们以为附鬼会反抗护身符，邪灵碰到圣物不都是这样吗？可是人们把护身符挂到莱比·妍特尔的脖子上时，贝伊尔·茨罗夫却默然不语，接着她问："这是什么？神圣的厕纸？"

"这是拉齐明的拉比写的圣名！"谢夫特尔先生喊道，"马上离开我女儿，否则你将片甲无存！"

"跟拉齐明的拉比说，我啐他的护身符。"那女人毫无廉耻地说。

"婊子！恶魔！泼妇！"谢夫特尔先生嚷道。

"那个矬子圣人，他嚷嚷什么呀？什么男人呀——不过是骨头一把胡子一把！"

谢夫特尔先生带来了被赐福的六枚硬币，一块灵珀，还有几件据说能驱邪赶魔的圣物。可贝伊尔·茨罗夫似乎什么都不怕。她嘲笑谢夫特尔先生，还说她晚上会给他的胡子打个妖结。

那天晚上，谢夫特尔先生念诵了圣人艾萨克·卢里亚的《示玛》祷词，睡觉时都戴着穗子四角巾，枕下还压着《创造之书》和一把刀——仿佛女人临盆。但他半夜醒来时，还是感到有看不见的手指在他脸上撩拨，又捋他的胡子。谢夫特尔先生想要喊叫，却被那只手捂住了嘴。早上谢夫特尔先生起床时，发现胡子里乱七八糟地打了许多结，黏黏糊糊像是用胶水粘在一起。

尽管这件事挺吓人，沃尔卡的哈西德却在他们的学经堂里吃着蜂蜜蛋糕，喝着白兰地，举杯庆贺，因为他们是拉齐明拉比的死对头。现在他们有证据了，拉齐明的拉比根本不懂喀巴拉。他们曾建议谢夫特尔先生去沃尔卡，找他们追随的拉比，谢夫特尔先生根本不理会，这下他们可是报了仇。

4

一天晚上，贝伊尔·茨罗夫正在吹嘘她当年的美貌，引得多少男人追着她跑，品谢夫的提琴手突然开了腔："他们瞎激动什么？"他嘲讽地问她，"普罗克就没别的女人了吗？"

一时间大家都沉默了。贝伊尔·茨罗夫似乎丢了舌头，继而是嘶哑的大笑。"这么说，他真在这儿——那个弹棉花的！你躲哪儿去了？泡胆汁里了？"

"你能看不见，我也能做哑巴。接着说呀，老奶奶，接着嘚啵。我还戴着尿布，你的故事就长灰胡子了。换作是我，这种牛皮我会吹给海尔姆那些自作聪明的傻瓜听。在施德罗夫茨，可还有两三个这样的聪明人。"

"挺机灵嘛，嗯？"贝伊尔·茨罗夫说，"让我来告诉你吧。一个弹棉花的，活着不算什么——死了又怎样呢！请原谅，你还是请回吧，回到你的安息之地。在品谢夫的墓里，他们想你了。那些晚上聚在一起祈祷的尸首，还需要一副骨架才能凑上十人数。"

围观的人听着两个附鬼拌嘴，惊得忘了笑。莱比·妍特尔一会儿发出男人的声音，一会儿发出女人的声音。品谢夫的提琴手发的"r"音比较软，普罗克妓女的"r"音比较硬。

莱比·妍特尔靠在两个枕头上，脸色苍白，头发披散，双目紧闭。屋子里挤满了人，个个大睁着眼，却没人看到她的嘴唇动。采丝·费格无力驱赶他们，也没人来帮她。谢夫特尔先生晚上不回家了，睡在学经堂里。女仆登雅那一年没干满就离开了。采丝·费格的助手扎尔金德晚上要回家找老婆孩子。人们进进出出，就好像这是无主的房子。每当有社区里的德高望重之人过来训斥这群混混，拿着姑娘的不幸寻开心，那两个附鬼就连骂带咒。他们还给镇上的人取了新的外号：管闲事的瑞茨、吃货敏德、硬汉耶科、婊子德芙什。有几次，外邦人和当地乡绅也来看这个奇迹，附鬼就用波兰语逗弄他们。一个地主后来在酒馆说，华沙最好的剧院也比不上施德罗夫茨的这俩死鬼的好戏。

又过了些时日，曾经对拉齐明的拉比忠贞不贰的谢夫特尔先生屈服了，决定去拜访沃尔卡的拉比；或许他能帮一把。

与此同时，两个附鬼继续唇枪舌剑。一般来说，男女之间的口舌之战，女人总是占上风，但品谢夫的提琴手还真不输给普罗克的妓女。提琴手总是说与一个婊子——一个有强奸证的女人——扯皮，有损他的尊严，但也架不住混混儿们的怂恿。"回答她！别让她把你说没词儿了！"他们吹口哨，喝倒彩，又是拍手，又是跺脚。

智力较量逐渐演变成了讲故事。贝伊尔·茨罗夫说她母亲是个虔诚善良的女人，给丈夫——一个游手好闲的哈西德——生了八个孩子，都是女孩儿。贝伊尔·茨罗夫出生时，她父亲实在懊恼，竟离家而去。他骗到了一百个拉比的签名，得到了再婚的许可，而她母亲则成了弃妇。为养家糊口，她每天早晨都去市场卖热豆子给叶希瓦的学生。一个留着山羊胡，鬓发耷拉到肩膀的邪恶老师来教贝伊尔·茨罗夫祷告，却强奸了她。她还不到八岁。贝伊尔·茨罗夫接着讲她如何成了酒馆女招待，农民如何掐她，骂她，扯她的头发。又有个假装虔诚的鸨母，将她带到遥远的城市，卖入了妓院。姑娘们听得眼泪汪汪，小伙子们也不禁擦着眼角。

提琴手盖茨尔问了她许多问题。她的客人都是些什么人？他们付多少钱？她得给拉皮条的多少钱？自己还能剩下多少过日子？她有没有和土耳其人或黑人睡过？

贝伊尔·茨罗夫一一回答了他的问题。年轻的淫棍用自己的法子折磨她，年老的色鬼提出各种要求，令她厌倦。鸨母拿走她的每一分钱，面包还锁在橱柜里。拉皮条的用湿皮带抽打她，针扎进她的臀部。吃不饱饭，又想家，她就这样得了结核病，在救济院里咳嗽到死。她被埋在了墓园篱笆的外面，所以没人给她念《卡迪什》悼文，一群妖魔鬼怪立刻抓住了她。死亡天使杜马让她念出包含她的名字的希伯来经文，她不会，天使就用火杖劈开了她的墓。她祈求去地狱，在那儿只需忍受十二个月的惩罚，可魔鬼们把她带到了蛮荒之地。她说她在蛮荒之地见到一个深坑，那里是火焚谷的入口，白天黑夜都可听到罪人们受罚的尖叫。她被带到冻海，被风暴摧毁的船只一动不动，死去的船员和船长变成了石头。贝伊尔·茨罗夫还飞到过巨人之地，他们有两个头，每个额头上长着一只眼睛。他们很少生女孩儿，每个女人有六个丈夫。

提琴手盖茨尔也讲了他的故事。他曾去婚礼上演奏，还有乡绅们的舞会，当时发生了什么，后来发生了什么，以及死后发生了什么。他说坏人并不悔过，即便是在下面。虽然他们已经知道了事情的真相，灵魂却仍然追求欲望。赌博者打着看不见的牌，小偷继续偷，骗子骗着鬼，好色者丑态百出。

闻听此言，镇上的人都惊呆了。屠夫赞维尔问："都烂在地里了，还怎么犯罪？"

盖茨尔解释说，归根结底，享受罪孽的是灵魂，不是肉体，所以受罚的也是灵魂。再说了，有各种各样的身体可以暂时借用，烟雾，蛛网，或者影子，直到毁灭天使把他们撕成碎片。城堡、旅馆、荒漠废墟，还有深渊，藏在这些地方都可以躲避审判，还可以向复仇天使行贿，给他们些许诺，或者塞给他们那些虽无实体，却可在下界的酒馆和妓院里使用的钱。

有人喊道这不可能，盖茨尔于是叫贝伊尔·茨罗夫为他做证。"告诉我们，贝伊尔·茨罗夫，这些年你到底都做了些什么？你是在背诵《诗篇》，还是在沼泽、荒原闲逛，与妖魔鬼怪出双入对？"

贝伊尔·茨罗夫没回答，咯咯笑了两声，一阵咳嗽。"我说不了话——嘴太干了。"

"对呀，我们喝一杯吧。"盖茨尔附和道。有人拿来一杯白兰地，莱比·妍特尔一饮而尽如喝水，眼都没眨，闪都不闪一下。显然，身体里的附鬼已完全控制了她。

屠夫赞维尔发觉两个附鬼已言归于好，于是他问：“你们要不结婚吧？很般配的一对儿呀。”

“我们结婚后做什么呢？”贝伊尔·茨罗夫问，“用同一本祈祷书祈祷？”

“你们可以做所有夫妻都做的事。”

“用什么做？我们什么都经过了。反正也没时间了——我们在这儿待不长。”

“怎么啦？莱比·妍特尔还年轻嘛。”

“沃尔卡的拉比可跟拉齐明的那个傻瓜不同，”贝伊尔·茨罗夫说，“阿斯魔德都怕他的那些法宝。”

“让沃尔卡的拉比舔我的——你知道哪儿，”盖茨尔夸口说，“不过我可不打算做新郎。”

“我配不上你？”贝伊尔·茨罗夫喊道，“你要是知道向我求婚的是些什么人，你得再死一回。”

“她现在就咒我，以后会怎样？”盖茨尔开着玩笑，“而且她太老了，能当我的太奶奶——比我大七十岁，你们自己算吧。”

“笨蛋。我死的时候才二十七，不会变老了。你多大，酒鬼？快六十了吧，我敢说。”

“我还不到五十呢，差多少年就让你那肿身子上长多少块疮。”

“给我身子就行，我不在乎长疮。”

两个附鬼你来我往，围观的人不断地劝，终于，他们同意了。没有亲耳听到这对死鸳鸯如何为嫁妆、聘礼、彩礼争论不休的人，是无法想象那些邪灵能做出什么事来的。

贝伊尔·茨罗夫说她早已为她的种种罪孽付出了代价，现在就像处女一样纯洁。“再说，有真正的处女吗？”她争辩道，“每个灵魂都在男男女女的身体里住了无数次。天堂里已经没有新的灵魂了。灵魂都要在大锅里洗一遍，就像逾越节前洗盘子，洗干净再送回人间。昨日的乞丐是今日的富豪，拉比的妻子成了车夫，偷马贼摇身变作社区长老，净屠师回来变成了一头牛。所以，有什么大惊小怪的？一切都是同一块面团揉出来的——猫和老鼠、捕熊的和熊、老人和婴儿。"贝伊尔·茨罗夫曾几次轮回，做过粮商、挤奶工、拉比妻子、《塔木德》教师。

"你还记得《塔木德》吗？"盖茨尔问。

"要不是忘却天使拧了我的鼻子，我肯定还记得。"

"你们觉得我的新娘怎么样？"盖茨尔笑道，"伶牙俐齿，石头都能被她说动。要是我在品谢夫的老婆知道我如今要娶的是什么人，她得把自己淹死在泔水桶里。"

"你尸骨未寒，就有别人填了你老婆的床……"

这桩怪事传遍了全镇：明天，在谢夫特尔先生家要举行一场婚礼；提琴手盖茨尔和贝伊尔·茨罗夫将结为夫妻。

5

拉比听说了此事，明令禁止任何人参加黑色婚礼。他派执事本迪特守在谢夫特尔先生的家门口，不许任何人进入。可是那天晚上，天降大雪，凌晨时分寒冷彻骨。冷风吹起团团雪花，飞入家家户户的烟囱。本迪特从头到脚银装素裹，如孩子们堆的雪人。他妻子来把几乎冻僵的本迪特拽回了家。天一擦黑，那群乌合之众就聚集到了谢夫特尔先生家。有人带来伏特加和白兰地，还有人拿来了羊肉干和蜂蜜蛋糕。

与往常一样，莱比·妍特尔昏睡了一整天，病中的采丝·费格给她嘴里灌了几勺汤，她都没醒。可是天刚黑，姑娘就坐了起来。房间里挤满了人，简直动弹不得。

屠夫赞维尔担当司仪。"新娘，今天婚礼，你斋戒了吗？"

"死人吃饭，装模作样。"贝伊尔·茨罗夫答了一句成语。

"你呢，新郎，准备好了吗？"

"让她先拿嫁妆来。"

"我的一切都给你——一撮土、一点发霉的面包渣……"

那天晚上，盖茨尔证明他不仅是专业乐手，还可以担当拉比、赞礼员以及婚礼小丑的职责。他先为新人演奏了一支悲伤的曲调——"上帝怀仁"，然后是一曲欢歌，还有插科打诨。他敦促新娘要从一而终，要仪态万方，要料理家务。他提醒新人要记住死期不远，他唱道：

> 哭吧，新娘，哭泣呻吟，
> 亡者怕孤单。
> 有生之日，大潮之下，
> 新郎等新娘。
> 尸体具具，幽灵憧憧，
> 魔鬼欲求伴。
> 杜马天使，魔鬼谢德，
> 棺材即婚床。

虽然这婚礼不过是场戏，还是赚得了不少女人的泪滴。一切都照习俗进行。盖茨尔又是布道，又是唱歌奏乐。宾客们当真听到了如泣的提琴、悠长的黑管、轻诉的小号，以及哀鸣的风笛。盖茨尔假装为新娘戴上面纱，并奏起面纱礼的相应乐曲。婚礼进行曲后，他念道："汝今圣洁"，这是到了戴戒指的环节。他发表了新郎演说，宣读结婚礼物：蒙着裹尸布的镜子、一小袋圣地泥土、殡葬洗勺、停止的钟表。宾客们的情绪低落了，盖茨尔于是奏了一曲科索茨基舞曲。他们想跳舞，但是太拥挤，寸步难移，便只是摇摆着身体，晃动着手臂。

贝伊尔·茨罗夫突然悲叹一声："唉，盖茨尔！"

"怎么啦，我的小鸽子！"

"为什么这不能是真的？我们不是没活过呀！"

"呸！现实不过一线悬。"

"我没把这当儿戏，你这个傻瓜。"

"管他呢，我们且开怀畅饮，自得其乐。愿我们尽享欢愉，直到地狱之火都熄灭。"

有人拿来杯红酒，莱比·妍特尔一仰脖，滴酒不剩，接着将酒杯掷向墙壁。盖茨尔诵念了一首宗教小学的歌谣：

此乃挪亚道，
擦干泪眼角。
生者与死者，
共饮酒一觞。
酒令你强劲，
永恒亘古长。

采丝·费格再也无法忍受了。她从病床上挣扎着起来，裹上一条披巾，趿拉着便鞋，试图挤过人群。"畜生，"她嚷道，"你们在折磨我的孩子！"

贝伊尔·茨罗夫冲她尖叫："别担心，坏脾气的老太婆！腐烂的提琴手总比扎维尔切的怪人强！"

◆
6

夜半时分，门外传来一阵脚步声、呼喊声。谢夫特尔先生从沃尔卡回来了，带着一袋子新的护身符和灵器法宝。沃尔卡拉比的哈西德追随者与他一同进屋，要把那些乌合之众赶出去。他们挥舞着手中的腰带，喊叫着："出去，你们这些人渣！"

几个年轻人想和沃尔卡的哈西德打一架，但施德罗夫茨的人站了这么久，已经累了，很快就三三两两地出了房门。盖茨尔冲他们喊："兄弟们，别让那些神圣的傻瓜拿住你们！让他们尝尝拳头的滋味！嘿，你，那个大块头！"

"胆小鬼！杂种！耗子！"贝伊尔·茨罗夫厉声骂着。

沃尔卡的几个哈西德挨了一两拳，但不一会儿，那群混混儿就都溜走了。哈西德们拥进房间，呼哧带喘地威胁附鬼，要将他们开出教籍。

沃尔卡会堂的管理员阿维格多·雅夫罗维先生冲到莱比·妍特尔的床前，

要将灵符挂到她的脖子上，但姑娘的右手扯掉了他的礼帽和小圆帽，左手揪着他的胡子。其他哈西德试图将他拽走，莱比·妍特尔却左右出击，拳打脚踢，又抓又咬。有个男人挨了个耳光，另一个的鬓发被揪住，还有一个被啐了一脸，第四个的肋部吃了一拳。为了吓走这些虔诚的人，她大喊大叫，说她是在不洁净的那几天。接着她不顾羞耻，扯开衣服。那些目光没有回避的人说，她的肚子胀得像面鼓，左右各有一块突起，像头一样大，显然幽灵就在那儿。盖茨尔一会儿狮吼，一会儿狼号，一会儿又蛇嘶。他骂沃尔卡的拉比是阉人，是小丑，是狒狒，所有的圣人都侮辱一遍，又骂起了上帝。

谢夫特尔先生跌坐在地板上，如丧考妣。他双手捂住眼睛，前后摇晃着身体，似乎面前陈放着亲人的尸体。采丝·费格抄起笤帚要把围着她女儿的人赶走，却被拽到一边，摔倒在地。邻里的两位妇人扶她起来。她的帽子掉了，露出剃过的头皮，已长出了灰色短楂。她举起双拳哭号着："虐待狂，你们这是要杀死我的孩子呀！天父啊，请您在他们身上降下给法老的诅咒！"

终于，几个年轻的哈西德抓住了莱比·妍特尔的手脚，用带子将她绑在床上，接着把沃尔卡拉比的护身符挂在了她的脖子上。

刚才在混乱中默不作声的盖茨尔这时又开口了："告诉你们那位施奇迹者，他的法宝不过是些废物。"

"恶魔，你已身在地狱，还要抵赖吗？"阿维格多·雅夫罗维怒吼道。

"地狱里都是你的同类。"

"野狗，恶棍，堕鬼！"

"你们骂什么，这些寄生虫？"贝伊尔·茨罗夫喊道，"你们那位神圣的傻瓜，给你们这些冒牌的法宝，难道是我们的错？你们还是别管这姑娘了。我们没有伤害她。她好我们就好。我们是犹太人，要记住——不是鞑靼人。我们的灵魂也曾站在西奈山下。如果生前有过错，我们已经付出了代价，外加利息。"

"婊子、贱人、荡妇，给我出来！"一个哈西德喊道。

"想出去时，我自会出去。"

"托德莱斯，吹响羊角号——长音！"

羊角号那诡异的哀号响彻寒夜。

贝伊尔·茨罗夫大笑，揶揄道："热着吹，凉着吹，谁在乎？"

"吹颤音！"

"你那疝气带下面颤得还不够吗？"盖茨尔说着风凉话。

"撒旦，亚玛力人，叛教者！"

几小时过去了，附鬼还是不肯离开。有几个沃尔卡的哈西德回家了。还有几个靠着墙，准备战斗到最后一口气。跑掉的混混儿们又回来了，拿着棍子和刀。追随拉齐明拉比的哈西德，听说沃尔卡拉比的法宝无效，跑过来看热闹。

谢夫特尔先生从地上爬起来，伤心欲绝，向附鬼求情。"如果你们是犹太人，就该有着犹太人的心肠。看看我那无辜的女儿成了什么样子，躺在那里如待宰羔羊。我的妻子病了，我也撑不住了。我的生意要完蛋了。你们还要折磨我们多久？就算是杀人犯，也会有那么一点点怜悯。"

"没有人怜悯我们。"

"我会确保你们得到宽恕。《圣经》上说：'逃亡的人不致从祂那里被赶出去。'犹太灵魂不会被永久弃绝。"

"你会为我们做什么？"盖茨尔问，"帮我们呻吟？"

"我会为你们诵读《诗篇》和《密西拿》，我会捐钱捐物，我会为你们念整整十二个月的《卡迪什》。"

"我可不是那帮农民，你骗不了我。"

"我从不骗人。"

"发誓你不会食言！"盖茨尔命令道。

"怎么回事，盖茨尔？你现在就急着离开我了？"贝伊尔·茨罗夫大笑。

盖茨尔打了个哈欠。"我同情老人家。"

"新婚宴尔，你就要我成为弃妇？"

"你可以跟我走嘛。"

"去哪儿？黑暗之山后面？"

"目之所及，我们所至。"

"你是说眼窝子，你这个戏子！"

"发誓，谢夫特尔先生，你将遵守所有承诺，"提琴手盖茨尔重复道，"对上帝发誓。如果你食言，我就带着全班魔鬼回来，让你的尸骨随风飘散。"

"别发誓，谢夫特尔先生，别发誓！"哈西德们喊道，"这样的誓言是对圣名的亵渎！"

"发誓，我的丈夫，发誓。不那么做，我们就都完了。"

谢夫特尔先生手放在胡子上。"死魂灵，我发誓兑现我的全部承诺。我会为你们学习《密西拿》，我会为你们念十二个月的《卡迪什》。告诉我你们何时去世，我会为你们点亮纪念蜡烛。如果你们的坟上没有墓碑，我会去你们的墓地，为你们树碑。"

"我们的坟早就被铲平了。来吧，贝伊尔·茨罗夫，我们走吧。品谢夫的黎明到了。"

"小妖精，你就这样白白诳了一个犹太女儿！"贝伊尔·茨罗夫责备他。

"嘿，靠边点，"盖茨尔嚷道，"否则我就进到你们身体里了！"

房间里乱作一团，门虽开着，却没人出得去。礼帽、小圆帽被挤掉了，长袍挂在钉子上，扯破了。人群发出低沉的叫声，几个哈西德摔倒了，被踩了几脚。莱比·妍特尔大张着嘴，似乎有声枪响。她的眼珠一翻，倒在枕头上，脸色煞白如死人。屋里腾起一股臭味——坟墓的臭味。采丝·费格跌跌撞撞地跑向女儿，将她松绑。姑娘的腹部平了，好像女人刚生完孩子，肚子陷了下去。

后来，谢夫特尔先生发誓说，看到两个火球从莱比·妍特尔的鼻孔里冲出来，向窗户飞去。窗户裂了一道缝，两个罪恶的灵魂就从那里回到了"幻想的世界"。

7

附鬼已离开几周了，莱比·妍特尔仍卧病在床。医生用了杯吸术和水蛭疗法给她放血，但莱比·妍特尔连眼睛都没有睁开。晚上陪床的看护会的女人说，她听到窗外有人在唱悲伤的歌，还听到盖茨尔的声音，央求她将挂在姑娘脖子上的护身符拿下来，让他进去。那女人还听到了贝伊尔·茨罗夫的笑声。

慢慢地，莱比·妍特尔开始恢复，但几乎不说话。她坐在床上，凝视着窗外。冬天过去了，燕子从和暖的国度归来，在檐下筑巢。莱比·妍特尔能从床上看到会堂屋顶，那里有两只鹳在修补去年的巢。

谢夫特尔先生和采丝·费格担心莱比·妍特尔嫁不出去了，但施梅尔克·莫特尔从扎维尔切写信说，他会遵守承诺，只要再增加三分之一的嫁妆。谢夫特尔先生和采丝·费格立刻答应了。五旬节后，施梅尔克·莫特尔出现在施德罗夫茨镇的会堂——他比宗教小学的孩子高不了多少，细细的脖子，脑袋却很大，鬓发编得紧紧的，像上竖起，如同长了两只角。两道浓眉下面，一双深邃的眼睛向下盯着鼻尖。一走进学经堂，他就掏出《革马拉》开始学习，坐在那儿，摇晃着，咕哝着，直到人们带他去参加订婚礼。

谢夫特尔先生只邀请了几个人参加订婚宴，女儿被鬼附体期间，他在拉齐明派和沃尔卡派的哈西德中间都树了不少敌人。按照习俗，男人一桌，女人一桌。新郎做了即席布道，关于《出埃及记》中"被石头打死的牛"。这种场合的布道一般是半个小时，但两个钟头过去了，新郎还在用他那尖厉的嗓音高声宣讲，伴着各种激动的手势。他的脸扭曲着，似乎什么地方疼痛难忍。他揪着自己的鬓发，抓着刚刚开始长胡子的下巴，又拽了拽耳垂，时而咧着嘴笑，露出黑黑的牙齿，钉子般尖利。

莱比·妍特尔目不转睛地盯着他。女人们试着跟她说话，让她尝尝曲奇、果酱、蜂蜜酒，但莱比·妍特尔紧咬嘴唇，只是直勾勾地盯着他。

宾客们开始咳嗽，坐立不安，想方设法地暗示布道该结束了。终于，新郎讲完了。拿到婚书，新郎并没有马上签字。他先从头到尾读了一遍，纸都碰到了鼻尖，显然是个近视眼，然后开始讨价还价。"祈祷巾要有银线。"

"什么线都可以。"谢夫特尔先生同意。

"写上。"

这一条写在了空白处。新郎继续提要求。"我要一部斯洛维塔印的《塔木德》。”

“好的，从斯洛维塔买。”

“写上。”

一番讨价还价，一番注明添加，新郎签署了婚书：已故卡特瑞尔·格多尔之子施梅尔克·莫特尔。签名的字迹小如苍蝇屎。

谢夫特尔先生把婚书拿到莱比·妍特尔面前，递给她一支笔。她清清楚楚、明明白白地说：“我不签字。”

“女儿，你这是在羞辱我！”

“我不会跟他生活在一起。”

采丝·费格掐着自己那皱巴巴的面颊。“大家回去吧！”她喊道，吹灭了烛台上的蜡烛。几个女人陪着蒙羞的母亲哭泣；还有几个在责备新娘。姑娘只是一言不发。没过多久，人们都走了，房间里熄了灯，仆人出去关上了百叶窗。

谢夫特尔先生通常是去会堂祈祷的第一批人，但那天早晨，他没有出现在那个神圣的地方，采丝·费格也没有像往常一样去采购。谢夫特尔先生家房门紧闭，窗户也关着。施梅尔克·莫特尔则立刻返回了扎维尔切。

过了段时日，谢夫特尔先生又开始去会堂祈祷了，采丝·费格又提着篮子去市场了，但莱比·妍特尔却不再出现在街上。人们还以为她父母送她去了外地，其实莱比·妍特尔就待在家里。她待在自己的房间，不与任何人说话。母亲给她端来汤，要先敲门，就好像他们是什么大户人家。莱比·妍特尔几乎不吃东西，采丝·费格就把饭菜送到救济院。

有那么几个月，仍有媒人上门，但是她曾被鬼附身，又让一位新郎蒙羞，不会有什么好姻缘了。谢夫特尔先生试图取得扎维尔切那个年轻人的谅解，但他已经去了立陶宛的叶希瓦。也有传言说他用腰带上吊了。很明显，莱比·妍特尔嫁不出去了。她弟弟扎多克·梅耶已渐渐长大成人，和本丁的一位姑娘成了亲，搬走了。

首先辞世的是谢夫特尔先生。那是一个冬夜，周四，谢夫特尔先生去做子夜礼拜。他站在诵经台前，额上涂灰，念诵圣殿被毁的哀歌。那晚有个乞丐在会堂过夜。大约凌晨三点，乞丐醒来，把土豆放到炉子里。突然他听到一声闷响，站起来，看到谢夫特尔先生倒在地上。他拿来水罐，往他脸上洒了些水，但魂魄已去。

镇上的人为谢夫特尔先生的辞世而哀悼。他的尸体没有被抬回家，而是停放在会堂里。头前点着蜡烛，直到发丧之时。葬礼在周五，拉比和镇上的几位学者致悼词，莱比·妍特尔和母亲一同扶柩。她从头到脚裹着黑巾，露出的脸白如墓地的雪。两个儿子没有来，他们住得太远，葬礼又不能推迟到安息日之后，尸体久置是对死者的不敬。谢夫特尔先生被安葬在老拉比的墓旁。众所周知，周五下午入土的人不会感受到坟墓的重压，因为天使杜马在安息日前夕，会将他的火杖放到一旁。

采丝·费格勉强又多活了几年。她日渐憔悴，腰弯得像根歪蜡烛。在她生命的最后几年里，她不再管生意上的事，完全依赖助手扎尔金德。天一亮，她就起床去妇女会堂祷告。她常常去墓地，扑倒在谢夫特尔先生的坟前。她的死和她丈夫的死一样突然。那一天是赎罪日，人们正在做晚祷。采丝·费格已经站了一整天，在会堂男女分区的栏杆边哭泣。旁边的人看到她那张蜡黄的脸，劝她不要再斋戒了，生命先于所有律法，但她不听。当赞礼员唱道："天堂之门敞开"时，采丝·费格从胸前掏出一小瓶防晕厥的香精。瓶子从她手中掉落，她向前倒向了诵经台。人们一阵惊呼，女人们赶忙去请医生，但采丝·费格已经去了"真实的世界"。她说的最后几个字是："我的女儿……"

这一次，葬礼推迟到两个儿子回来才举行。他们与莱比·妍特尔坐在一起哀悼，除了他们，莱比·妍特尔谁也不见。有人来悼念亡者，安慰生者，只会见到耶蒂迪亚和扎多克·梅耶。莱比·妍特尔则把自己锁在屋中。

谢夫特尔先生的财产所剩无几了。人们议论说是助手偷挪了钱财，却没有证据。谢夫特尔先生和采丝·费格没有账本，所有货物往来都是用粉笔记在柜子板上。七天丧期一过，两个儿子就将扎尔金德拉到了拉比法庭，可他提出要在圣卷和黑蜡烛前起誓，雇主的钱他分文未动。拉比没有允许他做这样的誓言。拉比说，如果一个人能够违背"不可偷盗"的诫命，也会违背诫命"不可妄称耶和华——你神的名"。

审判结束后，两个儿子回家了。莱比·妍特尔还是和仆人在一起。扎尔金德接管了生意，每周只给莱比·妍特尔两盾买食物。很快，他连这也不想给了，只给她几枚格罗什。女仆也走了，另谋高就。

没有了仆人，莱比·妍特尔只得抛头露面，不过她从不在白天出来，只有天黑后，街上无人，店铺也少有人去时，她才出来。她总是冷不丁地突然冒出来，店主们都怕她，基督徒院子里养的狗冲她直叫。

无论冬夏，她都是从头到脚裹着长披巾。有时进到店里，却又忘了要买什么。她总是多付钱，好像忘了怎么数数。有几次，人们看到她进到外邦人的酒馆里买伏特加。守夜人特维曾经听到莱比·妍特尔夜里在房间里踱步，自言自语。

采丝·费格的生前好友多次想来看望莱比·妍特尔，但门总是闩着。节期时，莱比·妍特尔从来不去会堂为亲人的亡灵祈祷。尼桑月和以禄月，她也从不去父母的坟前祭奠。周五，她不烤安息日面包，也不做隔夜炖肉，大概也不念蜡烛祷词。甚至在至圣节期，她也不去妇女会堂。

人们渐渐忘了莱比·妍特尔——似乎她已不在人世——但她还活着。有时，她家的烟囱会冒出炊烟。深夜，人们时而看到她去井边打水。见到她的人发誓说她一点都没变老，只是脸色更白了，头发更红了，也更长了。据说莱比·妍特尔与猫一起玩耍。有人悄悄说她和魔鬼做了交易，有人认为是附鬼又回来找她了。扎尔金德仍然每周四给她送些面粉，就放在门厅的食品柜里，他也给莱比·妍特尔提供柴火。

那条街上本来住着几户犹太人，但渐渐地，房主把房子卖给了外邦人。有个杀猪的搬了进来，房子周围竖起高高的篱笆。还有间房住进了一个聋子，是个老寡妇，纺线度日，脚边趴着条瞎狗。

许多年过去了。以禄月的一个清晨，拉比正泡了壶茶，在书房里写评论，守夜人特维敲响了房门。他对拉比说，他看到莱比·妍特尔朝拉多姆方向走了。姑娘穿着一件白色长裙；没戴头巾，光着脚。在她身旁有个长发男子，拿着提琴盒。当晚正是满月，华光遍地。特维想叫她，可是两人在月下都没有影子，他很害怕。当他再看时，二人都消失了。拉比让特维等一等，等来会堂做晨祷的人都到了，特维便将幽灵的事告诉了众人。车夫和屠夫一起去了谢夫特尔先生家。他们敲了敲门，无人应答，于是破门而入，看到了已经死去的莱比·妍特尔。屋子中间，她躺在一堆垃圾里，穿着长裙，光着脚，红发散乱。显然，她已死去多日——一周甚至更长时间。丧葬会的女人们赶紧把尸体抬到清洗房。寿衣裁缝打开衣柜，一群蛾子飞了出来，蝗虫似的挤满房间。所有衣服都被吃掉了，所有织物都已霉烂。

莱比·妍特尔不是自杀，而且她生前显然已出现各种疯症，所以拉比允许将她葬在父母的墓旁。镇上半数的人都前去为她送葬。兄弟俩得到消息后，稍后赶来，他们卖掉了房子，为她的坟订购了墓碑。

大家都明白，陪着莱比·妍特尔去拉多姆的那个男人，就是品谢夫的已故提琴手。采丝·费格以前的女仆登雅说，莱比·妍特尔忘不掉死去的新郎奥泽，奥泽就变成附鬼阻止她与施梅尔克·莫特尔成婚。但奥泽可是位学者，出身豪门，他去哪里学了音乐，还能像婚礼小丑似的粉墨登场？他又为什么扮成提琴手，出现在去往拉多姆的路上？那天晚上，他和莱比·妍特尔要去哪里？贝伊尔·茨罗夫又去了哪儿？可以肯定的是，真相永远无从知晓。

又过了许多年，人们仍忘不了那位故去的提琴手。夜里会堂寂寥无人时，人们听到他在拉琴。在净身浴池，在救济院，在墓地，人们都能隐隐听到他的琴声。镇上的人都说，他会去参加婚礼。婚礼结束时，当施德罗夫茨镇的乐队已停止演奏后，有时人们还能听到几句徘徊的乐音，大家知道那是已故提琴手。

秋天落叶纷纷，风从圣十字山吹来，烟囱里常传出低低的琴声，发丝般轻细，婆婆世界般悲哀，连孩子都能听到。他们会问："妈妈，是谁在演奏？"母亲会说："睡吧，孩子，那是已故提琴手。"

韩颖 译

火神海娜[1]

◆1◆

没错，有些人的的确确是魔鬼。上帝保佑我们！母亲生孩子的时候会看到好多东西，可她们从不说。

绰号叫火神海娜的她就不是人，而是从格亨纳来的一团火。我知道，人们不该谈论死者的恶行，她为自己的罪孽已经遭受过巨大煎熬。她身子里面总带着团烈火难道是她的过错吗？人们可以从她的眼睛里看到这团烈火：那双眼睛如煤一般。看着挺吓人的。她肤色黝黑，像个吉卜赛人，长着一张瘦条脸，两颊塌陷，形容憔悴——已经皮包骨头。有回我看到她在河里洗澡。她的肋骨像铁箍般往外突。像海娜这样的人怎么可能会长脂肪呢？无论谁跟她说话，无论对方说的话多么无辜，她都会立刻攻击人家。她会尖叫，挥舞着拳头，像个疯子般团团转，气得脸色煞白。如果你想辩解自卫，她随时准备活活吃了你，还会摔碗砸碟子。每隔几星期，她丈夫贝尔·查克勒斯就得买套新的碗碟。

她对谁都不放心。好像全镇的人故意让她难堪。她勃然大怒的时候，嘴里说的那些话连疯子都不会说出口。各种骂人诅咒的胡言乱语像虫子吃过的豌豆般喷涌而出。经书里的咒语她牢记在心。像她这种人不会不扔石块。某年隆冬时节，有回，她砸了邻居家的玻璃，这位邻居根本闹不清为什么会这样。

----

[1] 由作者和多罗西娅·斯特劳斯翻译。——原注

海娜有孩子，四个姑娘。可是等她们长大后，个个都离家跑了。一个在卢布林做了用人；一个去了美国；最漂亮的马尔科莱得猩红热死了；最小的那位嫁给了一个老头子。

她丈夫贝尔大概是个圣人。只有圣人才可能忍受一个泼妇二十年。他是个制筛匠。冬天的那些日子，天还黑黑的就要起床。筛匠还得自己提供蜡烛。他挣的钱只有那么一丁点。没错，他们是很穷，不过，穷人也不止他们一家。装一马车粉笔也写不完海娜冲丈夫吼叫的那些怨言怒语。我住他家隔壁，有回，天刚亮，他出去干活，我听到她在丈夫后面叫喊，"回来时不得好死"！我不知道她骂丈夫的理由是什么。贝尔把身上的子儿全都给了她，还爱着她。一个人怎么会爱这样一个恶魔？只有老天知道。无论如何，谁能琢磨得透男人心里在想些什么？

我亲爱的人儿啊，最后连丈夫都逃离她了。某年夏天的早晨，星期五，贝尔离家去净身浴池，然后就像水里的石头般消失了。海娜听到有人说看见他离开小镇，直接就犯了癫痫病掉进水沟。她拿自己的脑袋往石头上磕，口吐白沫，嘴里像蛇般咝咝地响。有人往她左手塞了把钥匙，可是不管用。她的头巾掉在地上，暴露出一个事实，她没有剃头。人们把她弄回家。我从来没见过那种脸，绿得像草，眼珠子直往上翻。她刚到家，就开始破口大骂，我感觉从那时起她就没再停下来。据说她睡着的时候都会骂人。在赎罪日上，她站在会堂妇女区里，拉比的老婆给不识字的人朗读祈祷文的时候，海娜就破口大骂拉比、赞礼员和长老们。她诅咒她丈夫遭报应，希望他得天花得坏疽。她还亵渎上帝。

贝尔抛弃她后，她就彻底疯了。通常，被遗弃的女人都到别人家揉面或者当女佣。可是谁会让一个像海娜这样恶毒的人到自己家里去呢？她试着星期四出去卖鱼，可是女人们问她价格的时候，她会这样回答："你既然什么都不想买，干吗上这儿来戏弄我呢？你还是四处逛逛，去别的地方买吧。"

有个主妇拣了条鱼，拎起鱼鳃想看看是不是新鲜，海娜一把从她手里夺过去，咆哮着说，"你闻它干吗？吃臭鱼就让你跌份了吗？"她一连列出好长串这个女人的父母、祖父母、曾祖父母被指控犯的罪过，恨不得回溯到十辈子上去。其他鱼贩子都卖完自己的货，海娜的鱼还有一桶呢。每隔几星期，海娜才洗次衣服。可别问我她是怎么过的。她对每件东西都骂骂咧咧，包括洗衣盆、晒衣绳、水泵。她要是看到挂起来晒干的衬衫上有块灰尘，就会埋怨是邻居干的。她会把别人家的绳子都扯下来。你能听到她的叫骂声传遍半个镇子。人们害怕她，就不跟她计较，但那对双方都不好。如果你回应了，她的嚷嚷声就会更大，可如果她叫骂的时候你不吱声，她就会说："跟我说话丢你们的脸吗？"想应对又不受她的侮辱简直不可能。

起先，每到节假日，她的女儿们还从大点的城镇回家来探亲。几个孩子都是好姑娘，脾性全随了父亲。母女相见的片刻还会亲吻啊，拥抱啊，可你还不知道是怎么回事，我们住的屠夫巷就已经大打出手，盘子砸了，玻璃打了。某个女儿像中了毒般从家里跑出来，海娜拿根棍子在后面追出来，大喊大叫说："你这个娼妇、婊子、妓女，你要化在你妈肚子里就好了！"贝尔抛弃她后，海娜怀疑女儿们知道他在哪里。尽管姑娘们庄严发誓说不知道，海娜还是怒吼："小心发假誓脑勺上长出嘴巴来！"

可怜的姑娘们还能怎么样呢？只好像瘟疫般躲开她。海娜就找到镇子里的教书先生，央求他替自己写信说要跟她们断绝关系。她不再是她们的母亲，她们也不再是她的女儿。

在小镇上，还是不许有人饿死的。不少好心人很同情海娜。他们常常给她送来汤羹、大蒜罗宋汤、面包、土豆，或者不管他们能拿得出的什么，然后把东西放在门槛上。走进她的家就像走进狮子洞穴。海娜很少尝他们送的礼物，都扔进垃圾沟里。她这种人吵吵打打才过得下去。

因为成年人不理睬她，海娜就开始跟孩子们吵架。一个男孩从身边经过，海娜就会抢走他的帽子，因为想当然地认为这个孩子偷了她树上的梨子。她的那些梨子个个硬得像石头，还味如嚼蜡，猪都不会吃。她只是需要个借口而已。她自己经常撒谎，还管其他所有的人叫骗子。她去警长那里，把半个镇的人都告了，指控这个是犯伪造罪，指控那个从加利西亚走私禁运品。她告密说哈西德对沙皇不尊重。秋天的时候，开始征新兵，海娜就在市场上宣布说，有钱人家的孩子暂缓征召，选拔的都是穷人家的孩子。

这也是实情。不过如果他们全都被征去了，难道就不好吗？总得有人服兵役。但是，像海娜那样自许正派的人，是忍受不了不公正的。那些俄罗斯军官担心她会惹出麻烦，就把她送进精神病院了。

一个士兵和行政官员过来抓她的时候，我正好在场。她举着一把斧头对准他们。她制造出一场巨大的混乱，全镇的人都跑过来了。可一个女人能有多大能耐呢？她被捆着装上了车，轮番操着俄语、波兰语和意第绪语开骂。她像猪挨了宰般大喊大叫。最后她被带到卢布林，给穿上了拘束衣。

我不知道是怎么回事，反正大概表现好吧，不到一年，她就回镇上了。有一家人搬进她原来住的那个小破屋，可是她在一个寒冷的午夜把这家人全都赶了出来。第二天，海娜宣称自己家被人抢了。她到左邻右舍挨家挨户去找自己的东西，对谁都羞辱一番。别人不许她再进妇女会堂了，甚至想买个敬畏之日期间的座位都遭到拒绝。事情到了这种程度，甚至她出去到井边打水，大家见了都跑。接近她就是很危险。

她连死者都不尊重。如果有灵柩经过，海娜就对着吐唾沫，还大声喊叫，希望这个死者的灵魂永远在荒野中游荡。良善些的人对她充耳不闻，可如果哀悼者是那些普普通通的人，海娜就会挨顿毒打。她喜欢被揍，这可是真的。她还会跑着四处炫耀被这个人打了个包，又被那个人打青了眼睛。她跑到药剂师那里去买来蚂蟥和软膏。她要求大伙儿都上拉比那里去，可是执事不肯再听她的，拉比也定了个规矩，禁止她进入自己的书房。她又到外邦人那里去碰运气，可他们都只是嘲笑她。除了上帝，已经没有人在她身边了。照海娜的说法，她和万能的主关系最好了。

听听接下来是怎么回事。有个叫考佩尔·科罗兹的马车夫，住得离海娜很近。有天深更半夜，他被求救的尖叫声吵醒了。他看了看窗户外面，发现街对面的鞋匠家着火了。他赶紧提了桶水去帮着灭火。可是火不在鞋匠家，其实在海娜家。他看到的只是照在鞋匠家的火影。考佩尔跑到她家里，一看，所有的东西全都在燃烧：桌子、条椅、橱柜。这可不是寻常的火。小火苗像鸟儿般四处飞舞。海娜的睡裙都着火了。考佩尔把睡裙从她身上撕掉，她赤条条地站在那里，就跟刚生下来的那天一样。

屠夫巷起火可不是桩小事。冬季房屋的木头比平常还要干燥。一点火星就会让整个巷子化为灰烬。大家都赶来救火,可是火苗飞舞,开始转而翻起筋斗。随时都可能引燃别的东西。海娜拿大披巾裹住自己赤裸裸的身子,可是周边的穗子又燃烧起来,像无数支蜡烛。大家到天亮才把火扑灭。有人已经被烟呛倒了。这些根本就不是火苗,是来自地狱的小妖精。

早上,火势又爆发了。海娜的亚麻布床开始自燃起来。那天我去过海娜家的小屋。床单上到处都是洞。被子和铺着羽绒的床上也是洞。揉面槽里的生面团已经被烤成一长条扁扁的熟面包。燃烧的扫帚从地板上席卷过去,又点燃了垃圾箱。火焰的舌头舔着所有的东西。上帝保佑我们,这是恶主玩的把戏。海娜把大家都送给了魔鬼,现在魔鬼开始攻击她了。

这场火还是设法被扑灭了。屠夫巷的人都警告拉比,如果不能劝诱海娜离开,他们可要自行处理了。人人都为自己的亲戚和财产担心。谁都不愿为别人的罪孽付出代价。海娜就去拉比家哭诉:"我能去哪里呢?到处都是杀人犯、强盗、畜生!"

她的声音变得像只乌鸦般嘶哑起来。她大叫大嚷的时候,头巾又燃烧起来。不在现场的人根本不会知道恶魔都会干出什么来。

海娜站在拉比的书房,一个劲儿地恳求他让她住下去时,她的房子又起火了。一道火焰从屋顶喷涌而出,样子很像一个长着长头发的男人,它飞舞着,呼啸着。教堂拉响报警的钟。消防员尽了最大的努力,可是数分钟工夫,除了烟囱和一堆燃烧的灰烬还在那里,就什么都没了。

后来,海娜散布谣言说是她的邻居放火烧了自己家的屋子。可其实并非这样。谁会试图干这种事,何况还刮着风?很多证人可以做证事实恰恰相反。那个火影挥舞着胳臂,疯狂地大笑着,接着腾空而起,消失在云中。

从那以后,大家才开始管她叫火神海娜。在此之前,人们都叫她黑海娜。

2

海娜发现自己头顶已经没有屋檐可遮蔽时,就尝试着搬到救济院去,可是那些穷人和病人都不想让她进去。没有人愿意被活活烧死。她人生头一次变得沉默寡言了。一个外邦伐木工把她带到自己家里。她刚跨进门槛，伐木工的斧头就开始着火了，她只好又出来。要不是拉比收留，她就会冻死在冷天里。

　　拉比在离家不远的地方有间临时窝棚，只有在住棚节期间才会使用。这间窝棚有个顶盖儿，可以用一组滑轮打开或者关上。拉比的儿子装了个锡炉子，这样海娜就不至于冻僵。拉比的妻子献出一张铺着草垫和亚麻的床。他们还能怎么样呢？犹太人是不许一个人走上绝路的。他们祈愿魔鬼们能尊重住棚节用的棚子，不要着火了。虽然这间棚屋没有门柱圣卷，但拉比在墙上挂了个法宝。镇上有些人想给海娜带来吃的，但拉比妻子说："她吃的那点饭菜，我还是有能力提供的。"

　　住棚节过后，很快冬季的寒冷就来了，一直持续到普珥节来临。房屋全都被雪覆盖了。早晨，大家都得自铲门前雪。海娜整天在床上躺着。她已经不是原来的那个海娜了：温顺得像只绵羊。可是恶魔仍然从她眼睛里向外探视。拉比的儿子每天早晨都来给她填火炉。他在学经堂里报告说，海娜整天躺在羽绒床上缩在被窝里，不说一句话。拉比的妻子提议她来厨房，或许可以帮着做点家务活儿。海娜也拒绝了。"我可不想让拉比的那些书有个三长两短。"她说。镇上都悄悄口耳相传说，或许那位恶魔已经离开她了。

　　普珥节期间，天气忽然暖和起来。冰融化了，河水泛滥起来。大桥街都被水淹了。穷人家可悲惨了。不过如果洪水发在晚上，家具开始四处漂荡，生活会变得无法忍受。过大桥街动用了条木筏。面包店早已开始为逾越节准备薄饼，可是水渗进面袋，弄得面粉都不能用了。

　　忽然，拉比的家里传来一声尖叫。住棚节用的那个棚子忽然像盏纸糊的灯笼般燃烧起来。事情发生在半夜。后来，海娜讲述说，一只燃烧的手从屋顶伸下来，顷刻间所有的东西都燃烧起来。她抓起一条毛毯裹住身子，没穿衣服就跑进满是泥浆的院子里。拉比有什么选择吗？只好让她进屋去。晚上，拉比的妻子就不睡觉了。海娜对拉比说："我不该让你做这种事的。"甚至在棚子没有烧毁之前，拉比出嫁的女儿桃贝就把自己的嫁妆收拾在一条被单里，如果发生火灾，她就可以在注意到的刹那挽救下来。

第二天，社区的长老们开了个会。大家发了很多言，争论嚷嚷了半天，可是却没有做出个决定。有人建议把海娜送到别的镇上去。她突然闯进拉比的书房，穿得破破烂烂，像个活着的稻草人。"拉比，我在这里生活了一辈子，我要死在这里。让他们给我挖个坟墓，把我埋了吧。墓地不会起火的。"她又能开口了，别的人都很惊讶。

泽里葛先生也出席了会议，他是个水管工，为人正派，他最后提了个建议。"拉比，我到时给她盖个小砖房，砖不会燃烧。"

他工作不要报酬，只要成本费。后来有个盖屋顶的匠人答应给砖房做个屋顶。海娜在屠夫巷有份地产，烟囱还矗立在那里。

想要盖个房子得花好几个月的时间，但是这个小建筑却在普珥节和逾越节之间就竖立起来了，每个人都帮了把手。学经堂的男孩们倒灰，学生们负责搬砖，叶希瓦的学生搅拌灰泥。上釉工尤德尔贡献出窗玻璃。有谚语说，穷不了集体。有钱的法力克先生捐出锡铁做了屋顶。今天还是废墟，第二天房子就起来了。其实那是间简陋的棚屋，连地板都没有，不过一个人能有多少需求呢？大家给海娜送了张铁床，一个枕头，一张草垫，一张羽绒褥子。她甚至都没有监督那些建设者。她坐在拉比家的厨房里，小心不要起火。

房子刚好在逾越节的头一天完工。扶贫基金为海娜家里储存了薄饼、土豆、鸡蛋、辣根，这些全都是生活必需品。别人甚至还给她赠送了套崭新的餐具。只有一件事，人人都拒绝去做，那就是请她参加逾越节家宴。傍晚时分，大伙透过她家窗玻璃往里瞧：没有过节的样子，没有家宴，没有蜡烛。她自个儿坐在条椅上，咔嚓咔嚓地嚼着胡萝卜。

你永远不知道很多事情最后怎么结局。开始，听不到任何有关海娜的女儿敏德尔的消息，她去了美国。有句话是怎么说来着？大洋彼岸是另一个世界。人们去了美国，就忘记了爹妈，忘记了犹太人的身份以及上帝。好多年过去了，从她那里没有传回来一句话。但是，最终敏德尔用自己的行为证明自己是个有心的孩子。她嫁人了，丈夫后来非常富有。

我们当地邮所有个送信员，其实就是个淳朴的农民。有一天，一个陌生的邮递员出现了。他留了部长胡子，夹克上缀着镀金纽扣，帽子上缝着徽章。他带来一封需要收件人签字的信件。你想那是给谁的信呢？是给海娜的。她签名的机会大概不会超过我跳四对方舞的机会。她在签收单上胡乱涂画了三个符号，还叫了个人做证。长话短说，这封信里装着钱。那位教书先生李佩过来读了那封信，半个镇子的人来听了。

"亲爱的妈妈，你的担忧结束了。我丈夫现在很有钱。纽约是个大城市，每个星期中都能吃到雪白的面包。人人都讲英语，犹太人也讲英语。晚上明亮得像白天。火车在高高的轨道上行驶，就在房顶旁边。你跟爸爸和好吧，我会把你们两个接来美国。"

镇里的人不知道该笑还是哭。海娜听着，但不发一语。她既不诅咒也不赞美。

过了一个月，又来了一封信，然后再过两个月，又来了封信。一美元值两个卢布。镇上有个代理商，听说海娜收到美国寄来的钱，对她提出各种交易的建议。她想买幢房子吗？或者想做某个商店的合伙人吗？我们镇上有个人称信使赖泽尔的人，尽管没人派他往任何地方送过东西。他找到海娜，提出去寻找她丈夫。如果他还活着，赖泽尔保证说能找到他。要么带他回家，要么让他给海娜寄回一纸离婚的状子。海娜回答："如果你带他回来，就带个死的回来，我还会打断你的腿，让你拄着拐杖走路。"

海娜还是那个海娜，可是邻居们开始对她小题大做。人们就是这样。只要他们闻到格罗什，立刻就兴奋起来。如今他们迅速开始对她好起来，叫她海娜丽，对她殷勤备至。海娜却对他们怒目而视，嘴里咕咕哝哝地叫骂。她径直来到兹鲁勒酒馆，买一大瓶伏特加带回家去。长话短说，海娜开始酗酒了。女人喝酒是很罕见的，即便在外邦人中，而犹太女人喝酒简直从来没听说过。海娜躺在床上，大口灌着酒。她连唱带哭，做着各种疯狂的鬼脸。她经常穿着内衣去市场，后面跟着发嘘声的淘气的孩子。像海娜这种行为举止是亵渎神灵的，可是镇上的人能怎么样呢？没有人会因为喝酒进监狱。当官的自己就经常喝得烂醉。邻居们说，海娜天明起来就喝上一杯伏特加。这是她的早餐。喝完继续睡，醒来后又开始正经八百地喝起来。有时，她会忽发奇想，打开窗户，扔出去几枚硬币。小孩子们为了捡到硬币，恨不得拼了命。他们在地上找寻钱币的时候，海娜就把污水粪便从他们的头顶上泼过去。拉比派人去请她，但其实他还是不费口舌的好。大家都觉得她会喝死自己。事情的结局却完全不同。

通常，海娜都是早上出门。有时她会去水井那里打一桶水。屠夫巷有几条野狗，有时她会朝狗扔一块骨头。镇上没有户外厕所，人们只能在露天解决自己的需求。几天过去了，没人看见海娜。邻居们想透过她家窗户偷看，可是窗帘拉着。他们敲门也没人来开。最后人们破门而入，那幕景象谁都不愿再看到。不久前，海娜从一个寡妇那里买了把软垫椅，那是件旧家具。她经常坐在椅子里喝酒，胡乱自言自语。大家打开门后，看到椅子里坐着一具漆黑得像煤块的人体骷髅。

我亲爱的人儿啊，海娜已经烧成脆片。可是怎么成这样的？椅子本身几乎完好无损，只是背部材料有些燎焦。要把一个人彻底烧成这个样子，得需要一场比烧热每周五净身浴池还要大的火才行。就算烤一只鹅也需要大量的柴火。可是椅子却毫发未损。连床上的亚麻布都没着火。她家里买了一个五斗柜，一张桌子，一个衣柜，这些东西件件都没有损坏。可是海娜却成了一块煤。没有身体可以放平躺下、清洁，或者穿上寿衣。当官的匆匆赶到海娜家，他们简直难以相信自己的眼睛。没有人看见有一星火，没有人闻到烟味。这团邪恶之火会从哪里来呢？炉子里和三脚架下都不见有灰烬。海娜很少做饭。镇上的医生查品斯基来了。他的眼珠子惊得都快掉出来了。他站在那里，像座泥塑的雕像。

"怎么可能啊？"警长问道。

"是不可能，"医生回答说，"如果有人告诉我发生了这种事，我会说他是个卑鄙的骗子。"

"可这事还是发生了。"警长打断说。

查品斯基耸耸肩，含含糊糊地说："我实在难以理解。"

有人提议说，可能是被闪电击成那样的。然而，好几个星期，既没有闪过电，也没有响过雷啊。

附近的地主乡绅听到这件事后，都来现场观看。屠夫巷挤满了四轮马车、折篷大马车、轻便马车。大伙站在那里，目瞪口呆。人人都想找到合理的解释。这太超出常理了。椅子的软垫里塞满亚麻，干得像胡椒粉。

有传言说伏特加在海娜的胃里燃烧起来了。可是谁听说过五脏六腑里起火的事儿？医生摇着脑袋说："真是个难解之谜。"

准备海娜的葬礼就没有任何意义。他们把她的骨头装在袋子里，带到墓地，然后就埋了她。挖墓人读了遍祈祷文《卡迪什》。后来她的几个女儿从卢布林过来，可是她们能听到什么呢？火跟海娜形影不离，最后一场火结束了她的生命。她骂人的话中经常用"火"这个词：脑袋里是火，肚子里是火。她会说："你应该像支蜡烛般烧了。""你应该发烧着就着起来。""你应该燃烧得像根引火棍。"字句是有魔力的。俗话说："一阵风容易过去，一句话却会永远留下来。"

我亲爱的人儿啊，海娜死了后都常常惹麻烦。马车夫考佩尔从她女儿手里买来那所房子，改造成马厩。可是马经常夜里出汗感冒。如果一匹马那样得了感冒，它就完了。草料着过好几次。一个曾经为洗衣服的事跟海娜吵过架的邻居发誓说，海娜的鬼魂从衣绳上扯下被单，扔进泥巴里。那鬼魂还掀翻洗衣盆。我不在现场，但是对海娜这种人，不管说她什么事都是可以相信的。至今我都能看到她的样子，黑黑的，瘦瘦的，胸脯平得像男人，长着双像被捕猎到的野兽般疯狂的眼睛。她体内有什么东西在燃烧。她肯定备受折磨。我记得我的祖母说过："幸福人生永远不会让人拿脑袋去撞墙。"可是，无论遇到什么不幸的打击，我说："可以突然发作，但是对很多事情要笑脸相待。"

感谢上帝，不是每个人都能承受得起不停地悲悼自己的命运。我们镇上有个拉比曾经说过："如果人们不是为了自己的面包而工作，每个人就会把时间花在哀悼自己的死亡上，生活将变成一个盛大的葬礼。"

杨向荣 译

写 信 者[1]

1

赫尔曼·高比内睁开一只眼。每天早晨他都是这样醒来——慢慢地，先睁开一只眼，再睁开一只眼，目光落在开裂的天花板和街对面的部分建筑上。他是凌晨上床的，大约三点，很久才睡着，现在快十点了。最近，赫尔曼·高比内有些失眠。起夜时，总是记不清他在哪儿、他是谁，甚至他的名字。过几秒才会意识到他不在克罗敏了，也不在华沙，而是在纽约上城，哥伦布大道和中央公园西路之间的一条街道上。

冬天。蒸汽在暖气管里嘶嘶作响。第二次世界大战早已结束，赫尔曼（或者说海伊姆·大卫，他在克罗敏的名字）的家人都被纳粹杀害了。他现在是一家犹太出版社的编辑、校对和翻译，这家名为"锡安"的出版社就在坚尼街。他单身，快五十了，身体不好。

"几点了？"他咕哝道。他感觉舌苔很厚，嘴唇干裂，双膝疼痛，头昏昏沉沉如敲闷鼓，口中有股苦涩的味道。他挣扎起身，脚放在旧地毯上。"怎么了？下雪了？"他喃喃道，"好吧，是冬天了。"

他在窗边站了一会儿，向外观看。雪中露出趴在路边、熄了火的汽车，如沉淹的文明旧迹。街道上通常是垃圾遍地，喧嚣一片，孩子们——黑人和波多黎各人——跑来跑去。现在寒冷将众人赶回了家。安宁、洁白，让他想起了老家，想起了克罗敏。赫尔曼跌跌撞撞地向浴室走去。

Ⅰ.由阿莉兹·谢芙林和伊丽莎白·舒布翻译。——原注

卧室小如洞穴，只能放下一张床。起居室里堆满了书，一面墙是顶天立地的一排书柜，另一面墙边摆放着两个书架。根据租约，房东有义务每三年给公寓刷一次漆，但赫尔曼·高比内给管理员塞了些钱，不让他管。他的许多旧书，一动就会散架。再说新漆怎么就一定比旧漆好？尘土厚厚地积了几层。有只母老鼠溜进了房间，赫尔曼每天晚上都给它摆上一片面包、一小块奶酪和一碟清水，以免它咬书。好在它没下崽儿。偶尔不等熄灯，它就冒险跑出洞来。赫尔曼还给它起了个犹太名字：胡尔达。它那鼓鼓的小眼睛好奇地盯着他，它不怕他了。

赫尔曼住的这栋楼有许多缺陷，暖气却是不缺，从凌晨到深夜一直烧着。房东是波多黎各人，绝不会让租户的孩子冻着。

浴室里没有淋浴，赫尔曼每天在浴缸里洗澡。门内有面镜子，从中间向下裂了道缝，赫尔曼看到了镜中的自己——穿着肥肥大大的睡衣，小小的个子，皮包骨头，细细的脖子撑起一颗大脑袋，两鬓已斑白，宽额头上印着深深的额纹，鼻子有些歪，颧骨高挺。只有在他的深色眼睛里，在女孩子似的长睫毛下，尚可隐约感到些青春气息，那双眼睛似乎有时还闪着狡黠的光。长年阅读那些蝇头小字，并没有损害他的视力，造成近视。虽然他的身体已被疾病和营养不良损耗殆尽，但体内残存的那点能量似乎都集中在了他的目光里。

他缓慢而仔细地刮着脸，纤长的十指微颤，很容易割伤自己。浴缸里渐渐注满了热水。他脱下衣服，吃惊地看到自己那瘦削的身体——他的胸部很窄，四肢如柴，颈肩间塌陷下去。进浴缸虽然困难，躺在热水里却很惬意。赫尔曼总是找不到肥皂。肥皂像个活物，常常顽皮地从他手中滑脱，他只能在水里摸索。"你跑哪儿去了？"他对肥皂说，"你这个坏蛋！"他相信万物都有生命，所谓的无生命物有着它们自己的奇思怪想。

赫尔曼·高比内认为自己是少数几个蒙拣选之人，能看透表象。他曾见到一张吸墨纸自己从桌上起来，慢慢地，摇摇晃晃地飘向门，到了门那儿又缓缓下降，似乎有只看不见的手用一根隐形的线拉着它。整个过程完全不可理解。赫尔曼怎么想也想不明白这背后的原因是什么。这是那种无法被科学、宗教或传说所解释的奇异之事。赫尔曼弯腰捡起那张吸墨纸，放回桌上，从此再没动过，那上面压满了纸，落满了灰，干掉了——一个无生命的物体，在那一刻，不知怎的摆脱了物理定律。赫尔曼·高比内知道那不是幻觉，也不是做梦。此事发生在晚上八点，在一个灯光通明的房间中。那天，他没有生病，甚至没有心绪不宁。他从不饮酒，非常清醒。当时他站在衣柜旁，正要从抽屉里拿条手绢。突然他的目光被桌子吸引了，他看到吸墨纸升起、飘落。他也并非头一次碰到这类事，从童年时起，他就有过相似的经历。

无论干什么，他都需要花很长时间——洗澡、擦干、穿衣。匆忙不是他的风格。他的才干源于认真。锡安的校对看得太快，漏掉很多错误。翻译碰到不确定的事，都懒得花时间查字典。懂希伯来语的美国人，甚至以色列人，大多对元音符号和细微语法知之甚少。赫尔曼·高比内则花工夫学习这些知识。他的确干得慢，但锡安的所有者，老头子莫里斯·科尔沃，甚至他的儿子们，那些半拉子外邦人，都承认是赫尔曼·高比内为出版社赢得了声誉。可惜莫里斯·科尔沃老了，不中用了，出版社面临关门的危险。有传言说，他的儿子们已经等不及他死，就要把出版社卖掉了。

赫尔曼就是想快也快不起来。他走路只能是小碎步，喝碗汤都要半小时。查字典，选一个恰当的词，或查百科全书，动辄就要耗费几个小时。有几次他试图快一些，结果是灾难性的；他扭了脚，戳伤了手，从楼梯上滚了下去，甚至险些被车撞了。每一件琐事对他来说都是一次考验——刮脸，穿衣，把脏衣服送到中国人开的洗衣房，在餐馆吃饭。过马路也是问题，信号灯刚刚变绿，就又变红了。那些握着方向盘的人拥有速度和机器人的道德水准。要是你跑得不够快，他们就能从你身上轧过去。最近他的手脚开始发抖，本来他写字是很认真的，现在却几乎写不了东西。他有一台打字机，只用右手食指敲字。老科尔沃坚持说，高比内的种种麻烦都是因为他吃素；不吃肉，哪儿来的力气。赫尔曼是死也不会吃肉的。

赫尔曼穿上一只袜子，歇了会儿，又穿上一只袜子，又歇了会儿。他的脉搏很慢——每分钟大约五十下。稍一用力，他就感到头晕。灵魂在他体内已经快要活不下去了。有几次当他躺在床上，或坐在椅子里时，他的灵魂离开了躯体，在屋子里游荡，甚至飞出窗外。他看到他的身体晕过去，死了一般。谁能数得清他看到过多少次幻象，经历过多少次心灵感应和千里透视，做过多少预言性的梦！谁又会相信他？同事们嘲笑他，老科尔沃一杯白兰地下肚，就说赫尔曼迷信，容易上当。他们视他为怪人。

很久以前，赫尔曼·高比内就得出结论，现代人是狂热的不信者，正如古人是疯狂的虔信者。这代人的理性主义，本就是些先入为主的观点。心理分析、法西斯、激进主义，这些都是二十世纪的教条。哦，天哪！他，赫尔曼·高比内，面对这些能做些什么？他只能静观其变，缄默不言，别无他法。

"冬天了，冬天了！"赫尔曼自言自语，半如念诵，半似呻吟。"光明节是什么时候？今年的冬天来得早了些。"赫尔曼习惯了自言自语。他一贯如此。把他养大的叔叔是个聋子。他的奶奶——愿她的灵魂安息——常半夜起来，念诵那些只有老古董祈祷书里才有的忏悔祷词和哀歌。赫尔曼——海伊姆·大卫——还没有生下来，父亲就去世了。母亲远嫁到另一个城市，和第二任丈夫又有了孩子。海伊姆·大卫总是一个人待着，即便在宗教小学和叶希瓦读书时也是如此。如今，希特勒杀死了他的全家，没有亲人与他通信，他就给陌生人写信。

"几点了？"赫尔曼再次问自己。他穿着深色西服，白衬衫，打着黑色领带，走进小厨房，那里放着没有冰的冰柜和他从不用的炉子。每周两次，送奶工将一瓶牛奶放在他门口。赫尔曼有几桶蔬菜罐头，留着不出门时吃。他发现人的需求可以很少，半杯牛奶、一块椒盐饼就可以维持一整天，一双鞋他穿了五年。西服、外套从来穿不旧，帽子也戴不坏。只是常洗的衣物有些旧了，不是穿旧的，而是因为中国洗衣工使用的化学品。家具当然也用不坏。如果没有打车、买礼物的花销，他本可以省下许多钱。

他喝了杯牛奶，吃了块饼干，然后小心翼翼地穿上黑色外套，戴上羊毛围巾，再穿上橡胶靴，戴上宽檐毡帽。他把书籍和手稿装进公文包。公文包一天比一天沉，不是因为装的东西越来越多，而是因为他的力气越来越小。他戴上墨镜，以防雪地太过刺眼。离开公寓前，他向床，向堆满纸张的书桌（最下面压着吸墨纸），向书籍，向洞里的老鼠道别。他已经倒掉了昨天的剩水，在碟子里放上了清水，旁边摆上一块薄脆饼干和一小片奶酪。"好啦，胡尔达，好好的！"

走廊里收音机震天响。深色皮肤的女人头发也不梳，眼神暴怒，讲着异常浓重的西班牙语。孩子们几乎是半裸着跑来跑去。男人们显然没有工作，无所事事地在拥挤的楼道闲逛，站着吃饭，或是弹着曼陀林琴。房间里飘出来的气味令赫尔曼几乎晕倒。各种炸鱼煎肉。走廊里充斥着大蒜、洋葱、烟熏味儿，还有一种令人作呕的刺鼻味道。到了晚上，邻居们肆无忌惮地跳舞大笑，有时还打上一架，女人们尖叫着呼救。曾经有个女人半夜时分咚咚咚地敲赫尔曼的门，寻求庇护，有个男人要拿刀捅她。

❷

赫尔曼下楼，停在信箱旁。其他住户很少收到信件，而赫尔曼·高比内的信箱每天早晨都塞得满满的。他拿出钥匙，手指颤颤巍巍，将钥匙插入锁孔，取出邮件。看信封他就知道信是谁寄的。盐湖城的艾丽丝·格雷森用的是玫瑰红色的信封。加利福尼亚州帕萨迪纳的罗伯塔·霍夫太太一向用殡仪公司的公务信封，她在那儿工作。阿拉斯加州费尔班克斯的伯莎·戈登小姐显然有许多剩下的圣诞卡信封。今天，赫尔曼头一次收到了一位罗斯·比奇曼太太的信，来自肯塔基州的路易斯维尔。信封背面，她的名字和地址都是手写的，还是花体。除了信件，还有几本神秘主义的杂志，都是赫尔曼·高比内从美国、英国，甚至澳大利亚订的。公文包里装不下，赫尔曼将那些信件杂志一股脑地塞进了外套口袋。他走到马路边，等出租车。

这条街上少有出租车，特别是空车，但他实在没力气走半个街区到中央公园西路或哥伦布大道。赫尔曼靠祈祷和自我暗示对抗身体的虚弱。站在雪中，他低声念了一段祷词，祈求出租车的到来。他不断地把手插进兜里，感受着信封里的信件。这些信件和杂志已成为他生命的本质。他通过它们与灵魂建立联系，由此获得了友谊，甚至女人的爱情。信中所述加强了他对通灵之力以及世外存在的信念。他给这些从未谋面的通信者寄去礼物，也收到她们的礼物。她们亲热地称他为赫尔曼，把自己的想法、梦境、希望都告诉他，还有通过占卜板、神写语、桌灵转和其他超自然渠道得到的讯息。

赫尔曼·高比内与这些女人建立联系是通过他订的杂志，这些杂志刊登读者经历，也登出写作者的名字和地址，文章大多是女人写的。赫尔曼·高比内总是挑选那些住得比较远的人来通信。他不想与她们见面。他从作者讲述的方式，以及名字和地址，就能感觉出来那个女人是否会与他通信，几乎从未出错。他寄去一纸短笺，对方就会报以长信一封。有时他甚至收到整部手稿。与他通信的人很多，以至于他每周的邮费都要花上几美元。许多信件还是用特快或挂号寄出。

奇迹每天都会有。他刚刚念完祷词，就来了一辆出租车。司机将车停在房子旁，就好像通过心灵感应收到了什么指令。上车令赫尔曼筋疲力尽，他将头靠在车窗上歇了许久，双眼紧闭，感谢不知哪位神灵听到了他的祈祷。人们一定是瞎了眼，才不承认"上天之手"，或者其他什么叫法。有种力量在关心着人们最微小的需求。

他的灵魂显然可以离开躯体，飘向远方。所有通信者都见过他。有一个晚上，他在洛杉矶，也在墨西哥城，在俄勒冈，也在苏格兰。他感知到远方的朋友病了，不久就会收到来信，说她前些日子抱恙住院。这些年有些通信者去世了，每次他都有预感。

最近几周，赫尔曼有种强烈的预感，锡安要倒闭了。这件事大家的确已议论多年，但赫尔曼知道那只是谣言。而就在最近，员工们开始乐观起来；行情比以前好了。虽然老头子总说亏损，但大家都知道他在撒谎，就是为了不涨工资。赫尔曼·高比内正在做的新希伯来语英语字典很有可能卖出几万本。尽管如此，赫尔曼敢肯定灾难即将来临，就像他的老寒腿能预报天气一样。

出租车沿哥伦布大道向南行驶。赫尔曼瞟了一眼窗外，又闭上眼睛。

冬日的纽约有什么可看的？他依然笼罩在愁云里。不论穿多少件毛衣，他总是觉得冷。而且天冷时，人们不太容易感知灵魂及心灵感应。赫尔曼把领子竖高了些，手插在兜里。寒冷国度产生的文明是暴力的。他真不该在纽约住下。如果他住在南加州，怎会如此受制于天气？哦，好吧……在南加州找得到犹太出版社吗？

出租车停在了坚尼街。赫尔曼付了车费，又加了五十美分的小费。他对自己很节俭，但给司机、服务生、电梯工的小费，却很大方。圣诞节时，他甚至会给他的波多黎各邻居们买礼物。电梯工萨姆应该是去街对面的自助餐厅喝咖啡了，赫尔曼只能等着。萨姆总是随心所欲。他和莫里斯·科尔沃是老乡，唯一的电梯工，他不想来时，人们就只能爬楼梯。他还是共产党。

等了十分钟，萨姆来了——他个子矮小，背挺宽，一张脸似乎是零七八碎凑在一起的：窄额、浓眉、鼓眼、大眼袋，圆鼻头上满是樱桃红的痣。他走路不太稳。赫尔曼跟他打了个招呼，他却只是咕哝一声。意第绪语左派报纸从裤子后兜伸出来。他没有立即关闭电梯门，先是咳了几声，然后点着一根雪茄。突然他啐了一口，大声说："听到消息了吗？"

"出什么事了？"

"他们把这栋楼卖了。"

"啊哈，果真如此！"赫尔曼自言自语道。"卖了？怎么会？"他问道。

"怎么会？因为睿智的老家伙不中用了，他那几个儿子根本不在乎。这儿要建车库。他们要把房子拆了，把书扔到垃圾堆里去。这帮法西斯杂种，从他们手里别想拿到一分钱！"

"什么时候的事？"

"谁知道，反正发生了。"

好吧，我的确可预知未来，赫尔曼心想。他沉默不语。编辑部的人已经说了许多年要加入工会，提出养老金计划，却一直只是空谈。老科尔沃想方设法地阻挠。他们的工资的确低，但他偶尔会给老朋友们塞上五美元、十美元作为奖金。光明节发钱，普珥节有礼物，总的来说，他就像旧式的欧洲老板。反对他的人都被解雇了。会计和其他人还能在别的地方找到工作，作者和编辑却无处可去。犹太文化在美国是正在消失的专业领域。犹太人去世后，他们的宗教书籍和希伯来语书籍会被捐赠给图书馆，或者直接扔掉了事。希特勒主义和战争暂时提高了人们对犹太文化的兴趣，但还不足以使希伯来语宗教书籍的出版产生利润。

"唉，七个丰年已过。"赫尔曼自言自语地咕哝着。电梯到了三层，开门就是编辑室——一间大屋子，天花板很低，配有旧家具和老式的打字机。电话都是老式的。屋子里有股灰尘和蜡的味道，空气污浊憋闷。

科尔沃的总编拉斐尔·罗宾斯坐在带垫子的椅子上，正在读一份手稿，眼镜掉到了鼻尖。他有痔疮，前列腺也不好。他中等身材，宽肩膀，圆脑袋，凸出的肚子，眼睛下面的皮肤松弛了，有许多褶子。他的脸给人的感觉是祖父的慈爱加上老太太的狡黠。多年来，他的主要任务就是与老科尔沃共进午餐。在大家眼里，罗宾斯是个好吹牛皮的骗子和马屁精。他有一屋子的色情书——年轻时的遗留物。和萨姆一样，他也是莫里斯·科尔沃的老乡。拉斐尔·罗宾斯的儿子是物理学家，研究原子弹。女儿嫁给了一位富有的华尔街经纪人。拉斐尔·罗宾斯有不少存款，而且岁数也大了，可以领社会养老金。罗宾斯一边读稿子，一边挠着他的秃顶，摇了摇头。他基本上不退稿件，许多稿件就堆在桌子上，放在他的两个书架上，或扔在大家煮咖啡的小厨房的橱柜里，经年累月地积着灰尘。

多年以来，编纂字典的约翰纳·阿巴巴奈尔教授一直就是莫里斯·科尔沃的摇钱树，出版社的顶梁柱。没人知道他的教授头衔从何而来。他从未获得过学位，甚至没上过大学。据说是老科尔沃给了他这个教授头衔。除了编过几部字典，阿巴巴奈尔还编辑过一部拉比引言布道集、几本给男孩子的成人礼学习书，还有一些再版了很多次的手册。阿巴巴奈尔七十多岁，单身，心梗过一次，还做过疝气手术。他挣着微薄的工资，住在便宜旅馆，每年都担心自己要被解雇。他有几个穷亲戚要养活。他是个小个儿男人，须发皆白，小小的脸，通红如一只冻苹果，蓬乱的白眉遮挡了一双小眼睛。他坐在桌边，又是喘又是咳，用钢笔写着蝇头小字。最近这几年，已经不能指望他独立完成任何编辑工作了。每个字都得经赫尔曼·高比内看过，整篇稿子都得重写。

不知什么原因，办公室里的人来时从来不打招呼，说声"嗨"或"你好"什么的，走时也同样无言。他们白天的确会偶尔交谈几句。有些人还会突然走到同事面前，掏心掏肺一番，或者邀请这位同事共进晚餐，虽然此前两个人几个月都没说过话。然而第二天，两人又像刚吵过架似的。这么多年，他们已经彼此厌倦了。怨言龃龉越积越多，谁都无法忘记。

利普什茨小姐大学毕业就来锡安工作了，现在已是头发花白。她坐在打字机旁——矮小，丰满，噘着嘴。她有个扁平的鼻子，眼睛似乎从来不看正在打的稿子，而是盯着远方，穿透了墙壁。几天都听不到她说话，打电话也是低声咕哝。她总是独自坐在街对面的餐厅吃午饭，边吃边抽烟，看报纸。有那么一阵子，办公室里的每个人——包括老科尔沃先生——都或公开或暗地里爱恋着这位聪明姑娘，她懂英语、意第绪语、希伯来语，会速记，等等。他们曾邀请她去剧院、影院，为了谁该请她吃午饭而争吵不休。利普什茨小姐却将自己封闭了这许多年。老头子科尔沃说，她把自己锁在了一堵看不见的墙后面。

赫尔曼冲她点了点头，她没理会。他走过了本·梅尔尼克的办公室。梅尔尼克是业务经理——高个儿，皮肤黝黑，鼓鼓的黑眼睛，脸显得年轻，却有着一头奶白色的头发。他有哮喘病，喜欢赌马，各种贼眉鼠眼的宵小之徒都来找他——那是些赌马的人。他和妻子分居了，与首席会计师波特小姐正浓情蜜意，波特小姐也是莫里斯·科尔沃的亲戚。

赫尔曼·高比内到了自己的办公室。穿过编辑室，可是耗费了他不少的体力，没人和他打招呼。科尔沃雇了一个叫赞维尔·基奇斯的人打扫办公室，赞维尔并不认真，墙壁很脏，窗户都没擦。一摞摞布满灰尘的稿件、报纸，就那么放了许多年。

赫尔曼小心地脱掉外套，放在一摞书上。他坐在椅子里，马鬃从椅套里刺出来。工作？出版社都要关门了，工作有什么意义？他坐着摇了摇头，半是出于虚弱，半是出于遗憾。"就这样吧，万事都有尽头，"他咕哝道，"人类的机构永久不了，此乃天定。"他伸手将信件从外套口袋里掏出来。他查看着每只信封，却一封都没拆，最后回到肯塔基州路易斯维尔的罗斯·比奇曼太太的来信。在一本叫作《讯息》的杂志里，比奇曼太太讲述了近十五年来，她与已故祖母埃莉诺·布罗什的接触。祖母总在夜间现身，有时白天也会来，穿着她的寿衣。她总是给孙女提出各种建议，有一次甚至给她讲该如何炸鸡。赫尔曼给比奇曼太太写了信，七周都没有她的回音。他几乎要放弃了，但还是通过心灵感应继续向她发送信息。她是病了——赫尔曼很肯定。

现在，她的信就在面前这只浅蓝色信封里。拆信对他来说也很费力，还得用牙咬。好不容易他才拿出六张折叠着的淡蓝色信笺，开始读信：

亲爱的高比内先生：

我在医院住了将近两个月，昨天才出院。我做了脊柱肿瘤切除术，有可能瘫痪，甚至更糟，但看来命运还想留我在这里……我在《讯息》上发的小文似乎引起了不小的轰动。卧病期间，我收到了几十封信，来自全国各地还有英国。

我女儿把您的信放在了最下面，如果我按顺序来读，可能会过上好几周才读到您的信。但是有种预感——还能是什么呢？——让我首先拆开了最后一封信。我这才意识到，从邮戳来看，您的信是最早寄来的那一批，也许就是第一封。似乎我总是不按照自己的意愿做事，而是遵循我不知道的某人或者某物的指令。我只能说：在我的记忆里，这"某物"一直伴我左右，也许在我能够思考之前它就在这里了。

您的来信条理分明，用词古雅，可谓妙笔华章，让我在归家之日心头一亮。我女儿要去办公室上班，没时间也没耐心打理房间。我生来就爱整洁，容不得杂乱，所以当我回家看到一片狼藉时，您可以想象我的心情。但是您的深思良言、您的友善，以及所透出的人性，让我忘记了我的麻烦。您的来信我读了三遍，感谢上帝，像您这样既有理解力，又有信仰的人仍然存在。

您想让我说说细节。亲爱的高比内先生，若将始末原委全部付诸笔端，岂是几页信纸可以写完的，够写整整一部书了。别忘了，十五年来，我一直在经历这些事。我那圣洁的祖母每天都来医院看我，真正担当起了护士的职责，那些护士，您也许知道，对病人并不那么尽心——她们也没工夫。真的，如您所说的"确切"描述，得花上几周几个月的时间。我只能重申，我在《讯息》里所写的句句为真。有些人来信说我是个"怪人""疯子""骗子"，说我撒谎，就为了出名。我为什么要说谎，我为什么要出名？所以，读到您的睿智之言，我真是喜不自胜。从信笺抬头来看，您是犹太人，在一家犹太出版社工作。我想告诉您的是，我一直非常尊崇犹太人——上帝的选民。在路易斯维尔没有多少犹太人，和我打交道的犹太人对他们自己的宗教也不感兴趣。我一直想结交一位真正的犹太人，一位尊重圣祖传统的犹太人。

现在我要说写信的重点了，请原谅我如此啰唆。出院的前一晚，我亲爱的祖母布罗什太太陪我直到黎明。我们聊了许多事，就在她离开前，她对我说："这个冬天你要去纽约，在那儿你会遇到一个男人，他将改变你的人生方向。"这是她临走时说的话。我得多说一句，过去这十五年，我完全相信祖母从不乱说话，她的每一句话都是有意义的，然而在那一刻，我第一次怀疑了。我这么一个靠着微薄津贴生活的寡妇跑那么老远，去纽约干什么？纽约有什么样的男人会改变我的存在？

我的确不算老——刚过四十——还是个有魅力的女人。（恳请您不要认为我虚荣，我只是想澄清一些事情。）但是八年前我丈夫去世时，我决定就这样过下去了。当时我的女儿十二岁，我希望把所有精力都投入到女儿身上，我也的确是这样做的。如今她出落得亭亭玉立，读完了商学院，在一家房地产公司有个很好的职位，还与一位有趣又有教养的男人（政府官员）订了婚。我觉得她会很幸福。

丈夫去世后，有几个男人向我求过婚，我都拒绝了。我的祖母一定赞同我的决定，因为我从未听她说过反对的话。我说这些是因为我祖母所说的纽约之行，以及我在那儿要遇到什么男人，这些实在是不可能的。我认为她这样说，只是为了在我病愈后给我打打气。后来我就把她的话抛在了脑后。

今天从医院回来，我收到了一封金斯伯格先生的挂号信，一位纽约的律师，想想我得有多惊讶。他在信中说，我的姑奶凯瑟琳·潘奈尔去世了，留给了我将近五千美元。姑奶凯瑟琳一直单身，五十年前，那是在我出生之前，她就与我家断绝了来往。据我所知，她生活在宾夕法尼亚的一个农场。我父亲有时会提到她，讲起她的种种怪癖，但我从来没见过她，也不知道她是否还健在。我不清楚她是怎么去了纽约，又为什么要把钱留给我。事实就是如此，我必须去纽约处理遗产的事，签署文件等事宜。

读了律师的信，又读到您那极有趣味又极亲切的信，我突然意识到我是多么愚蠢，竟然怀疑我祖母的话。她所作的预言，没有一个落空的，以后我再也不会怀疑她了。

这封信已经写得太长，笔握了这么久，手指都累了。我只是想告诉您，一月份我会去纽约住几天，最迟二月初，如能拜访您，我将深感荣幸。

我不知道上天欲对我做何安排，但我知道，拜访您会是我生命的一笔浓墨重彩，我希望对您也是如此。我有很奇妙的事要告诉您。现在，请接受我最诚挚的谢意和最亲切的祝福。

我是，您真挚的

罗斯·比奇曼

4

事情发展得很快。今天还在谈论出版社要关门，明天就关了门。莫里斯·科尔沃和他的儿子们召开了员工大会。科尔沃操着意第绪语，拳头捶打着书架，大喊大叫像个年轻人。他警告员工，如果不接受他和他儿子们制定的方案，谁都拿不到一分钱。其中一个儿子塞默是位律师，他有几句话要说，用英语讲的，声音很小，不像父亲那样嚷嚷。几个听力有问题的老员工把椅子往前挪了挪，打开了助听器。塞默列出了一串数字，说近几年，出版社亏损了几十万美元。一个公司能亏多少？全都白纸黑字写着呢。

老板们离开后，作者们和办公室员工投票表决是否接受这个方案。大多数人选择接受。有人说科尔沃悄悄贿赂了几个雇员，让他们站在自己这一边，但这又有什么区别呢？第二天，每个人都会拿到最后一张支票。稿件无人管，摊在桌子上。萨姆已经叫来了拆除公司的人。

拉斐尔·罗宾斯小心翼翼地把他的小椅垫装进书包，还有放大镜和一抽屉的药品。他狡黠地微笑着，向每个人道别，似乎在说，我早就知道，毫不惊讶。约翰纳·阿巴巴奈尔只带了本字典回家。利普什茨小姐，那个秘书，一上午都眼泪汪汪，眼圈通红地走来走去。本·梅尔尼克拿来一只大箱子，把他的私人文件，那些赛马表格，全都装了进去。

赫尔曼·高比内太虚弱了，无力将书架上的那些信件、书籍都打包带走。他拉开一只抽屉，看了看盖着一层灰的纸张，立即开始咳嗽。他对利普什茨小姐说了声再会，给了萨姆最后五美元的小费，到银行兑现支票，然后等出租车。

多年以来，赫尔曼·高比内一直担心某天会失业。当他下午一点坐上出租车回家时，却感到一种听之由之的平静。他没有回头看那个浪费了他三十年光阴的地方。湿雪飘落，天空一片灰蒙。坐在出租车里，头靠着椅背，闭上眼睛，赫尔曼·高比内将自己比作尸体，刚刚参加完自己的葬礼。他想，也许这就是灵魂离开躯体，开始他的精神存在的方式。

他把一切都考虑清楚了。银行里有近两千元的存款，加上莫里斯·科尔沃给的钱，还有失业保险，他可以支撑两年——也许还能再多几个月。之后就得靠救济金生活了。再找份工作，想都不用想。赫尔曼自孩提时起就向上帝祈祷，不要让他靠救济生活。显然，上帝不同意。当然，除非死亡先将他救走。

感谢上帝，房间里很暖和。赫尔曼看了看老鼠洞。他，赫尔曼，哪里比它强？胡尔达也得靠别人。他拿出本子和铅笔开始计算。不再需要每天支付往返出租车费，不需要在餐厅吃午饭，不需要给服务生小费。各种捐款集资都不再有——不论是给巴勒斯坦的捐款，还是员工退休的礼物，或他们的子女孙辈结婚的礼物。当然也不用再上税。赫尔曼查看了一下衣橱，他的衬衣和鞋子还够穿十年。他只需要花钱付房租，买面包、牛奶、杂志和邮票。他曾经想在公寓里装部电话，感谢上帝，没装。这六美元够他过一周了。虽然没料到会窘迫至此，赫尔曼对节俭之道却已习练多年，所谓降低生命能耗。

在那个出版社关门大吉的冬日，赫尔曼回到家中，他还从未如此享受过他的公寓。人们经常向他抱怨说太孤单，可他只要有书和笔纸，只要能够坐在暖气边的椅子上冥想，他就不会孤单。隔壁房间传来孩子的笑声、女人的说话声，还有男人在大喊大叫。收音机的音量开到了最大。街道上，男孩儿女孩儿们在玩耍，十分吵闹。

昼短夜长，随着冥色渐浓，房间里暗影幢幢。窗外，雪染上了一层异样的蓝色。黄昏已至。"一天就这么过去了。"赫尔曼自言自语。这一天，这个日子永远不会回来，除非尼采所说的永恒回归理论是正确的。即便相信时间不过幻象，这一天也结束了，如翻过的书页，归入永恒之档案。而他，赫尔曼·高比内，又有何成就？他帮了谁？连那只老鼠都没有帮。这一整天，它都没从洞里出来，甚至没有偷偷看一眼。它病了吗？它不年轻了；所有生灵都会变老……

赫尔曼坐在冬日暮光中，似乎在等待上天给他一个征兆。有时上天会给他讯息，有时则沉默隐匿。他不禁想起父母、祖父母、姐妹、弟弟、姑姑、叔叔、表兄妹们。他们都在哪儿？他们在哪里安息，神圣的灵魂，被纳粹杀害的灵魂？他们会想起他吗？也许他们已升至天界，不再为凡尘所扰？他向他们祈祷，希望他们能在这个冬夜来看看他。

暖气管里的水蒸气嘶嘶作响，唱着自己的歌。水汽似乎在管道里说着些什么，安慰赫尔曼："你并不孤单，你是宇宙间的一个元素，是上帝的孩子，与造化一体。你的痛苦也是上帝的痛苦。你的渴望也是祂的渴望。一切都是对的。真理会向你显露，你将充满喜乐。"

突然，赫尔曼听到吱的一声。昏暗中，老鼠爬出了洞，小心地四下张望，似乎担心附近会藏着猫。赫尔曼屏住了呼吸。神圣的生灵，不要害怕，你不会受到伤害。他看着它靠近碟子，喝了一口水，又一口，第三口。它开始慢慢啃啮那片奶酪。

还有比这更大的奇迹吗，赫尔曼心想。眼前这只老鼠，是一只老鼠的女儿，是几只老鼠的孙女，是百千万老鼠的后代。他们曾经活过，痛苦过，生育过，已永远不在，却留下了一个继承者，它显然是这一支的最后一个了。它站在这里，以食物补给自己所需。它在洞里整天都在想什么？它一定会想些什么。它的确有脑子，有神经系统。它也是上帝造物的一部分，和行星、恒星、遥远的星系是一样的。

老鼠突然抬头盯着赫尔曼，那是充满爱恋和感激的人类的目光。赫尔曼认为它在说谢谢。

❖ 5 ❖

不再工作了，赫尔曼·高比内才意识到工作对他的消耗有多大。每天早晨起床，去外面等出租车，把时间浪费在编字典、写作、编辑上，晚上再坐车回家。他已经在拼尽最后一点力气工作了。他觉得出版社关门这天恰好也是他耗尽最后一点能量之日。这本身就是神之慈悲与天意之手的明证。不过感谢上天，他总算还有读信与写信的愿望。

下雪了。在赫尔曼的记忆中，纽约的冬天从来没有过这么多雪。雪片层层堆积，没有车能开到他所在的街上。如果要上班，赫尔曼就得跋涉到哥伦布大道或中央公园西路才能坐上出租车，他肯定是要垮掉的。还好，杂货店送货的男孩儿没有忘记他。每隔一天，他就会送来小圆面包，有时还会送来鸡蛋、奶酪或赫尔曼订购的其他东西。邻居会敲门问他是否需要咖啡、茶、水果，他总是对她们千恩万谢。虽已捉襟见肘，他还是常常给妈妈们几分钱，让她们给孩子买巧克力。女人们从来不马上就走；她们会多待一会儿，用蹩脚的英语与他攀谈，遗憾地看着他，似乎不愿离去。有个女人还曾轻抚赫尔曼的头发。女人们总是被他吸引。

曾几何时，女人们疯狂地爱着他，但结婚生子不是赫尔曼想做的事。他觉得生孩子是件荒唐事。为什么要延长人类的悲剧？更何况，只要剩余一分钱，他都会寄到克罗敏。

他总是想起过去。又回到了克罗敏，正要去宗教小学，正在读叶希瓦，偷偷自学现代希伯来语、波兰语和德语，上课、教课。他的初恋，与女孩儿们交往，林中漫步，去磨坊，去墓地。他年轻时就迷恋墓地，常常在那儿待上几小时，在墓碑间冥想，聆听石头的沉默、坟墓中死者的诉说。克罗敏的墓地种着许多白桦树，一点微风，银色的叶子便簌簌颤抖。它们整天都在用叶语聊天，枝丫相交，说着悄悄话。

后来他去了美国，在纽约闲逛，没有工作。再后来，他去了锡安，开始学英语。那时他还算健康，也有些桃花运。很难相信，他曾征服过多少芳心。寂寞的夜晚，他会想起点滴往事，以及从未忘却的话语。记忆本身证明忘却是不存在的。三十年前某个女人对他说的话，当时没有全懂，此刻却豁然开朗。感谢上帝，他的记忆够他用上一百年。

来美国后，窗户还是第一次结了霜。玻璃上的冰花与克罗敏的相仿——倒置的棕榈树、奇异的灌木、陌生的花朵。寒霜如艺术家，在窗上作画，纹样却是永恒。晶体？晶体是什么？是谁教那些原子、分子这样或者那样组合？纽约的分子与克罗敏的分子有什么联系？

赫尔曼渐渐迷糊睡去，最伟大的奇迹开始上演。他一合眼，梦境就如蝗虫般涌来。他能准确清晰地看到一切。这不是梦，而是异象。他飞到东方城市的上空，下面是炮塔、清真寺和城堡。他游荡在陌生的花园和神秘的森林里。他说着外语，见到了未被发现的部落。有时他也会被怪兽吓到。

赫尔曼常常想，人真正的生命是在睡眠中。清醒的时候只是些边边角角的时间，用来做些事情。

现在他解脱了，日程表整个颠倒过来，好像就这么自然而然地发生了。

他晚上清醒，白天睡觉。晚上吃午饭，晚饭根本不吃。闹钟停了，他没有再上弦。几点钟，又有什么区别？有时，他晚上都懒得开灯。也不读书，就坐在暖气旁打瞌睡。他觉得疲惫，怎么也歇不过来。我病了吗？他想。不论送货男孩儿送来的东西有多少，赫尔曼总是吃不完。

他的真正给养是所收到的信件。赫尔曼仍然会下几层楼到门厅，从信箱里取信。他备好了邮票和笔纸。门口几米远的地方就有邮筒。如果雪太厚，走不过去，他就让邻居帮他寄信。最近有个跟他住同一层的女人提出来帮他寄取信件，他就把信箱钥匙给她了。她喜欢集邮，邮票就是她的酬劳。这样赫尔曼就不用爬楼梯了。她帮他寄信，把收到的信件从门下塞进来。她一向轻手轻脚，赫尔曼从来听不到她的脚步声。

他常彻夜写信，间隙的时候打个盹儿。有时他会从书桌抽屉里取出一封旧信，拿着放大镜阅读。是的，死者仍与我们同在。他们来此告诉亲人如何处理生意、债务，如何照顾病人。他们给沮丧的人以安慰，对旅行、工作、爱情和婚姻提出建议。有些死者会把花束放在床上，有些则从远方挪移来物品。有些只在刚离世时向亲近之人显现,有些则在辞世后多年返回。如果这些都是真的，赫尔曼想，那他的亲人们肯定也还活着。他坐着祈祷，希望他们会向他显灵。灵魂是不能被烧死，被毒死，被绞死，被枪杀的。六百万灵魂一定在某处存在。

一天晚上，赫尔曼写信直到黎明，他把信塞进信封，写好收信人的姓名地址，贴上邮票，然后上床睡觉。睁开眼时，已是天光大亮。他的头昏沉沉的，石头似的压在枕上。他觉得热，却打着寒战。他梦到已故家人来看他，不像鬼魂应有的样子，他们吵架，大喊大叫，甚至为了一只草编篮子老拳相向。

赫尔曼看了看门口，邻居已经把早晨的邮件塞进来，但他动弹不得。我是瘫痪了？他心想。他又睡着了，鬼魂又来了。他的母亲和姐妹为了一把金属梳子吵吵闹闹。"这也太荒唐了，"他自言自语，"灵魂不需要金属梳子。"梦在继续。他发现房间墙壁里有个壁橱。打开壁橱，信件涌了出来——几百封。这个壁橱是做什么的？信封上的邮戳都是很久以前的了，他从没拆开过。睡梦中，他感到很不安，这么多人给他写了信，他却没有回复。他想，一定是邮递员把这些信藏了起来，省得送信。但既然邮递员已经到了他的房子，有什么必要把信藏在壁橱里？

赫尔曼醒过来，已是晚上。"这一天怎么过得这么快？"他自问。他想起床去厕所，头一晕，眼前一黑，跌倒在地板上。好吧，大限已到。胡尔达怎么办？

他无力地躺在地上，许久才挣扎着起来，扶着墙走到厕所。小便是棕色的，油乎乎，他感到一阵刺痛。

过了很久，他才慢慢回到床上，再次躺下，床似乎起起伏伏。真是奇怪——他不需要拆开信封了，凭着透视眼，他就能读到信的内容。科罗拉多州一个小镇的女人给他回了信。她在信中说，她跟一个邻居吵架，那邻居现在死了，她的鬼魂弄坏了她的缝纫机。这个曾经的宿敌在她的地板上泼水，撕扯她的枕头，把所有的羽毛都倒出来。死人是很会捣乱的，复仇心也极强。果真如此，他想，死去的犹太人与死去的纳粹之间开战，也是很有可能的。

那天晚上，赫尔曼睡得昏昏沉沉，不由自主地抽动，醒了一遍又一遍。外面，风在呼号，吹透了墙壁，吹进房间里。赫尔曼想起了胡尔达；那老鼠没有食物，也没有水。他想下床去帮它，身子却一动不动。他向上帝祷告："我不需要帮助了，但不要让那可怜的生灵饿死！"他保证捐钱做慈善，接着就又睡着了。

赫尔曼睁开眼，天刚蒙蒙亮——阴沉的冬日，透过结满冰霜的窗户，勉强看得出来。屋里与屋外一样冷。赫尔曼听了听，听不到暖气的歌声。他想盖好被子，手却没有力气。走廊里传来喊叫声和跑步声。有人敲了敲门，他无力回应，又是一阵敲门声。有个男人在说西班牙语，赫尔曼听到了一个女人的声音。突然，门被撞开了，一个波多黎各男人闯进来，后面跟着一个小个子女人，穿着毛衣外套，戴着与之搭配的帽子，大大的手笼，赫尔曼从未在美国见过。

女人走到他的床边问："高比内先生？"她把"高"字读得很重，赫尔曼几乎没听出自己的名字。男人走了。女人手里拿着从地上捡起的信件。她的皮肤白皙，眼睛黝黑，鼻子小巧。她说："我知道您病了。我是比奇曼太太——罗斯·比奇曼。"她拿出一封信，她寄来的，刚刚从地上捡起来。

赫尔曼明白了，却说不了话。他听到她说："我祖母让我来找您。我本打算两周后来纽约的。您病了，这栋楼的锅炉爆了。等等，我帮您盖好。电话在哪儿？"

她把毯子盖到他身上，毯子冰凉。她来回踱步，跺了跺靴子，拍了拍手。"您没有电话吗？我怎么叫医生？"

他想告诉她，他不想叫医生，但是他太虚弱了，连看着她的力气都没有。闭上眼，他立马忘了自己有客人。

6

"人怎么能睡这么久？"赫尔曼自问。困倦使他成了一个无助之人。他睁开眼，看到这个陌生女人，想起来她是谁，立即又睡着了。她请来了一位医生——高个儿男人，简直是巨人——这男人掀开他的被子，用听诊器听了听他的心脏，压了压他的腹部，看了看他的嗓子。赫尔曼听到了"肺炎"这个词；他们告诉他，他必须去医院，但他用尽全力摇了摇头。他宁愿死。医生和善地责备了他，那女人也规劝他。医院怎么了？在那儿，他们可以给他治病。她会每天去看他，照顾他。

但赫尔曼很坚决。他不顾病痛，对那女人说："每个人都有决定自己命运的权利。"他指给她钱放在哪里，恳求地望着她，向她伸出手，求她保证不会挪动他。

刚刚他还像个健康人似的，说得明明白白，转眼就又昏睡过去。他又做梦了——他是睡着，还是醒着，自己也不知道。女人给他吃药，有位姑娘给他打针。感谢上帝又有暖气了，暖气管整天半宿地唱着歌。阳光照进屋里——早晨，他的窗户能透进一点阳光；现在，天花板也照亮了。邻居们来探望他，大多是女人。她们给他带来粥、牛奶和茶。那个陌生女人给他换衣服；她有时穿条黑裙子，有时是条黄裙子，有时穿白上衣，有时则是玫瑰红。他时而觉得她是个中年女人，挺严肃；时而觉得她还是个姑娘，很顽皮。她把温度计插到他嘴里，给他拿来便盆。她脱下他的衣服，给他用酒精擦身体。他为自己瘦削的身体感到难堪，她却说："有什么难堪的？我们的形象都是上帝给的。"虽然病着，他还是能感觉到她那光滑的手心。她是人，还是天使？他又成了孩子，那个让妈妈担心的孩子。他知道这样睡下去，他会死的，但他已不再害怕死亡。

赫尔曼一直为某事所扰——一件事，一个幻象，以不同形式出现了好几次，他却始终看不明白。他觉得他这沉沉一觉仿佛一本厚书，令他着迷，一刻也放不下。偶尔被喝茶、吃药打断，着实烦人。他的身体，以及身体的病痛，已和他脱节了。

他醒了，天色已苍白。女人在他的额头放了个冰袋。她拿开冰袋，对他说，他的睡衣上方有血迹，是鼻血。

"我要死了吗？这是死亡吗？"他自问，只感到好奇。

女人用茶勺喂他吃药。那药有股干邑白兰地的味道，也像酒般烈。赫尔曼闭上眼，再睁开时，可以看到雪蓝夜色。女人坐在桌边，桌子上本来堆着许多书，很多年了，她一定是把书挪走了。她的指尖搭在桌边。桌子在动，抬起两只前腿，又砰的一声放下。

刹那间，他完全清醒了，就像没生病一样。桌子真的是自己在动吗？还是那女人把桌子抬了起来？他惊讶地看着。女人咕哝着什么，问着他听不清的问题。有时她咕咕唧唧，有一回还大笑起来，露出满嘴的小牙齿。突然，她走到床边，俯身对他说："你会活下去的。你会好起来。"

令他惊讶的是，他对她所说的话毫不在乎。

闭上眼，他又回到了克罗敏。他们都还活着——他的父亲、他的母亲、他的祖父、他的祖母、他的姐妹、他的弟弟，所有的叔叔、姑母和表兄妹。奇怪，克罗敏竟然是纽约的一部分，就在通往坚尼街的一条路上。街道在山坡上，得爬山。他好像需要穿过一个地窖或隧道才能到那里，以前他也梦到过那个地窖或隧道。天越来越黑，地越来越陡，沟渠纵横，墙越发低矮，空气愈加憋闷。他打开一扇门，一间小室装满骸骨，腐烂湿黏。他是到了地下墓穴，他在那儿遇到一位执事，也许是看门人，或挖墓人，正在处理尸骨。

"怎么会有人住在这儿？"赫尔曼自问，"谁会想要这样的生活？"现在赫尔曼看不到那人了，但他想起来以前也曾梦到过他——留着胡子，很寒酸。他折断他的四肢，就像折断植物的烂根，笑声中透着一分窃喜。赫尔曼想逃出这扇门，像蛇一样趴在地上扭动着身躯，累得停止了呼吸。

他醒来时，出了一身冷汗。没有开灯，不知从什么地方透出些许亮光。这光来自哪里，赫尔曼寻思，那女人又在哪儿？真是奇怪——他感觉病好了。

他慢慢坐起来，看到女人睡在一张小床上，盖着一条他没见过的毯子。微光来自门边墙上的一只小灯泡。赫尔曼静静地坐着，汗渐渐干了，感觉有些凉。

"好吧，如果命中注定，我还不该死，"他咕哝道，"但留我在这儿有什么用？"他得不出答案。

赫尔曼靠在枕头上，静静地躺着。他什么都想起来了：他病了，罗斯·比奇曼到了，后来了医生，赫尔曼拒绝去医院。

他考虑一下自己的身体状况。显然他已经度过了危险期，虽然还虚弱，病已经祛除。他不再觉得疼痛，呼吸也顺畅了，嗓子里不再堵着痰。这个女人救了他的命。

赫尔曼知道他该感谢上天，内心却有些悲伤，甚至有种上当的感觉。他一直希望能有某种启示，指望着在深度睡眠中，能看到健康的眼睛所看不到的东西。他甚至想看到死亡。让我们瞧瞧帘子那边是什么。他常读到有些人中风，他们的灵魂在城市、大洋、沙漠游荡。还有些人与亲人取得联系，看到泉水，看到发光的天体。赫尔曼睡了这么久，却只有一堆乱七八糟的梦。他梦见后来有一天晚上，小桌子抬起了前腿，又放下。那桌子在哪儿？桌子离他床不远，上面堆着信件和杂志，一定是他生病期间收到的。

赫尔曼观察着罗斯·比奇曼。她为什么来这儿？她是什么时候搬来的那张小床？现在他能看清楚她的脸了——小巧的鼻子、瘦削的脸颊、黑发、圆圆的高额，女人的额头一般没有这么高的。她安详地睡着，毯子盖到胸部。他听不到她的呼吸声，心想她是不是死了。他全神贯注地盯着她；她的鼻翼微微翕张。

赫尔曼再次迷糊睡去。突然他听到了咕哝声，睁开眼，是女人在说梦话。他仔细听，却听不清她在说些什么。他不能确定她说的是英语，还是别的语言。这意味着什么？突然他明白了：她在和她的祖母说话。他屏住呼吸，整个人都定住了，竭力想听清哪怕是一个字，却连一个音节都听不清楚。女人沉默了，继而又开始轻语。她的嘴唇没有动，声音似乎是从鼻子里发出来。谁知道呢？也许她说的并非已知的人类语言，赫尔曼·高比内心想。他想象着她在向那看不见的人提建议，与她争论。全神贯注地谛听很快令他感到疲惫。他闭上眼，睡着了。

他抽动了一下，醒过来。他不知道自己睡了多久——一分钟还是一小时。透过窗户，他看到现在仍是夜晚。小床上，女人在安静地睡觉。突然，赫尔曼想起了一件事。胡尔达怎么样了？病了这么久，他竟然把它完全抛在了脑后，真是太糟了。没有人喂它，给它水喝。"它肯定是死了，"他自言自语，"饿死了，渴死了！"他感到羞愧难当。他康复了。统治世界的力量将一个女人送到他身边，一位慈悲的姐妹，而依赖他的生灵却死去了。"我不应该忘记它的！不应该！是我杀死了它！"

赫尔曼感到绝望，为老鼠的灵魂祈祷。"你曾来到这世上，在这里生活，在这个被遗弃的世界，这个最糟糕的世界，在这个撒旦、阿斯魔德、希特勒、斯大林统治的无底深渊生活过。你已从你的命运——饥渴与病痛——中解脱出来，与上帝之宇宙化一，与上帝化一……谁知道你为什么非要成为一只老鼠呢？"

赫尔曼在心中默默地为老鼠念悼词，它曾经是他的生活的一部分，又因他离世。"对于你这样的生灵，他们又知道些什么——那些学者，那些哲学家，那些世界领袖？他们让自己相信，人类，这最悖逆的物种乃造物之冠。其他生灵被造出来，只是为了给人类提供食物和皮毛，为了被人类折磨和宰杀。对于它们，所有人都是纳粹；对于它们，这个世界就是永恒的特雷布林卡。而人却要向上天祈求怜悯。"赫尔曼捂住嘴，"我不能活下去！不能！我不能继续成为这世界的一部分！上帝呀——带我走吧！"

一时间，他的脑子空白一片，继而一阵哆嗦。也许胡尔达还活着？也许它找到了吃的。也许它在洞中晕过去了，还可以被救过来？他想下床。掀开毯子，他慢慢地把一只脚放在地上，床吱呀响了一声。

女人睁开眼，就好像她一直是在装睡。"你要去哪儿？"

"我必须去看看。"

"什么？等等。"她拉了拉毯子下的睡衣，下床，光脚走到他身边。她的脚白皙，小巧如姑娘的脚，脚趾细长。"你感觉怎么样？"

"我求你，听我说！"他平静地把老鼠的事告诉她。

女人耐心听着，暗影中的脸并没有显出讶异的神情。她说："是的，的确有几个晚上，我听到了老鼠抓挠的声音。也许它们是在吃你的书。"

"只有一只老鼠。非常棒的家伙。"

"我该做什么？"

"洞就在那儿……以前我会给它一碟清水、一片奶酪。"

"我这儿没有奶酪。"

"或许你可以给它倒点牛奶。我不确定它是否还活着，不过也许……"

"好的，有牛奶。我先给你量一量体温。"她不知从哪儿拿出体温表，甩了甩，像护士似的，不容分说地把表插到他嘴里。

赫尔曼看着她在小厨房里忙活。她把牛奶从瓶中倒入碟子里，几次回头狐疑地看着他，似乎不太敢相信刚才听到的话。

怎么可能呢？赫尔曼心想。女儿都成年了，她看起来真不像，她自己还像个姑娘呢，长发披肩。他可以看到睡衣下的身材：细腰，臀部不太宽。面容柔和温煦，不大像能够写出那般热切，甚至热烈的信的人。哦，好吧，谁说一切都得匹配？每个人都是上帝实验室的一次新试验。

女人拿来碟子，小心翼翼地放在他所指的地方。她回到小床边，顺便穿上了拖鞋。她把体温表从他嘴里拿出来，走到浴室，那儿点着一盏灯。她很快就回来了。"不发烧了。感谢上帝。"

"你救了我的命。"赫尔曼说。

"是我祖母让我来这儿的。希望你已经读了我的信。"

"是的,我读了。"

"看样子你与半个地球的人都通信呀。"

"我对心灵研究有兴趣。"

"病了这么久,你今天才退了烧。"

俩人都沉默了片刻。接着他问:"我该怎么报答你?"

女人皱了皱眉。"不需要报答我。"

7

赫尔曼睡着了,又回到克罗敏。夏夜,他和一位姑娘散步,走过小桥,向磨坊和俄国东正教墓地走去,那里的墓碑上有死者的相片。一个巨大的发光球体在空中闪烁,比月亮要大,比太阳要大,一个无法比拟的新天体。它在水面投下一层绿光,水波清澈透明,可见游鱼。不是常见的鲤鱼、梭鱼,而是鲸鱼和鲨鱼,还有长着金鳍、红角、鳞似蝙翼的鱼。

"这是怎么回事?"赫尔曼问,"宇宙变异了?地球将自己甩出了太阳系,甩出了整个银河系?它要变成彗星了吗?"他想问身边的女孩儿,她就是被安葬在那块墓地的。她用俄语回答,却也是希伯来语。赫尔曼问:"难道康德的纯粹理性在克罗敏不适用了?"

他惊醒了。窗外仍是黑夜。陌生女人睡在小床上。现在赫尔曼能更细致地观察她。她不再咕哝,只是嘴唇偶尔抖动。梦中微笑时,她的眉头会皱一下。头发披散在枕上。被子滑下来,他可以看到她的睡衣褶皱和胸的上部。赫尔曼盯着她,沉默而震惊。一个女人从南方某处来到他身边——不是犹太女人,就像不在人世的某位拿俄米差遣路得来到波阿斯身边。

她是在哪儿找到铺盖的,赫尔曼寻思。她把房间归置过了——挂上了窗帘,把报纸、稿件从大桌上清走。真是奇怪,她没有动那吸墨纸,就好像她知道那是桩奇迹。

赫尔曼怔怔地看着,讶异地点着头。书架上的书看上去没有那么破旧了。书架也整理过了。他呼吸到的空气也没有了霉味和尘土味,而是一种湿润凉爽的感觉。赫尔曼想起了在克罗敏度过的一个逾越节的夜晚,只差吊在屋顶纸裹着的无酵饼了。他试图回忆起最后的梦境,却只记得湖面上那诡异的光。"算了,梦总是要忘掉的,"赫尔曼自言自语,"每一天都从忘记开始。"

他听到一点响动,像是孩子在吮奶。赫尔曼坐起来,看到了胡尔达。它瘦了,有些弱,毛色更加灰了,似乎变老了。

"上帝呀! 胡尔达还活着! 它就站在那儿,喝着碟子里的牛奶! "赫尔曼感到一阵欣喜,他很少如此激动。身体康复,他都没有感谢上帝,甚至还有些怨愤。但看到老鼠得以保全,他必须赞美至高之神力。赫尔曼心中充满对老鼠,还有对那女人,罗斯·比奇曼的爱。她明白他的情感,没有质疑,满足了他的要求,给老鼠拿来了牛奶。"我不配,我不配,"他咕哝说,"这完全是神的恩典。"

赫尔曼不是一个爱哭的人。得知家人全部在克罗敏遇难时,他的眼睛是干的。而现在他的脸颊又湿又热。命中注定,他不会因谋杀而悔恨。虽然他睡了这么久,关照着每个分子、每粒尘埃与草芥的苍天却使老鼠得到了给养。也许老鼠不吃饭也可以活这么久?

赫尔曼专注地看着。饿了这么长时间,老鼠并不着急。它慢慢舔着牛奶,偶尔停下来,显然很有信心没有人会把属于它的东西拿走。"小老鼠,神圣的生灵,圣灵! "赫尔曼在心中呼叫着它,给了它一个飞吻。

老鼠继续喝奶。有时竖起脑袋,斜眼看着赫尔曼。他觉得它的目光中有种惊诧,似乎在默默地质问:"你为什么让我饿了这么久? 睡在这儿的这个女人是谁? "它很快就回洞里去了。

罗斯·比奇曼睁开眼。"哦! 你起来了? 几点了? "

"胡尔达喝奶了。"赫尔曼说。

"什么? 哦,好的。"

"请你别笑我。"

"我没笑呀。"

"你救了不是一条命，而是两条命。"

"嗯，我们都是上帝所造。我给你泡茶。"

赫尔曼想说不必，但他很渴，嗓子发干，甚至突然感到饿了。他又活过来了，有着所有生命需求。

女人立即在小厨房里忙活起来，没一会儿就给赫尔曼拿来一杯茶和两块饼干。她还给他买了新盘子。她坐在椅子边上说："好了，喝茶吧。估计你不知道你病得有多厉害。"

"非常感谢。"

"如果我迟来两天，一切就都太晚了。"

"也许那样更好。"

"不，像你这样的人需要活在世上。"

"我今天听到你对你祖母说话。"赫尔曼不确定是否该提起此事。

她沉思了一会儿。"是的，她昨晚和我在一起。"

"她说了什么？"

女人奇怪地看着他。他第一次注意到她的眼睛是浅棕色的。"希望你不会取笑我。"

"上帝呀，不会！"

"她想让我照顾你；你比我女儿更需要我——她是这么说的。"

赫尔曼打了个寒战。"是的，也许是这样，但是——"

"但是什么？请你，说实话。"

"我什么都没有。身体不好。只能是个负担……"

"负担是要有人来承担的。"

"是的，是的。"

"如果你愿意，我就陪着你。至少等你完全康复。"

"是的，我愿意。"

"这才是我想听到的。"她立即站起来，转身走了。她朝浴室走去，羞涩得像个克罗敏新娘。她在门口停下脚步，背对着他，低着头，露出小小的后颈，以及没有梳理的头发。

窗户渐渐透出灰色的光。在下雪——晨雪。窗外，白天与黑夜交织在一起。云显现出来。黑暗中浮现出窗户、房顶、防火梯。灯灭了。黑夜像梦一样结束了，接着是模糊不清的现实，自顾自地，沉浸在永恒的存在之谜中。一只鸽子在雪中飞行，坚定地要完成自己的使命。隔壁房间的孩子醒了，传来第一声啼哭，收音机打开了，烦躁的主妇们用西班牙语喊着骂着。那个叫地球的球体又开始绕轴转动。玻璃窗变成了玫瑰红色——说明在东方，天空并非完全阴沉。瞬间，书籍沐浴在紫光中，老旧的装订线被照亮了，还有几乎无法辨认的、残存的金色书名。似乎一切都蕴含着某种启示。

韩颖 译

卡夫卡的朋友[1]

①

　　我早就听说过弗兰茨·卡夫卡，而许多年后才读到他的书。我是从他的朋友雅克·柯恩那里听说的，雅克·柯恩曾经是意第绪语剧院的演员。我说"曾经"是因为，我认识他时，他已经不演戏了。那是三十年代初，华沙意第绪语剧院的观众越来越少。雅克·柯恩身体不好，还穷困潦倒。虽然他的穿着仍是一副花花公子的派头，衣服却很廉价。他的左眼戴着单片眼镜，脖子上套着老式的假高领（俗称"弑父者"），脚穿漆皮鞋，头戴圆顶礼帽。我们常常去华沙的意第绪语作家俱乐部，那儿有几个爱损人的，戏称他为"大人"。腰越来越弯，他却倔强地要挺胸抬头。黄发所剩不多，他就横梳过来，遮住光秃秃的头皮。他遵循着老式剧院的传统，说话时常常冒出德语味儿的意第绪语——尤其是当他提及与卡夫卡的关系时。最近，他开始给报纸写文章，但所有编辑都拒绝了他的稿件。他住在莱斯诺街的一间阁楼里，总是病恹恹的。俱乐部会员都在传他的笑话："待在氧气棚里一整天，晚上却蹦出个唐璜来。"

　　晚上，我们经常在俱乐部碰面。大门缓缓开启，雅克·柯恩进得门来，那气派仿佛欧洲显贵屈尊来到隔都。他会环顾四周，皱眉撇嘴，似乎在说他不喜欢那里的鲱鱼、大蒜和廉价土豆的味道。他会轻蔑地看着一张张的桌子，桌子上堆满破报纸、破棋子和盛满烟头的烟灰缸，俱乐部会员围坐

１．由作者和伊丽莎白·舒布翻译。——原注

在桌旁，尖着嗓子，没完没了地讨论文学。他会摇一摇头，似乎在说："这些笨蛋能有什么高见？"一看到他走进来，我就会立刻将手插进衣兜，准备好一枚兹罗提，他一定会向我借的。

今天晚上，雅克的情绪似乎比平时高。他微笑着，露出陶瓷牙，牙齿不太合适，说话时总有些晃动。他昂首阔步地向我走来，好像走在舞台上，向我伸出他那骨瘦如柴、十指纤长的手，说道："这颗冉冉升起的新星今晚可好？"

"这就开始了？"

"我是认真的，认真的。我一眼就能看出天才来，尽管我不是什么天才。一九一一年，我们在布拉格演出时，根本没人听说过卡夫卡。他去了后台，一见到他，我就知道站在我面前的是个天才，就像猫能闻到老鼠的味道，我也能闻到天才的味道。我们的伟大友谊就是从那时开始的。"

这个故事我已经听了很多遍，也听过很多不同的版本，但我知道我还得再听一遍。他坐在我的桌边，服务生玛雅送来茶和曲奇。雅克·柯恩抬了抬黄眼睛上的眉毛，眼白布满血丝，那表情似乎在说："野蛮人就管这个叫茶？"他将五块方糖放入杯中，逆时针搅拌。他用拇指和食指掰了一小块曲奇放在嘴里，他的食指指甲很长。接着，他说"Nu ja。"意思是："人不能靠过去填饱肚子。"

聊的都是演戏。他来自一个波兰小镇的哈西德家庭。他不叫雅克，叫杨克尔，在布拉格、维也纳、柏林、巴黎生活了很多年。他并非只在意第绪语剧院做演员，在法国和德国都曾经登台，与许多名流都是朋友。他曾经帮助夏加尔在贝尔维尔找画室，曾经是以色列·赞格维尔的座上宾，曾经出演莱因哈特导演的戏剧，曾经与导演皮斯卡托共进冷餐。他给我看过他收到的信件，不仅有卡夫卡的，还有雅克布·瓦塞曼、斯蒂芬·茨威格、罗曼·罗兰、伊利亚·爱伦堡、马丁·布伯的。他们都亲切地直呼他的名字。渐渐熟识后，他甚至给我看过一些著名女演员的照片和信件，她们都与他有过一段。

对我来说，"借给"雅克·柯恩一枚兹罗提，就意味着与西欧建立了联系。

他手持银柄拐杖的方式，在我眼里都有着异域风情。他抽烟的方式与我们在华沙抽烟的方式也不一样。他有一种宫廷范儿。即便偶尔责备我，他也会说些文雅的恭维话，使我不至于难堪。我尤其佩服雅克·柯恩与女人的相处方式。我在女孩儿面前很害羞，会脸红，不自在，但雅克·柯恩的那种自信就好像他是位伯爵。哪怕是面对最没有魅力的女人，他也能说些好听的。他奉承所有女人，挪揄却不无善意，还摆出一副享乐主义者曾经沧海的架势。

他曾跟我坦言："年轻的朋友，我算得上是性无能了。都是因为嘴太刁引起的——饥饿的人可不需要什么杏仁糖、鱼子酱。在我眼里，真正有魅力的女人已经不存在了。任何缺陷都逃不过我的眼睛。这就是性无能。裙子、胸衣在我看来都是透明的。脂粉、香水也骗不了我。我的牙虽说掉光了，但只要女人一张开嘴，我就能看到她的牙齿填充物。顺便说一句，卡夫卡在写作上也遇到这个问题：所有缺陷他都一览无余——他自己的，还有别人的。文学大多是由左拉和邓南遮这样的粗人和新手创造的。我在戏剧中发现的问题，与卡夫卡在文学中发现的问题一样，这使我们走到了一起。奇怪的是，他对戏剧却毫无判断力。他把我们这些粗俗的意第绪语戏剧捧上了天，还疯狂地爱上了一位拙劣的女演员——茨希西科夫人。一想到卡夫卡爱上了这么一位，还会梦到她，我就为男人和他们的幻想感到羞愧。算了，不朽并不挑三拣四。只要与伟人建立了联系，你就与他一同步入了不朽之列，通常穿着不合脚的靴子。

"你不是问过我，我是靠什么坚持下去的吗，还是我想象你曾这样问过？是什么给了我力量，让我能够忍受贫穷、疾病，还有最糟糕的，无望？问得好，年轻的朋友。第一次读《约伯记》时，我也问了这个问题。为什么约伯要活下去，忍受痛苦？就为了最终他能有更多的女儿，更多的驴子，更多的骆驼？不。答案是就为了这盘棋。我们都在与命运下棋。他走一步，我们走一步。他想三步将军；我们就不让他将军。我们知道我们赢不了，但我们就是要陪他好好下上一盘。我的对手是个难对付的天使，袋子里装着各种花招。现在是冬天了；生着炉子都嫌冷，我的炉子却坏了几个月，房东拒绝修。再说了，我也没钱买煤。我的房间里跟外面一样冷。没住过阁楼，你是体会不到风的威力的。即便是夏天，窗户也簌簌作响。有时，猫爬到窗户上面的房檐，整夜地叫，跟女人临盆似的。我躺在那儿，盖着毯子都冻僵了，它却在唤情人，当然也许它只是饿了。我本该给它口吃的，让它安静下来，或者把它赶走，可是为了不被冻死，我把所有零七八碎的东西都裹在了身上，包括旧报纸——稍一动弹，整个工程就会散架。

"不过嘛，亲爱的朋友，下棋就要与高手下，不能找笨蛋。我佩服我的对手。他的足智多谋有时着实令我着迷。他坐在第三重，或是第七重天的办公室里，在那个统治我们这个小星球的天界部门，他只有一项工作——套牢雅克·柯恩。他接到的指令是'酒桶打破，但不要洒出酒来'。他还真是那么做的。他是怎么让我活下来的，的确是个奇迹。我都不好意思告诉你，我喝了多少药水，吞了多少药片。我有个药剂师朋友，否则我真买不起这些药。上床之前，我得把这些药都吞下去——不能喝水。喝水就要去小便。我的前列腺不好，晚上要起来好几次。黑暗中，康德的分类不适用了。时间不再是时间，空间不再是空间。手里拿了样东西，突然就不见了。点亮煤气灯不是一件容易的事。火柴总是消失。我的阁楼里充斥着魔鬼。有时，我会对魔鬼说话：'嗨，你，醋，酒之子，别再耍你的鬼把戏了，行吗？'

"前不久，半夜时分，我听到一阵敲门声，还有个女人的声音。我不确定她是在笑，还是在哭。'能是谁呢？'我自言自语，'莉莉斯？纳玛？还是克泰夫·魔黑黑的女儿玛赫拉斯？我大喊道：'夫人，您走错门了。'可她还是使劲敲。接着我听到一声呻吟和倒地声。我不敢立即开门，便开始找火柴，却发现手里正拿着火柴。我下床点亮了煤气灯，穿上睡袍和拖鞋。我瞥了一眼镜子，被镜中的自己吓了一跳，脸色发绿，没刮胡子。我总算是开了门，门口站着一个光脚女人，睡衣外披着件貂皮外套。她面色苍白，金色的长发乱蓬蓬的。'夫人，什么事？'我说。

"'有人要杀我。求您让我进去。我只想在您房间里待到天亮。'

"我想问是谁要杀她，但我看到她已经快冻僵了，很有可能还喝醉了。我让她进来，注意到她的手腕上戴着一只镯子，镶着几颗大钻石。'我的房间里没生炉子。'我告诉她。

"'总比死在街上好。'

"就这样，两个人。但我该拿她怎么办呢？我只有一张床。我不喝酒——医生不许我喝——但朋友送了我一瓶干邑白兰地，我还有些曲奇，放了很久了。我递给她一杯酒和一块曲奇。酒似乎使她恢复了些元气。'夫人，您住在这楼里吗？'我问。

"'不，'她说，'我住在乌亚多斯基大道。'

"我能看出来她是位贵族。就这样你一言我一语的，我渐渐得知她是位孀居的伯爵夫人，她的情人住在这栋楼里——很野性的男人，养了只小狮子当宠物。他也出身贵族，但被驱逐了。他在城堡监狱服了一年刑，因为谋杀未遂。他不能去找她，她住在婆婆那儿，所以她来看他。那天晚上，因为嫉妒，他打了她，枪顶着她的太阳穴。简而言之，最后她抓起外套，逃出了他的房间。她挨个敲邻居的门，没人愿意让她进去，于是她来到了阁楼。

"'夫人，'我对她说，'您的情人或许还在找您。如果他找到了您怎么办？我可不再是什么所谓骑士了。'

"'他不敢把事闹大的，'她说，'他还在假释期。我跟他之间肯定是完了。可怜可怜我——求您不要把我半夜赶出去。'

"'您明天怎么回家呢？'我问。

"'不知道，'她说，'反正我也活够了，不过我不想死在他手里。'

"'好吧，反正我也睡不着，'我说，'您睡我的床，我在椅子上休息。'

"'不行。我不能那么做。您不年轻了，看起来身体也不好。请您回床上吧，我坐这儿。'

"争执很久，最终我们决定一起躺在床上。'您不用怕我，'我安慰她，'我老了，在女人这里已经没用了。'她似乎完全相信了。

"我在说些什么？没错，突然之间我竟与伯爵夫人同床共枕，而她的情人随时有可能闯入我的门。我给我俩盖上了两张毯子，没再用那些零七八碎的东西搭茧壳。我紧张得都忘了寒冷。而且我们挨得很近。她的身体散发出一种奇异的热量，与我以往所感受到的都不同——也许是我忘了。我的对手又要玩什么新花样？这几年，他对与我下棋没那么上心了。你知道，有一种下法叫幽默风。据说尼姆佐维奇常与对手开玩笑。摩菲以前曾号称棋坛捣蛋鬼。'漂亮，'我对我的对手说，'妙招呀。'突然，我想起来她的情人是谁了。我在楼梯上遇到过他——巨人啊，长着一张杀人犯的脸。这个结局对雅克·柯恩来说实在有趣——死于波兰奥赛罗之手。

"我开始大笑，她也笑起来。我抱住她，抱得紧紧的，她没有反抗。突然，奇迹出现了。我又是男人了！有一次，周四晚上，在一个小村庄的屠宰场边，我看到一头公牛和一头母牛在交配，而它们马上就要成为安息日的佳肴了。她为什么会同意，我永远也搞不清。也许是报复她的情人。她吻我，说着悄悄话，甜言蜜语。接着我们听到了沉重的脚步声。有人用拳头砸着门。我的姑娘滚下了床，躺在地上。我想念诵临终祷词，但在上帝面前又觉难堪——在我那冷嘲热讽的对手面前更是难堪。为啥要给他这额外的甜头？煽情也得有个限度呀。

"门外的野兽继续砸门，门居然顶住了，实在让我意外。他用脚踢门，门吱呀作响，却仍立在那里。我感到恐惧，又忍不住觉得好笑。进攻停止了。奥赛罗走了。

"第二天早晨，我拿着伯爵夫人的一只手镯去了当铺。用换来的钱给我的女主角买了裙子、内衣、鞋子。裙子不合身，鞋子也不合脚，不过她只需要凑合上了出租车——假如她的情人没有在楼梯上拦截的话。奇怪的是，那个男人当天晚上居然就这么消失了，以后也再没出现。

"走之前，她吻了我，敦促我给她打电话，不过我没那么傻。如《塔木德》所说：'奇迹不会每天发生。'

"要知道，卡夫卡虽说还年轻，却像我这老头子一样常裹足不前，做什么事都逡巡犹疑——不论是性爱，还是写作。他渴望爱，却又逃避爱。刚刚写下一行字，又立即划掉。奥托·魏宁格也是如此——疯狂，却是个天才。我永远不会忘记他说的那句话：'上帝没有创造臭虫。'只有熟悉维也纳的人，才能真正明白这句话的含义。但是，又是谁创造了臭虫呢？

"啊，班伯格来了！看看他那小短腿，一摇一摆的样子，简直就是一具拒绝回墓里睡觉的尸体。给这些失眠的尸体成立个俱乐部，倒是个不错的主意。他干吗整夜闲逛？这些歌舞表演对他有什么好处？许多年前我们还在柏林时，医生就放弃他了。这也拦不住他坐在罗曼咖啡馆里，与妓女聊到凌晨四点。有一回，格拉纳特，那个演员，宣布要在家里办一场聚会——一场真正的狂欢，他也邀请了班伯格。格拉纳特让每个人都带一位女伴来——妻子或者朋友。但是班伯格没有妻子，也没有情人，就雇了个妓女陪他去。为了这次聚会，他还给她买了晚礼服。来宾都是作家、教授、哲学家，还有那些总是跟着知识界名流附庸风雅的人。他们都跟班伯格想的一样——雇妓女。我也去了。我是和一位布拉格的女演员去的，认识许多年了。你认识格拉纳特吗？野人一个。喝白兰地就像喝苏打水，能够吃下一张十只鸡蛋的煎蛋卷。客人一来，他就开始脱衣服，与妓女们狂舞，就是为了震一震那些道貌岸然的贵客。起初，那些知识分子们坐在椅子上，呆呆地看着。过了一会儿，就聊起了性。叔本华曰……尼采语……没有亲眼见到的人，很难想象那些天才能有多可笑。喧闹中，班伯格突然发病了，脸色绿得像草，一身虚汗。'雅克，'他说，'我完了。死在这儿还不错。'是他的肾，要么就是胆囊出了问题。我扶他出去，送他去了医院。噢，对了，你能借我一个兹罗提吗？"

"两个。"

"什么！你抢了波尔斯基银行吗？"

"我卖出去了一篇短篇小说。"

"恭喜。一起吃晚饭吧，我请客。"

2

我们正吃着，班伯格走到我们的桌边。他个儿不高，很瘦，得了肺痨似的，驼背，罗圈腿，穿着带罩漆皮鞋。尖尖的脑袋顶上有几缕灰发，两只眼睛一大一小——红红的，鼓出来，似乎看到了什么吓人的景象。他靠着我们的桌子，用瘦骨嶙峋的小手撑着。他尖着嗓子说："雅克，昨天我读了你那本卡夫卡的《城堡》。有意思，很有意思，但他要说什么？作为梦境，也太长了。寓言应该短小。"

雅克·柯恩赶紧咽下正在咀嚼的食物。"请坐，"他说，"大师不必遵循规则。"

"有些规则就是大师也得遵循。小说不能比《战争与和平》还要长。就是《战争与和平》也太长了。如果《圣经》有十八卷，早就被人忘了。"

"《塔木德》有三十六卷，犹太人可没忘了。"

"犹太人记性太好，那是我们的不幸。我们被赶出圣地两千年了，现在却非要回去。疯了，不是吗？如果我们的文学都是反映这种疯狂，那会是很伟大的，可是我们的文学却莫名其妙地理性。得了，不说这个了。"

班伯格费力地站起身，皱着眉，迈着他的小碎步，离开了我们的桌子。他走到留声机旁，放上了一张舞曲唱片。作家俱乐部的人都知道，许多年了，他一个字都没写出来。如今上了岁数，他倒开始学跳舞了，这是受他的朋友，米茨肯博士哲学的影响。米茨肯博士是《理性之熵》的作者，他要在这本书中证明，人类理性已经破产，真正的智慧只能通过激情获得。

雅克·柯恩摇了摇头。"矬子哈姆莱特。卡夫卡就是担心会成为班伯格这样的人，才把自己给毁了。"

"伯爵夫人给你打过电话吗？"我问。

雅克·柯恩从兜里拿出单片眼镜戴上。"打了又怎样？在我的生活中，一切都转化成了文字。全都是说，说。这其实就是米茨肯博士的哲学——人最终沦为文字机器。他会吃文字，喝文字，与文字结婚，中文字的毒。想起来了，米茨肯博士也参加了格拉纳特的狂欢。他是去践行他的理论的，不过他还不如写本《激情之熵》呢。是的，伯爵夫人时不时地会给我打个电话。她也是个凭理性做事的人，却没有理性。女人虽然竭尽所能要展现身体的魅力，她们对性的意义其实丝毫不懂，就跟不懂理性一样。

"就拿茨希西科夫人来说吧。除了身体，她还有什么？但是你问问她身体是什么。现在她变丑了。当年她在布拉格演戏时，还有点资本。我跟她演过对手戏。她有点小才华。我们来到布拉格想挣些钱，却发现有个天才在等我们——一位自虐到登峰造极的智人。卡夫卡想成为犹太人，却不知道怎么办。他想活下去，也不知道怎么办。'弗兰茨，'我有一次对他说，'你是个年轻人，就照我们这样做嘛。'我知道布拉格的一家妓院，就把他拉到了那里。他还是个处子。我不想提与他订婚的那个女孩儿。在这片市侩沼泽中，他已经淹到脖子了。他那个圈子的犹太人只有一个目标——成为外邦人，不是捷克外邦人，而是德国外邦人。简单说，我说服他来一次冒险，把他带到了一条黑暗的小巷，那儿以前是犹太人聚居的隔都，妓院就在那儿。我们踏上歪歪斜斜的台阶。我打开一扇门，眼前仿佛舞台布景：妓女、皮条客、嫖客、鸨母。我永远忘不了那个瞬间。卡夫卡开始颤抖，扯了扯我的袖子，转身跑下台阶，跑得那么快，我都怕他会摔断腿。一到街上，他就停下脚步开始呕吐，像个学生似的。回去的路上，我们路过一座会堂，卡夫卡开始讲泥魔像。他相信有泥魔像，甚至认为最好再来一个泥魔像。肯定有什么咒语能将泥巴变成有生命的东西。喀巴拉不是说，上帝就是用神圣的语言创造了世界吗？太初有逻各斯。

"是的，生命就是下一盘很大的棋。我以前一直怕死，但现在我已经站在了坟墓边上，反而不怕了。我的对手显然想慢慢下。他会继续把我的子儿一个个地吃掉。首先，他去除了我对演员的兴趣，把我变成了作家。一旦成功，立刻让我患上书写痉挛。下一步是剥夺我的性能力。但我知道他离将军还早着呢，这给了我力量。我的房间冷——那就冷吧。没晚饭吃——不吃也死不了。他拆我的台，我也拆他的台。不久前，我深夜回家。外面下了霜，天寒地冻，突然我发现我的钥匙丢了。我叫醒了门房，可他没有备用钥匙。他身上一股伏特加的味道，他的狗还咬了我的脚。若是以前我肯定绝望了，但这次我跟对手说：'如果你想让我得肺炎，我没意见。'我离开房子，决定去维也纳车站。风几乎要把我刮跑。晚上那个钟点，恐怕得等三刻钟才有公交车。我路过演员工会，看到有扇窗亮着灯。我决定进去，也许可以在那儿过夜。在楼梯上，我的鞋碰到了什么东西，叮的一声。我弯腰捡起来一把钥匙。是我的！在这漆黑的楼梯上捡到钥匙的可能性是十亿分之一，看来我的对手担心他还没准备好我就死了。宿命论？就叫宿命论吧，随你便。"

雅克·柯恩站起身，说是要去打个电话。我坐在那儿，看着班伯格挪着颤抖的双腿，与一位文艺界女士跳舞。他闭着眼，头靠在她的胸上，仿佛枕着枕头。他似乎是一边跳舞一边睡觉。雅克·柯恩离开了很久，一般打电话不会这么长。回来时，他的单片眼镜闪着光。"猜谁在旁边的房间里？"他说，"茨希西科夫人！卡夫卡的情人。"

"是吗。"

"我跟她提起了你。来吧，我介绍你们认识。"

"不。"

"为什么？卡夫卡爱的女人可是值得一见呀。"

"我没兴趣。"

"你太害羞了，实话。卡夫卡也是，害羞——像个叶希瓦学生似的。我从来不害羞，也许这就是我一事无成的原因。亲爱的朋友，我需要给门房二十格罗什——十个给这栋楼的，十个给我住的那栋楼的。没有钱，我回不了家呀。"

我从兜里掏出些零钱给他。

"这么多？你今天肯定是抢银行了。四十六格罗什！嘣嘣！如果有上帝，祂会奖励你的。如果没有上帝，跟雅克·柯恩下棋的又是谁呢？"

韩颖 译

自助餐厅[1]

1

　　虽然现在我的很大一部分收入要上税，一个人时我仍然习惯去自助餐厅吃饭。我喜欢拿个托盘，放上锡制刀叉、勺子，纸巾，去柜台选取我喜欢的食物。而且我在那儿会遇到波兰老乡，还有形形色色的文学界新手、懂意第绪语的读者。我一在桌边坐下，他们就会过来。"嗨，亚伦！"他们跟我打招呼，我们谈意第绪语文学、大屠杀、以色列国，也常会谈起上次还跟我们一起吃米布丁和煨李脯，如今却已躺在坟墓中的人。我很少读报纸，对这些事总是知道得晚。每次我都很吃惊，但到了我这个年纪，就得随时准备听到这样的消息。食物哽在喉头；我们对视、迷茫，无声地用眼神问，下一个是谁？很快又开始咀嚼。我总是想起关于非洲的一部影片。一头狮子袭击斑马群，杀死了一只。受惊的斑马一阵狂奔，停下来，接着吃草。它们有别的选择吗？

　　我不能和这些说意第绪语的老乡待太久，我很忙，要写小说，写故事，写文章。不是当天，就是第二天，还得做演讲；我的日程表上排满了几周，甚至几个月的各种事项。有时离开餐厅一小时后，我就得坐火车去芝加哥，或飞到加利福尼亚。不过忙我的事之前，我还是可以坐在那儿与他们用母语聊一聊的。我听到了各种阴诡卑鄙之事，从道德的角度来看，有些事最好不知道。每个人都在用自己的方式，尽可能多地赚取名声、金钱和特权。

---

1. 由作者和多罗西娅·斯特劳斯翻译。——原注

面对如此之多的死亡，却无人吸取教训。马齿徒增，罪孽不减。已临地狱之门，仍不思悔过。

我在这个区域已生活了三十多年——和我在波兰度过的岁月一样长。我知道每个街区，每栋房子。近几十年，百老汇上城这里没什么新的建设，我感觉自己已在这里扎下了根。我在这一带的会堂里大都做过讲演。有些商店，还有素食馆的老板、店员都认识我。和我有过罗曼史的女人们就住在邻街。连鸽子都认识我；只要我拿着饲料袋出来，它们就会从几个街区外飞来。这片区域包括九十六街到七十二街，中央公园到滨河大道。我每天都在午饭后散步，几乎总会路过殡仪馆，它就在那儿等我们，还有我们的所有理想和幻梦。有时我觉得殡仪馆也是某种自助餐厅，人们在那儿来份快餐式悼词或《卡迪什》，接着踏上永恒之路。

我在自助餐厅遇到的几乎都是男人：像我一样的老光棍儿、曾经梦想当作家的人、退休教师、犹太风俗画家，还有几个翻译——都是从波兰或俄国移民来的。他们的名字我大多不知道。有人消失了，我想他可能去了另一个世界，突然他又出现了，跟我说他去了特拉维夫或洛杉矶，本打算在那里常住。他又开始吃米布丁，把糖精加到咖啡里，多了几道皱纹，讲着相同的故事，做着相同的手势。有时从兜里掏出张纸来，给我念他写的诗。

那是在五十年代，一个女人来到了我们这群人里，她看起来比我们都年轻，应该只有三十出头。个子不高，瘦瘦的，面容还像个姑娘，棕色发髻，短鼻子，两个酒窝。眼睛是榛子色——其实，也不太好确定是什么颜色。她的穿着比较低调，欧洲风格。她说波兰语、俄语，还有地道的意第绪语，总是拿着意第绪语报纸和杂志。她在俄国监狱待过，又在德国难民营待了一段时间，才拿到美国签证。男人们都围着她，争相为她付账，很绅士地给她拿来咖啡和奶酪蛋糕，听她说话，讲笑话。虽然她历经劫难，心态却依然阳光。人们介绍她与我相识。她名叫埃斯特。我不知道她是否结婚了，抑或丧偶或离异。她告诉我她在工厂工作，分拣扣子。这个朝气蓬勃的年轻女子与这帮老气横秋的人实在不匹配。我也很难理解，她怎么会找不到比在新泽西分拣扣子更好的工作。不过我是不会问太多问题的。她说她在波兰以及战后在德国难民营时，都读过我的作品。她对我说："你是我的作家。"

她的话一出口，我就想象自己已爱上了她。坐在桌边的只有我们俩（本来还有别人，去打电话了），我说："就为这句话，我得吻你。"

"那你还等什么？"

她吻了我一下，又咬了我一口。

我说："你可真够火爆呀。"

"是的，火焚谷之火。"

几天后，她请我去她家。她住在百老汇和滨河大道之间的一条街上，与她父亲同住。她父亲没有腿，坐在轮椅上，在西伯利亚时，双腿冻掉了。一九四四年的冬天，他曾企图从斯大林的劳改营逃走。他看起来很强壮，浓密的白发，红润的脸颊，眼睛神采奕奕。他说话的样子很夸张，像男孩子似的神气活现，笑声爽朗。他用了一小时的时间给我讲他的故事。他出生在白俄罗斯，在华沙、罗兹和维尔纳都住过多年。三十年代初，他加入了共产党，很快就成为党内的官员。一九三九年，他与女儿一起逃到了俄国。妻子和另外几个孩子还留在纳粹占领的华沙。在俄国，有人告发他是托洛茨基分子，他被流放到北方挖金矿。国家政治保卫局把人发配到那里，是让他们送死去的。即便是最强壮的人也熬不过一年的饥寒交迫。他们未经审判就遭流放，一起送死：犹太复国主义者、犹太社会主义者、波兰社会主义党员、乌克兰民族主义者，还有纯粹的难民，这些人被抓仅仅是因为劳力短缺。他们经常死于坏血病或脚气病。鲍里斯·摩肯，埃斯特的父亲，提起此事仿佛是在讲一个大笑话。他骂斯大林主义者是无赖、强盗和马屁精。他言之凿凿地说，若不是美国，希特勒就把俄国全占了。他跟我讲犯人们如何从看守那里骗取一片额外的面包或两倍的稀汤，还有如何抓虱子。

埃斯特叫道："父亲，够了！"

"怎么了——我说谎了吗？"

"饺子也有吃腻的时候呀。"

"女儿呀，你还不是一样。"

埃斯特去厨房泡茶了。她父亲告诉我，她在俄国曾有个丈夫——波兰犹太人，主动参加了红军，死于战场。在这儿，在纽约，有个难民追求她，他曾经在德国走私，后来开了家装订厂，发了财。"劝劝她，让她嫁给他，"鲍里斯·摩肯说，"对我也有好处。"

"也许她不爱他。"

"没有爱情这回事。给我支烟。在劳改营，人们像虫子一样爬到另一个人身上。"

2

我邀请了埃斯特共进晚餐，但她说她得了流感，要卧床休息。过了几天，我有事必须去趟以色列。回程在伦敦和巴黎暂留，我想给埃斯特写信，却丢了她的地址。回到纽约后，我想给她打电话，却发现不论是鲍里斯·摩肯，还是埃斯特·摩肯，都没有列在电话簿里——父女俩定是租的别人的公寓。几周过去了，她都没有出现在自助餐厅。我向那里的常客打听她；没人知道她在哪儿。"她很有可能嫁给了那个装订厂主。"我自忖道。一天晚上，我又去了餐厅，预感到会在那儿见到埃斯特。眼前却是一堵黑墙和上了木板的窗户——餐厅失火了。老光棍儿们肯定是去了另一家自助餐厅，或者自助食品店。但是在哪儿呢？我天性不爱找来找去。再说，没有埃斯特，我生活中的麻烦也已经够多了。

夏天过去了；冬天来临。某天傍晚，我路过自助餐厅，又看到了灯光、柜台和食客。店主重修了店面。我走进去，看了看，发现埃斯特独自坐在桌边，正在读意第绪语报纸。她没有看到我，我趁机打量了她一番。她戴着一顶男式毡帽，穿件夹克，毛领子有些褪色。她面色苍白，似乎大病初愈。难道流感发展成了什么重病？我走到她的桌边问："纽扣业有什么新闻吗？"

她吓了一跳，笑了，接着叫道："果真有奇迹！"

"你去哪儿了？"

“你又消失到了哪里？”她答道，“我以为你还在国外呢。”

“我们的食客朋友们都去哪儿了？”

“他们现在去五十七街和第八大道的自助餐厅。这家店昨天才重新开业。”

“请你喝杯咖啡好吗？”

“我喝了太多的咖啡。好吧。”

我去给她拿咖啡，还有一大块鸡蛋曲奇。站在柜台边，我回头看了看她。埃斯特已经摘下了她的男式毡帽，拢了拢头发。她把报纸叠了起来，这意味着她准备聊天了。她起身把对面的椅子斜靠在桌边，表明这个位子有人了。待我坐下，埃斯特说：“你没说再见就走了，我可是差点去敲天堂的珍珠门。”

“怎么了？”

“哦，流感转成了肺炎。他们给我用了青霉素，可我对青霉素过敏，浑身起了疹子。我父亲也病了。”

“你父亲怎么了？”

“高血压。中风了，嘴都歪了。”

“哦，真遗憾。你还在分拣扣子吗？”

“是的,扣子。至少我不用动脑筋,只需要动手,这样就可以想自己的事。”

“你都想些什么？”

“没有什么不想呀。其他工人都是波多黎各人,从早到晚说着西班牙语。”

“谁照顾你父亲？”

“谁？没人。我回家做晚饭。他只有一个愿望——让我嫁人，为了我自己，也许也是为了他，但我不能嫁给一个我不爱的人。”

“什么是爱？”

“你问我！你可是写爱情小说的。不过你是男人——我想你还真的不知道什么是爱情。女人对于你来说就是一件商品。在我眼里，一个满嘴胡说，或者笑起来像傻瓜的男人实在是讨厌。我死也不会和这样的人一起生活。那些拈花惹草的男人，我又不喜欢，我不愿与别人分享。”

“恐怕人人都要与他人分享的时代就要来了。”

"我不行。"

"你丈夫是个什么样的人？"

"你怎么知道我有过丈夫？我父亲说的吧。我一离开房间，他就瞎扯。我丈夫是有信仰的人，并愿为之奉献生命。他和我不是一类人，但我尊敬他，也爱他。他想要去死，死得也英勇。我还能说什么？"

"别人呢？"

"没有别人了。是有男人追求我。战争中人们的所作所为，是你永远想不到的。完全没有了羞耻心。有一回，在我旁边的床铺上，母亲和一个男人睡，女儿和另一个男人睡。人们就像动物一样——比动物还糟。身处那样的环境，我却梦想着爱情。现在我已经不做梦了。来这儿的男人都无聊至极，大多还是半疯。有一位想给我念首诗，四十页。我差点晕过去。"

"我不会把我写的东西念给你听的。"

"我听说了你是什么样的人——不！"

"不就不吧。喝你的咖啡。"

"你都没打算说服我。这儿的男人大多纠缠不休，都摆脱不掉。在俄国人们虽然受苦，我却没像在纽约似的遇到这么多疯子。我住的那栋楼就是个疯人院。我的邻居们都是疯子，他们什么事都能互相指责，又唱又哭，还摔盘子。有个女人跳窗自杀了。她和一个比她小二十岁的男孩儿约会。俄国的问题是如何摆脱虱子，这儿是如何摆脱疯子。"

我们喝咖啡，分食鸡蛋曲奇。埃斯特放下杯子。"我真不敢相信与你共坐在桌边。你的文章我都读过，不论以什么笔名。你写了那么多自己的事，我都觉得好像认识你多年了。不过你对我来说仍然是个谜。"

"男人与女人永远理解不了彼此。"

"是呀——我就不理解我父亲。有时他完全就像个陌生人。他活不了多久了。"

"他病了吗？"

"很多原因。他没有活下去的意愿了。没有腿，没有朋友，没有家庭，为什么还要活着？他们都死了。他整天坐在那儿读报纸，假装对世上的事还有兴趣。他的理想没了，却还希望能有一场正义的革命。革命于他有什么用？我自己从不把希望寄托于任何运动或政党。一切都以死亡结束，我们又如何去希望？"

"希望本身就证明，死亡是不存在的。"

"是的，我知道你经常写这方面的事。对我来说，死亡是唯一的安慰。死人都做些什么？他们继续喝咖啡，吃鸡蛋曲奇吗？他们还读报纸吗？死后的生命不过是个笑话。"

有些老食客又回到了重建后的自助餐厅，还来了些新人——全都是欧洲人。一来就开始用意第绪语、波兰语、俄语，甚至希伯来语聊个没完。从匈牙利来的那些人混杂着德语、匈牙利语、意第绪式德语——突然大家都开始说加利西亚的意第绪语。他们要求把咖啡倒在玻璃杯里，喝咖啡时把方糖放在牙齿中间。很多人都是我的读者。他们先做自我介绍，接着就开始批评我的作品中的各种错误：自相矛盾，性描写太多，对犹太人的描写给了反犹宣传以口实。他们给我讲他们的经历，在隔都，在纳粹集中营，在俄国。他们相互指指点点。"看见那个人了吗——他一到俄国就成了个斯大林主义者，告发自己的朋友。到了这儿，在美国他又成了个反布尔什维克主义者。"那个被议论的似乎感觉到他被抹黑了，告密者一走，就端着他的咖啡和米布丁坐到我的桌边。"那人跟你说什么都别信。他们编造各种谎言。在那样的国家，绳索套在脖颈上，你能怎么办？如果想活下去，不想死在哈萨克斯坦的什么地方，就得改变自己去适应。为了得到一碗汤，或是一个住处，就得出卖灵魂。"

有一桌难民，根本不理会我。他们对文学和新闻不感兴趣，只对生意有兴趣。他们在德国走私，在这儿似乎也在做什么见不得人的生意；交头耳语、挤眉弄眼、数着钱，写下一长串数字。有人指着其中一人说："他在奥斯维辛有个铺子。"

"什么意思，铺子？"

"上帝保佑。他把货物藏在睡觉的草堆里——烂土豆，有时是一块香皂、锡制勺子、一点油脂。反正他可以做生意。后来，他在德国的走私生意做得很大，他们一次就从他那里搜走了四万美元。"

有些时候，我好几个月都不去自助餐厅。就这样，一两年过去了（也许是三四年，记不清了），埃斯特没有再出现。我打听过她几次，有人说她去了四十二街的自助餐厅；还有人听说她结婚了。又有几位食客死了。他们已经开始在美国安居，结婚开店，甚至又有了孩子。接着就得了癌症，或心肌梗死。人们说，这是多年生活在希特勒和斯大林时代的后果。

一天，我走进自助餐厅，看到埃斯特独自坐在桌边。还是那个埃斯特，甚至戴着同样的毡帽，但有一缕灰发散在前额。真是奇怪——那顶毡帽似乎也变灰了。其他食客好像已经对她失去了兴趣，要么就是不认识她。她的面颊显出时光流逝的痕迹，眼睛下有了阴影，目光也不再清澈，嘴角唇边隐隐透出苦痛与失落。我跟她打招呼，她浅浅一笑，笑容随即又消失了。我问："出了什么事？"

"哦，我还活着。"

"可以坐下吗？"

"请便——当然。"

"可以请你喝杯咖啡吗？"

"不用。好吧，如果你一定要请。"

我注意到她在抽烟，还注意到她读的报纸不是我供稿的那家，而是对手的报纸。她到敌人那边去了。我给她拿来咖啡，自己则要了煨李脯——可以治便秘。我坐下来。"这些年你都去哪儿了？我打听你来着。"

"是吗？谢谢。"

"怎么了？"

"没什么好事。"她看着我。我知道她在我脸上看到了我在她脸上所看到的：肉渐松弛。她说："你没头发了，不过你很白。"

我们沉默了一会儿。接着我说："你父亲——"话一出口我就意识到她父亲已不在人世。

埃斯特说："他去世快一年了。"

"你还分拣扣子吗？"

"不，我在一家服装店接听电话。"

"可以问问你的私事吗？"

"哦，老样子——什么都没有。你不会相信的，我正坐在这儿想你呢。我掉到陷阱里了。我不知道该怎么说，或许你能给我些建议。你还有耐心听我这样的小人物讲烦心事儿吗？不，我不是要侮辱你。我甚至怀疑你是否还记得我。长话短说，我还在工作，但工作对我来说越来越艰难了。我有风湿病，感觉骨头都要裂了。早晨睡醒觉都坐不起来。有个医生说我的椎间盘出了问题，其他一些医生则想治疗我的神经。还有个医生给我照了X光片，说是肿瘤。他想让我住几周医院，我可不急着做手术。有个小律师突然冒了出来，他自己也是难民，与德国政府有些关系。你知道的，他们在发补偿款。我的确逃到了俄国，但那我也是纳粹的受害者呀。再者说，他们对我的经历也不那么清楚。我可以拿到一笔津贴，外加几千美元，椎间盘的问题对这件事并没有什么帮助，我是后来得的病，出了集中营、劳改营之后。这个律师说，我只能让他们相信我是在精神上被摧毁了。这的确是事实，令人痛苦，但又如何证明呢？德国的医生、神经病学家、心理学家都要求有证据。一切都得照教科书比对——不多不少。律师想让我装疯。当然，这样他就能拿到补偿金的百分之二十——也许更多。我不明白他为什么需要这么多钱。他都七十多岁了，老光棍儿。他想和我做爱，等等，等等，他自己就是个半疯。我怎么装疯呀，我本来就疯了。整件事让我恶心透了，真是要被逼疯了。我讨厌欺骗，可那个卑鄙的律师纠缠不休。我睡不了觉。早晨闹钟响起时，我还是疲惫不堪，就像以前在俄国，四点钟起来走到森林去伐木时一样。当然，我吃安眠药——不吃根本睡不了觉。事情大致就是这样。"

"你为什么不结婚？你仍是个漂亮的女人。"

"算了吧，还是老问题——没有合适的人。太晚了。你若知道我的感觉，就不会问这样的问题。"

4

几周过去了。下雪了。雨随雪而来,接着便是冰霜。我站在窗前看着百老汇大道。行人半是走,半是滑。车开得很慢。屋顶上方,天空泛着紫罗兰色的光,没有月亮,没有星星。尽管已是晚上八点,光线与冷清的街道却让我想起黎明。商店里没有人。一时间,我感觉自己在华沙。电话响了,我赶忙去接,就像十年、二十年、三十年前一样——我仍然期待电话会给我带来好消息。我说"喂",无人回应,我担心是某种邪恶力量在最后一分钟企图阻止我听到好消息。接着我听到了一个结结巴巴的声音,一个女人叫出了我的名字。

"是的,是我。"

"抱歉打扰了。我是埃斯特。几周前我们在自助餐厅见过——"

"埃斯特!"我叫道。

"我不知道怎么会有勇气给你打电话。我需要跟你谈谈。当然,如果你有时间的话——请原谅我的鲁莽。"

"说什么鲁莽。你愿意来我的公寓吗?"

"如果不打扰的话。在餐厅谈不方便。那里太吵,还有人偷听。我要告诉你的是一个秘密,只能对你说。"

"那就请来找我吧。"

我告诉她地址,然后开始收拾房间,马上就意识到想收拾整齐是不可能的。桌上、椅子上到处都是信件、文稿。角落里,书籍、杂志堆得老高。我打开衣橱,把手边的东西一股脑儿扔进去:外套、裤子、衬衣、鞋子、拖鞋。我捡起一只信封,惊讶地发现还没拆开过。我撕开信封,里面是张支票。"我怎么搞的——疯了吗?"我脱口而出。我想读一读支票的附信,却找不到眼镜;钢笔也丢了。好吧——我的钥匙在哪儿?我听到了铃声,不知道是门铃还是电话铃。我打开门,看到了埃斯特。外面肯定又下雪了,她的帽子和外套的肩部镶了白边。我请她进屋，我的邻居，那个总是肆无忌惮监视我的离婚女人，打开她的房门，盯着我的客人；天知道，也许她什么目的都没有。

埃斯特脱掉靴子，我拿过她的外套，放在《大不列颠百科全书》的套盒上。我把沙发上的几本文稿推到一边，好让她坐下。"我的房间太乱了。"

"没关系。"

我坐在一张放着袜子、手绢的扶手椅上。我们聊了会儿天气，以及在纽约晚上外出有多危险——哪怕还不是很晚。之后埃斯特说："还记得我跟你提到的律师吗——就是我要拿到赔偿金，就得去看心理医生？"

"记得。"

"有些事我没跟你讲，太不可思议了，连我自己都还无法相信。别打断我，我求你。我的身体不是很好——甚至可以说我有病——但我还是知道事实与幻觉的区别的。我好几天没睡好觉了，总在犹豫要不要给你打电话。我决定不打——但今晚我想，如果这件事我连你都不能告诉，那我真是没人可以说了。我读过你的文章，知道你对神秘之事是有感觉的……"埃斯特欲说还休，吞吞吐吐。她的眼睛一时有了笑意，一时又露出悲伤和犹疑之色。

我说："你可以告诉我任何事。"

"我怕你会把我当疯子。"

"我发誓不会。"

埃斯特咬着下嘴唇。"我想告诉你，我见到了希特勒。"她说。

虽然我已有心理准备，会听到些不同寻常之事，喉头还是一紧。"什么时候——在哪儿？"

"你看，你已经被吓到了。那是三年前——也许是四年。我是在这儿，在百老汇大道看到他的。"

"在街上？"

"在自助餐厅。"

我试图把堵在喉头的那一团咽下去。"最有可能的是，那是某个长得像他的人。"

"我就知道你会这么说。但是记着，你答应要听我讲的。还记得餐厅的那场火灾吗？"

"记得，当然。"

"那场火与这件事有关。反正你也不相信我，为什么还要说呢。事情是这样的，那天晚上，我睡不着觉。通常，睡不着我就起来泡茶，或者读本书，但这一次，有种神秘之力让我穿上衣服出去。我无法向你解释，那么晚了我怎么敢走在百老汇大道。得有两三点钟了。我到了自助餐厅，心想或许这里通宵营业。我想看看里面，但是大玻璃窗上挂着窗帘，里面透出些微光。我试着推了下旋转门，门开着。我走进去，眼前的景象我至死都忘不了。桌子被推到了一起，穿白袍的男人围坐在桌边，像是医生或者后勤兵，袖子上都戴着卐字符。坐在桌首的是希特勒。求你听我说完——就算是疯子，有时他的话也值得一听。他们都说德语，没有看到我，都在围着元首忙活。安静下来后,他开始讲话。那个可恶的声音——我在广播里听到过许多次了。我没听清他到底在说些什么。我太害怕了，什么都听不进去。突然他的一个党羽回头看到了我，从椅子上跳起来。我永远搞不明白，我是怎么活着逃出来的。我拼命地跑，浑身发抖。回到家后，我对自己说：'埃斯特，你疯了。'到现在我也不知道，那晚我是怎么过来的。第二天早晨，我没有直接去上班，而是先去了餐厅，看看餐厅是否还在那儿。遇到这种事，人是会怀疑自己的感官的。到那儿，我看到餐厅已毁于火灾。见此情景，我就明白，这场大火与我昨晚所见有关。昨晚在那儿的人想销毁一切痕迹。这就是事实。我没必要编造这种怪事。"

我们都沉默了。接着我说："你看到了幻象。"

"你说的幻象是什么意思？"

"过去并没有消失。过去的景象仍然存在于第四维空间的什么地方，就在那一刻，那景象在你面前显现了。"

"就我所知，希特勒从未穿过白色长袍。"

"也许他穿过。"

"为什么就在那晚，餐厅会失火？"埃斯特问。

"也许是火灾引发了幻象。"

"那时候还没着火呢。不知怎的，我就知道你会给我这样的解释。如果那是幻象，我与你坐在这里也是幻象。"

"不可能是别的原因。即便希特勒还活着，躲在美国，他也不可能与他的同党在百老汇的一个自助餐厅里开会。何况那餐厅还是犹太人开的。"

"我看到了他，就像我现在看着你。"

"你瞥见了一眼过去。"

"好吧，就这样吧。自那时起，我就无法休息了，总在想这件事。如果我注定要发疯，一定是被这件事逼疯的。"

电话响了，我吓了一跳。是拨错号了。我重又坐下。"你的律师推荐你去看的那个心理医生怎么样？把这件事告诉他，你会拿到全额补偿金。"

埃斯特不太友善地斜眼看着我。"我知道你是什么意思。我还没堕落到那个地步。"

我担心埃斯特会没完没了地给我打电话，甚至打算换电话号码。但是几周、几个月过去了，她没有再来过电话，我也没有再见到她。我没去自助餐厅，但我会经常想起她。大脑怎么会产生这等梦魇？头颅后面的脑髓到底在想些什么？我怎能确保同样的事不会发生在我身上？我们怎知道人类不会就这样了结？我曾经琢磨过这样的想法，即所有人都是精神分裂，和原子一样，智人也在裂变。从技术角度来看，大脑还在运转，其他一切则在退化。他们都疯了：共产主义者、法西斯、鼓吹民主的人、作家、画家、教士、无神论者。技术很快也要退化。建筑会倒塌，发电厂不再发电。将军们向自己人投原子弹。革命疯子满街跑，呼喊着漂亮的口号。我常常想，这会从纽约开始，这个大都市有着脑子要发狂的所有征兆。

但既然还没有彻底被疯狂掌控，我们就要假装秩序仍然存在——根据费英格的"仿佛"理论。我继续笔耕不辍，将稿件寄给出版商。我讲课。

每年四次，我把支票寄给联邦政府、州政府。剩下的钱存入银行。出纳在我的账户上输入一串数字，这意味着我有钱花。有人在杂志或报纸上印上几行字，这意味着作为作家，我又升值了。我惊异地看到，我的所有努力都变成了纸。我的公寓就是一个大废纸篓。一天又一天，这些纸变得越来越干燥。夜里醒来时，我总是担心它们会起火。我时时刻刻都听到救火车的警报。

距离上次见到埃斯特已经一年了，我要去多伦多，读一篇关于十九世纪下半叶意第绪语的论文。我把几件衬衣塞进行李箱，还有各种证件，包括使我成为美国公民的那本。我兜里有足够的现金供我打车去中央车站，但好像所有的出租车都有了乘客，空车则不肯停下来。难道司机都没看到我？我决定坐地铁。路上我看到了埃斯特。她不是一个人，和她在一起的是多年前我刚到美国时认识的一位男子。他是东百老汇大道自助餐厅的常客，以前常坐在桌边，发表高论，品头论足，埋怨嘀咕。他是个小个子，嘬腮鼓眼，面如砖色。他怨恨新作家，蔑视老作家，自己卷烟丝，把烟灰弹在我们吃饭的盘子里。我上次看到他，得是近二十年前了。他怎么突然就和埃斯特在一起了，还挽着她的胳膊。埃斯特的气色从来没有这么好过。她穿着一件新外套，戴着一顶新帽子。她冲我微笑，点了点头。我想叫住她，但我的表告诉我太晚了，我差点没赶上火车。在我的车厢，床铺已经铺好，于是我解衣睡觉。

半夜醒来，我的车厢正在挂另一个车头，我差点从床上掉下去。既然睡不着了，我就努力回想和埃斯特在一起的那小个儿男人的名字。怎么也想不起来。我能想起来的是，即便是在三十年前，他也不年轻了。他是在一九〇五年，俄国革命后来美国的。在欧洲时，他就是个挺有名的演说家、公众人物。他现在得有多大岁数了？根据我的计算，至少快九十了——也许已经九十多了。埃斯特可能和这样的老家伙那么亲近吗？可是今晚，他看上去并不老。黑暗中，我越想越觉得这次偶遇很诡异。我甚至觉得，好像在哪张报纸上读到过他已去世的消息。尸体会在百老汇大道逛悠吗？这就意味着，埃斯特，也不在人世了。我拉起窗帘，坐起来看着窗外的夜色——

无法穿透的黑暗，没有月亮。几颗星星跟着火车跑了一会儿，也消失了。一个亮着灯的工厂出现了；我看到机器，却没有看到工人。之后工厂又被黑暗吞噬，又有一组星辰跟着火车。我在随着地球绕地轴旋转。我在跟着它绕日旋转，向我忘记了名字的某个星座运动着。没有死亡吗？还是没有生命？

我思索着埃斯特所说的话，如何在自助餐厅看到希特勒。当时感觉完全是无稽之谈，现在我开始重新考虑这件事。如果正如康德所说，时间与空间不过是感知的形式，而质量、数量，以及因果律仅仅是思维的分类，那么希特勒为什么不能与他的纳粹党员在百老汇的自助餐厅开会？埃斯特没有疯。她看到了一种现实，而上天的审查制度一般禁止那种现实显现。她瞥见了现象之幕背后的样子。我后悔没有多问些细节。

在多伦多，我没时间考虑这些事，回到纽约后，我就去自助餐厅调查。我只遇到了一位熟人：一位转信不可知论，并因而辞职的拉比。我向他打听埃斯特。他说："那个以前来这儿吃饭的漂亮的小女人？"

"是的。"

"听说她自杀了。"

"什么时候——怎么自杀的？"

"不知道。也许我们说的不是同一个人。"

不论我问了多少问题，不论我如何形容埃斯特，一切都很模糊。某个曾经来此吃饭的年轻女子打开煤气，结束了自己的生命——这就是那位前拉比所能告诉我的。

我决定不搞明白不罢休，埃斯特到底发生了什么？那个我在东百老汇相识的半是作家半是政客的人最终又如何？但是我一天比一天忙。自助餐厅歇业了，那片区域也变了。许多年过去，我再也没有见过埃斯特。是的，尸体的确会走在百老汇大道。但埃斯特为什么要选择那具尸体？即便是在这个世界，她也能找到更好的伴儿呀。

韩颖 译

玩　笑[1]

1

一个住在纽约的波兰裔犹太人为什么要出版一份德文版的文学杂志呢？这份题名为《语文》的杂志原定为季刊，实际上一年最多出三期，有时只出两期，每期只有薄薄的九十六页。撰稿的德国作家的名字，我一个也没听说过。希特勒已经掌权，这些作家个个是流亡分子，稿子从巴黎、瑞士、伦敦，甚至澳大利亚等地寄来。故事冗长乏味，有些句子竟长达一页。我不管怎么努力，也没法把其中任何一篇从头读到尾。诗作既无韵脚也无格律，依我之见，也是同样空洞无物。

出版者李伯金特·班代尔是加利西亚人，曾经久居维也纳，后来在纽约做股票和地产生意发了大财。一九二九年经济大萧条之前六个月，他把股票全部抛出；在那段货币奇缺的时间，他手头却有大把大把的现款，并用这笔钱买了几栋大楼。

我们俩相识了，因为李伯金特·班代尔打算用意第绪语出版一种类似《语文》那样的刊物，要我当编辑。我俩先后在饭馆里、咖啡馆里，还有他那所坐落在滨河大道的公寓里，碰过几次头。他是个小个子，脑壳狭小而光秃，长脸盘，尖头鼻子，长下巴，长着小得几乎像女性的手脚，两只眼珠琥珀一般黄澄澄的。他给我的印象是一个十岁的孩子让人给安上一个大人的脑袋。他衣着讲究，却俗里俗气，系一条金丝锦缎领带。李伯金特·班代尔兴

Ⅰ．由作者和多罗西亚·斯特劳斯翻译。——原注

趣很广。他收集名人的签字和手稿，买古玩，加入棋社，自命风雅，自以为是个讲究饮食的人和温柔多情的唐璜。他还喜欢带日历的手表和带手电灯的自来水笔等零七八碎的玩意儿。他赌赛马，喝干邑白兰地酒，还收藏了一大批色情文艺作品。他总在琢磨某种计划，挽救人类啦，把巴勒斯坦归还犹太人啦，改良家庭生活啦，把说媒拉纤搞成一种科学和艺术啦，其中还有一个最得意的想法就是抓彩票，中头奖获美女一名，一位美国小姐或者一位宇宙小姐。

李伯金特·班代尔有个德国籍老婆，名叫佛丽黛。她个子并不比他高，却显得魁梧，长着一头拳曲的黑发。她是汉堡一个铁路工人和一个洗衣女工的女儿，父母都有雅利安人的血统，而佛丽黛却像个犹太人。多少年来，她一直在埋头写一篇研究施莱格尔[1]翻译莎士比亚作品的博士论文。她操劳一切家务事，又是丈夫的秘书。班代尔还有个情妇，名叫莎拉。这个女人是个寡妇，带着一个患神经病的女儿，住在布朗斯维尔。有一次李伯金特·班代尔介绍我跟她认识了。

李伯金特·班代尔只会说意第绪语。对那些不懂意第绪语的人，他说的是意第绪语、德语和英语混杂在一起的杂拌语言。他有一种篡改词汇的天才。我跟他相处没多久，就识破他跟文学一点机缘都没有。《语文》的真正编辑其实是佛丽黛。意第绪文版根本就没问世，但是这个嬉皮笑脸的小老头儿不知有股什么力量，却把我吸引住了。这个原因可能就是我总看不透他。每逢我觉得对他很了解了，却又蓦地冒出一桩稀奇古怪的新花样，叫人摸不着头脑。

李伯金特·班代尔经常谈起他在跟一位著名的希伯来语老作家亚历山大·瓦尔登博士通信的事，那位哲学家一直住在柏林，编辑一部希伯来语大百科全书，前几卷早在第一次世界大战之前就已经出版。这部百科全书拖拉如此之久而未竣工，已经成为一个笑柄。有人说它的末一卷要等救世主

1．弗里德里希·施莱格尔（1772—1829），德国文学批评家、语言学家和诗人，浪漫主义理论家之一，曾将莎士比亚作品译成德文。

弥赛亚降临和死者复活之后才能出版，届时书中的所有人名都要注上三个日期：出生日期、死亡日期和从棺材里爬出来的日期。

一开始，这部百科全书是由一位柏林的米西奈斯[I]——丹·克尼亚斯特先生资助，此人如今已是八十高龄的老人。亚历山大·瓦尔登博士尽管由丹·克尼亚斯特资助，却像个阔佬那样摆谱。他在议员堤附近有一套宽敞的公寓。他收藏不少名画，还雇用了一个听差。年轻时，他碰到一桩艳遇，一个跟蒂兹家族和瓦尔堡家族沾亲的犹太大富豪的女儿玛蒂尔达·奥本海默爱上了他。不过她只跟他一起生活了几个月就分开了。可是后来又传闻亚历山大·瓦尔登博士一度是一位继承大笔遗产的德国阔小姐的丈夫，同时又会用德语写文章，这使那些希伯来语文学家对他肃然起敬。由于他不爱理睬他们，大伙儿就骂他是个势利小人。他甚至避免说意第绪语，尽管他父亲是个波兰小镇的拉比。据说他还跟爱因斯坦、弗洛伊德[II]和柏格森[III]都挺有交情咧。

李伯金特·班代尔为什么热衷于同亚历山大·瓦尔登通信，直到如今我也没闹明白。瓦尔登博士一向以来信一律不复而闻名，而李伯金特·班代尔则想显示一下任什么人也不能对他加以藐视。于是，他写信给亚历山大·瓦尔登，请他为《语文》杂志撰稿。他的几封信没有得到理睬，他便拍长文电报，瓦尔登博士依然保持沉默。针对这种情况，李伯金特·班代尔决定不惜任何代价，非要得到瓦尔登博士的一封回信不可。

在纽约李伯金特·班代尔遇到一位希伯来语文目录学家道夫·本·泽夫，此人因看书过多搞得两眼都快瞎了。道夫·本·泽夫几乎能把瓦尔登博士的全部作品倒背如流。李伯金特·班代尔把道夫·本·泽夫请到自己的公寓，让佛丽黛准备一顿有馅饼和酸奶的丰盛晚餐，两人一起拟定了一个精心设置的计划。那就是以一个虚构的、跟莱曼家族和希弗家族沾亲而继承万贯家财的纽约阔小姐——爱丽诺·赛里格曼－布劳德小姐的名义，写一封信给

I．米西奈斯，古罗马政治家，拉丁诗人贺拉斯和罗马诗人维吉尔的保护者，后泛指文学或艺术之保护者。
II．西格蒙得·弗洛伊德（1856—1939），奥地利精神病学家，首创精神分析学说。
III．亨利·柏格森（1859—1941），法国哲学家，强调非理性主义。

瓦尔登博士。信里充满对瓦尔登博士的著作和人品的仰慕和热爱。有关瓦尔登博士著作的知识是道夫·本·泽夫提供的，典雅的古典德文信体出自佛丽黛的手笔，而谄媚的词句乃李伯金特·班代尔的创作。

李伯金特·班代尔确凿地把握住这一点：瓦尔登博士尽管年已花甲，却依然梦想攀上一门阔亲事。作为诱饵，还能有什么比一个沉浸在瓦尔登博士作品里、拥有万贯家财而未婚的美国阔小姐更好呢？几乎立刻就来了一封长达八页的亲笔回信。瓦尔登以爱情报答爱情。他想来纽约。

佛丽黛只写过这一封信，她不同意这种做法，认为这是一场恶作剧，她不打算再参与这种勾当。但是，李伯金特·班代尔找到一个从德国来的难民英格·舒迪纳女士跟他合作。通信就此开始，从一九三三年一直延续到一九三八年。在这些年月里，只有一个原因使瓦尔登博士没能来到纽约，那就是他一坐船就晕得很厉害。一九三七年，丹·克尼亚斯特的柏林产业将被官方没收，业务由儿子接了过去，他本人就移居伦敦。瓦尔登博士跟他同行。在穿过海峡的短暂旅程中，瓦尔登博士晕船晕得不得了，到达多佛港口时，不得不让人拿担架给抬上岸。

一九三八年夏季的一个早晨，七点钟我就在一个租住的房间里被人叫醒，说是楼下有我的电话。我头天晚上睡得很迟，费了半天劲才穿上浴衫。我趿着拖鞋，走下三层楼梯。是李伯金特·班代尔打来的电话。"我吵了你的早觉了吧？"他喊道，"事情糟糕透了。我一夜没合眼。你要是不助我一臂之力，我就要完蛋啦。李伯金特·班代尔陷入了绝境。你可以给我念《卡迪什》啦！"

"出了什么事？"

"瓦尔登博士马上就要乘飞机来啦。舒迪纳女士收到一封从伦敦拍给爱丽诺的电报。他还向她投来一千次飞吻哪！"

我愣了几秒钟才理解出了什么事。"你要我干什么呢？"我问道，"叫我装扮成一个阔小姐吗？"

"唉！瞧我把这事搞得多糟！我要不是怕战争随时会爆发，早就溜到欧洲去躲避一时了。我可怎么办呢？我已经神经错乱，应该给关进疯人院。

总得有人去接他一下呀。"

"就说爱丽诺到加利福尼亚去好了。"

"可她前不久刚向他保证今年夏天准备待在纽约。不管怎么说，她的地址是西区八十街上一间租住的屋子。他还有她的电话号码；舒迪纳女士一接电话，就他妈的会露馅儿。她是贾基地区的人，没有一点幽默感。"

"我想现在恐怕连上帝都帮不了你的忙啦。"

"我该怎么办呢——饮弹自尽吗？他一向害怕坐飞机，万没料到这老白痴一下子又有了勇气。我宁愿捐赠一百万美元给梅厄拉比，让这个施奇迹的人叫那架飞机坠入海洋。可上帝跟我又不是哥们儿。咱俩到今晚八点钟就要完蛋啦。"

"劳您驾，别把我算在你这次冒险中的一名伙伴吧。"

"我所有的朋友当中，你是唯一知道这件事的人。昨天晚上，佛丽黛火极了，威胁着要跟我离婚。那个笨家伙道夫·本·泽夫又住进了医院。我给那些希伯来语言学者打过电话，可是他们被瓦尔登博士轻视了那么久，早成了他的敌人。他连旅馆房间都没预订。他大概巴不得爱丽诺从飞机场直接把他接到婚礼华盖下吧。"

"真的，我帮不了你的忙。"

"那么跟我一块吃早饭吧——我要是不跟谁聊聊，神经都快错乱啦。你几点钟吃早饭？"

"我想睡觉，不想吃。"

"同感，同感。昨天夜里我服了三片安眠药片。我听说丹·克尼亚斯特离开德国，身上一文不名。他是个八十五岁的老废物。几个儿子都是地地道道的普鲁士人，同化了，而且没那么信仰犹太教了。如果战争爆发，这位瓦尔登博士就会成为一个套在我脖子上的累赘。这件事我怎么跟他解释清楚呢？他可能会因此而中风咧。"

最后，我俩决定十一点钟在百老汇大街一家餐馆里碰头。我又躺到床上，但不是睡觉。我眯了一会儿，暗自发笑，琢磨一个解决办法——倒不是为了对李伯金特·班代尔表忠诚，而是像我有时对报纸上的一个智力谜语那样思索来，思索去，觉得挺好玩。

2

　　来到餐馆，我几乎认不出李伯金特·班代尔了。尽管他穿一件黄上衣、红衬衫，系一条带金点的领带，脸色却苍白得像刚生了一场大病似的。他衔着一根长雪茄，用两片嘴唇来回转悠它。他要了干邑白兰地酒，坐在椅子边上。我还没坐稳，他就对我说："我想出一个绝妙的招儿，可你务必帮我一下忙。爱丽诺刚刚在一次飞机失事中摔死。我跟舒迪纳小姐这样说了，她同意支持我。你只需要到飞机场接一下那个老色鬼，把他送进一家旅馆就成了。你就跟他说你是爱丽诺的朋友或是外甥什么的。我给他订了一个房间，预先付了一个月房钱。以后我可就不负责了。让他回伦敦去找个伯爵女儿去吧。"

　　"你自己也可以像我一样装作爱丽诺的朋友嘛。"

　　"我办不到。他会像吸血的蚂蟥那样粘在我身上，甩也甩不掉。他从你那儿捞不到什么油水。难道他会要你的手稿？你在他身上花那么个把小时，他就不会再打搅你了。就往最坏里想吧，我顶多再付给他回英国的路费。你救了我的命，我可是一辈子忘不了的。别把你的地址告诉他，就说你住在芝加哥或者迈阿密。我有过那么一段时间很想跟他聊半个钟头，哪怕花去我一大笔财产也在所不惜。现在我可没有那个胃口了。我怕见他。一见到他，他一说出爱丽诺这个名字，我就会忍俊不禁，准保会放声大笑。说真的，我坐在这里一直就在暗自发笑。跑堂的还当我是发神经病了。"

　　"班代尔，我干不了。"

　　"你就这样封嘴了吗？"

　　"我演不了这种玩笑戏。"

　　"好吧，不行就不行。没法子，只好我亲自出马——我就告诉他我是她的远房亲戚，一个穷亲戚。她一直供养我。报个什么姓名好呢？李普曼·吉格。我在维也纳有个伙伴就叫这个姓名。等一等，我得去打个电话。"

312

李伯金特·班代尔跳起来，奔向公用电话间。他在里面待了约莫十分钟。我通过玻璃门可以看到他在里面一页一页地翻他的小笔记本，做出种种怪相。等他回来时，他说："我给他订了一个房间，其他手续也都办好了。那帮笨蛋，我要他们有什么用？我想停办那个杂志了，回巴勒斯坦去当犹太人。这些作家，个个是不学无术的傻瓜，他们没什么要说的。我爷爷五十岁时，每天半夜里还爬起来念午夜经；瓦尔登博士六十五岁，却还想勾引一个阔小姐。他的最后一封信简直就是一首情歌——《雅歌》。再说啦，谁需要他那部百科全书？那个舒迪纳女士原本就是个傻瓜，还在扮演傻瓜。"

　　"也许他会娶舒迪纳女士。"

　　"她已经七十多岁，都有了重孙子。她在法兰克福当过教员……没准儿在汉堡——我也记不得到底在哪儿啦。她从一本爱情书笺范本里摘抄词句。我也许该找个女人来扮演爱丽诺。那些犹太女演员成吗？"

　　"她们就会哭。"

　　"说不定在纽约什么地方真有那么一位仰慕他的人，一个巴望着结这门亲事的老处女。可你上哪儿去找啊？至于我，我已经厌烦透了。佛丽黛倒是受过足够的教育，可就是缺少幻想。她整天想的就是施莱格尔。莎拉完全让她那个犯神经病的女儿缠住了。他们现在有个新规矩——从医院里把病人送回家，然后又把病人接回去。孩子一个月住在医院里，一个月跟她妈妈住。我跟她俩坐在一块儿，觉得自己压根儿就没在场。我跟你说这些干吗？帮我个忙吧，陪我上飞机场去一趟。我一辈子也忘不了你的好处。同意吗？握握手，一言为定。咱俩说什么也能把这件事应付过去。来，为这事干一杯。"

3

　　我站在玻璃隔扇后面瞧着旅客下飞机。李伯金特·班代尔显得十分紧张，他那根雪茄冒出来的烟差点儿没把我呛死。摸不清什么原因，我总觉得瓦尔登博士肯定是个高个子，万没想到他却又矮又粗又胖，挺着个大肚子，长着一个硕大的脑袋。在那炎热的夏天，他穿一件长大衣，系一条滑溜的领带，戴一顶宽边长毛绒帽子。他蓄着两撮厚实而灰白的唇髭，嘴里叼个烟斗。他随身带来两个有偏兜儿和老式锁的大皮箱，两道浓眉下的眼睛在贼溜溜地寻找什么人。

李伯金特·班代尔忐忑不安的情绪具有传染性。他身上散发着酒味，像只雄猫似的打呼噜。他一边晃悠两只手，一边喊道："那个老家伙准是他。我一眼就把他认出来了。你瞧他多胖啊——矮墩墩的，简直是只老山羊。"

瓦尔登走上扶梯，李伯金特·班代尔就把我推到他的面前。我想溜也溜不掉了，只得迎上前去："瓦尔登博士吗？"

瓦尔登博士放下皮箱，把叼在一口黑牙齿里的烟斗取下来，火还没灭就往兜儿里一揣。"是的。¹"

"瓦尔登博士，"我用英语说，"我是爱丽诺·赛里格曼－布劳德小姐的朋友。发生了一件不幸的事。她乘坐的飞机失事了。"我一口气说完，觉得喉咙都发干了。

我料想会出乱子，而他却只用两道浓眉下的眼睛瞧了我一眼。他用手遮在耳边，用德语答道："请再说一遍。我听不大懂你这美式英语。"

"出了一件不幸的事——大不幸的事，"李伯金特·班代尔开始用意第绪语说，"您的朋友乘飞机从加利福尼亚回来的时候，不幸罹难。飞机直接栽入大海。六十名旅客无一生还。"

"什么时候？怎么回事？"

"昨天——七十个人无辜遭殃——多半是拖儿带女的妈妈。"李伯金特·班代尔带着加利西亚口音，声调平平地说，"我是她的一位好朋友，这个小伙子也是。我们听说您要来。本来想打电报给您，可是来不及了，所以就来接您。见到您，不胜荣幸，可是把这样一个不幸的消息转告给您，真叫人痛心。"李伯金特·班代尔摆动两臂，摇头晃脑，扯着大嗓门冲着瓦尔登博士的耳朵里说，好像他是个聋子。

瓦尔登博士摘掉帽子，把它放在行李上面。他头顶光秃锃亮，后脑勺却有一团蓬乱的、灰里透黄的头发。他掏出一块脏手绢，擦擦脑门上的汗珠。我觉得他还是没听明白。他耷拉着脸子，好像在琢磨。他看上去风尘仆仆，一脸皱纹，胡子也没刮，耳朵和鼻孔里滋出一簇簇茸毛。他浑身一股药味。他愣了一会儿，用德语说道："我期望在纽约这里见到她，可是她为什么要去加利福尼亚州啊？"

"办点公事。赛里格曼－布劳德小姐是个买卖人，这关系到一大笔款子——好几百万哪——我们美国有句俗话：'先办公事，后寻欢乐。'她忙着赶回来接您，可是命中注定并非如此。"李伯金特·班代尔把这些话一口气说完，嗓子都变尖了，"她什么都跟我说了。她崇拜您，瓦尔登博士，但是常言道：'谋事在人，成事在天。'八十个活蹦乱跳的人——青年妇女带着娃娃——都在她们壮年时期——"

"请问您是谁？"瓦尔登博士问。

"一个朋友，一个朋友。这位年轻人是一位意第绪语作家。"李伯金特·班代尔指着我说，"他给意第绪语报纸，还有其他小册子什么的写文章。通盘用的是祖国语言，好让普通老百姓都能欣赏。我们纽约这儿有不少老乡咧，对他们来说，英语简直是一种干巴巴的语言。他们需要那个古老国家的甘露。"

"是的。"

"瓦尔登博士，我们在旅馆里给您订了一个房间，"李伯金特·班代尔说，"我们对您深表同情。这实在是一出悲剧。她叫什么来着？——布劳德－赛里格逊小姐。对，她是个了不起的女人，温柔，很有教养，长得也美。她会希伯来语和其他十种语言。可是马达忽然出了毛病，一个螺丝钉松了，这种素养也就同归于尽。人就是这么回事——一根稻草，一点灰尘，一个肥皂泡嘛。"

我对瓦尔登博士所表现的尊严十分感激。他既没有抽泣，也没哇的一声哭出来。他拧紧眉头，两只充满血丝、水汪汪的眼睛惊讶而怀疑地瞧着我们俩。他问道："男厕所在哪儿？这趟旅行真够我受的。"

"就在那边，就在那边，"李伯金特·班代尔大声说道，"美国到处都有厕所，不缺不缺。请跟我们来，瓦尔登博士——咱们刚才就走过一个洗手间。"

李伯金特·班代尔拎起一个皮箱，我拎起另一个。我们把瓦尔登博士带到厕所。他满怀疑虑地瞧瞧我们，又瞥了一眼自己的行李。接着，他走进厕所，在里头待了相当长一段时间。

我说："他表现得倒像个正人君子。"

"最坏的阶段已经应付过去。我一直怕他当场晕倒。我不打算丢开他不顾。让他在纽约爱待多久就待多久吧。也许他终究会给《语文》杂志写些文章。我会让他当总编辑，负责一切。佛丽黛干腻了。作家们要求稿酬，寄来怒气冲冲的信；他们要是发现错印一个字，或者漏掉一行，就会要你的老命。我准备给他每周三十美金，让他坐下来涂鸦画符吧。咱们可以用德语和意第绪语各占一半篇幅来出版那份杂志。你俩可以一块儿当编辑。佛丽黛当个主编就很满意了——那叫什么来着？——主管。"

"你亲口对我说过瓦尔登博士厌恶意第绪语。"

"今天他厌恶它，明天他就会喜爱它。花几分钱，说两句奉承话，你就能把知识分子全都收买下来。"

"你不该对他说我是个意第绪语作家。"

"我不该做的事太多了。头一档子，我不该生出来；第二档子，我不该跟佛丽黛结婚；第三档子，我不该闹出这场滑稽戏；第四档子……反正我也没说出你的姓名，他永远也找不到你。这都是因为我敬仰大人物惹出来的乱子。我一向热爱作家。不管是谁，只要他在报纸或杂志上发表点东西，他就是上帝。我把《新自由报》当作《圣经》一般来读。每月我都收到《世界》杂志，瓦尔登博士就在那上面发表文章。我跟疯子一样到处去听演讲。我就是这样认识佛丽黛的。瞧，咱们的瓦尔登博士出来了。"

瓦尔登博士看上去有点站立不稳，脸色蜡黄。他忘了把裤子的裤门扣上了，两眼直瞪瞪地盯着我俩，嘴里嘟嘟囔囔。接着，他说了一句"请原谅"，就又走进厕所。

瓦尔登博士要我的地址和电话号码，这两样我都给了他。我不能欺骗这样一位学识渊博的人。他到达纽约的第二天，李伯金特·班代尔就动身到墨西哥去了。近来他经常飞往墨西哥。我怀疑他在那边有个情妇，可也没准儿是去办点公事。李伯金特·班代尔采用古怪的方式，把商人和艺术品鉴赏家这两类角色合而为一。他曾经到华盛顿设法给一位德国犹太作家申请入境护照，他又在那里成了一家生产飞机零件的工厂股东。厂主是一个从波兰来的犹太人，原来经营皮革生意，对航空这一行业一窍不通。我开始领悟到经济界、工业界和所谓的实业界，也并不比文学界和哲学界更实在。

一天，我吃过午饭，回到家中，看到有一张瓦尔登博士来过电话的便条。我回个电话，听见一阵结结巴巴、呼哧呼哧喘气的声音。他用一种德语化的意第绪语跟我说话，把我的名字也叫错了。他说："请来一趟。我快完蛋了¹。"

李伯金特·班代尔把瓦尔登博士安顿在城市商业区一家正统犹太教的旅馆里，而我们都住在远离闹市的住宅区。我怀疑班代尔故意让他离得越远越好。我乘地铁来到拉斐特路，然后走到他住的旅馆。大厅里挤满了拉比，好像正在开会。他们个个穿着宽大的粗布袍子，戴着丝绒帽子，遛来遛去。他们用手比画来比画去，捻捻胡子，抢着一起说话。电梯在每一层楼都要站一站，我通过每次门的开启，看到一个新嫁娘穿着结婚礼服在拍照，叶希瓦的男学生们在收拾经书和披肩，戴便帽的跑堂在宴会厅里打扫残局。我敲了一下瓦尔登博士的门。他穿一件过膝的、葡萄酒红的晨袍，出现在门口。衣服上油渍斑斑。他趿着一双磨损的旧拖鞋。屋内弥漫着一股烟草、缬草滴剂和病房里那种臭烘烘的味儿。他看上去有点浮肿、苍老，迷迷瞪瞪的。他问道："您是……先生吗——您姓什么来着——《青年报》的编辑，对吗？"

1．原文为德语。

我报了自己的姓名。

"您在给那个术语连篇的日报^I写文章吗？"

我把我投稿的那份报纸的名字告诉了他。

"噢，是的^{II}。"

瓦尔登博士起先几次想用德语跟我交谈，最后还是改用意第绪语，而且还是满口家乡的口音和腔调。他说："她为啥突然飞到加利福尼亚州去了？多少年来，我一直拿不定主意是否该做这趟旅行。我跟康德一样，犯一种恐旅症。我的一个朋友，孟戴克博士，就是著名的孟戴克家族的亲戚，给了我一些药片，可是这些药片害得我撒不出尿来。我认为自己必定是大限已到。我想要是飞机飞到纽约，我已经气绝身亡，该有多好，可恰恰相反，她却故去了。我简直不能理解。我向某人打听，可他压根儿就没听说过那次飞机失事。我给她打电话，是个老太婆接的。她准是个聋子，要么就是老迈昏庸——说话简直语无伦次。飞机场上接我的另外那个小老头是谁？"

"李普曼·吉格。"

"吉格，是阿伯拉罕·吉格的孙子吗？吉格这家人不会讲意第绪语。他们大都叛了教。"

"这位吉格是打波兰来的。"

"他跟爱丽诺·赛里格曼-布劳德小姐是啥关系？"

"朋友。"

"我简直闹糊涂了，"瓦尔登博士一半对我说，一半自言自语，"我的英语是从阅读莎士比亚的作品学来的。我读过好几遍原文的《暴风雨》。这是莎士比亚最伟大的作品。每一行都蕴藏着深奥的象征性意义。从哪方面来说都是一部杰作。卡里班^{III}简直就是希特勒。可是这儿他们说的英语跟中国话一样，我一个词也听不懂。爱丽诺·赛里格曼-布劳德有家属吗？"

"有几位远房亲戚。据我所知，她不跟他们来往。"

I II.原文为德语。

III.莎士比亚剧本《暴风雨》中的半兽人。

"她的财产怎么办？阔人一般都立一个遗嘱。我倒也不是对这种事感兴趣——绝没那个意思。她的遗体怎么安置呢？是不是要在纽约开个追悼会？"

"她葬身鱼腹了。"

"从加利福尼亚到纽约飞越海洋吗？"

"飞机好像是应该向东飞，可是不知怎么回事却向西飞了。"

"这怎么可能？哪儿报道了那次失事？什么报纸登过？什么时候发生的？"

"我所知道的全是李普曼·吉格告诉我的。他是她的朋友，我可不是。"

"什么？一个谜，一个谜。一个人不应该违反自己的个性而行动。有一次伊曼努尔·康德打算从奎尼格斯堡到普鲁士的某个城市去。他刚赶了一段路程就开始下雨，雷电交加，他立刻吩咐折回原地。我一直预感这次旅行会以失败而告终。我在这儿没有什么事儿可干——啥事儿也没有。可是按照我目前的身体状况，又不能飞回伦敦。乘船回去嘛，更加要我的老命。我跟你实话实说了吧，我身上一个子儿也没带。我的好朋友和恩人丹·克尼亚斯特本人现在也是个难民。我一直在编一部大百科全书，可是印版全部留在柏林了——连手稿也包括在内。纳粹在我们办公室里安了个定时炸弹，我们险些被炸得粉身碎骨，侥幸逃脱。有人知道我在纽约吗？我是通常所谓的隐姓埋名来到这里的。照目前这个局面来看，也许报界知道一下会有点好处。在这儿我的敌人不少，可是或许也能找到个把朋友吧。"

"我想李普曼·吉格已经通知过报界。"

"可是哪儿也没提过我呀。我翻遍了报纸。"瓦尔登博士指了指一张椅子上放着的一大堆意第绪语报纸。

"我会尽力帮忙。"

"像我这把年纪，本不应该冒这么大的风险。吉格先生哪儿去了？"

"他有事乘飞机到墨西哥去了，不过很快就会回来。"

"到墨西哥去了？去墨西哥干啥？这么说来，我没救了。我倒不是怕死，不过是不想葬身在这个荒凉的城市里。说实话，伦敦也不比这里安静多少，可是我在那里至少还有几个熟人。"

"您不会死的，瓦尔登博士，"我说，"您会活到亲眼看见希特勒垮台。"

"那顶什么用？希特勒在这个地球上还有些东西要破坏。可我犯错误已经犯到头了。太多啦。这次不幸的旅行连个悲剧都算不上。简直是个笑话——噢，是的，我的一生从头到尾就是个大笑话。"

"您为人类，为犹太读者，做出了很大的贡献。"

"微不足道，全是些废话、垃圾。您个人跟爱丽诺·赛里格曼－布劳德小姐熟吗？"

"熟。呃，不熟。我只听说过她。"

"我不喜欢那个叫吉格的家伙，他简直像个小丑。您在意第绪文报纸上写些什么文章？又有什么可写的呢？我们正在返回原始丛林，智人已经彻底崩溃。一切有价值的东西，文学啦、科学啦、宗教啦，全都消亡了。反正，我个人已经彻底灰心丧气。"

瓦尔登博士从口袋里掏出一封信，上面沾满咖啡渍和烟灰。他仔细审视一遍，闭上一只眼，哼啊哈地说道："我开始怀疑这位爱丽诺·赛里格曼－布劳德小姐根本就不存在。"

一天深夜，我正和衣躺在床上，闷闷不乐地沉思自己的懒散、工作的荒废和毅力的短缺。有个信号通知我楼下有我的电话。我奔下三层楼，拿起电线吊着的公用电话听筒，听到一个陌生的声音在称呼我的名字。那个声音说："我是林德医生。您是瓦尔登博士的朋友吗？"

"我见过他。"

"瓦尔登博士心脏病发作，现在在贝斯·阿隆医院。他把您的名字和电话号码交给我了。您是他的亲戚吗？"

"一点不沾亲。"

"他在本市有亲属吗？"

"好像没有。"

"他让我打电话给爱因斯坦教授，可是没人接电话。我没工夫净干这类事。您明天到医院来一趟吧。他现在在病房里。目前我们对他只能尽这点力。很抱歉。"

"病情怎么样？"

"不太妙。他有一系列并发症。您可以在十二点到两点，或者六点到八点来探视。再见。"

我想从兜里摸出一枚五分镍币给佛丽黛打个电话，可是只找到一个五十美分的和两张一美元的钞票。我走出去到百老汇大街去换些零钱。等我换到零钱，找到一家药店的公用电话没人占用时，时间已过去半个钟头。我拨了佛丽黛的电话号码，结果占线。我足足接连拨了一刻钟，那头总是占线。一个女人走进旁边那间电话亭，掏出硬币摆满一排。她回过头来扬扬自得地眨我一眼，好像在说："你等也是白搭。"她一面说话，一面拿着烟卷比画着，还不时捻一捻一绺脱色的头发。她两只鲜红的尖指甲，叫人联想到贪婪，那就跟人类的悲剧一样深沉。

我又摸出一个一美分的硬币，称了称体重。按照那个磅秤的标准，我的体重减轻了四磅。一张小硬纸板掉了下来，上写："您是个有才华的人，却不务正业。"

我再打个电话试试，并暗自赌咒：如果再占线就立刻回家。那个磅秤道出了辛酸的事实。

电话居然接通了。我听到佛丽黛男人气的嗓音。这当儿，那位头发脱色、染红指甲的女人匆匆离开旁边那个电话亭。她用她那假睫毛冲我眨巴了两下。"班代尔太太，"我说，"真对不起，这个时辰打搅您。瓦尔登博士心脏病发作。他们把他送到贝斯·阿隆医院去了。现在他在病房里。"

"噢，我的上帝！我早就知道这个玩笑开得不会有什么好结果。我警告过李伯金特。简直是犯罪——彻头彻尾的犯罪嘛。李伯金特总是这样——他异想天开地想开个玩笑，可又不知道适可而止。我有什么办法？我现在连他在哪儿都不知道。按说他要在古巴逗留一下。您现在在哪儿？"

"百老汇大街一家药店里。"

"也许您能到我这儿来一下吧。这可不是一桩闹着玩的事儿。我心里也感到内疚。我当初应当拒绝写那头一封信才是。来吧，时间还早呢。我从来没在两点钟以前睡过觉。"

"熬到两点，您都干些什么呢？"

"哦，看书啦，考虑问题啦，操心啦。"

"好吧，反正今天晚上也干不了什么正事。"我喃喃地说，也许是心里那么想。到滨河大道李伯金特·班代尔住的那所公寓只需过几条马路。看门人认识我。我来到第十四层楼，刚一按铃，佛丽黛就把门打开了。

佛丽黛是个矮个子，大屁股，粗腿。她长着弯钩鼻子，一双棕色眼睛，两道雄赳赳的浓眉毛。她通常总爱穿深色衣服，我从来没发现她脸上有过化妆的痕迹。我拜访过李伯金特多次，她几乎每次都立刻给我端来半杯茶，说上几句话，就马上回去看她的书和手稿。李伯金特常常开玩笑说："如果你的老婆是个编辑，你就甭打算再对她有什么指望。她居然会沏上一杯茶来，真的已经是个奇迹了。"

这次佛丽黛穿一件不带袖子的白长衫，脚上穿双白鞋，嘴上涂了口红。她请我进入客厅，茶几上有一碗水果，一个带柄的水罐盛着点喝的，还有一盘小饼干。佛丽黛用一种很浓重的德国口音说英语。她指着沙发请我坐，自己坐在一个凳子上。她说："我早知道不会有什么好结果。一开始就是个鬼把戏。瓦尔登要是死掉的话，李伯金特可得负责。老头儿们都挺罗曼蒂克的。他们忘了自己的岁数和能力啦。那个蠢笨的舒迪纳小姐那样给他写信，难怪他会想入非非。谁都可能受骗，即使圣人也在所难免。"（"圣人"那个字，佛丽黛用的是意第绪语"丘丘姆"。）

我的脑子里好像有个魔鬼或是精灵在悄声说，即使李伯金特·班代尔也可能受骗。我大声说道："您当初就不应该让他把事情弄到这步田地，班代尔夫人。"

佛丽黛皱皱她那两道浓眉。"李伯金特想干啥就干啥。他从来不跟我商量。他说走就走，我都不知道他上哪儿去了，去干什么事！他说要去墨西哥，临走时又说要去哈瓦那停留一下。他在哈瓦那和墨西哥根本什么事也没有。您可能比我对他更了解。我敢保证他一定跟您吹嘘过他那些拈花惹草的事。"

"从来没有过。他为什么要去，去找谁，我连一点影子也不知道。"

"我倒有点影子。可是为什么谈起这个事？我对他那些加里西亚的鬼把戏一清二楚。"

沉默了片刻。佛丽黛从来没有跟我这样说过话。我们过去交谈过几次，都是围绕着德国文学啦，施莱格尔的莎士比亚作品的译文啦，以及德国方言里至今依然使用的某些意第绪短语啦，佛丽黛发现这些方言是从古德语派生出来的。我正要回答说加里西亚人当中也还有不少正派人，电话铃响了。电话机在门旁边的一个小茶几上摆着。佛丽黛慢腾腾地走过去，坐下来接电话。她柔声柔气地答话，可是我猜得出她是在跟李伯金特·班代尔说话。他是从哈瓦那打来的电话。我巴不得她立刻把瓦尔登博士病倒和我正在他家里的消息告诉他。可是她却什么也没有提。她讥诮地对他说：是在办公事吗？当然。一个星期？需要待多久就待多久呗。一笔交易？干什么不买下？我吗？跟往常一样在干活——还有什么别的事可干？

她边说边向我使眼色。她会意地微笑。我觉得她还向我挤眼睛。我心想这真是个多么狂乱的夜晚呵。我站起来，迟疑不决地朝门口洗澡间那个方向走去。忽然间我做了一件连我自己都感到诧异的事。我弯腰吻了一下佛丽黛的脖子。她的左手抓住我的手，使劲攥紧。她的脸显得青春焕发，还带点嘲弄的神情。与此同时，她问道："李伯金特，你要去哈瓦那待多久啊？"

接着，她站起来嘲弄地把耳机放在我的耳旁。我听到李伯金特·班代尔的鼻音。他说打算在哈瓦那买些古玩，还解释兑换率的差别。佛丽黛朝我靠拢过来，以至于我们俩的耳朵都相碰了。她的头发搔得我的脸颊好痒痒。她的耳朵几乎烫红了我的耳朵。我像个孩子似的感到害臊，一霎时，我更窘迫地非上厕所不可了。

第二天早上，佛丽黛打电话到医院，对方告诉她瓦尔登博士已经死了，是在午夜咽的气。佛丽黛说："这多残忍啊！我一直到死都要受到良心的谴责。"

次日，意第绪文报纸登载了一条消息。李伯金特·班代尔曾告诉我拒绝报道瓦尔登博士抵达纽约的那些编辑，现在却写了一篇长文，详尽叙述他在希伯来文献方面的成就。英语报纸也登了讣告。登出的那些照片至少是三十年前拍的，瓦尔登博士显得年轻而欢乐，一头浓发。按报纸所说，瓦尔登的敌人——纽约的希伯来语学者，正在为他安排葬礼。犹太电报局想必把这件事通知了全世界。李伯金特·班代尔从哈瓦那给佛丽黛打来电话，说他立即乘飞机赶回来。

回到纽约，他在电话里跟我足足谈了一个钟头。他一再重复瓦尔登博士之死不是他的过错。他在伦敦照样会死去的。一个人死在哪儿，又有什么区别呢？李伯金特·班代尔特别想知道瓦尔登博士身边是否带有手稿。他计划让《语文》杂志为纪念瓦尔登博士出一期特刊。李伯金特·班代尔在哈瓦那从一个难民手里买到一张夏加尔¹的名画。他向我承认，这张画一定是从画廊里偷出来的。李伯金特·班代尔对我说："这张画要是让纳粹抢走，难道说那更好吗？马其诺防线的价值不值一撮烟叶。希特勒早晚会占领巴黎！你记住我这句话！"

举行葬礼的那座教堂离李伯金特·班代尔的公寓不远，只隔几条街。他、佛丽黛和我约好在教堂门口见面。希伯来语学者、意第绪语学者、盎格鲁－犹太作家，都来参加了。出租汽车接踵而至。一个矮个妇女领着一个憔悴不堪、神志恍惚的姑娘不知打哪儿钻了出来。小姑娘每隔几秒钟停一下，在便道上跺脚；那个女人就一边鼓励她，一边催她朝前走。她是李伯金特·班代尔的情妇莎拉，母女俩想要走进教堂，可是里面已经挤满了人。

过了一会儿，李伯金特·班代尔和佛丽黛乘一辆红色的汽车来到了。他穿一套土黄色的西服，系一条从哈瓦那买来的花里胡哨的领带，看上去精神蛮好，晒得黝黑。佛丽黛身穿黑衫，戴一顶宽边帽。我告诉李伯金特·班

1．夏加尔（1887—1985），居住法国和其他地方的俄国画家。

代尔，大厅里已经没有座位。他说："别天真啦。你会见识到在美国该怎么办事。"他在招待员耳边嘀咕了几句，接着那位招待员就把我们领进去，特地在前面一排给我们匀出三个座位。多连灯烛台上的假蜡烛发出柔和的亮光。棺材贴近讲坛。一位年轻拉比，蓄着小胡子，戴一顶跟他那油光光的头发十分相称的小帽，用英语念了一段赞颂词。他好像把瓦尔登博士的著作名称都说错了。随后又有一位留着白山羊胡子的年老的拉比走上来，他是从德国逃出来的难民，头戴一顶蒸锅一般大的帽子，用德语讲话。他特别加重每个变音的元音，还用希伯来语大段摘引词句。他把瓦尔登博士称作犹太教的支柱。他宣称瓦尔登博士来美国的目的是为了继续出版他那部一生呕心沥血致力的大百科全书。"纳粹坚持认为大炮比黄油更重要，"年老的拉比严肃而慷慨激昂地说，"但是我们犹太人，熟读圣典的人民，仍然相信文字的威力。"他号召大家捐款，以便把最后几卷百科全书搞出来，瓦尔登博士就是为这部辞书带病来到美国，为它鞠躬尽瘁而死。他掏出一块手绢，用一个角轻轻抹掉朦胧不清的眼镜下的一滴泪珠。他还请大家注意，今天到教堂来追悼他的人们当中有死者的挚友、世人爱戴的爱因斯坦教授。人群里顿时扬起一阵喊喊喳喳的惊叹声，大家开始四顾寻找教授。有几位干脆站起来，以便瞥一眼这位举世闻名的科学家。

这位德国拉比宣讲完毕，又有一位纽约希伯来语杂志的编辑上台赞颂了一通。随后，一位长着斗牛犬脸的、戴六角帽的赞礼员开始吟诵《宽宏大量的主》。他用悲怆而响亮的声调唱起来。

我身旁坐着一个穿一袭黑衣的年轻妇女。她头发金黄，脸蛋绯红，我注意到她手上还戴着一枚大钻石戒指。年轻的拉比用英语说话时，她掀起面纱，用一块花边手绢擤鼻涕。那位年老的拉比用德语讲话时，她攥紧两手，哀哀哭泣。赞礼员唱到"愿他安息在天堂"时，这个女人就像老家的妇道人家那样炸了锅似的放声大哭起来。她弯下身子，仿佛要晕倒，满脸泪痕。我纳闷她到底是谁呀。据我所知，瓦尔登博士并没有亲戚住在纽约。我记起李伯金特·班代尔说过的一句话：也许在纽约某某地方能找到一个瓦尔登博士的真正崇拜者，真心诚意地爱他。我早已领悟到：凡是人们设想的事物，其实已经在某某地方存在了。

　　仪式完毕后，大家站起来，列队走过棺材，瞻仰遗容。我看见爱因斯坦教授走在我的前面，那副长相跟他照片里的形象一模一样，背稍微有点驼，头发长长的。他停下来片刻，向死者喃喃道别。接着，我也瞥了一眼瓦尔登博士的遗容。殡仪馆的人给他化了妆。他的脑袋枕在一个丝枕头上，脸像蜡一般邦邦硬，却刮得精光透亮，两撇唇髭向两旁弯曲地翘着，眼角流露一丝微笑，仿佛在说："噢，**是的**，我一生从头到尾就是个大玩笑。"

屠珍 译

神　力[1]

◆**1**◆

　　一般来说，来我们报社寻求建议的人，并不是非要找某个特定的人。我们这儿有个专门给读者写建议的专栏记者，来访者通常会被引到他那里。但这个男人却指定要找我。他被带到了我的房间：高个子——进门都得低头——没戴帽子，一头浓密的黑白相间的头发。蓬松的眉毛下面，黑眼睛透出野性的目光，让我有些害怕。他披着一件轻薄的雨衣，虽然外面是在下雪。他没打领带，衬衣扣开着，露出毛发丛生的胸部。一张方脸冻得通红，大鼻子，厚嘴唇。说话时，露出宽大的齿缝，大牙齿显得尤为强健。

　　他说："你就是那个作家吗？"

　　"是的。"

　　他似乎有些惊讶。"桌边的这个小个儿男人？"他说，"你跟我想象的不太一样。不过，你也不必跟我们想象的一样呀。你写的每个字我都读过——意第绪语的，英语的。一听说你在杂志上发表了什么文章，我就立刻跑出去买。"

　　"非常感谢。请坐。"

　　"我想站着——但是——好吧——那我就坐下。可以抽烟吗？"

　　"当然。"

　　"我得告诉你我不是美国人。我是二战后过来的。熬过了希特勒的地狱、

1．由作者和多罗西娅·斯特劳斯翻译。——原注

斯大林的地狱，还有另外几个地狱。不过我来找你不是为了这个。你有时间听我讲吗？"

"有时间。"

"那好，美国人都忙得很。你怎么有时间写那么多文章，还能与人会面？"

"什么事都可以安排。"

"也许吧。在这儿，在美国，时间会消失——一周不算什么，一个月也不算什么，眨眼之间，一年就过去了。在那边的地狱里，一天感觉比这里的一年都要长。我是一九五〇年来这个国家的，这么多年梦一样就过去了。霎时为夏，霎时为冬，日子一晃而过。你觉得我有多大？"

"四十多岁——也许五十了。"

"再加十三年。四月份，我就六十三了。"

"你看起来挺年轻——愿你青春永驻。"

"大家都这么说。我家人都显得年轻。我祖父九十三岁去世的，几乎没有白发。他是个铁匠。我母亲这边都是学者。我曾在叶希瓦学习——古尔叶希瓦的学生，后来又去立陶宛叶希瓦学习。只学到了十七岁，真的，不过我的记性好，学过的东西不会忘。可以说我什么都不会忘，这正是我的悲剧所在。一旦我认定把时间耗在《塔木德》上是没用的，我就开始学习世俗知识。那时候，俄国人已经走了，德国接手了。之后波兰独立，我应召入伍。我参加了把布尔什维克赶到基辅的战役。接着他们又把我们赶到维斯杜拉河。波兰人不那么喜欢犹太人，但我得到了升迁——他们任命我为上士——chorázy——没有上过军校的人所能达到的最高军衔。战后，他们要把我送到军校。我本可以成为上校什么的，但军营并非我的抱负。我读了很多书，也画画，想成为雕塑家。我开始用木头雕刻各种形象，最后成了做家具的。柜子、箱子——我尤其擅长修复家具，大多是古董。什么镶嵌物掉了，边边角角有些残缺。要修补得不露痕迹是需要技术的。我现在也没搞懂，我怎么会对这一行那么有激情。找到合适的木头，合适的颜色，修补完毕连物主都看不出哪里动过——要达到这一点，需要绝对的耐心，还有直觉。

"现在跟你说说为什么来找你。是因为你写的那些关于神秘力量的文章：心灵感应、灵魂、催眠术、宿命论等等——我都读过。我读这些是因为我就拥有你所写的这种力量。我不是来夸口的，不要以为我想成为报纸上的名人。我在美国有自己的事业，挣的钱足够了。我单身——没有妻子，没有孩子。他们把我的家人都杀死了。我喝威士忌，但不是酒鬼。我在纽约有公寓，在伍德斯多克有乡间别墅。我不需要别人帮我。

"还是回来说说神秘力量吧。你说得对，有些人天生具备这种神力。一切都靠天成。我开始学雕刻时，还是个六岁的孩子。虽然后来我没有坚持，但仍然具备雕刻天赋。神力也一样。我具备神力，但我不知道是怎么回事。某天早晨起床后，我突然意识到我们这栋楼里有人会在那一天从窗户掉下去。我们住在华沙的特华达街。我不喜欢这个念头——它让我害怕。我去上宗教小学了，回家看到院子里黑压压地挤满人。救护车刚刚到。一个装玻璃的工人在二层更换玻璃窗时，失足掉了下去。如果这种事发生了一次两次——甚至五次——我可能会说是巧合，但是如此频繁，就不可能是巧合了。不知怎的，我明白这种事不能和别人说——就好像这是块丑陋的胎记，得藏起来。拥有这种神力，还不如天生聋哑或是个瘸子。

"但不论多小心，也不是什么事都藏得住的。有一天，我坐在厨房里，我母亲——愿她安息——正在织袜子。我父亲挺能挣钱，虽然干的是体力活儿。我们的公寓很舒适，像富人的房子一样整洁。有许多铜餐具，母亲每周都会把它们擦得锃亮。我坐在一张小凳子上，那时顶多也就七岁。突然，我说：'妈妈，地板下面有钱！有钱！'母亲停下手里的活儿，惊讶地看着我。'什么钱？你瞎说些什么？''钱，'我说，'金币。'母亲说：'你疯了吗？你怎么会知道地板下有什么？''我知道。'我说。我已经意识到我不该说这些，但是太晚了。

"父亲回家吃晚饭的时候，母亲把我的话告诉了他。当时我不在，父亲很吃惊，承认他在地板下面藏了些金币。我有个姐姐，父亲是在为她存嫁妆——把钱存入银行可不是老实人的习惯。我从学校回来后，父亲开始盘问我。'你在监视我吗？'其实父亲藏钱的时候，我在学校呢，母亲去了市场，姐姐去了朋友家。父亲把门锁上，上了插销。我们住在三楼。他连锁孔都小心地用棉花堵上了。我被打了一顿，不论怎么努力，我都无法说清楚是怎么知道金币的事的。'这孩子是个魔鬼！'父亲说，又给了我一个嘴巴。我从这件事得出教训，不可乱说。

"童年时类似的事，我可以给你说上一百件，但我只想补充一件。我家对面有个乳品店。那时候，大家都是到商店里买煮熟的牛奶。他们用瓦斯炉煮牛奶。有天早晨，母亲给了我一只锅，说：'去街对面泽尔达的店里买一夸脱的熟牛奶。'我到了店里，只有一位顾客———一个女孩儿买了几盎司的黄油。在华沙，人们以前用弓从大块黄油上切片，就是拉·巴－奥默节孩子们去布拉加森林野餐时拿的那种弓。我抬头看到一件怪事：泽尔达的头上方发出了亮光，好像她的假发里有盏光明节灯。我站在那儿，目瞪口呆——怎么可能呢？那女孩儿就在旁边柜台那儿与泽尔达说话，好像并没有什么异样。泽尔达给她称好黄油，女孩儿走了。泽尔达说：'进来，进来，你站在门口干吗？'我想问她：'为什么你的头上有光？'但我预感到只有我看到了。

"第二天放学回家后，母亲对我说：'听说了吗？乳品店的泽尔达死了。'你可以想象我有多恐惧。我才八岁左右。后来，我在许多将死之人的头上方都看到了相同的光。感谢上帝，最近二十年，我没有见到过。到了我这把年纪，在我那些朋友中，我可能天天都会看到呀。"

2

"不久前，你写过一篇文章，说至爱一定有心灵感应的成分。我很震惊，必须要见到你。在我的生活中，这种事发生了不是一回，不是十回，而是一回又一回。年轻的时候，我还是挺浪漫的，看到女人，可能会一见钟情。那时候，你不能直接走到女人面前说你爱她，女孩子们很脆弱，妄言爱字会被认为是侮辱。而且，我其实挺害羞的，也挺骄傲，天生不是追女孩子的人。简单说，我不会去找女孩子搭话，只会日日夜夜想着她。我会幻想各种各样根本不可能的巧遇和冒险。后来我发现,我的思维是会产生作用的。有一次,我故意在华沙一条热闹的街道上等待一个女人的出现。我不是数学家,但我知道那个女人在那个时刻通过那条街的概率大概是两千万分之一。但是她来了,似乎是被某种看不见的磁石吸引过来的。

"我不是个很容易轻信的人,即便是今天我也还有疑问。我们想相信一切都是理性的,按照次序发生。我们害怕神秘——如果有良善之力,那么很可能也存在邪恶之力,谁知道它们会做些什么!但我遇到了这么多理性无法解释的事,只有傻瓜才会装作没看到。

"也许因为我有这种磁力,我才一直没结婚。反正我也不是那种能够满足于一个女人的男人。我还有其他神力,就不吹嘘了。我生活在所谓的土耳其天堂——同时有着五六个情人。我常在客厅修补家具,在那儿经常会遇到美丽的女人——大多是外邦人。她们总是对我说着相同的话——我与其他犹太人不一样,等等。我的房间有个单独的入口,这就是单身汉所需的一切。我的橱柜里存有白兰地,各种酒和食品。我要是告诉你这间屋子的沙发上所发生的事,你能写出一本书来——但是谁在乎呢?随着年龄增长,我越发清醒地意识到,对于现代人来说,结婚纯属发疯。没有了宗教,整个婚姻制度都是荒唐的。当然,你的母亲和我的母亲是虔诚的女人,对她们来说,只有一个神,一个丈夫。

"现在我来说重点。尽管那些年我与许多女人有染,但有一位,我们在一起将近三十年——直到纳粹轰炸了华沙。那一天,成千上万的人过桥去了布拉加。我本想带上曼娅和我一起走——她叫曼娅——但她得了流感,我等不了她了。我在波兰人脉很广,但在灾难面前,这些都一文不值。我后来得知,我的房子被炮弹击中,成了一堆瓦砾砖块。我再也没有听到过曼娅的消息。

"这个曼娅可以说就是个普通女孩儿。她来自大波兰省的一个小村庄。我们相遇时都还没有性经验。然而不论是我的神力,还是我的背叛,都毁不掉我们之间的爱情。不知怎的,她知道我的所有劣迹,总是威胁说要离开我,结婚什么的。但每周她都来找我——有时还更频繁。其他女人都不在我的房间过夜，只有曼娅来会留宿。她并不是很漂亮——皮肤较黑，个子不高，黑眼睛，卷头发。在她的村子里，人们称她为'吉卜赛人曼娅'。吉卜赛人的把戏她都会。她会用扑克牌算命，会看手相，相信各种巫术和迷信。她的穿着也像吉卜赛人，花裙子，披肩，大耳环，脖子上挂着红色珠链，嘴里总是叼着烟。她在一家内衣店做销售。店主是对老夫妻，没有孩子，曼娅就像是他们的女儿。她是个非常棒的销售，会缝纫刺绣，还学会了做紧身胸衣。店里的生意都由她打理。她要是想偷东西，早就发财了，但她是个绝对诚实的人。反正，老夫妻也打算把她写进遗嘱，店留给她。老头子后来得了肝病，他们就去旅游了，卡尔斯巴德、马里恩巴德，还有皮耶什佳尼。一切都由曼娅照看。她有什么必要结婚？她需要的是个男人，我就是她的男人。这个女孩儿几乎不会读写，却有着自己的讲究——特别是在性方面。在我的生活中，上帝知道我有过多少女人，却没有一个像曼娅这样的。她有她的怪癖和嗜好，每次想起来，我都不知道是该哭还是该笑。施虐是施虐，受虐是受虐——难道种种荒唐都要有个名字吗？每次吵架，我俩都极不开心，和好就成了一项重大仪式。她厨艺精湛，完全可以给国王做饭。她的老板去疗养时，她就在他们的公寓给我做饭。我曾经说，她做的饭菜有种性吸引力，这是有几分真实的。这是她好的一面。不好的一面是，曼娅永远不能接受我还有别的女人，总是竭尽所能扫我的兴。我天生不爱撒谎，但为了她，我不得不撒谎。不由自主。我不需要编谎话——舌头自动就说了出来。我常常惊讶于舌头的聪明伶俐与远见。它能预见到会发生什么事，出什么状况——我后来才意识到这一点。然而，骗谁也骗不了三十年。曼娅知道我的习性，总在监视我；我的电话以前常半夜响起。而与此同时，我与别的女人之间的风流韵事又给了她一种变态的快感。有时候我会向她坦白，她就追问细节，用最难听的话骂我，又哭又笑，疯了一般。我常感觉自己像个驯兽师——那种把脑袋放在狮子嘴里的。我一直就很明白，只有曼娅还在背景中，我在其他女人那里的成功才有意义。曼娅在，波特卡伯爵夫人才值得一争。没有曼娅，什么征服都一文不值。

　　"有时我放荡归来，旅馆也好，贵族庄园也好，当天晚上还会和曼娅在一起。她可以让我重新振作，再来一遍，就像什么都没发生。但年龄渐长，我开始担心纵欲对我不好，总怀疑自己有病。我看医学书籍，读报纸上的医学文章。我担心我在糟蹋身体。有一次，我回来时已是精疲力竭，还要准备见曼娅，我的脑子里闪过一个念头：曼娅要是来月经就好了，晚上就不用和她在一起了。我给她打电话，她说：'奇怪，我放假了'——这是她对月经的称呼——'这可是在月中啊。''你还会施奇迹了。'我自言自语。但我还是怀疑，这是否真与我的愿望有关。类似的事情发生了好几次，我这才意识到，我真的有神力给曼娅的身体下命令。我跟你说的每个字都是事实，毫不掺假。有几次我希望她生病——当然只是一阵子，我很爱她的——她立刻就发了高烧。很明显，我完全主宰着她的身体。如果我想让她死，她就会死。我读过一些书和小册子，关于催眠术、生物磁性等话题，但我从来没想到自己会有这种能力，而且是这种方式。

"除了控制她的身体，我还知道她在想些什么，真的可以读到她的思维。有一次我们大吵了一架，曼娅走了，狠狠地摔上门，震得窗户直响。她刚一离开，我就知道她要去维斯杜拉河自杀。我抄起外套，静静地跟着她。她从一条街走到另一条街，我像侦探似的尾随着。她一直没回头。最后她来到了维斯杜拉河，径直朝河中走去。我跑过去，抓住她的肩膀。她尖叫着，挣扎着。我救了她一命。此后，我就暗暗在脑子里下令，不许她再有自杀的念头。后来她跟我说：'真是奇怪，以前我常想自杀。最近完全没有这种想法了。你说这是怎么回事？'

"我本可以把一切都解释清楚。有一次她来找我，我对她说：'你今天丢钱了。'她顿时脸色煞白。的确如此，她从银行回来，丢了六百兹罗提。"

3

"我再给你讲讲那只狗的故事，还有另外一个故事，就足够了。一年夏天——应该是一九二八年，或一九二九年——那年我觉得累极了，还怀疑自己有病。我卷入了许多事情，纠缠不清，感觉要散架了似的。电话总在响。曼娅和我吵得很凶，有些诡异。她工作的那家店，老头子的妻子去世了，曼娅总是威胁我要嫁给他。她有个表哥在南非，他给她写情书，还说要把誓词寄给她。她那伟大的爱情突然变成了可怕的仇恨，声称要把她自己和我都毒死，建议我们双双自杀。她的黑眼睛燃烧着火焰，看起来就像鞑靼人。上帝知道，我们都是些什么杀人犯的后代。是你还是别人在你们的报上写文章说，每个人都是潜在的纳粹？以前我晚上睡得像死人，现在却失眠了。好不容易睡着了，又做噩梦。一天早晨，我觉得我要死了，双腿发抖，眼前天旋地转，耳朵里嘤嘤作响。我明白如果不做出改变，我就完了。我决定抛开一切，走。我收拾好一个包，一边收拾，电话一边疯响，但我没有接。我下楼坐上四轮马车，去了维也纳车站。有一趟去克拉科夫的火车，我买了车票。我坐在二等座上，太累了，整个旅途都在睡觉。到了克拉科夫，列车员叫醒了我。在克拉科夫，我又坐上一辆马车，让车夫拉我去饭店。一进房间，我就和衣倒在床上，迷迷糊糊到了黎明。我说迷糊，是因为我睡得很不安稳——半梦半醒。我去上厕所，耳朵里有人在尖叫，还有铃声。我真真切切听见曼娅在哭喊，让我回去。我快要顶不住了，但还是竭力拦住了自己。我已经一天一夜没吃饭了，上午十一点左右我醒了，感觉真是半死不活。克拉科夫的饭店房间里没有澡盆——要洗澡，得跟女服务员说。房间里只有盥洗盆和一罐水。我将就着刮了脸，吃了早饭，去了火车站。我坐了几站地，到头了。我当然是想去山里，但这不是去札科帕内的线路，而是一条支线。我到了巴比亚山附近的一个村子。这座山和其他的山都不相连——是一座有个人主义的高山——很少有游客去那儿。那里没有饭店或旅馆，我借宿在了一对老农家——gazdas。想必你知道那个地方，我就不跟你说那儿有多美了。那个村子尤其美丽，自然的野性，也许是因为村子比较荒僻。老两口有只狗，一只大狗，我不知道品种。他们提醒我，那狗可能咬人，要小心。我拍了拍狗头，挠了挠它的脖子，它立刻成了我的朋友。这样说太轻了——那只狗疯狂地爱上了我——几乎是立即爱上了我，一刻都不肯离开。老两口每年夏天都把房间出租，这只狗以前从未缠上过任何租客。简单说，我逃离了人类之爱，却掉进了犬类之爱。布雷克就和女人一样，虽然它是只公狗。它嫉妒起来比曼娅还要糟。我出去散步，它一直跟着我跑，不论有多远。村里有许多狗，我只要看别的狗一眼，布雷克就发狂。它咬那些狗，也咬我。晚上，它非要睡在我的床上。那种地方，狗身上是有跳蚤的。我不让它进我的房间，它就狂吠哀号，半个村子都被它吵醒了。我只得让它进来，它就立刻跳到床上。它哭起来简直就是人声。村里开始传言我是个巫师。我没有待太久，在那儿能无聊死，带的几本书，很快都读完了。我也休息过了，准备投入新的纠缠。与布雷克告别可不是件容易事。它感觉到我要离开了，天知道那是什么本能。我从邮局给曼娅打了电话，在那个偏僻的村子，竟也收到了电报和挂号信。狗没完没了地狂吠号叫。我离开的那天，它开始抽筋，口吐白沫。农民们担心它要疯了。以前，老两口一直没拴它，现在主人拿来了铁链，把它拴在柱子上。它一边叫，一边扯着链子，看得我心惊胆战。

"我回到了华沙，晒黑了，但并没有休息好。村里那只狗怎样对我，华沙的曼娅和那几个女人也怎样对我。都是围着我，咬我。我收到了几个修补家具的订单，客户不断地给我打电话。几天过去了——也许是几周，记不清了。有一天，我忙了一整天，回家早早就上了床，关了灯。我累坏了，立刻睡着了。突然我惊醒了。我可不是常在半夜醒来的人，但这次我醒了，感觉屋里有人。以前我睡醒觉，胸部常有压迫感，这一次我觉得真的有什么东西压着我的脚。我抬眼看了看，毯子上躺着一只狗。虽然没开灯，但路灯照进来，屋里并非漆黑一片。我认出了布雷克。

"起初我想这只狗是追着火车，跑到华沙来的。但这太荒唐了。首先，它是被拴着的；其次，没有哪只狗能跟着特快列车跑这么久。即便这只狗自己能找到去华沙的路——并且找到我住的这栋楼——它也不会爬三层楼。何况我总是锁门的。我明白了，这不是一只真狗，有血有肉，而是幽灵。我看到了它的眼睛，感觉到了它压在我的脚上的分量，但我不敢摸它。我坐在那儿，吓坏了，它看着我，眼含悲伤——还有一种我说不上来的神情。我想把它推下去，把脚抽出来，却动不了。这不是狗，是鬼魂。我重又躺下，想接着睡。过了一会儿，我睡着了。是噩梦？就算是噩梦吧。那它也是布雷克。

我认出了它的眼睛、耳朵，它的表情、它的毛。第二天我想给那农民写信，询问狗的情况。但我知道他不识字，而且我也太忙，没时间写信。反正我也得不到答案。我非常确信那只狗死了——来找我的不是这个世界的生命。

"它来了不止那一次——随后很多年，它常常回来，所以我有足够的时间观察它，虽然它从未在有日光或灯光的时候到来。我离开村子时，那只狗的岁数已经很大了，而且看它最后那天的样子，我知道它活不长。灵体、幽灵、灵魂——随你怎么说——对我来说，一只狗的鬼魂来找我，卧在我的脚上，这就是事实，不是一次，而是几十次。起初几乎是每晚都来，后来就渐渐少了。是梦吗？不是，我没有在做梦——除非整个生命就是一场梦。"

4

"我再跟你说最后一件事。我跟你说过，许多与我有过情缘的女子都是我修补家具时，在客厅遇到的。坐在这儿的这个其貌不扬的男子，曾经与几位波兰伯爵夫人做爱。什么是伯爵夫人？我们都是一样的东西做成的。不过有一次我遇到了一位年轻女子，真是惊为天人。一位贵妇请我到她在维拉诺夫的房子，修理一架饰有鎏金花环的老式钢琴。我正在干活，一位年轻女子从客厅飘过。她顶多停留了一秒钟，看我在做什么，四目相对。我该如何向你形容她的长相呢？像波兰贵族，又有犹太女子的味道，很奇怪——就好像，一个温柔的叶希瓦学生被施了魔法，变成了波兰小姐。她的面颊纤瘦，黑眼睛如此深邃，令我迷失其中。正是她的眼睛点燃了我。她通体散发出灵性。我从未见过这样的美女。她立刻消失了，我却失魂落魄。后来我问主人那位美丽的女子是谁，她说是她的外甥女，来拜访她。她提到了一个庄园，要么就是镇子，女子是从那儿来的，但是意乱情迷的我什么都没听进去。要不是当时太慌乱，我本可以轻易得知她的名字和住址。我干完手里的活儿，她没有再出现，但她的形象总是站在我面前。我开始没日没夜地想念她。情思缠绵，终日怏怏，我决心结束这种状态，不惜代价。

曼娅意识到我心有他想，不免又多了几番争吵。我对华沙了如指掌，却糊里糊涂地走错路，净犯些可笑的错误。好几个月，我都是这个样子。慢慢地，我的痴迷消退了——也许只是沉到了内心深处；我可以想着别人，同时思念着她。夏天过去，冬天来临，转眼又是春天。一天下午——几乎是黄昏了——记不清是四月还是五月——我的电话响了。我说'喂'，无人应答。但电话线那边是有人拿着听筒的。我又说了一遍：'喂，喂，喂！'我听到噼啪一声，然后是断断续续的声音。我说：'哪位，请说话呀。'

"过了一会儿，我听到一个女人的声音，也像男孩儿的声音。'您曾经在维拉诺夫干活儿，一栋什么样什么样的房子。您是否还记得有人从客厅走过？'我的喉头一紧，舌头几乎不会动了。'是的，我记得您，'我说，'您的容颜怎会有人忘记？'她很安静，我还以为她挂电话了呢。她又开始讲了——更像是咕哝。她说：'我必须跟您谈一谈。我们能在哪儿见面吗？''哪里都可以，'我说，'您想来找我吗？''不，绝对不行，'她说，'也许可以在咖啡馆——''不，不能在咖啡馆，'我说，'告诉我您可以在哪儿见我，我去找您。'她沉默了一会儿，然后提出去市图书馆附近的一条小街，在上城，莫科托夫附近。'您想什么时候见面？'我问。她说：'尽快。''现在可以吗？''好的，如果您能来的话。'我知道那条小街上没有咖啡馆，没有餐馆，甚至没有可以坐下来的长凳，但我对她说我即刻动身。我曾经想，如果真有这样的奇迹发生，我一定会高兴得跳起来。但我的内心一片宁静，没有高兴，也没有不高兴——只是错愕。

"到达约会地点时，已经是晚上了。街道两旁种着树，有几盏路灯。半明半暗中，我能看到她。她似乎瘦了些，盘着发髻，站在树影里。除了她，街上没有别人。我朝她走去时，她吓了一跳。树开花了，沟里满是花瓣。我对她说：'我来了。我们去哪儿？''我想对您说的话，在这儿就可以说。'她答道。'您想对我说什么？'我问。她犹豫片刻：'我想让您不要再打扰我。'

"我一惊，说道：'我不知道您是什么意思。''您很清楚，'她说，'您不肯放过我。我有丈夫，跟他在一起我很幸福。我想成为一个忠贞的妻子。'她说得吞吞吐吐，一字一顿。她说：'找到您，查到您的电话不容易。我只好撒谎说我的柜子坏了，才从姨妈那里得到您的联系方式。我不会说谎，姨妈也不相信我，但还是告诉了我您的名字和地址。'说完，她沉默了。

　　"我问：'我们为什么不去什么地方，好好谈谈？''我哪里都不能去。我可以在电话里跟您说这些——太奇怪了，着实疯狂——但您现在知道真相了。''我真的不知道您在想什么。'我说，就为了能多说些话。她说：'我求您，不论您信仰何方神圣，以祂之名，求您不要再折磨我。我不能满足您的要求——我宁愿死。'她的脸色变得煞白。

　　"我继续装糊涂，说道：'我不想您为我做任何事。的确，当我在您姨妈的客厅见到您时，您给我留下了深刻的印象——但我并没有做什么事打扰您呀。''您做了。如果我们不是生活在二十世纪，我会认为您是巫师。相信我，'她接着说，'我是下了很大决心，才给您打电话的。我还担心您可能不知道我是谁——但是您立刻就知道了。'

　　"'我们不能就这样站在街上谈，'我说，'我们得去什么地方。''去哪儿？如果有熟人看到我，我就完了。'我说：'跟我来。'她迟疑片刻，随后跟我走了。她穿着高跟鞋，走路似乎有些不稳，挽住了我的胳膊。虽然她戴着手套，我还是留意到，她有着最美丽的双手。每次她的手在我的胳臂上轻微一动，都会一阵战栗传遍我的全身。过了一会儿，年轻女子稍稍放松了些。她说："您拥有怎样的神力？我几次听到您的声音，也见过您。半夜醒来，您就站在我的床头。不是眼睛，而是两道绿光从您的眼窝射出来。我叫醒我的丈夫，您就立刻消失了。'

　　"'是幻觉。'我说。'不，是您在夜间游荡。''果真如此，我一点都不知道。'

　　"我们走到维斯杜拉河边，坐在一根原木上。那里不是很安全，有许多醉鬼和流浪汉，但她还是与我一同坐下了。她说：'我姨妈会奇怪我去了哪里。我跟她说我去散步，她还说要跟我一起来。向我发誓，您会放过我。也许您有妻子，您也不想别人骚扰她吧。'

　　"'我没有妻子，'我说，'不过我向您保证，在我的能力范围之内，我不会骚扰您。我只能保证这么多了。'

　　"'我至死都会感激您。'

"故事就是这样。后来我再没见到过那个女人，甚至不知道她的名字。不知道为什么，在我遇到的所有怪事中，这件事给我留下的印象最深刻。好了，就说这么多，不打扰您了。"

"您没有打扰我，"我说，"很高兴遇到拥有这种神力的人。这加强了我的信念。您离开华沙时，曼娅怎会得了流感？为什么您不下命令，让她好起来？"

"什么？我经常问我自己这个问题。似乎我的神力只能是负面的。治病，那得是个圣人，您也看出来了，我离圣人可差得远。或者也许——谁知道呢——那个时候带个女人走是危险的。"

陌生人低下了头，用手指敲着桌子，哼着什么。他站起身。我觉得他的脸似乎变了；面色发灰，皱纹也多了。刹那间，他看起来像他的实际年龄了，甚至比先前矮了些。我注意到他的雨衣上都是泥点。他向我伸手道别，我陪他走到电梯。

"您还想女人吗？"我问。

他想了想，似乎没明白我的问题。他哀伤地看着我，有些犹疑，"只想着死去的女人"。

韩颖 译

那里是有点什么[1]

◆1◆

　　一般说来，贝契伏镇的尼切米亚拉比懂得魔鬼的狡猾以及怎样去制服他，但最近几个月来他却为某种新的可怕的事情所折磨，那就是对上帝发怒。拉比脑子中的某个部分在同宇宙之主吵架，倔强地争论着：是的，你是伟大的，永恒的，万能的，明智的，甚至是充满慈悲的。但是，你究竟在跟谁捉迷藏呢——跟苍蝇吗？当苍蝇堕入蛛网，蜘蛛要吸掉它的生命时，你的伟大对它有什么帮助呢？当猫用爪子夹住老鼠时，你的一切德行对老鼠又有什么用处呢？天堂里的报酬吗？牲畜们可用不着这些。你，在天之父，倒有时间去等待世界的末日，但它们不能等待啊。当你让运水工费特尔的棚屋起了火，使他不得不同全家在一个严寒的冬夜去贫民院睡觉的时候，那可是一桩无可弥补的不公平的事。可以用你的灵光迷蒙、自由选择和赎罪等说法来为你辩解，但是运水工费特尔在竟日劳苦之后所需要的是休息，而不是在铺着烂稻草的床上辗转反侧啊。

　　拉比很清楚是魔鬼在对他说话。他想尽一切办法以使自己安静下来。他把自己浸没在圣浴的冰凉的水中，斋戒，攻读犹太教的全部经文直到乏得合上眼睛为止。但是魔鬼拒不服输。他更加傲慢无礼了。他从早到晚地尖声叫嚷。最近，他已开始在败坏拉比的梦了。拉比梦见犹太人在火刑柱上被烧死，犹太教会学校的孩子们被带向绞架，处女被强奸，婴儿受虐待。

他被领去观看赫米尔尼茨基和贡塔的士兵们的暴虐以及那些趁牲畜还未断气就啃啮它们肢体的野蛮人的残忍行为。哥萨克人用梭镖把儿童刺穿，并把他们活埋了。一个留着长胡子、眼里杀气腾腾的海德马克人将一个女人的肚皮剖开，把只猫缝到里面去。在梦中，拉比朝天挥舞拳头，高声喊叫："天国的刽子手，难道这一切都是为了你的光荣吗？"

贝契伏镇的整个法庭已濒于崩溃。尼切米亚拉比的父亲拉比埃利泽·茨维先生三年前逝世了。他患的是胃癌。尼切米亚拉比的母亲的乳房里害了同样的病。除拉比外，还留下一个女儿和一个儿子。拉比的弟弟西姆查·戴维，当他双亲还在的时候就成了一个有文化的人。他离开了法庭和他的妻子——齐夫科夫卡拉比的女儿，到华沙学习绘画去了。拉比的妹妹欣德·谢瓦奇，嫁给了诺伊施塔特拉比的儿子蔡姆·马托斯，此人在婚后不久就害了忧郁症，回到他父母那里去了。欣德·谢瓦奇成了个被遗弃的妻子。由于蔡姆·马托斯被认为精神失常，他没有获准办理离婚手续。尼切米亚拉比自己的妻子是科茨克拉比的后裔，她在分娩时同婴儿一起死了。媒人们给拉比介绍了各种各样的对象，但他给予他们的全是同样的回答："我考虑考虑。"

实际上也没有提供什么合适的对象。贝契伏镇的大部分哈西德派教友已将尼切米亚拉比抛弃了。在拉比法庭里，流行着像在大海鱼群中那样的法则：大鱼吃小鱼。最先离开的是那些有钱人。还有什么能把他们留在贝契伏呢？学经堂已大半毁坏了，净身浴池的屋顶已经塌陷。野草丛生。尼切米亚先生同一个单身的执事桑德先生一起留在那里。拉比的房子有许多房间，但它们很少打扫过，一切都给尘土遮盖了。糊墙纸在剥落，窗玻璃打碎了，没有重装。整个建筑物已沦落到这种状况，以致连地板都全部倾斜了。使女贝拉·厄克害着风湿症，她的关节已结了疙瘩。尼切米亚的妹妹欣德·谢瓦奇对家务缺乏耐心。她成天坐在躺椅上看书。就是拉比的上衣掉了个扣子，也没人给他缝上。

拉比才二十七岁，但看上去要老一些。身材高大的他已弯腰曲背。他长着黄胡子，黄眉毛，黄鬓发。他已经快秃顶了。他长着高高的前额，蓝蓝的眼睛，窄鼻子，头颈很长，喉结突出。他脸色苍白，像个肺病患者。

尼切米亚先生穿着一件褪色的便服和一双质量极差的拖鞋，戴着一顶揉皱了的便帽，在书房里来回踱步。书桌上放着一根长烟斗和一个烟草袋。拉比有时点上烟，抽那么一口，又把它放下。他拿起一本书，把它打开，但没有读又合上了。他甚至连吃饭也没有耐心了。他咬下一小片面包，边走边嚼。他喝口咖啡，又继续踱步。这是夏天，在五旬节和赎罪日之间，这时哈西德派教友没有人前去朝圣的，因此在冗长的夏日里，拉比有的是时间来考虑问题。所有的问题融合为一个——为什么要有苦难？对这个问题找不到回答，在《摩西五经》内，在《先知书》中，在《塔木德》中，在《光辉之书》中找不到，在《生命之树》中也找不到。如果上帝是万能的，那么他无须魔鬼的帮助也能显示自己。如果他不是万能的呢，那他就不是真正的上帝。这个谜的唯一解答只能是异教徒的说法：既没有审判者，也没有审判。天地万物全是一种盲目的偶然之事——一个墨水池落在一张纸上，墨水自己写出文字，字字谎言，句句混乱。在那种情况下，为什么他，尼切米亚拉比，还要出洋相呢？他是个什么样的拉比？他在向谁祈祷？他在向谁诉苦？另一方面，洒出的墨水又怎么能构成哪怕是单单一行文字呢？而且，墨水和纸是从哪里来的？嗯，上帝又是打哪里来的呢？

尼切米亚拉比站在敞开的窗前。外面有浅蓝色的天空；在金黄的太阳周围，小朵的云彩缭绕着，像用来保护盒内香橼果的亚麻布似的。在一棵枯树的光秃秃的枝头上栖息着一只鸟儿。是只燕子呢，还是麻雀？它的母亲也是一只鸟，因而，它的祖母也是——代代相传，自古如此。如果亚里士多德的宇宙永恒说是对的，那么传宗接代的锁链就没有个开端了。但怎么能是这样的呢？

拉比好像感到疼痛似的做了个怪相。他握紧拳头。"你想把你的面孔藏起来吗？"他对上帝说，"那么就这样吧。你藏你的面孔，我藏我的。总归是够了。"他决定按照他长期考虑过的那样去采取行动。

2

那个星期五晚上拉比睡得很少。他断断续续地打个盹，就又醒过来。

每次一入睡，恐怖就重新向他袭来。鲜血横流，小沟里死尸狼藉。头发烧焦、胸脯灼黑的妇女们在火焰中奔跑。铃声锵锵地响着。一大群乱窜的野兽，摇摆着公羊角、猪鼻子、豪猪皮和柔软的乳房，从燃烧着的森林里蹿出。大地发出呼喊，这是男人、女人和各种毒蛇、猛兽的悲鸣。在他的这场噩梦当中，拉比以为欢庆律法节和普珥节在同一天降临了。他想，难道日历改变了，或者是魔鬼掌握了统治权？天亮时，一个蓄着钩形胡子、穿着破烂长袍的老头儿向他咆哮着，摇晃着拳头。拉比想吹羊角号把他逐出教会，但发出的不是号音，而是一种仿佛从干瘪的肺叶里吐出来的呼哧呼哧的喘息声。

拉比在颤抖，连他的床都震动起来。他的枕头又湿又乱，好像刚刚从洗衣盆里捞出来似的。拉比的眼皮粘连着，半睁半闭。"讨厌的东西，"拉比嘟哝着，"大脑的浮渣。"就他记忆所及，这是拉比第一次没有履行沐浴仪式。"是魔鬼的力量吗？让我们看看魔鬼能怎么样！圣者只能默默忍受。"他走到窗户跟前。上升的太阳在云彩中旋转，活像个被割掉的脑袋。在一堆垃圾面前，一头属于社区的公山羊正想咀嚼去年的棕榈叶。"你还活着？"拉比招呼它。同时他记起那只在灌木丛中被抓着羊角逮住的公羊，它是亚伯拉罕用来代替以撒作为燔祭的。祂总是需要燔祭，拉比想象着上帝。祂的创造物的鲜血对于祂总是又香又甜的。

"我一定要这样做，我一定要这样做。"拉比大声地说。

在贝契伏，人们很晚才祈祷。到了夏天的安息日，即使把几个受法庭资助的老头儿算在内，也只够法定人数。头天晚上，拉比曾决定不披他的穗子四角巾，但现在出于习惯他还是把它披上了。他原来打算光着脑袋去，但如今还是勉强地戴上了便帽。他决定，一次犯一个罪就够了。他在椅子上坐下，打起瞌睡来。过了一会儿，他蓦地一跳便站起来了。直到昨天为止，善的天使一直在企图惩戒拉比，并以地狱或用降低灵魂身份的转生来威胁他。但是现在那来自何烈山¹的声音已经被窒息了。所有的恐惧都消

----

¹．山名，摩西受法处，常与西奈山等同。

失了。留下的只有愤怒。"如果祂不需要犹太人，那么犹太人也不需要祂。"拉比不再直接对上帝说话，而是对某个另外的神——也许就是《诗篇》第八十二章中提到的那些神中间的一个说："上帝站在那个伟大的集体之中，祂在诸神中间进行审判。"现在拉比赞成各种异教邪说——赞同那些完全否定上帝的人和那些信仰两种统治的人，赞同那些尊崇星辰和星宿的迷信者和那些拥护圣父、圣子和圣灵三位一体的人；赞同那些抛弃《塔木德》的卡拉派教徒；也赞同那些为基利心山而丢弃西奈山的撒玛利亚人。"是的，我已认识了上帝，如今我有意要刁难祂。"拉比说道。许多事物顿时明白了：太古时代的蛇啦，该隐啦，大洪水一代啦，变童省啦，以实玛利啦，以扫啦，可拉以及尼八之子耶罗波安啦。人们对一个默默无言的虐待者是不说话的，而对于一个迫害者则不向他祈祷。

拉比还是希望到最后的时刻奇迹会出现——上帝会显露祂自己，或者某种威力会来约束他。但是什么也没发生。他打开抽屉拿出他的烟斗，这是在安息日禁止接触的一种东西。他给烟斗装上烟丝。在划火柴之前，拉比犹豫了。他警告自己："尼切米亚，埃利泽·茨维的儿子，这是安息日禁止的三十九件事中的一件啊。犯了这一条，就得用石头砸死。"他环顾四周。没有什么翅膀在拍打，没有什么声音在呼唤。他抽出一根火柴，点着了烟斗。他的脑子在颅骨内格格作响，就像果仁在果壳中那样。他骤然跌落在深渊中。

拉比通常是喜爱抽烟的，但此刻烟味却显得辛辣起来。它使他的喉咙感到刺痒。也许有人会敲门吧！他往烟斗中倒进几滴沐浴仪式用的水——这又是一种大亵渎，即灭火之罪。他还企图进一步犯罪，但是干什么呢？他想在门柱圣卷上啐唾沫，但克制住了。一时间，拉比谛听着他内心的喧嚷。然后他往外走入回廊，并且一路走向欣德·谢瓦奇的房间。他拉着门闩，想把门打开。

"谁呀？"欣德·谢瓦奇叫道。

"是我。"

拉比听到她沙沙的走动声和嘟哝声。然后她打开了门。她一定刚刚醒来。她穿着一件带蔓藤花纹的便服，趿着拖鞋，剃过的头上扎着一条丝巾。尼切米亚长得高大，但欣德·谢瓦奇却是小个儿。虽然她只有二十五岁，但看起来要老一些，眼睛下面有了黑圈，一副弃妇的忧伤表情。拉比很少到她房里来，更没有那么早而且在安息日来过。

她问："出了什么事吗？"

拉比的眼睛充满笑意。"救世主弥赛亚来了。月亮掉下去了。"

"这是什么话呀？"

"欣德·谢瓦奇，一切都完了。"拉比说着，为他自己的话所震惊。

"你这是什么意思？"

"我不再是个拉比了。这里再没有什么法庭，除非你愿意接手并成为第二个路德米亚的少女。"

欣德·谢瓦奇的黄眼睛歪斜地打量着他。"出了什么事啦？"

"我已经受够了。"

"法庭该怎么办呢，我该怎么办呢？"

"把东西都卖了，同你的傻子离婚，或者动身到美国去。"

欣德·谢瓦奇站着一动不动。"坐下，你把我吓着了。"

"我对这一切谎言已经厌倦了，"拉比说，"全是胡说八道。我不是拉比，他们也不是哈西德派教友。我马上动身到华沙去。"

"你到华沙去干什么？你想走西姆查·戴维的道路吗？"

"是的，走他的道路。"

欣德·谢瓦奇的灰白的嘴唇在抖动。她在寻找椅子上她的衣服堆里的一条手帕。她用手帕来捂住自己的嘴。"那我怎么办呢？"她问道。

"你还年轻。你又不是瘸子，"拉比说道，为他自己的话所困惑着，"整个世界对你都是开放的。"

"开放？人家是不让蔡姆·马托斯同我离婚的。"

"会让的，会让的。"

拉比想说："你无须离婚也行。"但是他恐怕欣德·谢瓦奇会晕倒。他感到一股反抗的力量，一种使自己摆脱了一切枷锁的人所具有的勇气和宽慰。他第一次领悟到了成为一个无信仰者是什么意思。他说："哈西德派组织纯粹是行乞的行当。没有人需要我们。整个事业是一个骗局和一片虚妄。"

3

一切都进行得很顺利。欣德·谢瓦奇把自己锁在房里，显然是在哭。执事桑德在哈佛达拉[1]——送走安息日的仪式——之后，喝醉酒睡觉去了。老头儿们坐在学经堂里。一个在背告别祷文，另一个在读《智慧的开端》，第三个人在用铁丝通他的烟斗，第四个则在修补一本圣书。几支蜡烛在闪烁不定。拉比朝学经堂投了最后的一瞥。"一堆瓦砾。"他咕哝着。他已经亲自整理好他的小提包。自从他妻子死后，他已养成习惯，自己从使女收拾的箱子里取用内衣。他拿出几件衬衫、几件贴身内衣和几双长筒白袜子。他甚至没有把他的祈祷巾和护经匣装入提包。要这些有什么用呢？

拉比偷偷地离开了镇子。多亏月亮没有露脸，很方便。他没有走公路，而是沿着后面他自幼就很熟悉的小道走。他没有戴他的天鹅绒帽子。从打光棍的时候起，他就找到了一顶无边帽和一件宽大的长袍。

确实，拉比不再是同一个人了。他感到自己已经被一个用独特方式思想和谈话的魔鬼所迷住。如今他穿过田地和一片森林。尽管这是魔鬼猖獗的星期六晚上，拉比还是觉得自己更胆大而坚强了些。他不再害怕狗或强盗了。他到达车站，才知道得等到天亮方能搭上一辆火车。他在一张条凳上坐下，靠近一个正在打鼾的农民。拉比既没有背诵晚祷文也没有背《施玛》祷文。他心想：我还要把胡子刮掉。他意识到他的逃跑不能不被人觉察到，而且他的哈西德派教友可能会寻找并发现他。简单地说，他考虑离开波兰。

他睡着了，后来被一阵铃声吵醒。火车到了。早些时候，他已经买好一张四等票，因为在那些车厢是从来没有灯的；乘客们在黑暗中坐着或站着。他生怕遇见贝契伏的市民，但车上净是些外邦人。其中一个划了根火柴，

1．送走安息日或假日的一种仪式，一家之主背诵经文，用一杯酒、一个香料盒和一支新点燃的蜡烛为全家祝福。

这使拉比看到了戴着四角帽、穿着褐色长衫和亚麻布裤子的农民，他们大多光着脚，或者在脚上缠着破布。车里没有窗户，只有个圆的空洞。太阳升起时，这圆洞给这群脏兮兮的人投来一片紫色的阳光，他们抽着劣等香烟，吃着涂有猪油的粗面包，并用伏特加把它灌下肚去。他们的婆娘挨着行李在打瞌睡。

拉比听到了在俄国对犹太人的大屠杀。就像这些人一样的乡巴佬，在杀人，在强奸妇女，在抢劫和虐待儿童。拉比缩在一个角落里。他想捂住鼻子，不闻臭气。"上帝，这就是你的世界吗？"他问道，"你曾经企图在西珥山和巴兰山把《托拉》传授给他们吗？难道你把自己所选定的人就分散在他们中间吗？"车轮沿着铁轨隆隆前进。从机车冒出的烟雾通过圆洞渗了进来，散发出煤烟、油烟和某种无法分辨的燃烧物的气味。"我也能变成一种这样的东西吗？"拉比问自己，"如果上帝不存在，那么耶稣也不存在。"

拉比急于要小便，但是那里没有卫生设施。这些乘客们似乎都在受虱子和跳蚤的折磨。他感到衬衫底下在发痒。他开始后悔不该离开贝契伏。"谁会妨碍我在那里当个异教徒呢？"他问自己，"至少我有我自己的床啊。而在华沙我要干什么呢？我原来是太轻率了。我忘记了一个异教徒也是需要食物，需要头颈底下有个枕头的。我的几个卢布用不了多久。西姆查·戴维自己就是个穷光蛋。"拉比听说过西姆查·戴维在饿肚子，衣衫褴褛，而且还是那么顽固和不切实际。"唔，他曾指望什么来着？在华沙骗子有的是呢。"

拉比的腿痛起来了，他朝地板俯下身来，将帽舌拉低些，覆盖在前额上。沿途各站都有犹太人上车，也许有人会认出他来吧。突然他听到一些熟悉的话语："哦，我的上帝，您所给予我的灵魂是纯洁的；是您创造了它，是您构成了它，是您把它注入到了我的体内，是您将它保存在我的体内；您还要把它从我这里取回，但以后又把它归还给我……""谎言，无耻的谎言，"某种东西在拉比内心叫喊，"万物都有着同一种灵——无论是一个人，或一只动物。《传道书》本身就承认这一点，因此，圣人们才需要删改它。那么，灵又是什么呢？谁形成了灵？世间的书籍对此又是怎么说的呢？"

拉比睡着了，梦见赎罪日他同一群穿白袍子、披祈祷巾的犹太人一起站在会堂的院子里。有人把会堂锁上了，但为什么呢？拉比抬头望天，但他看到的不是一个月亮，而是两个、三个、五个。那是怎么回事？那些月亮似乎在互相冲撞。它们变得越来越大，越来越亮。闪电灼灼，雷声隆隆，天空在火焰中大放光彩。这时犹太人发出咆哮般的悲叹："唉，灾难降临了。"

拉比在颤抖中醒了过来。火车已到华沙。自从他父亲（愿他在天国享福）生病、逝世前几个月曾到那里找弗兰克尔大夫看病以来，他一直没来过华沙。那时父子俩乘坐的是特等车厢。会堂司事和法庭成员们陪伴着他们。一大群哈西德派教友已在车站等候。他父亲被引到图达街一个富裕的信徒家里。在起居室里，父亲做了有关《托拉》的讲解。如今，尼切米亚提着自己的手提包在沿着车站月台行走。有些乘客一路奔跑，另一些人拖着他们的行李缓缓而行。搬运工人喊叫着。一个一边佩剑、另一边挂着手枪的宪兵出现了。他胸前挂满了勋章，方方的脸庞又红又胖，他的眼睛白里带黄，他用疑惑、仇恨和某种使拉比想起食肉兽的眼光打量着拉比。

拉比进了城。电车铃声叮当，轻便马车聚在一起，马车夫轻轻挥动着他们的鞭子，马匹在鹅卵石的大道上疾驰。周围有一股沥青味儿，有垃圾和烟雾。"这就是那个世界吗？"拉比自问道，"救世主弥赛亚会到这里来吗？"他在胸前口袋里寻找一张记有西姆查·戴维住址的纸片，但是它不见了。"难道魔鬼已经在捉弄我了？"拉比把手再伸入口袋，取出了那张他在寻找的纸。是的，有个魔鬼在嘲弄他。但是如果没有上帝，又怎么会有魔鬼呢？他叫住一个路人，询问去西姆查·戴维所在街道的方向。

那人告诉了方向。"好一段路程呢！"他说道。

4

每次拉比询问到西姆查·戴维所在的斯摩查大街怎么走时，他总是被劝告乘电车或轻便马车去，但是电车好像太不保险，而轻便马车又太费钱了。再说，司机也许是个外邦人呢。拉比不会说波兰话。他每走几分钟就停下来歇歇。他还没吃早餐，不过，他也没意识到是不是饿了。他咽着口水，觉得喉咙有点发干。从院子里飘过来刚烤的小圆面包、百吉面包圈、煮牛奶和熏青鱼的气味。他路过一些出售皮革、金属器皿、绸缎呢绒和现成衣服的商店。那些推销员在竞相招徕顾客，拉他们的袖子，使眼色，在他们的意第绪语中夹杂着用上些波兰语。女推销员以一种单调的节奏在叫喊："卖苹果咧、梨咧、梅子咧、土豆丝蛋饼咧、热豌豆和蚕豆咧。"一辆装着柴火的货车在设法通过一个狭窄的巷口。一辆满堆着一袋袋面粉的运货马车在勉强穿过另一个巷口。一个疯子，光着脚，身穿一件只有一只袖子的长衫，头戴破帽，正在被一群小孩追逐。他们大声叫骂，并向他扔石头子儿。

"妈妈烤一只小猫。"一个小男孩在尖着嗓子唱，他那金黄的鬈发从八角帽中垂了下来。

拉比在穿过大街时险些被一辆由两匹比利时马拉着的轻便行李装运车撞倒。妇女们扭着手高声咒骂他。一个留着龌龊的灰白胡子、肩上扛着口袋的男人说："这个星期六你得背一篇感恩祷文了。"

"得了，感恩，"拉比自言自语地说，"那他口袋里扛的是什么——是他在天堂分得的口粮吗？"

他终于到达了斯摩查大街。有人向他指出了门牌号码。门口有个姑娘在卖洋葱面包。他走进院子。孩子们正在那儿围着一个新漆上柏油的大垃圾桶捉迷藏。近处有个染匠在把一条红裙子浸入一个满是黑染料的洋铁桶。在一个敞开的窗口，有位姑娘正在晾一条羽毛床垫，用棍子抽打着它。他最初问的那些人都不认识西姆查·戴维。后来才有个女人说："他准是住在阁楼里吧。"

拉比不习惯爬那么多梯级。他不得不停下来喘口气。在楼道里，到处是垃圾，家家房门都半开着。一个裁缝正在缝纫机上干活。有一层楼上摆着一列织布机，姑娘们头发里夹着棉屑，在那里灵巧地缠线。那更高的几层楼上，泥灰墙已有不少裂口，气味令人窒息。忽然拉比看见了西姆查·戴维。他从一个阴暗的走廊出现了，没戴帽子，穿着一件沾着颜料和黏土的短夹克。他的头发和眉毛都是黄黄的。他拿着一卷东西。拉比认出他弟弟时大吃一惊，他看起来可真像个外邦人啊。"西姆查·戴维。"他叫道。

西姆查·戴维盯着他。"面孔很熟，可是……"

"仔细看看。"

西姆查·戴维耸了耸肩膀。"你是谁呀？"

"你的哥哥，尼切米亚嘛。"

西姆查·戴维甚至都没眨一下眼。他那浅蓝的眼睛显得暗淡、忧郁，随时准备着可能发生的一切意外。他那嘴角边已经出现两条很深的凹痕。他已不再是贝契伏的奇才，而是个寒碜的劳动者了。过了一会儿，他才说："是的，是你。出了什么事呀？"

"我决定跟你走。"

"嗯，但此刻我不能逗留。我得去会一个人。他们正在等我。我已经晚了。我让你进我屋去，好让你休息。我们等会儿再谈。"

"就这样吧。"

"我没有想到会看见你。"西姆查·戴维引了一句《创世记》里的话。

"唔，我以为你早已忘掉了一切。"拉比说。与弟弟的冷淡相比，弟弟引用《圣经》使他更加感到尴尬。

西姆查·戴维打开一间屋子的门，这屋子小得使拉比想起了牢房。房顶歪斜了。挨墙靠放着画布、画框和一卷卷的纸张。屋里散发着油彩和松节油的气味。没有床，只有一张破睡椅。

西姆查·戴维问："你想在华沙干什么？近来日子很艰难呀。"他没等答复就离开了。

他干吗那样急急忙忙，拉比觉得奇怪。他坐在睡椅上环顾四周。几乎所有的油画都是女性——有的全裸体，有的半裸。一张小桌上放着各种画笔和一块调色板。这一定就是他谋生的手段了，拉比心想。现在他已经很清楚，他是干了桩蠢事。他原是不该到这里来的。一个人在哪里都可以受苦啊。

拉比等了一个小时，两个小时，但是西姆查·戴维仍没回来。饥饿折磨着他。"今天对我是个禁食日——一个异教徒的禁食。"他告诉自己。他体内有个声音在嘲笑他：“你这是自作自受。”“我并不后悔。”拉比反驳道。他准备同上帝的天使争论，就像他以前同魔鬼斗争那样。

拉比从地板上捡起一本书来。那是用意第绪语写的。他读到一个圣人的故事，这个圣人不去做晚祷，而去给一个寡妇拾柴火。这是什么——德行呢还是嘲笑？拉比盼望读到否定上帝和救世主的书。他捡起一本已经掉页的小册子，开始读有关巴勒斯坦殖民者的文章。年轻的犹太人在那里耕地，播种，把沼泽地弄干，种上桉树，与吉卜赛人作战。这些拓荒者中有一个死了，作者称他为烈士。拉比迷惑不解地坐着。如果没有造物主，那为什么要到圣地去呀？而他们所说的烈士又是什么意思呢？

拉比越来越累，躺了下来。“这种犹太人气质不是对我而言的，”他说，“我宁愿改变信仰！”但是谁曾改变信仰呢？再说，改变信仰，就得自称相信耶稣。好像世界就充满了信仰似的。如果你不信奉这个上帝，就必须信奉另一个。哥萨克为沙皇牺牲。而那些要废除沙皇的人又为革命而牺牲。但是真正的异教徒，那些什么也不相信的人，究竟又在哪里呢？他可不是到华沙来把一种信仰换成另一种信仰啊。

5

拉比等了三个小时，但西姆查·戴维没有回来。他暗想，现代人就是这样的啊。他们的诺言不算诺言，他们没有亲戚朋友的观念。实际上，他们所崇拜的只是自我。这些想法使他不安——难道他现在不就是他们中的一个吗？但是一个人怎样去控制脑子不思考呢？他环视房子四周。在这里小偷能找到什么有价值的东西？裸体女人吗？他走出门来，把门关上，然后走下楼梯。他带着他的手提包。他感到晕眩，摇摇摆摆地走着。在大街上，他路过一家饭馆，但是不好意思进去。他甚至连叫菜都不会。是不是所有的顾客都坐在同一张桌子边呢？男人和女人在一起吃吗？人们会嘲笑他的模样的。他回到西姆查·戴维住的那所房子门口，买了两个圆面包。但是他到哪里去吃呀？他记起一句俗语：“在大街上吃东西的人像只狗。”他站在门口，嚼着面包。

他早已犯了可以判处死刑的罪孽，但是不洗手也不念经就吃东西，仍使他感到不安。他觉得难以下咽。算了，这只是习惯问题，拉比安慰着自己。连要成为一个罪人，也得养成习惯啊。他吃了一个圆面包，把另一个放进口袋里。他漫无目的地走着。在一条街上，三个送葬行列打他旁边经过。第一辆柩车后面有几个人跟着。第二辆后面有很少几辆轻便马车。第三辆则根本无人伴送。"可是，这对他们并没有任何差别，"拉比自言自语说，"因为死了的人毫无所知，也不再得赏赐。"他引用《传道书》上的话。

他向右拐，经过一些长而窄的出售呢绒绸缎的商店，里面点着煤气灯，尽管时方正午。从那些几乎有房子那么大的货车里，人们正在把一卷卷的呢绒、羊绒毛、棉布和印花布卸下来。一个肩上扛着篮子、背给压驼了的搬运工人正一路走来。一些中学生穿着带镀金纽扣和帽徽的制服，把书本用带子捆着背在肩上。拉比站住了。如果你不相信上帝，那为什么要生孩子，为什么要养老婆呢？按照逻辑，一个无所信仰者就应该只关心他自己的躯体而不管任何别的人了。

他继续向前走。在下一个地段有家书店，里面陈列着希伯来语和意第绪语书籍，如《世世代代及其解释者》《巴黎的秘密》《小人物》《手淫》《如何防止肺痨》。有一本题为《宇宙是怎样形成的》。我要买它一本。拉比下了决心。里面有少数几个顾客。书商戴着一副系在丝带上的金边眼镜，他正在同一个留长发、戴宽边帽、肩上披着斗篷的人说话。拉比在书架旁站住，随便翻阅书籍。

一个女售货员走近他，问道："你要什么———一本祈祷书，还是一本祝福书？"

拉比脸红了。"我在橱窗里看到一本书，但是忘了书名。"

"出来，指给我看。"姑娘说道，向那个戴金边眼镜的人眨了眨眼。她微笑着，两颊现出了酒窝。

拉比一时冲动，真想逃开。他指出那本书来。

"《手淫》？"姑娘问。

"不是。"

"《维查·德沃夏到美国去》？"

"不，是当中的那本。"

"《宇宙是怎样形成的》？让我们回里面去。"姑娘对站在柜台后面的店主悄悄说了些什么。他摸摸前额。"这是最后一本了。"

"要我把它从橱窗里拿出来吗？"姑娘问道。

"但是为什么你单单需要这本书呢？"店主说，"它已过时了。宇宙并不是如作者所描绘的那样形成的。谁也说不上来呢。"

姑娘忍不住笑了起来。穿斗篷的那人问道："你是从哪里来的，外省吧？"

"是的。"

"你到华沙来干什么？给你的店里办货？"

"是的，办货。"

"什么货呢？"

拉比想说这与他无关，但是他生来不是没有礼貌的人。他说："我想知道异教徒们是怎样说的。"

姑娘又笑了。书商摘下他的眼镜。穿斗篷的人用他那又大又黑的眼睛盯着他。"这就是你的全部需要吗？"

"我想知道。"

"唔，他想知道。他们会让你读这本书吗？如果你带着这本书给他们抓住了，他们会把你抛出学经堂的。"

"没人会知道。"拉比回答道。他意识到他是像个小孩在说话，而不是像个大人。

"咳，我猜想启蒙运动还在活跃吧，就像五十年前那样，"穿斗篷的人对店主说，"他们过去就常常这样到维尔纳来询问：'世界是怎样创造的？太阳为什么照耀？是先有鸡呢，还是先有蛋？'"他转向拉比，"我们不知道，老兄，我们不知道。我们不得不在没有信仰也没有知识的情况下活下去。"

"那么你们为什么是犹太人呢？"拉比问道。

"我们必须是犹太人呀。不能让整个民族都被同化嘛。何况，那些外邦人也不要我们。在华沙有好几百改变信仰的人，但波兰报纸经常攻击他们。那么，改变信仰又有什么用呢？我们还是得作为一个民族继续存在啊。"

"我在哪里能买到这本书？"拉比问道。

"没人知道。它已绝版。反正，它只不过说明宇宙进化，至于它是如何进化的，生命是怎样创造的，以及其他等等，谁都一无所知。"

"那么你们为什么又是无信仰论者呢？"

"老兄，我们没有时间来同你展开讨论。这书我还有一本，但是我不想抖动灰尘，"店主说道，"几个礼拜以后，等我们重新装饰橱窗时再来吧。在那么短的时间内宇宙是不会变酸的。"

"请原谅我。"

"老兄，现在已不再有什么无信仰论者了，"穿斗篷的人说，"在我这一辈里还有那么几个。但是如今老的死了，而新的一代是讲究实际的。他们需要改善世界，但不知如何下手。你至少能靠你那商店过日子吧？"

"还凑合。"拉比咕哝着。

"你有老婆孩子吗？"

拉比没有回答。

"你那镇子叫什么名字啊？"

拉比仍不作声。他感到像个犹太学童那样胆怯。他说声"谢谢"，就离开了。

6

拉比继续逛大街。黄昏正在降临，他记起这是晚祷的时候了，但是他没有心情去讨好万能之神，去称呼祂为知识的赐予者、死人的复活者、病人的医治者、犯人的解放者，或者去祈求祂回到锡安山并重建耶路撒冷。

拉比经过一个监狱。那黑门打开了，一个戴锁链的人被领了进去。一个没有腿的残废人在一块装有轮子的木板上挪动着。一个瞎子在唱一首关于沉船的歌曲。在一条狭窄的街道上，拉比听到一阵喧闹声。有人被刺伤了——一个高大的年轻人，鲜血从他喉咙里喷出。一个妇女在呻唤。"他不愿被抢劫，因此他们就用刀子捅了他。让地狱之火烧死他们吧！上帝长期等待，但总会狠狠地惩罚的。"

他为什么要等那么久呢，拉比想问。而且他到底惩罚谁呢？是遭受打击的人，而不是打击人的人。警察来了。一辆救护车发出哀鸣。身穿破裤子、帽舌遮住了眼睛的小伙子们从大门里冲出来，还有蓬头散发、光脚上趿着破拖鞋的姑娘们。拉比害怕这伙人及其喧嚷。他走进一个庭院。一个披着肩巾、两颊红得就像用甜菜染过的姑娘对拉比说："进来，要二十个格罗什。"

"让我上哪儿去呀？"拉比莫名其妙地问道。

"一直下楼。"

"我要找个住宿的地方。"

"我会给你介绍的。"姑娘将他的臂膀挽住了。

拉比吓了一跳。从他成人以来这是第一次，一个陌生女人在碰他。姑娘领着他走下黑暗的阶梯。他们走过一条狭窄得只容一人通行的走廊。姑娘在前面走，牵着拉比的袖子。一股地下湿气朝他鼻孔冲来。这是什么——一个活人坟墓，一扇通向火焚谷的大门吗？有人在吹口琴。一个女人在大声说话。一只猫或者老鼠从他的脚上跳过。门开了，拉比看到一间由小煤油灯照亮的没有窗户的房间，它那烟囱被煤烟熏得乌黑了。在一张只铺着稻草垫的空床旁边，有一个盛着粉红色水的脸盆。拉比的双脚就像一头被牵入屠宰场的公牛一样在门口粘住了。"这是干什么？你把我带到哪里去呀？"

"甭装蒜了，让我们来玩乐吧。"

"我是要找一家旅馆呀。"

"把二十个格罗什交出来。"

这大概是个不名誉的地方吧？拉比颤抖着，从口袋里掏出一把零钱。"你自己拿吧。"

姑娘拣了一个十格罗什的硬币，一个六格罗什的硬币和一个四格罗什的硬币。犹豫一会儿之后，她又加上一个戈比。她指指床。拉比把剩余的硬币都丢下了，然后便往回奔跑，穿过走廊。地板不平，满是窟窿。他差一点摔倒了。他撞着砖墙。"天上的上帝，救救我吧！"他的衬衣湿透了。当他跑到院子时，已是夜晚了。这个地方散发着垃圾、水沟和腐烂物的恶臭。此刻拉比悔恨自己不该向上帝发出呼吁。他满怀愤怒。一阵战栗掠过他的脊梁。难道这些就是世界的欢乐？这就是撒旦所兜售的东西？他拿出手帕来擦脸。我现在上哪里去呢？"我到哪里去逃避你的面目呢？"他抬起眼来，看见高悬在围墙之上的点缀着弯月疏星的天空。他惊讶地凝视着，就像第一次看到它似的。他离开贝契伏以后还不到二十四小时，可是他觉得好像已经漂泊了几个星期、几个月、几年了。

那个姑娘又从地下室走了出来。"你干吗走开啊，你这个傻乡巴佬？"

"请原谅我。"拉比说道。然后他走出来，到了大街上。人群已经散了。烟囱已升起袅袅炊烟。店主们正在给他们的商店上闩加锁。拉比暗想，那个被刺伤的青年人不知怎么样了。大地把他吞没了吗？突然他发觉自己仍然拿着他的手提包。这怎么可能呢？似乎是他的手用它自己的某种力量把提包抓住不放。也许这就是创造世界的那同一种力量吧？或者这力量就是上帝？拉比想笑又想哭。我连犯罪都没有能耐啊——在各方面都是个笨蛋。得了，我完蛋了，完蛋了。在这种情况下，只有一种解脱的办法，那就是交回六百三十条筋骨。但是怎么弄呢？上吊？投河？维斯瓦河在附近吗？拉比叫住一个过路人。"劳驾，去维斯瓦河怎么走？"

这个男人面孔乌黑，像个打扫烟囱的。他从浓密的黑得像煤一样的眉毛下盯着拉比瞧。"你要到维斯瓦河去干什么？你想去钓鱼吗？"他的声音就像狗叫。

"钓鱼？不。"

"那又是什么呢？想游到但泽去吗？"

是个爱开玩笑的人，拉比想。"我听说那儿附近有家旅馆。"

"维斯瓦河附近有家旅馆？你是打哪里来的，外省吧？你在这里干什么，想找个教书的差事吗？"

"教书？是的，哦，不。"

"先生，要想在华沙的鹅卵石街道上走走，你得费点劲啊。你有钱吗？"

"有几个卢布。"

"每晚花一个盾，你可以在我的地方睡觉。我就住在这里十四号。我没有老婆。我可以把她的床给你。"

"好，就这样吧！谢谢你。"

"你吃过了吗？"

"是的，早晨吃过。"

"早晨，啊？跟我上酒馆去吧。让我们喝杯啤酒。吃个快餐。我是街那边的煤贩。"这人用黑手指指着一家已上闩的店铺。他说："留点神，他们可能偷你的钱。一个从外省来的人刚刚被救护车送到医院去了。他们用刀子捅了他。"

7

煤贩走上几步台阶，到了酒馆。拉比跟跟跄跄地跟在他后面。煤贩推开一扇玻璃门，拉比随即被啤酒、伏特加、大蒜的气味，被男男女女的喧嚷声和舞蹈音乐声吓愣了。他的眼睛模糊起来。"你干吗站住？"煤贩问道，"让我们走吧。"他挽着拉比的臂膀，拉着他走。

透过像贝契伏澡堂里那么浓的蒸汽，拉比看到一些变了形的脸孔，看到墙壁上一排排搁酒瓶的架子，一个带铁皮唧筒的啤酒桶，一个放着一盘盘烤鹅和一盆盆开胃食品的柜台。小提琴在尖叫，鼓声乱敲，人人看来都在大声叫嚷。"发生了什么事吗？"拉比问道。

煤贩把他带到一张桌子旁边，朝他耳朵里高声叫道："这可不是你那个小镇子。这是华沙。在这里你得学习怎样适应环境。"

"我不习惯这样的嘈杂声。"

"你以后会习惯的。你想当个什么样的教员？这里的教员比学生还多。每一个饭桶都成了教员。学习到底有啥好处呢？反正他们全都忘掉了。我自己也上过宗教小学。他们教我经文和其他什么的。我还记得这么几句：'同时主向摩西说——'"

"几句《托拉》毕竟也是《托拉》啊。"拉比说，同时意识到在他违反了那么多条戒律之后，他本来是没有权利发言的。

"什么？它还抵不上公鸡打鸣呢。这些孩子坐在教室里，摇晃着，扮着鬼脸。当他们快要应征入伍的时候，他们又发了疝气。他们结婚，但是养不活他们的婆娘。他们生育成打的孩子，让他们光着脚、赤身裸体地爬来爬去……"

也许他是个真正不信教的人吧，拉比想。他问道："你相信上帝吗？"

煤贩将一个拳头往桌上一摆。"我怎么知道呢？我从来也没到过天堂。那里是有点什么。究竟是谁创造了世界？安息日我同一个名叫'友爱'的团体的人去祈祷。这要花费几个卢布，但是，俗话怎么说来着——权当它是一桩善行吧。我们同一个仅仅能吃上面包的拉比一起祈祷。他的妻子到我这里来买十磅煤。在冬天十磅煤管什么用啊？我加了一块，算是给足分量。如果真有一个上帝的话，那么为什么他允许波兰人打犹太人呢？"

"我不知道。我但愿自己知道哩。"

"《托拉》是怎么说的？你好像知道那些微妙的要点。"

"《托拉》上说，邪恶者将受到惩罚，公正者将获得奖赏。"

"什么时候？在哪里？"

"在来世。"

"在坟墓里？"

"在天堂。"

"天堂在哪里？"

一个侍者走来了。"给我低度啤酒和鸡肝，"煤贩点了菜，"你要什么？"

拉比不知如何回答。他问道："这里可以洗手吗？"

煤贩轻蔑地哼哼鼻子说："在这里吃东西不用洗手。但这里是合乎犹太人戒律的。他们不会给你吃猪肉。"

"我倒想要块曲奇。"拉比嘟哝着。

"一块曲奇？还要什么？你得在这儿把一切都冲下肚去。你要什么样的啤酒？低度的？浓的？"

"就来低度的吧。"

"好，给他一杯燕麦啤酒和一块鸡蛋曲奇。"等侍者走开后，煤贩开始用他那漆黑的指甲敲打桌子。"如果你从早晨到现在一直没吃过东西，光这些是不够的。在这里，如果你不吃东西，你就会像苍蝇一样倒下。在华沙，你得成为一个老饕才行。如果你为了祷告要洗手的话，就到厕所里去吧。那里有个水龙头，不过你得用你的外衣擦手。"

"我为什么这样不幸呢？"拉比问自己，"我就和他们别的人一样陷入了罪恶之中——甚至更糟。如果我不愿意当雅各，我就得当以扫[1]。"他面对煤贩，说道："我并不想当个教员。"

"那你想当什么，当伯爵吗？"

"我愿意学门手艺。"

"什么手艺？如果你想当裁缝或鞋匠，或者毛皮匠，你得从年轻的时候开始。他们让你当学徒，老板娘叫你倒脏水，摇摇篮里的婴儿。我知道这些。我学过木匠，那时我的老板从不让我摸锯子刨子。我跟着他受了四年苦，到我离开的时候，还什么都没有学到。在我一无所知的情况下，我又不得不去为沙皇服务。我吃了三年大兵的黑面包。在兵营里，你得吃猪肉，否则就没有力气扛枪。我能自己选择吗？我是被遣散以后才去做煤贩的，从此这就成了我的职业。人人都偷。他们给你运来一车应该重一百普特的煤块，但它只有九十普特。有十普特一路上被偷走了。如果你追问不休，他们就用刀子捅你。这样我怎么办呢？我在煤上泼水，增加它的重量。假如我不这样做，我就会挨饿。你明白我的意思吗？"

"我明白。"

"所以，你何必唠叨什么手艺呢？很可能你这些年来一直在学经堂里坐着板凳过日子，是吗？"

"是的，我学习过。"

"所以除了当教员以外，你干什么都不行。但是要干那行业你也得适应才好。在这个街段就有个犹太教公共小学，那里有位呆子教员。学堂里的

---

[1] 以扫和雅各是孪生兄弟，故事见《圣经·旧约·创世记》。

男孩子们都是些无赖。他们千方百计地愚弄他，把他赶跑了。至于有钱人，他们需要的是戴领带和会写俄文的新式教员。你有妻子吗？"

"没有。"

"离婚了？"

"鳏夫。"

"咱们握握手。我原先有个好妻子。她有点耳聋，但还顶事。她给我做饭。我们有五个孩子，但三个在婴儿时期就死了。我有个儿子在耶卡特林斯拉夫。我女儿在一家金属器皿店干活，她同她的雇主们搭伙。她不愿给她爸爸做饭。她的老板是个有钱人。总之，我是一个人独居。你当单身汉有多久了？"

"几年了。"

"当你需要女人时怎么办呢？"

拉比脸红了，随即又变苍白了。"还能怎么办呢？"

"在华沙只要有钱什么都可以弄到手。但不是在这条街上。在这里她们都传染上脏病了。你去找个姑娘，可她血里有了小寄生虫。于是你病了，然后开始腐烂。附近就有个男人，他的整个鼻子都烂掉了。在那些比较好的街上，妓女每月都得去医生那里检查。要搞这样一个女人，你得花一个卢布，但至少她是干净的。那些做媒的人老是跟着我，可我打不定主意。但凡女人所要的，都是你的卢布。就在这家酒店里，我曾和一个女人坐在一起，她问我：'你有多少钱？'她是个老脏货，丑得厉害。我跟她说，我攒了多少钱不关她什么事。如果花一个卢布能得到个年轻漂亮的姑娘，我干吗还要这样一个老婊子呢？你明白了我的意思吗？我们的啤酒来了。怎么回事，你的脸苍白得像死人似的。"

8

三个星期过去了，但拉比仍然在华沙游荡。他在煤贩那里住宿。煤贩曾经在安息日午餐后带他到一家用意第绪语演出的剧场去过。他还带拉比一起去看过维拉诺夫的赛马会。

除了星期六外，拉比每天都到布雷斯勒图书馆去。他站在书架前翻阅书本。那时候，那里有张桌子供人们坐着读书。拉比早晨进来，一直待到闭馆的时候。下午他出去，在一个女摊贩那里买一个圆面包、一个百吉面包圈或一块土豆丝蛋饼。他不做祷告就吃起来。他阅读希伯来语和意第绪语的书籍。他甚至试读德文书。他在图书馆找到了他以前在学经堂橱窗里看到的那本《宇宙是怎样形成的》。"对了，没有创造者，它怎么被创造出来了呢？"拉比暗自问道。他已经养成一种自言自语的习惯。他拽着自己的胡子，畏缩着，摇晃着，像他以前在学经堂里那样。他嘟哝着："是的，一片迷雾，但是谁创造了雾？它怎样升起的？它是什么时候开始的呢？"

地球是从太阳撕裂出来的，他阅读着——但是谁创造了太阳呢？人是从猿传下来的——可猿又从哪里来呢？而且，由于作者在这一切发生时并不在场，他怎么能这样肯定呢？他们用他们远离时间和空间的科学，来解释一切事物。第一个细胞亿万年之前在海边的黏土中出现。亿万年以后太阳将会熄灭。千百万颗恒星、行星、彗星无始无终地、没有计划也没有目的地在空间移动。到将来，所有的人都会是一样的，将出现一个没有竞争、危机、战争、妒忌或仇恨的自由王国。正如《塔木德》中所说的，任何一个想撒谎的人都会说在远处发生了什么什么。在一本旧的希伯来语杂志《哈西夫》上，拉比读到了关于斯宾诺莎、康德、莱布尼茨和叔本华的文章。他们把上帝叫作物质、单子、假设、盲目的意志和自然。

拉比抓住他的一绺鬓发。这个自然到底是谁？它从哪里得到这么多的技巧和力量？它照管着最遥远的星星，照管着海底的岩石，照管着尘土中最微小的细粒，照管着苍蝇肚里的食物。在他——贝契伏的尼切米亚拉比的体内，自然顷刻之间就完成了一切。它使他的肚子痉挛，它塞住他的鼻孔，它使他的头颅震响，它啃啮着他的脑子，就像那只咬提图斯的蚊子似的。拉比亵渎了上帝，接着又向祂道歉。他一会儿希望死亡降临于自己，一会儿又唯恐生病。他要小便，跑到厕所去，但是便不出来。他读书的时候，看到眼前出现绿色和金黄的斑点，而且一行行的字混合又分离着，弯扭着，彼此跳过来跳过去。"我是不是快瞎了？是不是快完蛋了？魔鬼已经把我抓住了吗？不，宇宙之父，我决不念我的忏悔经。我已准备好到你所有的火焚谷去。如果你能够永远保持沉默，我至少也会哑口无言，直到我放弃我的灵魂为止。你并不是唯一的战士，"拉比对万能之主说，"即使我是你的儿子，我也能展开一场战斗的。"

拉比不再以一种规规矩矩的方式读书了。他随意拿出一本书来，从中间打开，看上几行，又重新把它放到书架上。不管他在哪里打开，他看到的总是谎言。所有的书都有个共同之点：他们回避本质的东西，说得含含糊糊，并且对同一事物给予不同的命名。它们既不知道青草如何生长，也不懂什么是光，遗传如何进行，胃如何消化，脑子如何思索，弱小民族又如何变强，更不知道强者是如何灭亡的。即使这些学者就遥远的银河写出了厚墩墩的书籍，他们也还是没有发现地球表层下面一英里的地方究竟在发生什么事情。

拉比翻着书页，打起哈欠来。他把前额靠在桌子边上打盹。"真伤心啊，我再也没有力气了。"每天晚上煤贩都试图说服拉比回他自己村庄去。煤贩总是说："你会垮的，到时候他们甚至还不知道该在你墓碑上写些什么呢。"

9

一天深夜，欣德·谢瓦奇在睡梦中被走廊里的脚步声惊醒了。欣德·谢瓦奇想，半夜三更谁在偷偷地走动呀。自从她哥哥离开后，房子里安静得就像一片废墟。欣德·谢瓦奇站起来，穿上便服和拖鞋。她打开一道门缝，看到她哥哥屋里的亮光。她走过去，看到了拉比。他那宽大的外衣破了，衬衫没有扣好，便帽也弄得皱巴巴的。他的面色完全变了。他驼着背，像个老头儿。房间中央放着个小皮包。

欣德·谢瓦奇扭着自己的手。"难道我的眼睛在欺骗我吗？"

"没有。"

"天哪，他们正在到处找你呢。让我原先的那些想法都给风吹了吧。他们已经在报纸上谈你的情况了。"

"是这样么，好。"

"你到哪里去了？你干吗要离开？你干吗要藏起来？"

拉比没有回答。

"你为什么没有说你要离开呢？"欣德·谢瓦奇沮丧地问道。

拉比垂下头，仍不回答。

"我们还以为你死了呢。好在没有这样。我给西姆查·戴维发了电报，但是没有回音。我还准备为你守七天丧呢。上帝救救我！整个城镇都轰动了。他们编造了一些离奇可怕的事。他们甚至报告了警察局。一名警察跑来问我，你是什么模样以及其他有关的情形。"

"太糟了。"

"你见到了西姆查·戴维没有？"欣德·谢瓦奇犹豫了一会儿问道。

"见到了。没有。"

"他过得怎样？"

"呃。"

欣德·谢瓦奇忍着气。"你的脸色灰白灰白的，浑身破破烂烂。他们凭空想出了这样一些故事，简直羞得我不敢见人。信件和电报也纷纷寄来了。"

"得了……"

"你不能就这样甩掉我呀，"欣德·谢瓦奇改变了音调，"把话说清楚。你干吗要这样做呢？你不是一个大街上的顽童，你是贝契伏的拉比啊。"

"不再是拉比了。"

"上帝发发慈悲吧！会有疯人院好住的。等等，我给你拿杯牛奶来。"

欣德·谢瓦奇走开了。拉比听到她走下楼去。他抓住他的胡子，摇摆着。一个巨大的身影沿着墙壁和天花板在晃动。过了一会儿，欣德·谢瓦奇回来了。"没有牛奶。"

"噢。"

"只要你不告诉我你为什么离开，我就不走。"欣德·谢瓦奇说。

"我想知道那些异教徒们说些什么。"

"他们说些什么啊？"

"没有什么异教徒。"

"是这样吗？"

"全世界都崇拜偶像，"拉比嘟哝着，"他们发明各种的神，并且为这些神服务。"

"犹太人也是这样？"

"人人都这样。"

"嗯，你发疯了。"欣德·谢瓦奇站了一会儿，盯着他看，然后走回自己的寝室。

拉比和衣在床上躺下来。他感到他的力量正在离开他——不是逐渐衰退，而是立刻、迅速地消失。一道他从来不知道的亮光在他脑海中晃动。他的手脚逐渐麻木了。他的头沉重地搁在枕上。过了些时候，拉比抬起一只眼皮。蜡烛已燃尽了。一个残缺的、被雾弄得朦胧了的黎明之前的月亮穿过窗户照了进来。在东方，天空渐渐红了。"那里是有点什么。"拉比喃喃自语着。

贝契伏镇的拉比与上帝之间的战斗终于结束了。

戴侃 译

羽　冠[I]

　　科拉斯诺布洛德社区的头儿纳夫塔里·霍利什策先生已经年迈，身边无儿无女。一个女儿死于难产，另外一个女儿死于霍乱传染病。一个儿子骑马过桑河的时候被淹死。纳夫塔里先生身边只有一个孙女，名叫艾卡莎，是个孤儿。习惯上，女子不上叶希瓦，因为"国王的女儿是非常内秀的"，而犹太人的女儿都是国王的女儿。但是艾卡莎在家里自学。她的美貌、智慧和勤勉，让每个人目醉神迷。她皮肤白，头发黑，眼睛蓝。

　　纳夫塔里先生经营着归属恰尔托雷斯基亲王的一块地产。因为他欠了纳夫塔里先生两万盾，亲王的地产权且算是永久抵押。纳夫塔里先生自己建了一台水磨、一个啤酒厂，耕了几百亩地种忽布[II]。他的妻子奈莎出身布拉格的富户。他们能给艾卡莎请最好的家庭教师。一个老师给她教《圣经》，一个教法语，一个教钢琴演奏技巧，第四个教舞蹈。她学什么都很快。八岁的时候，她就能跟祖父下象棋了。纳夫塔里先生不需要给她准备嫁妆，因为她是他全部财产的继承人。

　　艾卡莎年纪轻轻就开始给张罗配偶了，可是让祖母满意却很难。她会去见媒人介绍的男孩，然后说"他长着副傻瓜才有的肩膀"，或者说"他长着个无知笨蛋才会有的窄额头。"

　　一天，奈莎意外死了，纳夫塔里先生已经快八十岁了，他再婚简直不可想象。老人半天献身宗教,半天做生意。他天刚破晓就起来,专心研读《塔

I .由作者和劳里·科尔文翻译。——原注
II .即啤酒花藤。

木德》和《评论汇编》，还给社区长老写信。有人病了，他就去慰问。每周两次他要跟艾卡莎去救济院，艾卡莎自己会带上汤啊、一点钱啊之类的捐献品。艾卡莎这个娇生惯养又好学的女孩子，不止一次卷起袖子在那里收拾床铺。

夏天，午睡起来后，纳夫塔里先生就叫来套好的折篷四轮马车，带着艾卡莎坐着马车在田地周围和镇子附近转悠。他们边乘着马车边讨论些正事，据说，他愿意听孙女的忠告，就像喜欢听孩子祖母的忠告一样。

不过，艾卡莎缺样东西——朋友。祖母曾经替她找过几个朋友；她甚至放低标准，邀请过科拉斯诺布洛德的女孩们，可是艾卡莎对她们老是叽叽喳喳地谈论衣服啊、家务之类的事情很不耐烦。因为老师们都是男的，艾卡莎尽量跟他们保持距离，除非为了上课。现在祖父成了她唯一的伙伴。纳夫塔里先生这辈子见过不少有名的大人物。他去过华沙、克拉科夫、但泽和哥尼斯堡的博览会。他经常跟艾卡莎一坐就是几个小时，跟她讲拉比、奇迹创造者，讲假弥赛亚萨巴泰·泽维的追随者，国会里的争吵，扎莫伊斯基家族、拉济维乌家族、恰尔托雷斯基家族——包括他们的妻子、情人和朝臣们——的变化无常。有时艾卡莎不禁大声喊叫道，"我多么希望你是我的未婚夫，不是我的祖父啊！"然后就对着祖父的眼睛、白胡子亲吻起来。

这时纳夫塔里先生就会说："波兰不是只有我一个男人。像我这样的人多得很呢，另外又很年轻。"

"在哪里，爷爷，在哪里啊？"

祖母死了后，艾卡莎在选择夫婿的问题上不再依靠别的任何人的判断——甚至祖父的判断。正如祖母只看到不良方面，纳夫塔里先生只看到好的方面。艾卡莎要求媒人允许她会会求婚者，纳夫塔里先生最终同意了。那对年轻人会被带进一间屋子，门开着，一个上了年纪的聋女仆会站在门槛边监视着，会面要短暂而且不能轻佻。通常，艾卡莎跟某个年轻男子相处不会超过几分钟。大多数求婚者好像不是沉闷就是愚傻。别的想表现得机灵些，开些不雅的玩笑。艾卡莎会立刻放弃这种人。真是太奇怪了，祖母居然还在表达着自己的意见。有一次，艾卡莎听到她清清楚楚地说："他长了个猪嘴。"还有一回，祖母说："他讲起话来像标准的写信教科书。"

艾卡莎很清楚，那不是祖母在说话。死者是不会从另外一个世界回来对备选的未婚夫评头论足的。可那声音和说话的腔调又是祖母的。艾卡莎很想跟祖父说说这事，可是又担心祖父会觉得她疯了。另外，祖父也想念祖母，艾卡莎不想唤起他的悲伤。

纳夫塔里·霍利什策先生意识到自己的孙女正在赶走媒人们，于是忧心忡忡。艾卡莎现在已经过了十八岁。科拉斯诺布洛德的人开始传布流言蜚语了——说她想要个白马王子，想要天上的月亮；她会成为老处女的。纳夫塔里先生决定不能再迁就她的异想天开了，而要马上嫁了她。老先生去一所叶希瓦，带回一个叫泽马契的年轻人，他是个孤儿，是个虔诚的学者。他肤色黝黑，像吉卜赛人，个头矮小，肩膀宽阔。他的侧边发辫很密实，是个近视眼，每天学习十八个小时。他刚到科拉斯诺布洛德就进了学经堂，开始在一本打开的《塔木德》面前摇头晃脑，他的侧边发辫也开始跟着摆动起来。学生们过来跟他聊天，他说话时眼睛都不从书上抬起来。他好像把《塔木德》都记在心里，因为只要有人错误引用了，他就会发现。

艾卡莎要求见上一面，可是纳夫塔里先生回答说，这种做法适合裁缝、鞋匠，不适合出身教养好的女孩。他警告艾卡莎，如果这次她赶走泽马契的话，他就解除跟她的财产继承关系。举办订婚会的时候，男女分开在不同的房间，所以，艾卡莎没有机会见到泽马契，等到签结婚协议的时候才见到他本人。她盯着他看，这时听到祖母说，"他们卖给了你一件劣质货"。

祖母的声音历历在耳，艾卡莎觉得人人都该听到了，其实谁都没有。姑娘们、女人们紧拥在她身边，向她表示祝贺，不停地赞美她的美貌、衣着和珠宝。祖父把协议和鹅毛笔递给她，祖母在尖叫，"别签！"她抓住艾卡莎的手肘，纸上出现了一团污迹。

纳夫塔里先生大声喊道："看你干的事！"

艾卡莎试图再签，可是笔却从手里掉了下去。她突然哭着说，"爷爷，我不能签。"

"艾卡莎，你真让我丢脸。"

"爷爷，请原谅我。"艾卡莎双手捂住脸，听到人群中一阵喧嚷。男人都唏嘘不已，女人又笑又哭。艾卡莎不出声地哭着。她们半是引导，半是扶着艾卡莎来到她的房间，把她安顿在床上。

泽马契大声喊叫着说："我不要跟这个泼妇结婚！"

他使劲挤着穿过人群，跑出去跳上一辆马车要回叶希瓦。纳夫塔里先生从后面追出来，想拿好话和金钱宽慰他，可是泽马契却把纳夫塔里先生的钞票扔在地上，有人从他住的小旅馆拿来他的柳条箱。马车走之前，泽马契大喊着说："我不会原谅她，上帝也不会原谅的。"

在那之后的日子里，艾卡莎一直病着。一生成功顺遂的纳夫塔里先生很不适应自己的失败。他也病了，脸色变得蜡黄。女人和姑娘们试图安慰艾卡莎。拉比们和长老们来看纳夫塔里先生，可是他却一天天衰弱下去。过了些日子，艾卡莎的体力恢复了，她从病床上起来，走到纳夫塔里先生的房间，随手插上门插销。女仆透过钥匙孔偷听偷看，后来对人说，她听见纳夫塔里先生讲："你疯了！"

艾卡莎悉心照料祖父，给他喂药，给他用海绵洗澡，可是老人患上了肺炎。鼻子开始流血。后来小便又停了。不久他就死了。他前几年就写好遗嘱，把三分之一的财产捐给慈善机构，剩余的全都给了艾卡莎。

根据律法，孙子辈无须在祖父死后守丧七日，可是艾卡莎还是遵守了这一习俗。她坐在一个矮凳上读起《约伯书》。她要求谁都不许进来。她羞辱了一个孤儿——一个学者——最后导致祖父去世。她开始变得郁郁寡欢。因为她以前读过约伯的故事，就开始在祖父的书房里搜寻别的书来读。让她惊讶的是，她居然找到本翻译成波兰文的《圣经》——包括《新约》和《旧约》。艾卡莎知道这是本禁书，可她还是翻开书页。艾卡莎好奇，祖父是否读过这本书。不，不可能。她记得在外邦人的宗教节日期间，每当游行队伍举着圣像和画片经过家附近的时候，祖父不允许她向窗外望。祖父告诉她说那叫偶像崇拜。她很好奇祖母是不是读过这本《圣经》。她从书页间发现了几朵矢车菊——祖母经常摘这种花。祖母来自波西米亚，据说她父亲属于萨巴泰·泽维教派。艾卡莎想起恰尔托雷斯基亲王来庄园时经常跟祖母聊聊天，赞美她的波兰语说得好。还说，如果她不是犹太女孩的话，他会娶她——这是个很大的恭维。

那天晚上，艾卡莎读完《圣经·新约》。对她来说，耶稣是上帝唯一亲生的儿子，而且是从坟墓中出来的，这点很难接受。可是，她觉得，相对那些先知们的诚勉言辞，这本书更能安慰她备受折磨的灵魂，先知们对天国或者死亡的重生只字不提。他们全部的许诺就是善行会有好报，恶行会招致饥饿和祸患。

丧期的第七天晚上，艾卡莎上床睡觉。灯熄灭后，她打盹的时候听到传来脚步声，她听出那是祖父的脚步声。黑暗中，祖父的身影浮现出来：明亮的脸，雪白的胡子，柔和的表情，甚至高高的额头上戴的那顶无檐圆帽都清清楚楚。他平心静气地说："艾卡莎，你做了件不公正的事情。"

艾卡莎开始哭起来。"爷爷，我应该怎么办呢？"

"任何事情都可以改正。"

"怎么改正呢？"

"去向泽马契道歉，做他的妻子。"

"爷爷，我讨厌他。"

"他是你命中注定的人。"

他流连了片刻，艾卡莎都能闻到他的鼻烟味道，他经常跟丁香和嗅盐混合。接着他便消失了，黑暗中还留着一个空荡的位置。她太好奇了，反而不害怕了。她斜靠在床头板上，过了会儿就睡着了。

她忽然一惊又醒过来。她听到祖母的声音，不像祖父那样的细语声，而是活人强劲有力的声音。"艾卡莎，我的孩子。"

艾卡莎忽然哭起来，"奶奶，你在哪儿？"

"我在这儿。"

"我应该怎么办？"

"遵从你内心的欲望。"

"什么，奶奶？"

"去找牧师，他会对你提出忠告。"

艾卡莎呆住了。恐惧感让她喉头紧缩起来。她勉强说出："你不是我的祖母，你是个魔鬼。"

"我是你祖母。你还记得那年夏天的晚上吗？我们蹚过那座和缓的山丘附近的池塘，你在水里发现了一枚荷兰盾。"

"记得，奶奶。"

"我还可以给你提供个其他证据。据说外邦人是对的，拿撒勒的耶稣是上帝的儿子。预言说，他由圣灵而生。反叛的犹太人拒不承认这个真理，因此遭到惩罚。弥赛亚不会去找他们，因为祂已经在这里了。"

"奶奶，我害怕。"

"艾卡莎，不要听！"祖父突然冲她右边的耳朵大声喊道，"那不是你祖母，是个伪装起来骗你的恶灵，不要听信他渎神的话。他会把你拽进地狱。"

"艾卡莎，那不是你祖父，是浴室后面的妖怪。"祖母插话说，"泽马契是个没用的人，而且睚眦必报。他会折磨死你的。他的孩子会像他那样全是害人虫。既然还有时间，你就该自己挽救自己。上帝跟外邦人在一起。"

"莉莉丝，你这个女魔头。魔鬼凯特文·梅瑞锐的女儿！"祖父怒气冲冲地说。

"骗子！"

祖父开始沉默不语，可是祖母接着说，不过声音越来越微弱。她说："你真正的祖父在天堂知道了这个真相，就改宗了。他们用圣水为他施了浸洗礼，现在他已经在天堂里安息了。那些圣徒们都是主教和红衣主教。那些立场顽固的人在火焚谷的大火中被烤焦。如果你不相信我说的话，你可以求个信兆。"

"什么信兆？"

"解开你的枕套纽扣，把枕头线缝撕开，然后你会发现里面有顶羽毛王冠。人手是不可能做出这样的王冠的。"

祖母消失了，艾卡莎陷入昏沉的睡眠中。天亮醒来后，她点着蜡烛，这时想起祖母的话。她解开枕套的扣子，撕开枕头，看到的东西不可思议，简直不敢相信自己的眼睛：羽绒和羽毛编制成一顶王冠，没有多少装饰和复杂的设计，世俗大师根本无法复制。羽冠的顶上有个小小的十字架。十字架轻飘飘的，艾卡莎的呼吸让它颤抖起来。她喘息着。不管是谁制作了这顶王冠——天使或者恶魔——肯定是在黑暗中，在枕套中，完成了这件作品。她在见证一个奇迹。她吹灭蜡烛，在床上伸展开来。她在床上无思无虑躺了很长时间，接着又睡过去。

早上，艾卡莎醒来后，她觉得自己可能做了个梦。可是她在床头桌上看到了那顶羽毛王冠。太阳照得王冠闪耀出彩虹般的色彩，它看上去是用最小的宝石镶嵌而成。她坐起来开始沉思这个奇迹。后来她穿上黑长裙，披上黑围巾，让人把马车带过来。她乘着马车向牧师克斯科住的地方驶去。她敲了敲门，管家来开的门。牧师已经快七十岁了，认识艾卡莎。他经常在复活节期间来庄园，来为农民的生计祈福，给临终的人举办仪式，主持婚礼和葬礼。艾卡莎的一个老师还向他借过一本拉丁波兰文词典。只要牧师来，祖母就请他到自己的客厅里，边吃着蛋糕、喝着维什尼亚克莓子泡酒边交谈。

牧师给艾卡莎拉来一把椅子。她坐下，把什么都跟牧师讲了。他说："不要再回到犹太人中去了，到我们这边来吧。我们会负责你的财产完好无损。"

"我忘记带上那顶王冠了。我想要把它带在自己身边。"

"好吧，孩子，去拿吧。"

艾卡莎回到家里，可是女仆已经清理过她的床铺，擦了床头桌上的灰尘。那顶王冠不见了。艾卡莎在丢垃圾的沟里、脏水坑里都找遍了，可什么踪迹都没有发现。

此后不久，科拉斯诺布洛德传出可怕的消息，说艾卡莎改宗了。

六年过去了。艾卡莎结婚了，成了地主之妻玛利亚·马尔考斯卡。那个老地主乌拉迪斯劳·马尔考斯基死了后，没有留下直系继承人，就把自己的庄园留给侄子路德维克。这位侄子直到四十五岁才结婚，脱离单身，原以为他可能永远不结婚。他跟老处女姐姐格罗利亚住在叔父的城堡里。他过去跟许多农家女孩有过风流韵事，生下了大堆杂种。他个头矮小轻巧，留着金黄的山羊胡子。路德维克不事张扬，读了很多历史、宗教和谱系方面的老书。他经常拿瓷做的烟斗抽烟，独自喝酒，一个人打猎，回避上流人士的舞会。庄园上的事务，他交给一个得力助手处理，他要确保自己的管家不要偷东西。邻居们觉得他是个书呆子，有些人认为他是半个疯子。艾卡莎接受了基督教信仰后，他恳求她——现在的玛利亚——嫁给他。流言蜚语说，路德维克这个守财奴爱上的是玛利亚继承的财产。那些牧师和别的人劝艾卡莎接受路德维克的请求。他是波兰国王莱什琴斯基的后裔。格罗利亚比路德维克大十岁，她反对这桩联姻，可是路德维克坚决不肯听她的。

科拉斯诺布洛德的犹太人担心艾卡莎会变成他们的敌人，唆使路德维克跟他们作对，就像很多改宗者所干的那样，但路德维克继续跟犹太人做生意，卖给他们鱼、谷物和牲畜。一个名叫泽里葛·弗兰姆普勒的宫廷犹太人，负责把各种货物送到庄园。格罗利亚仍然当着城堡女主人。

他们结婚的最初几个星期，艾卡莎和路德维克经常一起坐着轻型四轮游览马车出游。路德维克甚至开始拜访临近的地主乡绅，谈到要举办一场舞会。他向玛利亚坦白了自己过去所有的艳遇，还承诺今后行事举止要像个敬畏上帝的基督徒那样。可是很快，他就又重回老路了。他不跟邻居来往了，又开始勾引农家女孩，接着又酗酒。夫妻之间悬着一股怒气冲冲的沉默。路德维克不再进玛利亚的卧室，她一直没怀孕。很快，他们就不再共用一张餐桌吃饭，路德维克需要告诉玛利亚什么的时候，就写个字条请仆人代传。格罗利亚负责经管财政，每周给弟媳一个盾。现在，玛利亚的财产已经归丈夫所有。艾卡莎很清楚，这是上帝在惩罚她，除了等死，自己没什么可做的了。可是，她死后会发生什么呢？她会被放在针床上烤炙，然后扔到阴间的荒原上吗？她会投胎转世变成狗、老鼠或磨盘吗？

因为没有什么事情可以用来消磨时间，艾卡莎就整个白天外加晚上的部分时间，全都在丈夫的书房里打发掉。路德维克没有增添新书，里面的书都很老旧，而且很多封面是用皮子、木材，甚至虫子吃过的丝绒做的。书页都泛黄了。艾卡莎读了好多遥远国度古代国王的故事，以及王公、贵族、红衣主教之间争权夺利的战争和阴谋的故事。她还浏览了大量十字军东征和黑死病方面的书。这个世界充满了邪恶，同时也充满了奇迹。天上的星星互相争战彼此吞噬。彗星能预知灾难。孩子出生时长了尾巴，女人会长出鱼鳞和鱼鳍。在印度，苦行僧可以光着脚在烧红的煤炭上行走却不会被烧伤。还有的人会活埋自己，然后又从坟头上冒出来。

事情够离奇的，可就在那天晚上艾卡莎在自己的枕头里发现了那顶羽毛王冠之后，她并没有从统治宇宙的神明那里得到别的任何预兆。她从未听见祖父母再说什么。有时，艾卡莎很想大声叫喊祖父，可是又不敢用自己不洁的嘴唇提到他的名字。她已经背叛了犹太人的上帝，又不再相信外邦人，所以就极力克制不要祈祷。泽里葛·弗兰姆普勒上庄园来的时候，艾卡莎经常从窗户里望见他，很想问些犹太社区的事情，却害怕他会认为跟自己说话是罪过，而且担心格罗利亚会谴责她跟犹太人联系。

又是好多年翩然而过。格罗利亚的头发开始发白，经常摇头晃脑。路德维克金黄色的山羊胡子开始变得灰白。仆人们老的老了，聋的聋了，瞎的瞎了。艾卡莎或者玛利亚已经三十多岁，可她经常把自己想象成一个老妇人。随着岁月消逝，艾卡莎越来越确信，是魔鬼劝说她改宗的，而且也是魔鬼制作了那顶羽冠。可是回去的路已经堵死。俄国法律禁止改宗者回归自己原来的信仰。传到她那里的一丁点犹太人的消息都不好：科拉斯诺布洛德的会堂已经焚毁，市场的那些店铺也都烧掉了。有尊严的户主们和社区长老们背着包出去讨饭了。每隔几个月会来场传染病。已经无处可归。艾卡莎经常琢磨着自杀，可是怎么下手呢？她没有勇气上吊或者割腕。她也没有毒药。

艾卡莎逐渐总结出，统治这个宇宙的是黑色的神力。掌权的不是上帝而是撒旦。她找到本讲巫术的厚书，里面有对咒符、咒语、护身符、用魔法召唤妖魔鬼怪，及如何供奉阿斯魔德、路西法、别西卜的详细描述。还有大量黑色弥撒曲，以及描述巫婆如何浑身涂上油，聚集在森林里，分享人的肉体，在成群魔鬼和其他夜间出没、长着犄角、尾巴、蝙蝠翅膀、猪鼻子的生物的陪伴下，骑着扫帚、铁铲、铁环在空中飞翔，这些巨魔经常跟女巫睡觉，生出各种畸形怪物。

艾卡莎不禁想起那句意第绪谚语，"不上升就堕落。"她已经失去了未来世界，因此，她觉得她只有在活着的时候享受些狂欢了。到了晚上，艾卡莎开始呼唤魔鬼，打算跟他定个协议，像以前很多被冷落的女人做的那样。

有回半夜，艾卡莎吞吃了一剂蜂蜜酒、唾液、人血、乌鸦蛋的混合物，上面还撒了白松香和曼德拉草粉末，之后她感觉唇间有种冰冷的亲吻感。在深夜的月光中，她看到有个赤裸的身影——高挑、黝黑，留着长长的卷发，长着鹿角，两颗突出的牙像野猪的牙。他俯身对着艾卡莎，轻声细语，"你有什么命令，我的可人儿？你可以要求拥有我的半个王国。"

他的身体透明得像张蜘蛛网，散发出沥青般的恶臭味。艾卡莎正要回答说："你，我的奴仆，过来跟我欢愉吧。"可是她却呢呢喃喃地说成："我的祖父母。"

魔鬼忽然放声大笑说："他们都化作尘土了！"

"是你编织了那顶羽毛王冠吗？"艾卡莎问道。

"还有谁？"

"你欺骗了我？"

"我就是个骗子。"魔鬼咯咯笑着回答道。

"真相在哪里呢？"艾卡莎质问。

"真相就是没有真相。"

魔鬼滞留了片刻后就消失了。那天晚上余下的时间里，艾卡莎既没有睡着，也没醒着。始终有声音对着她说话。她乳房憋胀，乳头硬挺，腹部膨胀。疼痛钻进头盖骨。她牙齿打战，舌头扩张，她都害怕会撕裂上颚。她的眼睛从眼窝里鼓出来。耳边传来敲击声，大得仿佛铁锤砸在铁砧上。这时她感觉阵阵分娩的剧痛袭来。"我怕要生个魔鬼出来了！"艾卡莎大声喊叫道。她开始向被自己遗弃的上帝祈祷。最后她昏然入睡，在黎明前的黑暗中醒来时，浑身的疼痛都停止了。她看到祖父站在床尾。他身穿白袍，戴着蒙头斗篷，就像他在赎罪日前夕开始悔罪祈祷前祝福艾卡莎时穿戴的那样。他的眼中闪烁出一丝光芒，照亮艾卡莎的被子。"爷爷。"艾卡莎轻声说。

"嗯，艾卡莎，我在这儿。"

"爷爷，我该怎么办？"

"跑吧，然后去忏悔。"

"我已经迷失了。"

"永远不晚。去找你羞辱过的那个人。做个犹太人的女儿。"

后来，艾卡莎想不起祖父真的跟她说了还是那只是自己对他无言的理解。晚上就那么过去了。旭日照红了窗户。鸟儿叽叽喳喳地叫着。艾卡莎查看了下被单。没有血迹。她并没有生下恶魔。多年来第一次，她诵读了遍希伯来感恩祈祷词。

她从床上爬起来，在水盆边洗了脸，用围巾裹起头发。路德维克和格罗利亚夺走了她继承下来的财产，但她还留着祖母的珠宝，她用手帕包起来，连同一件衬衫和内衣都放在篮子里。路德维克要么整夜跟某个情妇过夜，要么黎明时分出去打猎。格罗利亚整天病歪歪地躺在自己的卧室里。女佣给艾卡莎端来早餐，但她只吃了一点点。接着她就离开庄园。几条狗冲着她狂叫，好像她是个陌生人。当女主人戴着头巾、挎着篮子像个农妇般从几重门里走出去时，老仆们都惊奇地看着。

尽管马尔考斯基家的地产距离科拉斯诺布洛德不远，艾卡莎还是在路上花了大量的时间。她坐下来休息了会儿，又在一条小溪边洗了洗手。她诵读了遍感恩祷告，吃了片随身带的面包。

挖墓人艾博尔家的小木屋就坐落在科拉斯诺布洛德公墓不远的地方。屋外，他妻子在水盆里洗亚麻布。艾卡莎问她："这条路是去科拉斯诺布洛德的吗？"

"是的，直直往前走。"

"村里有什么消息吗？"

"你是谁？"

"我是纳夫塔里·霍利什策先生的亲戚。"

那女人在围裙上擦了擦手。"那家人没有一个活着的了。"

"艾卡莎上哪儿了呢？"

这个老太太开始颤抖起来。"她应该脑袋已经先埋进土里了，天国的父。"她讲了艾卡莎改宗的事，"她已经得到现世的惩罚了。"

"她被许配给的那个叶希瓦小伙子后来怎么样了？"

"谁知道呢？他又不是这附近的人。"

艾卡莎又问祖父母的坟墓在哪里，老太太指了指两块互相歪倒过去的墓碑，已经青苔和杂草丛生。艾卡莎扑倒在墓碑前，在那里一直躺到夜幕降临。

足足有三个月的时间，艾卡莎从这个叶希瓦漂泊到另一个叶希瓦，但就是没找到泽马契。她查了社区的记录档案，询问了好多拉比和长老——都毫无结果。因为不是每个镇子都有小旅馆，她经常睡在救济院里。她躺在草台上，盖着草垫，默默祈祷祖父现身，告诉她到哪里去找泽马契。他没有给过任何暗示。在黑夜，那些老人和病人有的咳嗽，有的低声咕哝。孩子哭喊着。母亲们叫骂着。虽然艾卡莎已经接受这点，承认它是对自己惩罚的一部分，还是无法克服那种屈尊感。社区的头儿责备她，让她为了见到他们等待好几天。女人们都怀疑她——她为什么要找一个显然已经有了老婆孩子的男人，甚至可能已经在坟墓里的男人呢？"爷爷啊，你为什么要把我逼到这个份儿上呢？"艾卡莎哭着说，"要么给我指条道，要么派个死神带走我吧。"

在一个冬天的午后，艾卡莎正在卢布林的一个小旅馆里坐着，她问旅馆老板，是否听说过有个叫泽马契的人——个头不大，黝黑，以前是叶希瓦的学生和学者。其中有个客人说："你说的泽马契是指伊兹比察的那个老师吗？"

他描述了番泽马契，艾卡莎知道这个人正是自己要找的那个人，"他跟科拉斯诺布洛德的一个姑娘订了婚。"艾卡莎说。

"我知道，那个改宗者。你是谁？"

"一个亲戚。"

"你想要跟他怎么样？"这位客人问，"他很穷，加上又顽固不化。他的所有学生都被人从他身边带走了。他是个桀骜不驯、乖戾倔强的人。"

"他有老婆了吗？"

"已经有过两个了。一个他给折磨死了，另一个离开了他。"

"他有孩子吗？"

"没有，他不生育。"

这个客人还想多说点什么，可是一个仆人进来叫他了。

艾卡莎眼里噙满眼泪。祖父没有抛弃她。他已经领她走在正确的方向上了。她去安排到伊兹比察的交通工具，旅馆前停了辆有篷马车，正准备要出发。"不，我不孤单，"她自言自语说，"每一步上天都知道。"

刚开始，路面还做了硬化，可是很快就变成满是坑坑洼洼的土路。夜里又湿又黑。乘客常常不得不下车，帮车夫把马车从泥泞中推出来。其他人都说车夫不好，但艾卡莎却优雅地接受了。湿漉漉的雪下个不停，一股冷风刮来。每次从车上下去，艾卡莎都要陷进没过脚踝的泥地里。他们到伊兹比察时已经很晚。整个村子在一片沼泽地中。小屋破败不堪。有人给她指了泽马契老师家的房子——在离几家肉店不远的小山上。虽然是冬天，空气中弥漫着一股腐朽的恶臭味。肉店里的狗在周围溜来溜去。

艾卡莎从窗户朝泽马契家的小屋望去，看到墙壁斑驳，地面是土的，几个书架上摆了不少破旧的书。油碟里一条灯芯是屋子里唯一的照明来源。桌边坐着个留着黑胡子的矮个男人，眉毛浓密，脸色发黄，鼻子尖挺。他正俯身眯着近视眼研读一本大部头的书。他头戴无边帽的衬里，穿着棉夹克，都已经露出脏乎乎的棉絮。艾卡莎站着张望的时候，一只老鼠从洞里蹿出来，急急忙忙向床跑去。床上铺了张烂草垫，放了只没有外套的枕头，还有一张被虫吃过、当毯子用的羊皮。尽管泽马契已经老了，艾卡莎还是能认得出。他挠着身子。他在手指头上吐了口唾沫，在额头上擦着。没错，就是他。艾卡莎既想笑又想哭。她马上把脸转向黑暗。多年来第一次，她听到祖母说话的声音了。"艾卡莎，快跑。"

"上哪儿去？"

"回到以扫身边去。"

这时她又听到祖父的声音。"艾卡莎，他会把你从深渊中拯救出来。"

艾卡莎从来没有听过祖父说话如此充满激情。她感觉到了晕眩之前的那种空虚感。她斜靠在门上，门开了。

泽马契挑起一边浓密的眉毛。他的眼睛鼓鼓的，像得了黄疸病。"你要干吗？"他粗声粗气地说。

"你是泽马契先生吗？"

"是的，你是谁？"

"艾卡莎，来自科拉斯诺布洛德。曾经是你的未婚妻……"

泽马契不吭声了。他张开歪斜的嘴巴，露出一颗孤零零的牙齿，黑得像鱼钩。"那位改宗者吗？"

"我已经重新回归犹太教了。"

泽马契跳了起来。他发出一声撕心裂肺的喊叫。"从我的家里滚出去！别让你的名声玷污了！"

"泽马契先生，请先听我说！"

他攥着拳头朝艾卡莎跑过来。油碟掉在地上，灯熄灭了。"下流坯！"

霍利什茨的学经堂非常拥挤。那是在新月的前一天。一群人已经聚集在那里诵读祷告词了。妇女区那边传来虔诚的诵读声。突然，门开了，一个衣衫褴褛、留着黑胡子的男人大步走进来。他肩上斜背着一个包，用绳子牵着个女人，好像那女人是头奶牛。她头顶戴着条方巾，穿的衣服用麻袋制成，脚上裹着破布，脖子上挂了圈大蒜。信徒们不再祷告。那个陌生人向这个女人打了个手势。她自觉地趴在门槛上。"犹太人，从我身上踩过去吧。"她喊道，"朝我吐唾沫吧！"

学经堂里响起骚乱。陌生人走到讲桌前，敲了敲桌面以示安静，然后像吟诵般说："这个女人的家庭就是你们镇上的。她的祖父叫纳夫塔里·霍利什茨先生。她就是那位改了宗嫁给一个地主的艾卡莎。现在她看到了真理，想为做过的很多可憎的事情赎罪。”

虽然霍利什茨在波兰的土地上，但属于奥地利。艾卡莎的故事那里的人都听说了。有些信徒抗议说这不是忏悔的办法。人不能像牲口般用绳子拽着。有些人挥舞拳头威胁那位陌生人。的确，在奥地利，按照法律，改宗者能再变成犹太教徒。但是，如果外邦人听说皈依了他们宗教的改宗者受到如此羞辱，就会颁布严厉的法令，引发强烈的谴责。老拉比贝扎莱尔先生迅速碎步走到艾卡莎跟前。“起来，我的孩子。既然你已经悔过了，就是我们的人了。”

艾卡莎站起身来，“拉比，我给自己人丢脸了。”

“既然你已经悔过了，万能的主就会原谅你。”

妇女区的信徒们听到发生的情况后，都冲进男人待的房间，那位拉比的妻子就在其中。贝扎莱尔拉比说：“领她回家去，给穿上体面的衣服。人是按照上帝的样子创造的。”

“拉比，”艾卡莎说，“我想为自己的罪恶赎罪。”

“我会给你制定个苦修计划，别折磨自己了。”

有些女人开始哭起来。拉比的妻子摘掉自己的头巾披到艾卡莎的肩膀上。另一个主妇给艾卡莎送了条披肩。她们把艾卡莎带到那间小屋子里，过去那里曾是关押犯有对抗社区罪的犯人的地方——至今里面都还收着一个行刑用的垫头砧和铁链。女人们在那里给艾卡莎梳妆打扮。有人送她裙子和鞋子。大家围着艾卡莎忙碌着。而艾卡莎用拳头捶打着胸脯，数落着自己的罪过：她唾弃过上帝，供奉各种偶像，跟一个外邦人发生肉体关系。她抽泣着说：“我行巫术，我召唤撒旦。他给我编织了顶羽毛王冠。”艾卡莎穿好后，拉比的妻子就带她回家了。

祈祷结束后，人们开始质问那个陌生人是谁，他是如何跟纳夫塔里先生的孙女产生联系的。

他回答说：“我叫泽马契，本来我应该是她的丈夫，可她拒绝了。现在，她来请求我谅解。”

“一个犹太人应该宽宏大量。”

"我可以谅解她，可万能的主是复仇之帝啊。"

"他也是仁慈之主啊。"

泽马契开始跟那些学者争辩起来，他的博学顷刻间显示出来。他引用《塔木德》《评论汇编》《释疑解答》等经典著作。他甚至会纠正拉比引错的话。

贝扎莱尔先生问他："你有家吗？"

"我离婚了。"

"既然这样，一切都可以妥善解决了。"

拉比邀请泽马契跟他到家里去。女人们跟艾卡莎坐在外面的厨房里。她们劝艾卡莎就着菊苣吃些面包。她已经禁食三天了。在拉比的书房里，男人们在照顾泽马契。他们给泽马契拿来裤子、鞋子、大衣和帽子。因为他身上滋生了大量虱子，他们又带他去洗澡。

晚上，镇上七个德高望重的人和所有有影响力的长老聚集一堂。媳妇们带来艾卡莎。拉比宣布，根据律法，艾卡莎属于未婚。她跟那位地主的结合纯属放纵之举。拉比问："泽马契，你愿意娶艾卡莎为妻吗？"

"我愿意。"

"艾卡莎，你愿意接受泽马契为丈夫吗？"

"愿意，拉比，可是我不值得了。"

拉比简单地勾勒了下艾卡莎的苦修计划。她必须每周一和周四禁食，每个工作日禁吃肉和鱼，要背诵赞美诗，黎明即起来祈祷。拉比还对她说："主要不是惩罚而是要悔过。'他回转过来，便得医治。'那位先知曾这样说过。"

"拉比，对不起，"泽马契插话说，"这样的苦修是针对普通罪过的，不是针对改宗。"

"你想让她怎么办？"

"有很多更加严厉的悔改方式。"

"比如说什么？"

"在鞋子里放上石子。赤身裸体在冬天的雪地里翻滚——夏天就在荨麻上翻滚。从这个安息日到下个安息日都要禁食。"

"如今，人们已经没有力量承受这么严厉的规矩了。"拉比稍微犹豫了下说。

"如果人们有那个力量去犯罪，就该有力量去赎罪。"

"神圣的拉比，"艾卡莎说，"别轻饶我。请拉比给我一份严厉的苦修计划。"

"我已说过怎么做好。"

所有人都陷入了沉默。然后，艾卡莎说："泽马契，把我的包裹给我。"泽马契最初把她的包放在一个角落。这时他把包裹放在桌上，艾卡莎取出一个小袋子。当她把好些珍珠、钻石和红宝石倒出来时，可以听到人群中发出叹息声。"拉比，这是我的珠宝，"艾卡莎说，"我不配拥有。请拉比随便处置吧。"

"是你自己的还是那个地主的？"

"我自己的，拉比，是从我敬爱的祖母那里继承来的。"

"书上写道，即便最高的善举都不能放弃超过五分之一的财物。"

泽马契摇了摇头。"我又要不同意了。她让天堂里的祖母蒙羞。就该不许她继承祖母的珠宝。"

拉比捋着胡子。"如果你的学问更好，你就当拉比吧。"他从椅子上起来又坐下，"你们怎么维持生计？"

"我会做个运水工。"泽马契说。

"拉比，我可以揉面、洗衣。"艾卡莎说。

"好吧，那就按你们的选择去做吧。我信奉律法的仁慈而不是苛刻。"

半夜，艾卡莎睁开眼睛。夫妻俩住在一个土地面的小屋里，距离那片公墓不远。泽马契整天都在挑水。艾卡莎洗衣物。除了星期六和节假日，两人每天都禁食，只是晚上吃顿饭。艾卡莎把沙子和石子灌进鞋里，贴身穿着粗糙的羊毛衫。夜里，他们分睡在地上——泽马契睡在窗边的草垫上，艾卡莎睡在烤炉边的稻草台上。顺着墙壁拉开的绳索上挂着艾卡莎为他们俩做的寿衣。

他们结婚已经三年，可是泽马契还没有跟艾卡莎亲密过。他也忏悔自己罪孽深重。虽然他有过老婆，但对艾卡莎仍然充满强烈欲望。他像俄南那样浪掷自己的种子。他曾经渴望报复艾卡莎，他曾经怒斥过万能的主，他曾经把怒火发在两个妻子上，其中一个已经死了。他怎么可能受到更多的玷污呢？即便那个小屋靠近森林，他们却没有拿木材换取任何东西。晚上，泽马契不让炉子生火。他们穿着衣服睡觉，盖着麻袋和烂布。霍利什茨人声称泽马契是个疯子。拉比曾经把夫妻俩叫来，开导说，折磨自己无异于折磨他人。可是泽马契引用《智慧初始》里的话说，没有禁欲的忏悔毫无意义。

艾卡莎每晚睡前都要做次忏悔，可是她的梦还是不纯洁。撒旦经常伪装成祖母的样子来找她，向她描绘眼花缭乱的城市、高雅的舞会和好色的地主老爷以及风流放荡的女人。她祖父又沉默不语了。

在艾卡莎的梦中，祖母变得年轻漂亮。她唱猥亵的歌谣，喝葡萄酒，跟那些江湖骗子跳舞。好几个晚上，她带着艾卡莎走进教堂，那里牧师唱着赞美诗，偶像崇拜者跪在金色雕像前。赤裸的高级妓女用牛角喝着葡萄酒，纵情声色。

一天晚上，艾卡莎梦见自己赤条条地站在一个圆洞里，好多侏儒围住她绕圈跳舞。他们唱着黄色小调。还有一阵喇叭的轰鸣和鼓点的敲击声。她醒来后，阴郁的歌唱声还在耳边回响。"我恐怕永远迷失自我了。"她对自己说。

泽马契也已经醒来。他透过一块还没钉上板的窗框朝外看了好大会儿，然后问："艾卡莎，你醒着吗？下了场新雪。"

艾卡莎很清楚他是什么意思。她说："我没有力气了。"

"你有力气沉溺在邪恶中。"

"我骨头都疼。"

"去跟复仇天使说。"

雪和深夜的月亮把一线明亮的光投进房间。泽马契任由自己的头发长得很长很长，像个古代的禁欲主义者。他的胡须野蛮生长，那双眼睛在黑夜中炯炯发光。艾卡莎永远无法理解他怎么有力量运送长达一天的水，晚上还要花大半夜的时间学习研究。晚上那顿饭，他几乎不吃。为了不让自己享受食物，他不嚼面包直接吞下去，他在艾卡莎做的汤里放超量的食盐，撒很多胡椒粉。艾卡莎自己身体越来越虚弱。她在污水里经常看到自己的模样，看到的是一张瘦脸，两颊塌陷，面色泛着病态的苍白。她经常咳嗽，痰中带着血丝。这时她说："原谅我，泽马契，我都起不来了。"

"起来，你这个淫妇，也许这是你的最后一夜了。"

"我倒希望就是。"

"快忏悔！说真话。"

"我什么都告诉过你了。"

"你很享受纵欲吗？"

"不，泽马契，不。"

"上次你承认说喜欢。"

艾卡莎沉默了很长时间。"很少。也许只有一秒钟。"

"你也忘了上帝吧？"

"没完全忘。"

"你知道上帝的律法，可是你却恣意藐视他。"

"我以为真理在外邦人手中。"

"全都是因为撒旦给你编制了一顶羽冠吗？"

"我想那是个奇迹。"

"荡妇，别给自己辩护！"

"我没有给自己辩护。他用祖母的声音跟我说话。"

"你为什么听祖母的却不听祖父的？"

"我傻。"

"傻？多年来，你完全沉溺在亵渎神灵中难以自拔。"

过了会儿，夫妻俩光着脚走出去，走进夜幕。泽马契先扑倒在雪地上，他以非常快的速度不停地滚啊滚，连帽子都掉了。他全身裹满黑发，简直像披了张毛皮。艾卡莎等了一分钟，也扑倒在地。她在雪地上慢慢地默默地翻转着，这时泽马契大声诵读："我们都罪孽深重，我们背叛过，我们抢劫过，我们欺骗过，我们冷嘲热讽过，我们反叛过。"接着他又加了句，"让你的旨意显灵，让我以死来偿清自己全部的罪恶。"

艾卡莎以前经常听到这段悲悼之词，可是每次听都让她浑身颤抖。那些农民在经受她丈夫——马尔考斯基老爷鞭打时会发出这样的哀号。她对泽马契哀号的恐惧要远远大于冬天的寒冷和夏天的荨麻。偶尔，在他脾气好些的时候，泽马契就向她许诺，他会像丈夫对待妻子那样跟她亲密。他甚至说愿意做她孩子的父亲。可是什么时候呢？他始终不停地搜索着两个人的失范行为。艾卡莎一天比一天虚弱。绳子上的寿衣和墓园的碑石好像在朝她招手。她让泽马契发誓，要在她的坟上念诵《卡迪什》。

在塔姆兹月某个炎热的日子，艾卡莎出去捡牧场的酸叶草，牧场毗邻那条河。她禁食了长达一天，想给自己和泽马契做点晚餐吃的沙伏凉汤，正在捡的时候，忽然感到精疲力竭，于是就瘫倒在草地上，开始打起盹来，心想只休息一刻钟就可以了。可是她头脑空白，双腿变得像石头，随之跌进深深的睡眠中，等睁开眼睛时夜幕已经降临。天色昏暗，空气因潮湿而变得凝重。一场暴风雨就要到来。大地散发着野草和香草的气味，刺激得艾卡莎头脑晕眩。她在黑暗中找到自己的篮子，可里面却是什么都没有。大概是一只山羊或者一头奶牛吃了她的酸叶草。艾卡莎忽然想起童年时代，那时祖父母对她娇生惯养，穿的都是丝绒衣服，有女佣和男管家伺候。现在她咳嗽得快要窒息，前额发烫，丝丝冷气在脊梁骨里上下直窜。因为没有月光，星光暗淡，她几乎不知道回家的路在哪里。她光脚踩在荆棘和奶牛的粪便上。"我这是掉进什么样的陷阱里了啊！"她体内有什么声音在喊叫。她走到一棵树边，想站住休息片刻。就在此刻，她看到了祖父，他那雪白的胡子在黑暗中闪着光。她认出了祖父高高的额头、温和的微笑，以及凝视时充满爱意的仁慈。她大声喊道："爷爷！"刹那间，她泪流满面。

"我什么都知道了，"祖父说，"你的磨难和悲伤，我都知道。"

"爷爷，我该怎么办？"

"我的孩子，你的煎熬结束了。我们在等着你——我和你祖母，以及所有爱你的人都在等着你。神圣的天使会来接应你。"

"什么时候，爷爷？"

刹那间，祖父的形象消失了，黑暗依然。艾卡莎像个瞎子般摸索着往家走去。最后，她终于到了小屋。她打开门时，感觉到泽马契在家里。泽马契坐在地上，眼睛像两块煤炭。他大声说："是你吗？"

"是的，泽马契。"

"你为什么出去这么长时间？因为你，我做晚祷都不能平心静气。我的思绪让你搅得乱七八糟。"

"请原谅我，泽马契，我太累了，在牧场上睡着了。"

"骗子！叛教者！人渣！"泽马契尖叫道，"我在牧场找过你。你正跟一个牧羊人鬼混。"

"你说什么？上帝不许！"

"告诉我实话！"他跳起来，开始摇晃艾卡莎，"婊子！魔鬼！莉莉斯！"

泽马契的行为从来没有如此野蛮过。艾卡莎对他说："泽马契，我的丈夫，我是忠于你的。我是在草地上睡着了。在回家的路上，我看到我祖父了。我的大限到了。"极度的虚弱袭来，她软倒在地。

泽马契的怒火立刻消失，某种哀怜之声从他的心中发出。"圣洁的艾卡莎，没有你，我以后怎么办啊？你是个圣人。原谅我的粗暴严厉，全是因为我爱你。我想净化你，这样你就可以在天堂里跟圣母们平起平坐。"

"等我有资格的时候，我就会平起平坐。"

"为什么这样的事情要发生在你的头上？难道天堂就没有公正吗？"泽马契发出的那种悲号声让艾卡莎毛骨悚然。他拿脑袋不断地撞着墙壁。

第二天早上，艾卡莎没有起床。泽马契端来专门为她在三脚锅上做的粥。他给艾卡莎喂的时候，粥从她嘴里溢了出来。泽马契抓来镇上的治疗师，可是这个治疗师却不知道怎么处理。丧事会的女人们过来了。艾卡莎躺在床上，处于极度虚弱状态。她的生命在渐渐流失。中午的时候，泽马契徒步到雅罗索镇去找医生。晚上了，他还没回来。那天早上，拉比的妻子给艾卡莎送来一个枕头。多年来，艾卡莎第一次睡在枕头上。临近黄昏，丧事会的女人们各回各家，只留下艾卡莎一个人。一根灯芯在油碟里燃烧着。一阵柔和的微风透过打开的窗户吹进来。夜里没有月光，可是星星在闪烁。蟋蟀唧鸣；青蛙咕叫，如人声一般。偶尔，一道阴影从床对面的墙上掠过。艾卡莎知道自己渐渐临近终点，但她并不怕死。她已经清查过自己的灵魂。她生下来衣食无忧，美丽漂亮，天资比周围其他所有的人都要好很多。厄运却让一切走向反面。她这是在为自己的罪备受折磨呢，抑或自己不过是前世犯了罪孽的某个人的投胎转世？艾卡莎知道自己最后的几个小时应该在忏悔和祈祷中度过。可这大概是她自己的宿命，至今那个疑问都还没消除。祖父跟她说的是这样，祖母说的却是那样。艾卡莎看过一本讲否定上帝的叛教者们的旧书，他们认为这个世界不过是原子随机组合的产物。现在她只有一个愿望——应该给她个信兆，揭示下那个纯粹的真理。她躺着，祈祷奇迹的到来。她陷入轻浅的睡眠状态，梦见自己掉进又窄又暗的深渊。每次她好像已经触到底部，可是下面的地基却轰然倒塌，自己再次以更快的速度沉落。黑色变得越来越重，深渊变得越来越深。

艾卡莎睁开眼睛，她知道该做什么了。她使出最后的气力，起身找来一把刀，然后去掉枕套，用麻木的手指撕开枕头的线缝，从塞在枕头里的羽绒中，抽出一顶羽冠。一只看不见的手在顶上编织了上帝名字的四个字母。

艾卡莎把羽冠放在床边，在灯芯发出的摇曳光亮中，每个字母她都看得清清楚楚：Y、H、V、H。可是她不明白，这顶王冠在什么程度上揭示的这个真理比另外一个更真呢？天堂可能存在不同的信仰吗？艾卡莎开始祈祷新的奇迹光临。她沮丧地想起魔鬼的话："真相就是没有真相。"

深夜，丧事会的一个女人又来了。艾卡莎想恳求她不要踩踏那顶王冠，可是自己实在太虚弱了。那个女人还是踩在王冠上，它精致的结构顿时解体。艾卡莎闭上眼睛后就再没睁开。黎明时分，她叹了口气，就放走了自己的灵魂。

一个女人举起一根羽毛，放到艾卡莎的鼻孔前，可是羽毛没有颤动。

那天晚些时候，丧事会的女人给艾卡莎洗净身子，穿上她自己缝制的寿衣。泽马契还没有从雅罗索回来，此后再没听到过他的消息。霍利什茨的人传言说，他在路上被人杀了，有人推测泽马契不是人而是恶魔。艾卡莎葬在一个圣人的小教堂附近，拉比给她致了悼词。

有件事仍然是个谜。在艾莎卡弥留的最后几个小时，她撕开的是拉比的妻子送给她的枕头。给她洗身子的女人从她的手指间发现了几根绒毛。一个垂死的女人怎么会有力气做这种事呢？她一直在寻找什么？镇上的人无论怎么费劲琢磨，无论给出多少种解释，真相仍然不得而知。

因为，即便存在真理这种东西，那也复杂和隐蔽得犹如一顶羽毛王冠。

杨向荣 译

康尼岛[1]的一天[2]

　　今天，我很清楚那年夏天我该怎么干了，那就是：好好工作。可是当时我几乎什么也没有写。"在美国，谁还要看意第绪文作品呢？"我问我自己。虽然一家意第绪文报纸的编辑隔不多久就在星期天版上刊登一篇我写的随笔，可是他坦率地跟我说，对两百年前的恶魔、幽灵和鬼魂，谁都没有兴趣了。我这个从波兰跑出来的三十岁的难民，反倒成了时代错误。好像还嫌事情不够复杂似的，华盛顿当局偏偏不同意给我的旅游护照延期。我的律师利伯尔曼正在设法给我弄一张长期定居的护照，可是要办成这件事，我得拿出我的出生证明、我的品行良好证明，还得要有一封证明信，说清楚我是有职业的，绝对不会成为公众的负担，此外还需要各种各样我根本弄不到手的证件。我给我在波兰的那些朋友发去了告急信，可一封回信也没有收到。而报纸上又在不断预言希特勒随时都会入侵波兰。

　　我从一场断断续续、充满梦魇的睡眠中醒来。我那只华沙手表上的时间已是十一点差一刻。一道金色的阳光穿过窗帘的裂隙照进来。我能听见海涛的声音。一年半以来，我在海门一幢古老的房子里租了一个带家具的房间，这地方离埃丝特（在这儿我用这个名字称呼她）家不远。我每月付十六美元房租。房东贝格太太供应我一顿早饭，按成本收费。

　　只要他们一天不把我撵回波兰，我就要享受一下美国的物质文明。我到走廊尽头的浴室（这个时候里面不会有人）去洗一个澡，我能看见一艘

Ⅰ．美国纽约市布鲁克林的一处海滨游乐场所。
Ⅱ．由作者和劳里·科尔文翻译。——原注

欧洲来的巨轮开到了，正在靠岸——不是"玛丽女王号"就是"诺曼底号"。从我浴室的窗子望出去，可以看见大西洋以及世界上最新最快的轮船，这倒是个难得的享受！我一边刮胡子，一边下了个决心：绝对不让他们把我撵回波兰。我不愿落到希特勒的魔掌里去。我宁愿非法逗留在美国。人家告诉我，倘若战争爆发，我就有机会自然而然地取得国籍。我朝镜子里我的映影做了个苦相。我的红头发已在脱落，我的蓝眼睛迎风流泪，我的眼睑红肿，面颊深陷，喉结凸现。虽然人们专程从曼哈顿到海门来晒太阳，我的皮肤仍然病态地白皙。我的鼻子瘦削而没有血色，我的下巴颏又尖又长，我的胸脯塌陷。我常觉得自己跟我的小说里所描写的小鬼样子没有什么区别。我伸出舌头，把自己叫作一个疯疯癫癫的"巴特兰"，意思是没见过世面的窝囊废。

时间快到晌午了，我本以为贝格太太的厨房里阒寂无人了，可是他们都在那里：柴柯维奇先生和他的第三任太太；作家兰姆金，一个老头儿，他以前是个无政府主义者；西尔维亚也在，前几天她带我到美人鱼街去看电影（五点以前票价只是十美分），还把电影里强盗的对话译成结结巴巴的意第绪语给我听。在黑暗中，她捏住我的手，这使我产生一种犯罪感。第一，我对自己发过誓要遵守十诫。第二，我这样做对不起依瑟。第三，我对安娜感到内疚，她仍然从华沙给我写信呢。可是我又怕得罪西尔维亚。

我走进厨房时，贝格太太嚷了起来，"咱们的作家可起来了！我真不懂，有的人怎么这么能睡。我早上六点起，站到现在没歇过腿呢。"我瞅了瞅她那双粗腿，瞅了瞅她那扭曲的脚趾和鼓出来的拇指囊肿。大伙儿都逗我。老柴柯维奇说："你知道吗？你错过晨祷的时间了。你准是属于柯兹克教派的哈西德，他们时兴晚点祈祷。"他脸色苍白，那把山羊胡子也那样。他的第三任太太，那个狮子鼻、嘴唇肉鼓鼓的胖女人，也插进来说了："我看这个新侨民大概连放经文的小皮盒也没有吧。"至于兰姆金，他却说："依我看，他是通宵没歇，在写一部畅销书呢。"

"我吃过早饭，现又饿了。"西尔维亚嚷嚷道。

"你今儿个想吃什么？"贝格太太问我，"两个圆面包一个鸡蛋呢，还是两个鸡蛋一个圆面包？"

"怎么都成。"

"我倒是想把月亮盛在盘子里端来给你。我怕你在意第绪语报上写文章骂我。"

她给我端来一个大圆面包、两份炒蛋和一大杯咖啡。早饭钱是二十五美分，我已经欠贝格太太六个星期的房租和六个星期的早餐费了。

我一边吃，柴柯维奇太太一边讲她大女儿的事，这个女儿一年前死了男人，现在又重新结婚了。"你听说过这样的事吗？"她说，"那男的打了个嗝儿，倒下来就死了。大概是脑子里有什么东西破裂了。这样倒霉的事上帝不容啊。他留给我女儿五万美金保险费。一个年轻的女人又能守多久寡呢？死去的那个是医生，现在的是个律师——在美国也算最大的律师了。他瞧了我女儿一眼，就说：'这就是我一直在等待着的女人。'六星期后，他们结了婚，到百慕大去度蜜月了。他给她买了一枚价值一万美金的戒指。"

"他没结过婚吗？"西尔维亚问。

"结过一次，不过那女的跟他不是一个路数，他把她离了。那女的赡养费拿得不少——每星期两百呢。但愿她全花在吃药上头。"

我匆匆吃完早饭就出去了。到了外面，我瞧了瞧信箱，可是里面没有我的东西。我能看见两个路口以外依瑟前年冬天赁下的房子。她把房间租给喜欢在纽约附近度假的人。白天我不能去看她，我总是深夜偷偷地去。那年夏天，她家里住了不少意第绪语作家和新闻记者，我和依瑟相好的事不能让他们知道。我既然无意娶她，又何必败坏她名声呢？依瑟大我将近十岁。她跟她丈夫离了婚——那是个意第绪语诗人，一个现代派，一个共产党，一个招摇撞骗的人。他上加利福尼亚去，一走了之，从不寄一个子儿来抚养那两个小女儿。他现在和一个抽象派画家混在一起。依瑟需要的是一个能养活她和两个女儿的丈夫，而不是一个专门写狼人和妖精的意第绪语作家。

我来到美国已经一年半了，可是康尼岛仍然使我叹为观止。阳光火焰般地喷射下来。海滩上人声鼎沸，比潮水声音还响。在海边木板铺就的路上，卖西瓜的意大利人拿刀使劲儿敲洋铁皮，扯着嗓子吆喝顾客。每一个人都以自己的方式在吼叫：卖爆玉米花的和夹香肠面包的，卖冰淇淋的和花生米的，卖棉花糖和老玉米的。我经过一个杂耍班子，里面正在展出一样怪物，半身是女人，半身是鱼；我又经过一个蜡像陈列馆，里面摆着玛丽·安东尼特[I]、野牛比尔[II]和约翰·威尔克斯·布斯[III]的蜡像；我经过一家铺子，里面黑魆魆的，一个缠了头巾的占星学家坐在那儿正给人算命，身边都是画满星宿的挂图和天体仪。侏儒们在一个小马戏团门前跳舞，他们黑脸蛋上涂了白粉，都由一根长绳松松地拴着。一只机器人猿像只皮老虎风匣似的鼓起肚子，在嘎声大笑。一些黑人男孩拿了枪在对着铁皮鸭子瞄准。一个半裸的汉子，黑头发和黑胡子一直垂到肩膀，在叫卖让你肌肉发达、皮肤光润、滋阴补阳的大力丸。他双手一扯，粗铁链就断了，手指一捏，硬币也弯了。再过去几步路，有个巫婆在夸耀自己的法力：能召唤亡魂，未卜先知，掐算交不交桃花运，宜不宜婚娶再灵不过。我随身带着一本贝约的《意志教育》，波兰文版的。这本书教我如何克服惰怠，如何进行有系统的精神活动，已经成为我的第二《圣经》。可是我的行动恰好是书中的教导的反面。我把大好光阴都花在做白日梦、自寻烦恼和想入非非上，把自己和毫无前途的事业拴在了一起。

走到木板路的尽头，我在一张长凳上坐下来。每天，都有同一伙老头儿聚集在这里讨论共产主义问题。一个长着一张红红的圆脸、头上有一圈泡沫似的白发的小老头儿使劲晃动着脑袋，吼叫道："那么谁出来拯救工人呢——希特勒吗？还是墨索里尼？是社会法西斯分子里翁·布鲁姆[IV]？还是那个机会主义者诺曼·托马斯[V]？斯大林同志万岁！我为他的双手祝福！"

I.玛丽·安东尼特（1755—1793），法国国王路易十六之王后，死在断头台上。

II.野牛比尔，威廉·柯迪（1846—1917）的外号。他是西部有名的牛仔。

III.布斯（1838—1865），美国演员，刺杀林肯的凶手。

IV.里翁·布鲁姆（1872—1950），法国政界人物。

V.诺曼·托马斯（1884—1968），美国政界人物。

一个鼻子上露出一条条青筋的人大声反驳道："莫斯科审判又是怎么一回事？斯大林把千百万工农流放到西伯利亚去，这又怎么解释？还有那些被你的斯大林同志判处死刑的苏联将军呢？"他的身材宽而短，仿佛中腰给截去了一段。他往手帕里吐了口痰，接着又尖叫道："布哈林真的是德国间谍？托洛茨基真是从洛克菲勒手里领津贴吗？加米涅夫是无产阶级的死敌？你自己跟无产阶级有什么相干——你这个吸贫民血的房产主！"

我老是觉得这些人是不吃不睡，没完没了地辩论下去的。他们像好勇斗狠的公山羊那样往对方身上冲去。我取出笔记本与钢笔想写一个什么题目（也许就写这些辩论的人），可是我却画起小人来了，他有一对长耳朵，鼻子像公羊的角，脚像鹅那样有蹼，头上还长着一对犄角。过了一会儿，我又在他身上画满鳞片，给他添上一双翅膀。我低下头来读《意志教育》。纪律？思想集中？倘若我命中注定要死在希特勒的集中营里，这一切又有什么用呢？即使我能活下来，多一部长篇小说、一个短篇小说对人类又有什么意义？形而上学哲学家放弃得太早了，我做出了这样的一个结论。现实既非唯我主义也不是唯物主义。人们应该重新开始思考问题：时间是什么？空间又是什么？解开整个谜的钥匙还在于此呢。谁知道，没准儿还得由我来解决这个问题呢。

我闭上眼睛，痛下决心要突破思维与存在的界限，超越纯粹理念与物自体的范畴。透过我的眼睑，阳光是通红的。海浪的拍溅声与人群的喧闹声混成一片。我感到，几乎是触摸得到地感到，我离真理只有一步了。"时间算不了什么，空间也算不了什么。"我喃喃自语。可是正是这个"算不了什么"，构成世界图景的背景。那么世界图景又是什么呢？是物质呢，还是精神？是磁力，还是引力？生命又是什么？痛苦是什么？良心又是什么？如果上帝是存在的，祂又是什么？是具有无限属性的实体？是一种单元素？是盲目的意志？是无知觉？祂会不会是"性"，如同喀巴拉教徒们所暗示的那样？上帝是永无休止的情欲亢进？普遍虚无的观点是不是女性所持的原则呢？我最后决定，我还是先不做任何结论。也许到了晚上，在床上……

我睁开眼睛，朝布赖顿走去。高架铁路的桁架在人行道上投下一道由阳光和阴影编结成的网。从曼哈顿开来的一列火车飞驰而过，发出震耳欲聋的咔嗒咔嗒声。不管怎么给时间与空间下定义，我想，你反正不能同时既在布鲁克林又在曼哈顿。我经过一些商店的橱窗，里面陈列着垫子、盖屋板的样品和符合犹太教规的鸡。我在一家中国餐馆门口停下脚步。我要不要进去吃顿午饭呢？不了，在自助餐厅吃也许要便宜五分镍币呢。我山穷水尽，几乎只剩下最后一文钱了。要是我的随笔《离婚之后》星期日版不登出来，我只有寻死这条路了。

往回走的时候，我为我自己的行为感到吃惊。我怎么能让自己的经济状况糟成这样呢？的确，照规定，旅游者是不能找工作的，可是移民与归化局又怎能知道我到一家餐馆去洗碟子了，或是我找了一份送信的差事，或是当了一个希伯来文教师呢？就这么无所作为，一直等到自己一文不名，这简直是傻透了。的确，我也曾让自己相信，我可以靠小吃店桌子上的残羹剩饭维持生活。可是经理或是收账的迟早会注意到一个要饭的。美国人宁肯把食物扔进垃圾桶，也不愿白白施舍给人。一想起吃的，我的肚子倒饿了。我记起我读过的关于绝食的事来了。只要有水喝，一个人能活六十天左右。我在另一个地方读到，安蒙德生[1]在一次到南极或北极去的探险中，吃掉过自己的一只皮靴。我对自己说，我现在的饥饿，不是别的，仅仅是一种歇斯底里。两个鸡蛋和一个圆面包所包含的淀粉、脂肪和蛋白质，足够我用好几天的。话尽管这么说，我胃里还是感到一阵阵的隐痛。我的膝盖发软。今天晚上我还要和依瑟见面呢，挨饿会使我丧失性的能力。我好不容易才来到小吃店。我走进去，开了一张票，便向领餐的柜台走去。我知道定了死罪的人临死时都要美美地吃它几顿，人们甚至在黄泉路上也是不愿空着肚子的。这，我想，就是生与死不相关联的一个明证了。因为死亡并非一种实体，因此它不能结束生命。它仅仅是永不终止的生的过程中的一种形式。

我当时还没有成为一个素食主义者，不过已经在认真考虑这个问题了。

1．罗阿尔·安蒙德生（1872—1928），挪威探险家，第一个到达南极的人（于 1911 年）。

然而我还是挑选了辣根牛小根，配菜是煮土豆和利马豆，再加一小盅汤面，一个大圆面包，一杯咖啡，还有一块蛋糕——总共是六十美分。我端着托盘穿过一张张杯盘狼藉的桌子，终于在一张干净桌子前停了下来。有一把椅子上扔着一张下午版的小报。我虽然想看，但又记起了贝约的话：有文化的人吃饭时应细嚼慢咽，勿看书报。可我还是对大标题瞥了一眼。希特勒又提出要把波兰走廊[I]划归德国了。斯密格莱－利兹[II]在波兰国会宣布，波兰将为自己的每一寸国土而战。德国驻东京的大使拜会了天皇。在英国，一个退伍将军批评马其诺防线，预言它一受到攻击就会崩溃。主宰世界的那些力量正在酝酿一场大灾难呢。

我吃完以后，把身上的钱数了一下，这时我记起来我还得给报馆打个电话，问问我的随笔怎么样了。我知道从康尼岛打电话到曼哈顿得花十美分，星期天版编辑里昂·戴蒙特又是不大上班的。可是我不能听天由命啊。反正省十美分也改变不了眼前的处境。我果断地站起身，找到一个空电话间，拨起号码来。我向主宰世界的那些力量祈祷（酝酿着世界性大灾难的也正是它们），让接线员千万别接错号。我用我的外国口音，尽可能清晰地把我要的号码告诉接线员，她却叫我先把十美分扔进电话机里。报馆总机的那个姑娘说话了，我说我找里昂·戴蒙特。我十拿九稳地可以肯定她要跟我说戴蒙特没来上班，可是我居然在电话里听到这位老兄的声音了！我结结巴巴地表示抱歉。我刚说出我的名字，他就粗暴地打断了我的话，说："你的文章星期天见报。"

"感谢您。非常感谢您。"

"再给我寄一篇新的文章来吧。再见。"

"奇迹！自天而降的奇迹呀！"我对自己喊道。我刚挂上电话，另一个奇迹又出现了：钱币从电话机里涌流出来——十美分的、五美分的，还有两十五美分的。有一秒钟我拿不定主意；收下来吧，那等于是偷窃。可

I . 第二次世界大战前处于东普鲁士与德国本土之间的一块波兰的狭长地带。

II . 爱德华·斯密格莱－利兹（1886—1941），波兰政界人物。

是电话公司反正收不回去，我不拿，别的不比我缺钱的人也会拿的。再说有多少回，我扔钱进去，电话根本接不通！我扭过头来看看，有个穿游泳衣、戴顶宽边草帽的胖女人在电话间外等着。我抓起所有的硬币，塞进口袋，走了出去。我顿时精神百倍，像个新人。我在思想里向冥冥中无所不知的神明表示了歉意。我出了小吃店，大步向海门走去。我计算了一下：要是我那篇随笔能拿到五十美金稿费，我就先还贝格太太三十美金房租和早餐费，我还有二十美金可以花。这样一来，我又能取得她的信任，可以继续住下去了。在这样的情况下，我就该去看看利伯尔曼律师了。谁知道呢，没准儿他从多伦多的领事那里得到了什么消息。一个旅游者在美国是领不到定居护照的。我得上古巴或加拿大去一次，去古巴费用太大，没法儿考虑，可是加拿大让不让我进呢？利伯尔曼警告过我，说不定我得从底特律偷渡国境去温莎[1]，带我过桥的人会向我索取一百美金带路费。

突然之间，我理会到我犯的不是一桩而是两桩盗窃罪。我得意之中竟然忘了付饭钱。那张账单还在我手里捏着。不用说，这又是撒旦的杰作。上天在引诱我。我决定回去把那六十美分付了。我急匆匆地走着，简直是在小跑。小吃店里，一个穿白工作服的人站在出纳员身边。他们在用英语聊天。我想等他们聊完，可他们没完没了。出纳瞥了我一眼，问道："你要什么？"

我用意第绪语答道："我忘了付饭钱了。"

他做了个怪相，低声嘟哝道："甭管了，走吧。"

"可是……"

"快走吧，你这个人。"他怒斥一声，紧接着又向我挤了下眼。

这一来，我才明白其中奥妙。穿白工作服的那人准是老板，或者是经理，出纳员不愿让东家看到自己漏收顾客的钱。冥冥之中的那些力量巧妙安排，存心让我连交好运。我走出店堂，透过玻璃门看见出纳和穿白衣服的在哈哈大笑。他们笑我这个土老儿，笑我的意第绪语呢。可是我知道上天是在

---

[1] 与美国城市底特律毗邻的加拿大城市。

考验我，正在用天平掂量我的德行和罪孽，以便决定我该留在美国呢还是去死在波兰。我喊声惭愧，在自命为不可知论者与不信神者之后，我还是那么虔诚，于是我对我的冥冥之中的批评者说："话也要说回来，连斯宾诺莎也认为，凡事都是预先注定的。宇宙中无所谓大事与小事。对于永恒，一颗沙粒的重要性并不亚于整个银河系。"

我不知道该把这张账单怎么办。应该保存到明天呢，还是把它扔掉？我决定不用账单就把钱付给那个出纳。我把账单撕得粉碎，扔进了垃圾桶。

回到家里，我瘫倒在床上，昏昏沉沉地睡了一大觉，在睡梦中我发现了时间、空间与因果关系的底蕴。一切都简单得令人难以置信，可是一等我睁开眼睛，又什么都忘得干干净净，留下的仅仅是一种玄妙、神奇的感觉。在梦境中我给我的哲学上的发现起了一个名称，像是拉丁文、希伯来文，又像是阿拉米文，也可能是这三种语言的混合体。我记得自己在说："存在不是别的，仅仅是……"下面这个词儿正是解答一切的谜底。外面，天色已经昏黑。洗海水澡和游泳的人都走完了。太阳沉入了大海，只留下一道火焰般的光芒。一阵微风吹过，带来水里的腥臭味。不知从哪里飘来一朵大鱼形状的云彩，月亮在这条鱼的鳞片后面冉冉升起。马上就要变天了；灯塔那儿，警告有雾的钟声刺耳地敲着。一艘船拖了三条驳船在行驶。它像是动不了似的，仿佛大西洋变成了我孩提时在故事书里读到的那个凝固的海洋。

我用不着再俭省了，因此我走进海门的一家咖啡馆，要了一份乳酪点心和一杯咖啡。一个意第绪语新闻记者，也是刊登我的随笔的那份报纸的撰稿人，走过来在我桌旁坐下。他头发雪白，可是满面红光。

"你这些天躲到哪儿去了？谁也没有见到你。人家说你就住在海门。"

"是的，我住在这儿。"

"我在依瑟那儿租了个房间。你知道她吗——就是那个疯诗人的前妻。你干吗不也搬过来？意第绪语报界人士都在那儿。他们提起你好几回了。"

"真的吗？哪些人？"

"噢，那些作家。连依瑟也夸奖你。我个人认为，你的才能嘛是有的，可是你选择的题材都是没人喜欢、没人信以为真的。魔鬼是没有的。上帝也是没有的。"

"你敢肯定？"

"绝对肯定。"

"那么是谁创造了世界？"

"噢，这个。老问题了。这都是自然现象。进化嘛。又是谁创造了上帝呢？你真的笃信宗教？"

"有时候信。"

"我这是存心给你出难题啊！如果真有上帝，为什么他允许希特勒把无辜的人驱赶到达豪[1]去？对了，你的护照怎么样了？你想什么办法了没有？如果还没有，你就会被驱逐出境，你的上帝是不会因此感到一丝丝烦恼的。"

我把我的境况告诉了他。他说："对你来说，只有一个办法——跟一个有美国国籍的女子结婚。这样一来，你就合法了。以后，你可以领到证件，自己也成为公民。"

"这样的事我是做不出来的。"我说。

"为什么？"

"这对那位女士和我自己都是一种侮辱。"

"那么落到希特勒手里更好一些，是不是？你这完全是傻头傻脑的傲气。你的文笔挺老练，可你行事完全像个孩子。你多大年纪了？"

我告诉了他。

"我在你这样的岁数，已经因为革命活动而被流放到西伯利亚去了。"

侍者走了过来，我正要付账，那个作家一把抢走了账单。我今天又走运了，我暗忖。

我朝门口望去，看见了依瑟。她傍晚常拐进来坐一会儿，我之所以避

---

1. 德国南部的一个城镇。"二战"期间，希特勒在此处设置了震惊世界的大规模屠杀犹太人的集中营。

开这家咖啡馆，原因也正在于此。依瑟和我商议好我们的事儿得保守秘密。再说，我到美国后腼腆得反常。我童年时动不动就脸红的毛病又来了。在波兰，我从未觉得自己矮，可是置身于美国的巨人之间，我倒成了小个子了。我的华沙西服土里土气，前襟翻领太宽，又有垫肩。而且，纽约天热，它也显得厚了些。依瑟老说我，天气这么热，何必还穿硬领、西服背心，戴礼帽。她这会儿见到我，似乎有些发窘，像是个波兰来的乡下姑娘。我们在公共场合还没有一起露过面。我们的时光都是在黑暗中度过的，就像两只蝙蝠。她动了一下，像是要离开，可是和我同桌的那个人把她叫住了。她犹豫不决地走过来。她穿的是一件白连衣裙，戴了顶系着绿丝带的草帽。她让太阳晒成棕色了，那双像小姑娘似的黑眼睛闪闪发亮。她又苗条又活泼，一点看不出快四十了。她来到我们跟前，只当我是个陌生人似的和我打招呼。她按欧洲礼节跟我握手，挺不自然地笑着，用"您"来称呼我，而不用"你"。

"您好？好久没见了。"她说。

"他躲起来了，"那个作家责怪我说，"护照的事他一点也不着急，眼看要给撵回去了。战争不定哪天就要爆发。我劝他去跟一个美国女子结婚，好取得护照，可他不听。"

"干吗不听呢？"依瑟问道。她脸颊红红的，露出了可爱的、等你来欣赏的笑容。她在一把椅子的边上坐了下来。

我有意给她一个机智、敏锐的回答。可是到头来，我光是局促不安地说："我不愿为一张护照而结婚。"

那个作家乐呵呵地挤了挤眼。"虽说我不是媒人，可我看你们俩倒挺般配。"

依瑟疑问地看着我，一半恳求一半责怪。我知道我必须马上做出答复，要么严肃认真地好好回答，要么开个玩笑对付过去。可是我一个字也想不出来。我全身发燥，衬衫都湿了，我粘在座位上，动弹不了。我有一种痛苦的感觉，仿佛我的椅子翻倒了，地板在往上升，天花板上的灯光搅成一团，变得长长的，成了雾蒙蒙的一片。咖啡馆像个木马场那样旋转起来。

依瑟陡然站起身。"我还得去看一个人。"她说，转身就走。我看她匆匆朝门口走去。那作家会心地笑笑，点点头，又到另一张桌子去和一个同事聊天了。我仍然坐在那里，这突如其来的倒运使我晕头转向。我还镇定不下来，只得把兜里的钱币掏出来数了一遍又一遍。我倒不如说是用手摸着数的，我的眼睛不管用了。我在做复杂的计算题，每回得出的总数都不一样。在我和高高在上的神明所做的一场赌博中，看来我赢了一美元几美分，却输去了我在美国的庇护所和一个我真心相爱的女子。

李文俊 译

东百老汇的喀巴拉信徒[1]

　　社区环境变化是纽约的常态。会堂变成了教堂，叶希瓦变成了饭馆或车库。偶尔人们还能看到一个犹太老人之家，一家卖希伯来语书籍的书店，一个来自罗马尼亚或匈牙利某个村子的犹太同乡的聚会之所。每周我都要来下城几趟，因为我供稿的那家意第绪语报社还在那儿。以前在街角的自助餐厅，人们会遇到意第绪语作家、记者、教师，还有为以色列筹款的人等等。那里的标准食品是薄卷饼、罗宋汤、三角饺子、碎肝酱、米布丁和鸡蛋曲奇。现在，那里的食客主要是黑人和波多黎各人。声音不同了，味道也不同了。不过午餐时，我还是会偶尔去那儿吃个快餐，喝杯咖啡。每次走进餐厅，我都能一眼看到那位老意第绪语作家，我就称他为约珥·雅布罗内吧。他是位喀巴拉专家，出版过有关圣以撒·卢里亚、科尔多瓦的摩西拉比、"美名大师"巴尔·谢姆以及布拉茨拉夫的纳赫曼拉比的书籍。雅布罗内还将《光辉之书》部分译成了意第绪语。他还用希伯来语写作。据我估算，他得七十出头了。

　　约珥·雅布罗内高高瘦瘦，面色蜡黄，满脸皱纹，脑壳光亮，毫发纤无，尖鼻瘪腮，喉结突出，琥珀色的眼睛鼓鼓的。他穿一件破旧的西服，衬衫没有系扣，露出胸上的白毛。雅布罗内没有结过婚。年轻时他得过肺结核，医生让他去科罗拉多州的疗养院。有人跟我说，在那儿他被迫吃了猪肉，于是抑郁了。我很少听到他开口说话。跟他打招呼，他也只是微微颔首，目光并不接触。他就靠意第绪语作家协会每周给的那几美元生活。他在布

1．由阿尔玛·辛格和赫伯特·洛特曼翻译。——原注

鲁姆街有间公寓，没有浴室，没有电话，也没有中央供暖。他不吃鱼和肉，连鸡蛋、牛奶也不吃——只吃面包、蔬菜和水果。在自助餐厅，他总是要一杯黑咖啡和一碟梅脯。他可以就那么坐上几小时，盯着旋转门、收银台或墙壁。几年前，一位商业画家在墙壁上画了一幅果园街市场的画，有推车和小贩，颜色已开始脱落了。

作家协会的主席跟我说，虽然约珥·雅布罗内在纽约的朋友和崇拜者都已去世，他在以色列还是有些亲戚和学生的。他们经常邀请他去那边生活，还答应发表他的作品（他有几箱子的手稿），为他安排住处，各方面都会照顾妥帖。雅布罗内的一个侄子在耶路撒冷，是大学教授。仍然有些复国主义者视约珥·雅布罗内为他们的精神之父。那他为什么还要坐在这儿，在东百老汇，默默无言，无人问津？作家协会可以把津贴寄到以色列，他还可以拿到他从来不屑于去领的社会养老金。在纽约这个城市，他都被抢劫好几次了，有个劫匪打掉了他最后的三颗牙。艾泽曼，那个把莎士比亚的十四行诗译成意第绪语的牙医跟我说，他提出过给雅布罗内装假牙，但雅布罗内对他说："从假牙到假脑，只有一步之遥。"

"了不起的人物，也很怪，"艾泽曼一边给我的牙钻孔填充，一边说，"或许他是想以这种方式赎罪吧。听说他年轻时有过几段风流韵事。"

"雅布罗内——风流韵事？"

"是呀，风流韵事。我就认识一位希伯来语教师，黛博拉·索尔提斯，她曾疯狂地爱过他。她是我的病人。大概十年前去世了。"

关于这一段，艾泽曼给我讲了件怪事。约珥·雅布罗内和黛博拉·索尔提斯交往了二十多年，他们总是聊很久，一般会谈希伯来语文学，辨析语法，还讨论迈蒙尼德和犹大·哈列维拉比，但这一对儿都没接过吻。最亲密的一次接触就是有一回两人用本－耶胡达编纂的大字典查一个词，要么就是短语，他们的头偶然碰在了一起。雅布罗内突然起了玩心，说道："黛博拉，我们互换眼镜吧。"

"为什么？"黛博拉·索尔提斯问。

"哦，不为什么。就换一会儿。"

两个恋人互换了眼镜，但是他戴她的眼镜看不了书，她戴他的也不行。于是又把自己的眼镜换回来戴上——这就是他俩最亲密的接触。

我彻底不去东百老汇了，文章邮寄到报社。我忘了约珥·雅布罗内，甚至不知道他是否还活着。后来有一天，我走进特拉维夫一家饭店的大堂，听到旁边大厅里传来掌声。通往大厅的门半掩着，我向里望了望。讲台后面，约珥·雅布罗内正在演讲。他身穿一件驼呢西服，白衬衫，丝质圆帽，气色看起来相当好，脸色红润年轻。他装了一套假牙，还留起了白色山羊胡。那天我正巧不忙，便找了把空椅子坐下。

雅布罗内讲的不是现代希伯来语，而是古老的神圣语言，阿什肯纳兹的发音方式。他做手势时，我注意到了他那雪白的衬衫袖口上光闪闪的链扣。他用念诵《塔木德》的声调说："既然'无限存在'充斥寰宇，如《光辉之书》所说，'祂无处不在'，那么祂又是如何创造了宇宙？哈伊姆·维塔尔拉比给出了答案：'在创世之前，至高神的特性都是潜在的，还未真正存在。没有臣民，何来国王？无人受领慈悲，又何谈慈悲？'"

雅布罗内捋着胡子，瞟了一眼提纲，时而喝口茶。我注意到观众里有不少女性，有些还颇为年轻。几个学生在做笔记。真是奇怪——还有位修女。她肯定懂希伯来语。"犹太国度复活了约珥·雅布罗内。"我自言自语道。人们很少会随喜另一个人的好运，不过对我来说，雅布罗内的成功是"永恒犹太人"的象征。几十年来，他一直孤孤单单，默默无闻，现在似乎终于时来运转。我一直听完了讲座，后面是提问时间。不可思议，那个忧伤的人居然还有幽默感。我得知这场讲座是由一个委员会组织的，他们要出版雅布罗内的作品。委员会里有人认识我，问我是否愿意参加为雅布罗内举办的宴会。"你是素食主义者，"他补充道，"机会来了。宴会上只有蔬菜、水果、坚果。什么时候有过素食宴呀？百年一遇。"

讲座和宴会的间隙，约珥·雅布罗内去露台休息。那天很热，临近傍晚时分，却有微风从海上吹来。我走到他面前说："您不记得我了，但是我认识您。"

"我很清楚您是谁。您写的文章我都拜读过，"他说，"即便在这儿，我也是尽量不错过您的小说。"

"真的，听您这样说，我太荣幸了。"

"请坐。"他说，指了指一把椅子。

上帝呀，那个少言寡语的人变得健谈了。他问了我各种各样的问题，关于美国、东百老汇、意第绪语文学。一个女人来到我们身边，白发上缠着头巾，披着绸缎斗篷，穿着低跟男式鞋。她的头挺大，高颧骨，肤色像吉卜赛人，黑眼睛冒着怒火，下巴上隐隐可见胡须的痕迹。她用男人的粗嗓门，大声对我说："Adoni［先生］，我丈夫刚刚做完一场重要讲座，还要在宴会上发言，我想让他休息一会儿。请您不要打扰他。他不年轻了，不能太累。"

"哦，抱歉。"

雅布罗内皱了皱眉。"阿比盖尔，这位先生是意第绪语作家，我的朋友。"

"就算他是意第绪语作家，你的朋友，你的嗓子也太累了。你要是与他争论起来，一会儿嗓子就哑了。"

"阿比盖尔，我们没有争论。"

"Adoni，请听我说。他不知道怎样照顾自己。"

"好的，我们一会儿再谈，"我说，"您有一位关心您的妻子。"

"他们都这样说。"

我参加了宴会——吃了坚果、杏仁、牛油果、奶酪、香蕉。雅布罗内又做了一个演讲，这次是关于喀巴拉著作《哈西德论著》的作者。他的妻子在台上坐在他旁边。一听到他的嗓子有些沙哑，就递给他一杯白色液体——某种酸奶。雅布罗内的博学在演讲中表现得淋漓尽致。演讲结束后，主席宣布希伯来大学的一位助理教授正在写一本雅布罗内的传记，出版经费正在筹集中。作者被请上台，一位圆脸年轻人，目光炯炯，戴着最小号的圆帽，完美融进了他那抹了油的头发里。致结束辞时，雅布罗内对他的老朋友、他的学生，以及所有到场嘉宾表示感谢，向他的妻子阿比盖尔致谢，声称没有她的帮助，他不可能整理好文稿。他提到了她的第一任丈夫，称他为天才、圣人、智慧之柱。雅布罗内夫人从大手提袋里掏出一块红色手绢，那手提袋更像是旅行包，而非女士坤包，手绢则是老派拉比用的那种。她用手绢使劲擤了擤鼻涕，那声响在整个大厅回荡。"愿他在上帝宝座前为我们求得慈悲！"她大声喊道。

宴会结束后，我走到雅布罗内面前说："以前看到您独坐在自助餐厅，好几次我都想问您为什么不去以色列。是什么让您等了这么久？"

他迟疑片刻，闭上眼睛，似乎这个问题需要思考一下。最后他耸了耸肩说："人不是靠理性活着。"

又过了几年。有一次，报社的排字工人弄丢了我的一页文稿，刚刚写就的一篇文章，第二天就要见报——周六——没有时间再寄一份了。我只得打车亲自把稿子送到排字间。我把丢的那一页交给工头，然后下楼去编辑部看望编辑和我的几个老同事。冬日昼短，回到街上，我再次感受到了久违的安息日来临时的繁忙。虽然这一带的居民主体已不再是犹太人，还是有几座会堂、叶希瓦、哈西德学经堂拒绝搬走。偶尔还可以看到女人在窗边点亮了安息日蜡烛。男人戴着宽檐的天鹅绒帽或毡帽前去祈祷，旁边跟着留着长长鬓发的男孩儿。我又忆起了父亲的话："至高神永远有祂的法定十人。"我想起了安息日的晚祷词："让我们赞美"，"来吧，我的新郎"，"王之圣殿"。

不用着急了，我决定先去自助餐厅喝杯咖啡，再坐地铁回家。推开旋转门的一瞬间，我感觉什么都没变，似乎还能听到刚来美国时的那些声音——从旧世界来的知识分子们挤在餐厅里，发表对复国主义、犹太社会主义、美国的生活与文化的看法。然而面孔都是陌生的，我听到的是西班牙语。墙重新粉刷过，果园街上的推车和小贩已经无影无踪。突然，我看到餐厅中间的一张桌旁坐着约珥·雅布罗内，我简直无法相信自己的眼睛。他的胡子没了，穿着破旧的西服和没有系扣的衬衫。他瘦了，皱纹多了，不修边幅，嘴又瘪了，空空的，鼓眼睛盯着对面空荡荡的墙壁。我看错了？不，就是约珥·雅布罗内，没错。他的表情是绝望的，身陷困境，无处可逃。

我手里端着咖啡，定在了那里。我是否该过去跟他打招呼，是否该去问问能不能坐在他的桌边？

有人碰了我一下，半杯咖啡洒出来，勺子叮的一声掉在地上。雅布罗内转过头来，刹那间我们对视了一下。我冲他点点头，他没有回应，脸转了过去。是的，他认出了我，但他不想交谈。我甚至依稀觉得他摇了摇头。我在靠墙的一张桌子旁坐下，喝着剩下的咖啡，斜眼观察着他。他为什么离开了以色列？他是怀念这里的什么吗？他是在逃避谁吗？我很想走过去问问他，但我知道他什么都不会告诉我。

我认为，是某种比人类和人类的算计更强大的力量，将他赶出了天堂，赶回了地狱。他连周五的晚祷仪式都不去参加了。他不仅对人有敌意，对安息日本身也有敌意。喝完咖啡，我离开了。

几周后，我在讣告中读到约珥·雅布罗内去世了，葬在布鲁克林。那天晚上，直到三点我都没有睡着，一直在想他。他为什么回来？难道年轻时的罪孽还没有赎够？他回到东百老汇这件事，能否在喀巴拉中找到解释？是不是什么"神圣火花"从"流溢世界"散落，被邪恶力量俘获？这火花只能在这家自助餐厅找到，然后被送回神圣本源？我又有了另一个想法——也许他是想和那位与他交换眼镜的教师离近些？我想起了他对我说的最后那句话："人不是靠理性活着。"

韩颖 译

克洛普施托克的引言[1]

　　那些走桃花运的人必定是要吹嘘的。在华沙的文学圈，迈克斯·伯斯基以情场高手著称。他的追捧者们声称，若不是他在女人身上花了太多时间，或许能成为第二个肖洛姆－阿莱赫姆或者意第绪语界的莫泊桑。我们是朋友，虽然他比我大二十岁。我读过他的作品，听过他所有的故事。那个夏夜，我们坐在小花园咖啡馆里，喝着咖啡，吃着蓝莓曲奇。夕阳已沉，铁皮屋顶的上方，挂着苍白的九月之月。落日余晖打在玻璃门上，返照进咖啡馆里。天气和暖，空气中混杂着普拉加森林的味道，还有刚出炉的巴布卡蛋糕，以及粪肥的味道，那是农民从马厩里收集来，准备撒到田间去的。迈克斯·伯斯基一支接一支地抽着烟，烟灰缸里堆满了烟灰和烟蒂。虽然他已经四十多岁了——有些人说他快五十了——看起来却还年轻。他有着青年人的身材，一头闪亮的黑发，古铜面色，丰满的嘴唇，深邃的目光似能催眠。嘴边的两道纹路，使他看上去有种听天由命的感觉。他的对头们说他傍富婆。还有人说有个女人曾经为他自杀。我们的女服务生总是盯着他看，中年女人了，腰身仍不减青春之色。她偶尔对我一笑，羞赧的样子，似在说情不自禁。她的鼻子短小，脸颊瘦削，下巴尖尖的。我注意到她的左手少了中指。

　　迈克斯·伯斯基突然问我："那个比你大十二岁的女人后来怎样了，你还见她吗？"

　　我刚要回答，他摇了摇头说："上了岁数的女人自有她的魅力，年轻姑娘是给不了的。我就有这么一个女人，可不是比我大十二岁，而是三十岁。

１．由作者和多罗西娅·斯特劳斯斯翻译。——原注

当时我大概二十七，她怎么也有五十多了。她是个老姑娘，教德语文学，还会希伯来语。那些年，富有的华沙犹太人都希望他们的女儿懂歌德、席勒、莱辛，不懂就叫没文化，会点希伯来语也不错。特蕾莎·斯坦就以教这些课程为生。你可能没听说过她，但在我们那个时候，她在华沙可是相当有名。这是一个对诗歌严肃认真的女人，也证明她不太聪明。她显然不是什么美女。去一趟诺夫利普基街，她住的小公寓，那体验可是不一般。周遭贫困潦倒，她却把她的房间变成了老姑娘的圣殿。一半的收入她都用来买书了，大多是那种金字凸印、天鹅绒装帧的书籍。她也买画。我认识她时，她还是个冰清玉洁的处女。我在写一篇短篇小说，要用到克洛普施托克的《弥赛亚》中的一句引言。于是我给她打电话，她让我当晚去找她。我到那儿时，她已经找到了那句引言，还有其他许多相关资料。我给她带来了我的第一本书，刚刚出版的。她的意第绪语非常好。她很崇拜佩雷兹。还有谁她不崇拜呀？她说'才子'时那严肃的样子，就像是虔诚的犹太人提到上帝。她身材矮小，圆乎乎的，棕色的眼睛流露出善意和天真。像她那样的女人已经绝迹了。我当时年轻，又喜欢做玩世不恭状，立马使出浑身解数要震她一震。我把所有诗人都叫作笨蛋，还跟她说我同时有四个女人。她眼含泪水，对我言道：'你这么年轻，这么有才华，却这么不幸福。你还不知道真正的爱情是什么，所以才折磨你那不朽的灵魂。真爱会来到你身边，你将找到宝藏，天国之门会为你开启。'为了安慰我那迷失的灵魂，她拿出茶和刚刚烤好的果酱面包招待我，还有一杯樱桃白兰地。没等多久我就开始吻她——几乎是习惯性的。我永远也忘不了第一次吻她时，她的表情。她的眼睛燃起奇异的光芒，紧紧抓住我的两个手腕说：'不要！我对待这样的事，是很认真的！'她在发抖，结结巴巴想引用一句歌德。她的身体变得异常地热。我几乎是强奸了她，虽然并不是真的强奸。我在她家过的夜。如果有人能把那晚她说的话记录成书，一定是部天才之作。她立刻就爱上了我——直到她生命的最后一分钟。现在的我虽然远远称不上圣人，但那些年，我可是一丁点良心都没有的。在我看来，这件事不过是个笑话。

"她开始每天给我打电话——一天三次——我可没时间理她，编了无数谎言。不过，我还是会时不时地去找她——大多是在雨夜，没事儿干的时候。每次我去她那里，她都当作一次真正的节日。只要有可能，她会准备盛大的晚宴，为我买花，穿上漂亮的长袍或日式晨衣。她送给我许多礼物。她想让我和她一起读德语名著，我却把那些书撕成碎片，大言不惭地把我的种种罪恶说给她听，还给她讲我年轻时逛的那些妓院。有些女人可以一遍又一遍地被惊到，在她面前我有的是料可爆。就因为她言语温柔，用词典雅，引经据典，我就偏要像个街头混混儿似的，说什么都直来直去。她曾经说：'上帝会原谅你的。既然祂把才华赐予你，你定是祂所钟爱的。'想要毁掉她真的是不可能。可以说在某种意义上，她自始自终都是处女。她的纯洁无法玷污，她的仁爱难以戕杀。她为所有人辩护，包括那个臭名昭著的反犹主义者普利希克维奇。她说：'那可怜人是被骗了。有些灵魂不断沉入黑暗，是因为他们从来就没有机会看到神圣之光。'我当时没有意识到和我睡觉的是位圣人，简直就是那位与她同名的圣女特蕾莎。

"她是那么纯洁，我强迫她做的那些事令她心碎。我有一大捆她的来信，浸渍着泪水——真的泪水，不是假的。有一天人们不会再相信这样的女人曾经存在过。渐渐地，一年年过去了，她变老了，头发白了，面容却仍旧年轻，双眸依然幻想着浪漫。我能给她的时间越来越少。那些富裕的华沙犹太人逐渐失去了对德国文化的兴趣，特蕾莎挣到的钱越来越少了。但我不能彻底断绝我们的关系。我总觉得一旦我走了霉运，众叛亲离，我还可以依靠特蕾莎，她会扮演我的母亲、我的妻子、我的保护人的角色。她已培养出这些角色所需的宽容。在她面前，我可以为所欲为，无须辩解。我这种状态，是要常常撒谎的，但对特蕾莎，我可以实话实说，不论有多残酷。她总是给我相同的回答：'你这个可怜的孩子！你这个伟大的艺术家！'

"岁月慢悠悠地做着该做的事。特蕾莎的腰弯了，皱纹满面。她得了关节炎，不得不拄拐。我不忍离开她，离开她就意味着杀死她，我为我的怜悯心而惭愧，如果还可以称之为怜悯的话。她拼尽最后的力气缠着我。夜里上了床，她就焕发了青春。她在黑暗中所说的话有时真令我惊讶，比如，如有可能她死后会回来找我之类。我不想吊你的胃口，又让你失望，所以先告诉你，她并没有遵守诺言。不过我的故事才刚刚开始。"

迈克斯·伯斯基冲女服务生招了招手，她立刻过来，好像等他的召唤已经等得不耐烦了。他亲昵地对她说："帕娜·海伦娜，我有点饿了。"

"太棒了，今天我们有你喜欢的——番茄汤。"

"你要什么？"他问我。

"也来番茄汤吧。"

"帕娜·海伦娜，两份番茄汤。"他冲她挤了下眼，我明白他和她有着他与特蕾莎·斯坦同样的暧昧关系。迈克斯·伯斯基有着他自己的博爱——不是给钱，而是给爱。

喝完汤，迈克斯·伯斯基点了一支烟问我："我说到哪儿了？是的，她老了，只能搬出自己的公寓，与他人合住。真是悲哀，可我帮不了她。你知道的，我从来就是一文不名。我甚至不能帮她打包、搬家，因为特蕾莎·斯坦在华沙有着完美无缺的好名声，一点闲言碎语足以让她失去最后那点课程。说实话，特蕾莎所做的事，还真没人相信她做得出来。年纪越大，她越是自责，却又想得到她该得的，虽然觉得羞耻。只要她有自己的公寓，偷情就不是件难事。我经常天一黑就来找她，总是带着本书，假装是她的学生。如果邻居看到了我，他们肯定不会怀疑我是特蕾莎的情人。她与别人合住后，我就不能去找她了。这本该成为我们关系的结束，但是对特蕾莎这样的女人，结束与开始同样难。她不断地给我打电话，寄来一封封的长信。我们开始在咖啡馆见面，去远处，外邦人居住的街上。每次我见她，她都给我带礼物——书、领带，甚至手绢和袜子。

那时候，我正在和一位叫尼娜的女子风流，她是比亚瓦的拉比的侄女。记得我跟你提起过这位尼娜。她从拉比法庭逃跑了，想在华沙成为一名画家。她总是威胁她叔叔，就是那位拉比，说如果不给她资助，她就皈依基督教。她是个半疯。我俩之间的爱情，通俗小说会称之为狂风暴雨一般。她总是妒火中烧，经常怀疑那些最无辜的女人。每隔几周，她就企图自杀一次。我从未打过女人，直到遇到她，只有拳头才能制止尼娜的歇斯底里，她自己也承认。一旦她开始发疯，扯头发，又哭又笑又跳楼，只有扇她几个耳光才行，没别的法子。就像是有魔法似的，可灵了。挨几个耳光后，通常她就开始吻我。遇到她之前，我还是知道怎样摆平女人的，但尼娜的嫉妒实在令我烦恼。她要是抓住我和别的女人在一起，就会抓着那女人的头发撕扯，像个泼妇。她把我的姑娘们都赶走了。摆脱尼娜是不可能的。她随身带着毒药。我绝望极了，都开始写剧本了——就是后来在中央剧院给毁了的那部。

　　"一天晚上，冬天，尼娜必须去比亚瓦见她叔叔。每次她出门，都是最后一分钟才通知我，以免我安排别的约会。这个疯子是很狡猾的。那天晚上，她告诉我她要出门后，我就开始给我所有的受害者打电话。但有时候就那么巧，他们要么忙，要么生病，那晚就是这样。那时候流感大爆发。几周、几个月前，我就答应过特蕾莎和她见面，我想这个时机正好。我给她打电话，约她去一家外邦人的餐厅吃晚饭，然后去我家。虽然我们已经交往多年，每次她都像个受惊的黄花闺女。她必须想好一个借口，跟房东说为什么不回家睡觉。电话里，她紧张得结结巴巴，一个劲儿地叹气，我都后悔约了她。她的食量从来不大，那晚几乎是一口没吃。一个皱巴巴的老女人坐在我对面。服务生以为她是我母亲，问我："您母亲怎么不吃东西？"我感觉真是糟透了。晚饭后她想回家。不过我知道如果我同意，她就会难过、失望。我也看到了她的包里装着一件睡衣。简单说吧，我说服她去了我家。年轻姑娘忸怩作态，已是烦人，一个老女人还像处女似的一惊一乍，不仅可笑，而且可悲。我们爬了三层楼，她中间歇了好几次。她给我带来了一件礼物，一套羊毛内衣。我泡上茶，递给她一杯白兰地，想让她兴奋起来，但是她不喝。几番犹豫，几番道歉，引用完浮士德，又引用海涅《诗歌集》，然后她跟我上了床。我本以为我对她一点欲望都不会有了，可性爱总是莫名其妙。过了一会儿，我俩都睡了。我暗下决心，那晚就是我们这段悲惨情缘的结局。连她也暗示，我们不能再这么胡闹下去。

　　"我累了，睡得很沉。醒来时我有种奇怪的感觉。起初我想不起来我是和谁在床上。有那么一瞬间，我以为是尼娜。我伸手摸了摸她，立刻明白了是怎么回事：特蕾莎死了。到现在我也不知道她是不是病了，曾想叫醒我，还是睡着睡着就死了。我经历过不少悲剧，但那天晚上的事真的是恐怖。我的第一个反应是叫救护车，但那样全华沙就会立刻知道特蕾莎·斯坦死在了迈克斯·伯斯基的床上。就算是有人抓到教皇在克罗什玛纳街的阁楼里偷东西，都不会有这件事这么轰动。男人最怕的就是嘲笑。半个华沙的人都会诅咒我，另一半则会笑话我。我点上灯，看着她的脸，恐惧令我即刻石化。她看上去不是六十，而是九十岁了。我想跑到天边去，这样就没人知道我的遭遇。但我所有的钱都花在那顿晚饭和马车上了。我意识到她的死是由于跟我回家，又爬了那么多台阶。我实际上是犯了谋杀罪，而我那样做却是出于怜悯。

"我打开了所有的灯，用毯子盖住尸体，然后琢磨用什么办法结束我这愚蠢的一生。死在她身边会给人一种双双自杀的印象。身后的说短道长也会让人羞惭。比死亡更强大的是名誉，而不是爱。我看了看表，三点十分。我呆呆地站着，不知所措，诅咒着我出生的那一天。正在这时，门铃响了。我敢肯定是警察。他们完全可以控告我谋杀。我没应声，门铃变得急促而响亮。下一步一定就是破门而入。我没问是谁就打开了门。是尼娜。

"她误了火车。尼娜很擅长误火车、误剧院、误约会。她说那天晚上没别的火车了，她就回家了。半夜时分，她突然特别想和我在一起。也许她是想抓住我和别的女人在一起，把她的眼睛挖出来。真奇怪，看到尼娜我高兴极了。那种境遇下，和尸体在一起着实痛苦，与之相比，其他苦痛与羞愧都变得苍白了。尼娜问：'为什么灯都亮着？'她看了看床，嚷道：'把她藏起来是没用的！'她跑到床边想把毯子掀开，我抓住了她的手说：'尼娜，那儿躺着一具尸体。'她从我的脸上看出来我没有撒谎。我以为她会大吵大闹，把邻居吵醒。尼娜是那种看到一只小老鼠或甲壳虫都会惊慌失措的人。但在那一刻，她很平静，似乎所有的疯狂都被治好了。她说：'尸体？是谁？'我告诉她是特蕾莎·斯坦，她大笑起来。不是那种歇斯底里的笑，而是像一个健康人听到了一个很好的笑话。我说：'尼娜，我没开玩笑。特蕾莎·斯坦死在了我的床上。'

"尼娜知道特蕾莎·斯坦，华沙的整个知识分子圈都知道她。她还是不肯相信，我打开特蕾莎·斯坦的手袋，把她的护照拿给尼娜看。俄国人要求所有人都随身携带护照，包括女人。"

"你怎么从未写过这个故事？"我问迈克斯·伯斯基。

"我这是头一次把真相讲给别人听。许多认识特蕾莎·斯坦的人还健在。"他又点了一支烟。入夜了。月如黄铜。

"这故事要是写下来！"我说。

"也许有一天我会写下来，但只能等我老了，等华沙没有人还记得特蕾莎·斯坦的时候。现在还太早。我还是给你把故事讲完吧。尼娜愿意帮我，还想出了个计划。我们真有可能在西伯利亚了结余生，或是被推上绞刑架，不过在那种时刻，人会变得异常勇敢。我们给尸体穿上她的衣服，决定跟看门人说这女人得了胆结石，要去医院。看门人是个老醉鬼，开门时从不开灯。脱下特蕾莎·斯坦的睡衣，给她穿上内衣、内裤、外衣等等，几乎要了我们的命。她的身体真是惨不忍睹。给她穿好衣服，我抱起她，下了三层黑乎乎的台阶。她并不重，但抱她下楼差点扭了我的腰。尼娜抬着她的脚，帮我减轻些分量。到现在我也不明白，尼娜这个歇斯底里的女人怎么会做这些事。她以前没有，以后也没有这么正常过——或许我该说超常。在通往大门的黑暗过道里，我把特蕾莎竖起来，靠墙站着，她的头耷拉在我的肩膀上，有那么一瞬间我以为她又活了！尼娜敲了敲看门人的窗户，我们听到门吱扭一响，还有半夜被叫醒的人常常发出的抱怨咕哝。他打开门，又是叹气，又是咒骂。我和尼娜则拖着竖直的尸体，架着她的胳膊往前走。我居然还给了看门人小费。他什么都没问，我们什么都没说。如果碰巧有警察路过，我现在也不会和你坐在这里了。街上空无一人。我们把尸体拖到最近的墙角，小心地把她放在人行道上。我把她的手袋放在她身边。整个过程不过几分钟。我吓蒙了，不知道后面该怎么办。尼娜带我去了她家。

"有句老话叫没有完美的谋杀，而我们那晚所做的具备完美犯罪的所有要素。我们就是真的勒死了特蕾莎，也不会进展得比这更顺利。的确，我们或许留下了指纹，但那时候的华沙还没有发现指纹的技术。俄国警察也不在乎一个老女人死在了街头。她被送去了停尸房。犹太人得知特蕾莎·斯坦去世后，在社区领袖们的安排下，将她的尸体送到了位于格西亚街的墓园洗尸房，没有做尸检。当然，这些都是我事后听说的。你不会相信，那天晚上——或者说那晚剩下的时间——我与尼娜同床共枕，一切照旧。那时候，我的神经还很强悍。我还喝了半瓶伏特加。神经会如何反应，真是没有定律呀。

"我不说你也知道，特蕾莎如何死于街头，震动了整个华沙。我们的意第绪语报纸用了一整版报道此事。特蕾莎跟女房东说她要在一个生病的亲戚家过夜。但那个亲戚是谁？没人知道。我的看门人有可能告诉警察，我们在半夜时分抬出去了一个女人，但他是个半瞎，而且从来不读报纸。她的手袋就在旁边，所以人们认为她是自然死亡。我记得《今天》的副刊推出一种解释，说特蕾莎·斯坦是出门帮助穷病之人。作者将她比作佩雷兹小说中的圣人，不去做晚祷，而是为生病的寡妇生炉子。

"我们这些华沙犹太人就是喜欢葬礼，不过特蕾莎·斯坦的葬礼堪称盛况空前。几百辆马车跟随着灵车。妇女们姑娘们悲哭号啕如在赎罪日。数不清的悼词。德国会堂的拉比在布道时说歌德、席勒、莱辛的精神在特蕾莎的坟墓上方徘徊，还有犹大·哈列维和所罗门·伊本·盖比鲁勒的灵魂。我不太相信尼娜能够保守秘密。歇斯底里和告发总是紧密相连。我担心一吵架，她就会去找警察。可她彻底变了，不再吃醋招我心烦。我们后来还真就没再提起过那个晚上。那成了我们最大的秘密。

"没过多久，战争开始了。尼娜得了肺结核，其实她多年前就有肺结核。她的家人安排她去了奥特沃克的疗养院。我经常去看她。她的性格变了。再也不需要我扇她耳光，治她的歇斯底里。她是一九一八年去世的。"

"她死后没来找你？"我问。

"你是说尼娜还是特蕾莎？她俩都说过要来找我，都没有履行承诺。即便灵魂真有实体存在，我也不相信它会不辞辛劳地下来，带来彼岸世界的讯息。我真的希望死亡能够了断我们这荒唐的一生。

"有一件事我忘了说。和我的故事没有太多联系，但很有趣。这么多年，尼娜总是威胁她叔叔，比亚瓦的拉比，说她要改宗。拉比很害怕在他的家族中出现一位改宗者，因此总是给她钱。她去世后，家人要安葬她，需要一些文件，他们这才知道她早就是天主教徒了。这在哈西德派中引起了不小的震动。当时华沙已被德国占领。她的家人贿赂了官员，将她埋在了犹太墓地。她的安眠之所与特蕾莎·斯坦的坟墓离得还真不远，都在第一排。我永远也不会知道她为什么改宗。她经常提起犹太人的上帝，还有她那些神圣的先祖们。"

迈克斯·伯斯基沉默了。夜凉了。苍蝇、蛾子、蝴蝶，各种蠓蚋围着门上方的灯进行着夏夜狂欢。迈克斯·伯斯基边点头，边说出一条真理。"爱情不可施恩惠，"他说，"必须以自我为中心，否则害人害己。"

他犹豫片刻，看了看女服务生。她马上就来到桌边。"添咖啡吗？"

"是的，海伦娜。告诉我，你今晚什么时候下班？"

"和平常一样，我们十二点关门。"

"我在外面等你。"

韩颖 译

舞一回乐一回[1]

　　很奇怪，有时房子与住在房里的人颇有些相似。莱泽曾经是我舅舅杰基尔的小舅子，他就有这么一栋房子。莱泽的姐姐贝拉是杰基尔舅舅的第二任妻子，已经去世了。我随父母搬到谢布林时，舅舅已经有了第三任妻子。

　　莱泽有六十多岁，高大魁梧。年轻时，他可是个巨人，到老年，生活的重负压弯了他的腰，也压垮了他的人。他的妻子去世了，他有疝气，一条腿不太灵便，走路有些瘸。他的谷仓失了火，粮食生意也没了。长女和次女烤面包和薄饼挣钱，靠着那点微薄的收入，他还能勉强度日。他的不幸其实主要是因为三个女儿——拉结、利亚和费格尔。她们都没有结婚。犹太村庄的三位姑娘怎么可能嫁不出去？谢布林的人都在问这个问题，我觉得莱泽和他的三个女儿也一样迷惑不解，也许更搞不明白。

　　我们还是说说房子吧。房子的砖墙非常厚，屋顶长了一层绿苔，烟囱不论如何打扫，总是冒出黑烟和火焰。扫烟囱的格兹梅克发誓说，他看到烟囱里有妖精：一个黑得像煤灰的家伙，前胸后背都凸出一块，脑袋中间长着一撮卷发，鼻子耷拉到肚子。那妖精好像住在那儿。邻居家的女儿也见过那怪物。她夜里出去倒脏水，听到他咯咯笑。她朝莱泽的房顶看了看，那家伙蹲在烟囱顶，招手让她过去，还吐舌头，舌头有铁锹那么长。

　　盖房子的人为什么要砌一码厚的墙？正面也不开个窗，入口通道那么长，大白天都黑乎乎的。为什么天花板那么低，还用那么多、那么沉的房梁？阁楼又建那么高，不成比例。没人知道答案。这房子都有两百年了。歪歪

斜斜的小窗子外面是一片沼泽，连着河流。昏暗的夏夜，沼泽上方闪着诡异的亮光，据说朝亮光走去的人没有回得来的。

莱泽的疝气引起了肠下垂，谢布林有个女人可以将肠子复位。人们说，若没有她，莱泽早就死了。对莱泽来说，让一个陌生女人摸他的私处是挺丢脸的，但性命攸关，管不了那么多了。这女人不要报酬，只为做善事。她还擅长挡住邪恶之眼，去除鸡舌尖上的病变，好让它们继续进食。

我和父母到谢布林时，利亚已经四十多岁了。像她父亲一样，她长得高大健硕，手也像男人的手，脸庞宽大，面色发棕，如她烤的裸麦粗面包。她极少开口讲话。她也像男人一样孔武有力，砍木头，去井边打水，从磨坊扛回几袋子的面粉。尽管如此，她还是挺好看的，五官标致，黑眼睛如火似焰。

我听说有一天她拿着一袋粮食去磨坊，路上被两个匪徒袭击。其中一个用来复枪顶着她。利亚夺过枪，撅成两截，用枪托猛击匪徒，直到把俩人砸晕。匪徒被擒，送进了医院，后来进了监牢。

拉结比利亚年轻，外表虽然相似，但利亚的强壮、决断，到了妹妹这里则变成了柔弱、犹疑。没有人敢问利亚她为什么一直不结婚，但所有人都会问拉结这个问题。她的回答总是一样的："开饭时，要先上汤，后上肉。"

我记得我母亲曾经对她说："先上肉，就那么可怕么？律法又没有不许。"

拉结听完，答道："规矩如此。要先上汤，后上肉。"

利亚负责揉面、塑型、放进烤箱，最后把烤好的面包、薄饼等取出来。售卖则是拉结的活儿。周四，她站在市场上，提着一篮子的面包、薄饼、百吉饼和圆面包，周五则卖安息日面包和曲奇。

那时，小妹费格尔只有二十九岁，媒人们还没有放弃她。她母亲是在生她时去世的。与两位姐姐不同，她长得娇小玲珑，和家里人都不像。据说，她是随了雅诺夫的一位姨姥姥。她一共订过三次婚。第一个未婚夫死了，她把婚书退给了第二个未婚夫，第三个去了战场，从此音信杳无。

利亚和费格尔有十多年不说话了，能不看对方就不看对方。费格尔喜欢唱歌，还养猫。她父亲给她买了一架缝纫机，她就成了裁缝，做衬衫、男士内衣，还有胸罩。她跟媒人们能聊很久。时不时就有人给她牵线，与可能的追求者见面，但总是没有结果。费格尔经常来找我母亲，讲一九一五年霍乱流行时的可怕故事，对谢布林的姑娘少妇说三道四，说她们在战争期间如何走私。奥地利宪兵来搜查时，总是让她们脱光衣服，摸她们的私处，正经女人是不会允许陌生男子摸那些地方的。戴着假发的母亲点点头说："流散时间太长，就是这个结果。"

费格尔指责利亚行巫术，说利亚自己不想结婚，还阻止拉结结婚。每次费格尔订婚，利亚都会施巫术诅咒她。费格尔对我母亲说："亲爱的姑妈，利亚是男人，不是女人。"

"你说些什么呀？"母亲向后一缩，"她有乳房的。"

"她的脚长得像哥萨克人的脚似的。上帝犯了个错误。"

"你怎么能这么说呢？上帝是不会犯错的。"

"那她就是个怪物。"

这家人没有我家条件好。我舅舅杰基尔爱上了他的第二任妻子，但她的门第远在他之下。每当费格尔称我母亲为"姑妈"，就像是在打他的脸。但我母亲同情莱泽的女儿们，因为她们没了妈妈。她打发我去姐俩那儿买颗粒烤面饼，又让费格尔给我做衬衣。她给我量体时，手指蹭得我痒痒的，我忍不住大笑。母亲说利亚有乳房，这句话我怎么也忘不了。以前我以为只有喂奶的女人才有乳房。没错，利亚的胸很大，但她的嗓音的确粗粗的，像男人。她会不会就是《塔木德》上说的双性人？我怕她，就像害怕坑坑洼洼、沟渠密布的通道。我读过故事书，知道有些邪恶的女人与魔鬼交媾，生下来妖怪和淫魔。也许利亚与住在她家烟囱里的魔鬼有什么勾当。我已经快成年了，总是想着《革马拉》里所说的男女之事。我对小说也有了兴趣。就在这个当口，母亲让费格尔给我做几条内裤和衬衣。

我带着亚麻布去找费格尔，快到她家时，就看到一股浓浓的黑烟从她家烟囱里冒出来。我想起了那个躲在煤灰巢穴里的魔鬼。路过面包房时，我看到利亚站在那里，穿着破旧的裙子和大靴子，把水洒在刚刚烤好的面包上，蒸汽腾起一片。

大门的门槛很高，绊了我一下。那天，天气炎热，莱泽的房间半掩着门。因为常常闻烟丝，他的白胡子染上了星星点点的棕色。想想有女人摆弄他的生殖器，让我既好奇，又恶心。他有自己的工作间，里面有锤子、锯子、钳子、改锥、刀具。角落里堆放着木板和金属棍。记得母亲说过，他年轻时曾想发明一种自动摇篮，靠重力和弹簧，就是这事毁了他的生意。

接着我来到费格尔的房间。这是整栋房子里最明亮的一间。父女们不是像一家人那样住在一起，倒像是邻居。有些房间已经毁弃了，上着锁。费格尔的房间里有个人体模特——女性，没有头，有臀部和胸部。费格尔的头发里夹杂了几根线，在我眼里，别有一番魅力。很难相信她快三十岁了，她看起来就像个年轻姑娘。一双小脚轻盈地踩在缝纫机踏板上，食指灵巧地躲着针尖。

"你来了，嗯？"她淡淡一笑，笑靥撩人。

"来了，我母亲让我来的。"

"你爱你母亲吗？"

我站在那儿，有些窘迫。"爱，为什么不呢？"

"哈西德可以爱女人吗？"她问。

"母亲不是女人。"

"那又是什么？"

费格尔起身给我量体，非常仔细，母亲跟她说过要特别注意我的脖子长粗了。她的指节碰到了我的下巴，我感觉到她的手指温暖而柔软。突然，她低下头，吻了我的嘴唇，长发掠过我的脸颊。我蒙住了，一句话都说不出来。"不要跟任何人说。"她警告我。

真是奇怪：我早就预感我要犯什么错误了。满脑子都是罪恶的念头。几天前的一个晚上，我梦到了我的表妹托比，她没穿衣服，困在一张网里。第二天，我斋戒到了中午。

费格尔又要订婚的消息传遍了谢布林。这位新的求婚者是华沙的四轮马车夫，他在谢布林有位亲戚叫哈伊姆·卡尔，就是他撮合了这一对。事情进展得很快。今天我们才听说，没两天就被请去参加订婚仪式了。仪式比较简单，客人也不多。准新郎莱布什看着有小四十了，也许四十多了，身材高大，肤色红中透蓝，大鼻子，厚嘴唇，脖子上有着深深的裂口，还有脓包。我觉得他有股马粪和轴油混合的味道。亚麻色的眉毛下面，一双常流泪的蓝眼睛有种愤怒和嘲讽的神情，似乎整件事就是场戏。拉结端上来碎鲱鱼、刚出炉的凯撒面包，还有伏特加。利亚来了一分钟，衣服都懒得换。看来莱布什常常大喊大叫，他哑着嗓子嚷嚷说："我厌倦了华沙的鹅卵石。"他喝了四分之三瓶伏特加，几乎吃光了所有凯撒面包，一边还聊着生意。他厌倦了华沙的喧嚣与臭气，想在谢布林买匹马和车子，做往返卢布林的生意。华沙人不会过马路，一旦出了事，就要车夫担责。听这话音儿，我估计他是撞了什么人，吃了官司，也许还蹲了监狱。费格尔也帮着招待宾客。订婚文书由我父亲起草。他问莱布什："你的全名是什么？"

"莱布什·莫特尔。"

"阿尔耶·末底改。"父亲把他的名字译成希伯来语。

"哪个支派的？"我父亲问，"柯恩、利未，还是以色列？"

"谁知道。"

"你不去会堂吗？他们不叫你上台读《托拉》吗？"

"偶尔吧。"

"在这儿，你必须去会堂。在小镇，就得照规矩来。"费格尔插话道。

"嗯……"

费格尔的父亲莱泽似乎不太高兴，很不耐烦的样子，巴不得早些回去摆弄他的锤子、锯子、锉刀和螺丝钉。不论说什么，他都点头不说话。费格尔微笑着，讲着笑话，还对我挤了挤眼。她耸耸肩说："婚姻与死亡躲不掉。"

"干吗这么说？"我母亲问，"你还年轻，能活到一百二十岁。"

"不年轻了。没人知道明天会发生什么。"

"跟我的想法一模一样，"莱布什说，"上周我和一个朋友一起喝啤酒，突然他头一歪，人就走了。"

"但愿这样的不幸不要发生。"

"人们恰巧就趴到了轮子下面。"

婚礼定在一个月后。莱泽和利亚希望办一场安静的婚礼，但费格尔要求请乐队和小丑。我听见她对我母亲说："一个姑娘从生活中还能得到什么？舞一回乐一回罢了。"

婚礼上，费格尔与姐姐拉结跳了支舞，又与另一个姑娘跳了一支。她穿着自己做的嫁衣，非常可爱。旋转时，裙摆张开如伞，我看到了她的蕾丝内裤。美德舞后，两个女人将费格尔领到幽暗的卧室。几分钟后，莱泽和另一个男人陪同莱布什来到了新娘身边。

利亚来参加婚礼了，穿着安息日礼服和高跟鞋。阳刚气十足的浓眉下，一双黑眼睛悲伤而怨愤。我母亲走到拉结身边，向她道贺。拉结说："谁听说过没上主菜就吃甜点的？"

"你和利亚有一天也会带给你们父亲快乐的。"

"也许吧。"

次日清晨，人们开始嚼舌头了。躲在洞房窗户根儿下的男孩儿说，费格尔和莱布什吵了半宿，谩骂，还动了拳头。为了能挨到窗户根儿，他可是爬过了沼泽地，还给人们看沾在裤子和靴子上的污泥与苔藓。费格尔很快就来找我母亲诉苦了。我很想听听费格尔的秘密，但她把我赶了出去。"帮帮忙，"她说，"出去吧。不是说给你听的。"

我在门外听到了低声的抱怨和哭泣。费格尔离开后，我看到母亲脸上有着一片一片的红斑。我问她这两口子怎么了，母亲说："愿上帝宽恕我们，到底有多少疯男人？"

"他们相处得不好？"

"她运气不好。"

学经堂的孩子们却清清楚楚地说："费格尔不让丈夫上她的床。"

莱布什来找我舅舅杰基尔评理，还锁上了书房的门。刚来的时候，莱布什骂华沙，赞美谢布林，现在他的立场变了。他站在市场不断地絮叨，周围是一群男孩子和男人，"这穷乡僻壤的，怎么能在这儿过活？整天看着这些泥，也要发疯的。华沙就是有诸多不是，至少那里有朝气。"

"在这儿只要有钱，也是什么都能买到的。"一位新婚的年轻人说。

"能买到什么？连喝杯好啤酒的地方都没有。"

人们试图劝费格尔和莱布什和好。卖马的说要便宜卖给莱布什一组马。商人们则答应雇他把货物运到卢布林和伦贝格。但莱布什摇了摇头。费格尔则躲着不见人。去她店里试衣服的一个姑娘吃了闭门羹。舅妈妍特尔来与我母亲商谈。她们嘀嘀咕咕，妍特尔的帽结直颤。"这对儿怕是生不出孩子了。"妍特尔说。

"疯子，傻瓜。"母亲也这样认为。

婚姻很快就结束了。人们不能在谢布林离婚，因为这儿的河有两个名字，无法确定在离婚文书中该用哪一个。夫妻俩要去卢布林离婚。我看到他俩一起坐上了马车。莱布什坐在车夫旁边，费格尔坐在后面的草捆上。她戴着一顶羽毛帽，婚礼后的第一个安息日，她就是戴着这顶帽子被领到了会堂妇女区。她看起来憔悴了许多，显老了。拉结出来，递给妹妹一包食物。姑娘们女人们都躲在窗帘后面偷看。

大家以为费格尔很快会回来，她却在卢布林待了好几周，回来时已是冬天。拉结来我家时说："第三道菜品永远不能先上。"

"别怨我说你，拉结，你这么说话实在荒唐。"

"男人们都是野兽。"拉结半是对我母亲说，半是自言自语。

"你怎么了？最伟大的圣人可都是男人呀。"

"也许在古代是这样。"

一天下午，费格尔来我家了。"都怪利亚，"她向我母亲吐露了秘密，"她给我们都施了魔法。听说我要结婚，她大为光火，还诅咒我。就是这么回事。"

"相信上帝，就不会害怕邪恶。"

"没用的。拉结中了她的法术，像个鹦鹉似的，只会重复利亚的话。利亚怎么说，她就怎么做，拿大顶都行。她与我为敌，就是因为我拒绝听她的指令。"

"上帝会给你送来好夫婿的。"

"不会了，姑妈。我的新郎就是死亡天使。"

费格尔说对了。那次聊天后不久，我们就听说她病得很厉害。虽然请了医生，也无济于事。女人们说她瘦得就像得了肺痨，病情日渐沉重。我去买颗粒面饼时，再也听不到费格尔的缝纫机吱呀唱歌了。有一次我看到费格尔的店门开着，就往里瞧了瞧。她正在缝衣服，看到我，虚弱地笑了笑说："瞧瞧他呀，长大了。"

"费格尔，祝你早日康复。"

"如果祝福是马匹，乞丐都能骑上马了。我没救了，但是你能来看我，真好。进来，坐下。"

我刚在小凳上坐下，她就开始忆旧。"昨天你还是个孩子呢，今天就长成了大人。我想让你记住一件事：永远不要折磨落到你手里的女人！"

"上帝不许。"

"我们都是上帝的孩子。"

"重要的是，你要保重身体。"

"不，亲爱的，我活不久了。"她的唇上现出一丝已看到结局的微笑。

几周后，费格尔死了。死前，她请我舅舅杰基尔过去听她忏悔，并将她的嫁妆分给贫穷的新娘。村里的女人说，她去世时仿佛圣人一般。我跟随着她的灵柩，参加了葬礼。莱泽诵念了《卡迪什》。父亲与女儿们坐在一起，守丧七天。

费格尔去世后，这个家很快就瓦解了。几个月后，莱泽得肺炎过世。有谣传说拉结疯了。她找给顾客的零钱比他们付的钱还要多。后来利亚都不敢再让她卖东西了，可她自己又不擅长。她没有耐心跟农民讨价还价。她只卖给那些到店里来的人——几个喜欢她的烘焙手艺的姑娘和女人。姐妹俩的收入不够花了。拉结负责日常开销，她再也不去买肉了。她变老了，来看我母亲时，说点什么事，都会把日期和事情搞错。平时，她每隔一天给我们送来面包和糕饼。某个安息日，门开了，拉结进来，穿着平常的衣服，提了一篮子面包。母亲掐了一下她的脸："拉结，你怎么了？今天是安息日！"

"安息日？我以为是周日呢。"

"可是所有的店都关门了呀。提东西是违背律法的。"

"那我把面包拿回去？"

"不，放下吧。你没有准备安息日炖菜吗？"

"也许准备了。我回家了。"

没过多久，拉结得了乳腺癌。她躺在床上，利亚照顾她。谢布林的医生卡茨说，如果拉结去华沙做手术，或许还有救。镇上的人要为拉结付盘缠，她拒绝了。她说："我在这儿生，也要在这儿死。"

疼得神志不清时，她就开始唱歌。她还记得新年和赎罪日的祷词片段。她显然有副好嗓子，以前没人听过她唱歌。她甚至即兴编了歌词和曲调，还为她父亲以及久已不在人世的母亲唱哀歌——是传唱了好几代的哀伤旋律。到了这个时候，她公开抱怨说，是利亚阻止了费格尔和她自己的婚姻。

拉结死后，利亚不再烘焙。她出租了两间屋子，勉强维持生计，彻底断绝了与他人的交往。她哪儿也不去，甚至新年时，也不去会堂妇女区听羊角号。烟囱不再冒黑烟、吐火星。谢布林的人都说那个小妖精现住在利亚的炉子后面，晚上就睡在她的床上。利亚已经六十多岁了，头发还是黑漆漆的。

我离开谢布林时，利亚还健在。听说就在纳粹入侵前，她去世了。我很久都没有想起姐妹三人，但就在昨天，我迷迷糊糊在书桌前睡了一分钟，梦到了费格尔。我看到她穿着新娘礼服、绸缎鞋子，长发垂到腰间，面色苍白，眼神中有种超凡的快乐光芒。她摇着棕榈枝和一只香橼，好像是住棚节。她对我母亲说："一个姑娘从生活中还能得到什么？舞一回乐一回罢了。"

韩颖 译

爷　孙[1]

　　贝叶尔·泰梅死后，莫德凯·梅尔先生便卖掉铺子，开始靠自己手头的那笔资金过日子了。有人拿铅笔在纸上给他算了笔账，如果他每星期花八个卢布，这笔钱够他维持七年——他还能活多长时间呢？他已经活到了父母死去的年龄。过了那个年龄，每分钟都是老天的赏赐。

　　他的独生女几年前得斑疹伤寒死了，几个孙子辈在斯罗尼姆的某个地方，不过，用不着继承他的财产，他们也能活得好好的。莫德凯·梅尔先生的女儿嫁给了一个立陶宛的犹太人，是个哈西德教派的反对者，是个开明的犹太人。父亲其实早已不认她这个孩子了。

　　莫德凯·梅尔先生个头矮小，留着灰黄的胡子，额头宽阔，眉毛蓬蓬勃勃，那双黄黄的小鸡般的眼睛在眉下出没不定。他的鼻尖上还长了几撮毛。几缕毛发从耳朵和鼻孔里翘出来。岁月渐逝，他的脊背开始佝偻，那样子总像在地板上搜寻什么东西。他没法正常走路，只能拖着脚挪动。一年四季他都身穿系着束带的长袖棉布长袍，脚踩平底鞋，头上两顶无边帽上再加顶丝绒高帽。他说话时句子支离破碎，只跟刚加入哈西德教派的人讲话。

　　即便在哈西德教派内部，莫德凯·梅尔先生也以不善实践闻名。虽然他在华沙生活多年，可是对华沙的大街却毫不熟悉。他唯一熟悉的路就是那条从家里到哈西德教徒祈祷堂往返的路。那年，他偶尔远行去拜访亚历山德罗的拉比，可是经常为找去火车站的电车犯难，对换车、买票也感到头疼。所有这一切，他都需要求助熟悉附近门路的年轻人。对这些外在事务，他

---

1. 由伊夫琳·托顿·贝克和露丝·沙克内·芬克尔翻译。——原注

既没时间也没耐心处理。

午夜，他就爬起来研读和祈祷。每天大清早，他都要诵读《革马拉》和《托塞夫塔》的注评，之后是赞美诗，接着再祈祷，钻研哈西德教派学者的著作，研讨哈西德教派的相关问题。冬天的日子很短。还来不及吃口饭，打个盹儿，就该回学经堂做晚祷了。就算夏天的日子长，时间也不够用。先是逾越节，接着是奥默节，还没转过身，又到五旬节了。之后是塔姆兹十七日、为耶路撒冷古殿被毁哀悼三星期、禁肉九日、阿布月初九、安慰安息日。接着便是以禄月，那时连水里的鱼都会颤抖。随后是犹太新年、忏悔十日、赎罪日、住棚节、欢庆律法节、创世安息日。

莫德凯·梅尔先生还是个孩子的时候就已经意识到，一个人如果想做个真正的犹太人，就没有时间做别的任何事了。赞美上帝，他的妻子贝叶尔·泰梅能够理解这点。她从不要求他在店里帮忙，不让他操心生意上的事，也无须担负起维持生计的重担。他很少随身带钱，除了贝叶尔每星期给他的几个盾，供他施舍，去净身浴池，买书籍、烟草、鼻烟。莫德凯先生·梅尔甚至都搞不清楚自家店铺的精确位置，不知道那里出售什么货物。店主得跟女顾客说话，他非常清楚，从谈话到观看、到产生色欲念头，只有短短的一步之遥。

莫德凯·梅尔先生住的那条街上到处都是不信教者和放荡女人。报童叫卖的意第绪语报纸里面充斥着嘲弄和无神论的东西。大厅酒吧里挤满流氓无赖。莫德凯·梅尔先生待在自己的书房里，紧闭窗户，即便夏天也不例外。只要打开悬窗，他立刻就能听到留声机里在播放欢快轻佻的歌曲，以及女性的大笑声。在庭院里，没戴帽子的艺人经常表演杂耍，他觉得他们玩的可能是黑巫术。他还听说犹太男孩女孩经常去意第绪语剧院，在那里恣意嘲笑犹太规矩。涌现出好多用希伯来语和意第绪语写东西的世俗作家，他们挑逗读者去造孽。每个转折点上都躺着那位邪灵，击败他只有一个办法：用《托拉》、祈祷和哈西德教义。

好多年过去了，莫德凯·梅尔先生不知道这些岁月去了哪里，是如何消逝的。一夜之间，他的黄胡子就变成灰色。因为他不想去理发店，坐在那些刮过胡子的逾规者中间，贝叶尔·泰梅过去常给他剪头发。她摘掉他的无边帽，他会迅速重新戴上。她劝说道："你头上戴着无边帽，我怎么能给你剪头发啊？"

随后几年，他的脑袋渐渐秃了，只剩下两边有头发。贝叶尔·泰梅不再能生孩子后（有五个孩子死了，只剩下一个女儿泽尔达·雷泽尔），莫德凯·梅尔先生就开始跟妻子分居。当他履行了"要生养众多"的戒律后，还有什么需要做的事情呢？确实，按照律法，妻子不再能孕后，允许男人跟妻子再行房。有些说法甚至提出男人绝对不能成为遁世者。但这种说法什么时候可以成立？只有在你没有丝毫肉体欲望而交媾的时候才可以。如果为了快感而交媾，这会导致诱惑和色欲。此外，最近这些年，贝叶尔·泰梅身体也不好。她从店里回家时经常精疲力竭，散发着鲱鱼和缬草滴剂的味道。

泽尔达·雷泽尔死后，贝叶尔·泰梅就变得郁郁寡欢。她几乎夜夜哭泣，不断地说着同样的话："为什么要让我碰到这种事啊？"莫德凯·梅尔先生提醒说，抱怨责备上帝是不允许的。"上帝做的一切都好。"之所以有死亡这种事，那是因为身体不过是件衣服。灵魂是要送到火焚谷去清洗一段时间，然后再送进天堂，去学习《托拉》的秘密。难道吃喝拉撒流汗值得如此讨价还价吗？

可是贝叶尔·泰梅的病一天比一天重。一个星期三，她过世了，星期五下午下的葬。因为正好赶在安息日前，她得以免除墓穴之压，可在工作日下葬的人们就要受些苦[1]。莫德凯·梅尔先生诵读《卡迪什》，愿她灵魂安息，在会众前做祈祷，研读《密西拿》。三十天哀悼期过去后，一个亲戚出四千卢布接管了店铺。邻居佩莎是个寡妇，每天过来给莫德凯·梅尔先生打扫卫生，做饭。过安息日的时候，她为莫德凯·梅尔先生准备了炖菜和布丁。哈西德教派的人想撮合他结婚，但他拒绝再婚。

夏天的某个早上，他在读《雅各布·约瑟夫的世代》时打起盹来，后来

1．犹太律法规定，死者一般在去世后二十四小时内下葬（也可因至亲好友无法及时到场延时一两天），而葬礼仪式须在周五晚举行（安息日和犹太节日不得举行）。

被敲门的声音吵醒。他打开门，看见有个没胡子的年轻人，留着长头发的脑袋上戴着顶黑色宽边帽，宽松的黑上衣系了条束带，穿着格子裤。他脸色苍白，鼻子矮短，一手提了个小包，一手拿了本书。

莫德凯·梅尔先生问："你要找谁？"

他眨巴着两只分得很开的眼睛，结结巴巴地说："我是弗列……你是我的外祖父。"

莫德凯·梅尔先生站在那里，惊讶得说不出话来。他从来没有听说过弗列这个名字，接着又意识到这可能是拉斐尔这个古老的犹太名字的时髦变种。这人是泽尔达·雷泽尔的大儿子。莫德凯·梅尔先生感到既痛苦又羞愧。他有个外孙，居然想模仿外邦人。他说："那进来吧。"男孩犹豫了片刻，走进去把箱子放下。莫德凯·梅尔先生问：那是——什么——呢？"他指着那本书。

"经济学。"

"对你有什么用呢？"

"这个吧……"

"斯罗尼姆情况怎么样，有什么新鲜事？"莫德凯·梅尔先生问道。他不愿意提前女婿的名字，那是个反哈西德的教徒。弗列做了个鬼脸，好像在表示自己不太理解外祖父的问题。

"在斯罗尼姆吗？跟别的地方没什么区别啊。富人越来越富，工人连口饭都吃不上。我必须离开，因为……"弗列打住不说了。

"你打算来这里做什么？"

"来这里——我四处看看——我会……"

唉，口吃，莫德凯·梅尔先生想。他喉咙干涩，五脏开始翻腾。这就是他女儿泽尔达·雷泽尔的儿子，可是他把胡子都刮了，穿得像个外邦人，他，莫德凯·梅尔先生，对他怎么办好呢？他点着头，吃惊地看看。这小伙子好像遗传了家族的另一方特征：高颧骨，窄额头，大嘴巴。他那副蓬头垢面和面黄肌瘦的模样让莫德凯·梅尔先生想起要被征募的新兵，他们故意饿坏自己，躲避征兵。

"洗洗手,吃点东西。别忘了自己是个犹太人。"

"外公,他们不许你忘记。"

小伙子在厨房餐桌边坐下,开始翻阅起他那本书来。莫德凯·梅尔先生打开橱柜,可是却没看到有面包,只有几个洋葱、一串干菇、一包菊苣、几只大蒜头。

他对弗列说:"我给你点钱,你去店里买块面包或者别的你可能喜欢的什么东西。"

"外公,我不饿。再说,我出去越少越好。"小伙子回答道。

"为什么?你又没生病,上帝不许这样,你生病了吗?"

"整个俄国都得了同样的病。到处都是告密者和特务。外公,我就不是完全'干净'。"

"部队征召过你吗?"

"召过。"

"或许你会获救?"

"整个人类都需要拯救,不光我。"

莫德凯·梅尔先生决定,无论外孙做什么或者说什么,他都不生气。愤怒不会赢得任何人,让其变虔诚。有时莫德凯·梅尔先生很想啐几口这个放肆的小伙子,把他赶出家门。可是他尽量克制住自己。尽管弗列说意第绪语,莫德凯·梅尔先生还是不完全理解他在说什么。他全部的话题浓缩成一句怨言:富人生活奢侈,穷人忍受剥削。他不停地提到工厂的工人,田里耕种的农民。他开口就抨击沙皇。"他住在宫殿,却让别人腐烂在地窖里。几百万人死于饥饿和肺结核。人民必须觉醒。必须得来场革命……"

莫德凯·梅尔先生捻着胡子问:"你怎么知道新的沙皇会更好?"

"如果走我们的道路,就不会有新的沙皇。"

"谁统治?"

"人民。"

"那所有的人民不能都坐在统治席上。"莫德凯·梅尔先生回答道。

"会从工人和农民中选出代表。"

"他们掌权后，可能同样会变成暴君。"莫德凯·梅尔先生争辩说。

"那样的话他们会被杀头的。"

"书上这样写道：'穷人不会在大地上绝迹的。'"莫德凯先生说，"如果没有穷人，你会向谁去奉献善心？再说，一切都是上帝决定好的。犹太新年那天，上帝将裁定谁会有钱，谁会贫穷。"

"诸天除了空气什么都不是，"弗列说，"没有任何人裁定任何东西。"

"什么？世界是自个儿创造的？"

"是演化的。"

"什么意思？"

小伙子开始讲道理了，接着又卡住。他提到很多莫德凯·梅尔先生闻所未闻的名字。他混合使用波兰语、俄语、德语词汇。总结他的整个说辞就是一切都是偶然的，随机的。他喋喋不休地说着什么雾气、引力、地球脱离太阳，然后逐渐冷却。他否认出埃及的事，否认红海是断裂的，否认犹太人在西奈山领受《托拉》。这全都是传说。弗列的每句话都说得莫德凯·梅尔先生五脏六腑发疼，好像他吞了个融化的铅块，而这个铅块在久远的古代是要给被判烧死的人吞的。一声呐喊在他的喉咙里撕扯着。他想大声喊叫："恶棍、耶罗波安、尼八养的，从我家里滚出去，找你的魔鬼去！"可他想起这孩子是个孤儿，是这个城市的外来者，没有任何谋生手段。他会变成——上帝不许——叛宗者，还可能会自杀。

"愿上帝原谅你。你被骗了。"他说。

"你问了，外公，所以我就回答了。"

从那以后，爷孙俩就不再争论。他们其实已经互不说话。莫德凯·梅尔先生坐在客厅里，弗列待在厨房，睡在里面的简易床上。佩莎来做饭时，也会给弗列做一盘。她还经常给费列些面包、黄油、奶酪来，给他洗衬衫。弗列有把外面大门的钥匙，尽管他没有登记，门卫还是放他进来。每次他都给门卫十个格罗什。有些晚上，他整晚不归。

莫德凯·梅尔先生的睡眠很少，晚祷刚过，疲惫就袭来，然后便上床睡觉，可是过一两个小时就醒了。早上，莫德凯先生还没开始诵读《施玛》祷文，弗列就出门了。"不能疏远了他们，"莫德凯·梅尔先生自言自语说，"弥赛亚诞生时的巨痛已经开始了。"

从厨房的一个书箱里，莫德凯·梅尔先生发现了一本书页已经翻烂的意第绪语小册子。他想读读，可是里面写的东西却不知所云。作者似乎在跟他的一个同行争论，提到扎尔耶鲍夫、吉巴奇奇、波罗斯卡亚等诸如此类陌生的名字。书上还说，其中一个是殉道士。莫德凯·梅尔先生感觉嘴里涌来某种苦涩感。在自己老迈之年，他竟不得已要跟一个异教徒同处一室，这个人是他的外孙。在亚历山德罗的学经堂，他质问这个世界在发生着什么，得到的答复让他叹为奇观。几年前暗杀沙皇的人们开始重新唤醒民众。其中就有很多犹太人。有人在俄罗斯的什么地方投掷了一颗炸弹，一列火车脱轨，好几袋黄金遭抢。在某个遥远的城市，有位长官被枪杀。监狱人满为患。大量的反叛分子被发配到西伯利亚。讲述这些事件的那位哈西德派教徒说："他们杀人，然后又被杀。比邻而居的人们，举刀相向。"

"他们想要干什么？"莫德凯·梅尔先生问道。

"想要人人平等。"

"这怎么可能？"

"富人家的孩子都加入他们的团体了。"

这个哈西德派教徒还说，有个酒商——古尔拉比的哈西德派教徒——的女儿跟那些煽动叛乱的人鬼混，被教堂囚禁起来，她在里面绝食十八天，不得不强制其进食。

莫德凯·梅尔先生十分震惊。救赎肯定迫近了！他问道："如果他们不信来世，为什么要这样自我折磨呢？"

"他们想要正义。"

那天晚上，做完祷告后，莫德凯·梅尔先生看到弗列坐在厨房餐桌旁边，黑色上衣没扣纽扣，披头散发，边看书边嚼着面包片。

"你为什么吃干面包？那女人也给你做饭的。"

"佩莎？她已经被拉到医院了。"

"真的？我们一定要为她祈祷。"

"她得了胆结石。如果你愿意，我可以做点什么饭菜。"

"你？"

"我可以保证符合犹太教的规矩。"

"你也信这个？"

"是为你着想。"

"哦，不用。"

从那天开始，爷孙俩就只吃干食了。弗列从店里买来圆面包、食糖和奶酪。他还负责煮茶。莫德凯·梅尔先生拿不准在煮茶这样的事情上是否应该信赖他。做个外邦人厨子是一回事，《塔木德》上认为，这种人不可能自毁生计，因此可以信赖，而叛教的犹太人完全不可与之相提并论。然而，面包和食糖不可能做得不洁净。弗列的奶酪是从街对面奶品店的戴维那里买的。如果弗列在另一条街上找家外邦人的店，那就说明他是个心怀恶意的叛教者，据说这种人"他知道自己的主人是谁，就想公然蔑视他。"但弗列还没有堕落到如此卑劣的程度。

安息日晚餐是另外一个邻居准备的。莫德凯·梅尔先生亲自点亮蜡烛。他穿着破旧的绸缎大衣，戴着磨破的皮帽子，独自坐在桌边，唱着安息日圣歌，同时往一只仪式上用的酒杯里蘸了块哈拉面包。那小伙子（莫德凯·梅尔先生这样称呼弗列）没有在安息日露面。邻居的女儿带来米汤、肉和胡萝卜布丁。莫德凯·梅尔先生半歌唱半悲叹着。

如果老拉比还活着，莫德凯·梅尔先生就会去找他过节。可是海诺克先生已经死了。新任的拉比还是个年轻人，更关心年轻的哈西德教徒，对老教徒不太上心。据人们悄悄传说，他对世俗事务很在行。很多上些年纪的哈西德教徒已经谢世，新人还没参加进来。

安息日的白天，莫德凯·梅尔先生坐在桌边喃喃自语，"我应该唱赞歌"。这时他听到一声枪响，接着是一声令人毛骨悚然的尖叫。庭院里传来一片喧嚣声。窗户被推开，警察的哨声刺破天空。一个邻居进来告诉莫德凯·梅尔先生说"同志们"，那些罢工者朝一个自己人开枪了，那人是个靴匠，据说他向警察告发了那些罢工者。莫德凯·梅尔先生开始浑身战栗。

"谁干的——犹太人吗？"

"是的，犹太人。"

"世界末日来了。"莫德凯·梅尔先生马上后悔言从口出。安息日是不允许悲伤或者说绝望话的。

因为莫德凯·梅尔先生要醒来做午夜祈祷，所以他早早就睡了。晚上九点时他已经在床上了，经常和衣而睡，只脱掉靴子。那天晚上，他听到厨房的门开了，听出是弗列的脚步声。他重新睡下，不过晚上十二点整，他准时醒来，起身后去做洗手礼，穿上居家衣服和便鞋，开始哀悼古神殿的毁灭。他在头顶抹了点存放在一只小罐子里的灰。他如同唱诵般发出如泣如诉的旋律。莫德凯·梅尔先生开始唱诵"拉结哀悼她儿女"时，门开了，弗列光着脚走进来，穿着脏兮兮的内裤，头上没有顶任何东西。莫德凯·梅尔先生扬起眉毛，挥手示意弗列出去，好让他把祈祷做完。可是这小伙子却说："外公，你在祈祷吗？"

莫德凯·梅尔先生拿不准是否允许中断祈祷。犹豫片刻后，他说："我在诵读午夜祈祷词。"

"是什么祈祷词？"

"犹太人决不能忘记古神殿的毁灭。"

"你这样祈祷是想达到什么目的？"弗列问。

虽然莫德凯·梅尔先生听得懂每个词，可是不理解什么意思。他想问弗列他那件贴身穗子四角方巾哪儿去了，但又觉得这个问题毫无意义。他思忖片刻说："人必须祈祷。在上帝的帮助下，弥赛亚会降临，结束这场放逐。"

"如果他从没来过，"弗列问道，"为什么会现在来？"

"弥赛亚想要降临到犹太人身边，比犹太人想要他降临的意愿还强烈，但是这代人要配得上。诸天送上了数不清的恩赐，可是我们却以邪恶堵住了仁慈的通道。"

"外公，我必须跟你谈谈。"

"你想谈什么？午夜祈祷是不许被打断的。"

"外公，这个世界不会因为所有这些祈祷而有丝毫变化。人们祈祷了将近两千年，可弥赛亚还是没有骑着他的白驴出现在这里。这是一场战斗，外公，剥削者和被剥削者之间进行的严酷战争。是谁怂恿农民大规模屠杀犹太人的？是黑色百人团和反动派。如果工人不抗争，我们受到的奴役会变得变本加厉。外公，明天将有一场大规模示威游行，我会演讲。如果我遇到不测，请把这个信封交给一个叫涅哈玛·卡茨的女孩。"

这时，莫德凯·梅尔先生才第一次看到小伙子手里拿着个鼓鼓囊囊的信封。

他说："我不认识任何女孩，我是个老头子了。你为什么要卷进这些暴乱分子的活动？你会被逮捕的，上帝不许，你会给我们大家带来痛苦的。沙皇有很多哥萨克骑兵，他比你厉害多了。你既然不信灵魂和来世，干吗要把自己投进危险之中呢？"

"外公，我不想再重新展开辩论。整个欧洲都是自由的，只有这里沙皇是个专制暴君。我们没有议会。他和他的权臣们想干什么，完全随心所欲。跟日本的战争花费了几百万。牺牲了几千名士兵。在西方，人们关心工人的卫生健康，可是这里工人连狗都不如。如果我们不制定一部宪法，整个俄国会在血泊中沉沦。"

莫德凯·梅尔先生放下手里的祈祷书。"你是工人吗？"

"我是什么不重要，外公。我们是为理想而奋斗。拿着这封信。把它放在抽屉里。也许我明天还会回来；如果不回来，一个叫涅哈玛·卡茨的女孩会过来。交给她就是了。"

"不要跑，不要冲。上帝在天上统治着这个世界。祂决定谁是有钱人，谁是穷光蛋。如果没有穷人，就不会有人去干普通的工作。有人是经商的，就有人是扫烟囱的。如果人人都是店老板，那谁来扫烟囱？"

"我们就是要努力给扫烟囱的人跟做生意的人同样的权利和收入。商人不见得非有不可。在社会主义世界，产品会按需分配。我们不许中间商为自己揩油。"

"什么！我们犹太人决不能参与。不管谁当政，都会迫害犹太人。"

"反犹太人运动是那些资本家制造的，他们想转移群众对政权的愤怒。犹太复国主义者们想跑到巴勒斯坦，跑到拉结母亲的葬身之地去，可那只不过是幻想而已。我们犹太人必须跟所有其他的受压迫人民一道为了美好的明天而奋斗。"

"好了，好了，把信给我，让我安安静静待会儿。'若不是耶和华建造房屋，建造的人就枉然劳力。'还有：'不管惩罚谁，都要提前警告。'《革马拉》上说：'到了香料店，你就会很好闻；进了皮革厂，恶臭会如影随形地跟着你。'"

"外公，你说的恶臭是什么，是人民为自己权利所进行的奋斗吗？你是站在剥削者那边的吗？"

"把信封给我。"

"晚安，外公，我们永远无法互相理解。"

弗列走了。莫德凯·梅尔先生抓着信封一角，把它放进抽屉。他又开始念诵："在拉玛听见号啕大哭的声音，是拉结哭她儿女，不肯受安慰，因为他们都不在了。"煤油灯在燃烧，莫德凯·梅尔先生的身体在墙上投出一个巨大的影子，他的脑袋爬到了橼子上。莫德凯·梅尔先生面孔扭曲，前后晃悠着。有没有可能让他们理解真理呢？他问自己。他们读了几本书，就会重复几句莫名其妙的话。什么宪法不宪法的！那是善良与邪恶，上帝与撒旦，以色列和亚玛力之间的战斗。以扫和以实玛利拒绝接受《图拉》。奴隶自甘被遗弃。可是如果犹太人抛弃了律法，他们就会变成异教徒，甚至可能更糟。弥赛亚怎么可能降临呢？也许，上帝不许，整个这代人都将成为罪人。他抹了把眉毛。"唉，父啊，水都快淹到脖子了！"

祈祷完毕，莫德凯·梅尔先生回到床上。可这次他却睡不着了。他听到那小伙子在厨房里走来走去。他砸着碟子，开着水龙头。莫德凯·梅尔先生好像听到一声叹息。会是弗列吗？谁知道呢，也许他想痛改前非了。毕竟，从母亲那方而言，他出身正直人家。即便他的立陶宛父系先祖中也不乏虔诚的犹太人吧。莫德凯·梅尔先生没法再在床上待着了。也许可以劝那孩子待在家里。那天晚上他说的话好像是最后的遗嘱。莫德凯·梅尔先生双脚打

434

着颤，从床上起身，又穿上便鞋和睡袍。他推开厨房门时看到的怪异景象，让他几乎不敢相信自己的眼睛。弗列穿得整整齐齐，手里握着把左轮手枪。莫德凯·梅尔先生知道那是啥家伙。在奥默节上，孩子们都会被送把枪，不是真的，只是玩具而已。

发现外祖父后，弗列把枪放在餐桌上。"外公，你想干吗呢？你在监视我吗？"

"这是什么讨厌家伙？"他问道，开始浑身发抖，牙齿打战。

弗列大笑起来。"别害怕，外公，不是冲你的。"

"那是冲谁的？"

"冲那些阻碍进步，试图让这个世界在黑暗中停滞的人去的。"

"什么？你想给他们判死刑？在犹太教公会不管给谁判处死刑，都要七十位法官。必须要有告诫，以及至少两名证人。《革马拉》上说，如果法庭判人死刑，哪怕七十年一次，都被称为杀人法庭。"

"外公，这些人自己给自己判的刑。他们的时代已经过去了，他们却拒绝和平放弃。所以只能用暴力手段赶他们走。"

"弗列，拉斐尔，你是个犹太人！"莫德凯·梅尔先生说话开始吞吞吐吐了，"以扫倚靠刀剑度日。雅各可不是。"

"无稽之谈。犹太人和外邦人都是用同样的材料制造出来的。这纯属愚蠢的沙文主义。这种上帝选民的事情完全是胡说八道。外公，我要走了。"

"别去！别去！如果他们抓住你，上帝不许，他们会……"

"我知道，我知道，我不是孩子。"弗列把左轮枪放进裤兜。他手里提了个用报纸裹着的包。很可能是些面包，以备什么时候咬上一口。他离去时哪的下关上门。莫德凯·梅尔先生还在原地站着，双脚都站不稳。他靠住墙，撑着不倒下去。"事情居然到这种地步了吗？"他自言自语说。肯定是睡不着了，可是做晨祷又太早了。晨星都还没出来呢。夜与昼的分界还很模糊。

莫德凯·梅尔先生撑着摇摇晃晃的腿脚，走到窗前。右边，天空还很漆黑，可是，左边，东边，已经露出曙光。街上的店铺都关着。一个面包师的学徒光着脚穿着白裤子走过去，头上顶着一个放蛋糕或者圆面包的盘子。"嗯，烤焙食品是必需的。"莫德凯·梅尔先生喃喃自语说。

他原以为会看到弗列出现在人行道上,可他并未走过去。大门可能还锁着。他在院子里应该有几个朋友,莫德凯·梅尔先生想。唉,唉,我们的人怎么都变成这样了啊!他平生第一次开始嫉妒起贝叶尔·泰梅了——她没有活到见识这些灾难。现在,她肯定已经在天堂了。在今天之前,他很少在做祷告的时候想到妻子。犹太人应该直接向着上帝而不是任何圣徒祈祷。但是现在,莫德凯·梅尔先生向贝叶尔·泰梅的灵魂说话了。"他是你的外孙子,给他求个情。不要让他碰到灾祸,上帝不许,不要让他做任何伤害别人的事。"

右边,还能看到月亮,莫德凯·梅尔先生向上仰望着月亮,那暗淡的光,照《塔木德》上说,嫉妒明亮的光,而作为补偿,得到星星与之相伴。那意味上天都存在嫉妒,莫德凯·梅尔先生半带询问,半带陈述地说。他没办法使自己离开窗户,希望能再看眼弗列。他心中掠过这样一个念头:亚伯拉罕也有个以扫这样的孙子,他有以实玛利这样的儿子,还有跟基土拉生的儿子们。连这些圣人都不见得只生优秀的良种后代。忽然大街上红光涌照,太阳从维斯瓦河的岸边升起。外面传来一阵马蹄铁踩过鹅卵石的嗒嗒声,鸟儿的啁啾声。莫德凯·梅尔先生看到骑着马的士兵出现了,他们的刀剑闪闪。骑兵们扫视着更高的楼层。

弗列发起的斗争是针对他们的吗?莫德凯·梅尔先生思忖着。他感觉浑身发冷,打起寒战来。他之前从来没想过摆脱这个世界,可是此刻,他准备好赴死了。他还要在这泪谷中徘徊多久?经受火焚谷之苦要比眼睁睁看着这场徒劳的混乱好受得多。

喊叫声和骚乱从大清早就开始了。眼前的这条街上,叛乱者们似乎想击败俄国沙皇的武装力量。年轻人从各道门中如暴风雨般拥出,他们大喊着,挥舞着拳头,高歌着。警察亮出刀剑,在后面追赶他们,朝他们开枪。一面红旗举起来,随之响起更多的歌声和呐喊声。店铺都关着,大门都闭着。能听到警哨尖锐的呼啸声。急救马车出现了,没多久,大街上空空荡荡。那面刚刚被某个人高高举起的红旗,现在已经躺倒在阴沟里,撕得破破烂烂,脏兮兮的。很快,大街上人又满了。又一面红旗招展起来。又一波呐喊声和无数只脚的顿踏声传来。

莫德凯·梅尔先生再也无法继续看下去了。在可能有自由意志、报答、惩罚和救赎之前，上帝的光肯定会被遮蔽，面容是藏起来的，可是万能的主就不能找到别的显示其力量的办法吗？这些刮掉胡子、穿着短外套的年轻人像农民般怒吼着。过了会儿，女性的声音尖叫着穿过来。一个警察遭到痛打，一匹马翻倒在人行道上，显然是腿断了。这头可怜的畜生犯了什么罪？除非它是人的魂灵投胎转世而来，因为前世犯了什么过错在这里赎罪。

莫德凯·梅尔先生开始做祷告。这样的日子，不可能去会堂。他裹上祈祷巾，亲吻着穗子，把护经匣分别放在手臂和头顶上。他几乎没法站着做完十八赐福祈祷。他祈祷的时候，街上的喧嚣声越来越响亮。他听到有人被撞击和伤害后发出的哭喊声。鲜血溅到了路对面的墙上。那些孩子们曾被母亲孕育、生育、养育，他们的一点小事儿就让母亲担心，现在却躺在泥浆里，在垂死的痛苦中挣扎着。"唉，我根本承受不了这样的惩罚！"

通常，早晨的祈祷结束后，莫德凯·梅尔先生要洗洗手，然后吃口东西——一块面包，一片奶酪，有时还会吃点鲱鱼，喝杯茶。可是今天，他吃不了；食物会卡在喉咙里。他不由自主想起《米德拉什》里的那段话："埃及人淹死在红海中的时候，天使们想唱颂歌，可是万能的主对他们说：'我的生灵沉没到海里，你们还想唱歌！'造物主连受压迫的埃及人都表示同情。"

莫德凯·梅尔先生感觉头晕目眩，就在睡椅上躺下。为了遮住日光，他把那顶宽边帽拉到眼睛上。有阵子，他既非清醒又不是睡着。最后，他终于像好多好多个晚上没有休息过、完全精疲力竭的人那样酣睡起来。他做了好多梦，可是后来什么都想不起了。

外面的喧嚣变得更加狂野。他一激灵就醒来了。尖叫声和枪击声在回荡。莫德凯·梅尔先生想象很多女人在哭，狗在号叫。在稍微宁静的片刻，莫德凯·梅尔先生听到了鸟儿歌唱的声音，在这绝对的疯狂中，鸟儿还不忘履行自己的职责。这些小生灵自有打算和理想，完全不在乎人类，即便在人类的屋檐下筑巢，吃着人类的剩饭剩菜，在人类的电话线上蹦蹦跳跳。人们也从他们无法理解的生命那里得到帮助。

莫德凯·梅尔先生起来想给自己煮杯茶。他走进厨房，找了几根火柴，从水龙头那里接上水灌满烧水壶。有块四分之一大小的面包，大概是弗列昨晚买来的，还有块馊了的蛋糕。老人正要划火柴时，忽然想起自己已经决定禁食了。"今天是我的阿布月初九。我不吃也不喝任何东西。"他又把火柴放下。

起居室里有个书橱，他开始搜索起来。他已经没有力气研究《塔木德》了，但是想浏览一本哈西德学派的著作。不妨看看《雅各布·约瑟夫的世代》？他抽出一本小薄书，《西罗亚的水》，是拉济姆朝代一世写的。他很吃惊，都不知道自己居然有这本书。莫德凯·梅尔先生翻开中间的一页，在这里，他读到：要想理解造物主的伟大，途径就是认识到自己的无足轻重。只要人们觉得自己了不起，他的双眼就不会看见天堂。莫德凯·梅尔先生捋着自己的胡子。肉体很健忘。邪灵和健忘之帝紧密结合。也许他们原本就是一家？

他忽然意识到外面奇怪地安静下来了。难道他们都累了吗？他走到窗口，看到街上空无一人，店铺还关闭着。薄暮降临。"他们已经弄到，他们管那叫什么来着，宪法？"他思索着。看到店铺在寻常的工作日还关着，感觉有些怪异。平常总是充满男孩、女孩、各色小贩以及流浪儿童的广场，如在午夜时分一般空空荡荡的。

接着他听到楼梯上传来沉重的脚步声，刹那间，他就明白，这些脚步是冲着他来的，而且带来的是坏消息。他浑身战栗，嘴唇开始动起来祈祷，虽然他意识到现在挡掉已经发生的事情太晚了。很快，又什么声音都没了。他又闪过一个念头，也许是自己搞错了。接着敲击房门的声音和靴子的咖哒声听得他双腿发软。他好像都没法走到门口。不过，他打开门，看到的情景早已料到：四个人用担架抬着一具躯体，一个死人——弗列。他们什么话都没说就进来了，带着杠夫那种特有的阴郁神色。

"刽子手们杀害了他。"其中一个人大声说。"我们该把他放在哪里？"第二个人问道。莫德凯·梅尔先生指了指地板。死者还流着血。地板上汇成一个小血潭。被单下面伸出一只手——没有了生命的手，柔软无力，没有血色，已经没法拿住任何东西了，拿不住礼物，拿不住欢心，拿不住宪法……

莫德凯·梅尔先生的肚子膨胀得像面鼓。"伟大的上帝啊，我不想活了。够了！"他愤怒上帝在自己老迈之年还把惩罚降给他。他想呕吐，拖着身子走到卫生间。他在那里干吐起来，好像吃了喝了一整天，并没有禁食。他眼前火冒三丈。这辈子他从来没埋怨过上帝。他喃喃地说，"我不该遭受这样的折磨啊！"他知道自己这是在亵渎神灵。

那天深夜，他又听到了敲门声。"谁啊，又是一具尸体吗？"他焦虑地自问道。他坐在弗列的尸体旁，念诵着赞美诗。他打开门，先是一个警察进来了，后面跟着个穿便衣的人，然后又有两个警察和那个门卫跟在后面。他们在用俄语说着什么，但莫德凯·梅尔先生听不懂他们说的话。他指着尸体，但他们却转身离去。

一场搜查开始了。抽屉被打开，纸张扔得到处都是。穿便衣的那个人从梳妆台里取出弗列的那个要转交给涅哈玛·卡茨的厚信封。他打开，取出几页纸、一个笔记本、一块镀镍手表和别的几件东西。他向另外几个人读了段信的内容——是用俄语。其中一个笑着，另一个人默默地盯着。接着他用断断续续的意第绪语对莫德凯·梅尔先生说："老人家，走吧。"

"干什么？去哪里？"

"走吧。"

"这具尸体怎么办？"

"走吧，走吧。"

门卫从什么地方找到了莫德凯·梅尔先生的外套。莫德凯·梅尔先生想问那个头儿，为什么要逮捕他，可是他既不会说俄语，也不会说波兰话。再说，问有什么好处呢？那个穿便装的抓住他的一条胳臂，一个警察抓住他的另一条胳臂。他们带着莫德凯·梅尔先生走下黑洞洞的楼梯。门卫划着火柴。他打开大门。一个带护栏窗的小马车在外面等着。他们扶莫德凯·梅尔先生上了车，让他坐在条椅上。其中一个警察挨着他坐着。马车缓缓驶离。

"好吧，就让我想象这就是我的葬礼，"莫德凯·梅尔先生心里对自己说，

"只是没有人给我诵读《卡迪什》了。"

一种奇怪的镇定感油然而生。伴随灾难而至的那种彻底的俯首听命的念头如此强烈，都觉得不会再有更糟糕的事情发生了。之前，他们抬来弗列的尸体时，他思想上有种厌恶感，现在他开始后悔那种憎恶感了。"天国的父啊，请原谅我。"他想起《德木塔》里的一句话："任何人都不该因为在痛苦中说了什么话而获罪。"

"现在是什么时候了？"他想知道。忽然，他想起没有带祈祷巾和护经匣。好了，连去拿这个都为时已晚。莫德凯·梅尔先生开始忏悔自己的罪过。"我们犯过错，我们背叛过，我们舞弊过，我们欺骗过……"他举起一只拳头，想捶击自己的胸膛，可是他手指僵硬。好了，他很可能已经为自己的过错赎了罪，莫德凯·梅尔先生在想着弗列。他的本意是好的。他想帮助穷人。他同情饥饿的人。也许那就是他的救赎。天堂里一切都是根据本意裁决的。也许他的灵魂已经得到净化了。

未达到法定的人数或者给还没有下葬的人读《卡迪什》是不合规矩的，但是莫德凯·梅尔先生知道，自己的时间所剩不多了。他含含糊糊地说着《卡迪什》。接着他根据记忆念诵了《密西拿》中的一个章节，"晚上的什么时候可以诵读《施玛》祷文？从祭司进入圣殿开始吃火祭的时候就可以诵读了。艾列泽尔拉比这样说。圣人们则说，要等到午夜时分。"

"嗨，你，犹太人，老狗，你在跟谁说话，你的上帝吗？"那个警察问道。不知怎的，莫德凯·梅尔先生听懂了这几个单词。他知道什么？他怎么可能理解？莫德凯·梅尔先生心里为他辩护着。因为邪恶不会从上帝那里出来，那些根据祂的形象创造出来的人不可能十恶不赦。他对那位警察说："是的，我是犹太人，我向上帝祈祷。"

这是莫德凯·梅尔先生所知道的全部外邦人使用的词语。

杨向荣 译

暮年之爱[1]

哈利·本蒂纳五点钟醒来的时候有种感觉，对自己而言，夜晚已经结束，他再也睡不着了。其实每天晚上，他都要醒来十多次。几年前，他做过前列腺手术，可是这并没有缓解膀胱持续不断的压力。他经常只睡一个钟头或者更少，就得起来，需要去排尿。连做梦都围绕这桩急事。他下了床，迈着颤颤巍巍的腿，轻手轻脚地走到卫生间。回来的时候，他走到自己十一层公寓的阳台上。左边，他能看到迈阿密的摩天大楼，右边，能看到咆哮的大海。晚上，天气会稍微有些变凉，但依然是热带的暑气。空气中能闻到死鱼、浮油，可能还有橘子的味道。哈利在那里站很长时间，享受着来自海洋的微风吹拂在湿漉漉的额头上。虽然迈阿密滩已经是个大城市了，他想象自己能感觉到大沼泽地近在眼前，能感受到植物、沼泽的气味和水汽。有时夜里海鸥会醒来，发出惊声尖叫。有时海浪会把梭鱼甚至小海豚的尸体冲上岸。哈利·本蒂纳调转视线朝好莱坞方向望去。整个这片地区开发没多久吧？不出几年，一片荒原就变成居民区，挤满酒店、公寓、饭馆、超市和银行，街灯和霓虹灯标牌让天上的星星都黯然失色。连午夜都会有小车飞驰。黎明前，这些人急匆匆地要去哪里？他们连觉都不睡吗？是什么力量促使他们往前冲？"唉，这已经不是我的世界了。人过了八十，就如同行尸走肉。"

他把手靠在护栏上，想把刚才做的那个梦重新串起来。他只回想起所有出现在梦里的人现在都已经死了——男的女的全都死了。那些梦显然不

---

1. 由约瑟夫·辛格翻译。——原注

肯承认死亡。在他的梦中，三个妻子都还活着，他的儿子比尔，他的女儿西尔维亚，也都活着。纽约、他波兰的故乡、迈阿密滩，逐渐融为一体。他，哈利，或者赫舍尔，既是成年人，又是犹太宗教小学的男孩。

他闭上眼睛待了片刻。为什么梦就记不住呢？他能想起七十甚至七十五年前发生的事情的每个细节，可是今天晚上做的梦却像泡沫般消散了。某种力量好像偏不要让这些梦留下蛛丝马迹。人在进入坟墓之前，有三分之一的生命是死掉的。

过了会儿，哈利在阳台的塑料躺椅上坐下。他朝大海的方向，东方望去，那里天很快就要亮了。有段时间，特别是夏天的那几个月，他早上做的第一件事情就是去游泳，可是现在他再也没有兴趣做这种事情了。报上有时会登载些鲨鱼袭击游泳的人的报道，有些其他海洋动物的咬伤会引起严重的并发症。现在，他觉得泡个热水澡就够了。

他的思绪转到生意事务上来。他很清楚，钱帮不了他；而且，人不能老想万事都是虚空这种事情。想些务实的东西更轻松些。股票和债券起起落落。红利和其他收入要存进银行，为了交税的需要还得入账。电话、用电账单和房屋维修费都要付。每周会有一天，一个女人来给他洗熨衬衫和内衣。偶尔，他还需要干洗一套西装，修补下鞋子。他经常收到一些需要回复的来信。他全年都不参加犹太会堂的活动，可是在犹太新年和赎罪日，他得找个地方敬拜神，因此，他会收到各种吁请，希望他帮助以色列人、叶希瓦、犹太教公共小学、老年之家、医院。每天，他都会收到大堆垃圾邮件，在扔掉前，他至少得拆开看一眼。

因为他决心要在没有妻子甚至没有管家的状态中度过余生，他得自己准备餐食，隔天就去趟当地的超市，推着小推车穿过走道，挑选诸如牛奶、松软白干酪、水果、蔬菜罐头、肉馅之类的东西，偶尔来点蘑菇、一罐罗宋汤或者鱼丸。他当然能雇个女佣，可是有些女佣是小偷。要是有人在一旁伺候他进餐，他自己该做什么呢？他想起《革马拉》里的一句话：慵懒会导致疯狂。为厨房的电炉操心，上银行，读报纸——特别是财经栏，花一两个小时在美林银行营业厅的显示板上看看闪烁的来自纽约交易所的最

442

新行情，这些都能提振他的精神。最近，他装了台电视，但很少看。

公寓有些邻居不怀好意地查究，为什么很多事情别人能替他做，他却偏要自己做。大家都知道他很有钱。他们给他出主意，提了很多问题：干吗不在以色列定居呢？夏天干吗不去山区的酒店住呢？为什么不结婚呢？为什么不雇个秘书呢？他已经收获了吝啬鬼的声名。他们老是提醒他，"你又随身带不走"——好像这是个多么惊人的顿悟。因此，他不再参加业主会议和派对。每个人都试图以这样那样的方式从他这里拿走点东西，可是在他需要的时候，没有一个人会给他一个子儿。几年前，他乘巴士从迈阿密滩去迈阿密，发现缺两美分车票钱，他带的钱都是二十美元的钞票，没有一个人主动给他补上这两美分，或者换开他的纸币，最后司机让他下车。

事实上，他感觉在任何酒店都不如自己家里住着舒服。酒店提供的饭菜对他来说太丰盛了，也不是自己需要的那种口味。他自己就知道，日常饮食要少盐、低胆固醇、忌辣。另外，坐飞机、乘火车对一个健康脆弱的人来说负担太重。他这个年龄，结婚毫无意义。年轻女人需要性，他对老女人又没丁点儿兴趣。像他这种情况，注定要以孤独为生然后悄无声息地死去。

一道红光开始晕染在东边的天空上，哈利回到卫生间。他站着端详了会儿镜里自己的模样——双颊塌陷，光秃秃的脑袋上只剩几撮白发，喉结尖削，鼻尖像只鹦鹉的嘴般钩下来。淡蓝色眼睛分得很开，一高一低，眼神中透着疲惫和年轻人热情的痕迹。他曾经是个很有男子汉气概的人。他有过好几个老婆，好多风流韵事。他还有一堆情书和照片，如今躺在某个地方。

哈利·本蒂纳不像别的移民那样来美国时身无分文、没有受过教育。他在家乡的学经堂读到十九岁，他懂希伯来语，经常偷偷读报纸和世俗书籍。他上过俄语、波兰语、甚至德语课。到了美国，他还上过两年库珀联盟学院，希望成为一名工程师，可是他跟美国姑娘罗塞莉·斯泰因恋爱了，最后娶了她。女孩的父亲，萨姆·斯泰因，把他带进了建筑行当。罗塞莉三十岁的时候死于癌症，给他留下两个孩子。即便钱到他身上来了，死神也从他那里夺走。他的儿子比尔是个外科医生，四十六岁上死于心脏病突发，也留下两个孩子，他们谁也不想做犹太人。他们的母亲是个基督徒，跟另一个男人生活在加拿大。哈利的女儿西尔维亚得了跟她母亲完全相同的癌症，而且也是在相同的年龄上死的。西尔维亚没有留下孩子。哈利拒绝再生育任何后代了，虽然第二个妻子埃德娜恳求跟她再生一两个孩子。

是的，死亡天使从他那里拿走了所有的东西。开始，他的孙子辈偶尔还从加拿大打个电话发几张新年贺卡。可是现在他已经听不到这些孩子们的音讯了，他已经从遗嘱里把他们都删除了。

哈利边刮着胡子，边哼着小调——从哪儿学来的他也不知道。从电视上听到的，还是在记忆中复活的波兰小曲？他欣赏不来音乐，不管唱什么都跑调，可是他保持着在卫生间唱歌的习惯。排便花很长时间。多年来，他吃的缓解便秘的药毫无效果。每隔一天他就要灌一次肠——对一个八十多岁的人来说，这是一个漫长而艰辛的过程。他试着在浴盆里做些柔体操，提起瘦骨嶙峋的腿，用手在水里划着，好像双桨那样。这些都是延长他生命的手段，但是即便在做这些动作的时候，他仍然自问，"为什么还要继续生活下去？"他的生活还有什么趣味可言？没有，他的生活无论如何已经毫无意义——可是邻居们的生活就更有意义吗？这个公寓楼住满了老人，全都条件不错，有很多富人。有些男人不能走路，或者拖着腿走路。有些女人拄着拐杖。很多人患有关节炎和帕金森病。这不是幢居民楼而是医院。有的人死了，直到几个星期或者数月后，他才发现。虽然他是这个公寓楼最早一批住户，但是他认识的人却很少。他不去游泳池，不玩牌。男男女女跟他在电梯里和超市打招呼，但他谁都不认识。有人一次又一次地问他，"你还好吧，本蒂纳先生？"他往往回答："在我这个年龄，还能怎么样呢？每天都是恩赐。"

夏季的这天开始时跟别的日子没有什么不同。哈利在厨房给自己准备好早餐——脱脂乳米花糖和加糖精的脱因咖啡。大约九点半的时候，他乘电梯下楼去拿邮件。每天都必然会收到不少支票，但是今天收到的却格外多。

股票跌了，可是公司依然像往常那样付红利。哈利继续从他掌握的抵押借款的房产，从出租、债券，以及他都记不太清楚的各种商业投资上，获利拿钱。一家保险公司还给他付年金。多年来，他每月都从社会保险部门领取支票。今天上午的收益超过一万一千美元。当然，这笔钱还要抽去好大部分用来上税，但是仍然有五千可以留给自己用。合计数字的时候，他从容不迫地思忖：是不是该去趟美林银行的营业厅，看看交易所股票交易情况？不去了，没有意义。即便上午股票早早涨了，这天临到最后又会跌。"这个市场是完全疯狂的。"他含含糊糊地自言自语说。他曾经以为通货膨胀总是伴随牛市，跟熊市无关。可是如今，美元和股票都萎靡不振。唉，除了死亡，什么你都不敢打保证。

大约十一点的时候，他下楼去存这些支票。那家银行很小，员工全都认识他，跟他说早上好。他在那里有个保险箱，可以把贵重物品和珠宝首饰放在里面。正好三任老婆都把所有的东西留给了他，没有立过遗嘱。他不知道自己现在身家究竟是多少，但是不会少于五百万。现在，他走在街上，穿的还是贫民都能买得起的衬衣裤子，以及用了好多年的鞋帽。他戳着拐杖，迈着小步。他偶尔会朝后面瞥上一眼。说不定有人尾随他。也许有恶棍之流发现他多富有，在秘密策划绑架他。尽管阳光明媚，街道上到处都是人，可是如果他被人抓住强行塞进小车里，拖到某个废墟或者洞穴里，肯定不会有人干涉，也不会有人替他交赎金。

他在银行结完业务，回头向家走去。太阳在天空高照，洒下炫目的火一般的阳光。站在凉棚底下的女人们在打量着店铺橱窗里的长裙、鞋子、长筒袜、胸罩和浴衣。她们的表情显得犹豫不决——买还是不买？哈利看了眼橱窗，他能在这里买什么呢？这里没有任何他喜欢的东西。从现在到五点，他要准备晚餐，绝对不需要任何东西。他非常清楚到家后要做什么——在沙发上小睡一会儿。

感谢上帝，没有人绑架他，也没有人劫持他，没有人闯进他的公寓房间。空调还在工作着，卫生间的管道也完好无损。他脱掉鞋子，在沙发上伸展开身子。

奇怪的是，他还会经常做白日梦，幻想着出其不意的成功，恢复往日的力量，进行男子汉十足的冒险。大脑还是不肯接受晚境的到来，满脑子依然活跃着跟年轻时代一样的欲望。哈利常常对自己的大脑说："别犯傻了。现在一切都太晚了。你没有任何奔头了。"可是大脑却如此顽固，继续坚持不懈地憧憬着。一个男人会把自己的各种憧憬带进坟墓里去，不知道这话谁说的？

哈利打了个盹儿，可是被一阵敲门声惊醒了。他立刻警觉起来。从来没有人拜访过他。"肯定是个灭虫人。"他判断。他把门打开安全链那么宽的缝儿，看到有个脸蛋红扑扑的小个子女人，眼珠黄黄的，梳着蓬巴杜发型，金发的颜色像稻草，身穿白色衬衫。

他打开门，这个女人说着外国腔的英语，"希望没有吵醒你，我是你左边的邻居。我想自我介绍下。我是艾瑟尔·布洛克莱斯太太。名字很有趣吧，哈？这是我已故丈夫的名字。我娘家的名字是戈尔德曼。"

哈利惊讶地看着她。左门的邻居是个自己一个人过的老太太，他记得她的名字——叫哈珀特太太。他问道："哈珀特太太出什么事儿了吗？"

"出了每个人都会出的事儿。"这个女人自鸣得意地回答道。

"是什么时候出的事儿？我一点儿都不知道。"

"已经五个多月了。"

"进来，进来。人死了，我都不知道。"哈利说，"她是个不错的女人……总是跟人保持距离。"

"我不认识她。我是从她女儿手上买的这套房子。"

"请坐。我都没有东西招待你。什么地方放了瓶利口酒，可是——"

"我不要茶点，从不喝利口酒。中午更不喝。我可以抽烟吗？"

"当然可以，当然可以。"

女人在沙发上坐下。她熟练地啪地打着了一个昂贵的打火机，点燃香烟。她涂着红色的指甲油，哈利注意到她手指上戴了一枚大大的钻戒。

女人问："你一个人住这里吗？"

"是的，一个人。"

"我也是一个人。你能怎么办呢？我跟丈夫生活了二十五年，我们没有过过一天不好的日子。我们一起生活全是阳光灿烂，没有一丝乌云。他突然就走了，留下我一个人，孤苦伶仃。纽约的气候对我的健康来说很不好。我得了风湿病。我大概要在这里住到老了。"

"你买的是装修好的房子吗？"哈利用那种务实的口气问道。

"都是现成的。那个女儿，除了衣服和亚麻用品，自己什么都不想要，全都便宜转让给我了。我没那个耐心出去买家具和碗碟之类的。你在这儿已经住了很久了吗？"

女人抛出一个又一个问题，哈利都开心地做了回答。她显得还算年轻——不到五十，甚至可能还要更年轻。哈利给她拿来一个烟灰缸，在她前面的咖啡桌上放了杯柠檬汁、一盘曲奇。两个小时过去了，可哈利几乎没有注意到。艾瑟尔·布洛克莱斯太太交叉着双腿，哈利瞥了好几眼她浑圆的膝盖。她已经转换成波兰口音的意第绪语。她流露出亲人般的亲密神态。哈利内心的某种东西兴奋起来了。那不是别的，不过是老天许给他的隐秘欲望。只有到了此刻，听着她说话，哈利才意识到自己这些年过得多么孤单、多么压抑，几乎没有跟别人交流过一句话。即便她做邻居，也比什么都没有好。有她在，哈利觉得自己也变得年轻和健谈了。哈利跟她讲了自己三任妻子的故事，落在孩子头上的悲剧。他甚至提到，第一个妻子死后不久，他就有了个小情人。

女人说："你不用抱歉，男人就是男人。"

"我已经老了。"

"男人永远不老。我有个叔叔在韦沃茨瓦韦克[1]，八十岁时娶了个二十岁的姑娘，女孩给他生了三个孩子。"

"韦沃茨瓦韦克？离我老家科瓦尔很近啊。"

"我知道，我去过科瓦尔，有个姨妈在那里。"

---

[1]. 波兰地名。

这女人看了眼腕表。"已经一点了，你在哪里吃午饭啊？"

"不在哪儿，我只吃早饭和晚饭。"

"你在节食吗？"

"没有，不过我这年龄——"

"别再说你的年龄了！"女人责备他，"你知道吗？上我那里去，我们一块儿吃午饭。我不喜欢一个人吃。对我来说，一个人吃饭比一个人睡觉还要糟糕呢。"

"真的，我不知道该说什么好。我有什么德能配享这个？"

"来吧，来吧，别说没用的了。这里是美国，不是波兰。我的冰箱里塞满了东西。我清理掉的比我吃掉的还要多，老天原谅我。"

女人用的意第绪语说法，哈利至少有六十年没听说过了。她拉起哈利的胳臂，领着他向门口走去。不用走几步就到了。哈利锁上自己家门的时候，她已经打开自己家的门了。他走进去的这个房间要比自己家的更大更亮。墙上贴着好多画，装着好多别致的灯，还有很多小摆设。从窗户往外看出去正对着大海。桌上放着一只插着鲜花的花瓶。哈利房间的空气闻着有股尘土味儿，这里却清清爽爽。"她想要得到什么东西，她有某种不可告人的动机。"哈利心想。他想起在报纸上看到的新闻，说有的女骗子从男人以及别的女人那里诈骗钱财的事情。最重要的是，不要做任何承诺，不要签任何东西，不要交出哪怕一个子儿。

她安排哈利在一张桌边坐下，很快就从厨房传来过滤器发出的冒泡声，闻到现烤面包、水果、奶酪和咖啡的味道。多年来，哈利第一次在中午的时候有了食欲。过了会儿，两个人都坐下吃起午饭来。

在吃饭的间歇，这女人还要吸口烟。她抱怨说："很多人追我，可是临到要讨论实质问题的时候，他们全都只对我有多少钱感兴趣。只要他们一谈钱，我就跟他们掰了。我不穷，我甚至——老天保佑——很富裕。可是我不想让任何人因为图钱而娶我。"

"感谢上帝，我不需要任何人的钱，"哈利说，"我的钱多得够我过上一千年。"

"那就好。"

他们慢慢开始探讨起财政问题，这女人历数了自己的财产。她在布鲁克林和斯塔滕岛有几处房产，还有股票和债券。根据她说的内容和提到的名字，哈利判断她说的是实话。在迈阿密这里，她跟哈利用的一家银行，有个支票账户，还有个保险箱。哈利估计她的身家有一百万，或许更多。她给哈利盛饭时像妻子或者女儿般诚挚，谈论着哈利该吃什么，不该吃什么。这样的奇迹曾在他年轻的时候出现过。女人遇到他，很快就熟络亲密起来，然后缠住他，而且再也不离开。可是那样的事如果发生在他这个年龄，简直恍若一梦。他唐突地问：“你有孩子吗？”

"有个女儿，叫西尔维亚。她一直独自住在不列颠哥伦比亚省的一个帐篷里。"

"为什么住在帐篷里？我女儿也叫西尔维亚，你自己都可以做我的女儿了。"他又补充了句，自己都不知道为什么会说出这种话。

"开玩笑。年岁算什么啊？我一直都喜欢比我大好多的男人。我丈夫，愿他安息，比我大二十岁。我多么希望每个犹太人家的姑娘都过得像我们那样。"

"我肯定比你大四十岁。"哈利说。

女人放下汤匙。"你把我当成多少岁了？"

"四十五左右。"哈利说，其实知道她更大。

"再加十二岁，你就说对了。"

"看着不像啊。"

"我跟丈夫的生活过得不错。我从他那里要什么都可以——月亮、星星，什么都配得上他的艾瑟尔。所以，他死了后，我变得郁郁寡欢。另外，女儿也让我得了病。我花了好大一笔钱找精神病专家，可是他们对我的病都没办法。在你看到我之前不久，我在一家机构里待了七个月，是家专治神经紊乱的医院。我有过一次精神崩溃，都不想活了。他们日夜看着我。他在坟墓里叫着我呢。我想告诉你个事儿，但别误会我。"

"什么事儿？"

"你让我想起我丈夫。这就是为什么——"

"我八十二了。"哈利说，接着很快就后悔了。他可以轻易地减掉五岁。他稍等片刻，又说："如果我年轻十岁，可能会向你求欢。"

他又后悔刚才说的话了。这些话从他嘴里出来好像完全不由自主。因为害怕落进掘金骗子手中，他仍然感到不安。

女人扬起一道眉毛，探究地看着他。"因为我决定要生活了，我会只看你的本来面目。"

"这怎么可能？怎么会啊？"哈利一遍又一遍地自问。他们开始谈到结婚，谈到把他们的隔墙打通，把两个房间变成一个。他的卧室跟她的挨着。艾瑟尔向他透露了自己财务状况的详情。她大概有一百五十万的资产。哈利已经告诉过她自己有多少资产。他问："我们有这么多钱该怎么处理好？"

"我都不知道拿自己的这些钱来干什么，"女人回答说，"可是，加起来，我们可以来次环球旅游。我们可以在特拉维夫或者太巴列买套公寓。那里的温泉对风湿病有好处。有我在身边，你还会更加长寿。我敢保证你能活到一百岁，如果不是更长的话。"

"那全掌握在上帝手中。"哈利说，对自己的措辞感到很惊讶。他并不信仰宗教，对上帝及天意的怀疑逐年加剧。目睹犹太人在欧洲的经历，他常常说，要信仰上帝，你得是个傻瓜。

艾瑟尔站起来，他也站起来。他们开始拥抱接吻。哈利紧紧压住她，青春的冲动又在内心悸动苏醒了。

她说："等到我们站在婚礼的华盖下再说。"

哈利忽然想到他以前听过这句话，用的是同样的声音。可是什么时候呢？谁说的呢？三个妻子都出生于美国，不会用这种说法。是他在梦中听到的吗？一个人能在梦中预见到未来吗？他低头沉思着。等抬起头来时，他大吃一惊。数秒的时间内，这个女人的面容发生了惊人的变化。她已经离开他，而他并没有注意到。她的脸变得苍白，塌陷，衰老。在哈利看来，她的头发似乎忽然变得乱糟糟的。我冒犯她或者怎么了吗？他感到很纳闷。

他听到自己在问："不舒服吗？感觉不好吗？"

"没有，不过你现在最好回自己住处吧。"她说，声音听着好像陌生、刺耳、不耐烦。他想问突如其来的变化的原因，但是一种久已忘却（或者永远不会忘却）的骄傲占了上风。跟女人在一起，你永远不知道该坚持什么立场。但是，他仍然问道："我们什么时候再相见呢？"

"今天不行了。也许明天吧。"女人犹豫了下说。

"再见，谢谢你的午餐。"

艾瑟尔甚至都不耐烦送他到门口。又回到自己家，他想，唉，她改变主意了。一种羞愧感油然而生——为自己，也为她。她在跟他玩一场游戏吗？不怀好意的邻居安排好了捉弄他吗？他感觉整个房间几乎都是空的。我不吃晚饭了，他决定好了。他感觉腹部有种压迫。"在我这把年纪，不能闹这种笑话。"他喃喃自语道。他躺在沙发上，开始打起盹来，等再次睁开眼睛时，外面已经漆黑。也许她会再来按门铃。也许我应该给她打个电话？她给过电话号码。虽然他睡着了，可醒来时还是精疲力竭。还有几封信需要回复，可是他推到明天上午。他走出去来到阳台上。阳台的一侧对着的她的阳台的一部分。他们可以在这里互相看到对方，甚至可以交谈，如果她还对他感兴趣的话。大海波涛拍打，泡沫飞溅。远处有艘货船。一架喷气式飞机在天空咆哮。仅有的一颗星浮现在天上，没有街灯或者霓虹招牌冲淡它的光辉。至少还有一颗星可看，这也不错。否则，一个人可能会完全忘记天空的存在。

哈利坐在阳台上，等着她可能出现。她会怎么想？为什么她的情绪变得如此突然？前一刻她还像个恋爱中温柔健谈的新娘，下一刻又变成陌生人。

哈利又打起盹睡着了，等醒来时已经是深夜。他毫无睡意，他想下楼拿晨报的晚间版，上面有纽约股票交易所的消息，可是他却在床上躺下。他之前喝了杯西红柿汁，服了片药。他跟艾瑟尔只隔一道薄薄的墙，可是墙却拥有自己的力量。也许这就是为什么有人宁肯生活在帐篷里的原因，他想。他本以为自己的各种胡思乱想会妨碍睡眠，可是很快就开始打盹了。

他醒来时胸口憋闷。现在是什么时候？夜光腕表盘显示他睡了两小时十五分钟。他做了梦，但记不得内容了。他只保留着夜间恐怖的印象。他抬起头。她睡了还是醒着？他甚至听不到她房间里的一丝响动。

他又睡着了，这次却被很多人说话、摔门以及过道里的脚步以及奔跑的声音吵醒。他一直都担心发生火灾。他看过报纸上写的很多老年公寓、医院和旅馆里老人被火烧死的报道。他从床上爬起来，穿上拖鞋，披上睡袍，打开门朝过道走去。没有任何人。难道是自己臆想出来的？他关上门，走到阳台上。没有，下面没有丝毫消防员的踪迹。只有晚归回家的人，出去上夜总会的人，发出醉醺醺的声音。有些住户在夏天的时候把公寓转租给南美人。哈利又回到床上。安静了几分钟，接着他又听到过道里的喧哗以及男男女女的说话声。出事了，但是什么事呢？他又有冲动想起来再出去看看，但他没有动。他紧张地躺在那里。忽然，他听到厨房里电话的嗡嗡声，他拿起听筒，一个男人的声音说："拨错号了。"哈利打开厨房里的荧光灯，光亮照得他眼花缭乱。他打开冰箱，取出一罐甜茶，然后倒了半杯，不知道自己这样做是因为渴了还是想提提神。很快，他又想小便，于是走进卫生间。

正在这个时刻，门铃响了，声音抑制住他内急的感觉。也许是强盗闯进大楼了？值夜班的门卫是个老头儿，根本不是闯入者的对手。哈利犹豫该不该去开门。他站在盥洗池边，浑身颤抖不已。这恐怕是我在世上最后的时刻了，这个念头闪过他的脑子。"万能的上帝，可怜可怜我。"他喃喃地说。到了这时，他才想起门上有个窥视孔，透过这个孔眼可以看到外面过道里的动静。我怎么能忘了这个啊？他想。我真是老糊涂了。

他悄无声息地走到门口，揭起窥视孔上的封盖，朝外望去。他看到是个穿着睡袍的白发女人。他认出了她。是住在他右边的邻居。一秒钟的工夫，一切都很清楚了。她有个瘫痪的丈夫，肯定是这人出了点事。他打开门，老太太举着一个没有盖邮戳的信封。

"对不起，本蒂纳先生，你左边隔壁那个女人在你门口留了封信。上面写着你的名字。"

"什么女人？"

"左边的那位。她自杀了。"

哈利·本蒂纳感到五脏六腑都抽搐起来，刹那间，他的腹部紧得像面鼓。

"那个金发女人吗？"

"是的。"

"她怎么了？"

"从窗户里跳出去了。"

哈利伸出手，老太太把信封交给他。

"她在哪儿？"他问道。

"他们弄走了她。"

"死了？"

"是的，死了。"

"这已经是这里第三次发生这样的事。在美国，总有人精神失常。"

哈利的手颤抖着，信封飘动，好像遇到了一阵风。他谢过老太太，然后关上门。他想找自己的眼镜，他放在床头桌上了。"千万可别摔倒了。"他提醒自己，"我现在只差把屁股摔个稀烂了。"他摇摇晃晃地走到床边，点亮夜灯，没错，眼镜躺在他放的地方。他感觉晕眩起来。墙壁、窗帘、梳妆台、信封，全都剧烈跳动和旋转起来，像电视机里一幅模模糊糊的图像。我这是眼睛瞎了还是怎么了？他闹不清。他坐下来等着晕眩过去。他几乎没有勇气打开信封。留言是用铅笔写的，线条歪歪扭扭，意第绪语单词的拼写非常糟糕。她写道：

> 亲爱的哈利，原谅我。我必须去我丈夫去的地方了。如果不太麻烦，请为我念诵《卡迪什》。我会在我去的地方为你说情的。
>
> 艾瑟尔

他把纸片和眼镜放在床头桌上，熄灭灯。他躺在那里打着嗝。他的身体抽搐不已。床柱震颤个不停。唉，从现在开始，我再也不想憧憬任何东西了，他用男人赌咒发誓的那种庄严劲做了个决定。他感到很冷，拉来毛毯裹住自己。

早上十点过八分，他从昏睡中醒过来。这是一场梦？不，那封信在桌上放着。那天，哈利·本蒂纳没有下楼去拿邮件。他没有给自己准备早餐，也懒得洗澡和穿衣换装。他在阳台的塑料椅上打着盹，想着另一个西尔维亚——艾瑟尔的女儿——还住在不列颠哥伦比亚省的一个帐篷里。她为什么要跑到那么远的地方去？他问自己。父亲的死把她逼进绝望了吗？她无法忍受母亲？或者在她这个年龄已经认识到人类的一切努力都是徒劳，决定做个隐士？她要努力发现自我或者上帝吗？一个大胆的念头闪现在这个老人的头脑中：飞到不列颠哥伦比亚省，在荒野中找到这个年轻女子，抚慰她，做她的父亲，也许还可以尝试跟她一起沉思冥想人为什么要出生，又为什么必须死。

杨向荣 译

崇 拜 者[1]

　　她先是给我写了一封长信，溢美连篇，誉词种种，比如我的书如何帮助她"找到了"自我。然后她打电话约我见面。很快又打来电话说，那天她已有安排，于是另外约了时间。两天后，我收到一封长文电报，原来她要在后来约定的那天，看望一位瘫痪的姨妈。我还从未收到过这么长的电报，用了这么多花哨的英文词。接着就是电话，又另择了日期。以前通电话时，我曾提到过我喜欢托马斯·哈代。没过几天，就有人送来了一整套包装精美的托马斯·哈代作品集。我的崇拜者名叫伊丽莎白·阿比盖尔·德·索拉——真是个不同寻常的名字，要知道，她跟我说过她母亲来自波兰的柯兰代夫镇，是当地一位拉比的女儿。

　　到了约好的那一天，我把公寓打扫了一遍，将所有的稿件和没有回复的信件都塞到了洗衣篮里。我的客人应该十一点到。十一点二十五分，电话响起，伊丽莎白·阿比盖尔·德·索拉尖声叫道："你给我的地址是假的！这儿根本没有那栋楼！"

　　她似乎是把东区当成了西区。我很详细地告诉她如何找到我。走到西区我住的这条街后，进一个大门，上面有我告诉她的门牌号。进了大门，是一个院子。她应该可以看到一个入口，上面有我给她的另一个号码。我跟她说我住在十一层。不巧那天客梯不运行，她得坐货梯。我的每个指令，伊丽莎白·阿比盖尔·德·索拉都重复一遍，她想从手袋里找铅笔和笔记本把我的话记下来，但就在那时，接线员要求再投一枚硬币。伊丽莎白·阿比

----

1. 由约瑟夫·辛格翻译。——原注

盖尔·德·索拉没有硬币了。她上气不接下气地说了一遍那个电话亭的号码。我马上打了过去，但无人接听。肯定是我拨错了号。我拿起本书，翻到上次停下的那一页继续读。她有我的地址和电话，迟早会来。还没读到段尾，电话又响了。我拿起听筒，听到一个男人咳嗽了一声，刚开口，又停下清了清嗓子。过了一会儿，他终于能说话了："我叫奥利弗·莱斯利·德·索拉。可以让我妻子接电话吗？"

"您妻子走错了路，很快就到。"

"抱歉打扰了，我们的孩子突然病了，剧烈咳嗽，喘不过气来，我不知道该怎么办。她有哮喘。遇到这种紧急情况，伊丽莎白有药水可以缓解症状，但我找不到，实在是着急。"

"叫医生！叫救护车！"我冲着话筒喊。

"我们的医生不在诊室。等一下，抱歉……"

我等了几分钟，但奥利弗·莱斯利·德·索拉没有再说话，于是我挂了电话。"跟人打交道就是这样——马上就会有麻烦。"我自言自语。"行为本身就是罪孽。"我在脑子里引用了一句印度圣书的话——是哪一本？《薄伽梵歌》还是《法句经》？如果那孩子憋死了——上帝不许——我负有间接责任。

门铃响了，声音长而烦躁。我赶紧打开门，看到一位年轻的女士，金发垂肩，花朵和樱桃装饰的草帽，我上宗教小学时见过的那种样式。她穿一件白上衣，领口与袖口缀着蕾丝花边，刺绣黑裙，系扣鞋子。外面阳光很好，她却拿着一把饰有绸缎蝴蝶结的雨伞——总而言之，就像照片里的人活生生出现在眼前。没等她关上门，我就说："您丈夫刚刚打来电话。我不想吓唬您，可是您孩子的哮喘病发作了，您丈夫找不到医生。他想知道药在哪儿。"

我肯定我的客人会径直冲到电话前，电话就在门厅的桌子上，她却上上下下打量着我，嫣然一笑。"没错，就是您！"她戴着及肘的白手套，递给我一件礼物，闪亮的黑纸包装，系了红色绸带。"别管他，"她说，"我每次出门他都这样。他无法忍受我离开房子。纯粹的歇斯底里。"

"那孩子怎么办？"

"碧碧和她父亲一样固执。她也不想让我出门。她是他和前妻的孩子。"

"请进。谢谢您的礼物。"

"哦，您填补了我生命的空缺。我一直搞不懂我自己。我偶然在书店读到了您的一本小说，从那以后，您写的东西我每篇必读。我记得跟您说过，我是柯兰代夫的拉比的外孙女，那是我母亲那边。我父亲这边的先人则是些冒险家。"

她随我来到了客厅。她长得娇小玲珑，皮肤白皙光滑，在成年人中很少见。她的眼睛是淡蓝色的，微微发黄，有些斜视。鼻子细长，两片薄唇，下巴内收，尖尖的，没有化妆。通常，我从一个人的面相可以看出他的性格，但面对这位年轻女子，我却无法得出一个清晰的判断。不太健康，我想，敏感，贵族气。我觉得她的语言并非地道美语，有外国腔。我一边与她聊天，请她坐在沙发上，一边打开礼物，拿出了一块占卜板和写板，显然是手工制作，木材昂贵，还镶了框。

她说："从您的小说来看，您对神秘事物有兴趣，希望您喜欢这个礼物。"

"哦，您给我的礼物太多了。"

"您值得我送这些礼物。"

我问她什么，她都很乐意回答。她父亲是位退休律师，和她母亲分居了，现在和另一个女人一起住在瑞士。母亲有风湿病，搬到了亚利桑那州，在那儿有个朋友，一个八十岁的老头。伊丽莎白·阿比盖尔是在大学遇到她丈夫的。他曾经是她的哲学老师，还是位天文爱好者，曾经与她一起在天文台观测星星，一看就是半宿。犹太人？不，奥利弗·莱斯利是基督徒，出生在英国，不过是巴斯克人的后代。他们结婚两年后，他就病了，长期抑郁。他辞了职，在哈德逊河畔克罗顿镇几英里外买了栋房子住下，把自己与他人彻底隔绝开。他在写一本关于星相和数字命理的书。伊丽莎白·阿比盖尔笑了笑，似乎早已看透人类努力的虚荣。她的眼神有时显得忧郁，甚至惊恐。

我问她在哈德逊河畔克罗顿镇的房子，她都做些什么。她回答说："发疯。莱斯利有时几天几周不说话，除非是对碧碧。他教她——她不上学。我们不像正常的夫妻。对我来说，书已成为我存在的本质。找到一本有感觉的书，是我生命中的重要时刻。这就是为什么——"

"谁来管家呢？"

"没人，真的。有个邻居，他以前是农民，离开了家，他帮我们从超市买东西。有时，他也给我们做饭。一个简单的人，也是哲学家，以他自己的方式。他也是我们的司机。莱斯利不能再开车了。我们的房子在山上，山路很滑，不仅是在冬天，只要一下雨就很滑。"

客人沉默了。许多给我写信，或者来找我的人都是怪人——古怪而迷茫，这点我已经习惯了。伊丽莎白·阿比盖尔恰巧和我姐姐有些像。既然她来自柯兰代夫，是拉比的外孙女，也许她跟我有什么亲缘关系。柯兰代夫距离我的先祖们生活的镇子并不远。

我问："碧碧怎么跟了父亲，没跟母亲？"

伊丽莎白说："她母亲自杀了。"

电话铃响了，我又听到了先前那又是顿挫又是清嗓子的声音。我立刻叫伊丽莎白过来，她慢慢走过来，有些勉强，似乎知道是什么事。我听到她告诉她丈夫药水在哪儿，很严厉地命令他不要再打扰她。终于轮到了他说话，她偶尔简短地做出回应。"什么？嗯，不。"最后她说，"那个我不知道。"很不耐烦的口气。她重又回到屋里，坐在沙发上。

"这都成了他俩的惯例了——我一出门，碧碧的哮喘就发作，她父亲就会给我打电话。他永远找不到药水，那药水其实也没用，是他故意要让她的哮喘发作。这次我都没告诉他我去哪儿，但他偷听到了。我本来要问你很多问题，被他一打断，我都忘了。对了，这个柯兰代夫到底在哪儿？哪张地图上都找不到。"

"是卢布林附近的一个村子。"

"你去过那儿吗？"

"我还真去过。那时我已经离开家，有人推荐我去那儿教书。我只上了一堂课，校方和我都认为我不是教书的料。第二天我就走了。"

"那是什么时候？"

"二十年代。"

"哦，我外祖父已经不在了。他是一九一三年去世的。"

虽然对我的客人所说的话，我并不怎么感兴趣，但还是认真听着。我很难相信在她和柯兰代夫的拉比之间，她与他的生活环境、生活方式之间只隔着一代人。真是神奇，她的相貌被塑造成了益格鲁－萨克逊文化的样式，那是她已经接受的文化。我在她身上还发现了一些别的异域痕迹。难道李森科真是对的？

时钟显示十二点三十分，我邀请客人与我一同下楼吃午饭。她说她不吃午饭，顶多喝杯茶，但如果我想吃午饭，她可以陪我。过了一会儿，我们去了厨房，我泡上茶，给她拿了一碟曲奇，给我自己准备了面包和乡村奶酪。我们坐在一张牌桌边，像夫妇似的相对而坐。一只蟑螂爬过桌子，伊丽莎白和我都没想去打扰它。公寓里的蟑螂显然知道我是素食主义者，对它们这个物种没有敌意，这个物种比人类早几百万年，人类灭亡后，它们也会延续。伊丽莎白喝浓茶加奶，我则喝较清淡的柠檬茶。我喝茶还是按照比尔格雷和柯兰代夫的习俗，将一块方糖放在齿间。她没有动曲奇，慢慢地，我把曲奇都吃掉了。我们之间似乎无须预热，就变得熟识起来。

我竟会问她："你有多久不跟他睡觉了？"

伊丽莎白的脸红了，红晕染了半张脸，又消退了。"我跟你说件事，虽然你不会相信。"

"你说什么我都信。"

"在身体上，我还是处女。"她脱口而出，似乎被自己的话吓着了。

为证明她的话并没有让我多惊讶，我随随便便地说："我以为这一物种已经灭绝了呢。"

"总是有最后一个莫西干人。"

"你从来没有问过医生这是怎么回事？"

"没有。"

"心理分析呢？"

"莱斯利和我都不信。"

"你就不需要男人吗？"我问，被我自己的唐突搞蒙了。

她拿起杯子喝了口茶。"很需要，但我从来没遇到过一个我想和他在一起的男人。遇到莱斯利之前如此，遇到他之后亦如此。刚认识他的时候，我以为他会是我的男人，但他说他想等到结婚。我觉得这样挺傻，但还是等了。婚后我们试过几次，都不行。有时我想，是柯兰代夫的拉比不许我们成了这好事，因为莱斯利是外邦人。后来，我们都渐渐对这种事感到恶心了。"

"你们都是禁欲者。"我说。

"呃？不知道。我常幻想着激情。我读过弗洛伊德、荣格、斯泰克尔，但我认为他们帮不了我。想不到我竟然能对你如此坦诚。我以前从未给作家写过信。我一般不写信。让我给我父亲写信都很难。突然我就给你写了封信，还打电话，就好像你笔下的附鬼钻进了我的身体。似乎你已经打开，怎么说呢，我心中的尘封之所，那我就再给你讲一件事。自从我开始读你的书，你就成了我幻想中的爱人——你把其他人都赶走了。"

伊丽莎白又抿了口茶，微微一笑，说道："别害怕。这不是我来的目的。"

我感到喉头发干，必须用些力气才能发出清晰的声音。"跟我说说你的幻想。"

"哦，我跟你在一起。我们一起旅行。你带我去了波兰，去你所描述的所有那些村庄。奇怪，在我的想象中，你说话的声音就跟现在一样，不明白这是怎么回事，甚至你的口音都和我想象的一样，实在是匪夷所思。"

"每一种爱都匪夷所思。"我说道，为我的想当然感到难堪。

伊丽莎白低下头，想了想这句话。

"有时我抱着这些幻想入眠，幻想就变成了梦。我看到生机勃勃的镇子。我听到人们在讲意第绪语，虽然我不懂那种语言，在梦里我却什么都明白。若不是知道这些地方已经被毁了，我真的会去那儿看看与我梦到的是否一样。"

"什么都变了。"

"母亲常常跟我说起她父亲，那位拉比。她是八岁时跟她母亲——我的外祖母——来美国的。我外祖父在七十五岁时娶了第二任妻子，一个十八岁的姑娘，母亲就是这次婚姻的产物。六年后，外祖父去世，留下许多经注。全家人都死在了纳粹手里，他的文稿均被烧毁。外祖母带走了他出版的一本希伯来语小册子，就在我的手袋里，在门厅。你要看看吗？"

"当然。"

"我来洗盘子。你在这儿等会儿。我去拿外祖父的书，我洗盘子时，你可以翻一翻。"

我在桌边等着，伊丽莎白拿来一本薄薄的书，书名是《末底改的呐喊》。作者在扉页上列出了自己的家谱，我仔细读了读，发现我的客人与我在许多世纪前确有亲缘关系。我们都是摩西·以瑟利斯拉比的后代，也是《深度揭示者》的作者吉尔松尼德的后代。柯兰代夫的拉比写这本书，是要挑战拉森的拉比吉尔松·希诺赫先生。后者认为他在地中海找到了一种骨螺，古以色列人用这种骨螺的分泌物将祈祷巾的辫穗染成蓝色。而传统认为自从圣殿被毁，这种骨螺就被藏了起来，弥赛亚来临时，才会被找到。吉尔松·希诺赫先生毫不理会其他拉比风暴般的抗议，让自己的追随者佩戴这种蓝色辫穗。这在拉比中引起了轩然大波。伊丽莎白的外祖父指责吉尔松·希诺赫先生是"以色列的叛徒、叛教者，撒旦、莉莉斯、阿斯魔德及其一干恶魔的使者"。他警告说，佩戴这种伪辫穗会招致天谴。《末底改的呐喊》书页已发黄干裂，翻阅时，时有碎片掉落。

伊丽莎白用海绵在水池里洗我们用过的盘碟和杯子。"写了些什么？"她问。

给伊丽莎白·德·索拉讲明白拉森的拉比与其他拉比之间，以及那一代《塔木德》学者之间的分歧不太容易，但我好歹算是说清楚了。她听得眼睛放光。"真是奇妙！"

电话铃响了，我撇下伊丽莎白去接电话。又是奥利弗·莱斯利·德·索拉。我说我去叫他妻子，他却说："等一下。我可以跟您说几句吗？"

"当然。"

奥利弗·莱斯利开始咳嗽，清了清嗓子。"今天，我女儿碧碧险些憋死。

我们差点没救活她。我们有个邻居，波特先生，一个朋友，他找到了别的医生开过的一些药。现在她睡了。我想跟您说我妻子是个病人，身体上、精神上都有问题。她曾两次企图自杀。第二次她吃了太多的安眠药，三天都得靠呼吸器顶着。她非常欣赏您，以她自己的方式爱着您，但我想提醒您，不要鼓励她。我们的婚姻非常不幸，不过我对她就像父亲一样，她的亲生父亲抛弃了她和她母亲，那时伊丽莎白还是个孩子。她父亲的冷漠使她成了个清教徒，我们的生活也就成了一场噩梦。什么都不要向她保证，她完全生活在幻想的世界。她需要心理治疗，但是她拒绝。我相信您能够理解，也相信您是个负责的人。"

"您完全可以放心。"

"她靠镇静剂活着。我曾经是位哲学教授，但是我们结婚后，我就无法再从事教职。幸运的是，我的父母很有钱，能够接济我们。她给我带来了太多的痛苦，我的身体也垮了。这种女人会夺走男人的能力。如果——上帝不许——您跟她纠缠上了，您的才华首先会成为牺牲品。如果她生活在十六世纪，肯定会被当作女巫烧死在火刑柱上。认识她以后，这些年我逐渐相信了黑巫术——作为一种心理现象，当然。"

"我听说您在写一本有关星相的书。"

"她这样跟您说的？胡说！我在研究牛顿的最后三十年，以及他的宗教观。您肯定知道，牛顿认为万有引力为神性之力——上帝意志的最纯粹体现。有史以来最伟大的科学家也是一位神秘主义者。既然万有引力控制宇宙，那么宇宙天体就会以各种方式和形态影响有机世界和精神世界。这与星相、什么占星术之类的废话，差着十万八千里。"

"我叫您妻子来接电话？"

"不，别跟她说我打来了电话。不定又会惹出什么风波来。她曾拿着刀子要捅我……"

奥利弗·莱斯利跟我说话时，伊丽莎白一直没出现。我也不知道擦干两只盘子和杯子怎么会用这么长时间，我想她是不愿打断我的电话。我一挂上电话就去了厨房，伊丽莎白不在那儿。我猜到了是怎么回事。从厨房有条窄过道通往我的卧室，床头柜上有电话分机。我打开通往过道的门，伊丽莎白正站在门口。

她说："我要去卫生间。"

从她说话的样子来看——迅速、羞愧、辩解的语气——我知道她撒谎了。也许她是要去卫生间（但她怎么知道这条过道通往卫生间？），偶尔看到了分机。她的眼神混合着愤怒和嘲讽。原来你是这样的人，我想。或许刚才我还在控制自己，但现在都消失了。我双手按住她的肩。她颤抖着，那神情就像个小女孩，偷了东西被抓住，或是偷穿了妈妈的衣服。

"处女，够有心机的呀。"我说。

"是的，我什么都听见了，我不会回到他那里的。"她的声音变得坚定，也变得年轻了。就好像扔掉了一个戴了许久的面具，在那一秒，她突然变成了另一个人——一个年轻、无忧无虑的人。她嘟起嘴，似乎要吻我。我很想要她，但我想起了奥利弗·莱斯利的警告。我向她俯下身，两双眼睛越来越近，直到我的眼中只有一片蓝，如在洞穴中一般。我们的嘴唇相碰，但并没有接吻。我的膝盖碰到了她的膝盖，她开始向后退。我轻轻地，挑逗地推着她，有个严肃的声音在警告我："当心！你正在掉进陷阱！"

就在那时，电话又响了。我猛地蹿起，几乎将她撞倒。电话铃总是会激起我的一种强烈期待——我常把自己比作巴甫洛夫的狗。我一时犹豫是该朝前冲进卧室，还是回到门厅；然后我开始朝门厅走，伊丽莎白紧跟在我后面。我拿起话筒，她试图夺过去，显然她坚信又是她丈夫打来的。我也这么想，但我听到了一个坚定的中年女子的声音："伊丽莎白·德·索拉在您那儿吗？我是她母亲。"

起初，我没明白这句话是什么意思——混乱中，我竟然忘了我的客人的名字，但我马上又恢复了平静。"是的，她在这儿。"

"我是哈维·莱姆金太太。刚才接到我女婿莱斯利·德·索拉博士的电话，说我女儿去拜访您，把生病的小女儿和家中的一切都抛下不管。我想提醒您，我女儿的情感是病态的，她不是一个负责任的人。我女婿德·索拉教授和我花了很多钱帮她治病，但效果并不好，说起来真是让人难过。她三十三了，还是个孩子，尽管她很聪明，还能写诗，我认为她的诗写得非常好。您是个男人，我很能理解，当一个年轻、漂亮、有才华的女子向您表达爱慕之情时，您一定会着迷，但不要与她纠缠。您会掉到一堆麻烦里，永远摆脱不掉。因为她，我离开了纽约，把自己埋在亚利桑那这地方，纽约可是我全心全意爱着的城市。我女儿总是提起您，赞美您，所以我也开始读您的作品，英语的，还有意第绪语的。我是柯兰代夫的拉比的女儿，我的意第绪语非常好。我可以跟您讲很多事，非常愿意与您在纽约见面——我时常去纽约的——但是我求您，以一切神圣之名：不要理我女儿！"

她母亲讲话时，伊丽莎白一直站在旁边，好奇地斜眼看着我，半是惊恐，半是羞愧。她想靠近些，我抬起左手示意她不要过来。她就像个女学生，听着老师或校长在家长面前告状，禁不住想申辩抵赖。她母亲的声音很大，她肯定每个字都听得到。我刚要回应，伊丽莎白就冲上前，从我手中夺过了话筒，拉着哭腔喊道："母亲，我永远不会原谅你！永远不会！不会！你不再是我的母亲，我不再是你的孩子！你把我卖给了一个变态的人，一只阉鸡……我不需要你的钱，我不需要你！但凡我有片刻的欢愉，你都要毁掉。你是我最恶毒的敌人。我要杀了你！让你成为一具尸体，为你对我所做下的事复仇……母狗！婊子！小偷！罪犯！你和一个八十岁的黑帮老大睡觉，就为了钱！我唾弃你！呸！呸！呸！呸！"

我站在旁边，看着唾沫从她的嘴角泛起。她弯下腰，疼得扭动着身体。她抓住墙，我过去想扶她，就在那一刻，她突然倒下了，把电话也拽了下来。她躺在地上，抽搐，翻滚，一只手迅速敲打着地板，就好像要给楼下的租客发什么信号。她的嘴扭曲了，倒抽了一口气，一声号叫。我知道是怎么回事——癫痫发作。我拿起电话，对着话筒喊："莱姆金太太，您女儿癫痫发作了！"但是电话断了。我该叫救护车吗？遇到这种情况该怎么办？我的电话好像突然坏了。我想打开窗，叫人来帮忙，可是百老汇大道如此喧嚣热闹，不会有人听到我在十一层的呼救。于是我跑到厨房，接了一杯水，洒在伊丽莎白的脸上。她怪异地叫起来，唾沫喷了我一脑门。我冲到走廊上，猛敲邻居的门，但没人理我。我这时才看到他家门口堆着一摞杂志和信封。

我转身想回到我的公寓,惊讶地发现门给撞上了。我没带钥匙。我拼命推门,但我实在不是那种能把门撞开的彪形大汉。

绝望中,我想起院子的办公室里,有一把公寓的备用钥匙。我还可以在那儿叫救护车。我很清楚一旦伊丽莎白死在了我的公寓里,她丈夫和母亲会如何起诉我。他们甚至会控告我谋杀……我按下电钮,等着货梯,指示灯显示货梯在十七层。我跑下楼梯,脑子里——或许也说出来了——诅咒着我出生的那一天。正往楼下跑时,我听到货梯下来了。到了大厅,两个搬家的人用沙发堵住了门口。住在十七层的什么人在搬家。大厅里堆满了家具、花瓶、一摞摞的书。我请他们让一让,但他们装没听见。好吧,我想,这次见面算是把我害死了。这时我想起来,六层住着我们报社的一个排字工。如果他家有人,就可以帮我叫救护车,给办公室打电话要备用钥匙。我开始往六层跑,心脏跳得很快,出了一身汗。我按响了排字工家的门铃,无人应答。刚要往楼下跑,门开了一条缝,还挂着门链。我看到一只眼睛,一个女人的声音问:"什么事?"

我向那女人解释发生了什么事,东一句西一句,说得急急忙忙,就像我要死了似的。那女人一直用那一只眼盯着我。"我不是这儿的女主人。他们出国了,我是他们的亲戚。"

"求您帮帮我。相信我,我不是小偷、强盗。我的文章都由您的亲戚排字。也许您听说过我的名字?"

我说了报社的名字,还说了几部我的书的书名,她从未听说过我。犹豫片刻,她说:"我不能让您进来。您知道这世道。在这儿等会儿,我给办公室打电话。再说一遍您的名字。"

我重复了一遍我的名字,告诉她我的房间号,对她千恩万谢。她关上了门。我以为她随时都会开门告诉我,她已经打了电话,很快就有人来,但是七分钟过去了,门没有再打开。我站在那儿,紧张而郁闷,迅速考虑了一下人类及其存在。人类完全无法自主,是环境的奴隶。一次微小意外,就可以让他的世界土崩瓦解。只有一个解决方案——彻底把自己从这个叫作"生命"的安息日解放出来,回头奔向因果律之冷漠,奔向死亡,那才是宇宙的实质。

又过了五分钟，门还是没有开。我又开始往楼下跑，心里盘算着如果我拥有无穷神力，将如何惩罚这个铁石心肠的女人。到了大厅，沙发在门外了。我看到了管理员布朗先生，疯了般一股脑地把我的困境告诉他。他惊讶地看着我。"没有人打电话。来，我给你拿钥匙。"

货梯可以用了，我上到了十一层，打开门，看到伊丽莎白·阿比盖尔·德·索拉躺在客厅沙发上，凌乱的头发湿漉漉的，脸色苍白，鞋掉了。我几乎认不出她了，觉得她好像老了许多——像个中年人了。她把一条毛巾垫在了头下面，看着我，沉默不语，好似生病的妻子责备将她丢下不管，自己出去找乐子的丈夫。我几乎是喊道："我亲爱的伊丽莎白，你得回家去，去找你的丈夫，我年纪大了，经不起这般折腾。"

她考虑了一下我的话，之后冷冷地说："如果你命令我走，我会走的，但不会回到他身边。我跟他完了，还有我母亲，也完了。从现在起，我就孤身一人在这世上。"

"你要去哪儿？"

"饭店。"

"你没有行李，他们不会让你住饭店的。如果你没有钱，我可以——"

"我带了支票簿，但我为什么不能住在你这儿？我是不太健康，但也不是什么器质性的——只是功能性而已。是他们让我犯病。我可以打字。我还会些速记。哦，我忘了你用意第绪语写作。这个我不会，但我可以学。以前，当我母亲和外祖母不想让我知道她们在说些什么的时候，她们就说意第绪语，我就这样学了好多词。我买过一本素食菜谱，可以给你做素餐。"

我默默地看着她。没错，她是我的亲戚——祖先的基因一直传到我俩身上。我的脑海中闪过一个念头，我俩在一起可能是乱伦——谁知道这念头打哪儿冒出来的，让人猝不及防，又没有任何关联，荒唐得令人震惊。

"听起来简直太美妙了，但是不行。"我说。

"为什么不行？你也许有别人。好的，我明白。但难道你就不能有个女仆吗？我什么都可以做——女仆，还有厨子。你的公寓没人打扫。你吃饭恐怕都是在自助餐厅。我在自己家什么都不做，因为我没兴趣，但我母亲让我上过家政课。我可以为你工作，你不需要付我报酬。我的父母都富得流油，而我是他们唯一的女儿。我对你的钱没有兴趣……”

没等我回答她，刺耳的门铃响了起来。与此同时，电话铃也响了。我拿起话筒，告诉打电话的人，有人在门口，然后跑去开门。一个男人站在那儿，只能是奥利弗·莱斯利·德·索拉——高高瘦瘦，脸长脖子长，一圈淡黄色头发围着秃顶，身穿一件格子西服，硬领，系一条细领带，打了个更细的结，我想起了华沙的花花公子。我点了点头，回到电话旁。我想一定是伊丽莎白的母亲打来的，但是一个男人的粗嗓门叫出了我的名字，要求确认是我本人。之后，打电话的人慢条斯理地打着官腔说：“我是霍华德·威廉·穆恩莱特，代表哈维·莱姆金太太，伊丽莎白·德·索拉太太的母亲。肯定您知道是谁——”

我打断他，嚷道：“德·索拉先生在这儿！让他跟您说！”

我冲到门口，客人仍笔直地站在那里，很友好的样子，等着我请他进来。我喊道：“德·索拉先生，您太太来拜访我还不到两小时，这里已是天翻地覆！您、您岳母，现在又是律师都打电话威胁我。您太太癫痫病发作了，天知道还有些什么。我很抱歉跟您这样说，但是我对您太太不感兴趣，对您岳母、她的律师，所有这些乱七八糟的事都没兴趣。帮帮忙，带她走吧。如果不行，我就……”

我一时语塞了。我想说我就报警，但没说出来。我瞥了一眼电话，吃惊地看到伊丽莎白在低声对着话筒说些什么，眼睛死死地盯着我和来访者。来访者开口了，嗓音细细的，与身材不符，“恐怕有些误会。我不是刚才给您打电话的人。我是杰弗里·利夫什茨博士。是加利福尼亚大学的文学助理教授，我非常欣赏您的作品。我有个朋友住在这栋楼，也是您的忠实读者。今天我来看他，我们谈到了您，他说您是他的邻居。我想给您打电话，但在电话簿里找不到您的名字，我想我还是按门铃吧。抱歉打扰了。”

“您没有打扰我。我很高兴与您这样的读者见面，但我这里正乱成一团。您会在城里待段时间吗？”

"我这周都在。"

"那您明天方便来找我吗？"

"当然。"

"那就明天上午十一点？"

"很高兴，很荣幸。实在抱歉，冒昧打扰——"

我对利夫什茨教授说，我真的非常乐意与他见面，之后他离开了。

伊丽莎白已经放下了电话。她站在电话旁，似乎在等着我过去。我在离她几步远的地方停下，对她说："抱歉，您是个非常好的女人，我理解您的处境，但是您丈夫、您母亲，现在又出来个律师，我不能卷入与他们的战斗中。他想做什么？为什么打电话？"

"哦，他们都疯了。不过我听到了你对那个你误以为是我丈夫的人，都说了些什么，我发誓不会再找你麻烦。今天的事证明只有一条路可以让我解脱。我只想说你的诊断是错误的，我没有癫痫。"

"那是怎么回事？"

"医生也不明白。某种超敏症状，谁知道从哪儿遗传来的，兴许是那位我们共同的祖先。他写了本什么书来着？"

"《深度揭示者》。"

"他揭示了什么深度？"

"没有哪种爱会丢失。"我说，虽然这位祖先写的书我一个字都没读过。

"他有没有说所有的爱、所有的梦想、所有的欲望都去了哪里？"

"它们在某处。"

"哪里？深渊？"

"天国档案馆。"

"就是天国也装不下这么多档案。我要走了。哦，电话又响了！求你不要接！不要接！"

我拿起话筒，没有人说话。我挂了电话，伊丽莎白说："是莱斯利。这是他的把戏之一。《深度揭示者》是怎么描述疯狂的？我必须走了！如果我还没疯掉，会和你联系的。也许今天，在饭店跟你联系。"

伊丽莎白·德·索拉再也没有打来电话，或给我写信。她落下了那把漂亮的雨伞，还有她外祖父的书《未底改的呐喊》，没有回来取。那本书应该是孤本，对她很珍贵的，我一直不明白为什么她不来取。但另一个与她的造访相关的谜倒是迅速解开了。我遇到了我的邻居，那个排字工。我跟他说，他的亲戚答应了给办公室打电话，却再没露面。

他笑了，摇摇头说：“你敲错门了。我住在五层，不是六层。”

韩颖 译

思亲小母牛[1]

1

那时，我为一家意第绪语报纸写稿，在这家报纸的小广告栏里，还真能找到些价廉物美的好东西。我可离不开这些广告，我的稿费每周还不到十二美元，靠着从杂志上搜罗些"奇闻逸事"，每周凑上一栏，才能到手。比如：一只海龟能活五百年；哈佛大学教授出版了一本黑猩猩语言词典；哥伦布并不是想找到通往印度的路径，而是想寻找失踪的十个以色列部落。

那是一九三八年的夏天，当时我租了一个配家具的房间，在四层，没电梯，窗户正对一面空墙。这则小广告称："农场住房，提供膳食，每周十美元。"反正我已和女朋友道莎"永久"分手了，又何必留在纽约过夏天呢？我把我那点家当装了个大箱子，带上许多支铅笔，以及用来搜罗信息的书和杂志，乘坐卡茨基尔山大巴去蒙特戴尔。我要在那儿给农场打电话。我的箱子合不上了，用了好几根瞎子乞丐卖给我的鞋带才捆上。我坐八点的大巴，下午三点到达村子。我试着在当地的文具店打电话，没打通，还白花了三角钱。第一次拨错号。第二次电话有杂音，响了好几分钟。第三次应该没拨错，却没人接。这三角钱是要不回来了，我决定打车。

我把地址拿给司机看，他又皱眉又摇头，过了一会儿说："我想我知道那是什么地方。"他随即在坑坑洼洼的窄路上愤怒地狂奔起来。按广告所说，农场距离村子有五英里，可他却开了半小时。我明白他迷路了，但没人可

以问路。我从未想过在纽约州还有如此人迹罕至之地。我们不时路过一所烧毁的房子，或貌似已被弃置多年的谷仓。不知从哪儿突然冒出个还有人住的旅店，忽而又像幽灵般消失了。野草荆棘丛生，成群的乌鸦呱叫盘旋。出租车的里程器嘀嘀嗒嗒，走得飞快。每过几秒，我就摸摸装钱的裤兜。我想跟司机说，在荒原和沙漠上这么毫无目的地漫游，我可付不起车费，但我知道他会骂我的，甚至会把我丢在旷野上。他一直嘟嘟囔囔，每隔几分钟我就听见他说："他妈的。"

出租车七拐八拐，终于到达了目的地。一下车，我马上意识到犯了个大错。哪里有农场的影子，只有一个破败不堪的旧木屋。我付了四美元七十美分的路费，外加三十美分的小费。司机恶狠狠地看了我一眼，像要把我生吞活剥似的，然后一踩油门，自杀般呼啸而去，我差点没来得及搬箱子。没人出来迎接我，只有一头母牛在狂吼。按理说，母牛叫几声就会安静下来，可这头母牛却没完没了，其声之惨仿佛是掉进了陷阱，痛苦万分。我打开一扇门，看到房间里有铁炉、乱糟糟的床、脏兮兮的被褥、破破烂烂的沙发。斑驳的墙边堆放着干草和饲料。桌上有几只红壳鸡蛋，粘着母鸡的秽物。一个皮肤黝黑的女孩儿从另一间屋走进来，长长的鼻子，肉嘟嘟的嘴唇，浓眉下一双愤怒的黑眼睛，上嘴唇隐约可见黑色茸毛，短发，若不是见她穿了条破裙子，我还以为她是男的呢。

"你要干什么？"她粗鲁地问。

我给她看了看广告。她扫了一眼报纸说："我父亲真是疯了。我们这儿没地方住，也没吃的，也不会租那个价钱。"

"什么价？"

"我们不需要房客，没人给他们做饭。"

"那头母牛为什么老叫？"我问。

女孩儿上上下下打量着我。"不关你的事。"

又进来一个女人，大概有五十五、六十或六十五岁的样子，身材矮小粗壮，一肩高一肩低，胸部很大，都够到肚皮了。她趿着一双男式旧拖鞋，蒙着头巾，皱巴巴的裙子下面露着静脉曲张的腿。虽是炎炎夏日，她却穿一件破旧的毛线衣。她斜眼看人的样子颇像鞑靼人。她盯着我，带着窃喜的神情，好像我的到来是中了什么恶作剧的招。"是看了报纸来的吧？"

"是的。"

"跟我丈夫说可以耍自己，不要耍别人。我们不需要房客，就像不需要脑袋上被打个洞。"

"我也是这么跟他说的。"女孩儿加了一句。

"对不起，可我是打车来的，出租车已经回村子了。或许我可以住一晚？"

"一晚，嗯？我们这儿可没你的床，也没有被褥，什么都没有，"妇人说，"如果你愿意，我可以帮你叫辆出租车。我丈夫的脑子有毛病，不干好事。他想当农民，就把我们拖到这儿来。这儿方圆几英里都没个商店旅馆，我可没力气给你做饭。我们自己都是吃罐头。"

母牛还是狂叫不停。虽说那女孩儿刚把我噎回去，我还是不禁问道："那头牛怎么了？"

妇人冲女孩儿挤了挤眼："它需要头公牛。"

正在这时，一个农民走了进来，像他妻子一样矮小粗壮，穿一件打补丁的工装裤，上衣令我想起波兰，帽子反戴在头上。晒黑的脸颊上支棱着白色短髭，鼻子上青筋凸现，双下巴松松垮垮。他带进来一股牛粪味，混杂着刚挤出的新鲜牛奶的味道，还有新翻过的泥土味儿。他一手拿铲，一手拿棍，杂乱的眉毛下眼睛昏黄。看到我，他问："是看了报纸来的吧？"

"对。"

"你为什么不先打电话？我可以赶马车去接你。"

"萨姆，别耍小伙子玩，"他妻子打断了他的话，"没他的被褥，也没人给他做饭，再说啦，一周十美元能干什么？这点钱可不够花。"

"你就别管了，"农民说，"是我登的广告，不是你，我来负责。小伙子，"——他抬高了声调——"房东是我，不是她们。这是我的房子，我的地。你看到的一切都是我的。你应该先来个信儿或打个电话。不过既然你已经来了，那就是我的座上宾。"

"对不起，但是您妻子和女儿——"

农民没容我把话说完。"她们的话还不如我指甲缝里的泥。"他伸出一只沾满泥巴的手，"我会给你打扫房间。我会给你铺床、做饭，满足你的一切需求。如果有人给你写信，我会去村里给你取，我每隔两三天就去一次。"

"我今晚可以睡在这儿吗？旅途太累人了，而且——"

"你自便好了，她们没什么可说的。"农民指了指他的家人。我意识到我卷入了一个不和谐的家庭，我可不想成为牺牲品。农民接着说："来，我带你去你的房间。"

"萨姆，这小伙子不能留在这儿。"他妻子说。

"他得留在这儿，还要在这儿吃，还得满意，"农民说，"如果你不高兴，就带着你女儿回果园大街去。寄生虫，猪，贱货！"

农民把铲子和棍子放在墙角，抄起我的箱子就出去了。我的房间有单独的入口和楼梯。我看到一大片田地，长满杂草。房子附近有口水井和户外厕所，就像波兰的犹太村子。一匹沾着泥浆的马在啃青草。再往远处有个牲口棚，传来动物的哀号，这么久一直就没停。我问农民："你的牛如果是在发情期，为什么不满足它？"

"谁跟你说它在发情了？它是头小母牛，我刚买的。它从前待的牲口棚里有三十头母牛，它是想她们了。很可能那儿有它的妈妈或姐妹。"

"我从未见过这么思亲的动物。"我说。

"什么样的动物都有，不过它会安静下来的。不会永远这么叫下去。"

2

通往房间的楼梯吱嘎作响，没有扶手，只有一条粗绳子。房间里有股烂木头和杀虫剂的味道。床上铺着凹凸不平的脏床垫，破洞里露出垫子芯。外面并不是很热，一进屋，热浪却扑面而来，须臾便是一身大汗。算了，一晚上也死不了，我安慰自己。农民放下我的箱子，去拿被褥。他拿来一只枕头，套着破枕套，一条发黄的床单，粗粗拉拉的，一条棉毯，没有被套。他对我说："现在挺热，但太阳很快就下山了，屋里就会凉快。晚间还得盖被子。"

"没关系。"

"你是从纽约来的吗？"他问。

"对，纽约。"

"听口音，你生在波兰。什么地方？"

我告诉他我所在的村庄，萨姆说他来自邻近的一个村子。他说："我不是真正的农民。这是我们在乡下过的第二个夏天。离开波兰后，我就在纽约做烫衣工。沉甸甸的熨斗，推来拉去那么久，我再也不想干了。我一直渴望新鲜空气，还有，你们怎么说的——大地母亲——新鲜蔬菜，新鲜的鸡蛋和青草。我开始留意报纸上的广告，在这儿，我可找到了笔好买卖。我是从同一个人那里买的农场和小母牛。他住在离这儿大概三英里的地方。他可是好人，虽然是个基督徒。他叫帕克，约翰·帕克。他准许我分期付款，一切都替我安排妥当，但房子太旧了，地里都是石头。他没有——上帝不许——骗我。事先他已跟我讲清楚，清理这些石头要花二十年。我可不年轻了，都七十多了。"

"您可不像。"我迎合他说。

"是因为空气好，还有劳动。我在纽约干得很辛苦，只有到这儿以后，我才真正开始劳动。在纽约我们有工会，但愿一直有。有工会在，老板就不能像埃及人奴役犹太人那样对待我们。我刚到美国时，还有些血汗工厂，后来情况慢慢好起来。我每天工作八小时，然后坐地铁回家。在这儿，我每天要劳作十八个小时，相信我，如果没有工会的养老金，我的钱可不够花。不过没关系。在这儿我们还缺什么呢？我们有自己的西红柿、萝卜、黄瓜。我们有一头母牛、一匹马、几只鸡。空气本身就会令你健康。不过拉希是怎么说的？雅各渴求安宁，伴随雅各的厄运却使他无法安宁。是的，我也学习过，十七岁以前我是在学经堂学习的。我跟你说这些干吗？我老婆贝丝讨厌乡下。她想念果园大街的那些便宜货，想和那些老朋友们聊天打牌。她跟我干上了。她都干了些什么呀！她罢工了，不做饭，不烤面包，不打扫房间。她不肯让步，我什么都得干——挤牛奶，在花园里挖土，打扫厕所。

这话不该跟你说，她都不让我靠近她。她想让我搬回纽约去。可我在纽约能做什么？我们把租的房子也退了，家具也处理了。在这儿，至少还像个家——"

"您女儿怎么想？"

"我的西尔维亚和她妈一样。都三十多了，早该成家了，可她从不想有任何变化。我们想让她上大学，她不愿意。她什么工作都干，什么都干不长。她有个好脑袋，却没有常性。什么事她都烦。什么男人她都约会，但总是没结果。一见面，她就开始挑对方的错，不是这不好，就是那不好。最近这八个月，她和我们一起住在农场。不过你要是以为她能帮我什么忙，那可就错了。她和她妈打牌，别的什么都不干。你也许不信，我老婆连行李都没打开呢。只有上帝知道她有多少件衣服和裙子，全都装在箱子里，好像刚着了场大火似的。我女儿也有许多乱七八糟的衣服，也都装在箱子里。她们这样做就是为了恶心我。所以我决定找个房客,这样就有人和我聊天了。我们还有两间房可以出租。一周十美元提供住宿和三餐，我可不是想靠这个发财。我成不了洛克菲勒。你是做什么的？是老师,还是干别的工作的？"

犹豫片刻，我决定说实话。我告诉他我是一家意第绪语报纸的自由撰稿人。他的眼睛顿时一亮。

"你叫什么？写什么？"

"'逸事一览'。"

农民张开双臂，跺着脚说："你是'逸事一览'的作者？"

"没错。"

"上帝呀，我每周都读你的文章！我周五到村里去就是为了买报纸，相信吗，我可是先读'逸事一览'，然后才读新闻。新闻都是坏消息。希特勒这个，希特勒那个。他该被烧死，这个寄生虫，不干一点好事。他想从犹太人这里得到什么？德国被打败了，难道是犹太人的错？光是读这些，就得犯心脏病。但你的这些奇闻逸事却是知识、科学。苍蝇真的有上千只眼睛吗？"

"是的，是真的。"

"怎么会呢？苍蝇为什么需要这么多眼睛？"

"对自然来说，似乎一切都顺理成章。"

"你要是想看自然之美，就待在这儿。等等，我得告诉我老婆是谁来了。"

"何必呢？反正我也不会留在这儿。"

"你说什么？为什么不？她们的确刻薄，但如果她们知道你是谁，会非常高兴的。我老婆也读你的文章。她会把报纸从我手里抢走，因为她想第一个读'逸事一览'。我女儿也懂意第绪语。她还没学英语，就会讲意第绪语了。和我们在一起，她基本上都说意第绪语，因为——"

农民冲了出去，沉甸甸的鞋子敲打着台阶。母牛还在吼叫，狂怒烦躁，几乎是一种人类才有的反抗。我坐在床垫上，低下头。近来，我做的傻事可是一件接一件。我愚蠢地和道莎吵架。我花钱跑到这儿来，明天还要坐出租车和大巴回纽约去。我动笔写小说，却卡壳了，连我都认不出自己的乱涂乱抹。坐在床边，热浪烘烤着我的身体。这窗户怎么就没窗帘呢！母牛的哭诉快要把我逼疯了。从它的吼声中，我听出了众生的绝望。世间万物都在通过它来抗议。我突然有了一个疯狂的念头：等到夜里，或许我可以出去杀了这头母牛，然后再杀死我自己。这样的谋杀接自杀也算是人类历史上的创举吧。

楼梯上传来沉重的脚步声。农民带着他老婆来了。接着就是道歉，以及纯朴之人在见到他们喜爱的作者后那莫名其妙的夸张。贝丝惊叫道："萨姆，我必须亲他一下。"

没等我说句话，我的脸就被那女人捧在了粗糙的手中，一股洋葱、大蒜和汗味儿。

农民善意地说："她亲陌生人，却让我饿肚子。"

"你脑子有病，他可是科学家，比教授还伟大。"

过了一分钟，他们的女儿就来了。门开着，她站在那里，半是嘲讽地看着她父母围着我团团转。过了一会儿，她说："我要是侮辱了你，请原谅。我父亲把我们带到这荒郊野地来。我们没有车，他的马也是半死不活的。突然，有人拿着行李从天而降，想知道那母牛为什么叫唤，真是滑稽。"

萨姆紧握双手，那神情就像是要宣布什么令人吃惊的事，眼里却笑意盈盈。"你要是这么同情动物，我就把小母牛送回去。我们没它也可以。让它回到她日思夜想的妈妈身边。"

　　贝丝歪着头说："约翰·帕克不会把钱退给你的。"

　　"他就是不退全款，顶多扣十美元，这可是头健康的母牛。"

　　"我来补全。"话一出口，我自己都吓了一跳。

　　"什么？我们又不打官司，"农民说，"我想让这个人一夏天都住在我的房子里。他不用付钱。这是我的荣幸和快乐。"

　　"说真的，这人真是有毛病。我们不需要母牛，就像不需要脑袋上被打个洞。"

　　看得出来，因为我，丈夫和妻子和解了。

　　"您要是真这么想，还等什么呢？"我问，"这动物可能会焦虑而死，然后——"

　　"他说得对，"农民说，"我马上就把母牛送过去，说干就干。"

　　大家都不说话了。母牛似乎知道它的命运在这一刻已被决定，长啸一声，我打了个激灵。这可不是什么思亲小母牛，简直是附体阴魂。

　　萨姆一进牲口棚，母牛就安静下来。它是头黑色母牛，大耳朵，黑色的大眼睛闪烁着只有动物才具备的智慧，丝毫看不出它已经历了这么多小时的痛楚。萨姆用绳子套住母牛的脖子，它乖乖地跟着走。我跟在后面，贝丝在我近旁。她女儿站在房前说："真的，若不是亲眼所见，我是不会相信的。"

　　我们一路前行，母牛一声不吭。它似乎认识回去的路，想跑回去，萨姆不得不拉住它。夫妻俩边走边在我面前拌嘴，就像以前到我父亲的法庭讨公道的夫妻一样。贝丝说："那破房子空了好多年了，都没人看上一眼，白给都没人要。突然，我丈夫来了，捡了个便宜。那句话怎么说的？'傻子逛街商人乐。'"

"果园大街有什么？空气污浊。天一亮就开始撞啊吵啊。还有人闯入我们的房子。在这儿，你都不用锁门。我们离开几天，几周，都没人偷东西。"

"哪个贼会到这光秃秃的地方来？"贝丝问，"他们能偷什么？美国的贼是很挑的。他们要么偷钱，要么偷钻石。"

"相信我，贝丝，在这儿你可以多活二十年。"

"谁想活那么长？熬完一天，我就得感谢上帝。"

走了大约一个半小时，我看到了约翰·帕克的农场——房子、谷仓。小母牛又想跑，萨姆得用尽力气拉住它。约翰·帕克正拿着一把弯镰刀割草。他又高又瘦，金发碧眼，盎格鲁－萨克逊的后裔。抬眼一看，他吃了一惊，但依然能保持平静，他不是那种轻易受惊吓的人。我甚至觉得看到他微微一笑。我们来到了草场，有群奶牛在吃草。小母牛疯狂地挣脱萨姆的手，又跑又跳，项上还套着绳子。几头奶牛慢慢抬起头，其他奶牛继续吃草，好像什么事都没发生。一眨眼的工夫，小母牛也开始吃草。我还以为经过如此痛苦的思念，小母牛和她妈妈会上演一场戏剧性重逢：没完没了的亲吻、抚摸，以及奶牛能向失而复得的女儿表达感情的其他方式。不过牛似乎并不这样打招呼。萨姆开始向约翰·帕克解释事情的原委，贝丝也跟着插话。萨姆说："这年轻人是位作家。我每周都读他的文章，他要到我家做客了。像所有作家一样，他有颗慈悲之心，见不得小母牛受苦。他写的每一行字，我和我老婆都喜欢。他说小母牛会打扰他思考，于是我决定，管他三七二十一。我把母牛送回来了，你说罚多少就多少——"

"你不会损失什么，它是头好牛。"约翰·帕克说。"您写什么？"他问我。

"哦，为一家意第绪语报纸写些奇闻逸事类的文章。我还打算写本小说。"我吹嘘道。

他说："我曾经是一家读书俱乐部的会员，但他们寄来的书太多了，我没时间看。经营农场是很忙的，不过我还是订了《周六晚邮报》。我有一堆呢。"

"我知道。本杰明·弗兰克林是创办者之一。"我想炫耀一下我在美国文学方面的博学。

"进来，我们喝一杯。"

那个农民的家人出来了。他老婆皮肤黝黑，黑色短发，我觉得像意大利人。她的鼻子上坑坑洼洼，黑眼睛却炯炯有神。她穿着时髦，一副城里人的打扮。男孩儿金发碧眼，像父亲，女孩儿像母亲，一看就知道来自地中海。又出来一个男人，像是雇来干活的。两条狗不知从什么地方蹿了出来，狂叫几秒钟后，开始摇尾巴，蹭我的腿。萨姆和贝丝再一次解释他们造访的原因，农妇半是惊奇，半是嘲讽地审视着我。她请我们进屋。很快一瓶威士忌打开了，我们开始推杯换盏。帕克夫人说："我刚从纽约来这儿时，真想城里的生活，都快想死了，可我不是小母牛，没人在乎我的感情。因为孤单，我也曾试着写些东西，虽然我不是作家。我这儿还留着些写作本，我都记不清在里面写了些什么。"

那妇人犹豫不决，面带羞色地看着我。我很清楚她的心思，于是问道："我可以看看吗？"

"看什么呀？我又没什么文学天分。也就是个日记，记录下我的经历。"

"如果您不反对，我想读一读，不是在这儿，是回到萨姆的农场后。"

妇人的眼睛一亮。"我为什么要反对？不过您读到我那些流露情感的句子时，请不要笑我。"

她去找手稿，约翰·帕克打开抽屉，数出小母牛的钱。两个男人争执起来。萨姆想少要几美元，约翰·帕克坚决不同意。我再次提出由我来补足差额，但两个男人都用责备的眼光看着我，让我少管闲事。一会儿，帕克夫人拿来一个散发着卫生球味儿的马尼拉麻旧信封，里面装着一摞写作本。相互道别后，我留了他们的电话。回到萨姆的农场时，太阳已西沉。空中繁星闪烁，我已经很久没见过这样的夜空了。苍穹低垂，令人心生畏惧，却又庄严欢欣，我不禁想起了犹太新年。走进我的房间，我简直不敢相信自己的眼睛，西尔维亚已为我换了铺盖：床单变白了，毯子上毫无斑点，枕套也干净了。她居然还挂了一张风车小画。

那天晚上，我与这家人共进晚餐。贝丝和西尔维亚问了我许多问题，我给她们讲道莎，以及我们最近吵嘴的事。她俩都想知道我们吵架的原因，我告诉她们后，两个人都笑了。

"爱情不能因这点蠢事就结束。"贝丝说。

"恐怕已经太迟了。"

"现在就给她打电话。"贝丝下了命令。

我给了西尔维亚电话号码。她摇动墙上电话的曲柄，冲着电话大喊大叫，就好像电话公司的女接线员是个聋子。也许她真是聋子吧。一会儿，西尔维亚说："你的道莎接通了。"她眨了眨眼。

我告诉道莎我都做了些什么，还有小母牛的故事。她说："我就是那头小母牛。"

"什么意思？"

"我一直在给你打电话。"

"道莎，你可以到这儿来。还有一个空房间。这儿的人很好，我已经感觉像在家里似的了。"

"哦？告诉我地址和电话。也许我下周去。"

大约十点，萨姆和贝丝去睡觉了。他们向我道晚安时，就像年轻夫妇一样充满期待。西尔维亚则提议一起去散步。

虽然没有月亮，但夏夜很明亮，萤火虫点亮了矮树丛。青蛙欢叫，蟋蟀畅鸣。夜空流星如雨。我可以分辨出那名为银河的白色光带。天空像大地一样不肯休息。它亦思亲，那是宇宙的渴望，需要几万光年才可以满足的渴望。尽管西尔维亚刚刚帮我与道莎和解，现在却拉着我的手。夜色使她的面容变得柔和了，黑眼睛熠熠发光。在满是尘土的路中间，我们停下脚步，激情热吻，似乎只有上帝才知道我们等这一刻等了多久。她的大嘴咬住我的唇，像只野兽，身体散发出的热气烤着我的皮肤，和几小时前屋顶的热浪没什么两样。我听到一声轰鸣，神秘而诡异，好像远方星座的一头小母牛刚刚睡醒，开始号叫，直到宇宙间的生命都得到拯救，方肯罢休。

韩颖 译

姊 妹 记[1]

里昂·巴德勒，或者叫海伊姆·莱伯，往咖啡里加了些奶，又加了许多糖，尝了尝，做了个鬼脸，又加奶，然后咬了一口服务生送来的杏仁甜饼。

他说："我喜欢甜咖啡，不喜欢苦的。在里约热内卢，他们喝那种苦得像胆汁似的小杯咖啡。这儿也有——意式浓咖啡——但我喜欢以前在华沙喝的那种。和你坐在这儿，我都忘了我是在布宜诺斯艾利斯，感觉就像在华沙的卢尔咖啡店。你觉得这儿的气候怎么样，嗯？我可是很久才适应春天过住棚节，秋天过逾越节。这种颠三倒四的日历给我们犹太人带来的混乱，简直没法说。热浪滚滚时，我们迎来光明节，人都快融化了。五旬节又那么冷。好吧，至少春天的气息还没变——还是从普拉加森林和萨克逊尼花园飘出的丁香花的香气。我辨得出那气味，却不认识它们。外邦人的作家列出了每一种花草树木，可在意第绪语里花有多少名字？我只知道两种花——玫瑰与百合。偶尔去花店买花，还得靠店员来帮忙。喝咖啡！"

"讲讲你的故事吧。"我说。

"哦？这故事能讲吗？该从何讲起呢？我答应过要把一切都告诉你，所有真相，但真相能说吗？等等，我先抽支烟，抽支你们美国人的烟。"

里昂·巴德勒拿出我从纽约带给他的一盒香烟。我认识他有三十多年了，还给他的一本诗集写过序言。他有五十三四岁的样子，熬过了希特勒的地狱之日和斯大林的恐怖之时，却依然显得年轻。他留着鬈曲的黑发，黑色的大眼睛，厚实的下嘴唇，脖子和肩膀凸显男人的强健。他的衬衫领子还

---

[1] 由约瑟夫·辛格翻译。——原注

是波兰诗人斯瓦尔茨基式的，就像在华沙一样。他吐着烟圈，眯眼看着我，仿佛艺术家在审视他的模特。

他说："我从中间开始讲吧。求你不要问我任何年代，因为我实在搞不清年代的事。应该是在一九四六年，也许还是一九四五年底。我已经离开斯大林治下的俄国，回到了波兰。在俄国，我本应参加波兰军队，但我设法躲过了。路经华沙时，我看到了犹太人居住区的废墟。你不会相信的，但我真的去找了我在一九三九年住过的房子——或许还能在砖头中找到我的手稿呢。炮轰火烧过后，在诺沃利普基街认出我的房子，找到手稿的几率比零还低，但我还真认出了房子的废墟，还找到了我出的一本书，就是你写序言的那一本，只缺最后一页。我虽吃惊，却并不十分意外。在我的生活中有那么多不可思议的事，我已见怪不怪了。今晚回家若是看到我死去的母亲，我眼都不会眨一下。我会说：'妈妈，你好吗？'

"我从华沙跌跌撞撞地来到卢布林，又去了什切青。城市大多成了废墟，我们睡在牲口棚里、工房里、大街上。在布宜诺斯艾利斯，人们指责我为什么不把我的经历写下来。首先，我不是散文作家。其次，那些事在我的脑子里已搅成了一锅粥，尤其是年代和城市名，我相信我煲的这锅粥会错误百出，人们会骂我是骗子，在编故事。有些难民真是半疯。有个女人丢了孩子，她到处找他，沟渠里，草垛里，在那些根本就不可能找到孩子的旮旯里。有个红军逃兵认准瓦砾中藏着财宝，冰天雪地的，他就站在那儿挥着铁铲在砾石中刨。独裁、战争、残酷，令举国上下都发了疯。我的理论是人类打一开始就是疯子，文明与文化只是加剧了人们的疯狂。算了，你想听的是事实。

"长话短说，事实是：我在什切青遇到一位女子，立刻就被她迷住了，真的是着迷。你知道我这辈子有许多女人。在俄国，什么都缺，就是不缺所谓的爱情。像我这样的人，无论是危险、危机，还是饥饿，甚至疾病都不能从我这儿抢走现在所谓的里比多，或那些教授们胡乱编的什么词儿。这里比多与我们年轻时的浪漫爱情相去甚远，犹如我们与木星的距离。突然，我就这样站在了一个女人面前，目瞪口呆，好像从未见过女人似的。描述她？

我可不擅长描述。黑色长发，肌肤雪白如大理石。你得原谅我用词如此通俗。她的黑眼睛流露出莫名的恐惧。在那些日子里，恐惧不是什么不同寻常之事。每一秒，你都有生命危险。俄国不放我们走，英国不让我们进，我们进入巴勒斯坦就成了非法。有人为我们准备了假护照，但显然这些假护照不好使。唉，可那双眼睛却流露出另外一种恐惧，好像这女孩儿是从别的星球掉到了地球上，不知身在何方。或许天使下凡就是那个样子，但天使是男的。她脚蹬一双张了嘴的鞋子，身着长长的睡衣，她是当外衣穿的。联合分配委员会将美国贵妇捐给难民的内衣外衣送到了欧洲，她就领了件昂贵的睡衣。除了恐惧，她的神情中还带着一种特别的温柔。这一切都显得与现实格格不入。这么娇弱的生命通常熬不过战争浩劫。他们会像飞虫一样跌落。那些能熬过战争的人都是强壮的，有着坚强的意志，而且常常是踏着别人的死尸走过。尽管我常乱搞女人，却还有些羞怯，从不主动进攻，但我实在无法逼迫自己走开。我鼓足勇气问她我能否效劳。我是用的波兰语。起先她没说话，我以为她是个哑巴。她以一种无助的眼神看着我，通常孩子才会有那样的眼神，然后她用波兰语说：'谢谢，你帮不了我。'

　　"一般来说，若有人这样拒绝我，我会走开的，但这次却有某种东西让我走不开。原来她出身哈西德派家庭，华沙地主的女儿，追随亚历山大拉比。德伯拉，或者道拉，是那种在单一环境中长大的哈西德女孩。她就读于私人女子学院，学习钢琴和舞蹈。还有一位拉比夫人到她家来教她犹太祷词和律法。战前，她有两个哥哥，大哥在贝辛有个妻子，二哥在叶希瓦学习。她还有个姐姐。战争很快就摧毁了这个家。她父亲死于德国炮弹之下，母亲在华沙的隔都死于饥饿和肾病，大哥在贝辛被纳粹杀死，二哥被招入波兰军队，不知死在何处。姐姐依塔失踪了，道拉不知道她在哪儿。道拉有个法国老师，是雅利安人，一直未婚，叫作艾尔兹别塔·道兰斯卡。是她救了道拉。至于怎么救的，说来话长。道拉在地窖里住了两年，这位老师竭尽所能养活她。女中圣人，却死于波兰起义。上帝就是这样回报好心的外邦人的。

　　"她可不是一口气说了这么多，我是一点点得知的，真是一个字一个字

挤出来的。我对她说：'在巴勒斯坦，你会重新站起来，会有许多朋友。'

"'我不能去巴勒斯坦。'她说。

"'为什么？那你要去哪儿？'

"'我得去古比雪夫。'

"我真不敢相信我的耳朵。想想看，在那个时候，从什切青回到布尔什维克的地盘——再去古比雪夫，一路艰险丛生。

"'你去古比雪夫做什么？'我问她。她给我讲了一个故事。若不是我后来亲自证实了她的话，我会说那是疯子的胡言乱语。依塔从开往集中营的火车上跳了下来，穿过田野、森林，去了俄国。在那儿，她和一位犹太工程师住在一起，那工程师在红军中官阶挺高。后来他死于战争，依塔就疯了。她被关在当地的疯人院。一个很偶然的机会，简直是个奇迹，道拉得知她姐姐还活着。我问她：'你姐姐疯了，你又怎么帮得了她？在那儿，她至少能得到治疗。你能为一个疯女人做什么？你没钱，没房，一分钱都没有。你俩都会死的。'

"她说：'你说得很对，但她是我唯一的亲人，我不能让她在苏联的疯人院里日渐消磨。也许她看到我就会好起来。'

"通常我不愿管他人的闲事。战争使我明白，你谁也帮不了。究其根本，我们都是走在坟墓上。当你在集中营和监狱里度过了许多年，当你一天中要十次直面死亡时，你就不再有同情心了。可是听完这女孩儿讲了她的打算，我却感到一种从未有过的同情。我一遍遍地试图劝她打消这个念头，给出了一千条理由。

"她说：'我知道你说得对，但我必须回去。'

"'你怎么去？'我问她。她却回答：'就是走也要走回去。'

"我说：'恐怕你的脑子也不比你姐姐清醒。'

"她答道：'恐怕你是对的。'

"此刻坐在你身边的这个人流浪多年，历经磨难，却放弃了去以色列的机会，而在当时，去以色列是我最美好的梦。我和这个陌生女孩儿去了古比雪夫，简直就是自杀。那一刻，我明白同情是一种爱，事实上，是爱的最高形式。我就不和你讲这次旅途了——那不是旅途，而是长途跋涉。我只想告诉你，在路上我们两次被红军抓住，险些死在监狱或劳工营里。这一路上，道拉表现出一种奇异的英勇，但我觉得与其说那是勇敢，不如说是认命。我忘了告诉你——她是个处女；在绝望的外表之下，她其实是个充满激情的女人。我对女人的爱已习以为常，但这次与以往都不同。她缠着我，那是爱与绝望的混合，令我心生恐惧。她受过良好的教育，躲在地窖里的那两年，她读遍了波兰语、法语和德语的书籍，却毫无实际经验。一点小事都会吓住她。在她的藏身之处，她读了许多基督教的书、通神作家勃拉瓦茨基夫人的作品，以及道兰斯卡小姐的一位姨母留给她的有关神秘学及神智学书籍。道拉絮絮叨叨地说着耶稣和鬼魂，我可没耐心听这些事，尽管在大屠杀期间，我自己也成了神秘主义者，至少是个宿命论者。真是奇怪，她竟把家乡的犹太文化也掺杂了进来。

"越过边境去俄国没什么难的，只是火车太挤。本来麻烦就够多了，还要把火车头卸下来，挂别的车厢，我们就被晾在那儿好几天走不了。车厢里，乘客常常打架。一有人打架，所有人都会被赶下车。铁路沿线散落着尸体。车厢内本就冷得要命，还有些人居然搭乘平板火车，任凭雪花飘落在身上。就是在封闭的车厢里，你也得抱个锅或暖瓶才能御寒。有个农民坐在车厢顶上，火车进入隧道时，他的脑袋就没了。我们就这样到了古比雪夫。一路上，我不断地想我在做什么。和道拉的这件事可不简单，我可是把命和她绑在了一起。抛下这样的人，就跟把孩子一个人丢在森林里一样。还没到古比雪夫，我们就有了各种矛盾。道拉一分钟都不敢离开我，所有矛盾都由此而来。火车进站，我想给她弄些吃的或热水，她却不让我下车。她总怀疑我要甩下她。她拉着我的袖子，想把我拽回来。乘客们，尤其是那些俄国人可有的乐了。她们整个家族似乎都有些疯狂；要么表现为恐惧，要么表现为怀疑，还有发端于人类穴居时代的神秘主义。这笔远古遗产，如何一路传到了华沙这样一个殷实的哈西德家庭，还真是个谜。直到今天，那次冒险对我来说仍然匪夷所思。

"我们到了古比雪夫，似乎一切都白费了。那儿没什么姐姐，也没有疯人院。我是说那里虽然有家疯人院，却不收外来人。纳粹在撤退时毁掉了医院、诊所和疯人院，将病人枪杀或毒死了。那些纳粹杀人狂还没有到古比雪夫来，但医院里挤满了重伤员。那些日子，谁还有心思管疯子？不过，有个女人告诉了道拉详情。那个犹太军官名叫利普曼，那女人是利普曼的亲戚，她没理由撒谎。你能想象我们有多失望吗？我们如此长途跋涉，历经艰险，却徒劳无获。不过，等等，我们还真找到了依塔，她不是在疯人院里，而是在乡下和一个犹太老鞋匠住在一起。那女人没瞎编。依塔曾患抑郁症，在某家机构治疗一段时间后就出院了。我从未把事情的来龙去脉全搞清，就是她告诉我的那些事，后来我也忘了。大屠杀与健忘症是紧密相连的。

"鞋匠是波兰犹太人，你的老乡，不是从比尔格雷，就是从雅诺夫来的，快八十了，但依然精神矍铄。别问我他为什么去了古比雪夫，依塔又怎么和他住到了一起。他住在垃圾堆里，但他会补靴子和鞋子，哪儿都需要这样的人。他有着长长的白胡子，周围是旧鞋子，他就这样坐在窝棚里，那儿更像是个鸡窝。当他敲钉子或缝鞋子时，嘴里还咕哝一句赞美诗。土炉子旁站着一位红发女子，正在煮大麦，赤脚，衣衫褴褛，头发凌乱，半裸。道拉一眼就认出了她姐姐，对方却不认识道拉。当依塔终于认出这是她妹妹时，她没有尖叫，而是像狗一样狂吠起来。鞋匠坐在凳子上前后摇晃。

"那儿附近本应有个集体农庄，我却只看到一个旧式的俄国村庄，木屋、小教堂、厚厚的积雪、狗、瘦马拉的雪橇，跟我以前在俄语课本里看到的图片一样。我心想，天晓得，整场革命或许不过是场梦，也许尼古拉斯还坐在皇位上。战争期间及战后，我见过许多亲人重逢的场面，但这二位却上演了一场惊心动魄的姊妹剧。她们又亲又舔，又号叫。老头儿没牙的嘴嘟囔着：'可怜，可怜……'然后接着补鞋去了。他好像是个聋子。

"没什么行李可收拾。依塔也就有双鞋子，厚鞋底、厚鞋跟，还有一件羊皮坎肩。老头儿不知从哪儿拿出块黑面包，依塔把面包掖进包里，吻了吻老头儿的手、眉毛和胡子，就又号叫起来，像是被狗附体。依塔比道拉高，绿眼睛像野兽的眼睛一样可怕，头发是一种奇怪的红色。要给你细数我们是如何从古比雪夫去了莫斯科，又如何从那儿回到波兰，我得在这儿和你坐到明天。我们一路跋涉，艰难前行，随时面临被捕、分别和死亡的危险。我们总算熬到了夏天，经过这么多痛苦，终于到达德国，又去了巴黎。说得虽轻巧，其实我们到法国时已是一九四六年底，也许已是一九四七年了。联合分配委员会的一个社会工作人员是我的朋友，从华沙来的一个年轻人，一九三二年去了美国。他懂英语，还有其他语言。你难以想象当时美国人的势力有多大。通过他，我可以很容易地拿到去美国的签证，但道拉却认定我在美国有情人。在巴黎，联合——其实还是那年轻人——帮我们搞到了一间小公寓，这可不容易。这个机构每月还发给我们补助。

"我知道你会问我——耐心点。不错，我和她俩住在一起。我和道拉在德国正式结婚了——她想站在婚礼华盖下，她如愿以偿了——其实我有两个妻子，两个姐妹，就像雅各族长一样，就是没有使女辟拉和悉帕。什么能拦住像我这样的人？犹太律法不成，外邦人的法律当然也不成。战争期间，整个人类文明都垮了。在德国集中营，在俄国的劳工营，还有后来难民们生活了许多年的难民营里，人们已完全不知羞耻了。听说有个女人，丈夫睡这边，情人睡那边，三个人生活在一起。我见过这么多怪事，已是见怪不怪。不是希特勒家的，就是斯大林家的人把时钟倒转了一万年。不过提醒你，还没全倒回去。还有些人对《布就筵席》里的某个细枝末节的律法，甚至一些习俗，抱有一种罕见的虔诚及自我牺牲精神。这本身或许就有些疯狂。

"我可不想这样。冒险是一回事——由此而确立一种永久关系可是另一回事。但我控制不了。从姊妹俩相遇时起，我就失去了自由。她们以她们对我的爱、彼此之间的爱，还有嫉妒来奴役我。刚刚她们还因爱得刻骨铭心而亲吻、喊叫，一分钟后就开始相互痛揍、撕扯头发，谩骂诅咒，最下贱的人都说不出那样的话来。以前我从未见过这等歇斯底里，从未听过这般尖叫。每隔几天，两人中的一个，有时是姊妹俩，就企图自杀。也有风平浪静的时候。我们仨正坐着吃东西，讨论一本书或一幅画——突然就是一声恐怖的惨叫，姊妹俩会滚到地上，撕扯对方的衣服。我得赶快跑过去分开她们，但不是被扇了一耳光，就是被咬了一口，血滴滴答答地从我身上流下来。她们为什么打架，我永远无从知晓。还好我们住顶层，是个阁楼，这层也没邻居。姐俩一个冲向窗户要往下跳，另一个则拿起刀要抹脖子。我拽着这个的腿，还要把刀从另一个手中夺下来。她们冲我嚷嚷，又对着嚷嚷。我想搞清楚她们为什么如此激动，但很快就明白了她们自己也不清楚。我还得告诉你，她俩都天资聪颖，各有所长。道拉的文学修养很好，谈起书籍极其精到。依塔禀有音乐天赋，能唱出整部交响乐。兴头所至，她们会表现出极高的才能。她们不知从哪儿搞来一台缝纫机，用碎布片做出的服装，最高雅的女士也会为之骄傲。姊妹俩还有个共同点，就是缺乏常识。其实她们有许多共通之处。有时，我甚至觉得她们就是一个灵魂的两个身体。如果用录音机录下她们说的话，尤其是晚上说的话，陀思妥耶夫斯基都会相形见绌。她们不住地抱怨上帝，又悲叹大屠杀的残酷，任何文字都无法与之比拟。只有在夜晚，在黑暗中，人才会暴露本性。现在我明白，她俩天生就是疯子，根本就不是环境所致。环境只是自然而然地使之恶化罢了。和她们住在一起，我也成了个精神变态者。疯狂像伤寒一样具有传染性。

"除了争吵、打架，就是没完没了地讲她们在集中营的事，以及华沙她们家里的故事。她们谈论衣服、时尚，没有什么不谈的。此外，这姐俩最喜欢的一个话题就是：我的背叛。与她们编造的对我的指控相比，莫斯科审判简直堪称逻辑严谨。甚至当她们坐在沙发上亲吻我，围着我争宠玩儿，或是做一些难以名状的既幼稚又野蛮的游戏时，她们也忘不了编派我。在她们嘴里，最后我只剩下一个动机——背叛她们，和别的女人好。每当房东叫我接电话，她们就跑去听。她们坚信邮差、房东、联合分配委员会和我合谋要对付她们，尽管这是什么样的阴谋，目的何在，连她们那古灵精怪的脑子也编不出来。那个研究犯罪的龙勃罗梭宣称天才即疯狂。他忘了说疯狂即天才。她们的无助也是天才。有时我觉得，这场战争已经耗尽了她们身上人与动物求生所需的那种能力。依塔在俄国除了做那老鞋匠的女仆和情人之外，找不到其他工作，这一点更强调了她缺乏主动性。她们经常遐想着在巴黎做女仆、家庭女教师或类似的工作，但我和她们都清楚，无论她们做什么，都不过是几小时的热度。她们还是我见过的最懒的人，虽然她们也时常心血来潮地大干一场，其夸张程度与她们平时的懒惰一样。按理说，两个女人应该能把房间收拾好，但我们的房间总是一团糟。她们做顿饭，会为谁该刷碗吵个不停，直到又该做下一顿。有时几天，甚至几周时间，我们都只吃些干巴巴的东西。被褥经常很脏，屋里有蟑螂和别的虫子。姊妹俩自己倒不脏。晚上，她们会烧水，把整个房间变成澡堂。水渗到楼下，楼下的房客是位法国绅士，咚咚地砸我们的门，威胁要去找警察。巴黎人在挨饿，可在我的房间里，食物被扔进垃圾箱。公寓里堆满破衣服。她们很少穿自己做的衣服，或是从联合委员会领的衣服，她们半裸着，光着脚到处走。

"像其他姐妹一样，她们也有不同之处。依塔有种野性，完全不像哈西德家庭出来的女孩儿。她的许多故事都与殴打有关，而且我知道，任何血腥暴力都会激起她的性欲。她告诉我，当她还是个小女孩，住在父亲家时，她就自己磨刀，杀死了她母亲养在棚子里的三只鸭子。她父亲狠狠地揍了她一顿。道拉和她吵架时就会用这件事攻击她。依塔不是一般的强壮，但不论她做什么，她总会弄伤自己，然后缠着绷带，贴着胶布走来走去。她总暗示要报复我，尽管是我使她摆脱了奴役和饥饿。我怀疑，也许在她内心某处，她宁愿和老鞋匠待在一起，或许这样她就可以不再想她的家庭了，尤其是道拉。她和道拉的关系可谓爱恨交织。每次争吵，她都会流露出这种敌意。道拉又是尖叫，又是哭泣、责骂，依塔则用拳头。我常担心她会一怒之下杀了道拉。

"道拉更有教养，更优雅，有一种变态的想象力。她睡觉很不安稳，常常给我讲她做的梦，与性有关的、邪恶的、乱七八糟的梦。她醒来时，还吟诵着《圣经》经文。她曾尝试用波兰语和意第绪语写诗，有自己的一套神话体系。我常说她被假弥赛亚萨巴泰·泽维或雅各·弗兰克的信徒附体了。

"我一直对多妻制很好奇。难道可以一点不嫉妒？你可以与他人分享你的爱人吗？从某种意义上说，我们仨都在参与一项试验，都在等待结果。这种状态持续的时间越长，我们就越清楚现状无法维持。有些事总要发生，而且我们知道那会是邪恶的、灾难性的。每天都有新的危机，每晚都可能有丑行或阳痿。尽管楼下的邻居们有自己的麻烦，而且自德军占领后就已习惯了放荡，他们还是开始以怀疑的眼光看我们，四处打探，不满地摇头。我们的行为虽然罪恶，我们的宗教教养却要求我们像犹太人那样生活。每到周五，道拉就点燃安息日蜡烛赐福，然后坐在一旁抽烟。她有自己的《布就筵席》，不可吃猪肉，但马肉是洁净的，没有上帝，但在赎罪日必须斋戒，逾越节必须吃无酵面包。依塔在俄国时已成为无神论者，也许只是她自己这样说，反正每晚睡前她都要咕哝些晚祷词或其他什么咒语。我给她一枚硬币，她就往上吐唾沫，以赶走邪恶之眼。早晨起来她会宣称：'今天是倒霉的一天……会有不好的事情发生……'每次都是要么弄伤了自己，要么打碎盘子，或者袜子刮破了。

"道拉管理这个家的财务。我给她的钱总是多于她所需要的，因为我从几家机构领补助，后来我在美国的亲戚也给我钱。过了一段时间，我注意到她存了私房钱。她姐姐显然也知道，而且还分得了战利品。我常听到她们偷偷议论钱的事，还为此争吵。

"忘了提一件重要的事——孩子。姊妹俩都想和我要个孩子，这件事引发了许多争执，但我死也不同意。我们是靠救济活着。每当谈到孩子的事，我就会这样回答：'要孩子干什么？这样，下一个希特勒就又有人可烧了？'我现在也没孩子。我要在我这里结束人类的悲剧。我怀疑道拉和依塔谁也没能力生孩子。这种女人就像骡子一样。我永远也不懂哈西德犹太人怎么会生出这样的女儿。从成吉思汗起，或者魔鬼才知道从什么时候起，人类就有了走偏的基因。

"我们预料中的灾难悄然而至。争吵逐渐平息，取而代之的是吞噬了我们三人的压抑。事情是从道拉生病开始的。我一直没搞清楚她到底怎么了。她越来越瘦，总是咳嗽。我猜可能是得了肺结核，就带她去看病，可医生没发现她有什么病。他开了些维生素和补铁剂，但没有用。道拉也变得冷淡了，不想再加入我们晚间的嬉戏闲聊。她还在厨房给自己支了张小床。没有道拉，依塔很快就对我们的三角恋爱兴致索然。她从来就不是个主动者；

她其实都是听道拉的。依塔吃得多，睡得香，睡觉时又打呼噜又哼哼。新态势很快形成，我不再有两个女人，一个都没了。我们不仅在晚上无话可说，白天也是如此，沉浸在闷闷不乐的氛围中。以前，我烦透了她们的絮絮叨叨、无休止的打斗，还有堆在我头上的溢美之词，如今我怀念那段时光。我和姊妹俩谈了这种状态，我们决定结束彼此间的疏离，但这种事不是想改变就能改变的。我时常觉得有种看不见的东西潜伏在我们当中，一个幽灵，它封住了我们的嘴，令我们心事重重。每当我想说些什么，我的喉咙就会被话卡住。我若真的说出些什么，我的话又无须回答。我惊讶地看着这两个话匣子姊妹变得一言不发。似乎所有的言语在她们那里都已耗尽。我变得像她们一样沉默寡言。以前我可以不假思索地说上几小时，而现在我突然学会了外交辞令，字斟句酌，担心不论我说什么都会触怒她们。以前我总是嘲笑你那些阴魂附体的故事，如今我分明感到自己是着了魔。我想恭维道拉，话一出口却侮辱了她。真是奇怪，我们三人总是打哈欠。我们坐在那儿，哈欠连天，潮湿的眼睛惊奇地看着彼此。我们共同上演了一出悲剧，一出我们自己都不懂、也无法控制的悲剧。

"我阳痿了。我对姊妹俩失去了兴趣。晚间我躺在床上，欲望全无，却感到一种只能叫作反欲望的东西。我总有种不舒服的感觉，觉得皮肤冰凉，身体在缩水。虽然姊妹俩并没有提我阳痿的事，但我知道她们躺在床上，都是竖着耳朵，听我的器官发出的奇怪动静——血液归于平静，四肢痉缩水，似乎退化到了枯萎的边缘。我常想象在黑暗中看到了一个怪物的剪影，轻薄透明如蛛网——又高又瘦，长发披肩——影子骷髅，没有眼睛，只有黑洞，咧着嘴无声大笑。我安慰自己说，是我的神经出了问题。它能是什么呢？我那时不信鬼，现在也不信。但有天晚上，我相信了一件事，即思想和感情真的可以物化为具备某种物质形态的实体。现在想来，我还感到似有蚂蚁上上下下地在我的脊柱上爬。我从未和任何人提起这件事——你是第一个，而且我保证，也是最后一个听到这件事的。

"那是一九四八年春天的一个夜晚。巴黎的春夜有时会非常冷。我们熄了灯，分别躺下睡觉——我睡小床，道拉睡沙发，依塔睡大床。在我印象里，就是在集中营时也没有过如此寒冷的夜晚。我们盖上房间里能找到的所有毯子和破布，还是暖和不起来。我用毛衣袖子盖住脚，把冬天穿的大衣压在毛毯上。依塔和道拉钻进了被窝。我们做这些事时什么都没说，沉默使我们的狂乱举动有种令人不快的压迫感，难以名状。我确凿地记得我躺在那儿想，当晚我们就会遭到惩罚。同时，我又默默地向上帝祈祷我们不应遭到惩罚。我躺了一会儿，都快冻僵了——不仅因为冷，还因为紧张。我在黑暗中搜寻着魔鬼谢德（我这样称呼那蛛网影子般的东西），什么都没看见，但我知道它就在那儿，躲在某个角落里，或许就躲在床头后面。我对自己说：'别傻了，没有什么鬼。如果希特勒屠杀了六百万犹太人，美国人还给他们几十亿美元重建德国，那就没什么超物质的力量了。鬼魂是不会容忍这种不公的……'

"我想小便，厕所在外面的走廊里。如果有必要，通常我可以忍着，但这次实在憋不住了。我从小床上起来，蹑手蹑脚地朝通往走廊的厨房门走去。刚走两步，我就被人拦住了。兄弟，我知道所有解释，还有心理学的胡说八道，但我面前的这东西是个人，他拦住了我的路。我吓得喊不出声来。我不是那种爱尖叫的人。我相信那东西就是杀了我，我也叫不出来。何况，我就是叫出来，又有谁能帮我？半疯的姐俩？我想把他推到一边去，我摸到了一个可能是橡胶、面团或某种泡沫似的东西。有些恐惧你是逃不开的。我俩突然激烈地厮打起来。我推了他一把，他后退几步，开始反抗。我现在想，当时我更怕的是姊妹俩的大喊大叫，而不是邪恶之灵。我说不清我们打了多久——一分钟，或许只是几秒钟。我以为我会当场昏过去，但我倔强而沉默地站在那儿，与幽灵打斗，管它是什么。我不觉得冷，反而热起来。只消一秒钟，我已浑身湿透，像是冲了淋浴。我怎么也不明白为什么姊妹俩没尖叫。我肯定她俩醒着。她们显然是被自己的恐惧吓住了。突然，我挨了一拳。魔鬼消失了，我觉得我的性器也没了。他把我阉割了吗？我的睡裤掉了。我摸索着我的阴茎。不，他没有拔掉它，而是把它重重地打了回去，陷在里面，露不出来了。别那样看着我！我现在没疯，当时也没疯。在这场噩梦里，我一直都明白是神经出了问题——是紧张具备了物质形态。

爱因斯坦说质量是能量。我说质量是被压缩的情感。神经官能症物化为具体形态。感情有了身体，或其本身就是身体，就是你所说的阴魂附体、鬼魂和妖怪。

"我摇摇晃晃地到了走廊，找到厕所，但我真的没东西可尿。我以前曾读过在阿拉伯地区，男人会发生这种事，特别是那些有妻妾的人。奇怪的是，如此混乱，我却能保持平静。悲剧有时会让人沉思认命，不知是从何而来。

"我回到房间，姊妹俩毫无动静。她们静静地躺着，紧张得大气都不敢出。是她们给我施了魔法吗？还是她们自己被施了魔法？我开始慢慢地穿衣服，穿上内裤、裤子、上衣、夏天的外套。黑暗中，我把一些衬衣、袜子和手稿装在包里。我给了姊妹俩足够的时间问我在做什么，要去哪儿，但她们一声不吭。我拿起包，半夜走掉了。这就是事实，没有添枝加叶。"

"你去哪儿了？"

"这有什么关系？我去了一家廉价旅馆，租了个房间。渐渐地，一切回归正常，我的机体又开始运转。我总算度过了那噩梦般的夜晚，第二天搭乘飞机去了伦敦。我有个老朋友在那儿，是当地一家意第绪语报纸的记者，他已多次向我发出邀请。编辑室就一间屋，报纸很快就停办了。不过倒闭前，我总算有份工作，还有住处。一九五○年，我离开那儿，来到了布宜诺斯艾利斯。在这儿，我遇到了莱娜，我现在的妻子。"

"那姊妹俩怎么样了？"

"你知道些什么吗？反正我知道的就这么多。"

"你后来就没有她们的消息吗？"

"再也没有。"

"你找过她们吗？"

"那种事是要尽量忘掉的。我给自己催眠，让我以为那一切不过是场梦，但它确实发生了。就像我现在和你坐在这里一样真实。"

"你怎么解释？"我问。

"我不解释。"

"也许你离开时她们死了。"

"不，她们醒着，在听。死人和活人还是有区别的。"

"难道你对她们后来的境遇不好奇？"

"我就是好奇，又能怎样？她们也许活着。女巫还是有的——她们也许结婚了。三年前我去过巴黎，我们住过的房子已经不在了，那儿建了个车库。"

我们默默地坐着，然后我说："如果质量是由情感构成的，那么街上的每块石头都是痛苦的化身。"

"也许是。有一点我能肯定———一切都活着，一切都在忍受痛苦，在挣扎，在渴望。没有死亡这回事。"

"果真如此，那么希特勒和斯大林就什么人都没杀过。"我说。

"你也没权利去杀幻觉。喝咖啡吧。"

沉默良久。我半开玩笑地问："你从这件事中学到了什么？"

海伊姆·莱伯笑了。"如果尼采关于穷尽所有原子组合及永劫回归的疯狂理论是正确的，如果又有一个希特勒，又有一个斯大林，又有一场大屠杀，如果你一亿年才在什切青碰到个女子——不要陪她去找姐姐。"

"根据这个理论，我别无选择，只能去经历你所经历的一切。"我说。

"若是那样，你就会明白我的感受。"

韩颖 译

三次偶遇[1]

◆ **1** ◆

　　我十七岁离开家。我对父母坦言：我不相信《革马拉》，不相信《布就筵席》的每条律法都是上帝在西奈山上赐予摩西的；我不想成为拉比；不想让媒人安排我的婚姻；我不愿再穿长袍，不愿留鬓发。我去了华沙，那是我父母曾经居住的地方。我要在那里接受正规教育，谋份职业。我哥哥约书亚已是华沙的一名作家，但他帮不了我。二十岁时，我回家了。我的肺部充血，咳嗽不已，没有正规教育，没有职业，没法在城里养活自己。在我离家的日子，父亲被任命为东加利西亚的老斯蒂科夫小镇的拉比。这个小镇也就有十几个破窝棚，茅草屋顶，环沼泽而建。至少，这是老斯蒂科夫在一九二四年的秋天给我留下的印象。十月，阴雨连绵，沼泽似已成为湖泊，倒映着破窝棚。鲁塞尼亚农民，弓着腰、穿长袍的犹太人，戴着头巾、穿着男靴的女人和姑娘，蹚过泥浆。团团雾气在空中低旋。乌鸦掠过头顶，呱呱怪叫。苍穹低垂，灰暗如铅，沉沉地夹着风暴。烟囱里冒出的烟，不往上升，却朝湿透的大地飘去。

　　小镇里给父亲安排的房子几近倾颓。离家三年，我走时他的胡子还是红色，如今已夹杂着些许灰白。母亲不再戴假发，改戴头巾。她的牙掉了，双颊塌陷，鹰钩鼻愈发明显，下巴收了进去，只有眼睛依然朝气蓬勃，目光犀利。

---

[1]　由约瑟夫·辛格翻译。——原注

父亲警告我说："小镇里人都很虔诚。如果你不放规矩些，他们就会用棍子把我们赶出去。"

"父亲，我投降了。我只求不要被拉去当兵。"

"你什么时候必须去征兵处报到？"

"一年后。"

"我们会给你订下婚事。上帝保佑，你的岳父愿意赎你。别再犯傻了，学一学《尧勒迪尔》律法书。"

我去了学经堂，没人在那儿学习。这里的会众大部分是手工艺人和奶牛场工人，一大早就来做晨祷，晚上再回来做晚祷，这中间没有人。我在那儿找到一本关于喀巴拉的旧书。我还从华沙带来了一本几何书和波兰语版波德莱尔诗集。

媒人亚伯拉罕·盖兹尔来看我了——小个子，白胡子几乎齐腰。他也是小镇里的执事、赞礼员，还教《塔木德》。他上上下下打量了我一番，叹了口气。"时代不同了，"他抱怨说，"姑娘们想嫁个能养活她们的人。"

"我不怪她们。"

"在我们这个年代，《托拉》已经没用了。不过别担心，我会给你找个新娘的。"

他给我介绍了一位寡妇，比我大六七岁，带着两个孩子。她父亲贝利士·贝尔泽经营着一家奥地利男爵开的酿酒厂。（战前，加利西亚曾由弗朗兹·约瑟夫皇帝统治。）白天天气晴朗时，可以看到酿酒厂的烟囱。烟囱冒着黑烟，像戴了顶帽子。

贝利士·贝尔泽来到学经堂，想和我聊聊。他留着啤酒色短须，身穿狐皮外套，头戴圆帽，丝质马甲上挂着银链怀表。聊了几分钟，他说："看得出你不是个生意人。"

"恐怕你说对了。"

"那你是做什么的？"

婚事就这么吹了。

突然，我接到华沙来信。我哥成了一家文学周刊的编辑，我可以做校对。他说如果我的小说写得好，还可以在周刊上发表。自读信的那一刻起，我的身体就见好了。夜里再也不咳嗽，胃口大开，把母亲都吓住了。信封里还夹着第一期杂志。这期杂志讨论了托马斯·曼的一部新小说《魔山》，还有自由体诗歌，配有立体派插画。杂志评论了一部题为《翻领里的靴子》的诗集。还有几篇文章讨论旧世界的瓦解，新人类的出现，以新精神重新审视所有价值观。杂志刊印了奥斯瓦尔德·施本格勒的《西方的没落》中的一章，以及亚历山大·布洛克、马雅可夫斯基和叶赛宁的诗歌译本。美国在战争期间涌现出一批作家新秀，他们的作品也开始在波兰出版。不，我不能在老斯蒂科夫虚度光阴！我就等着华沙给我寄来火车票钱了。

要回到现代文明了，我开始留意老斯蒂科夫所发生的事情。女人们向我父亲咨询仪轨之事，或找我母亲聊天，我就在一旁听。我们的邻居，鞋匠拉撒尔的妻子带来了好消息，他们唯一的女儿莉芙基尔要和鞋匠的学徒结婚。没过多久，莉芙基尔亲自上门邀请我们参加订婚仪式。看到她，我吃了一惊，她好像华沙的姑娘。身材高挑纤细，皮肤极白，黑发，深蓝色的眼睛，长长的脖子，上唇略微后咧，露出洁白无瑕的牙齿。她的腕上戴着手表，小耳垂上挂着耳环，头戴缀有流苏的漂亮头巾，脚蹬高跟靴子。她羞答答地瞥了我一眼，说："请您参加！"

我俩的脸都红了。

第二天，我和父母一起去参加订婚仪式。鞋匠拉撒尔的家有间卧室，还有间大屋子，他们在那儿做饭、吃饭、工作。工作台旁散落着鞋子、靴子和鞋跟。莉芙基尔的未婚夫扬奇五短身材，宽肩阔背，皮肤黝黑，镶着两颗金门牙，右手食指的指甲变形了。他特意为订婚仪式穿上了假衬衫，戴上了硬纸领。他把烟递给男宾客。我听到他说："结婚和死亡是你必须做的两件事。"

华沙那边并不着急给我寄路费。下雪了，老斯蒂科夫天寒地冻。父亲去会堂学习，也为了能在炉边取暖。有个女人滑倒在水井边的冰面上，摔折了腿，母亲去看望她。我独坐家中，翻看我的稿子。尽管是白天，有只蟋蟀却在吟唱，讲述着那和时间一样古老的故事。它忽而停下，聆听自己的沉默，又继续它的歌谣。上方的玻璃窗覆盖着冰花，从下面那块可以看到水夫用木扁担挑着两桶水，胡子上结着冰柱。一个戴羊皮帽的农民脚缠破布，跟在一架瘦马拉的雪橇后面，雪橇满载木头，马脖子上铃铛叮咚作响。

门开了，莉芙基尔走进来。"您母亲不在吗？"她问我。

"她去看病人了。"

"我来还昨天借的那杯盐。"她把一杯盐放在桌上，羞涩地看着我。

"订婚礼上没机会跟您说，现在我祝您幸福美满。"我说。

"谢谢您的好心。上帝保佑，您也有好运，"稍停片刻，她补充道，"等轮到您时。"

我们开始攀谈。我告诉她我要回华沙去。这本应保密，我却向她吹牛说我是个作家，刚在一家期刊谋了个职位。我把杂志拿给她看，她惊异地盯着我说："您肯定是个聪明人！"

"写作，最需要的是眼睛。"

"您写什么——您的思想？"

"我讲故事。他们称之为文学。"

"哦，对呀。大城市里总有新鲜事，"莉芙基尔点了点头，"在这儿，时间是静止的。以前还有个爱读小说的人，但哈西德派闯了进来，把书撕成碎片。他就跑到布罗迪去了。"

她坐在长凳边缘，瞭着门口，准备一有人进来就赶快起身。她说："在别的镇子，人们看戏、聚会，什么都做，但在这儿，大家都那么保守，只是吃饭、睡觉、混日子。"

虽然知道这样说不对，我还是问道："你为什么不想法嫁给城里人？"

莉芙基尔想了想说："这里的人在乎一个姑娘想要什么吗？嫁出去就完了。"

"这么说，你们不是为爱而结婚？"

"爱？在老斯蒂科夫？他们不懂那个字是什么意思。"

我在本性上并非煽风点火的人，我也没理由去夸奖令我幻灭的启蒙运动，但不知怎的，我不由自主地就开始跟莉芙基尔讲，我们生活在二十世纪，不是中世纪；世界已然苏醒，像老斯蒂科夫这样的小镇不仅是物质上的一汪泥潭，也是精神上的泥潭。我给她讲华沙、犹太复国主义、社会主义、意第绪语文学和作家俱乐部。我哥是那儿的会员，我也有贵宾卡。我给她看杂志里爱因斯坦的照片，夏加尔、舞蹈演员尼任斯基的照片，还有我哥的照片。

莉芙基尔拍着手说："喔，你和他真像，就像两滴水。"

我对莉芙基尔说，她是我见过的最漂亮的女孩儿。她在老斯蒂科夫能有什么出息？很快她就得生孩子，像其他女人一样穿着粗制靴子，剪了头发，戴着脏头巾，慢慢变老。这里的人都去贝尔泽拉比的法庭，据说他能施奇迹，我却听说镇里每隔几个月就有传染病流行。人们生活在垃圾堆里，一点都不懂卫生、科学和艺术。这不是个镇子——我很夸张地说——这是墓地。

莉芙基尔看着我的样子仿佛是个迁就的亲人，蓝蓝的眼睛，长长的睫毛。"您说的真是太对了。"

"逃出泥坑吧！"我喊道，就像垃圾小说里的诱奸者，"你年轻漂亮，而且看得出来你还很聪明。没必要在这穷乡僻壤虚度年华。在华沙，你可以找份工作。愿意和谁出去就和谁出去。晚上你可以上课，学意第绪语、希伯来语、波兰语——学什么都可以。我也会去那儿，如果你愿意，我们可以见面。我可以带你去作家俱乐部。那些作家一见你就会为你痴狂。或许你还能当演员。在意第绪语剧院出演爱情戏的女演员们又老又丑，导演们正迫不及待地想找些年轻漂亮的姑娘。我去租个房间，我俩一起读书。我们去看电影，听歌剧，去图书馆。等我成名了，我们就去旅游，巴黎、伦敦、柏林、纽约。那里，人们在盖六十层的高楼，火车在街上和地下到处跑，电影明星一周就能挣一千美元。我们可以去加利福尼亚，那儿永远是夏天。橙子像土豆一样便宜……"

我有种奇怪的感觉，好像这不是我在说话，而是某个启蒙运动的宣传老手附在了我身上，通过我的嘴来讲话。

莉芙基尔惊恐地看了看门口。"您怎么这么讲！万一有人听到——"

"让他们听去。我谁也不怕。"

"我父亲——"

"你父亲若是爱你，就应该给你找一个比扬奇更好的丈夫。这里的父亲是在卖女儿，就像野蛮的亚洲人。他们浸淫在狂热、迷信与黑暗中。"

莉芙基尔站了起来。"我逃走的第一晚在哪儿过？这种事会闹大的，我母亲可受不了。我就是改宗也不至于激起那么大的反应。"莉芙基尔说不下去了，她的喉咙动了动，像是被什么东西噎住，咽不下去。"男人说说倒容易，"她咕哝道，"女孩儿就是——最不起眼的东西，被毁了。"

"以前是这样，但新女性已经出现了。就是在波兰，妇女也有了选举权。华沙的女孩子学医学、语言、哲学。还有个女律师去了作家俱乐部。她已经出书了。"

"女律师——怎么可能？有人来了。"莉芙基尔打开门。我母亲站在门口。虽然没下雪，她的黑头巾结了层霜，成了灰白色。

"拉比夫人，我来还那杯盐。"

"急什么？好吧，谢谢了。"

"有借就得有还。"

"一杯盐算什么？"

莉芙基尔走了。母亲用怀疑的眼光看着我。"你和她聊天了？"

"聊天？没有。"

"只要你在这儿，就得规规矩矩的。"

2

两年后，我哥做编辑，我做校对的那家杂志社倒闭了。不过此前，我已发表了十几篇短篇小说，去作家俱乐部也不再需要贵宾卡，我已成了会员。我把德语、波兰语、希伯来语书籍译成意第绪语，以此谋生。我去过征兵委员会了，他们准我推迟一年，现在又该去了。尽管我常指责那些被征募的哈西德教徒，为了不服兵役，故意伤害自己，我也开始斋戒以减轻体重。

我听说过兵营里那些恐怖的事：命令新兵往泥坑里摔，从沟渠上跃过去；半夜被叫醒，行军几英里；下士和中士殴打新兵，开恶毒的玩笑。落在那些恶棍手中，还不如蹲监牢。我准备藏起来——哪怕是自杀。毕苏斯基命令军医只招身体强壮的年轻人，我就想方设法把身体搞垮。我不吃，不睡，拼命抽烟，一根接一根，喝醋，喝鲱鱼咸水。有出版商让我翻译斯蒂芬·茨威格写的罗曼·罗兰传记，我把大半夜的时间都用来译书。我从一个老医生那里租了间房，他是世界语的发明者柴门霍夫博士的朋友。那条街就是以他的名字命名的。

那天夜里，我工作到凌晨三点，然后和衣躺在床上。我每次睡觉都会被惊醒。很奇怪，我的梦变得特别真实。我听到四面八方传来的声音，铃铛叮咚，唱诗班歌声袅袅，睁开眼，仍可听见回响。我的心脏跳得很急，头发刺痛头皮，像是通了电。我又犯了疑心病。我感到肺部充血，要衰竭了。下雨了，什么时候往窗外看，都会看到通往帕瓦兹克公墓的天主教徒的送葬队伍。当我终于坐下来开始翻译时，女仆亚兹雅敲了敲我的房门，说有位年轻女士来找我。

来访者是莉芙基尔。我一时没有认出她来。她打扮入时，身着毛领外套，头戴时尚女帽，背着小包，打着阳伞。她的头发短得像男孩儿，穿着刚刚及膝的时髦短裙。我被搞糊涂了，都忘了吃惊。莉芙基尔给我讲了她的遭遇。有个美国人来到老斯蒂科夫。他以前是个裁缝，据他说，他已成了纽约的女装制造商。他是她父亲的远亲。他向他们保证已和妻子离婚，开始追求莉芙基尔。于是莉芙基尔撕毁了与扬奇的婚约。美国访客给她买了钻戒，带她去兰伯格，去意第绪语剧院，去波兰剧院，去餐馆，总的来说，一副要成亲的样子。他们一起去了克拉科夫和扎克帕内。莉芙基尔的父母要求他娶她，他却找出各种借口。他说根据犹太律法，他已和妻子离婚，但是必须拿到法律证明。旅途中，莉芙基尔和他同居了。莉芙基尔边说边哭。他诱奸了她，欺骗了她。他没有工厂，他给别人打工。他没有和妻子离婚。他是五个孩子的父亲。有一天，他妻子突然造访老斯蒂科夫，揭出了丑闻，一切才真相大白。他妻子在雅罗斯瓦夫和普热米什尔有亲人——屠夫、马车夫，一群不好惹的家伙。他们警告莫里斯——他叫莫里斯——要拧断他的脖子。他们把他交给警察，威胁说要报告美国领馆。最后，他回到了妻子身边，一起乘船去了美国。

莉芙基尔泪流满面，抽抽搭搭，浑身颤抖。很快，她就说了实话。她已怀孕五个月，他是孩子的父亲。莉芙基尔呻吟道："除了上吊，我无路可走！"

"你父母知道吗——"

"不知道。他们会羞死的。"

这是另外一个莉芙基尔。她低头吸了一口我的烟。她要去洗手间，我带她穿过起居室时遇见了医生的妻子—— 一个又小又瘦的女人，尖尖的脸，长着许多瘊子，凸出的黄眼睛像是得了肝炎。她直勾勾地盯着莉芙基尔。莉芙基尔在洗手间待了很久，我真怕她是服毒自杀了。

"那家伙是谁？"医生的妻子责问道，"我不喜欢她的样子。这里可都是正经人。"

"夫人，您没有必要怀疑什么。"

"我可不是昨天才生下来的。你还是另找住处吧。"

过了一会儿，莉芙基尔回到我的房间。她已洗过脸，重新敷了粉，涂了唇膏。

"是你害我如此不幸。"她说。

"我？"

"若不是因为你，我是不会和他走的。你的话深深地印在了我心里。你那样说，让我恨不得马上就离开那儿。他来时，我已经——用他们的话说——到时候了。"

我真想骂她，让她滚，但她又哭了，接着就弹起女人自古就会的老调："我现在能去哪儿，我该怎么办？他真是杀人不用刀……"

"至少，他该给你留些钱吧？"我问。

"还剩一点。"

"也许还有挽回的余地。"

"太晚了。"

我们无语而坐，我想起了道德入门书里的篇章。说得一点都不错。邪恶之词导致不当之行。诽谤、嘲弄、渎神之语会化作魔鬼、妖怪和妖精。它们站在上帝面前指控，只等罪人一死，就追随灵车，伴他进坟墓。

莉芙基尔似乎猜到了我的心思。她说："你使美国在我眼中美如图画，夜里做梦都会见到它。你使我憎恨我的家乡——还有扬奇。你许诺要给我写信，但我没有收到只言片语。莫里斯从美国到了我们村里，我就像溺水的人一样拼命抓住了他。"

"莉芙基尔，我得去征兵处报到。明天就会被送到兵营去。"

"那我们就一起走，去别的地方。"

"去哪儿？美国的大门已关闭。所有的道路都被封锁了。"

3

九年过去了。我来纽约已三年，有时在意第绪语报纸上发些小品文。我在联合广场附近租了间带家具的房子，得爬四层楼。房间里黑乎乎的，有股消毒水的味儿。油地毡又破又旧，还有蟑螂从下面爬出来。天花板上吊着灯泡，没有灯罩，打开灯就会看到一张歪歪斜斜的桥牌桌，椅子上堆满东西，椅垫也破了，洗手池上方的水龙头滴滴答答地流着锈水，窗户正对一堵墙。我要写东西，就去四十二号街和第五大道相交处的公共阅览室，我也很少有写作的欲望。在我的房间里，我只是躺在歪斜的床上，梦想着名气、财富和为我痴狂的女人。我有过一个女人，已经分手，这几个月我都是一个人。我竖起耳朵，听是否有人叫我去楼下接听付费电话。这栋楼的墙很薄，一点动静我都听得到——不仅是我这一层，楼下的也能听见。一群自称"固定剧团"的男孩儿女孩儿搬了进来，要在什么地方演戏。他们在楼梯上跑上跑下，又叫又笑。给我换床单的女人告诉我，他们玩什么自由爱情，抽大麻。对面住着一个从中西部来的姑娘，梦想成为演员，整天都在唱伤心的曲调，直到半夜。有人告诉我那叫"布鲁斯"。一天晚上，我听见她反反复复地哀吟：

> 他不会回来，
>
> 不会回来，
>
> 不会回来，
>
> 永远、永远、永远、永远。
>
> 不会回来！

我听到了脚步声，有人叫我的名字。我起得太猛，差点把床弄塌。门开了，借着走廊里昏暗的灯光，可以辨认出一个女人的身影。我没开灯，因为我不好意思让别人看到我的房间。墙漆已脱落，到处散落着旧报纸，从第四大道买来的五分钱一本的书，还有那些脏衣服。

"请问您找谁？"我问。

"找你。我听出你的声音了。我是莉芙基尔——老斯蒂科夫的鞋匠拉撒尔的女儿。"

"莉芙基尔！"

"你为什么不开灯？"

"灯泡坏了。"我说，自己都被这句谎言搞糊涂了。对面的布鲁斯歌手不唱了。这可是头一次有人来找我。不知什么原因，她的房门总是留条缝，似乎她内心深处仍然希望那永远不会回来的人有一天终究会回来。

莉芙基尔咕哝道："你总该有根火柴吧？我可不想摔跤。"

我察觉出她说意第绪语的口音不太像美国口音，但是和家乡人的口音也不一样。我小心地下了床，领她到休闲椅旁，扶她坐下，顺手从椅背上扯走我的一只袜子，扔到一边。袜子掉到了洗手池里。我说："你终于到美国了！"

"你不知道吗？他们没写信告诉你——"

"我给家里写信时常问起你，但他们从来都不说。"

她沉默了一会儿。"我不知道你在这儿。我也就是一周前才知道。不，是两周前。找到你可真不容易！你用另一个名字发表文章。到底为什么？"

"家里人没告诉你我在这儿吗？"轮到我这样问了。

莉芙基尔没有回答，好像在琢磨这个问题。然后她说："我明白了，你什么都不知道。我不再是犹太人了。我父母也不认我这个女儿。父亲为我哀悼了七天，就当我死了。"

"改宗了？"

"对，改宗。"莉芙基尔像是笑了一声。

我拉了下灯绳，光秃秃的灯泡亮了，油漆已把灯泡遮住一半。我不知道为什么要这样做。虽然我家徒四壁，羞于见人，但我更想看看作为外邦人的莉芙基尔。也许是在那一刹那，我认为她比我更无颜见人。莉芙基尔眨了眨眼，我看到的这张脸不是她的，在大街上我绝对认不出她来。我觉得这张脸变宽了，皮肤苍白，像个中年妇人。但这种生疏感也就持续了一瞬间。我马上意识到和我上次在华沙遇到她时相比，她并没有怎么变。为什么头一眼看上去，她是如此不同？我很迷惑。

显然，莉芙基尔也有同感。过了一会儿她才说："是的，是你。"

我们坐在那儿，彼此打量。她穿一件绿色上衣，戴一顶同色系的帽子。涂着蓝色眼影，脸颊上抹着厚厚的腮红。她胖了。她说："我有个邻居，常读意第绪语报纸。我跟她讲了许多你的事，可你是用化名发表文章，她又怎能知道那是你呢？有一天，她拿给我一篇有关老斯蒂科夫的文章。我马上想到那是你写的。我给编辑部打电话,他们不知道你的地址。怎么会呢？"

"哦，我是用的旅游签证，已经过期了。"

"你不能在美国生活吗？"

"我必须先去加拿大或古巴。只有在国外的美国领事馆，我才可以拿到回来的永久签证。"

"那你为什么不去？"

"我不能用波兰护照去。都是律师和费用方面的问题。"

"上帝呀！"

"你怎么样？"我问，"有孩子了吗？"

莉芙基尔伸出一根涂了红指甲的手指，放在唇边。"嘘！我什么都没有。你什么都不知道！"

"孩子在哪儿？"

"在华沙。孤儿院里。"

"男孩儿？"

"女孩儿。"

"是谁带你来美国的？"

"不是莫里斯——别人。没有成。分手后，我去了芝加哥，在那儿遇到了马里奥……"莉芙基尔开始讲她的故事，又是意第绪语，又是英语。她在芝加哥和马里奥结婚，改信天主教。马里奥的父亲是开酒吧的，有黑社会撑腰。在一次争斗中，马里奥用刀捅了个人，今年是他在监狱里的第二年，至少还要再待一年半。莉芙基尔已改名安娜·玛丽，在纽约的一家意大利餐馆做服务生。她在第九大道有个小房间。她丈夫的朋友们想和她睡，有人还拿枪威胁她。餐馆老板有六十多岁了，对她挺好，带她去看戏、看电影，去夜总会，但他的老婆和三个女儿却很恶毒，一个比一个坏，是莉芙基尔的死对头。

"你和他住在一起吗？"

"他对我像父亲，"莉芙基尔的声调变了，"可我从未忘记过你！我没有一天不想你。我不知这是怎么了。当我听说你在美国，读到了那篇关于老斯蒂科夫的文章时，我兴奋极了。我给报社打了大概有二十次电话。有人告诉我，你晚上偷偷溜进印刷间，把文章放在那儿。晚上下班后，我就去那儿等你。开电梯的说你在九层有个信箱，可以给你留言。我到了九层，所有的灯都开着，但一个人都没有。墙边，有台机器在自动写字。我吓坏了，想起了人们在犹太新年时诵读的话——"

"天书自行阅读，每个人都把自己的罪孽写在上面。"

"对，没错。我找不到你的信箱。你为什么要躲着报社的人？他们不会揭发你的。"

"哦，编辑乱改我的文章，什么胡扯的话都往里塞。他把我的文风给毁了。

就因为他付我几美元，我就被弄成了一个蹩脚的写手。"

"那篇关于老斯蒂科夫的文章写得真好。我读后哭了一整夜。"

"你想家吗？"

"我想家里的一切，但我陷在这儿回不去了。你为什么住在这垃圾堆里？"

"我连这儿的房租都付不起呢。"

"我有些钱。马里奥在服刑，和他离婚不费什么事。我们可以去加拿大，去古巴——去你该去的地方，哪儿都行。我是美国公民。我们可以结婚，安顿下来。我可以把我女儿带过来。我不想和他要孩子，只想和你……"

"别胡说了。"

"干吗这么说？我俩都有麻烦。我把自己搞得一团糟，一点希望都看不到。但读了你的文章，一切又都想了起来。我想再次成为犹太女儿。"

"不能靠我。"

"是你把我害成这样的！"

我们都不再作声。对面的姑娘刚才一直沉默，似在倾听自己的困惑，就像老斯蒂科夫的那只蟋蟀，现在她又开始唱那首悲伤的歌：

他不会回来，

不会回来，

不会回来，

永远、永远、永远、永远。

不会回来……

韩颖 译

狂　热[1]

　　"只要坚持，就能做出在别人看来不可能的事。"釉工萨尔曼说，"我们拉道希斯镇有个粗人，是卖杂货的，叫莱伯·贝尔克斯。以前，他一个镇子一个镇子地走，卖给农妇头巾、玻璃珠、香水和各式各样的镀金首饰，然后从她们那里买些荞麦、一挂大蒜、一罐蜂蜜或一袋亚麻。他最远也就去过拜斯村儿，离拉道希斯有五英里。他从卢布林的一个商人那里进货，也卖给那商人东西。这个莱伯·贝尔克斯虽是普通人，却很虔诚。安息日，他读他老婆的意第绪语《圣经》，最喜欢有关以色列圣地的那部分。有时，他会拦住宗教小学的男孩儿问：'约旦河和红海哪个更深？''圣地有苹果树吗？''当地人说什么语言？'孩子们总笑他。他自己看上去就像是从圣地来的——黑眼睛，漆黑的胡子，脸也黑黢黢的。

　　"从前有位使者每年都到拉道希斯来，一个塞法迪犹太人。他以'施奇迹者梅尔拉比'的名义收取捐赠，这样到来世，梅尔拉比就可以替他们说情了。使者身着红黑条长袍，脚穿凉鞋，像个古代人，帽子也怪怪的。他抽水烟，说希伯来语，也说阿拉米语，后来又学了意第绪语。莱伯·贝尔克斯对他可真着迷，跟着他挨家挨户地开捐赠箱，还把他带到自己家，吃住都在家里。使者在拉道希斯时，莱伯·贝尔克斯就不干活了。他不断地问问题，比如，'麦比拉洞是什么样子？''有人知道亚伯拉罕和萨拉葬在哪里吗？''拉结妈妈半夜从坟墓里起来，因她的孩子们遭到流放而哭泣，这是真的吗？'那时我虽是个小孩儿，但使者去哪儿，我就跟到哪儿。在我们那儿，

---

[1]. 由作者和多罗西娅·斯特劳斯翻译。——原注

啥时能见到这样的人物呀？

　　"使者走后，有一天，莱伯·贝尔克斯到店里买了五十包火柴。店主问他：'你要这么多火柴干吗？要烧村子呀？'莱伯·贝尔克斯说：'我想建圣殿。'店主以为他疯了，不过不管怎样，还是卖给了他那么多火柴。

　　"后来莱伯又去了颜料店，买银色和金色的颜料。店主问他：'你要这些颜料做什么？要做假币吗？'莱伯答道：'我要建圣殿。'使者曾经卖给莱伯一张图，一张很大的图，上面画着圣殿、祭坛及祭祀用的所有器具。莱伯家里只有他们夫妻俩，两个女儿都去卢布林给人家帮佣了。晚上，莱伯有空就坐在那里照着图建圣殿。他老婆问他：'你玩火柴干吗？又成学校的孩子了？'他答道：'我在建耶路撒冷圣殿。'

　　"他什么都照着图做：至圣所、内院、外院、桌台、灯台、约柜。拉道希斯的人听说这件事后，都跑来看，很佩服他。老师还带来了学生。整座圣殿立在桌子上，不能碰，一碰就塌。拉比听说了这件事，也来找莱伯·贝尔克斯，还带来了几个叶希瓦学生。他们围坐在桌边，惊呆了。莱伯·贝尔克斯用火柴搭成的圣殿，与《塔木德》里描述的一模一样。

　　"可人们总是妒忌别人的成就。他老婆开始抱怨没桌子摆菜了。拉道希斯的消防员担心这么多火柴会引起火灾，把整个镇子都烧了。几番威胁，几多抱怨。有一天，莱伯卖完东西回家，发现圣殿不见了。他老婆发誓说是消防员捣毁了圣殿。消防员却指责莱伯的老婆。

　　"圣殿被毁后，莱伯·贝尔克斯变得很忧郁。他仍旧勉强做些买卖，但挣的钱越来越少。他常常坐在家里，读有关以色列圣地的意第绪语故事书。在学经堂，他没完没了地问那些学者和叶希瓦学生有关弥赛亚的问题。'是否会有一大团祥云把所有犹太人都送到圣地去，还是每人各乘一团祥云去圣地？''死者是否会马上复活，还是要等四十年？''是否还需要种地？是否还需要在果园摘水果？是否会有吗哪从天而降？'人们可有的乐了。

　　"有天晚上，都挺晚的了，他老婆叫他去关窗户，他出去就没回来。这件事轰动了全镇。有人说是魔鬼把他的魂儿勾走了。还有人认为是他老婆太唠叨，他只好投奔维斯杜拉河对岸的亲戚。但有谁会半夜逃走，不穿外套，也不带包袱？如果是有钱人失踪了，他们会派人去找。穷人失踪，不过是镇上少了个领救济金的。他老婆——她叫斯普林萨——被抛弃了。她周四去富人家揉面团，挣点钱。女儿结婚后，也给她些资助。

"五年过去了。那是一个周五，斯普林萨正在炉边做安息日饭，门开了，进来一个灰胡子的人，满身尘土，光着脚。斯普林萨还以为是个乞丐。那人突然说：'我去过圣地了。给我些梅脯。'

"全镇都疯狂了，大家奔走相告。莱伯被带到拉比那里。拉比问了他许多问题，知道了莱伯是走到圣地去的。"

"走着去？"列维·易兹肖克问。

"对，走着去。"萨尔曼说。

"可是谁都知道去圣地要坐船。"

阉人梅耶摸了摸本该长胡子的下巴说："也许他是撒谎？"

"他带回来许多拉比的信，还亲手在橄榄山挖了一袋圣土，"萨尔曼说，"有人死了，他就在尸体的脑袋下面放把土。我亲眼看见的，那土像粉笔末一样白。"

"这次旅行他用了多长时间？"列维·易兹肖克问。

"两年。他是坐船回来的。我们镇的拉比问他：'怎么会有人做这样的事？'他答道：'我太想去了，再也受不了了。那天晚上我出去关窗，看到月亮在云里跑，我就开始追它。我跑啊跑，一直跑到华沙。在那儿，好心人告诉了我怎么去圣地。我四处游荡，走过田野、森林、群山、荒地，一直走到以色列。'"

"我惊讶的是，他居然没被野兽吃了。"列维·易兹肖克半是疑问，半是感叹。

"有书云，上帝保护简单的人。"阉人梅耶说。

一时间，三人都沉默了。列维·易兹肖克摘下蓝色墨镜，用腰带擦了擦镜片。他患有粒性结膜炎，一只眼睛呈乳白色，什么都看不见。列维·易兹肖克是个瘸子，离不开拐杖，因此哪怕是安息日，也被允许拄拐。他那根拐杖曾经是科兹尼斯的传道士的。他用拐杖支着下巴，良久才挺直身子说："固执是一种力量。在克莱斯尼斯多，有个叫乔纳森的裁缝。他做女装，不做男装。一般来说，做女装的人都比较轻浮。给女人做衣服，得量体裁衣，也许她正处于不干净的那几天。即便是在她干净的日子，也不应碰女人，尤其是已婚女人。唉——可总得有人做裁缝呀，不能所有的衣服都自己做。这个乔纳森虽然没念过什么书，倒是很虔诚。他热爱犹太文化。安息日，他和老婆贝拉·彦塔一起读意第绪语《圣经》。有书商来到镇上，乔纳森就买下所有意第绪语的大部头著作，还有故事书。在克莱斯尼斯多，有个《诗篇》朗诵团，还有个《密西拿》学习社。两个社团乔纳森都参加了。他去听课，但一句话都不敢说，因为他一讲希伯来语就会出错，惹那些学者们笑话。我还记得他的样子：高个儿，瘦瘦的，长着麻子，眼中透出温柔。据说在卢布林都找不到像他这么好的裁缝。他做的衣服或披肩像手套一样合体。他有三个女儿，都未婚。小时候，我常见到他，因为我的一个朋友，孤儿盖兹尔是他的徒弟。别的师傅都虐待徒弟，又打又骂，还不让吃饱。不教东西，还要让徒弟跑腿，摇摇篮，倒垃圾。徒弟永远学不到东西，这样就拿不到工资。但乔纳森教徒弟手艺，而且自徒弟会做扣眼、缝扣子那天起，就可以每年领到四卢布。给裁缝做帮工前，盖兹尔曾在叶希瓦学习过，乔纳森常问他各种各样的怪问题，比如，'巴珊王噩的母亲叫什么名字？''挪亚有没有带苍蝇上方舟？''天堂与火焚谷之间有多少英里？'他什么都想知道。

"来听听这一段。大家都知道庆祝律法节那天，贵人、学者、富人先抬经卷，干体力活的、粗人、穷人得往后站。这世上哪儿都一样。但我们镇的会堂领袖不是本地人。他不认识几个人，得按照别人给他的名单按顺序叫人。镇上还有个叫乔纳森的，一位富有的学者。长老把这两个人搞混了，先叫了裁缝乔纳森。学经堂里一片窃窃私语，悄声偷笑。裁缝乔纳森听到先叫了自己的名字，而且是和拉比、长老们并列，简直不敢相信自己的耳朵。他意识到是叫错了，可是既然被叫去抬经卷，谁敢拒绝。在西墙祈祷的工人们和学徒们爆发出一阵大笑。他们半开玩笑地对乔纳森推推搡搡，又掐又拧。那时候，政府还没接管伏特加的销售，伏特加比甜菜汤还便宜。凡是像点样的人家都能找到一桶伏特加，还有喝酒的吸管，酒桶上面还挂着羊肉干，酒后可以嚼一嚼。在庆祝律法节，人们喜欢在祈祷前喝点酒，几乎每个人都有了些醉意。裁缝乔纳森来到读经台前，接过经卷。大家都呆呆地看着，只有一人说了话，就是放高利贷的塞基尔先生。他嚷道：'是谁叫个蠢货先抬经卷？'他把自己的经卷还给了执事。和裁缝乔纳森一起抬经卷有损他的身份。

"学经堂里躁动起来。交还经卷是渎神行为。会堂领袖都蒙了，当着全镇人的面侮辱别人是可怕的罪孽。这一次，没人抬着经卷唱歌跳舞。还是那群粗人，刚刚还在嘲笑乔纳森及他得到的荣耀，现在则咬牙切齿地骂着塞基尔。仪式结束后，裁缝乔纳森走到塞基尔先生面前大声说：'我的确什么都不懂，但我向你发誓，从今天起一年之内我要成为比你还博学的人。'所有人都听见了。

"放高利贷的微微一笑，说道：'果真如此，我就免费为你在广场上建所房子。'塞基尔先生做木材生意。镇上一半的房子都从他那里贷款。

"乔纳森站了一会儿，面带窘色：'如果我不能成为比你还博学的人，我就为你妻子——免费——用天鹅绒线缝制一件到脚脖子的狐皮大衣，十层下摆。'

"那天镇上发生的事真是难以尽述。在会堂妇女区，人们也听说了打赌的事，一片哗然。有的女人笑，有的女人哭，还有些吵吵闹闹，相互抢着帽子。镇上有许多穷人，富人寥寥无几，但那时候，没有人会错过节日。每三人中就会有一人邀请客人到家中喝杯酒。集市上有人在跳舞。妇女们煮了大锅的加了葡萄干和蛋黄酱的白菜，烘烤酥卷、蛋挞和各式各样的水果蛋糕。丧葬会设宴款待宾客，蜂蜜酒倾倒如水。一位德高望重的长老获得殊荣，头上顶着点蜡的南瓜灯，坐在众人的肩膀上来到会堂院子里。成群的孩子追着他，还有咩咩叫的圣羊。镇里有只公山羊，因为是头胎，不能杀，淘气鬼们就把绒帽戴在它的角上，牵它进了净身浴池。那天，人们只有一个话题，就是裁缝乔纳森的誓言和放高利贷的许下的诺言。塞基尔先生免费建所房子不是难事，可乔纳森又怎能在一年内成为学者呢？拉比立即宣布这样的誓言无效。拉比说，若在以前，乔纳森会被抽三十九下皮鞭，因为他违背了戒律'不可妄称耶和华——你神的名'。但现在又能怎么办？镇上的人分成两派。学者们认为乔纳森应被处以罚款，脱鞋着袜进会堂，为发假誓而当众忏悔。如果他拒绝这样做，就把他赶出镇子，没收他的店铺。民众们却威胁说要烧毁放高利贷的房子，用棍棒把他赶出镇子。感谢上帝，好在犹太人没强盗。到了晚上，大家才清醒过来。下雨了，人们又各忙各的麻烦事去了。"

"他们把整件事都忘了吗？"釉工萨尔曼问。

"什么都没忘，等着瞧吧。"列维·易兹肖克说。

列维·易兹肖克拿出他的木制烟盒，打开闻了闻，一连打了三个喷嚏。他的鼻烟可有名了，里面加了赎罪日那天用来唤醒斋戒者的嗅盐。他用大手巾擦了擦红鼻子说："若没有学徒盖兹尔这个朋友，我也不会知道得这么清楚。盖兹尔在乔纳森那儿住，他什么都跟我说。那天晚上，乔纳森一进家门就说：'贝拉·彦塔，你的丈夫死了！从今天起，你就是寡妇了！我的女儿们，你们都是孤儿了！'他们开始哭泣，就像是在阿布月初九。'丈夫啊——父亲啊——你怎么能离开我们？'乔纳森回答说：'从今天开始，到明年的庆祝律法节，没人给你们挣钱了。'

"乔纳森在逾越节盘子的后面私藏了一百金币，本想作为大女儿托芭的嫁妆。如今他拿了钱，离开了家门。镇上有个'挠挠我'特维尔先生。'挠挠我'当然是外号。年轻时他曾教授《塔木德》。像所有的老师一样，他面前的桌子上也摆着一条绑着皮鞭的兔腿。不过他可不用这个打学生，而是给自己抓痒痒。他的背上起湿疹，一痒痒他就把兔腿交给学生命令道：'挠挠我。'于是就得了这个外号。上了岁数，他就不再教书了，和女儿住在一起。他的女婿很穷，'挠挠我'特维尔的生活十分拮据。裁缝乔纳森找到特维尔先生说：'您想挣钱吗？''谁不想要钱？'特维尔反问道。乔纳森说：'您教给我全部《托拉》，我一周付给您一枚金币！'特维尔大笑道：'全部《托拉》——连摩西都不知道！《托拉》就像是做衣服，没完没了！'他们谈了很久，最终决定特维尔教乔纳森一年，使他成为比塞基尔更博学的人。

乔纳森算了算，如果这一年每天学七页《塔木德》，那么就可以学完三十七篇论著。据说，塞基尔连一半都没有学到。当然，只学《塔木德》是不够的，还得学评论集《米德拉什》。为什么拖拖拉拉呢？裁缝乔纳森成了叶希瓦学生。他没日没夜地坐在学经堂的书桌旁，跟着特维尔学习。平日，只要妇女区没人，他们就把书拿到那里去看，以免被打搅。跟你说，他们每天学十八个小时，真不是夸张。乔纳森除了在安息日和节日回家睡觉，每天都是睡在学经堂的长凳上。"

"他的家人怎么办？"萨尔曼问。

"挣钱的人走了，这个家还能怎么办？他们不会饿死。姑娘们都去给别人帮佣了。贝拉·彦塔做裁缝，也接些零活。我的朋友盖兹尔渐渐成了师傅。乔纳森只做一件事——学习。这世上还没见过这么刻苦的！每周有两三个晚上，他根本就不睡觉。消息很快传到邻村，人们都来看乔纳森，就好像他会施奇迹似的。起初，塞基尔先生对此事一笑了之。他说：'如果这蠢货也能成为学者，就让我的手心长毛。'临近年底时，人们开始谈论乔纳森竟然能学到那么多知识，真是奇迹。他可以大段大段地背诵《革马拉》。他能预估到像卢布林的梅尔拉比和肖莫·卢瑞亚拉比这样的经文注释者会提什么问题。

"这时候放高利贷的塞基尔害怕了。他也开始熬夜学习，想超过乔纳森，但为时已晚。而且，生意上的事使他脱不开身，还有一脑门子的官司。他的妻子斯利卡长着个大嘴巴，是个贪婪的女人，她非常想让乔纳森免费为她做一件十层衣摆的狐皮外套，于是有始以来头一次逼着丈夫学习，但还是没用。我就长话短说吧。住棚节的第八天是欢庆律法节，镇上的七位长老和几位学者齐聚在拉比家，考查塞基尔和乔纳森，就像考查叶希瓦学生。塞基尔忘记了很多。这些年他只在安息日学习——有谚语说：'只在安息日学习的人只是七分之一个学者。'至于乔纳森，他几乎背下了全部的《塔木德》。他的老师特维尔说，通过教乔纳森，他自己也成了饱学之士。乔纳森不仅学识渊博，而且机敏聪慧。拉比家挤满了人，还有些人只好站在外面听乔纳森与拉比讨论律法。起初，塞基尔想给乔纳森挑错，但很快风向就变了，乔纳森开始纠正塞基尔。当时我不在场，但亲眼所见的人发誓说塞基尔与裁缝乔纳森之间的较量就像是大卫与歌利亚之间的战斗，他们或辩论迈蒙尼德的疑难篇章，或解释梅尔·希夫拉比的费解言语。塞基尔喘着粗气，尖叫着责备他的对手，但毫无用处。不，裁缝乔纳森并没有发假誓。拉比和七位长老一致认为乔纳森比塞基尔更博学。乔纳森的妻子和女儿们坐在厨房里，听到结果后她们相拥而泣。镇子里炸了锅。会堂大街上挤满了裁缝、鞋匠、刷猪鬃的，还有马车夫等等。这是他们的胜利。

"第二天，乔纳森被请上前，先抬经卷——这次可不是叫错了。最尊贵的人都请他喝酒。人们说现在乔纳森可以做拉比或拉比助理，至少也有资格做净屠师了。但乔纳森告知大家，他要重新操起剪刀和熨斗。塞基尔想赖账，狡辩说他没有发誓，只是许诺，而诺言不必遵守。但拉比命令他为乔纳森建房子，并引用《申命记》说：'你嘴里所出的，就是你口中应许甘心所献的'。虽然塞基尔尽量拖延，到五旬节时，房子已经封顶。那时乔纳森才宣布，他不想把这所房子归为己有，他要让它成为叶希瓦的学生和贫穷行旅者的旅馆。他签署了文件，将房子赠予公众。"

"他还做裁缝，嗯？"釉工萨尔曼问。

"一直做裁缝。"

"他的女儿们出嫁了吗？"

"还能怎么办？又没有犹太女修道院。"

列维·易兹肖克讲话时，阉人梅耶一直动来动去，黄眼睛含着笑。之后他闭上眼，低着头，好像在打盹儿。突然他挺直身子，托着没毛的下巴问："镇里的小贩怎么知道去圣地的路？很有可能他是边走边问。我猜想他是在土耳其的土地上游荡，还有埃及和伊斯坦布尔。他是怎么填饱肚子的？很可能是一路乞讨。哪儿都有犹太人。他很可能是睡在救济院里。在气候温暖的国度，甚至可以睡在街上。至于裁缝乔纳森，我想他自小就渴望学习，意志力很强。有句话叫：'意志造就天才。'游手好闲一年不会有什么成就，但如果日以继夜地刻苦学习，你就会像海绵一样吸收知识。他没有接受塞基尔先生的房子，做得对，因为靠《托拉》发财是被禁止的。而且他还额外获得了好客的美名。莱伯·贝尔克斯和乔纳森都是简单的人——虽说不尽然。不过就是伟人也有痴迷的时候。俗话说：'伟大也疯狂。'

"在贝齐特夫，有位喀巴拉信徒，蒙德尔拉比。他是著名的荷德尔的后裔，荷德尔曾与哈西德派教徒围成圆圈共舞。她并不——上帝不许——直接拉他们的手，而是两手拿着手帕，哈西德则牵着手帕。许多人愿意追随蒙德尔拉比，但他不喜欢人多，不想他们跟着。即便是在至圣节期，他的学经堂里也不过几十人。他妻子年纪轻轻的就去世了，也没给他留下子嗣承接衣钵。很多人给他提亲，都遭到拒绝。他的追随者们和他争辩道：那怎么理解上帝之命'要生养众多，遍布地面'？拉比回答说：'我将在火焚谷饱受鞭笞，再多几下也无妨。他们为何如此惧怕火焚谷？既然上帝创造了它，它必然是乔装的天堂。'愿他原谅我这样说，他是个魔鬼般的圣人——同样有着伟大的灵魂。关于他，有许多谣言，但他毫不在意。他甚至对宇宙之主也出言不逊。有一次，他念到《诗篇》中的这一句：'那坐在天上的必发笑。'蒙德尔拉比喊道：'他必发笑——我却被压扁了！'那些反对他的人听到这些渎神之语，差点把他开除教籍。

"'美名大师'巴尔·谢姆的信徒不相信斋戒。哈西德派崇尚的是快活，而非悲伤。蒙德尔拉比却热衷斋戒。起初，他只在周一和周四斋戒，后来就从一个安息日斋戒到下一个安息日。他还用冷水净身。他称身体为敌人，说：'你不必讨好敌人。当然，你不许杀死他，但你也不应用酥糖来哄他。'曾经追随他的哈西德信徒逐渐离开了。年轻人去了高拉和考兹克的拉比法庭。蒙德尔拉比的法庭只剩下了二三十个坚定的追随者，还有几个食客，成年累月地在他那里吃白食。有个老执事是个聋子，什么都听不到，每天为他们煮粥。还有个善良的女人为他们挨家挨户地讨土豆、谷粒、面粉、荞麦，人们给什么她就要什么。

"有一个新年，拉比的学经堂里至多不过二十人。到赎罪日那天，加上他自己、执事和食客，也就刚凑够十人的法定数。站在诵经台上，蒙德尔拉比背诵了全部祷词——前夕祷词'一切誓约'、晨祷、午祷及礼毕祷词。做完晚祷，天色已晚，他们为新月祝福。执事分给斋戒者一些干面包，还有鲱鱼和鸡汤。他们都没牙了，由于营养不良，胃也瘪了。蒙德尔拉比比他们年纪都大，声音却很年轻，听力也好。拉比坐在上座说：'那些追求世俗快乐的人并不知道什么是快乐。对他们来说，贪吃、饮酒、淫荡和钱财就是快乐。然而，没有什么比赎罪日仪式更令人愉悦的了。身体是纯洁的，灵魂也是纯洁的。祈祷是一项乐事。俗话说，忏悔罪孽不会令人长胖。大错特错。当我忏悔时，我变得朝气蓬勃、富有活力。如果我在上天有发言权，我就要让每天都成为赎罪日。'

"说完这番话，拉比从椅子上站起来宣布：'我在上天没有发言权，但在我的学经堂里我有。从今日起，对我来说永远都是赎罪日——每一天都是，除了安息日和节日！'村里人听说拉比的打算后，乱成一团。学者和长老们来找拉比，问他：'这难道没有违背律法吗？'拉比回答说：'我这样做，纯粹出于自私，并不是要讨好造物主。如果我死后，他们要处罚我，我接受处罚。但我也想在死前得些快乐！'拉比对执事说：'点亮蜡烛，我要念前夕祷词。'他跑到诵经台上，开始吟唱'一切誓约，祈求废除'。我不在场，但当时在场的人称，自创世以来，还没有听过这样的前夕祷词。贝齐特夫的人都跑来了。他们以为蒙德尔拉比疯了，但谁敢把他从诵经台上拉走？他站在那里，身着白袍，披着祈祷巾，念诵'将得恕宥'以及'我们的祈祷将升至天界'。他的声音如雄狮般洪亮，歌声如此甜美，一切苦痛都停止了。我就长话短说吧。拉比又活了两年半，那两年半是一个长长的赎罪日。"

列维·易兹肖克摘下墨镜问："他是怎么处理护经匣的？他平时不戴护经匣吗？"

"他戴，"阉人梅耶回答说，"只是采用赎罪日的敬拜仪式。到晚上，他就读《约拿书》。"

"他在夜里也不吃点东西吗？"釉工萨尔曼问。

"他一连斋戒六天，除非赶上节日。"

"食客们也和他一起斋戒？"

"有些人走了，有些人死了。"

"他是独自祷告吗？"

"常有人来看他，好奇。"

"这样的事怎么会被许可？"列维·易兹肖克问。

"谁会向一位圣人开战？他们怕激怒他，"阉人梅耶说，"显然上天是允许他这样做的。斋戒这么长时间，一般人的声音会变得虚弱，站都站不稳。可拉比在念祷词时一直站在那里。见到他的人说他的脸像太阳一样熠熠发光。他的睡眠时间不到三小时——仍然披着祈祷巾，穿着袍子，额头倚着《圣日论》，和在赎罪日时一模一样。午祷时，他则跪下，吟诵耶路撒冷圣殿仪式祷词。"

"那到了真正的赎罪日，他怎么做？"釉工萨尔曼问。

"和其他日子一样。"

"我从未听说过这种事。"列维·易兹肖克说。

"蒙德尔拉比是位隐居圣人，世人对这些人知之甚少。直到今天，贝齐特夫仍是个偏僻的村庄。那时候，从贝齐特夫去哪儿路都很远——就是森林间的一片沼泽地。即便是夏天，也很难到达那里。冬天大雪封路，雪橇都会陷下去。还可能碰到熊和狼。"

大家都安静了。列维·易兹肖克拿出鼻烟盒。"现在，这种事可得不到许可。"

"我们那时候，比这出格的事都可以做。"梅耶说。

"他是怎么死的？"

"在诵经台上。他站在那儿吟诵'当他只能得到死亡时，还能收获什么？'念到'只有慈善和祈祷才可以缓解死亡的绝望'时，拉比倒下了，他的灵魂离开了。那是天堂之吻——圣人之死。"

釉工萨尔曼加了些烟叶到烟斗里。"这有什么意义？"

阉人梅耶思忖片刻，回答说："任何事都可以成为一种狂热，包括侍奉上帝。"

韩颖 译

甲壳虫弟兄[1]

1

  五岁时，我就开始梦想这次旅行了。那时，摩西·阿尔塔老师给我读《摩西五经》，讲雅各只拿一根木杖就渡过了约旦河。五十岁时，我来到了以色列,仅一周,我就发现已经没什么好看的了。我参观了耶路撒冷、议院、锡安山、加利利基布兹、萨法德遗址、阿卡要塞遗迹等景点。我甚至从别是巴去了所多玛，那段路程在当时来说还是很危险的，路上还看到阿拉伯人用骆驼拉犁。以色列竟比我想象的还要小。我乘坐的旅游车似乎是在绕圈走。三天了，不论我们去哪儿，都在和加利利海捉迷藏。白天，车里总是酷热难当。我戴两副墨镜，一个套一个，以抵御刺眼的阳光。夜间，不知从哪里吹来一股子热风。在特拉维夫我住的旅馆房间里，他们教我怎么用百叶窗。就在我去阳台的那一刹那,喀新风吹来的细沙就覆盖了我的床单。随风而至的还有蝗虫、苍蝇,大大小小、五颜六色的蝴蝶，以及我从未见过的那么大的甲壳虫。嗡嗡嘤嘤，奇响无比。飞蛾以难以置信的力量向墙壁撞去，似乎在为人与昆虫间的决斗备战。大海的气息温暾暾的，散发着烂鱼和粪便的臭味。那年暮夏，特拉维夫的电力供应时常中断。乏味的黑暗笼罩着城市。天空满布星辰。西沉的斜阳只留天堂血色在身后。

  街对面的阳台上，一位留着一小撮白胡子的老者头戴丝质软帽，半遮着他的高额头，似坐似靠地倚在床上，拿着放大镜看书，在空白处做些笔

---

1. 由作者和伊丽莎白·舒布翻译。——原注

记。一位年轻女子不时地给他送些点心。楼下的大街上，姑娘们笑着、叫着，和小伙子们打闹，就像我在布鲁克林和马德里停留时看到的一样。他们用希伯来俚语打情骂俏。一周，我已看够了旅游者在圣地必须看的所有东西，我厌倦了神圣，要去找寻不那么神圣的冒险。

我在华沙结识的许多朋友和熟人现在都在特拉维夫，甚至还有个老情人。和我比较亲近的朋友大多在希特勒的集中营里灰飞烟灭，要么就在苏联中亚地区死于饥饿和伤寒。不过还是有些朋友得救了。我看到他们在户外咖啡馆里，用吸管啜着柠檬汁，谈论着同样的话题。十七年了，到头来又怎样？男人的鬓发已微霜，女人染了头发，厚厚的脂粉遮住皱纹。炎热的气候并没有枯竭了他们的欲望。寡妇与鳏夫重又结婚。刚刚离婚的人们寻找新的伴侣或情人。他们还在写书，还在画画，还在演戏，为各种各样的报纸、杂志工作。所有人都多少学了些希伯来语。在流浪的日子里，许多人自学了俄语、德语、英语，甚至匈牙利语和乌兹别克语。

他们马上给我腾位置，让我坐在桌边，又给我讲起那些不可能忘却的故事。他们向我咨询有关美国签证、文学代理及乐团经理人的事。我们甚至可以拿那些早已化为灰烬的朋友开玩笑。不时地，就有女人用手帕一角拭去泪水，以免弄花了睫毛膏。

我没有刻意寻找道莎，但我知道我们会碰上。我怎会躲开她？那晚，我碰巧去了一家商人常常出入的咖啡馆，不是艺术家常去的那种。邻桌在谈生意。钻石商拿出装有宝石的小袋子和鉴定珠宝用的寸镜。一粒宝石从一张桌迅速传到下一张桌。人们仔细查看、触摸，然后点点头传给下一个人。我感觉就像在华沙，在克罗卢斯卡大街。突然，我看到了她。她环顾四周，找什么人，好像有约会。我一眼就看到了一切：染过的头发、眼袋、脸颊上的胭脂。只有一点没变——苗条的身材。我们相互拥抱，说着相同的谎言："你一点都没变。"她在我的桌边坐下，过去的她与现在的她之间的区别开始消失，好像有某种看不到的魔力很快把她化妆成我记忆中的样子。

我坐在那儿，听她颠三倒四地讲着过去的事。她把国家、城市、年代、婚姻都混在一起。一个丈夫死了，她和另一个离婚了，他现在和另一个女人住在附近。她的第三任丈夫基本上算是与她分居了，住在巴黎，但很快就会来以色列。他们是在塔什干的劳工营里认识的。是的，她还在画画。她还能做什么？她改变了画风，不再是印象派。如今，老套的现实主义还有什么出路？艺术家必须创新，要有完全属于自己的风格。否则，艺术就要破产。我提醒她，她曾一度认为毕加索和夏加尔是骗子。不错，是这样，但后来她自己也走进了死胡同。现在，她的画风真的不同了，是她自己的原创。但在这里，有谁需要画儿？在萨法德，有个艺术家聚居地，但她适应不了那里的生活。她厌倦了在俄罗斯各种各样的穷乡僻壤游荡。她需要呼吸城市的空气。

"你女儿在哪儿？"

"卡罗拉在伦敦。"

"结婚了吗？"

"结婚了，我是 sabta 了，是姥姥。"

她害羞地笑了，似乎在说："我为什么不该告诉你？无论如何，我也骗不了你。"我注意到她的牙齿刚刚补过。服务生走了过来，她点了杯咖啡。我们默默地坐了一会儿。岁月不饶人。我们失去了父母、亲戚，失去了家园。岁月嘲弄着我们的幻想，嘲弄着我们梦想中的伟业、名声、财富。

我还在纽约时就听说了道莎的事。我俩共同的朋友写信告诉我，说道莎没能办成画展。从来没人报道过她。她曾精神崩溃，在医院或是精神病院里住过一段时间。

在特拉维夫，女人很少戴帽子，晚上更是从不戴帽，道莎却斜戴着一顶宽檐草帽，紫罗兰绸带饰边，遮住了一只眼睛。虽然她把头发染成了金棕色，却夹杂着一些其他颜色，甚至个别地方还有些发蓝。她的脸庞还是像姑娘时一样瘦，鼻子薄薄的，下巴尖尖的。她的眼睛——有时呈绿色，有时呈黄色——透出青春的活力，不知厌倦，满怀希望，奋斗到永远。若非如此，她又如何能熬过苦难？

我问："至少，你还有男人陪吧？"

她的眼睛含着笑。"从头开始？与君初相识？"

"还等什么呢？"

"你真是没变。"

她啜了一口咖啡说："我当然有男人。你知道我离了男人活不下去。但他是个疯子，这可不是比喻。他对我太痴迷了，要毁了我。他跟踪我到街上，半夜敲我的房门，在我的邻居面前让我难堪。我连警察都叫了，还是甩不掉他。所幸他此刻在艾莱特。我真的想过拿枪毙了他。"

"他是什么人？做什么的？"

"他说他是个工程师，其实是电工。他很聪明，但脑子有问题。有时我想我唯一的出路就是自杀了。"

"至少他还能满足你吧？"

"能，又不能。我讨厌野蛮的人，我已经厌倦他了。他让我觉得无聊，赶走了我所有的朋友。我肯定，他有一天会杀了我，就像我肯定现在是黑夜一样。但我能做什么？特拉维夫的警察和别的地方的警察一样。'等他杀了你，'他们说，'我们会把他送进大牢。'他应该被关进精神病院。如果有地方可去，我早就走了，但那些外国领事馆不给我们签证。至少，我在这儿还有个地方住。那是什么地方！不过好歹可以睡觉。我的画怎么办？任其落灰？即便我想走，也没有盘缠。我的前夫，那个医生给我的生活费不过是几英镑，还经常迟给。他们不知道这里的情况。这里不是美国。我在挨饿，这就是残酷的事实。别忙拿你的钱包，事情还没那么糟。我独自一人生活，也将独自一人死去。我为此而骄傲，何况这就是我的命。我目前正在承受的，以及我曾经遭受的苦难，没有人知道，连上帝都不知道。没有一天能平安度过。但突然，我走进一家咖啡馆，你就坐在那儿。这可真是。"

"你不知道我在这儿吗？"

"我知道，但这么多年，我怎么知道你变成了什么样子？我一点都没变，那是我的悲哀。我还是老样子，有着同样的欲望、同样的梦想——这里的人迫害我，就像二十年前在波兰一样。他们都是我的敌人，我不知道这是为什么。我读过你的书。我什么都没忘，时常想起你，甚至当我在哈萨克斯坦，因饥饿而浮肿，直面死亡时，我也想到了你。你曾经在什么地方写过，人们在另一个世界犯下罪孽，这个世界便成为地狱。你或许只是说说，于我却是事实。我就是另一个世界的邪恶之徒又投胎到了这个世界。火焚谷就在我体内。这种气候令我恶心。这里的男人阳痿，女人欲火中烧。为什么上帝为犹太人选择了这片土地？当喀新风刮起时，我的脑袋就嗡嗡作响。这里的风不是在吹，而是如豺狼般哭泣。有时，我整天躺在床上，因为我无力起身，而当黑夜降临，我就像被追捕的猎物一样游荡。我这样能活多久？还能活着见到你，就是我的节日。"

她把椅子推到一边，差点把它推倒了。"这些蚊子都快把我逼疯了。"

2

尽管我已吃过饭，还是陪着道莎又吃了些，喝了卡麦尔酒，然后去她家。路上，她再三为她的简陋住所向我表示歉意。我们路过一个公园，尽管有街灯，笼罩着公园的黑暗却是任何灯光都无法穿透的。树叶纹丝不动，仿佛化作了石头。我们走过一条条昏暗的街道，每条街道都以希伯来作家或学者的名字命名。我读着女装店上的标牌。希伯来语现代化委员会为胸罩、尼龙、胸衣、头饰和化妆品等等创造了新词。他们从《圣经》《巴比伦塔木德》《耶路撒冷塔木德》《米德拉什》，甚至《光辉之书》里为如此世俗的词汇找到了词源。虽然已是深夜，建筑物和沥青仍散发出白天积聚的热量。潮湿的空气有股垃圾和鱼的味道。

我感觉到脚下大地的古老，消失的文明一层层地躺在地下。在下面的某个地方藏着金牛犊、妓院的珠宝、巴力和阿斯塔特的神像。在这儿，预言家们预言灾难的发生。约拿从附近的海港逃往他施，没有去警告尼尼微人厄运将至。白天，这些事情似乎很遥远，但到了夜晚，死者再次行走于地上。我听到幽灵在低语。一只刚睡醒的鸟发出刺耳的警报。昆虫撞击着街灯玻璃，被欲望冲昏了头脑。

道莎如此忠诚地挽着我的胳膊，似乎从未有过背叛。她领我上楼。她的住所其实是在楼顶加盖的。一开门，一股热浪夹杂着油漆味儿和普里默斯酒精炉的味道，扑面而来。只有一个房间，既是工作室，也是卧室和厨房。道莎没有开灯。我们的过去使我们习惯了在黑暗中脱衣、穿衣。她打开百叶窗，街灯与星光下的黑夜透进房间。墙边靠着一幅画。我知道那奇特的线条和颜色在日光下对我毫无意义，但当时，我还是为之着迷。我们什么都没说，开始接吻。

在美国生活了这么多年，我已经忘记了还有不带卫生间的房间。道莎的房间就没有，只有一个洗手池。厕所在房顶上。道莎打开通往房顶的玻璃门，告诉我怎么走。我找不到灯的开关或灯绳。黑暗中，我摸到一个钩子，有些碎报纸固定在上面。往回走时，透过玻璃门的门帘，我看到道莎打开了灯。

突然，一个男人的侧影从窗前晃过，高个子，肩很宽。听到说话声，我马上明白了是怎么回事。她的疯子情人回来了。尽管很恐惧，我却想笑。我的衣服在她的房间里；我是光着身子出来的。

我知道我无路可逃。这所房子不和任何建筑物相连。即便我能从四层楼走到大街上，我也不能光着身子回旅馆。我想，道莎可能听到了情人上楼梯的脚步声，就匆忙把我的衣服藏了起来，但他随时都可能到外边来。我在房顶四处张望，寻找棍子或其他可以防身的东西，什么都没找到。我靠着厕所外墙站着，希望他不会看到我。但我能在那儿待多久？再过几小时，天就亮了。

我像被困的野兽一样蜷缩着，等待猎人射击。凉风从海面吹来，混合着房顶上升起的热气。我浑身发抖，牙齿不住地打战。我意识到唯一的出路就是顺着阳台爬到大街上。但我看了看，发现我连最近的一个阳台都够不到。若是跳下去，可能会摔折腿，甚至头骨骨折。或许我还会被抓住，送进疯人院。

心里虽急，我仍觉得我的处境很可笑。我仿佛听到他们在特拉维夫的咖啡馆里嘲笑我这倒霉的幽会。我向上帝祈祷，尽管我违背上帝的旨意，犯下了罪孽。"主啊，可怜可怜我吧。不要让我以这种可笑的方式死去。"我许下诺言，只要能脱离这个陷阱，就捐出一笔钱做善事。我仰望无数繁星，几乎伸手可及，真是奇怪；遥看宇宙，宽广无垠，恒星、行星、彗星、星云、小行星，还有些谁知道是什么神力和精灵，要么是上帝自己，要么就是上帝幻化而成。我想象着午夜享受欢愉的繁星盯着我看时也会有一丝同情。它们似在对我说："等等吧，亚当之子，我们了解你的困境，正在商榷。"

我就这样久久地凝望着天空，凝望着构成特拉维夫的乱七八糟的房子。偶尔一声号角，几声犬吠，熟睡的城市里突然有人大喊一声。我仿佛听到了涛声和铃声。我发现昆虫在夜间并不睡觉。小生物不停飞过，长着一对翅膀，或两对。一只大甲壳虫爬过我的脚边。它停下来，换了个方向，似乎觉察到在这奇怪的房顶上走错了路。那几分钟，我头一次感到和一只爬行生物如此亲近。我们共命运。我们都不知道为何而生，又为何必须要死。"甲壳虫弟兄，"我咕哝道，"他们想让我们做什么？"

我感到一股强烈的宗教热情。我站在房顶上，下面这片土地是上帝赐予的，还给那一半未被消灭的子民。我处于无限空间中，无数的银河环绕周围，我被夹在两个永恒之间，一个已过去，一个还未到。或许什么都没有过去，已经成为过去的或即将成为过去的如巨幅经卷在宇宙间铺开。我向我的父母道歉，不论他们在哪里，我曾经反抗他们，现在又令他们蒙羞。我祈求上帝宽恕。我回到祂的应许之地，本应重下决心学习《托拉》，遵守祂的戒律，却跟着放荡女人走，而那女人在艺术的虚荣中已迷失了自己。"天父啊，帮帮我！"我绝望地呼喊。

我疲倦地坐下来，越来越冷了，只好靠在墙上取暖。我的嗓子发痒，鼻子又酸又干，像要感冒。"有人曾像我这样吗？"我问自己。随危险而至的寂静令我麻木，或许我会冻死在这炎炎夏夜。

我迷迷糊糊地打起盹儿来。我已经坐了下来，下巴顶着胸，手掌抵着肋骨，像个发誓永远保持这种姿势的托钵僧，不时地用哈气焐热膝盖。我仔细聆听，只听到邻近房顶上猫的叫声。起初，那叫声如孩童啼哭，后来就像正在产子的妇人。我不知睡了多久——或许是一分钟，或许是二十分钟。我的脑子空白一片，什么也不愁了。我感觉像在一片墓地，孩子们从自己的坟里出来玩耍。有个穿百褶裙的女孩儿，透过她那金色的鬈发，可看到头颅上的脓包。我知道她是谁，乔希贝德，克罗齐玛纳街 10 号，邻居的女儿。她得了猩红热，清晨被抬进了儿童灵车。灵车由一匹马拉着，里面有许多隔间，像抽屉一样。有些孩子围成圆圈跳舞，有些孩子在荡秋千。我从小就常做这个梦。那些孩子们似乎知道自己已死，不说话也不唱歌。蜡黄的脸带着另一个世界才有的忧郁，只有在梦中才会看到。

我听到窸窣声，感到有人在碰我。睁开眼，我看到道莎穿着家居服和拖鞋，拿着我的衣服。我的背带和夹克的一只袖子拖在房顶上。她放下我的鞋，手指顶唇，示意我不要出声。她扮了个鬼脸，吐了吐舌头奚落我，接着后退几步，打开一扇通往楼梯的活板门。我大吃一惊。我的眼镜从衣兜里掉出来，差点被我踩到。混乱中，我没发觉道莎已经离开。旁边地上有本小册子，那是我的美国护照。我开始找我的钱，旅行支票。我迅速穿好衣服，慌乱中穿反了夹克。我的腿在发抖，爬过活板门，我来到了楼梯上。

到了一层，门上着链锁，我只好像做贼似的撬锁。终于，锁打开了。我轻轻关上门，迅速走开，绝不回头看那适才囚禁了我的房子。

我走进一条小巷，似乎是新修的，地面还没铺好。我随便选了条路，只求走得越远越好，边走边自言自语。我拦住一位上了年纪的行人，用英语向他问路。他对我说："讲希伯来语。"然后他指给我回旅馆的路。他的眼神中有种父亲式的责备，深藏在黑影中，好像他认识我，猜出了我的窘境。还没来得及谢他，他就消失在了黑夜中。

我原地未动，思忖着刚刚发生的事。独立岑寂，我在寒冷的清晨瑟瑟发抖。这时，我感到有个东西在裤脚里爬，弯下腰，一只大甲壳虫跑了出来，迅即消失。是我在房顶上看到的那只甲壳虫吗？它陷在我的衣服里，终于逃脱了。统御寰宇的神力赐予了我俩又一次机遇。

韩颖 译

以色列的叛徒

还有什么比站在阳台上，俯视整条克罗齐玛纳街（犹太人居住区）更美妙的！从诺伊纳到塞普拉，甚至更远的地方，连跑着有轨电车的艾恩街都能看到。每天，甚至每小时都有事儿发生。一会儿是抓了个小偷，一会儿是酒鬼伊特哈·梅耶发酒疯，在贫民窟中心跳舞，他是糖果店的以斯帖的丈夫。有人病了，叫来救护车。房子着火了，消防员戴着铜帽子，穿着高筒胶靴，骑着大马飞奔赶来。那个夏日午后，我穿着长袍，红头发上顶着天鹅绒帽子，鬈发乱蓬蓬的，就这样站在阳台上等着看热闹。我边等边观察街对面的商店和顾客，再看看广场，那儿有成群的小偷、放浪的女人、卖彩票的小贩。从袋子里抽个数字，运气好的话，就能赢三支彩色铅笔，或有着巧克力鸡冠的糖鸡，没准儿还能赢个硬纸壳做的小丑，一拉绳子，胳膊腿儿就会动。有一次，一个留长辫的中国人从街上走过。一会儿的工夫，街上就黑压压地挤满了人。还有一次，来了个黑脸男人，围着流苏红头巾，披着祈祷巾似的斗篷，光脚穿着凉鞋。后来我听说他是波斯犹太人，从苏萨城来，就是亚哈随鲁国王和以斯帖王后，还有坏蛋哈曼居住的那个古都。

因为我是拉比的儿子，街上的人都认识我。站在阳台上，谁都不用怕，像将军似的。有我的对头路过，我就朝他的帽子上吐唾沫，他顶多冲我挥挥拳头，骂几句。从上面看，连警察都没那么高大威武了。长着紫肚子的苍蝇，还有蜜蜂啊、蝴蝶啊，落在阳台栏杆上。有时我想抓住它们，有时就那么看着。它们是怎么飞到克罗齐玛纳街来的？又是从哪里搞来那么漂亮的颜色？我也曾尝试读意第绪语报纸上关于达尔文的文章，基本上没看懂。

突然，又出乱子了。两个警察带着个小个儿男人，几个女人在后面大吵大闹地追他。令我吃惊的是，他们竟然都进了我们家的大门。我简直不敢相信：警察把那小个儿男人带到了我们家，带到了我父亲的法庭。还跟着施缪尔·斯梅塔纳，一个未经官方认证的律师，小偷、警察都当他是朋友。施缪尔懂俄语，经常充当街上的犹太人和当权者之间的翻译。我很快就明白了是怎么一回事。那小个儿男人考普尔·米兹内是个卖旧衣服的小贩，娶了四个老婆。一个老婆住在克罗齐玛纳街，一个住在斯莫扎街，一个住在普拉加，还有一个住在沃拉。我父亲好长时间才搞明白这件事。那位职衔高的警察，帽子上带金色徽章的，解释说考普尔·米兹内和这几个女人没有合法结婚，没在政府那里登记，只是根据犹太律法结了婚。政府不能把他怎么样，因为那些女人只有犹太婚约，没有俄国的结婚证。考普尔·米兹内辩解说她们不是他的老婆，只是他的情人。那些当官的却不能容忍他犯了罪还不受惩罚。于是警长下令将犯人带给拉比。真是奇怪，这么多弯弯绕绕，我一个小男孩儿竟比我父亲还明白得快。考普尔、他的老婆们，还有一大群好奇的男男女女闯入我家时，父亲正忙着读他的《塔木德》和评论。有些人高声大笑，有些人责备考普尔。我父亲又矮又瘦，穿件长袍，高额上戴着天鹅绒便帽，蓝眼睛，红胡子，很不情愿地把笔纸放在读经台上。他在桌子一端坐下，请大家也落座。有些人坐在椅子上，有些人坐在靠墙的长凳上，墙边的书一直堆到天花板。两窗之间放着装《圣经》的约柜，约柜的檐板镶了金边，上面有两只狮子，弯曲的舌头叼着《十诫》板。

我细听每句话，细察每张脸。考普尔·米兹内就像宗教学校的小孩儿一样矮，皮包骨头，瘦瘦的脸，长长的鼻子，突出的喉结，小下巴上稀稀拉拉地长着几根干草色的胡子。他穿一件格子夹克，扣着漂亮的铜制衬衫领扣。他没有嘴唇，嘴就是一道裂缝。他狡猾地微笑着，扯着尖尖的嗓子，想盖过所有人，装作整件事不过是个玩笑或误会而已。父亲终于搞清了来龙去脉，问考普尔："你怎么能犯下这样的罪孽？难道你不知道哲罗姆拉比颁布的法令，多妻者将遭驱逐？"

考普尔·米兹内伸出食指，示意大家安静，然后说："拉比，首先，我娶她们并非自愿。我上了她们的套。我跟她们说我有老婆，说了一百次了，她们却像水蛭一样叮上了我。我没被关进博尼夫哈特街的疯人院，就说明我比铁还要坚强。其次，我没必要比我们的先祖雅各更虔诚。如果雅各可以娶四个老婆，我就可以娶十个，甚至一千个，像所罗门王一样。我还知道哲罗姆拉比的法令只管一千年，如今已过去了九百年，还剩一百年。我是自作自受。拉比您是不会在我的火焚谷里受煎熬的。"

围观的人哄堂大笑，几个年轻人还鼓掌。父亲攥着胡子。"今后一百年会发生什么，我们无从知道。但现在，哲罗姆拉比的法令仍然有效，违令者就是以色列的叛徒。"

"拉比，我没偷东西，也不骗人。那些富裕的哈西德派教徒一年破产两次，一到节日就去他们的拉比那里共餐。我买东西可是付现金，不欠别人一分钱。我还养活了四个犹太女儿和九个好孩子。"

他的老婆们想打断他的话，但警察不许。施缪尔·斯梅塔纳把考普尔的话译成俄语。虽然我不懂俄语，但我觉得他把考普尔的辩词缩短了——又是比画，又挤眼，似乎不想让俄国人听明白考普尔都说了些什么。施缪尔·斯梅塔纳又高又胖，脖子红红的，穿一件饰有镀金纽扣的灯芯绒夹克，马甲上的表链由银卢布做成，靴子锃亮，像漆器一样反光。我总在瞟考普尔的老婆们。克罗齐玛纳街的那位又矮又胖，像安息日用的炖锅，鼻子像土豆，胸脯很大，似乎是最老的一个。她的假发乱糟糟的，煤渣一样黑。她边哭，边用围裙擦眼泪，用一根断了指甲的胖手指指着考普尔，骂他是罪犯、猪、杀人犯、色情狂，还威胁说要打断他的肋骨。

另一位看上去还像个姑娘，头戴一顶饰有绿色绸带的草帽，拿着一只铜钩坤包。她的脸颊红红的，如同站在门口等着接客的街头女郎。只听她说："他是个骗子，世界上最大的骗子。他对我又许月亮，又许星星。在全华沙都找不到这样一个骗子和吹牛大王。如果他此时此刻不和我离婚，就让他在监狱里烂掉。我有六个兄弟，每一个都能把他剁成肉酱。"

她嘴里虽说着狠话，眼中却含着笑，还有俩酒窝。我觉得她挺可爱。她从包里拿出一张纸，在我父亲面前晃了晃。"这是我的婚约。"

第三个女人身材矮小，金发碧眼，比戴草帽的年长，但比克罗齐玛纳街的那位小很多。她说她是犹太医院的厨子，也是在那儿遇见考普尔的。当时他自称莫里斯·凯尔泽。他到医院来是因为头疼，弗兰克尔医生让他住院观察两天。那女人对我父亲说："现在我知道他为什么会头疼了。如果我像他似的把事情搅成一锅粥，我的头会裂开的，一天得发十次疯。"

第四个女人一头红发，脸上满是雀斑，眼睛像醋栗一样绿，我看到她一侧的牙齿里有颗金牙。她母亲戴着一顶缀有珠子和绸带的旧式软帽，坐在长凳上，一听到女儿的名字，就大喊大叫。女儿为了让她安静下来，给她拿来嗅盐，那嗅盐是赎罪日时为身体不好，坚持不了斋戒又不愿打破斋戒的人准备的。我听到她女儿说："母亲，哭哭啼啼有什么用。我们已经搅到这团乱麻里了，必须脱身。"

"有上帝在，有上帝在，"那老太太喊道，"祂有耐心等待，但会从重处罚。祂会看到我们的耻辱，我们的卑贱，祂会审判。这个恶人，这个拉皮条的，这个畜生！"

她头向后仰，好像要昏倒似的。女儿冲进厨房，拿来湿毛巾，搓着老太太的太阳穴。"母亲，醒醒。母亲，母亲，母亲！"

老太太突然醒过来，又开始喊叫。"乡亲啊，我要死了！"

"来，把这个吃了。"女儿把一粒药片塞到她那没牙的嘴里。

过了一会儿，警察走了，临走时命令考普尔·米兹内第二天去警署。他们走后，施缪尔·斯梅塔纳开始责备考普尔。"你怎么能做这种事？还是个商人呢！"父亲对考普尔说，他必须和另外三个老婆离婚，和原配，就是克罗齐玛纳街的那位在一起。父亲让那些女人都到桌边来，问她们是否同意离婚，她们却吞吞吐吐。考普尔和克罗齐玛纳街的那个生了六个孩子，和犹太医院的厨子生了两个，和红头发的生了一个。只有最年轻的那一位没孩子。现在，我知道她们都叫什么名字了。克罗齐玛纳街的叫特里娜·利亚，厨子叫古莎，红头发的叫拿俄米。最年轻的起了个外邦人的名字，葆拉。通常，人们来请求 Din Torah，就是律法裁决时，父亲会命他们妥协。如果控方要求二十卢布，而另一方宣称一无所有，父亲就会判支付十卢布。但这件事怎么妥协？父亲摇摇头，叹了口气。他不时地瞥一眼他的书和文稿。他讨厌学习时被打扰。他冲我点点头，似乎在说：“看到了吧，魔鬼能使这些抛开《托拉》的人堕落到什么地步。”

经过一番讨价还价，父亲打发那些女人去厨房找我母亲诉苦，并处理钱财细节。世俗的事，母亲比他更有经验。她刚才也偷看了一两次法庭，不屑地瞥了一眼考普尔。女人们迅速冲进厨房，我也跟了进去。我母亲比我父亲个子高，瘦瘦的，面色苍白，尖鼻子，灰色的大眼睛，总在读希伯来语道德书。母亲头戴白色头巾，包着金色假发。我听见她对考普尔的老婆们说：“离婚，像逃离火灾一样躲开他。愿上帝原谅我出言不逊，但你们在他身上看到了什么？一个堕落的人！”

厨子古莎回答说：“拉比夫人，和男人离婚并不难，但我们有两个孩子。没错，他付的抚养费也就那么一点，但总比没有强。一离婚，他就像鸟一样自由了。孩子需要鞋子、小裙子、内裤。唉，等她们长大了，我怎么对她们说呢？以前他只在周六来，但他毕竟还是姑娘们的爸爸。他给她们带来糖果、玩具和饼干，假装爱她们。”

“你不知道他有老婆吗？”母亲问。

古莎犹豫片刻。“起初我不知道，等我发现时已经太晚了。他说他没有和老婆住在一起，随时都可以离婚。我被他哄住了，迷住了。他油嘴滑舌，是只狡猾的狐狸。”

“她知道，这个妓女，她知道！”特里娜·利亚喊道，“一个男人只在安息日才来找女人，他就像猪一样洁净。她也不比他好多少。像她这样的女人只想抢走别人的丈夫。她是个荡妇，贱货。”特里娜·利亚朝古莎的脸上吐了口唾沫。

古莎用手绢擦了擦脸。“她该吐血和脓水。”

“我真是不明白。”母亲对那些女人，也对她自己说。然后她又加了一句：

"或许可以根据外邦人的法律，要求他支付孩子们的抚养费。"

"拉比夫人，"古莎说，"如果一个男人真心爱他的孩子，就不需要强迫他。可这一位每周来，都有不同的借口。他丢给我们可怜巴巴的几个钱，就像在施舍。今天，警察到医院来把我带走，好像我犯了法。我的仇家看到我倒霉都高兴着呢。我把孩子们丢给护士，她只能待到四点，然后孩子们就没人管了。"

"既然这样，就赶快回家吧，"母亲说，"会有办法的。这世上还有点公道。"

"还有什么公道？我是自掘坟墓。我一定是疯了，罪有应得。我可以去死，但谁来照顾我可爱的孩子们？她们没有错。"

"她要是这样的母亲，那我就是伯爵夫人，"特里娜·利亚嚷道，"母狗，麻风病人，恶棍！"

我对古莎非常同情；但我对男人们在谈什么更好奇，于是我就跑回了刚才待的屋子，他们正在争论。我听见施缪尔·斯梅塔纳说："听我说，考普尔。不论你怎么说，孩子们总不能成为牺牲品。你得养他们，否则即便俄国人让你蹲三年大牢，也没人眨一下眼。没有哪个律师会接这样的案子。你要是一怒之下把谁给捅了，法官或许会手下留情。但你整天干的这些事真不是人做的。"

"我会付钱的，我会付的——别装出一副圣人君子的样子，"考普尔说，"他们是我的孩子，他们不会去要饭。拉比，如果您允许，我就以《圣经》起誓。"考普尔指了指约柜。

"起誓？上帝不许！"父亲说，"首先你得签字，同意执行我的判决，承担对孩子们的责任。悲哀啊！"父亲的声调变了，"一个人一辈子能活多久？为了这种邪恶的激情，至于把来世都抛掉吗？人死后，身体又能怎样？还不是被虫子吃掉！人只要还活着，就可以忏悔。到了坟墓，就再也没有选择的自由了。"

"拉比，我准备斋戒和忏悔。我可以解释：我失去了理智。魔鬼或邪灵钻进了我的身体。我就像撞在蛛网上的苍蝇一样被缠住了。我怕人们会报复我，不再到我的店里来。"

"犹太人是有慈悲心的，"父亲说，"如果你诚心忏悔，没有人会迫害你。"

"对极了。"施缪尔·斯梅塔纳附和道。

我从男人那里走开，又回到厨房。那个老太太，拿俄米的母亲正在说："拉比夫人，我一开始就不喜欢他。我只看了他一眼就说：'拿俄米，躲开他，就像躲开害虫。他不会和他老婆离婚的。让他先离婚。'我说：'然后再说。'亲爱的夫人，我们可和贫民窟的人不一样。我的亡夫，拿俄米的父亲，是哈西德派的。拿俄米是个诚实的女孩儿。她做裁缝来养活我。可他的舌头灵活得很，尽是甜言蜜语。他越是拍马屁讨好我，我就越发认识到他是怎样一条毒蛇。但我女儿是个傻瓜。如果你跟她说天堂里有马市，她就想上那儿去买马。她的运气也不好，结婚三个月就成了寡妇。她丈夫，人高马大的，就像树一样倒下了。老了，老了，还遇到这种事真是可怜。我希望我早就死了。还有谁需要我？我只是在浪费粮食。"

"别这么说。上帝让我们活着，我们就必须活着。"母亲说。

"为什么？人们嘲笑我们。她告诉我她怀了那白痴的孩子，我抓住她的头发，然后……乡亲啊，我要死了！"

那天，三个女人都同意与考普尔·米兹内离婚。离婚手续将在我们家办理。考普尔在文件上签了字，预付给我父亲五卢布。父亲已经记下三个女人的名字。拿俄米是个很不错的犹太名字。古莎就是古特的昵称，以前也叫托瓦。但葆拉是个什么名字？父亲拿出《人名》一书查询葆拉，没找到。他让我叫文书以撒亚来，讨论此事。对这种事，以撒亚更有经验。他对我父亲说，他每写一份离婚协议，就在笔记本里画一个圈，最近他儿子数了数，已经有八百个圈了。"根据律法，"以撒亚说，"在离婚协议书上可以用外邦人的名字。"

拿俄米应该先离婚，仪式将在周日举行。但到了周日那天，考普尔和他的老婆们谁都没有来。克罗齐玛纳街上议论纷纷，人们说考普尔·米兹内和最年轻的老婆葆拉跑了。他把其他三个老婆都抛弃了，她们永远不能再婚。他和葆拉去了哪里，没人知道，不过人们相信他们是去了巴黎或纽约。母亲说:"这样的骗子还能去哪儿?"

她生气地瞪了我一眼,似乎怀疑我羡慕考普尔一走了之,谁知道,或许还羡慕他有美相伴。"你在厨房做什么?"她嚷道,"看你的书去。这种堕落的事不该你知道。"

灵 之 旅[1]

1

　　事情是这样的。那是个大热天，在百老汇住宅区有一块围起来的草坪，我就站在草坪前喂鸽子。这些鸽子认识我，看到我手中拿着谷物袋，它们就会围过来。曾经有警察跟我说在户外喂鸽子是违法的，不过他们也就说说而已。有一次，一位大个子警察居然走到我面前说："为什么每个人都给鸽子带来食物，却没人停下来想想，也许它们想喝水？纽约已经好几周没下雨了，鸽子都快渴死了。"这样的话能从警察口中说出，真是少见！我径直回家，取来一碗水，半碗洒在电梯里，半碗被鸽子掀翻了。

　　这一天，在去草坪的路上，我看到报摊上摆着最新一期的《未知》，赶紧买了一本。在我住的这个街区，这本杂志一上架就会被抢光。不知什么原因，上百老汇的许多读者都对心灵感应、千里眼、心灵致动及灵魂不朽感兴趣。

　　鸽子居然没有围过来。我抬起头，看到距我几步之遥，有个女人也在一把一把地给鸽子喂食。我笑了——她的腋下夹着最新一期的《未知》。炎炎夏日，她却穿着一袭黑裙，戴一顶黑色宽檐帽，鞋子和长袜也是黑色的。我想，她一定是外国人；美国人在这种天气是不会这么穿衣服的，即便是参加葬礼也不会。她抬起头，一张看上去还算年轻的脸——至少是不老。她挺瘦，皮肤黝黑，窄窄的鼻子，长下巴，薄嘴唇。

Ⅰ．由约瑟夫·辛格翻译。——原注

我说："和我竞争，嗯？"

她笑了，露出长长的假牙，黑眼睛却仍很严肃。她说："别担心，先生。会有更多的鸽子来，够我们俩喂的。看，它们来了！"她手指天空，似在预言。

的确，一大群鸽子正从市区飞来。草坪上一会儿便挤满了鸽子，它们蹦蹦跳跳，扇动翅膀，以挤到食物跟前。鸽子跟哈西德派一样，就喜欢推推搡搡。

我俩的谷物袋都空了，一起朝垃圾桶那儿走。"您先请，"我说，又加了一句，"原来我们看的是同一本杂志。"

她的声音低沉，带有外国口音。"我常看到您喂鸽子，我想跟您说，喂鸽子的人永远没有缺憾。花几分钱在这些可爱的鸟儿身上，就能带来许多好运。"

"您怎么这么肯定？"

我们边走，她边解释。我请她一起喝一杯，她说："很高兴，但我不喝酒，只喝果汁和蔬菜汁。"

"来吧，既然你看《未知》，那就和我是一类人。"

"不错，我对神秘的事最感兴趣。我在英国、加拿大、澳大利亚和印度也读这类报刊。我是匈牙利人。以前在匈牙利时，我也看，但现在，如果你相信超自然力量，你就会被关进监狱。有这样的希伯来语杂志吗？"

"你是犹太人吗？"

"我母亲是，但对我来说，没什么种族差异或宗教派别，只有人类。我们已丧失了精神力量的源泉，这使我们的心灵演变产生了不和谐。如果我们发出博爱、互助、和平之波，这些波的振动就会在上帝的一切造物中产生认同感。你看到了鸽子是怎样飞来的。它们聚集在百老汇中央储蓄银行和第七十三街的交会处，它们从那么远的地方，怎能看到在第八十几街发生的事。但它们的宇宙意识处于完美的平衡状态，于是……"

我们已走进一家开着空调的咖啡馆，找了个隔间坐下。她自称为玛格丽特·弗加兹。

"真奇妙，"她说，"我注意到你通常是在一点钟，出去吃午饭时喂鸽子，而我是在早上喂。今天早晨，我像往常一样喂了鸽子。突然有个声音命令我再喂一次。你看，鸽子在六点不那么愿意吃东西的。它们开始调整到夜晚的节奏。白天越来越短了，我们现在处于太阳活动周期的另一个星座的控制之下。如果有个声音反复给出相同的劝诫，这就是来自宇宙力量的信息。我走出来，看到你也正要喂鸽子。你为什么晚了？"

"我也听到了一个声音。"

"你是通灵的人吗？"

"我只是在开玩笑。"

"可不能拿这种事开玩笑！"

四十五分钟后，我已了解到许多细节。玛格丽特·弗加兹是在二十世纪五十年代到美国的。她父亲生前是医生，如今父母都已不在世。在纽约，她和一位九十多岁的老太太走得很近，那老太太是个通灵之人，半瞎了。老太太一百零二岁死的。玛格丽特靠教课为生，教瑜伽、意念集中、大脑激活、生物节奏、意识及"我存在"。

她说："我早就看到你喂鸽子了，后来知道你是位作家和素食者，我就开始读你的文章。这使我俩之间产生了遥感交流，尽管是单向的。我甚至去过你家几次，不是肉身，而是魂灵。我想引起你的注意，但你睡得很香。通常我会在黎明时分离开我的肉体。只有一次我去找你时，你醒着。你给我讲了喀巴拉的神秘之处。当我不得不离开时，我吻了你。"

"你知道我的地址？"

"魂灵不需要地址！"

一时间我们都没说话。接着，玛格丽特说："可以给我你的电话号码吗？这种魂灵拜访是很凶险的。如果银线断了，那——"

她没说完，显然是害怕自己将要说出口的话。

2

凌晨一点，我走在回家的路上，心想可不能和这个玛格丽特·弗加兹混在一起，太危险了。吃了她给我做的黄豆、生胡萝卜、糖浆、瓜子、芹菜汁，我的胃现在很疼。听了她的建议，什么如何避免精神紧张，如何控制梦境，如何发射放松的 α 射线、智能活动的 β 射线、出神 θ 射线等等——我的头也在疼。这都怪道拉，我很郁闷。若不是她离开我，跑到以色列的基布兹去陪女儿，我本可以和她一起住在没有花粉的新罕布什尔的伯利恒，而不是待在污染严重的纽约，受花粉热的折磨。不错，道拉的确求我和她一起去以色列，但我可不想待在叙利亚边界旁某个偏僻的基布兹，等着她女儿桑德拉生下第一个孩子。

那么晚了，我不敢徒步走几个街区，从哥伦布大道和第九十六街的交会处，到西八十几街的我的住所兼工作室，但没有一辆出租车停下来载我。坐在电梯里，我突然感到一阵恐惧。或许我不在家时，来了盗贼？或许因为没找到钱和珠宝，小偷一怒之下撕毁了我的文稿？我打开门，一股热浪袭来。我忘了拉下百叶窗，阳光将房间烤了整整一天。自从道拉走后，这里就没人打扫过，灰尘刺激得我直打喷嚏。我脱衣躺下，却睡不着。我的鼻子堵着，嗓子痒痒的，耳朵里像是灌满了水。我越来越生道拉的气，开始幻想各种各样报复她的办法。或许我可以和这个匈牙利施奇迹者结婚，然后给道拉发电报向她报喜。

昏昏睡去时，已是拂晓时分。一阵电话铃将我吵醒，我看了看床头柜上的钟，十点二十分。我拿起话筒，咕哝道："哎？"

电话里传来低沉的女子的声音。"吵醒你了吧，嗯？我是玛格丽特，玛格丽特·弗加兹。莫里斯——我可以叫你莫里斯吗？"

"叫什么都可以，波提乏也行。"

"哦，听听呀！我是想说今天早晨有迹象表明，昨天我们的见面并非偶然，而是命中注定，是上天之手安排的。首先让我告诉你，你走后，我非常担心你。你答应我坐出租车，但我知道——别问我怎么知道的——你没有坐出租车。就在天快亮时，我发现我又来到了你的房间。真够乱的。那么多灰！我看到你苍白的脸，听到你那么费劲地呼吸，于是我决定你绝不能待在城市里。而且我们俩的关系刚开始就中断太久也不好。正巧，今天一大早，我的一位老朋友就打来电话，她叫莉莉·沃夫纳，也是匈牙利人。我都一年多没听到她的消息了，但昨晚，就在临睡前，我突然想起她，对我来说，这通常预示着我将马上和那人取得联系。就在九点钟，我的电话响了。我很自信，拿起电话就说：'喂，莉莉。'莉莉·沃夫纳是旅行社的，负责安排去欧洲、非洲、日本，还有以色列的旅行团。她安排的旅行总要带些文化项目。导游是心理学家、精神病医生、作家、艺术家、拉比。我也做过两次导游，带那种对心灵研究感兴趣的旅行团。以后我再跟你说和他们在一起时的难忘经历。

"我说：'莉莉，你是怎么想到我的？'她说有个团要在至圣节去以色列，顺便学习意念集中。她让我来做导游。我不记得她是怎么说的了，但我跟她提起了你，还说你答应过我要给我讲讲喀巴拉的玄秘理念。请别打断我。一听到你的名字，她简直就是发了狂。'什么？真有这个人？就住在纽约市，你还与他共进了晚餐？'我就长话短说吧——她提议我俩一起做这次旅行的导游。她会答应你的任何要求。团里都是些富婆，也许还有你的读者。我跟她说我得和你谈谈，但首先她得问问那些女人。不到半小时，她就回了电话。她已经告诉她的客户了，她们听到这个主意，就像她一样兴奋。天呀，如果有人还看不出这是命中注定之事，那他真是瞎了眼。莉莉是个商人，不是什么神秘主义者，但她说我们俩在一起真是绝配！我想告诉你，最近这几个月，我的生活遭遇了严重危机——精神的、心理的、财务的。我差点就自杀了，你都想不到。昨天，我走到你面前，不知怎的，我知道我的生活掌握在你手中，尽管听起来很奇怪。因此我求你，我跪下来求你——不要说不，因为那是宣判我的死刑。真的是死刑。"

玛格丽特根本不容我插话。我想告诉她我并不是喀巴拉专家，我也不想在以色列闲逛，后面跟着一群想把神秘主义掺杂进旅游观光的女人，但不知怎的，我犹豫了，我的软弱令我迷惑。

玛格丽特喊道："莫里斯，等着我，我去找你！"

"魂灵？"我问。

"开玩笑！肉体与魂灵同去！"

是谁说过——也许没人说过：每个人的人生之戏都是情节剧。我既是这出戏的演员，也是观众。

我坐在空调大巴里，从海法前往特拉维夫。我们在耶路撒冷过了犹太新年，参观了所多玛、伊莱斯、萨法德、苏伊士运河被占领区和戈兰高地，还有几个基布兹。车一停下来，我就宣讲喀巴拉，玛格丽特则就爱情、健康、商业活动给出建议，还有如何利用潜意识买股票、下赛马赌注、找工作、找丈夫，如何冥想。她还讲深度睡眠的脑电波，密教灵修者的人格共振，香巴拉维度，以及程控招魂术全景。她进行天体化学分析，演示如何找到第三只眼、松果眼，揭秘夜游幽灵和沙斯塔山。我参加了她的降神会。在降神会上，她对那些女人施催眠术，她们大多睡着了——或至少假装睡着了。她发誓说我母亲在她面前显灵，敦促她看好我；我是射手座的，有个天蝎座的人可能会与我产生致命冲突。

我陷进去了，自己都觉得羞惭。感谢上帝，直到现在我还没碰到道拉或其他熟人，但我们还要在以色列待几乎整整一周，旅行才结束。很可能，有人会认出我。而且，团里人的抱怨越来越多——对旅馆、饭菜以及礼品店的商品都不满——对导游越来越挑剔。许多人对玛格丽特和她的课变得冷淡了，对喀巴拉的热情也消失了。有个女人说我对喀巴拉的解释太主观了，简直就是诗意大杂烩。

按照行程安排，我们要在特拉维夫停留几日，好让这些女人购物。她们将在耶路撒冷过赎罪日，第二天从洛德机场飞往美国。我打算在旅行结束时给道拉一个惊喜，所以离开纽约前，我从莉莉·沃夫纳那里订了张未签回程日期的机票，这样我就不必随团返回了。我跟她说，我在以色列有些文学方面的事需要处理。为避免麻烦，我没告诉玛格丽特这件事。

第二天旅游团就要去耶路撒冷，去哭墙祈祷了。吃过早饭，我必须得公开我的秘密了。我要在特拉维夫过赎罪日，就在我们下榻的饭店。我厌倦了和这么多人一起到处旅行，渴望能有属于自己的一天。

不满是意料之中的事，但我没想到玛格丽特会如此大吵大闹。她痛哭流涕，指责我和莉莉·沃夫纳合谋对付她，并威胁说我将遭到天谴。因为我的两面派，有场巨大的灾难将会降临到我身上。

突然，她嚷道："如果你要留在特拉维夫，我也留在这儿。我没必要在赎罪日时去圣地祈祷。和你一样，我的任务也完成了。"

"你必须跟团走，否则你的机票就作废了。"我跟她说。

"赎罪日第二天，我一早就从这里打车直接去洛德机场。"

听说她们的两个导游要在特拉维夫过赎罪日，那些女人说起了风凉话，但是没时间和她们多费口舌了；大巴正在饭店门口等着。玛格丽特向她们保证，赎罪日的第二天，她一大早就会去机场和她们会合，送她们登机。我觉得很难堪，不好意思向她们道歉。我不仅毁了自己的声望，也毁了喀巴拉。

后来，我把我的合同拿给玛格丽特看，合同上写着我的任务在前一天晚上就结束了；我完全有权利留在以色列，想待多久就待多久。

玛格丽特拒绝看合同。"你在这儿有女人，"她说，"你的计划会落空的。"她伸出一根手指指着我，嘴里咕咕哝哝，我感觉她是在作法使邪恶力量降临到我身上。我的迷信把我自己都搞糊涂了，我向她做了许多保证，想安慰她，但她对我恶语相向，说再也不会信任我。她终于走了，重新打开行李。我则利用这段时间给道拉的基布兹打电话，就在戈兰高地附近，没打通。

许多客人都去了耶路撒冷，饭店里没人准备赎罪日前的盛宴。玛格丽特和我只好出去找餐馆。虽然我不去会堂，但在赎罪日我是要斋戒的。

"我和你一起斋戒，"玛格丽特得知后说，"如果上帝决定以如此屈辱的方式惩罚我，我一定是犯了重罪。"

"你说你是半个外邦人，但你的所作所为简直就是个长舌妇。"我指责她。

"我的小指甲盖儿里的一点点犹太精神，都比你的全部还要多。"

我们本打算买些食品，在斋戒开始前还可以吃些东西；但等我们吃完午饭，发现商店都关门了。街上没有行人，连饭店附近的美国大使馆都静悄悄的，似乎在准备过节。玛格丽特来到我的房间，我们一起站在阳台上，凝望大海。太阳已偏西，海滩上空无一人。从未见过的大鸟在沙滩上漫步。不论玛格丽特和我之间曾有过何种亲密关系，现在都已完结；我们就像是一对已决定离婚的夫妻，各自靠在一边，看着夕阳在波涛上投下愤怒的光芒。

玛格丽特黝黑的脸变成了砖红色，黑眼睛流露出忧郁的神情，似乎她并不在当下的空间，却又不能融入另一个空间。她说："这里的空气鬼影憧憧。"

◆ 4 ◆

那天晚上，我们在占卜板旁坐到很晚，一个凶兆接一个凶兆。也许是因为太无聊了，也许是想一次性了结我们俩之间的虚伪关系，我向玛格丽特坦白了道拉的事。她太疲倦了，已无力再大吵大闹。

次日清晨，我们一起去罗斯尔德大道的本－耶胡达街散步。我们想过要不要去会堂，但路过的会堂里都挤满了前来祈祷的人。男人们披着祈祷巾站在外面。大约十点，我们回到了饭店。我们已无话可说。我躺在床上读一本关于胡第尼的书，尽管胡第尼反对行招魂术，我却一直认为他具备神奇的力量。玛格丽特坐在桌边，摆弄着塔罗牌，不时地皱皱眉，闷闷不乐地看我一眼。她说，由于我背信弃义，她前一天晚上一直没睡。说完她就去了自己的房间，警告我不要打搅她。

中午时分，我听到一声长长的警报。我感到奇怪，军方为什么要在赎罪日演习。自从前一天下午两点，我就什么都没吃，真是饥肠辘辘。我时而看书，时而打个瞌睡，纵容自己在赎罪日稍加反省。我这一生都在寻欢作乐，但我的情人们变得太认真，就像被冷落的妻子似的，开始抱怨。这次旅行令我疲惫不堪，而且有损我的尊严，连花粉热都没缓解。

我睡着了，醒来时太阳已下山。据我估算，会堂的犹太人应该在做礼毕仪式了。天上出现一颗星，接着第二颗、第三颗，终于到了结束斋戒的时间。门开了，玛格丽特像幽灵般滑进来。我们斋戒了不是二十四个小时，而是三十个小时。玛格丽特看上去很憔悴。我们乘电梯下楼。大堂里光线

542

昏暗，入口处的玻璃门盖着黑布。前台坐着一位老者，看上去不像是饭店员工。他在看一张意第绪语旧报纸。我走上前问："为什么这么安静？"

他不耐烦地抬起头说："你想怎样——跳舞？"

"为什么这么黑？"

他捋了捋胡子说："你是装傻，还是怎么了？国家在打仗。"

他向我说明了原委。埃及人打过了苏伊士运河，叙利亚人入侵了戈兰高地。玛格丽特定是懂些意第绪语，她大叫道："我就知道！惩罚！"

我打开大门，和玛格丽特走了出去。亚肯街笼罩在一片黑暗中，每扇窗户都蒙上了布。以前，每到赎罪日结束时，特拉维夫总是热闹非凡，餐馆里、电影院里都挤满了人，和眼前的景象真是大不相同，现在更像是阿布月初九的夜晚，还是在某个波兰犹太村子。偶尔有几辆汽车缓慢驶过，大灯要么关掉了，要么涂上了蓝漆。没走几步，我们就到了本－耶胡达街。本想买些食品，可商店都关了门。我们回到我的房间，玛格丽特发现床头柜里嵌着一台收音机。新闻全是关于战争的；民用通讯已中断，武装力量已经动员。播音员恳请民众不要陷入慌乱。我在我的箱子里找到一袋饼干和两个苹果，就这样我和玛格丽特结束了斋戒。玛格丽特已经预订了出租车，早晨五点送她去洛德机场。但出租车会来吗？会有飞机飞往美国吗？根据戈兰高地前线传来的消息，我有种感觉，道拉所在的基布兹已落入阿拉伯人之手。谁知道道拉是否还活着？叙利亚人或埃及人明天就有可能到达特拉维夫。玛格丽特敦促我说，如果出租车来了，就和她一起去洛德机场。但我不想在机场和那些从各个角落拥来的几千名游客挤在一起，度过一个个白天和黑夜。

玛格丽特说："你宁愿在这儿等死？"

"对，宁愿等死。"

直到两点，我们才关掉收音机。令她更为震惊的似乎不是战争，而是她所谓的我的卑鄙阴谋。她说唯一令她感到安慰的是，在她的灵魂深处，这一切她早已知晓。现在，她预言我和道拉永无再见之日，甚至宣称这场战争就是上天为我准备的灾难之一。她争辩说，既然时间是幻觉，既然所有的事都是命中注定，那么审判就常在犯罪之前。她的生活中净是这样的例子——由于她的保护天使在几个月或几年前的安排，敌人的阴险目的未能得逞。那些伤害了她的人后来不是被杀死，就是残废了，疯了。回她的房间之前，玛格丽特说她会祈求上帝宽恕我。她与我吻别，道晚安，并且暗示尽管赎罪日已结束，忏悔的大门还为我敞开着。

我睡得很沉。突然有人晃了晃我的肩膀。我睁开眼，漆黑一片，一时间我搞不清楚我是在哪儿，也搞不清是谁叫醒了我。

我听见玛格丽特很严肃地说："出租车来了！"

"什么出租车？哦！"

"跟我来！"

"不，玛格丽特，我要留在这儿。"

"那就多保重吧。原谅我！"

她吻了我，嘴唇僵硬，嘴里有股斋戒后的味道。她出去了，关上了门，我知道这是永别。她走以后，我才想到为什么我会做出这样的决定。我和她不一样，我没有订座位，我的机票没有回程日期。而且，我已经跟团里的那些女人说了我要留下来；像个胆小鬼似的逃跑，不论在她们眼里，还是在我眼里，都不是什么光彩事儿。以前，我和道拉曾设想过，如果我们俩在一艘正在下沉的船上，无路可逃，我们会怎么办。其他乘客尖叫、哭泣，抢着上救生艇，但我和她就在餐厅里慢慢品红酒。我们会珍惜我们的幸福，宁愿沉入水中，也不愿推推搡搡，你争我夺地乞求那一点点生命。如今，这种幻想涂上了一抹现实的色彩。

天蒙蒙亮，太阳还没出来，几个男人和女人在海滩上做早操，恍若微光下的暗影。看到这些死期前一天还在锻炼肌肉的乐天派，我真想大笑。

我的夹克搭在椅子上，我把手伸进兜里，拍了拍护照和旅行支票。我没什么特别需要，不必带很多钱，但我还是带了两千多美元的旅行支票和一本存折。没人偷，我又上床睡回笼觉去了。我在特拉维夫有不少熟人，有几个还可称为朋友，但我谁也不想见。我来这儿做什么，我能怎么说呢？我是什么时候到的？这只会逼着我说更多的谎言。我打开收音机。敌人在进攻，我方伤亡十分惨重。其他阿拉伯国家也准备入侵。

我又试着给道拉的基布兹打电话，接线员说不可能。居然电话和电还没有断掉，居然卫生间里还有热水，已经是不可思议了。

我坐电梯下到大堂。昨天我还觉得饭店里空无一人，现在，男男女女用英语交谈着。饭店里的所有男性员工都去参战了，他们的职位已由女员工替代。餐厅备有早餐。面包师夜里就在烤圆面包——刚出炉，还热着。我点了一份煎蛋，女服务生送来煎蛋时说："吃吧，趁现在还有的吃。"尽管是大白天，我却想象着一层又一层的黑暗从天而降，仿佛日食刚刚开始。我没有去和其他美国人搭讪。我没兴趣和他们说话，也不愿听他们的评论。何况，他们的嗓门儿那么大，我反正也听得见——他们在说，在洛德机场，人们提着行李等在外面，没有人来帮他们。我可以想象玛格丽特在人群中，念着咒语，召唤复仇神灵。

早饭后，我沿着本－耶胡达街散步。载满士兵的卡车呼啸而过。一位白胡子老人穿着长外套，戴着拉比帽，手拿住棚节的棕榈枝和香橼。另一位老者正费力地在阳台上搭棚子。夜间印制的报纸版面缩小了。我买了一份，坐在路边咖啡馆里，点了咖啡和蛋糕。这辈子我一直自以为是个胆小鬼，担心这担心那。我敢肯定，如果此时我是在纽约看报纸，得知以色列发生的事，我不定会怎么着急呢。但现在我的内心极其平静。一夜之间，我变成了宿命论者。我从美国带来了安眠药；如果事态发展到令人绝望的地步，我也可以用剃须刀割开手腕。我一边想，一边吃着蛋糕，喝着浓咖啡。一只鸽子飞到我的椅子边，我扔给它一些蛋糕皮。这是圣地的鸽子——个儿小、体轻、棕色。它点着它的小脑袋，似乎想通了像这片土地一样古老的真理：命里该活，则活；命里该死，没什么大不了。有死这回事吗？这不过是人性之懦弱编造出来的东西。

我漫无目的地闲逛，读一读关于胡第尼的书，再睡会儿觉，一天就这样过去了。本－耶胡达街的超市已经开门，挤满了顾客，长长的队一直排到外面，家庭主妇们看见什么就买什么。但在一些小店里，我还能买到干面包、奶酪和没成熟的水果。和平似乎统治白天，到了夜晚，战争就杀将回来。城市重新坠入黑暗，街上空无一人。饭店里，客人们坐在酒吧看电视，紧张而沉默。危险远未结束。

大约十一点，我坐电梯回到房间，来到阳台上。大海晃动着，泛着泡沫，像一只暂时得到满足的狮子，发出沉闷的低吼，但随时都可能发狂。军用直升机呼啸而过。繁星似乎伸手可及，不知又有什么坏事要发生。清冷的微风吹过，有股沥青、硫黄和从未停息过的圣战的味道。那些战役全都在这里，以东和亚玛力的军队，歌革和玛各，亚扪和摩押——以扫的王侯们和巴力的祭司们——这些拜偶像者向上帝以及雅各的子孙发起永恒的战争。我能听到剑锋的碰撞及战车的喧嚣。坐在柳条椅里，我闻到了永恒的刺鼻味道。

长长的警报声一口气惊醒了我的瞌睡。那声音仿佛同时吹响了一千只羊角号。我知道这家饭店没有防空洞。若有炮弹掉在这里，我们无路可逃。通往房间的门自动打开了。我走进房间，坐在床边，准备好生，也准备好死。

5

八天后，我飞回了美国。又过了一周，道拉到了美国。多么奇怪，在赎罪日那天，道拉和她女儿，带着新生的孩子逃到了特拉维夫；她们住在阿伦比路的饭店，距离我的饭店不过几个街区。住棚节前一天，她们给新生儿行了割礼。我跟道拉说，我在加利福尼亚的某所学院作为住校作家待了几周。只要我外出归来，道拉就会仔细盘问我，看看有没有什么矛盾的地方。她认为我不过是以讲课为名，与女人约会，是在骗她。但这一次，她毫不怀疑地接受了我的解释。

我又开始每天去老地方喂鸽子，但再也没见过玛格丽特。她没打电话，也没写信，至少据我所知，她的魂灵也没有来拜访我。

十二月的某一天，我和道拉正走在阿姆斯特丹大道上，她想买个二手书架，突然一个年轻人将一张小广告塞到我手中。天气很冷，还下着雪，他却不穿外套，也不戴帽子，衬衫领子还敞开着。他看起来像西班牙人或波多黎各人。通常我是拒绝接受这样的小广告的。但那年轻人的神情中有某种东西使我接过了这张湿漉漉的纸——是他的黑眼睛中闪烁的热情。这不是一个雇来发小广告的人，而是某项事业的信徒。我停下脚步，低头看到了玛格丽特·弗加兹几个大字，就在她的照片上方，那大概是她二十年前的照片了。"你得了相思病吗？"我念道，"你有没有失去你所爱的亲人？你病了吗？你的事业、家庭有问题吗？你是不是陷入了困境，无法脱身？来找玛格丽特·弗加兹夫人吧，她是唯一能帮助你的人。玛格丽特·弗加兹夫人，著名通灵人士，曾在印度学习瑜伽，在耶路撒冷学习喀巴拉，尤其擅长超感知觉、潜意识祈祷、雅赫维神力、UFO秘闻、自我催眠、宇宙智慧、精神疗愈和轮回。全部私密咨询。保证效果。体验价两美元。"

道拉扯了扯我的袖子。"干吗停下来？扔掉吧。"

"等等，道拉。他去哪儿了？"我环顾四周。年轻人已没了踪影。他是特意在等我吗？

道拉问："你为什么这么感兴趣？谁是玛格丽特·弗加兹？你认识她吗？"

"是的，认识。"我答道，我也不知道我为什么要这么说。

"她是谁——你的女巫？"

"对，是个女巫。"

"你是怎么认识她的？你是和她坐着扫帚，去参加什么黑弥撒了吗？"

"你还记得你去戈兰高地的那个赎罪日吗？你在那儿时，我和她一起飞到耶路撒冷，去了萨法德，去了拉结的墓地，我们一起学喀巴拉。"我说。

道拉已经习惯了我的玩笑和胡说八道。她插嘴问道："是吗？还有什么？"

"战争爆发后，女巫害怕就逃走了。"

"她把你一个人丢下了，嗯？"

"是的，一个人。"

"你为什么不来找我？我也是个女巫呢。"

"你也消失了。"

"可怜的孩子。你的女巫们都把你抛弃了。但你可以把她追回来。她做广告呢。这难道不是奇迹？"

我们站在那儿默想。雪花干干地、重重地掉下来，砸到我的脸上，像是冰雹。道拉的黑外套变白了。一只孤单的鸽子想要飞起来，拍了拍翅膀，又掉下来。道拉说："那年轻人看上去怪怪的，一定是个男巫。这么麻烦，就为两美元！走，我们回家吧——坐地铁，可不要什么灵之旅。"

韩颖 译

文　稿

　　在特拉维夫的迪赞高夫大街，我们正坐在路边咖啡馆的大遮阳伞下用早餐，虽然时间已不早了。我的客人是位年近五十的女士，一头刚刚染过的红发。她点了橙汁、煎蛋卷和黑咖啡。她用银色的指甲从饰有珍珠贝的小盒子里挖了一点糖精，加在咖啡里。我认识她大概有二十五年了——起初，她是昆达斯的华沙杂耍剧院的演员；之后就成了我的出版商莫里斯·拉什克斯的妻子；后来又成了我的朋友，已故作家玛拿西·林德的情人。在以色列，她又和记者以笏·哈达迪结婚了，那记者比她小十岁。她在华沙的艺名是什布塔。在犹太民间故事里，什布塔是个女魔的名字，她引诱叶希瓦学生做淫荡之事，还偷走年轻妈妈的婴儿，如果她们夜里独自外出时没有前后各围一条围裙的话。什布塔的闺名是克莱敏兹。

　　在昆达斯，当什布塔唱起撩人的歌曲，背诵玛拿西·林德为她写的独白时，"舞台都在燃烧"。评论家们喜欢她那漂亮的脸蛋儿、优雅的体态，以及煽情的动作。不过，她在昆达斯也就演了两季。她尝试扮演些有内容的角色，失败了。二战期间，我听说她死了，不是在隔都就是在集中营。可现在她就坐在我对面，身着短上衣、迷你裙，戴着一副大大的太阳镜和一顶宽檐草帽。她抹了腮红，修了眉，两只手腕上都戴着宝石手镯，手指上戴了许多枚戒指。从远处看，人们会以为她还是个年轻女子，但她脖子上的皮肤已经松弛了。她还是叫我洛什克尔，那是我们年轻时，她给我取的外号。

　　她说："洛什克尔，如果有人在哈萨克斯坦对我说，有一天你和我会在特拉维夫坐在一起，我会认为他是在开玩笑。但只要活下来，一切皆有可能。

你信吗，我可以一天十二个小时站在树林里锯木头？我们就是那么干活的，零下二十度，饥饿难当，衣服里满是跳蚤。对了，哈达迪想采访你，给他们的报纸写篇文章。"

"很高兴。他怎么起了哈达迪这个名字？"

"谁知道？他们都从《哈加达》里找名字。他的原名是赞维尔·兹尔伯斯坦。我自己都有一打名字了。从一九四二到一九四四年，我是诺拉·达维朵芙娜·斯塔奇克夫。真滑稽，不是吗？"

"你为什么和玛拿西分手？"我问。

"我就知道你会问我这个问题。洛什克尔，我和他之间的故事太离奇了，有时我都不相信是真的。自一九三九年起，我的生活就是一场长长的噩梦。有时我半夜醒来，竟然不知道我是谁，我叫什么名字，躺在我身边的人是谁。我伸手去摸以笏，他嘟嘟囔囔地说：'Mah at rotzah？'（'你想要什么？'）只有听到他说希伯来语时，我才想起来我是在圣地。"

"你为什么和玛拿西分手？"

"你真的想听？"

"真的。"

"没有人知道事情的全部，洛什克尔，但我会告诉你一切。除了你，我还能跟谁说？在我流浪的日子里，我没有一天不想着玛拿西。我对别人从来没有那么投入过——也不会再对其他人如此投入了。为了他，我愿赴汤蹈火。这可不是说说而已——我真的那么做了。我知道，在你眼里我是个轻薄的女人，你在内心深处还是个哈西德派。最虔诚的女人也做不到我为玛拿西所做的十分之一。"

"跟我说说。"

"哦，好吧，你去美国后，我们过了几年少有的好日子。我们知道一场可怕的战争正在逼近，每一天都是天赐。玛拿西不论写什么都念给我听。我为他打字，把那些杂乱无章的东西归置好。你知道他是多么缺乏条理，从来不写页码。他的脑子里只有一件事——女人。我已经不跟他闹了。我对自己说：'他就是那种人，没有什么力量能改变他。'不管怎样，他越来越离不开我。我找了份工作，美甲师，我挣钱养活他。你也许不信，我还给他的情人做饭呢。他越老越需要让自己相信他还是那个伟大的唐璜。其实有的时候，他真的是阳痿了。今天还是巨人，明天就成了病号。他为什么需要那么多贱货？他就是个大孩子。我们就这样过日子，一直到战争爆发。玛拿西几乎不看报，不听广播。谁都知道战争要来了——早在七月份，人们就在华沙的大街上挖壕沟，垒路障，连拉比们都挥舞着铁锹挖沟。面对即将来临的希特勒入侵，波兰人忘记了和犹太人的宿怨，我们成了——上帝保佑——一个国家。不过当纳粹开始轰炸时，我们还是惊呆了。你走后，我买了些新椅子和沙发。我们的家就是个标准的 bonbonnière，糖果盒。洛什克尔，灾难几分钟就从天而降。先是警报，然后房子开始坍塌，尸体散落在沟渠里。人们叫我们躲进地窖，但地窖也不比楼上更安全。有些女人有先见之明，储备了食物，可我没有。玛拿西走进他的房间，坐在椅子上说：'我想死。'我不知道别人家怎样，我们的电话马上就断了。炸弹在窗前爆炸，玛拿西拉下百叶窗帘，读大仲马的小说。他的朋友们、崇拜者们全都消失了。有传言说，记者可乘坐特别列车——也许是列车上的一个特别车厢——逃离华沙。那时候，脑子有病的人才会离群索居，但玛拿西就待在房子里，毫无动静，直到广播里说，所有身体健康的男人都要过布拉加桥。带行李没有意义，因为已经没有火车了，靠两只脚走路，你能带多少东西？我当然不肯留在华沙，就和他一起走了。

"忘了告诉你一件重要的事。玛拿西无所事事了许多年，到一九三八年，他突然有了写小说的冲动，他的灵感复苏了。在我看来，那本书是他有生以来写得最棒的。我为他誊写手稿，如果有哪段我不喜欢，他总是做些修改。那是一部自传体小说，又不完全是。报界听说玛拿西在写小说，都想连载。可他下定决心，不写完，绝不发表一个字。每句话他都润色加工。有几章他重写了三四次。书名暂定为《梯级》——这名字不赖，因为每章都是描写生活的不同阶段。他只完成了第一部分。本来是要写成三部曲的。

"该收拾我们那点家当了，我问玛拿西：'你的稿子装好了吗？'他说：'只带了《梯级》。其他作品只好让纳粹去读了。'他带了两只小箱子，我把一些衣服和鞋子塞进背包，能带多少就带多少吧。我们朝布拉加桥走，上千个男人在我们的前后左右艰难前行，很少看到女人。那景象就像一只庞大的送葬队伍——的确如此。他们中的大多数都已死去，有的是被炸死了，有的是一九四一年后死在了纳粹手里，还有很多人死在了斯大林的奴隶营。有些乐天派带着很沉的箱子，没走到桥头，就不得不丢掉。饥饿、恐惧和困倦令每个人都精疲力竭。为减轻负担，人们扔掉了西装、外套和鞋子。玛拿西快走不动了，但他整晚都提着那两只箱子。我们是要去比亚韦斯托克，斯大林和希特勒已经瓜分了波兰，现在比亚韦斯托克属于俄国。在路上，我们碰到了记者、作家和那些自以为是作家的人。他们都带着稿子，绝望中，我仍感到很好笑。谁还要看他们写的东西？

"要是跟你讲我们是怎么到的比亚韦斯托克，我们得在这儿坐到明天。玛拿西在路上扔掉了一只箱子。扔之前，我打开箱子，确认稿子不在里面——上帝不许。玛拿西长出了灰胡子，他忘了带剃须刀。我们终于到了一个村子，他做的第一件事就是刮脸。纳粹的炸弹毁掉了一些城镇。还有些城镇却毫发未损，生活在继续，似乎战争并不存在。真是奇怪，有几个喜欢意第绪语文学的年轻人竟然想让玛拿西给他们开讲座。人就是这样——死前一分钟，仍然怀着对生命的所有欲望。他们中居然还有人爱上了我，想引诱我。我真不知是该哭，还是该笑。

"比亚韦斯托克发生的事实在难以尽述。这座城市是属于苏联的，战争危险不复存在，那些活着的人似乎得到了重生。来自莫斯科、哈尔科夫、基辅的苏联意第绪语作家以党和共产主义的名义欢迎波兰同行，他们成了最抢手的货色。那些在波兰就已是共产党的个别作家变得趾高气扬，人们还以为他们要去克里姆林宫接管斯大林的工作呢。就连那些反共产主义的人也假装私下里一直同情共产主义，或者是热切的随行者。他们都炫耀自己的无产者出身。每个人都力图找到一个当鞋匠的叔叔、赶马车的姐夫，或是为了共产主义事业而被关进监狱的亲戚。有些人还突然发现他们的曾祖是农民。

"其实，玛拿西是劳动人民的儿子，但他太骄傲了，不愿炫耀。苏联作家对他还是挺尊重的。听说要给难民出一本大部头的文选，还要成立一家出版社。即将成为编辑的那些人问玛拿西有没有带稿子来。我当时也在，就给他们讲了《梯级》。尽管玛拿西讨厌我夸奖他——我们为此没少吵架——我还是告诉他们我对这本书的看法。他们都非常感兴趣。出版这样的书可以得到特别基金的资助。于是我们商定，第二天我把稿子带来。他们答应先付我们一笔可观的定金，并提供更好的居住条件。这一回，玛拿西没有责备我颂扬他的作品。

"回到家，我打开箱子，一个厚厚的信封上写着《梯级》。我拿出稿子，纸和字都很陌生。天啊，一个新手把他的处女作拿来让玛拿西读，玛拿西把稿子装进了纸袋，而以前他是用那个袋子装他自己的小说的。原来我们一直拿着的是一个蹩脚写手的涂鸦之作。

"现在提起来，我还哆嗦呢。玛拿西掉了二十多磅肉，形容枯槁，憔悴不堪。我担心他会疯掉——不过他只是垂头丧气地站着，说道：'算了，就这样吧。'

"现在，他不仅没有稿件可卖，还会被怀疑是因为写了反共的东西，不敢拿出手。比亚韦斯托克可是告密者云集的地方。尽管内务人民委员部在比亚韦斯托克还没有固定地址，已经有不少知识分子被逮捕，逐出城外。洛什克尔，我知道你听得不耐烦了，我就不发表议论了。我整晚都没睡觉。早晨，我一起床就对他说：'玛拿西，我要去华沙。'

"他一听顿时脸色煞白，问道：'你疯了吗？'我说：'华沙好歹还是个城市。我无法容忍你的作品就这么丢了。它不仅是你的，也是我的。'玛拿西大喊大叫，发誓说，如果我回华沙，他就上吊，或者抹脖子。他还打了我。我俩之间的战争持续了两天。第三天，我走上了去华沙的路。跟你说，许多离开华沙的男人都想法子要回去。他们想老婆，想孩子，想他们的家——如果还有家。他们已经听说了斯大林的天堂是什么样子，觉得还不如和亲人死在一起。我对自己说：为了稿子把命搭上，真是疯了，但我就像着了魔。天气有些凉了，我带了一件毛衣、加厚内衣和一块面包。我去药店买毒药。老板是个犹太人，盯着我看。我跟他说，我把孩子留在了华沙，我可不想被纳粹活捉。他给了我一些氰化物。

"路上不是我一个人。过边境前，我和几个男人同行。我讲给他们同样的谎话，说我实在是太想念我的小宝贝了。他们对我呵护备至，关爱有加，真让我惭愧。他们不让我自己拿行李，围着我，好像我还只是个小姑娘。我们很清楚，如果被德国人抓到会怎样，但在那种情况下，人人都成了宿命论者。我内心深处，一直有个声音在嘲笑我。在被占领的华沙找到稿子，然后再活着回到比亚韦斯托克的可能性为万分之一。

"洛什克尔，我顺利通过边境到了华沙，我们的房子完好如初。有一件事救了我——冷雨。夜漆黑一片，华沙停电了。犹太人还没有被赶到隔都。而且，我看起来也不太像犹太人。我戴上头巾，遮住了头发，很容易被误认为是个农妇。我还尽量躲着人。远远地看到有人来，我就藏起来，等那人过去，我再出来。我们的房子被另外一家人占了。他们睡在我们的床上，穿我们的衣服，但没有动玛拿西的稿子。那男人读意第绪语报纸，像崇拜神灵一样崇拜玛拿西。当我敲门告诉他们我是谁时，他们吓坏了，以为我要把房子要回去。他们自己的房子被炮弹炸毁了，孩子也炸死了。我告诉他们我从比亚韦斯托克回来，是为了拿玛拿西的稿子，他们真不知道该说些什么好。

"我打开玛拿西的抽屉，他的小说就在那儿。我和这些人待了两天，他们吃什么我就吃什么。那男人让我睡他的床——我是说我的床。我累坏了，一连睡了十四个小时，睡醒后，吃些东西，又接着睡。第二天晚上，我就出发回比亚韦斯托克了。从比亚韦斯托克到华沙，再回到比亚韦斯托克，一路上，我没看到一个纳粹。我并不是走了一路，有时也会搭农民的车。离开城市，穿行在田间、树林和果园，没有纳粹，也没有共产党。天总是一样的天，地总是一样的地，动物和鸟也是一样。这次冒险历时十天。我认为这是一次了不起的个人胜利。首先，我找到了玛拿西的稿子，我把稿子塞在了上衣里。其次，我向自己证明了我并非像我以为的那样是个胆小鬼。说实话，越过边境回俄国并没有什么风险。俄国人不找难民的麻烦。

"我到比亚韦斯托克时已是晚上。结霜了。我走回住处，只有一间屋。

我打开门，看哪，我的英雄和一个女人躺在床上。我很清楚她是谁：一个令人作呕的女诗人，丑得像猴子。屋里点着一盏小煤油灯，炉子里生着火，看来他们搞了些木头或煤。他们还没睡着。亲爱的，我没有尖叫，没有喊，没有像戏里似的晕倒。他俩默默地瞪着我。我打开炉门，从上衣里掏出稿子，丢进火里。我以为玛拿西会打我，可他一个字都没有说。过了一会儿，稿子才烧着。我用火钳将煤拨到稿子上。我就站在那儿，看着。火不着急，我也不着急。当《梯级》化为灰烬后，我手拿火钳走到床边，对那女人说：'出去，否则你很快就会变成死尸。'

"她挺听话，穿上她的破衣服就走了。如果她胆敢哼一声，我就会杀了她。自己的生命都可以拿来冒险，别人的生命也就无足轻重了。

"我脱下衣服，玛拿西就静静地坐着。那晚，我们只说了寥寥数语。我说：'我烧了你的《梯级》。'他咕哝道：'是的，我看到了。'我们拥抱在一起，都明白这样做是因为这是最后一次。他从未像那晚那般温柔、强壮。早晨我起床，收拾些东西，离开了。我再也不怕寒冷、雨雪和孤独。我离开了比亚韦斯托克，这就是我还活着的原因。我去了维尔纳，在一家汤铺找了份工作。我亲眼看到所谓的大人物可以多么卑微，看到他们为了有张床睡，或有口饭吃而耍手腕。一九四一年，我逃到了俄国。

"听说玛拿西也在那儿，我们没再见过面——我也不想见。在一次采访中，他说是纳粹拿走了他的书，他打算重写。据我所知，他什么都没有重写。这还真的救了他的命。他若一直写书、出书，早就和其他人一起被清算了。不过他还是死了。"

我们沉默许久。然后我说："什布塔，我想问你件事，你可以不回答我。我只是好奇。"

"你想知道什么？"

"你对玛拿西忠诚吗？我是说在肉体上？"

她沉默了一会儿说："我可以用句华沙话来回答你：'关你屁事。'但既然你是洛什克尔，我就告诉你真相。我不忠诚。

"为什么，既然你如此爱玛拿西？"

"洛什克尔，我不知道。我也不知道我为什么要烧他的稿子。他和几十个女人背叛过我，但我从未像那次似的那么怨过他。我早就得出结论，你可以爱一个人却和另外一个人睡觉；可是当我看到那怪物在我们的床上时，我体内的女演员最后一次苏醒了，我必须做出些戏剧性的举动。他可以很轻易地阻止我，但他只是看着我那么做。"

我们再次沉默。然后她说："你绝不能为了你爱的人牺牲自己。如果你像我那样冒过生命危险，就真的再也给不了什么了。"

"小说里，年轻人总是与被他救下的女孩儿结婚。"我说。

她变得紧张起来，但没说话。突然之间，她显得那么疲惫而憔悴，满脸皱纹，似乎年龄在那一刻终于赶上了她。我没指望她再说些什么，却听她说："我烧了稿子，也烧了我爱的能力。"

韩颖 译

黑暗的力量[1]

医生们都认为海尼娅·德沃莎的心脏没问题，而是神经出了毛病，但她的母亲，裁缝塞里格的妻子兹忒尔，却偷偷跟我母亲说，海尼娅·德沃莎想把自己弄死，是因为她想让她丈夫伊绪尔·戈德尔娶她妹妹杜尼娅。

听到这种怪事，母亲喊道："你们家怎么了？为什么一个年轻女子，两个小孩儿的妈妈，想要死？为什么她偏偏想让她丈夫娶她妹妹？这种念头想都不该想！"

像往常一样，母亲一激动，她的金色假发就乱七八糟的，好像一阵狂风刚刚吹过。

我，一个十岁男孩儿，听到兹忒尔的话惊得目瞪口呆，但不知怎的，我却觉得她说的是实情，尽管听起来很离奇。我假装在看故事书，却竖着耳朵偷听她们说话。

兹忒尔是个皮肤黝黑的宽大女人，戴着宽大的假发，穿着宽大的多褶裙，脚蹬一双男人鞋。她接着说："亲爱的朋友，我可不是为了说话而说话。她可真是疯了。我好惨呀，这把年纪，怎么还会碰上这样的事。我只求上帝在召走她之前，先把我召走。"

"但这是为什么呢？"

"什么也不为。两年前，她开始说起这件事。她使自己相信她妹妹爱上了伊绪尔·戈德尔，要么就是他爱上了她。就像谚语所说——'幻想恶于病。'拉比夫人，我必须说出来：她病得这么厉害，却在给杜尼娅做婚纱。"

---

1. 由约瑟夫·辛格翻译。——原注

母亲突然注意到我在偷听，便嚷道："别在厨房待着，到别的房间去。厨房是女人待的地方，男人不该在这里！"

于是我下楼去了院子里，路过塞里格的裁缝店时，我看到门开着。我们住在克罗齐玛纳街10号，隔壁就是塞里格家，他和他的家人就住在店里。我往门里一瞥，看到塞里格坐在缝纫机旁，正在缝制一件长袍的衬里。他的妻子宽宽大大，他却那么窄，窄肩膀、窄鼻子，还有窄窄的一缕灰胡子。他的手也窄，手指细长。一副眼镜推到了窄脑门上，铜边镜框，半拉镜片。在他对面，伊绪尔·戈德尔，就是海尼娅·德沃莎的丈夫也坐在一台缝纫机旁。他长着黄色的小胡子，下端分成两绺。

塞里格做男装。伊绪尔·戈德尔专做女装，正在拆衣缝。据说他有金手指，若能在时尚大街开家自己的店，肯定能赚大钱，但他妻子不愿离开父母家。当她胸口疼，呼吸困难时，她母亲还可以照顾她，帮她用缬草根缓解症状，有时是她妹妹杜尼娅照顾她。她晕倒时，也是她们帮她用醋搓太阳穴。杜尼娅在米德大街的服装店上班，她穿着入时，不喜欢和周围那些虔诚的女孩子在一起。兹忒尔还照看海尼娅·德沃莎的两个孩子——艾尔基尔和扬基尔。我常去塞里格的裁缝店。我喜欢看缝纫机工作，还可以捡地上的空线轴。塞里格说话不像华沙人——他是从俄国的什么地方来的。他经常和我讨论《摩西五经》和《塔木德》，揣摩圣人们在天堂做什么，以及罪人们如何在火焚谷受煎熬。塞里格受到了启蒙运动的影响，说起话来像个异教徒。他对我说："你父母去过天堂吗，亲眼看到了那些东西吗？也许没有上帝？或者，即便有上帝，他也是基督徒，不是犹太人？"

"上帝是基督徒？可不能这么说。"

"你怎知不是这样？是因为圣书上是这么写的？那些书是人写的，人们喜欢编造各种谎言。"

"谁创造了世界？"我问。

"谁创造了上帝？"

我父亲是拉比，我知道他不想让我听到这样的话。当塞里格说渎神的话时，我就用手指把耳朵堵上，决心再也不到他这儿来，但总有什么东西吸引我来到这个房间。房间里，一面墙上挂着长袍、马甲和裤子，另一面墙上挂着女裙和上衣。还有个服装模特，没脑袋，木制的胸和臀。有一天，我特别想偷偷看看里屋，海尼娅·德沃莎就躺在床上。

塞里格突然问我："你不去学校了？"

"我已经毕业了，正在学《革马拉》。"

"你自己学？看得懂吗？"

"看不懂就查拉希的评论。"

"拉希他懂吗？"

我笑了。"拉希懂全部《托拉》。"

"你怎么知道？你见过拉希本人吗？"

"见他？拉希是几百年前的人了。"

"那你怎么知道几百年前发生了什么？"

"大家都知道拉希是位圣人和学者。"

"谁是'大家'？院里的看门人就不知道拉希是圣人和学者。"

伊绪尔·戈德尔说："岳父，别招他了。"

"我问了他问题，我想知道他怎么回答。"塞里格说。

正在这时，一个胖得像圆桶似的矮个儿女人走进来要试衣服。伊绪尔·戈德尔带她到里屋去。我看到海尼娅·德沃莎坐在床上，在缝一条白缎女裙，裙子从床两边垂下，拖到地上。兹忒尔没说谎。这就是杜尼娅的婚纱。

我冲出裁缝店，跑下楼。我要把事情的来龙去脉想清楚。为什么海尼娅·德沃莎要为她妹妹缝制婚纱，让她妹妹在她死后，与伊绪尔·戈德尔结婚时穿？这是出于对她妹妹的深深爱恋，还是出于对她丈夫的爱？我想起了雅各的故事，他为娶拉结工作了七年，拉结的父亲拉班却趁天黑将拉结换作利亚，欺骗了雅各。据拉希讲，拉结给了利亚信号，这样利亚就不会感到羞惭。但那是些什么样的信号？我对男人、女人，以及他们之间那些不可思议的秘密充满好奇。我急切地要长大。我开始观察女孩子。她们大多有着像塞里格的模特那样高高的胸脯，手脚比男人小，头发编成辫子盘起来。有些女孩儿的脖子又细又长。我知道如果我回家问我妈妈女孩儿会有什么信号，拉结给利亚的又是什么信号，她只会冲我嚷。我只能自己观察，保持沉默。

我盯着过往的女孩儿，觉得她们的眼神似乎在嘲弄我，好像在说："一个小男孩儿，还想什么都知道……"

尽管医生们向兹戊尔保证她的女儿会活很久，还给她开了些治疗神经的药物，海尼娅·德沃莎的身体状况还是一天比一天糟。在我们的房间都能听到她的呻吟声。理发师兼外科大夫弗雷塔格给她打针。奈斯特医生说要送她去宰斯塔大街的医院，但海尼娅·德沃莎不愿去，她说在医院，病人们会被毒死，然后被解剖。

奈斯特医生安排了一次会诊——他自己和另外两位专家。两辆马车在我们的楼门前停下，每个车夫都戴着高帽子，披着饰有银纽扣的斗篷。马是短鬃马，有着弯曲的脖子。这些马等得不耐烦了，不时地想往前冲，车夫不得不勒紧缰绳，才使它们安静地站着。会诊进行了很久。专家们意见不一，用波兰语吵了起来。他们拿到那二十五卢布后，就各自钻进马车，返回他们居住和行医的富人区去了。

几天后，裁缝塞里格来到我家，他戴着套袖，领子上别着根针，左手食指戴着顶针。他对我父亲说："拉比，我女儿想请您和她一起忏悔。"

我爸攥紧他的红胡子说："急什么？上帝保佑，她还能再活一百二十年。"

"或许连一百二十小时都活不了了。"塞里格答道。

母亲以责备的目光看着塞里格。他是犹太人，说话的口气却像基督徒；那些从俄国来的人不像波兰犹太人那么敏感。母亲擦掉眼泪，父亲从柜子里翻出《雅博渡口》，一本有关死亡与哀悼的书。他一边翻书，一边摇头，然后起身和塞里格一起去了。这是父亲第一次去塞里格家。除了主持宗教仪式，他从不拜访任何人。

他在那里待了很久，回来后，他说："哦，这都是些什么人啊？愿上帝保佑我们！"

"你和她一起忏悔了？"妈妈问。

"是的。"

"她说了些什么？"

"她问是否可以在七天哀悼期后马上结婚，还是非要满三十天？"

母亲做了一个像是要吐口水的表情。"她的脑子不正常。"

"可不是嘛。"

"看着吧，她还得再活好多年呢。"母亲说。

这个预言没有实现。几天后，走廊里传来哭声。海尼娅·德沃莎刚刚去了。门厅很快就挤满了女人。兹忒尔已经用黑布遮住了缝纫机和镜子。按照律法，窗户已打开。伊绪尔·戈德尔也在女人堆里。他身穿一件开衩的及膝长袍、假衬衫、硬领子，系着黑色领带，头戴一顶小帽。他立刻就去了社区办公室，办理葬礼事宜。随后，杜尼娅走到院子里，头戴一顶饰有花朵的草帽，一袭红裙，挎一只时髦的坤包。杜尼娅和伊绪尔·戈德尔在楼梯上碰上了。他们默默地站了一会儿，然后咕哝了些什么就分开了——他往下走，她往上走。杜尼娅没有哭。她脸色苍白，眼睛冒着怒火。

在哀悼期，男人们一天两次到塞里格家祈祷。塞里格和兹忒尔没穿鞋，只着长袜坐在矮凳上。塞里格时不时地读一读《约伯记》，书是从我父亲那里借来的，希伯来语和意第绪语两种文字。他的衣领扯破了，以示哀悼。他和男人们聊着日常琐事。什么都在涨价，卷线、莱尔棉线以及里衬都涨价了。"现在还有人干活吗？"塞里格抱怨道，"他们在玩。我们那时候，天一亮学徒就开始干活。每个工人都得自备牛油蜡烛。现在，什么都是机器干，工人们只知道一件事——每隔一月涨一次工资。这世上怎么会有那么多游手好闲的人？"

"大家都往美国跑！"木匠什姆尔说。

"美国已出现恐慌。人们都要饿死了。"

我每天都去裁缝塞里格那儿祈祷，但我从未在那儿见过伊绪尔·戈德尔或杜尼娅。杜尼娅是躲在里屋，还是不守哀悼期，去上班了？哀悼期刚过，伊绪尔·戈德尔就剪了胡子，摘掉传统小圆帽，换了一顶软毡帽，脱下长袍，换上了短夹克。杜尼娅告诉她母亲，婚后她不会戴假发。

婚礼前夜，墙上的钟敲响三下时，我醒了。我们卧室的窗户上挂着毯子，但月光从两侧透了进来。父亲和母亲轻声说着话，他们的声音是从一张床上传出来的。上帝呀，父亲和母亲躺在一张床上！

我屏住呼吸，听到母亲说："都是他们的错。他们在她面前示爱，接吻，谁知道还做了些什么。是兹忒尔自己跟我说的。这种邪恶的行径会让人心碎的。"

"她可以离婚嘛。"爸爸说。

"当你有爱时，怎能离婚。"

"她提起妹妹时，总是充满爱怜。"爸爸说。

"有些人会去吻死亡天使的剑。"妈妈答道。

我闭上眼睛装睡。整个世界显然就是个大骗局。如果我父亲，一位整天宣讲《托拉》，宣讲虔诚的拉比，都会和女人上床，你还指望伊绪尔·戈德尔和杜尼娅这样的人能做出什么事来？

第二天我醒来时，父亲正在做晨祷。这已经是他第一千次重复那个故事了：上帝命令亚伯拉罕以他的儿子以撒做燔祭，天使在天上呼叫他说："你不可在这童子身上下手。"父亲是戴着面具的——白天是圣人，晚上是淫棍。我发誓不再祈祷，要做异端。

兹忒尔对我母亲说婚礼不会大操大办。毕竟，新郎是有着两个孩子的鳏夫，家人还在居丧——何必大张旗鼓？但不知什么原因，院子里的房客们还是把婚礼搞得很闹腾。人们给新婚夫妇送来许多礼物。还有人雇了乐队。我看到带铜环的啤酒桶被抬上楼，还有一篮篮的葡萄酒。因为我们住在塞里格的隔壁，父亲还要主持婚礼，所以我们被看作家里人。母亲穿上节日礼服，去美发店新做了假发。兹忒尔给我拿了一块蜂蜜蛋糕和一杯红酒。塞里格的屋子太挤了，没地方支婚礼华盖，只好支在我父亲的书房。杜尼娅穿着她姐姐给她做的白缎婚纱。我们楼其他姑娘结婚时，都是面带微笑，优雅地回应对她们的祝福，笑啊哭啊。杜尼娅却几乎不和人说话，高高地昂着头，一副深谙世故的傲慢样儿。

人们窃窃私语，说兹忒尔求着杜尼娅去净身浴池沐浴。杜尼娅邀请了她自己的客人——穿低胸衣的姑娘和剃了胡子、头发浓密、戴宽檐毡帽的小伙子。他们不穿衬衣，而是穿系腰带的黑色上衣。他们抽烟，挤眉弄眼，互相之间说俄语。我们院子里的人说他们都是社会主义者，就是一九〇五年反抗沙皇、要求立宪的那帮人。杜尼娅也是其中之一。

母亲拒绝在婚礼上吃东西：客人们带来各种各样的食品和饮料，谁知道那些东西是不是符合犹太净仪。乐师演奏着剧院里的音乐，男人和女人一起跳舞。十一点左右，我已经疲惫得睁不开眼了，母亲叫我上床睡觉。夜里醒来时，我听到了跺脚声、歌声和异教徒的音乐——波尔卡、玛祖卡，还有那些令我欲望勃发的曲调，我虽不知道那是什么欲望，却感觉很邪恶。

再次醒来时，我听见父亲引用了一句《传道书》："我指嬉笑说：这是狂妄；论喜乐说：有何功效呢？"

"他们是在坟墓上跳舞。"母亲轻声说道。

婚礼后没多久，塞里格家就传出了丑闻。新婚夫妇不愿住在里屋，伊绪尔·戈德尔在西普拉大街租了间一层的公寓。兹忒尔向我母亲哭诉说，她女儿剪了扬基尔的鬓发，还让他从宗教小学退学，去上世俗学校。她的厨房也不符合犹太净仪，她从基督徒的肉店买肉。伊绪尔·戈德尔不再叫伊绪尔·戈德尔了，改叫阿尔伯特。艾尔基尔和扬基尔也有了基督徒的名字——艾德卡和雅内克。

我听到兹忒尔提起了新婚夫妇的新家的门牌号，就去那里看个究竟。大门右边挂着块牌子，用波兰语写着：阿尔伯特·兰道，女装裁缝店。透过敞开的窗户，我能看到伊绪尔·戈德尔。我差点认不出他了。他把下巴上的胡须全剃掉了，鼻子下方蓄起了朝上卷的小胡子；他没戴帽子，显得挺年轻，像个基督徒。我正站在那儿看，孩子们放学回家了——扬基尔穿着短裤，戴着有徽章的帽子，肩上背着包，艾尔基尔也是短打扮，穿着及膝的长袜。我冲他们喊道："扬基尔……艾尔基尔……"但他们走了过去，看都不看我。

兹忒尔每天都来找我母亲哭诉一番：她梦见海尼娅·德沃莎嚷嚷说，她在坟墓里无法安歇。她的扬基尔不为她念《卡迪什》，她进不了天堂。

兹忒尔雇了一位执事为她女儿念《卡迪什》，学习《密西拿》。即便如此，海尼娅·德沃莎还是来找她母亲抱怨说她的裹尸布掉了，她赤身裸体地躺在那儿；水进到她的坟墓里；她身边埋了一个放荡女人，妓院的鸨母，她和魔鬼嬉闹。

父亲找来三个人替她改善梦境，他们站在兹忒尔面前，念念有词："你看到了好的幻象！好的幻象你看到了！你看到的幻象是好的！"

后来，父亲对兹忒尔说，不应该为死者哀悼这么久，也不应如此看重梦境。正如《革马拉》所说，没有麦秆就没有谷物，没有妄语就没有梦。但兹忒尔控制不了自己。她去找社团领袖，去找丧葬会，要求把尸体挖出来，移葬别处。她不再做家务，天天去墓地，去海尼娅·德沃莎的坟前。

塞里格的胡须全白了，脸上满是皱纹。他的手发抖，院子里的人抱怨说，他做一件长袍或一条裤子要几周，好不容易做好送过去，不是太短，就是太瘦，要么就是熨衣服时把面料烫坏了。母亲知道兹忒尔不给丈夫做饭了，他只能吃些干巴巴的东西，就常让我给他送饭。他的牙全掉了。看到我端来一盘燕麦粥、鸡汤，或者拌面，他就张着没牙的嘴笑道："这么说你带来礼物了，是吗？为什么？又不是普珥节。"

"人这一年到头得吃饭呀。"

"为什么？养肥了喂虫子？"

"人也有灵魂。"我说。

"灵魂不需要土豆。况且，你见过灵魂吗？没那回事。一派胡言。"

"那人是怎样活着？"

"靠呼吸。靠电。"

"你妻子——"

塞里格打断了我的话。"她疯了！"

一天晚上，兹忒尔悄悄跟我母亲说，海尼娅·德沃莎在她的左耳里住下了。她唱着安息日和节日的赞美诗，念诵圣殿被毁的悼词，甚至为泰坦尼克号的沉没而哭泣。"您若不信，拉比夫人，您自己听。"

她挪了挪假发，耳朵贴着我母亲的耳朵。

"您听到了吗？"兹忒尔问。

"听到了。不。那是什么？"母亲惊恐地问。

"都三周了。我谁也没告诉,我以为会过去,可是一天比一天糟。"

我害怕极了,冲出了厨房。消息很快传遍了克罗齐玛纳街和邻近的街区,说是有个附鬼住进了兹忒尔的耳朵里,吟唱着《托拉》,还布道,像公鸡那样叫。女人把耳朵贴在兹忒尔的耳朵上,发誓说听到了"一切誓约,祈求废除"的祷词。兹忒尔让我父亲把耳朵贴近她的耳朵,但父亲拒绝碰已婚女人的肉体。华沙的一位神经科专家对此事很感兴趣——弗拉多医生,他不仅在波兰,而且在整个欧洲,也许在美国都很有名。意第绪语报纸也报道了此事。该文作者借用了托尔斯泰的剧名《黑暗的力量》。

大约就在那时候,我们搬到了克罗齐玛纳街的另一所院子。几周后,一个恐怖分子在萨拉热窝刺杀了奥地利大公斐迪南和他妻子。这一暴行引发了战争、食物短缺、从小城市逃往华沙的大批难民,以及刊登在报纸上的成千上万的死亡数字。

人们有了新的谈资,就不再提裁缝塞里格和他的家庭了。住棚节后,塞里格突然死了,几个月后,兹忒尔也随他进了坟墓。

那年冬天,德国人和俄国人正在伯休拉河开战,炮火声震得我们的窗户直响。炉子里没有生火,因为我们已经买不起煤了。一天,我们从前住在克罗齐玛纳街10号时的邻居,以斯帖·玛尔卡来拜访我母亲。她说伊绪尔·戈德尔和杜尼娅离婚了。

母亲问:"这又是为什么?他们不是很相爱吗?"

以斯帖·玛尔卡答道:"拉比夫人,他们不能在一起。他们说海尼娅·德沃莎每晚都到床上来,挤在他俩之间。"

"在坟墓里还嫉妒?"

"看来是。"

母亲的脸色煞白,她的话我永远都不会忘记:"活人死了,这样死者就可以活着。"

韩颖 译

旅游巴士[1]

我到现在也没搞明白为什么我要在一九五六年参加那次旅行——和一群游客坐着巴士在西班牙拖来拽去地转了十二天。我们的出发地是日内瓦。大约下午三点，我上了巴士，发现已经没什么座位了。司机收了我的票，示意我坐在一位女士身边，她的胸前戴着一枚很显眼的黑色十字架，头发染成红色，脸颊上抹着厚厚的腮红，棕色的眼睛，涂着蓝色眼影，浓墨重彩下现出深深的皱纹。她长着鹰钩鼻，嘴唇鲜红如将尽的炉炭，牙齿发黄。

她起初对我讲法语，我说我听不懂，她就换成了德语。我突然注意到她说德语不像地道的德国人，甚至不像瑞士人。她的口音和我的挺像，还犯同样的错误。她不时地插入似乎是意第绪语的词汇。我很快就搞清楚了，她是从集中营出来的难民。一九四六年，她到了兰兹堡附近的一个难民营，在那儿遇到一位苏黎世的瑞士银行行长，成了朋友。他爱上了她，向她求婚，条件是她要接受新教。结婚前她叫塞琳娜·普尔图斯克，现在叫塞琳娜·维尔霍夫。

她突然开始和我讲波兰语，又换成意第绪语。她说："反正我也不相信上帝，管他是摩西还是耶稣？他想让我改宗，我就改一点吧。"

"那您为什么要戴十字架？"

"和宗教毫无关系。这枚十字架是一个人临终前送给我的，我至死都不会忘记。"

"是个男人吧？"

1．由约瑟夫·辛格翻译。——原注

"还能是谁——女人？"

"您丈夫不反对您这么做？"

"我不问他。他就坐在那儿。"

维尔霍夫夫人指了指坐在过道那边的男人。他看起来比她年轻，面容英俊，肌肤光滑，蓝眼睛，挺拔的鼻梁。我觉得他像一个典型的银行家——清醒、和蔼，裤子熨得笔挺，向上拉起，以保持裤线，鞋子也刚擦过，戴着一顶巴拿马帽。他的气质体现了秩序和纪律。他的膝盖上放着一份《新苏黎世报》，我注意到翻开的那一页是金融版。他从胸袋里掏出一块布擦了擦眼镜，然后瞟了一眼腕上的金表。

我问维尔霍夫夫人，他们为什么不坐在一起。

"因为他讨厌我。"她用波兰语说。

她的回答吓了我一跳，但我没表现出来。那男人斜斜地瞥了我一眼，又把头扭过去，和旁边靠窗而坐的女士交谈。他摘下帽子，露出光亮的秃顶，周围是一圈浅黄色头发。"这个瑞士人从我旁边的这个人身上看到了什么？"我暗自思忖，但这种问题是不能认真去想的。

维尔霍夫夫人说："我看你是这车上唯一的犹太人。我丈夫不喜欢犹太人。他也不喜欢外邦人。他的偏见可多了去了。不论我说什么都令他不快。他要是掌权，人类的一大半都会被他杀死，只留下他那几只狗和几个银行家密友。我可以和他离婚，但他太小气，不愿支付抚养费。事实上，他给我的钱少得可怜，几乎没法活。不错，他非常精明，是我见过的最博学的人。他精通六种语言，不过感谢上帝，他不懂波兰语。"

她转向窗户，我也没有了和她继续交谈的欲望。前一天晚上我没睡好，一往后靠，就迷糊着了，但我的头脑却还很清醒。我和我爱的女人分手了——至少是我喜欢的女人。我刚刚在扎可贝恩的饭店里独自待了三周。

司机叫醒了我。我们已经到了用餐和下榻的饭店。我一时反应不过来我们是否还在瑞士，还是已经到了法国。司机刚才说过城市的名字，我没听清。我拿了房间钥匙。有人已经把我的箱子放在房间里了。没多久，我就下楼去餐厅了。所有的桌子都已坐满，我又不愿和陌生人坐在一起。

我正站在那儿不知如何是好，一个十四五岁的男孩儿走了过来。他穿着短裤和羊毛长筒袜，衬衣领子翻在夹克外面，这身打扮令我想起战前的波兰。他是个英俊的小伙子——黑头发理成小平头，明亮的黑眼睛，皮肤极其白皙。他照行军礼的方式磕了一下鞋跟，问我："先生，您讲英语吗？"

"讲啊。"

"您是美国人吗？"

"美国公民。"

"您愿意和我们坐在一起吗？我讲英语。我妈妈也会讲一些。"

"你妈妈会同意吗？"

"会。在车上我们就注意到了您。您在看一份美国报纸。等我从你们所说的高中毕业后，我想去美国上大学。您该不会是教授吧？"

"不是，但我在大学做过一两次讲座。"

"哦，我只看了您一眼就知道了。来吧，我们坐那儿。"

他领我到他妈妈那里。她看上去有三十五岁左右，丰满，脸蛋漂亮，两边各有一缕黑发。她穿着昂贵的衣服，戴着许多珠宝。我用英语和她打招呼，她微微一笑，用法语回答。

她儿子用英语对她说："妈妈，这位先生是从美国来的。是位教授，和我说的一样。"

"我不是教授。我应一所学院的邀请，做过驻校作家。"

"请坐。"

我跟那女人说我不懂法语，于是她就夹杂着英语和德语跟我讲话。她说她叫艾涅特·玛特伦，那男孩儿叫马克。趁着服务生还来不及给所有的桌子上菜，我告诉母子俩我是犹太人，用意第绪语写作，来自波兰。我总是尽快把事情都挑明，以免误会。如果和我交谈的人是个势利之徒，他就会知道我并不想假装是别的什么人。

"先生，我也是犹太人。我父亲是。我母亲是基督徒。"

"是的。我的亡夫是塞法迪犹太人。"玛特伦夫人说。她问我意第绪语是一种语言还是一种方言？和希伯来语有什么区别？是用拉丁字母还是用希伯来字母书写？谁说这种语言，还有前途吗？我简单回答了所有问题。犹豫片刻，玛特伦夫人告诉我她是亚美尼亚人，住在安卡拉，但马克在伦敦上学。她丈夫是萨洛尼卡人，是做东方毛毯生意的进出口商，也做别的生意。我看到她的手指上戴着一枚大钻戒，脖子上戴着大珍珠项链。服务生终于来了，玛特伦夫人点了红酒和牛排。我告诉服务生我是素食主义者，他扮了个鬼脸，说厨房没有准备素食。我说有什么我就吃什么——土豆、蔬菜、面包、奶酪。什么都可以。

服务生一走，母子俩就开始问有关素食主义的问题：是出于健康原因？还是出于某种原则？还是与犹太教所谓的净仪有关？我已习惯了为自己辩护，不仅是对陌生人，对多年的老熟人也是如此。当我告诉玛特伦夫人我不属于任何犹太会堂时，她问了一个我永远也找不到答案的问题——我凭什么算是犹太人？

看服务生的反应，我以为我会饿着离开餐桌，没想到他端来了一盘做熟的蔬菜、一个蘑菇煎蛋，还有水果和奶酪。母子俩都尝了我的饭，马克说："妈妈，我也要成为素食主义者。"

"只要还和我住在一起就不行。"玛特伦夫人答道。

"我不想待在英国，当然也不想在土耳其。我已决定成为美国人，"马克说，"我喜欢美国文学、美国人的真诚、美国民主以及美国人的经商之道。在英国，不是土生土长的人就没机会。我想和美国姑娘结婚。先生，申请去美国的签证需要什么文件？我有土耳其护照，没有英国护照。先生，您愿意为我担保吗？"

"很高兴为你担保。"

"马克，你干什么？你和这位先生是头一次见面，怎能马上就提要求？"

"我要求什么了？担保不过是一张纸和一个签名。我想在哈佛大学或普林斯顿大学上学。先生，这两所大学哪一所的商学院更好？"

"我真的不知道。"

"哦，他自己把什么都定下来了，"玛特伦夫人说，"十四岁的孩子却有着老成的脑袋。这一点像他父亲。他总是提前很多年就做出规划，细枝末节都要计划好。我丈夫比我大四十岁，但我们在一起很快乐。"她拿出一块蕾丝花边的手帕拭去看不见的泪水。

按照巴士上的规定，游客每天都要换座位。这样每个人都有机会坐在前排。夫妇们大多坐在一起，单独的游客则不断地换同伴。第三天，司机安排我坐在了苏黎世银行家的旁边，显然他是铁了心不和妻子坐在一起。

他自称是鲁道夫·维尔霍夫博士。我们在波尔多过夜，如今巴士已离开那里，向西班牙边境进发。起初我们都不说话；后来维尔霍夫博士谈起了西班牙、法国以及欧洲局势。他问我有关美国的问题。我告诉他我是一家意第绪语报纸的职员，他的话题就转向了犹太人和犹太教。一个民族在世界各国游荡了两千年，还可以保持自己的民族特性，然后又回到祖先的发源地，重操祖先的语言，这难道不奇怪吗？这在人类历史上，可谓绝无仅有。维尔霍夫博士告诉我，他读过格莱兹写的《犹太史》，还读过达布诺的一些作品。他知道马丁·布伯的作品以及克劳斯内写的《拿撒勒的耶稣》。尽管读了这么多书，他还是不清楚什么是犹太人的本质。他问了我有关《塔木德》《光辉之书》和哈西德派的问题，我尽可能地回答他。我敢肯定用不了多久，他就会提起他妻子。

维尔霍夫夫人已经引起了其他游客的不满。在里昂和波尔多，全车的人都不得不等着她——在里昂等了半小时，在波尔多等了一个多小时。她的迟到打乱了旅行计划。她是购物去了，回来时提着大包小包。她说她丈夫是个吝啬鬼，连饭都不让她吃饱，我就不明白她怎么有钱买那么多东西。每次她都道歉说她的表停了，但那些瑞士女人声称她是故意把腕上的金表表针往回调。塞琳娜·维尔霍夫的丈夫当众指责她撒谎，她的行为不仅令他蒙羞，也令我蒙羞，因为车上的每个人都看出来了她和我一样是来自波兰的犹太人。

我记不清我们是怎么谈起了她，维尔霍夫博士开始诉苦。他说："我妻子指责我是反犹主义者，但我娶了一个刚从集中营出来的犹太女人，这叫什么反犹？告诉你，这个婚姻给我惹了很多麻烦。那时候，金融界的许多人都中了纳粹的毒，我失去了很多重要的生意伙伴。我曾认真考虑过是否要移民到你们美国，甚至移民到南非，既然我实际上已被逐出了基督徒生意圈。你们犹太人是怎么说的……cherem，驱逐？蒙上帝保佑，我父母当时还健在，他们都是虔诚的基督徒。我的经历足以写出厚厚的一本书。

"尽管我妻子改宗了，她的所作所为根本就是出闹剧。这个女人到处树敌，而她最大的敌人就是她自己那张嘴。不论遇到谁，她都能激怒人家，这方面她实在有天赋。她想与苏黎世的犹太团体建立联系，但她说的那些话着实惊人，那些犹太人不愿与她有任何瓜葛。她去找拉比，言谈举止却像个无神论者；她与拉比辩论宗教问题，骂他是伪君子。她指责所有人都是反犹主义者，而她说犹太人的那些话只有戈培尔才说得出口。她貌似是个狂热的女权主义者，还参加抗议活动，反对瑞士政府不给女性选举权，同时又以最暴戾的方式谴责女性。

"我看到你俩坐在一起聊天，我知道她会和你说我对钱财有多吝啬。但这女人是个购物狂。她总买些她永远都用不着的东西。我的房子很大，她往里面塞满了家具、小摆设和傻乎乎的画，都快转不过身了。没有女仆愿为我们工作。我们去餐馆吃饭，虽然我喜欢在家吃。我居然会同意与她一起旅行，真是疯了。看来我们坚持不了十二天。跟你聊天这会儿，我的脑子却在想干脆下车不去西班牙了，就算是白花钱。我知道不该和你说这些私事，但既然你是作家，或许对你有用。我对自己说，是集中营和流浪彻底摧毁了她的神经，但我也见过其他女人，她们熬过了希特勒的人间地狱，还是那么平静、文雅、和蔼可亲。"

"您怎么早没看出来呢？"我问。

"嗯？问得好。我也这样问自己。我真搞不懂为什么要和你说这些，我们瑞士人是很沉默寡言的。看来和这个女人生活十年已改变了我的性格。她只是口头上说改宗，而我已几乎变成了波兰犹太人。所有犹太新闻我都看，特别是有关犹太国家的。我经常批评犹太领袖，不是作为局外人，倒更像是局内人。"

车停了。我们已到达西班牙边境。司机拿着我们的护照去边防站，逗留了许久。

维尔霍夫博士的语调变得轻柔起来，几乎是喃喃道："实话实说，她的确有个优点——她能吸引男人。她的性欲之强令人惊异。真不敢相信我在说这些事——在我的圈子里，性是不能谈的。但是为什么？从摇篮到坟墓，男人们一直在想这件事。她的想象力丰富，净是些怪念头。我有过女人，我知道。她对我说的那些话令我发狂。她的故事比山鲁佐德王后的故事还要多。白天煎熬，夜晚却是疯狂的。她令我筋疲力尽，直到无法工作。东欧的犹太女人都是这样吗？瑞士的犹太女人可不比基督徒更有风情。"

"要知道，博士，这种事不能一概而论。"

"我有种感觉，许多波兰犹太女人都是这种类型，从她们的眼睛可以看出来。因为生意上的事，我去过那个犹太国家，还见到了本－古里安和其他以色列领袖。我们和勒米银行做生意。我的理论是，如今的犹太女人想把她们在隔都里度过的这几个世纪都找补回来。而且犹太民族富有想象力，虽然还没创造出什么伟大的现代文学作品。我读过雅各·华萨尔曼、史蒂芬·茨威格、彼得·艾尔顿伯格和亚瑟·施尼茨勒的作品。都令我很失望。我以为犹太人会写出更好的东西。有没有有意思的意第绪语或希伯来语作家？"

"有意思的作家不论在哪个民族都是凤毛麟角。"

"司机拿着护照回来了。"

我们越过了边境，一小时后，巴士停下来，我们去一家西班牙餐馆吃午饭。

在门口，维尔霍夫夫人走过来对我说："今天上午你和我丈夫坐在一起，我知道他一直在谈论我。我能像聋哑人那样读唇语。你该知道他有说谎症。他的话没一个字可信。"

"其实他夸了您。"

塞琳娜·维尔霍夫紧张起来。"他说什么？"

"您是个极有风情的女人。"

"他是这么说的？不可能。他阳痿已经好多年了，挨着他我就性冷淡。不论是肉体上，还是精神上，他都让我感到恶心。"

"他夸您有想象力。"

"我还有什么，只剩下想象了。他像吸血鬼一样吸干了我的血。他在性方面不正常，是个潜在的同性恋——也不是那么潜在——我这样跟他说，他总是强烈否认。他只想和男人在一起，以前我们还没有分开睡时，他整晚都在问我和其他男人的关系。我只好编些风流韵事满足他。后来，他就把这些想象出来的罪恶强加于我，用很肮脏的话骂我。他强迫我承认和纳粹有一腿，天晓得，我宁愿被他们活剥了。我们一起吃饭吧？"

"我答应了一对母子和他们一起吃。"

"昨天在餐厅和你吃饭的那个？她的儿子挺英俊，但她太胖了，等她老了，就看不得了。你注意到她戴了多少枚钻石吗？简直是个珠宝店——没有品位，讨厌。在里昂和波尔多，我们都没有浴室，她却有。她既然这么富有，干吗还坐巴士？他们给她安排的不是普通房间，而是套间。她是犹太人吗？"

"她的亡夫是。"

"一个寡妇，嗯？也许她在找伴儿呢。那些钻石看起来不太像赝品。她是哪国人，法国人？"

"亚美尼亚人。"

"愚蠢的男人害死了自己，却给这种婊子留下巨额财产。她住在哪儿？"

"土耳其。"

"当心。一眼就知道那是个蜘蛛精。不过男人都是瞎子。"

难以置信，但我看出来了马克在为他妈妈和我穿针引线。奇怪，母亲倒显得被动，仿佛旧时的姑娘，父母在为她择婿。我对自己说，这不过是我的想象。一个富有的寡妇，一个住在土耳其的亚美尼亚人，想从一个意第绪语作家这里得到什么？她能看到什么样的未来？不错，我是美国公民，但没有我，拿到美国签证对玛特伦夫人来说也不是什么难事。于是我得出结论，是她那十四岁的孩子迷惑了她——他控制着她，或许就像他父亲生前一样。我甚至试想，他父亲的灵魂进入了马克的身体，这个死去的塞法迪犹太人想让他妻子再嫁个犹太人。我尽量避免和他们吃饭，但每次马克都会找到我说："先生，我妈妈在等您。"

他的话暗含着命令。轮到我点素食时，马克就会代劳，明确告诉服务生给我上什么。他懂西班牙语，因为他父亲的一个生意伙伴以前和他讲拉地诺语。我不习惯吃饭时喝红酒，但马克没有征求我的意见就帮我点了红酒。每到一个城市，他都安排他妈妈和我一起单独购物，买纪念品。每次他还要严肃地警告我，不许给他妈妈买东西，如果我已经买了，他就要问花了多少钱，然后让他妈妈把钱还给我。我若是反对，他就皱着眉头说："先生，我们不需要礼物。一个意第绪语作家不可能有钱。"他打开他妈妈的钱夹，数好钱还给我，不论多少。

玛特伦夫人就那样害羞地微笑着，半开玩笑半认真地说，她就像是马克的女儿。显然她接受这种关系。

她有那么软弱吗？我感到奇怪。或许这背后有什么阴谋？

我觉得这事儿很诡异，因为母子俩只有假期才在一起。其他时间她住在安卡拉，他在伦敦上学。至少在我看来，马克要依靠他妈妈，他需要钱时得向他妈妈要。

起初，他俩在车上坐在一起，但一天午饭后，马克让我和他妈妈坐在一起。他则坐到了塞琳娜·维尔霍夫旁边。未经司机许可，他就做出了这种安排，而且我怀疑他是否和他妈妈商量过。

我本来坐在一位荷兰女人旁边，这一换座位，惹得游客们窃窃私语。从那天起，不仅在餐厅里，在车上我也成了玛特伦夫人的旅伴。人们开始挤眉弄眼，说三道四。我多半时间是往窗外看。经过的那些地方让我想起了以色列的沙漠和土地。农民们骑着驴。吉卜赛人住在山洞里。姑娘们头顶着水罐。老奶奶们用床单包着一捆捆的木头和牧草，扛在肩上。我们路过了古老的橄榄树，还有一些伞状树。半烧焦的平原上，羊群在干裂的土块间觅草。一匹马围着水井转。天空是淡蓝色的，散发着滚滚热气。这里的风景有些《圣经》的味道。我的脑海中不禁闪过《摩西五经》的片断，仿佛我是在幔利平原，随时可能看见亚伯拉罕的帐篷，天使给萨拉带来喜讯，她会在九十岁时生下男婴。我满脑子都是所多玛、以撒献祭以及以实玛利和夏甲的故事。麦田里收割后的谷堆令我想起约瑟的梦。一天早晨我们路过一个马市，马与人都静静地站着，一动不动，默然不语，仿佛逝去岁月里集市上的幽灵。很难相信，就在这片土地上，大约十五年前爆发了内战，斯大林的信徒杀死了托洛茨基的追随者。

出发不过一周，我却感觉已游荡了好几个月。一个姿势坐得太久，竟使我产生了一种难以自拔的欲望，不是爱，连性欲都不是，而是纯粹的兽性。我的旅伴似乎也有同样的感受，身上散发出一种特别的热气。她偶尔碰到我的手时，竟会烫着我。

我们一言不发地坐了几小时，突然就变得健谈起来，想起什么说什么，把隐私都说与对方听。我们哈欠连连，还迷迷糊糊地继续说。我问她怎么会和一个比她大四十岁的男人结婚。

她说："我是孤儿。土耳其人杀了我父亲，不久我母亲也死了。我们有钱，但他们抢走了我们的一切。我是在他的办公室遇到他的，我是他的员工。他的眼神充满激情。他看了我一眼，我就知道他想要我，想娶我。他有钢铁般的意志，巨人般强壮。若不是他从早到晚地抽雪茄，他能活到一百岁。他每天能喝十五杯苦咖啡。他折腾得我精疲力竭，对做爱都反感了。他去世时，我聊以自慰的是我可以换种生活，安静安静了。现在，一切又开始在我心中复苏。"

"你结婚时是处女吗？"我半睡半醒地问。

"是的，是处女。"

"他死后，你有情人吗？"

"许多男人都想要我，但我的家教使我不能接受同居。在土耳其，在我生活的圈子里，放荡的女人是过不下去的。谁在干什么大家都知道。女人得有个好名声。"

"你为什么要待在土耳其？"

"哦，我在那儿有房子、仆人，还有生意。"

"在这儿，在西班牙，你想做什么都可以。"话一出口，我就后悔了。

"我在这儿可是有护卫的，"她说，"马克在看着我。跟你说些事，你或许会觉得这些事有些疯狂。哪怕他在伦敦，我在安卡拉，他都在监视着我。我总觉得我做什么他都看得见。也许不是他，是他父亲。"

"你相信这些？"

"这是事实。"

我朝后面瞟了一眼，马克犀利的目光正盯着我，好像要给我催眠似的。

我们晚上入住饭店后，先要排队上厕所，然后等很久才能吃到晚饭。我们住的房间天花板很高，墙壁厚厚的，旧式的脸盆架上放着盆和水罐。

那天晚上，我们很晚才到饭店，这意味着十点以后才能吃到晚饭。马克又点了一瓶红酒。出于某种原因，我愿意被他劝着喝几杯。马克问我旅途中有没有机会泡澡，我告诉他，和其他游客一样，每天早晨用水盆里的冷水洗。

他半是询问，半是命令地瞟了他妈妈一眼。

犹豫片刻，玛特伦夫人说："来我们的房间吧，我们有浴室。"

"什么时候？"

"今晚。我们早晨五点出发。"

"先生，来吧，"马克说，"泡个热水澡有益健康。在美国，人人都有浴室，不管他是提包的，还是看门的。日本人则在木桶里泡澡，全家人一起泡。晚饭后过半小时来。吃完晚饭马上泡澡不好。"

"我会打搅你们的。你们显然都累了。"

"没有，先生。我都是一两点才睡觉。我打算在城里散散步。我得伸伸腿。整天坐在车里，腿都僵了。我妈妈睡觉也很晚。"

"晚上一个人在陌生的城市散步，你不害怕？"我问。

"我谁也不怕。我学过摔跤和空手道，还上过射击课。我这个年龄的男孩儿是不允许学射击的，但我有私人教师。"

"哦，他上的课比我的头发都多，"玛特伦夫人说，"他什么都想学。"

"在美国，我要学意第绪语，"马克宣布，"我看过一篇文章，说在美国有一百五十万人说这种语言。我想读您的原作。这对做生意也有好处。美国是真正的民主国家。和客户交谈必须用他们的语言。我想让我妈妈和我去美国。在土耳其，亚美尼亚人都没有安全感。"

"我的朋友都是土耳其人。"玛特伦夫人反驳道。

"一旦屠杀开始，他们就不再是你的朋友了。我妈妈不想让我知道，但我很清楚他们在土耳其对亚美尼亚人做了什么，在俄国对犹太人做了什么。我想去以色列。那里的犹太人不像俄国和波兰的犹太人那样卑躬屈膝。他们反抗。我想学希伯来语，想上耶路撒冷大学。"

我们道别时，马克从笔记本上撕下一张纸条，写下了他们的房间号。我想回我的房间小睡一会儿。上楼梯时，我的腿都在发抖。我和衣躺在床上，打算休息半小时。一闭眼，我就沉入了梦乡。有人叫醒了我——是马克。直到现在，我也没搞清楚他是怎么进到我房间里的。也许是我忘了锁门，也许是他贿赂了服务生给他开门。

他说："先生，请原谅，可是您都睡了整整一小时了。您显然是忘了要去我们的房间泡澡。"

我向马克保证，十分钟后就去他的房间，他犹豫了一会儿才离开。脱衣服，从箱子里拿出浴衣和拖鞋，可不是件容易事。我诅咒决定参加这次旅行的那一天，但我没有勇气告诉马克我不想去。尽管马克体贴周到、彬彬有礼，却有一股孩子气的野蛮。

我把薄外套搭在浴衣上，拖着两条软弱无力的腿，爬两层楼，去他们的房间。我还没完全睡醒，一时间竟以为我是在船上。我来到玛特伦母子住的那一层，却找不到写有房间号的那张小纸条了。我记得应该是43号。高高的天花板上躲在灰暗灯罩后面的那盏小灯，几乎发不出什么光。黑乎乎的，我看不清数字。摸索很久，我才找到那个号，敲了敲门。

门开了，我吃了一惊，塞琳娜·维尔霍夫穿着睡衣站在门口，脸上涂着厚厚的面霜。她的头发湿漉漉的，刚刚染过。我尴尬极了，一时不知说什么好。终于我开口问道："这是43号吗？"

"对，是43号。你要找谁？哦，我明白了。看来你那位戴钻石的女伴住在这一层。我看到她儿子了。你走错了。"

"夫人，我不想耽搁您太久。我只想告诉您，他们邀请我去他们的房间泡澡，就这些。"

"泡澡，哦？那就去吧。我都一个多星期没洗澡了。这是什么旅行，有的游客得到特权，别人则遭到歧视？广告上可没说游客还分两种。亲爱的——您贵姓？——我警告你那人会把你套住的，看来这事发生得比我预想的还要快。别着急——有你的澡泡。什么时候他们开始说'泡澡'了？我们可不这么说。别急着走。就因为你记错了房间号，就可以敲陌生人的门，把人家吵醒。大家都累坏了。这种旅行，还没躺下就得起来。我丈夫很能睡。一躺在床上，打开本书，两分钟后就跟个爵爷似的鼾声震天了。他还带了闹钟。我根本合不了眼。真的是不合眼。我有病。我都许多年没睡过觉了。我去找过伯尔尼的一位大夫，其实是药剂师，他却说我是个骗子。瑞士人耍起粗来可是真粗。他读过些医书，要么就是有自己的一套理论，就因为我的病症与他的理论不相符，我就成了骗子。你和那女人坐在一起，我一直在观察你们。她总在笑，看来你是在给她讲笑话。在她垄断你之前，我丈夫有一次也和她坐在一起，没有哪个正经女人会对陌生人说出那些话来。我猜她定是土耳其某家妓院的鸨母。反正就是那类人。有身份的女人是不会戴那么多珠宝的。一英里外都能闻到她身上的香水味儿。我都不确定那男孩儿是不是她儿子。他俩之间似乎有种不正常的关系。"

"维尔霍夫夫人，您在说些什么呀？"

"我可不是捕风捉影。上帝诅咒我，使我有眼睛能看到。我说'诅咒'，是因为对我来说，这是诅咒，不是天佑。如果你实在想泡澡，就用你的这个词，泡去吧，满足你自己，但要小心——这种人很容易传染给你谁知道什么东西。"

就在这时，对面的门开了，我看到玛特伦夫人身穿华美的睡衣，趿着金色拖鞋。她的头发放了下来，垂到肩膀。她还化了妆。两个女人愤怒地瞪着对方；之后玛特伦夫人说："您去哪儿了？我在48号，不是43号。"

"哦，我搞错了。真的，全搞混了。非常抱歉——"

"去泡你的澡去！"维尔霍夫夫人说着，轻轻推了我一把。她咕哝了几句法语，我听不懂，但知道是骂人的话。她狠狠地摔上了门。

我转向玛特伦夫人，她说："你怎么偏偏去了她那里？我等啊，等啊，一直在等你。现在反正也没热水了。马克又去哪儿了？他出去散步，还没回来。这一晚真令我难过。那个女人——她叫什么？维尔霍夫——她就知道挑事，是个疯子。她自己的丈夫都承认她的精神不正常。"

"夫人，这真是个可怕的错误。马克给我写下了你的房号，我换衣服时，把纸条弄丢了。都是因为我太累了——"

"哦，就让那红发贱人当着全车人的面侮辱我吧。她心如毒蛇，吐出的每个字都是毒液。"

"我真不知道该怎样说。但是——"

"算了，不是你的错。是马克把事情搞糟的。司机跟我说过不要告诉别人我们有浴室。他不想让其他游客嫉妒。这下他要生我的气了，他有理由那样做。我不能再继续这次旅行了。我要和马克在马德里下车，坐火车或飞机到边境，要么干脆直接去巴黎。进来待会儿吧，我已经被连累了。"

我进了屋，她带我到浴室看已经没有热水了。澡盆是马口铁的，很深很长。澡盆外有一根管，用来控制水流。水龙头是铜制的。我再次道歉，玛特伦夫人说："你也是无辜受牵连。马克是个天才，但正像所有的天才一样，他有他的脾气。他是神童，五岁就能做对数题。他读法语《圣经》，记得住所有名字。他爱我，一定要让我和别人约会。其实他是在找父亲。每次和他度假，他都要为我物色丈夫。他把事情搞得很尴尬，很复杂。我不想结婚——当然不会和马克给我选的人结婚。但他有强迫症，他会变得歇斯底里。我不该和你说这些，但我有我的理由——我要是做了什么令他不悦的事，他就会打我。事后他又后悔，头往墙上撞。我能怎么办？我爱他胜过爱自己的生命，日日夜夜为他担忧。我不明白他为什么对你印象这么好。也许是因为你是犹太人，作家，是从美国来的。但我生在安卡拉，那里是我的家。我在美国能做什么？我读过许多关于美国的文章，那里不适合我。在我们那儿，雇人很便宜，财务方面的事我还可以请教朋友。如果我离开土耳其，什么东西都得贱卖。我告诉你这些，只是想让你知道我俩之间不可能有什么。你不会愿意住在土耳其，正像我不愿意住在纽约。但我不想让马克难过，所以我希望在旅行期间，你能对我好一些——和我们一起吃饭，等等。旅行结束后，你回你的家，就让这成为你生活中的一段插曲，别无他意。他很快就会回来。你就跟他说，你已经泡过澡了。你可以在马德里泡澡。我们会在那儿待两天，据说那里的饭店条件不错。我敢肯定你在纽约有爱人。坐会儿吧。"

"我刚和一个女人分手。"

"分手？为什么？你不爱她？"

"我们相爱，却不能相处。过去这一年，我们总在争吵。"

"为什么？为什么人们不能和平相处？我和我丈夫很相爱，但我不得不承认我事事都要迁就他。他对我那么霸道，我对自己的孩子都不能说不。哦，我很担心。他从来没有出去过这么久。也许他是想让你向我表白，这样等他回来时，我俩之间就都搞定了。他是个孩子，一个疯孩子。我最担心他会自杀。他曾威胁说要自杀。"她一口气说完了这番话。

"为什么？为什么？"

"不为什么？就是些鸡毛蒜皮的事，我违背了他的意愿。上帝呀，我为什么和你说这些？都是因为我的心太沉重了。你要保守秘密。千万不能说。"

门开了，马克走进来。看见我坐在沙发里，他问："先生，您泡澡了吗？"

"泡过了。"

"舒服吧，是不是？您看起来精神真好。您在和我妈妈聊什么？"

"哦，闲聊罢了。我告诉她，她是我见过的最漂亮的女人。"我被自己的话吓了一跳。

"不错，她是漂亮，但她不能待在土耳其。在东方，女人老得快。我看过一篇文章，一个六十岁的女演员还在百老汇演十八岁的姑娘。您把担保书寄给我们，我们就去找您。"

"好的，我会寄的。"

"您可以和我妈妈吻别了。"

我站起来，我们互相亲吻。我的脸变得又潮又热。马克也吻了我。我与他们道别，下楼去了。我好像又上了船，台阶总在绊我的脚。突然我发觉已来到大堂，糊里糊涂地多下了一层楼。这里黑乎乎的，没什么灯光。前台的服务生在桌子后面睡着了。皮椅里，维尔霍夫夫人穿着袍子，跷着腿坐在暗影中。她在抽烟。

看到我，她说："反正我也不睡觉，不如在这儿过夜。床是用来睡觉或做爱的；无法睡觉，也无人可做爱，床就成了监狱。你到这儿来做什么？也睡不着？"

她深深吸了口烟，香烟的红光刹那间照亮了她的眼睛，好奇而病态。

她说："泡了一个那样的澡，男人肯定能睡个好觉，怎么会像丢了魂儿似的闲逛？"

马克开始和车上的每个人说，他妈妈和我订婚了。他计划等我们回到日内瓦，我就向美国领事馆为他和他妈妈申请签证，这样我们仨就能一起飞往美国了。玛特伦夫人和他谈了好几次，说这不可能——她在安卡拉还有生意要做。我则谎称要去意大利，有些文学上的事要处理。但马克争辩说，我和他妈妈都可以暂时把工作上的事推迟。他对我说话的口气仿佛我已经是他的继父了。他数了数他妈妈的财产。他爸爸给他安排了一笔信托基金，剩下的财产都留给了妻子。根据马克的计算，她的身家至少是两百万美元，或许更多。马克想让他妈妈卖掉在土耳其的所有股票，把钱转到美国去。他要去美国念书，不等高中毕业了。靠他妈妈的钱的利息，我们就可以生活得很奢侈。

马克已经决定我们就住在华盛顿。他的这些念头幼稚而愚蠢，可这孩子却让我感到一种恐惧。我知道要想摆脱他可不容易。他妈妈也暗示，他若再一次失望，可能真的会自杀。她建议我说："要不你在土耳其和我住一段时间？土耳其是个有意思的国家，这样你就有素材给报纸写文章了。你可以住两三周，然后再回美国。马克不会愿意去的。他会逐渐意识到你和我不般配。"

“我在土耳其能做什么？不，不可能。”

“如果是钱的问题，我很乐意支付你的费用。你甚至可以和我们住在一起。”

“不，玛特伦夫人，这件事没有商量余地。”

“算了，肯定是要出事的。我该拿这孩子怎么办？他要把我逼疯了。”

我们在马德里停留了两天，在科尔多瓦待了一天，然后前往塞维利亚，计划在那里待两天，去一家夜总会。然后我们会去马拉加、格拉纳达、巴伦西亚，再到巴塞罗纳，从那里去阿维尼翁，然后回到日内瓦。

在科尔多瓦，全车的人等了维尔霍夫夫人将近两小时。就在我们出发前，她从饭店里消失了，哪里都找不到她。因为她，游客们错过了一场斗牛赛。维尔霍夫博士请求司机开车，把他的疯老婆一个人丢在西班牙，这是她活该，但司机不忍心把一个女人丢在一个陌生的国家。终于，她提着大包小包回来了，维尔霍夫博士扇了她两个耳光。包掉在地上，花瓶打碎了。“纳粹！”她嚷道，“同性恋！虐待狂！”维尔霍夫博士提高了嗓门，每个人都听到了：“啊，感谢上帝！我不能再忍了。”他的手高高举向天空，像一个虔诚的犹太人指天发誓。

混乱又耽搁了我们四十五分钟。维尔霍夫夫人终于上了车，没有人愿意和她坐在一起。司机见我曾和她说过几次话，就问我是否愿意和她同坐，车上可没有单独的座位。马克想坐在那儿，好让我和他妈妈在一起，在玛特伦夫人的高声叱责下，他也只好作罢。

维尔霍夫夫人久久地盯着窗外，对我视而不见，似乎羞辱她的人是我。然后她转过头来对我说：“给我你的地址。我想让你在法庭上做我的证人。”

“什么证人？如果有必要，法庭会为他找证人的，而且——请原谅我这么说——理应如此。”

“嗯？哦，我明白了。你打算和那亚美尼亚女继承人结婚，所以已经站在了反犹一方。”

“夫人，您的所作所为对犹太人的伤害，超过所有反犹主义。”

"他们是我的敌人，是死敌。那些魔鬼侮辱我时，你那位来自君士坦丁堡的鸨母可真是喜形于色呀。我又回去了，又回到了集中营。我知道你要改宗了，但我会回去找犹太人的上帝。我不再是他的妻子，他也不再是我的丈夫。我会把什么都留给他，逃命去，就像我在一九四五年一样。"

"为什么每到一个城市，您都要让车等着您？这和犹太性无关。"

"这是个阴谋，我跟你说。他对每个细枝末节都做了安排。我整晚都没睡，直到凌晨才有些睡意。趁我补觉时，他就把表往回拨。那晚你敲我的门——那是在哪个城市？——就是你要去土耳其妓女那儿泡澡的那次，那也是他的伎俩，为的是抓住我的把柄，证明我有情人。显然，他是要让我净身出户，他的目的达到了，这只狡猾的狐狸。我无法再待在瑞士，哪里又能接纳我？除非我设法去以色列。我什么都明白了，你会做**他**的证人，不是我的。"

"我不做任何人的证人，别胡说了。"

"你肯定认为我是疯了。那就是他的目的——把我送到疯人院去。这件事他都说了好几年了，已经开始行动。他总是打发我去看心理医生，还想毒死我。他往我的饭里下了三次毒，但三次，我的本能——也许是上帝——都提醒了我。顺便告诉你，马克，就是那个迫切地想让你和土耳其狐狸精坐在一起的那个男孩儿，不是她儿子。"

"那他是谁？"

"他是她的情人，不是儿子。她和他睡在一起。"

"您亲眼所见？"

"是马德里打扫房间的服务生告诉我的。有天早晨，她误开了他们的门，看到他俩睡在一张床上。就有这么变态的女人。一个想要条叭儿狗，另一个又想要个小男孩儿。真的，你是在往泥潭里爬。"

"我哪儿也不爬。"

"你要带她去美国吗？"

"我谁也不带。"

"好吧，我还是闭嘴吧。"维尔霍夫夫人扭过头去。

我把头靠在椅背上，闭上了眼睛。我很清楚那女人是个妄想狂；虽说如此，她最后的那几句话还是令我吃惊不小。谁知道呢？也许她说的是真的。许多奇怪的事都是因为性变态。我感到很恶心。是的，我想，她说得对。我正爬向泥潭。

现在我只有一个愿望——尽快下车。我蓦地想到，尽管我和玛特伦夫人以及马克非常亲密，到目前为止，我还没有告诉他们我的地址。

我睡着了，再睁开眼时，马克告诉我，我们已经到了塞维利亚。我睡了三个多小时。

尽管出发得晚，我们还有时间草草吃顿饭。像往常一样，我和玛特伦夫人、马克共坐一桌。马克点了一瓶马拉加葡萄酒，我喝了一多半。酒气从我的胃一直顶上头。

大家吃饭时都在议论维尔霍夫博士和他妻子。所有的女人都认为，和这么恐怖的女人在一起，维尔霍夫博士真是个圣人。

玛特伦夫人说："我看她也就到这儿了。圣人也有忍耐不了爆发的时候。他是个银行家，长得也英俊，很快就会找到新欢。"

"我可不想让他当我爸爸。"马克说。

玛特伦夫人笑了，冲我挤了挤眼。"为什么不呢，我的儿子？"

"因为我想住在美国，在美国学习，而不是瑞士。在瑞士，只有爬山滑雪还不错。"

"别担心，不会有这种危险。"

说着，玛特伦夫人做了一件她以前从未做过的事——膝盖贴住了我的膝盖。

几辆马车停在饭店前，等着拉我们去卡巴莱歌舞厅。车前挂着灯笼，烛光摇曳，烛影飘忽，神秘而诡异。离开华沙后，我就没坐过马车。整个夜晚如被施了魔法一般——我与玛特伦夫人和马克同乘马车从饭店到歌舞厅，又一起观看演出。坐在马车里，驶过昏暗的塞维利亚街道，玛特伦夫人握着我的手。马克坐在我们对面，两眼放光，如夜间出没的鸟儿。夜色温柔，空气中弥漫着浓郁的葡萄酒、橄榄油和栀子花的芬芳。玛特伦夫人不停地感叹："多美好的夜啊！看那夜空，繁星密布！"

我碰到了她的胸部，她颤抖着，捏了一下我的膝盖。我们都醉了，倒不是因为酒，而是因为太累了。我再一次感到了她身体的热量。

我们下了马车，马克走在前面，和我们有几步之遥，玛特伦夫人轻声说："我想再要一个孩子。"

"和谁？"我问。

"猜猜看。"她说。

我不知道那些男演员、女演员、音乐和舞蹈是否真如我想的那么好，反正我那晚所见所闻的一切都令我着迷——半阿拉伯风格的音乐，舞蹈演员跺着脚，简直像哈西德派似的，响板铿锵，似乎在诉说着什么的，还有他们的奇装异服。本该撩人情欲的旋律，却让我想起赎罪日前夕"一切誓约，祈求废除"的祷词。马克在前排找到了一个座位，留下我和他妈妈单独在一起。我们像久别的情人那样狂吻。狂吻间歇，玛特伦夫人（她让我叫她艾涅特）坚持让我随她去安卡拉。她甚至打算去美国看看。我赢得了一场我永远也解释不清的胜利，或许只能说在爱的较量中，有时是失败者急切地想被征服，就像进攻者急切地想去征服一样。这个女人已独居多年。她习惯了老男人的拥抱。想到这些，我警告自己，马克是不会允许我们的关系仅仅维持在风流韵事上的。

他不时地回过头，探询地看看我们。我虽不相信维尔霍夫夫人对这母子俩的诽谤，但是显然，如果有人侮辱他妈妈，马克就能把他杀了。那女人说什么想再要一个孩子，这可是危险信号。不论我多么渴望她的身体，我知道我们并没有精神纽带，过一阵子，误解、厌倦、懊悔就会主宰我们。而且，我一向害怕土耳其人。还是个孩子时，我就听说过阿卜杜尔－哈米特苏丹的暴行。后来我又读到过亚美尼亚人所遭受的迫害。在遥远的安卡拉，他们可以随便编个理由指控我，收缴我的美国护照，把我关进大牢，我就别想从那儿活着出来。真奇怪，我还在上宗教小学时，就梦到过我躺在土耳其大牢里，粗绳子五花大绑。不知什么原因，我从未忘记过这个梦。

从歌舞厅回来后，母子俩都问我房间里有没有浴盆。我说没有，他们马上邀请我去他们的房间泡澡。马克还补充说，他要去城里逛逛。按计划，我们第二天晚上还要待在塞维利亚，这意味着次日不用早起。

玛特伦夫人和马克住三室套房。我答应去找他们，玛特伦夫人说："别太晚了。热水很快就会凉的。"她似乎话中有话，就像是在引用哪则寓言。

我来到顶层我的房间，再往上就是房顶了。房间里热气灼人，太阳晒了一整天。我打开顶灯，站了许久。热气和这一天的经历令我昏昏沉沉。我觉得很快就会有火焰从四壁喷射出来，房间会像纸糊的灯笼一样烧着。铜床上摆着一只大枕头和一条满是污点的红毯。我需要躺下，但床单看起来很脏。我像是闻到了精液的味道，谁知道有多少游客曾把精液射在这儿。我的浴衣和睡衣都还在箱子里，我没力气去开箱子。唉，洗澡有什么用？反正过后也要躺在这脏兮兮的床上。

在马车里和歌舞厅时，我体内的一切都被激情点燃。现在，我有机会和那女人单独在一起了，激情却烟消云散。我反而生起气来，怪罪那土耳其富寡妇和她那被宠坏的儿子。我可不想让马克再叫醒我，于是用一把大锁锁上了门，旁边还上了插销。我关上灯，和衣躺在弹簧床上，决心抵制所有诱惑。

饭店所在的街区很吵。小伙子们大声地叫，姑娘们放浪地笑。我时而听到一个男人大喊一声，接着又是一声叹息。是外面？还是另一个房间？有人在这儿被谋杀了？被折磨？谁知道呢，也许宗教裁判所在这里还有些势力。我感觉被咬了一口，挠了挠。汗水一股股地冒出来，我擦都不想擦。"这次旅行真是太疯狂了，"我自言自语道，"处处是危险。"

我睡着了，这次马克没来叫我。天快亮时，寒意袭来，我盖上了几小时前还令我作呕的那条毛毯。醒来时，阳光已十分灼热。我用大水罐里温暖暖的水洗了个澡，用发黄的毛巾擦干了身子。睡觉时，我似乎把一切都想通了。前一天晚上坐在马车里，我已经注意到了库克旅行社的分社和美国运通。我有回美国的返程机票、美国护照和旅行支票。

我提着箱子下楼去了大堂，他们说我错过了早饭。旅行团的人都去参观教堂、摩尔宫殿和博物馆去了。感谢上帝，我不会碰到玛特伦夫人和她儿子了，否则还得和他们解释。我在饭店收银员那里给司机留了小费，然后径直去了库克旅行社。事情并没有我想象的那么麻烦，他们给我兑现了支票，卖给了我一张去日内瓦的火车票。我让巴士公司白赚了大约两百美元，但那是我的错，不是他们的错。

一切都很顺利。有一趟去比亚里茨的火车很快就要出发了。我订的是卧铺。上了车我就开始改稿子，好像什么都没有发生。

晚上我饿了，列车员指给我怎么去餐厅。所有的二等车厢都空着。我瞥了一眼餐厅，看到塞琳娜·维尔霍夫坐在靠门的一张桌旁，正在和一只小母鸡较劲儿。

我们默默地对视了许久，然后维尔霍夫夫人说："这种事都能发生，弥赛亚还来不了？其实我知道我们会再见面。"

"出了什么事？"我问。

"我的好丈夫就那样把我赶走了。天晓得，对这次旅行，我已经到这儿了。"她指了指喉咙。

她提议我们一起用餐，还为我充当翻译，点了素食。她好像比我以前见到她时要理智些，也有了自制力。她身着一袭黑衣，甚至还显得年轻了些。她说："你逃跑了，嗯？做得对。否则你会掉进陷阱，永无脱身之日。她和你，就像维尔霍夫博士和我一样般配。"

"为什么每到一个城市，你都要让巴士等你？"我问。

她想了想，最后说："不知道。我不知道我是怎么回事。是魔鬼在尾随我。他们使出鬼把戏，把我引向歧途。"

服务生送来我的素食。我一边咀嚼，一边看着窗外，黑夜逐渐笼罩了收割后的田地。夕阳小小的，放着光，迅速沉落，仿佛一场天火中坠落的煤块。夜的忧郁笼罩了大地，厌倦了永恒的永恒。上帝呀，我的父亲和我的祖父做得对，女人看不得！男人与女人之间的每次相遇都会导致罪孽、失望和屈辱。我突然感到一阵恐惧，马克会找到我，报复我。

塞琳娜似乎读懂了我的心思。她说："别担心，她很快就会找到安慰的。你为什么要来这儿旅行？就为了看看西班牙？"

"我要忘掉某个不肯被我忘掉的人。"

"她在哪儿？欧洲？"

"在美国。"

"你什么都忘不掉。"

我们一直坐到很晚。维尔霍夫夫人向我解释了她的宿命论：一切都有定数，或有安排——每个行动、每句话、每个念头。她自己很快就要死了，医生、巫师都救不了她。她说："你来之前，我正幻想着和什么人达成自杀协议。一夜贪欢后，他将一把刀插入我的胸膛。"

"为什么偏要用刀？"我问，"那可不是犹太人的幻想。就是对希特勒，我都做不出那样的事。"

"如果女人想要，就可以是爱的表示。"

服务生回来咕哝了几句。

维尔霍夫夫人解释说："餐厅里就剩我们俩了。他们想关门了。"

"我完了，"我说，"吃完了，都完了。"

"别着急，"她说，"和那个倒霉巴士的司机不一样，逼我们发疯的力量有的是时间。"

韩颖　译

救济院一夜[1]

1

晚上九点，救济院的服务人员就熄灭了煤油灯。他只留一根油脂蜡烛燃烧着，很快这根蜡烛的火焰也开始摇曳起来。外面，霜冻晶莹闪亮，救济院里面却暖意融融。严重的病人躺在床上，别的都睡在地板的草垫上。

烤炉旁边躺着小偷泽维尔，他偷一匹马的时候被农民抓住打瘸了腿；还躺着莫特克，他给一个叫扬特契的冒牌拉比服务，做了很长时间的执事，这位拉比其实是个鞋匠，穿着哈西德派拉比的服装，在波兰小镇上四处游走，进行所谓的奇迹表演。他们一起最远走到立陶宛。扬特契在跟一个女佣表演时现场被抓，后来逃到美国。莫特克也试图逃往美国，可是在埃利斯岛被拘留，又因为患粒性结膜炎被驱逐。后来他成了个半瞎子。执事莫特克和小偷泽维尔都在救济院生活好多年了，不过大部分时间都分住不同的房间。

泽维尔个头很高，黝黑得像个吉卜赛人，长着双斜视眼，满头黑发，满口白牙。除了腿瘸，他还得了肺结核。年轻时，他曾是声名远扬的花花公子。即便在救济院，他也不忘修剪胡须。莫特克个头矮小，滚圆得像只水桶，疙疙瘩瘩的脑壳周围长着几撮亚麻色金发，黄胡子只有一边脸上长着。他的眼睛总是浮肿的样子，半闭着。他有几分学生风范，据说他和扬特契经常互换角色。这个月扬特契是拉比，莫特克是执事；下个月又倒过来。

---

[1]. 由约瑟夫·辛格翻译。——原注

没多会儿，油脂蜡烛就燃尽了。外面一轮满月闪着清光，月光从雪地上反射到救济院的墙上。泽维尔和莫特克从来没在午夜前睡过觉。两个人总是说个喋喋不休，讲各种各样的故事。

莫特克说："外面冷吧？还会更冷。在波兰，这种冷还能忍受，可是在立陶宛，如果霜冻来了，森林里的橡树会突然爆裂。那里倒有个好处——木材便宜。镇子都很小，但是几乎所有的男人都很有学识。你会碰到个木匠或者铁匠——白天他可能在刨木板或者在铁砧上捶打，可是等晚祷仪式后，他没准儿会在学经堂的某个小组上给大家读上一章《密西拿》。他们不太重视哈西德教派的拉比。你可能游遍半个立陶宛，也见不到一个哈西德教徒。男人都躲着我们，可是女人却经常悄悄来找我们，带上她们能带的任何东西——一只鸡，一打鸡蛋，一份荞麦，甚至一串大蒜。不管什么地方，都不可能没有生病的，我们会给他们送上各种药剂——奶牛蛋配鸭子奶，还有我俩发明的各种护身符和法宝。我们在立陶宛的时候，发生了件让整个镇子翻天覆地的事。"

"发生什么事了？"泽维尔问道。

"跟恶灵有关。"

"立陶宛的恶灵？"

"是的，立陶宛。我听人说，立陶宛人不信恶灵，那位维尔纽斯的加昂就不信这种事，从维尔纽斯的加昂到上帝不过一步之遥。可是眼见为实否定不了。那个镇子名叫扎布雷卡。我和扬特契到那儿后，那个净屠师邀请我们参加安息日宴会。在立陶宛，安息日宴会上的嘉宾是不能睡在救济院里的。主人家会给他备好床铺。净屠师名叫布内·莱布，他老婆叫希尔内——在我们那些地区很少见的名字。他们只有一个女儿，叫弗莱德克，是个长着红头发和雀斑的小个子女孩。她已经许给在父亲手下学屠宰的年轻人了。他叫克拉瓦纳。在立陶宛，很多人的名字是非常古怪的。这个年轻人长得眉清目秀——高高的，黑黑的，穿得衣冠楚楚。在立陶宛，没有人在安息日会穿绸缎长袍，除非可能是个拉比。耳朵两边的头发也不会像波兰这里留得那么长。他们什么都不一样。我们往鱼丸里放糖，他们却放胡椒粉。

"扬特契是个贪吃的家伙。他只要一进屋子，就会直奔吃的东西。我会四处打量。我注意到弗莱德克发疯般爱着克拉瓦纳，眼睛一刻都不愿从他身上移开。她的眼睛颜色幽蓝，犀利，有那么点忧郁。这是为什么呢？我天生喜欢注意各种事情，不管跟我有关还是无关。一个健康年轻的小伙子应该好吃，可是让我意外的是，克拉瓦纳几乎不吃任何东西。不管给什么东西，他都留那里了——安息日面包、汤、肉，甚至胡萝卜炖菜。希尔内给他端来一杯茶，他的手会颤抖得很厉害，茶水都洒在桌布上了。唉，我想，净屠师的手不该颤抖。那会什么都干不了。

"我和扬特契在那里欢庆了安息日，之后我们继续赶路。我们当时还不知道，但那年冬天是我们最后互相搭档。在立陶宛，我们的运气不太好。扬特契扮演的角色更像个车夫而不是拉比。我离开某个镇子的时候，往往很快就会把那个镇子所有的人忘得干干净净。可是我坐在雪橇上却老想着弗莱德克和克拉瓦纳，而且不知怎么，我知道我还会回到扎布雷卡，可这是为什么呢？这两个陌生人对我意味着什么呢？

"我们又来到一个小镇，其实我在那里跟扬特契吵了一架，我说他是个被抛弃者，应该下地狱。我感觉沮丧极了，找了个酒馆进去。我坐下后喝了杯伏特加，有人过来凑到我跟前——是个小个子海运代理——他说：'你不认识我了，可我们在扎布雷卡见过面。你是那执事。'

"'扎布雷卡怎么样？'我问道。他说：'你没有听到消息？一个恶灵钻进净屠师女儿的身体里了。'

"'恶灵？'我说，'弗莱德克身体里？'

"他给我讲了这个故事：那个安息日的晚上，我们离开镇子不久，几个屠夫给布内·莱布拉来一头很大的黑公牛，长着螺旋形的角，是个很凶恶的畜生。因为弗莱德克的未婚夫克拉瓦纳学过屠宰手艺，知道各种规矩，而且已经宰过几头幼崽，布内·莱布决定让他来屠宰。屠宰牛的时候，几个屠夫要把牛用绳子捆住，扔到地上，等血流干死了再松开手。但是，克拉瓦纳做赐福祈祷和割喉咙的时候，牛挣脱了，站起来，开始疯狂地跑，差点把屠宰场都撞塌了。它狂奔穿过市场，撞破了一根灯桩，撞翻了一辆四轮马车。与此同时，鲜血从牛身上像水龙头般往外喷个不停。追赶了很长时间后，屠夫们才抓住它，拖回屠宰场，这会儿牛已经变成一具尸体。这时，他们才发现克拉瓦纳消失了。有人说看见他在俯身水井之上，有人说看见他向河边跑去。他们拿着鱼竿找他，但没有发现。拉比查看了一番克拉瓦纳用过的刀，发现刀刃卷了。那头公牛被断定没有按照犹太教规屠宰。屠夫们顿时对布内·莱布把这活儿交给克拉瓦纳干怒不可遏，把他家的窗户都砸了。

"那天晚上，对布内·莱布和他的家人来说可谓一次漫长的骚乱。黎明的时候，他和妻子好不容易睡着，又被一种奇怪的悲号声——不是人而是动物的——吵醒了。弗莱德克赤身裸体站在屋子中间像头阉牛般哭号着。她身体摇摇晃晃，抽抽搐搐，低声哼叫着，好像自己就是她的未婚夫笨手笨脚没杀好的那头公牛。接着从她嘴里又声嘶力竭地发出可怕的人的呼叫声。扎布雷卡镇子里的人全都跑来看了。很显然，恶灵钻进弗莱德克的身体了。那个恶灵哭叫说他活着时曾经是个男人——是个恶徒、酒鬼、色鬼。他死了后，灵魂不让进天堂，却被判决化身成公牛。死亡天使告诉他，这头公牛屠宰的时候如果遵守仪规，而且是虔诚的犹太人诵读了正确的祈福经后吃了他的肉，他，这个罪人，才会获得救赎。既然克拉瓦纳已经让肉不符合净仪了，罪人遗弃的灵魂就钻进弗莱德克的身体了。

"那个海运代理跟我讲了那个故事后，我吃惊不已，我扔下扬特契的包和行李，抓起自己的包裹，掉头就回扎布雷卡。下了场很厚的雪，落了场刺骨的霜冻。我弄不到雪橇，有一半路只好走着去。狂风几乎把我刮跑了。我坚信自己的末日已经来临，然后开始忏悔起来。"

"你爱上了弗莱德克吗，嗯？"

"爱上？你别胡说了。"

"后来呢？"泽维尔问。

"半夜的时候我来到扎布雷卡。到处百叶窗都关着，可是布内·莱布家的灯却亮着，里面有人。他们好像待在屋里想听那位恶灵的动静而不想睡觉。我进去时谁也没注意到我。我后来得知，弗莱德克的母亲伤心得生病了，被带到亲戚家。我几乎已经认不出布内·莱布。我离开的这几天，他变得形容憔悴，脸色发黄，已经被耗干。弗莱德克光着脚站在那里，半裸着身子，凌乱的红头发披散在肩上，脸色煞白，像尸体的脸，眼睛往外鼓着。她大声尖叫，我永远无法相信从一个女孩温柔的嗓子里会发出这样的声音。这不是人类的声音，而是公牛的声音，我听到她在咆哮，"宰了我，布内·莱布，宰了我！我就是那头你违背教规不洁屠宰，因此必然会陷入永久痛苦的公牛。你看不到它们，可是成群的恶魔、妖精、魔王就潜伏在这里，等着把我撕成碎片，把我带到黑山背后的荒野。你挂在家里每个角落的不管什么安家符、护身符，还是辟邪符，都无济于我。如果你不是彻底看不见，就看看吧：鼻子长得到肚脐眼的巨兽，它们满身是蛇而不是毛发，长着野猪鼻子，黑得像沥青，红得像火焰，绿得像胆汁！它们张牙舞爪，号叫起来像疯子。布内·莱布，难道你选择的女婿是这样一个连刀都不会用的倒霉鬼、软蛋，是我的过错吗？他要能当得了净屠师的话，你就能当奶娘。他的手颤抖得像个九十岁的老人。他懦弱得看到蛋白上有一滴血都准备好要晕眩。净屠师怎么可以怕血。当自己的未婚妻出什么事的时候，真正的男子汉是不会逃走不管的。你给自己的女儿找了个妈妈的乖男孩，找了个娇生惯养的毛头小伙，找了个太监。他怕我这头公牛的程度要超过我害怕他的刀的程度！宰了我，布内·莱布，把我从所有那些恶灵中救出来吧。如果不，我就用犄角捉住你，抵死你，把你带到沼泽地，到了那里，就没有任何得救的希望了。'

"'我的女儿，你在说什么？你是我的孩子，'布内·莱布对她说，'让这个恶魔放了你，如果克拉瓦纳并非你命中注定之人，我会为你另觅佳偶，上帝保佑，我们将领着你到婚礼的华盖下。仁慈的上帝啊，帮帮我。这样的痛苦我再也受不了。'

"布内·莱布哭喊着。但是弗莱德克却回答说：'我不是你的女儿，我是你交给那个笨蛋手中的公牛，把你的刀取出来，宰了我！放了我的血！你，布内·莱布是个男人，不是中性人。无论公牛、母牛、绵羊，还是雄鸡，都没有从你刀下逃脱过。杀了我吧，布内·莱布，杀了我！'"

"这一切你都听到了吗？"泽维尔问道。

"愿我听弥赛亚的公羊号角能有此般清楚。"

"接着讲。"

"没办法事无巨细全说出来。天快亮的时候，布内·莱布显得很累，整个人很憔悴，不睡不行了，但是镇上那些无赖却接过这场戏继续表演。他们觉得非常好玩。想象下，一个独生女，一只安静的小鸽子，站在夜色中，赤裸着乳房，红头发蓬乱得像女巫。她忏悔着让你头脑飘然的罪孽。我听到她说，'活着的时候，我怨恨上帝，无所不为。我刮了胡子，我在赎罪日上吃猪肉，我跟外邦少妇和犹太妓女们私通。我否认上帝的存在，我以为我长命百岁，我纵情于各种恶心的事物难以自拔。可是我却突然得了梅毒，看到自己的报应。我还有最后一口气的时候，继续亵渎上帝，侍奉神像。等我终于咽气后，丧事会的人都不愿给我清洗身体，半夜时，不穿寿衣就埋了，没有任何人诵读《卡迪什》。甚至当掘墓人把最后一铲土抛到我身上时，杜马天使打开我的坟墓，朝我吐唾沫，用火钳扎我，把我拖到火焚谷的门口。他想把我拖进去，但是撒旦关上门大喊道，'让这种人渣进火焚谷，是对火焚谷的羞辱。'"

"你可能是世上最离经叛道的异端分子，泽维尔，可是你要听到看到这种事情，你都会承认上帝是存在的。"

"不，你肯定不会承认。"

"那到底是怎么回事？"

"是神经问题。"

"神经怎么知道阴间的事情呢？"莫特克问道。

"神经什么都知道。"

"它们是什么——先知？"

"甚至比先知还厉害。"泽维尔说，"晚安。"

"唉，你这是在胡说八道。"

泽维尔睡着了，开始打起鼾，但莫特克躺在那里睡不着。他自言自语说："睡吧，啊？笨蛋，傻瓜……以为他什么都知道，可在我看来还是个傻瓜。"

594

"莫特克，闭嘴。"

"你没睡着？"

"我睡着了。可是我能听到每句话。这是我在监狱里学到的本事。在那里，你要是真睡着了，他们会把你的衬衣从背上剥掉。弗莱德克后来怎么了？"

"我怎么知道？我在那里待了三天，然后就走了。很多事情我还没告诉你呢。邻居们对着我发誓说，弗莱德克以前从不唱歌。那是真的，一个教养好的女孩是不会让人听到她的声音的，这样就不会刺激起我们男人的欲望。而且，如果女孩会唱歌，她会在晃悠孩子的时候唱摇篮曲，或者参加安息日唱诗班。突然间，弗莱德克开始用意第绪语、波兰语，甚至俄罗斯语唱起各种滑稽小调。她对着新娘唱起小夜曲，在婚礼上说俏皮话，全都很有韵律。她取笑在屠宰店里讨价还价的女人，嘲笑她们在净身浴池里把水弄得哗哗响。那些恶棍们用各种刻薄的话挖苦她，而她会逐个用他们自己的话还击。她花言巧语哄骗他们，那些人落得个无话可说。邻居全都众口一词——说这不是弗莱德克，是个能言善辩的小丑，是个淘气鬼，舌头锋利得像刀片。亵渎神灵的话让你笑得满地打滚。兄弟，我就站在旁边，看着一个女子同时变成公牛和男人。神经系统办不到。"

"那什么能办得到？"

"只有上帝。"

"没有上帝。"

"那世界是怎么形成的？"莫特克问道。

"它就像疥疮，自己长出来的。"

2

泽维尔又睡着了，莫特克还躺在那里醒着。救济院里的病人在睡梦中唉声叹气，喃喃自语。泽维尔说的肯定不对吗，莫特克在思索着。仁慈的上帝是不允许发生这样悲惨的事的。在这里，人们如苍蝇般死去。每天丧事会的人都带着净板来搬走一具尸体。

莫特克听了会儿炉子后面一只蟋蟀的鸣叫，它发出的叮当声简直就像好多个小铃铛齐鸣。它在讲述着一个没有开始也没有结尾的故事。莫特克在想，它怎么可能会鸣叫一整夜呢？蟋蟀难道不也需要睡觉吗？或者它们是白天睡觉的吗？它们在破烂东西里找什么吃？想想这只蟋蟀也有父亲、母亲、祖父、祖母，甚至也会有孩子，简直让人疯狂。这真让我迷惑不解，莫特克在沉思着。我白天累得要死，可是晚上脑子却像个搅拌器般运转。

白天，有时莫特克想卖弄自己的学问，却忘了一切，像无知傻瓜般搞混段落。可是到了晚上，他的头脑就打开了。他能记得起《圣经》的全部章节，《革马拉》的段落，甚至犹太新年和赎罪日敬拜仪式上的祷告文。那些死去很久，他连他们的名字都记不得的人，似乎在他眼前栩栩如生。他记得跟扬特契一起走过的小镇的名字。赞礼员的赞美诗和哈西德教徒的圣歌全都回到脑子里。莫特克是在一个虔信宗教家庭长大的。他父亲曾带他去图里斯克那位奇迹拉比那里。他小时候就开始读哈西德教派的书，甚至梦想成为一个拉比。可是后来他父亲得斑疹伤寒死了，母亲改嫁给一个粗人，莫特克开始跟着扬特契掉进欺诈游戏。

这时莫特克开始哼起他在图里斯克的安息日餐会上听到的歌来：

> 我将高唱着赞歌
> 打开那道道大门
> 那天堂般堂皇的果园之门
> 为他们神圣的伴侣。

泽维尔开始咳嗽，然后爬起来。"你干吗深更半夜地唱歌啊？你饿了吗？"

"我不饿。"

"你马鞍上长毛刺了吗？"

"无所事事地浪掷一生。"莫特克说，对自己的话感到十分震惊。

"你想做一个蒙住眼睛，不能看到女人的音乐家那样的忏悔者吗？"

"已经为时太晚。"

"是的，兄弟，对我们来说，我们出生时就已经为时太晚，"泽维尔说，"弗莱德克碰到的那种事毫无价值，荒唐至极。这些全是虚构出来的——什么犹太教上帝、基督教上帝。克拉瓦纳就是个笨手笨脚的傻瓜，可怜的胆小鬼。至于弗莱德克，她不过是在演戏，因为男人抛弃了她。年轻女孩听来老太太的故事，专心收集各种琐碎的细节，然后又惟妙惟肖地加以模仿。

"我曾经有过一个放荡女人，一个《塔木德》教师的女儿。她名叫闵德尔，长得像符合教规的处女。我敢发誓她都数不到二——苍白的小脸蛋，大大的黑眼睛。一切都是从我在水泵边见到她，给她打了一桶水开始的。她对我说了声动听的谢谢你，然后抛来甜甜的一笑。那时我已经是个小偷了，搞过的女人比你脑袋上的头发还要多。那时，搞到一个犹太女孩可不容易——总之在我们那些地方是不容易的——可是并不缺教外不洁女。她们不懂任何伪装。她们血管里流着以扫叔叔的血液。可是，我从闵德尔的眼睛里看到的是欲火。每次我看到她提着水桶走了，就提上自己的水桶跑出去。我大概给她打过一百桶水。我开始想这是浪费时间。突然，我把水桶递给她，她塞给我一张纸条。我提着水桶飞快地跑了，桶里有一半的水都溅了出去。我走进屋子，开始读那张纸条：'午夜在公墓见我。'

"全部就这一句话——笔迹非常花哨。各种女人的味道我都尝过了——少女、主妇、年轻的、老的——可是我变得像个叶希瓦男生般慌里慌张。而且我很恐惧。那时我还相信有夜间活动的东西。半夜在公墓会见小伙子，那是什么样的女孩？据说，晚上在会堂里死人会做祈祷，还说如果有人经过，他们就会喊他进去读《托拉》。还听说，我们镇上一个木匠的女儿上吊自尽了，因为有个流浪汉让她怀孕了，据说她夜里从自己的坟墓里爬出来，在墓碑间游荡。与此同时，我却等不及夜幕降临，随后又等不及镇上的钟楼敲响十一点半。我的脑瓜子早就把什么都算计好了。她父亲是个狂热的哈西德派教徒，戴两顶无边帽，前后各有一顶，已经在鸡回窝后上床了。他黎明前就起来，悲悼圣殿的毁灭。她母亲去各集市游转，想帮持下二女儿，一个身无分文的寡妇，跟三个孩子住在克拉斯内斯塔夫。她卖自己加工的外衣。

"我还是长话短说，闵德尔把我们相会的时间安排在月末，那时月光已经不再照耀，母亲去了某个集市。那天晚上又热又暗。去公墓要经过教堂街。犹太人住的地方离市场很近。再往前，只有外邦人住在那里——房子很小，狗很大。我走过去时，它们像狼群般来攻击我。一条狗你还能对付，可是五十条狗你就没有活的可能了。另外，外邦人们听到他们的狗叫，就会拿着短棍跑出来。我以为自己肯定会成殉道者，但不知道怎么居然成功地到了公墓。我蹑手蹑脚地走着，像个盲人般摸索前进。那时我还是个教徒，在我心中，我向慈善团体施舍了十八个格罗什。我伸出双臂，就摸到她了，她好像是从地上冒出来的。当你恐惧的时候，所有的欲望都会离你而去，可是我抚摸她的时候，她像发烫的煤块般烧起了我的欲望。她在我耳边悄悄地说了个秘密，这个就没有必要说了。这么一个煽情的尤物怎么会成长在一个虔诚的教师家庭呢？"

"她满足了你吗？"莫特克问道。

"不能这么讲，"泽维尔说，"我们抱着躺在地上，都分不开。我理所当然地认为她是个处女，可是那天证明不是那么回事！"

"味道很鲜美吧？"

"我们在墓碑间躺了好几个小时，我意犹未尽。燥热如火，坚硬似刀。每当我冷却的时候，她说几句刺激的话，我就又战栗起来，游戏又全面启动。她在我们小镇从哪儿学到这种话的，我永远闹不明白。"

"你怎么没有娶她呢？"莫特克问。

"嗯？我要的是正经女孩，可不是荡妇。她坦率地跟我说，对她来说，一个男人就像道开胃品。她需要很多男人，而且要常换新的。我不是圣人，可我希望自己的妻子像母亲那样。我干的这勾当，得随时准备服刑。蹲在监狱里，整天担忧自己的老婆跟每个流浪汉瞎混，那可就没有快乐可言了。即便在我抚摸她，亲吻她，答应给她拿月亮、摘星星的时候，我都想念着马尔克勒，愿她安息。那时我已经认识她了。她是我妹妹兹雷尔的朋友。我已经打算不再做贼了。我想攒笔钱，做个马贩子。可人是那样想，上帝自会处置。"

"这意思是说你是信上帝的了。"莫特克说。

"只是听上去这样而已。什么是上帝？祂是谁？谁也没有去过天堂跟上帝交流过。这都是《托拉》里写的，可什么是《圣经》？无非是羊皮卷和墨水。不管谁，都能拿起笔写些自娱自乐的东西。犹太人等了弥赛亚差不多两千年，可是他从不着急现身。"

"那这个世界没有律法可言了？"

"谁有能耐，谁就抢得到。谁没能耐，谁就躺在六英尺之下。"

"再说，如果好人们不给我们送来几枚钱和饭汤，我们早就躺地上死了。"莫特克说。

"他们不是为我们才这样做。他们认为这样做可以给自己在天堂保有一席之地，预留更大分量的、上帝在弥赛亚降临时为义人们备下的利维坦肉。"

"你以前亲口说过相信命运，"莫特克争辩说，"你说你最后一次去偷马，你预前知道自己会碰到一个庄稼人，还说这是命中注定了的。这都是你亲口说的。"

"上帝是上帝，命运是命运。我曾经在几个星期内偷过六匹老马，农民们都开始在马厩里睡觉了。他们拿着斧头和摇铃站哨了。我的马尔克勒恳求我：'泽维尔，够了！'她跪在我面前，警告我在家待着。她说要开个铺子，或者，如果情况实在太糟了，可以去美国。她要我手按《摩西五经》发誓，我要开始新生活。可是即便我在发神圣的誓言时，心里都很清楚，那还不值一撮鼻烟，我根本就不适合站在店铺里拿着杏仁啊、塔塔粉之类的，称斤论两。我对这种傻话毫无耐心，对去哥伦布的大地也没有兴趣。去那里的人最后都给人家熨裤子或者挨家挨户地兜售东西。很多人来信说，纽约出现了萧条，工人都从垃圾箱里捡东西吃。我爱马尔克勒，可她不是闵德尔。我对她忠心不二，上帝可以做证，可是跟她坐上几天几夜，让她一点一点地消耗我，对我来说毫无吸引力。她流过两次产。她不停地哀痛自己的和我的命运。我想彻底地来检验下自己的命运。"

"你相信运气？"

"是的，相信有好运和坏运。"

"这说明有上帝，肯定有！"莫特克说。

"如果有，又怎样呢？他待在第七重天堂，天使们环绕着他，唱着赞美诗让他开心。他关心我们就像关心去年的霜冻。"

"闵德尔后来怎么了？"莫特克问。

"噢，她父亲把她许配给了什么傻瓜，一个有钱的哈西德教徒的儿子，他的拉比的追随者。我的小猫天真无邪地跟他站在婚礼的华盖下，戴着面纱，好像从来没有被人抚摸过。为什么她总是能让自己显得这样，对我来说是个谜。这种女子有时会嫁给傻瓜，这样她们就可以轻而易举地愚弄别人。欺骗有着巨大的快感——几乎跟偷窃的快感不相上下。可是不管什么你都要付出代价。两年后，她难产死了。"

"那么这就是最后的结局了？"

"是的，她丈夫，那个不中用的家伙，去了他的拉比家，在那里待了几个月。我正在加诺夫监狱里服刑。后来，他们把我转到卢布林。那次我是无辜的。我被错判了。我最后出来时，闵德尔已经在另外那个世界了。"

"这绝对是来自上帝的惩罚。"莫特克说。

"不是。"

周遭渐渐沉默了。连那只蟋蟀都不再鸣叫。过了会儿，泽维尔说："我老是忘不了她。如果有火焚谷，我愿意挨着她躺在一张钉子床上。"

杨向荣 译

逃避文明[1]

  刚刚学会"逃避文明"这个词，我就开始策划逃避文明。但我在十八岁以前，一直住在比尔格雷镇，这个镇子实在没有什么文明可逃。后来我去了华沙，顶多是逃回比尔格雷。只有到纽约后，这个想法才有了实在的意义。在这里，我对各种东西过敏——玫瑰热、枯草热、灰尘过敏，谁知道都是些什么东西？我一瓶一瓶地吃药，没什么用。初春居然像八月份一样热。我在西区租了间带家具的房子，憋闷得很。我不是常去看医生的人，不过还是去找了一位吉尼斯达卡大夫。我在华沙就认识他，我用意第绪语发表的任何东西，他都会读。

  吉尼斯达卡大夫往我的鼻子里插了个窥镜，又在我嘴里放了根压舌板，"Paskudno."（"不好。"）

  "我该怎么办？"

  "搬到海边去。"

  "海在哪儿？"

  "去海门。"

  就在吉尼斯达卡大夫说出那个名字的瞬间，我意识到逃避文明的时候终于到了，海门可以起到和海地、马达加斯加同样的作用。次日上午，我去银行取出存款七十八美元，退了房，将所有东西都塞进一个大行李箱，向地铁站走去。在东百老汇大道的一家自助餐厅里，有人曾经告诉我，在海门租带家具的房间很容易。我带了几本书，作为远离文明时的精神支柱：

---

[1] 由作者和露丝·沙克内·芬克尔翻译。——原注

《圣经》、斯宾诺莎的《伦理学》、叔本华的《作为意志和表象的世界》，还有一本带数学公式的课本。我当时是斯宾诺莎的狂热信徒，根据斯宾诺莎的理论，人要想不朽，就得思考足够多的理念，也就是数学。

纽约很热，我以为科尼岛一定是人山人海，海边挤满了游泳的人。在斯蒂维尔大道出了地铁后，却发现这里是冬天。真是奇怪，从曼哈顿到康尼岛这一小时，天气就变了。阴沉沉的，冷风呼啸，落下尖针般的雨。赛弗大道的电车是空的。到了海门入口处，那里还真有一道门将这片区域隔开，标明私属。还有两个警察拦住我，问我是谁，来海门做什么。我差点说"我在逃避文明"，不过我说的是，"我来租房子。"

"你带着行李？"

在这个所谓的自由国家受到如此盘查，我感觉被羞辱了。我问："不可以吗？"

一个警察对另一个耳语了些什么，俩人大笑。我获准过境。

雨越下越大。我想找人问问，在哪儿能租到房间，但没人可问。海门看起来冷冷清清的，还在冬眠状态。为了给自己打气，我就去想斯文·赫丁、南森、斯各特船长、阿蒙森等探险家，他们离开了城市的舒适生活，去探索世界的奥秘。雨打在我的行李箱上，冰雹一般。也许就是冰雹。风把我的帽子刮跑了，帽子翻滚着飞去，如同一个小妖精。突然，透过如注豪雨，我看到一个女人在一栋房子的门廊下冲我招手。她的嘴在动，声音却被风刮走了。她示意我过去，躲一躲这狂风暴雨。我面前是栋漂亮的房子，山墙屋顶、门柱、雕花大门。我走到门廊下，放下行李箱（书与文稿真是沉如磐石），用手绢擦了擦脸，可以看清那女人了：褐色头发，三十多岁的样子，橄榄色皮肤，黑眼睛，长得挺古典，有种欧洲的味道。眉毛很浓，脸上没施脂粉。她穿着件外套，戴一顶贝雷帽，让我想起了波兰。她先用英语跟我讲话，从我的回答中听出了口音，又改用意第绪语。

"您在找谁？看您提着那么沉的行李箱在雨中走，我想我可以……"

我跟她说我要租房子，她笑了，不无嘲讽。

"您就这样找房子吗？带着行李？请进吧。我有一栋楼的房间要出租呢。"

她带我走进客厅，我只在电影里见到过这样的客厅——东方地毯、金框画作、精雕细琢的楼梯，裹着红色天鹅绒的栏杆。我是走进了一座古代宫殿吗？女人说："这也太巧了吧？我刚刚打开房门。房子关了一冬天了。天气转暖，我想或许是时候了。一般来说，这儿的旺季是五月底六月初。"

"为什么冬天要把房子关了？"我问。

"没有暖气。这是老房子了——有七八十年了。可以开暖气，但很复杂。热气从这里出来。"她指了指地板上的铜网格。

我这才意识到屋里比外面冷多了。空气中有股陈腐的味道，那种长年不见阳光的地方所特有的味道。我们默默地站了一会儿。然后她说："您是想马上搬进来吗？电源还没打开，电话线也没接通。通常租户会先来安排，交定金，等天气确实暖和了才搬过来。"

"我已经把城里的房子退了。"

女人好奇地看着我，犹豫片刻说："我肯定在报纸上见过您的照片。"

"是的，上周他们登过我的照片。"

"您是华沙斯基？"

"是我。"

"天哪！"

夜幕降临，埃斯特·罗伊斯基点亮了铜烛台上的一根蜡烛。我们坐在厨房吃晚餐，仿佛一对夫妻。她已经跟我说了她的故事：她的前夫，一位信奉共产主义的诗人，给她带来的麻烦；她如何最终与他离婚；他如何与情人跑到加利福尼亚，把两个小女儿留给埃斯特照顾。两年前，她租下了这栋房子，指望它养家糊口，但这房子并没有给她带来多少收入。人们要等到七月四日以后才来，还讨价还价。去年，很多房间都是空的。

我从口袋里掏出那七十八美元，要给她付定金，她抗议说："不行，您不能那么做！"

"为什么？"

"首先，您得看看房子的状况。这里阴暗潮湿。您可能会——上帝不许——感冒的。而且您在哪儿吃饭呢？我很乐意给您做饭，但您跟我说了，您打算以后吃素，这恐怕有些难。"

"我可以在康尼岛吃饭。"

"您会把胃毁了的。那儿只有热狗。一个收拾好行囊，毫无计划就来到康尼岛的人不是个实际的人。您能遇上我，真是奇迹。"

"是的，奇迹。"

她的黑眼睛半含嘲弄地盯着我，我知道这是一段正式关系的开始。她似乎也清楚。她跟我讲了那些通常不会说与陌生人的事。烛光在她脸上投下的阴影，让我想起画布上的炭笔画。她说："上周我躺在床上看报纸上你的小说。姑娘们都睡了，但我喜欢晚上阅读。谁现在还写鬼故事呀，我心想，还登在意第绪语报纸上！你可能不信，我当时想，要是能见到你就好了。奇怪吧？"

"是的，奇怪。"

"我想跟你说，这房子还和一个浪漫故事有关呢。这是一个百万富翁为他的情人建的。那时的海门还是富人和美国贵族专属的地方。那富翁死后，他的情人一直住在这里直到去世。这些家具都是她的——还有书房。她好像没留下什么遗嘱，银行就全盘出售了。这里很多年都空着。"

"她漂亮吗？"

"来，给你看看她的画像。"

埃斯特拿起烛台。我们得穿过好几个幽暗的房间，才能到客厅。我在门槛上绊了一下，又撞到扶手椅。地毯上凸出一块，差点让我摔倒。埃斯特拉住了我的手腕。我感到了她手心的温暖。她问我："你冷吗？"

"不冷。有点。"

借着摇曳的烛光，我们站在那儿端详情人的画像。她的头发高高盘起；低胸衣露出细长的脖颈和一抹酥胸，半明半暗中，双眸栩栩如生。埃斯特说："一切都会流逝。我在她的书里还能找到压干的花朵和树叶，她却已没了痕迹。"

"我相信夜里她的灵魂还在这些房间游荡。"

埃斯特手中的烛台一抖，墙壁、画作、家具都颤巍巍如剧院的舞台布景。"别那么说。我会吓得睡不着觉的。"

我们彼此相看，似在彼此读心。记得我当时想：要达到这种状态，小说家会渐渐地、慢慢地让情节发展，用几章来写几个月，也许几年，而命运却在几分钟之内，简单几笔就勾画好了。一切都已就绪——人物、环境、动机。好吧，如果真是一部戏，你永远预料不到下一秒会发生什么。

雨已经停了，我们又回到厨房喝茶。我以为已经很晚了，看了看手表，才八点二十五分。埃斯特也看了看她的表。相坐无言，我能看出来她正在想一件需要立刻做决定的事，我知道是什么。我几乎可以听到她脑海里的那个声音——也许是女性的保护神灵在说："不能让他轻易得手。一个男人若这么快就得到了一个女人，他会怎么想？"

埃斯特点了点头。"雨停了。"

"是的。"

"听着，"她说，"你可以挑这房子里最好的房间住，不必为房租费口舌。你能住在这儿，我很荣幸，也很高兴。但你现在搬进来还太早。我本打算今晚在这儿过夜，但我现在必须锁门了，回家看看孩子们。"

"你为什么不想过夜了？因为我吗？"我为我的问题感到难堪。

埃斯特疑惑地看着我。"就这样吧。"

然后她说了一句按照女性外交原则，不该说的话："水到渠成吧。"

"好吧。"

"你已经退房了，那你今晚睡哪儿呢？"

"会有办法的。"

"你打算什么时候搬过来？"

"尽快。"

"五月十五日，等得了那么久吗？"

"可以，不算久。"

"那好，就这么定了。"

她看着我，眼含怨恨。也许她希望我求她，说服她。但是恳求、说服，从来就不是我的男性手腕。和埃斯特在一起的这几个钟头，我的信心似乎增强了。我觉得她比我年长约莫十岁。放弃文明及虚荣，需要足够的耐心，我已准备好。

我们都没有脱外套——太冷了——所以也不需要再穿上外套。我拿起行李箱，埃斯特拿起她的过夜包。她吹灭了蜡烛，说道："如果你没提起她的灵魂，或许我会在这儿过夜。"

"我相信她的灵魂是好的。"

"好灵魂有时也会捣乱。"

我们走出房子，埃斯特上了锁。天放晴了——光影流动，没有月亮，星辉闪烁。附近高塔上射出的旋转光柱打在埃斯特的一侧脸颊上。不知道为什么，我感觉就像在逾越节的第一夜。我发现这栋房子和其他房子是分开的，周围环绕着草坪。海洋就在一个街区外。刚才狂风怒号，所以我没有听到波涛声。现在风小了，可以听到海水在翻转，泡沫在聚集，如宇宙大锅中炖着的洪荒烩。远处，一只拖船拖着三只黑色驳船。简直难以相信，出了曼哈顿一小时，就能找到这样的安宁。

埃斯特迟疑地说："刚才你想给我交定金，我没要。如果你真的想租这房间，我还是收定金吧，只是为了确保……"

"二十美元可以吗？"

"可以，足够了。我收定金，只是不想你改变主意。"她不自在地笑了。

夜色中，我数出了二十美元。我们一起走到大门。我认出了那个我来时就在那里的警察。他看了看我们，又看了看行李箱，似乎什么都知道似的，仿佛一个巫师猜到了我们的秘密。他微微一笑，挤了下眼，我听到他说："你俩要回归文明了吗？"

韩颖 译

凡维尔德·卡瓦

　　如果有为动笔最少而设的诺贝尔奖，凡维尔德·卡瓦肯定能够斩获。他这一生也就出版了一本薄薄的小册子，发了几篇文章。那本小册子里，一半都是作家姓名和书名。尽管如此，他还是成了华沙意第绪语作家俱乐部的会员，甚至加入了笔会。

　　我申请到作家俱乐部的贵宾卡时，卡瓦早就在那儿很多年了。人们都说他是个怪人，最苛刻的评论者。他称意第绪语经典作家如肖洛姆－阿莱赫姆，还有佩雷兹都是半吊子，称"意第绪语文学之祖"曼迪尔·摩什·斯弗利姆没有半点才华，称肖勒姆·阿什为一位有前途的年轻人，却自毁了前途。而我哥哥，I.J. 辛格，还有我的朋友阿伦·蔡特林在他眼里不过初出茅庐。卡瓦就像学校老师似的，喜欢打分，他给他俩的评分都是两分，满分七分。我不能在他面前替我哥哥辩护，但我告诉他，在我看来，若有人可称作大师，也就是蔡特林了。我将蔡特林比作埃德加·爱伦·坡、莱蒙托夫，以及斯洛瓦茨基。可在卡瓦眼中，这几位作家也不怎么样。每个人他都能挑出毛病。卡瓦认为文明与文化不过五千年，文学还处于初始阶段，确切地说，还是婴儿期呢。或许还得再等五千年，才会出现一位羽翼丰满的文学天才。我争辩说每个艺术家都要从头开始；与科学不同，艺术不能在别人的信息与才能的基础上更进一步。卡瓦则回答说："艺术有其变异和选择，有它自己的生物成长规律。"

　　华沙意第绪语作家俱乐部竟然有这么一位怒评者，真是难以置信。每逢周五，意第绪语报纸的图书版都有书评推荐至少六位新生作家。他们有多松，卡瓦就有多严。卡瓦给我打出了 .003 分后（对于刚出道的我，这已是谬赞了），我们就经常一起聊文学。卡瓦跟我说，托尔斯泰的《战争与和平》或许称得上内容丰富，细节、对话精准，却疏于结构。陀思妥耶夫斯基比托尔斯泰有眼光，却只有一部杰作——《罪与罚》。莎士比亚的价值在于他的诗歌——不是他的十四行诗，而是剧作中的几首诗。卡瓦承认，作为原始作家，荷马还是可以读一读的。他称海涅为打油诗作家。他在小册子里，列出了所有应该译成意第绪语的文学和科学作品，声称只有这样，意第绪语才不会仅仅是种方言。意第绪语作家骂他是他们最恶毒的敌人，职业译者则盛赞他。有些文人想把卡瓦踢出意第绪语作家俱乐部，还有些人则维护他说，如此荒唐可笑的一个人，无须跟他计较。

命运与卡瓦本人都使尽解数要让他出丑。他长得瘦瘦小小，歪着嘴，说话不清。作家俱乐部的段子手们很会模仿他，模仿他给出极端差评，他的各种科学术语，还有咬文嚼字的样子。卡瓦认为，弗洛伊德就是个门外汉，尼采也许能成为哲学家。文痞们送了他一个雅号——第欧根尼。

卡瓦是要一分钱掰成两半花的。他唯一的收入来源在夏天，意第绪语校对度假时，他来替补。然而排字工们完全不理会他做出的更正，因为他有自己的一套语法与句法理念。他把整套的百科全书，还有各种字典、词典都带到排字间来。编辑们说如果照卡瓦的意见都改一遍，日报就得变成季报。

不用说，卡瓦是个老单身汉。哪个女人会嫁给凡维尔德·卡瓦这样的人？无论冬夏，他都戴一顶褪色的圆顶礼帽，穿一件及膝外套，还戴着那种曾被称为"弑父者"的硬领。据说他的马甲兜里装着的不是怀表，而是一块精密航行表。如果有人问他几点了，他会说："差一分二十一秒五点。"他要带着钟表匠的眼镜读校样。他住在五层的一个狭小阁楼里，没有电梯，房间四壁排满书架。去作家俱乐部时，他在柜台那儿什么都不点，茶都不要。他发现了一个市场，很便宜的价格就能买到放陈了的黑面包、奶酪和水果。据说，他自己洗衣服，用厚书把衣服压平。不管他怎么弄，反正他的衣服从来都是一尘不染。他还有自己的独门绝技，用玻璃磨剃须刀。凡维尔德·卡瓦是个苦行僧——不是宗教意义的，而是他所谓世俗的。

突然有一天，作家俱乐部轰动了。卡瓦结婚了。和谁？一个年轻美丽的女子。你要是了解意第绪语作家俱乐部，知道这儿的人对八卦的热情，就能理解这条新闻的爆炸性了。起初，大家都以为是笑话，但很快就明白了这并非笑话。校对和排字工已在报上登出贺信。一天，卡瓦带着新婚妻子按照他平日来的时间，准时到了作家俱乐部——十一点十七分。她看上去有二十七八岁，衣着时尚；黑色的短发，涂着指甲油。她的波兰语、意第绪语都说得很好。那天在场的人能做的只有目瞪口呆。卡瓦给他和他的爱人点了两杯咖啡和蛋糕。二人在十二点十七分整离开，俱乐部里立刻炸了锅。大家马上给出了几种解释和理论。我只记得其中一种——卡瓦是什么意第绪魔僧，能够施性爱魔法。但这种说法很快就被摒弃了，一派胡言。作家俱乐部的人一致认为，其他男性都是性无能。卡瓦不可能是个例外。

连续几天、几周，意第绪语作家俱乐部的人都在忙着解开这个谜团，但总是刚刚得出一个结论，又随即被推翻。有些作家知道我和卡瓦关系不错，他给我的打分也提高了零点几，便坚持让我给出个解释。可我和他们一样也是一头雾水。没人敢直接上前问卡瓦的私事。这个小个儿男人有种傲慢，让人不敢太靠近。

后来却发生了这么一件事。我的女朋友有个来自普拉瓦镇的朋友。普拉瓦有家很大的印刷厂，印一些意第绪语书籍，镇上也颇有几个令当地人骄傲的作家和翻译家。这位来自普拉瓦的姑娘和卡瓦的妻子也是朋友。有天晚上，我在我女朋友那儿时，这两位女子也来了。实在没想到我会有这样的运气，与一个谜团当事者共进晚餐。她看上去聪明机智，举止并无奇怪之处。我们聊了政治、文学，以及普拉瓦的文学圈。晚餐后，卡瓦太太点燃了一支烟与我闲聊，那两个姑娘则去洗碗。我对她说："我想问您一件事，如果冒犯了您的隐私，希望您不要生气。您真的不用回答我，如果……"

"我知道您想问我什么，"她打断了我，"为什么我要嫁给卡瓦。大家都在问我这个问题。我告诉您为什么。我可不是昨天才生出来的，我了解男人。很不幸，我以前遇到的那些男人个个无聊至极，没有一个有自己的观点。

他们都只会说那些小伙子常对姑娘说的话。几乎是一字不落地重复报纸社论，读的书都是书评推荐的。有些人向我求婚，可我怎么能嫁给一个第一次见面就让我打哈欠的人？对我来说，交流非常重要。当然他得是个男人，但并非是男人就行。后来我遇到了凡维尔德·卡瓦，长大后我一直在寻找的品质在他身上都找到了——一个有知识、有主见的人。我十二岁开始下棋，想必您知道卡瓦的棋下得非常好。如果他投入足够多的时间，本可以成为大师。当然他比我年纪大，而且穷，但财富从来不是我的追求。我是老师，可以养活自己。我不知道您怎么看他写的文章，但我认为他是非常好的作家。我希望在我身边，他能够有规律地工作，写出一些好作品。我只能跟您说这么多了。"

卡瓦太太所说的每一字每一句都彰显着她的坚定。头一次，有人在提到卡瓦时，没有嘲笑，也没有戏谑他的言谈举止。我跟她说我知道卡瓦，欣赏他的博学和他明确的立场，虽然有时觉得他太极端。她说："他与众不同，不平庸。他的问题是他用意第绪语写作。若是用别的语言，他一定会赢得高度赞赏，不论人们是否同意他的观点。"

第二天，我去了作家俱乐部，跟朋友们说我遇到了卡瓦的妻子，并把她的话转告他们，他们貌似都很失望。有人问："怎么可能爱上卡瓦这样的人？"我以一句老生常谈回答他们："没有人规定谁可以被爱，谁不可以。"

过了一段时间，我不再去遇到卡瓦妻子的那栋房子了，卡瓦去作家俱乐部的次数也比单身时少了许多。我得到的唯一消息是，他放弃了做替补校对的工作。我开始相信和这个女人在一起，没准儿他会变得柔和些，或许能写出些有价值的东西。我毫不怀疑这个人有着很高的文学潜能。一个对别人要求如此之高的人，或许对自己的要求也低不了，只要环境合适。

但后来发生了一件奇怪的事，四十年后我仍百思不得其解。那次偶遇后，又过了一两年，我的朋友阿伦·蔡特林已为一家季刊的编辑，他给了我一个副编辑的职位。我们的首刊打算发一篇关于意第绪语文学，或一般性文学的重量级文章。我向蔡特林推荐由卡瓦执笔。起初，蔡特林不同意。"卡瓦，找谁不好，非要找他？"他说，"第一，他会写上一两年。第二，他会把所有人打击一遍，从一开始就坏了我们的名声。"但是我说："别这么肯定。我觉得婚后他已经变了。何况他就是把每个人都撕成碎片，我们总能加脚注说我们不同意他的观点。发表一篇完全负面的文章，或许对杂志有好处呢。"

几番争执下来，我终于说服了蔡特林，让卡瓦试一试。不过他提出卡瓦必须同意，他们最后有权加脚注表明不支持他的观点，而且卡瓦必须给出确切的交稿日期。我很高兴能够说服蔡特林。不知怎的，我觉得卡瓦会令我们惊讶的。

恰巧卡瓦第二天就去了作家俱乐部。我把这个提议告诉他时，他很激动，说道："你让我写专题文章？我已经被逐出意第绪语文学界多年了。卡瓦这个名字都不符合犹太净仪了。你却突然之间选择了我。"

我跟卡瓦说，蔡特林和我都很敬佩他。我恳请他不要对作家提出不现实的要求，并向他保证我们不会修改他的文章。实在不行，我们顶多就是加条脚注，表示不赞同作者观点。就这些。

卡瓦犹豫良久，最终同意写这篇文章，并给了我交稿日期。他保证这篇文章怎么也不会超过五十页。我跟卡瓦说我有预感，这篇文章将会成为他文学生涯的转折点。卡瓦耸了耸肩，一贯简明扼要地说："时间说明一切。"

交稿日期就要到了，卡瓦却音信全无，干脆不来作家俱乐部了，我认为这说明他在忙于写作。有一天，他给我打来电话，要求交稿日期宽限两周。我问他写得如何，他说："恐怕要比五十页长一些。"

"长多少？"我问。

"九页半。"

我知道蔡特林要生我的气了。即便是五十页，已嫌太长。但我也知道只要文章好，读者和评论者是不会在意篇幅的。有那么一瞬，我想问卡瓦能不能让我看看片段，不过还是决定不要显出不耐烦来。我跟蔡特林说了这件事，他说："恐怕卡瓦给我们的不是五十九页半，而是五十九行半。"

日子到了，我和卡瓦在作家俱乐部见面。他带来了稿子，的确是五十九页半。我可以看到许多删掉的痕迹，还有德语、法语、英语引言，这可能会给意第绪语杂志的印刷带来些问题。而且他的字迹写得非常紧凑，所以他这手写的五十九页半印出来可能会是八十页。他说："我可以把这稿子给你，条件是你不要在这儿读，回家自己读，然后才可以给蔡特林。"

拿了稿子，我便飞奔回家。我有一种强烈的愿望，想向蔡特林证明我是对的。一进屋我就扑到沙发上开始读。读了三四页，一切都很满意。卡瓦先介绍文学的一般性，然后讲意第绪语小说的特点。文风也对，句子简短精练。读前五页时，我觉得从来没有读到过这么好的文章。到了第六页，卡瓦提到所谓"纯种作家"。这个词他是打了引号的，表明该词是借用赛马分类术语，而不是用来判断作家的才华。很奇怪，那么多种语言，只有在意第绪语里，这个词被用来评判智力水平。

我接着读，很吃惊，卡瓦在这个借来的术语上花费的笔墨太多了。这段题外话显然是可以删掉的，我想，如果卡瓦不介意的话。但越往下读，我越糊涂了。卡瓦写了一整篇关于马的论文——阿拉伯马、比利时马、赛马、阿帕卢萨马，我读到了很多闻所未闻的名字。我是真的无法相信自己的眼睛呀。"也许我在做梦。"我自言自语道。我掐了一把自己的脸，确定我不是在做噩梦。凡维尔德·卡瓦为了写这篇关于马的文章，做了非常详尽的研究，引用了几十本书，关于马的体貌、解剖结构、行为、不同亚种。他甚至还列出了参考文献。"他疯了吗？"我自问道，"什么游戏，藐视我们？"想到要把这样的稿子交给蔡特林，真是不寒而栗。毫无疑问，我们不可能登这样的文章。我不得不食言了，必须把稿子退给卡瓦。虽然心里难受，我却想笑。

思来想去，我还是去找蔡特林了。我永远忘不了他读到卡瓦开始分析"纯种"一词时，那怪异的表情。黄眉毛高高挑起，直到读完才放下来。一时间，他的表情既含讽刺，又透着厌恶。再后来，他的眼神就像是位痛苦的大夫，病人来看病，说是感冒了头疼，检查结果却是恶性肿瘤。他对我说："我跟你说什么来着？你能指望卡瓦写出什么来？"

我没有选择，只能退稿。我问卡瓦为什么要这么做，求他给我一个解释。他坐在那儿，一动不动，脸色煞白。然后我听到他说："我跟你说过，我已经被逐出意第绪语文学界了。不要再来找我写文章。我这辈子都不会跟你们的杂志打交道了。"我有种冲动，想给卡瓦太太打电话，告诉她我的困境，但我敢肯定她知道这篇文章，而且很有可能她会为丈夫辩护。时间久了，歪理也会传染。

卡瓦是个好人，这件事后，他并没有不理我。我们俩都不再提及此事。有好几个月，我半夜醒来都会想：这是自虐吗？还是某种疯狂？如果是，又是怎样的疯狂？精神分裂？妄想症？早衰？有一件事我很清楚：意第绪语界没人对马感兴趣。虽然我还年轻，却已认识到，有许多人类行为是毫无动机可言的。事实上，小说中的动机描写总是会毁了一个好故事。

一九三五年我去美国时，笔会意第绪语分部出版了我的小说《撒旦在格雷》。执行董事会请卡瓦来校对，写前言。我担心他会在我的书中找出一堆错误，并借着写前言，表达他的怪念头。然而，他在校对时并没有特别刁难，前言也堪称简明扼要。不，卡瓦不是疯子。我有一种感觉，那篇关于马的论文是他最后一次胡闹。也就在那时，我去美国了。

偶尔我还会想，卡瓦的古怪之举到底意味着什么，不过我知道果真有什么意义，那意义也与凡维尔德·卡瓦同在了——在所谓的"伟大彼岸"。

韩颖 译

重　逢

　　电话响了，吵醒了迈克斯·格雷泽博士。床头柜上的时钟显示七点四十五分。"谁这么早打来电话？"他喃喃道。拿起听筒，一个女人的声音说："格雷泽博士，请原谅我在这个时间打来电话。一个您曾经爱过的女人去世了。莱泽·奈斯令。"

　　"天哪！"

　　"葬礼就在今天，十一点。或许您想知道。"

　　"是的。谢谢，谢谢。莱泽·奈斯令在我的生命中很重要。冒昧问一句，您是哪位？"

　　"这不重要。你俩分手后，我和莱泽成了朋友。葬礼将在古杰斯托特殡仪馆举行。您知道地址吗？"

　　"知道，谢谢。"

　　那女人挂了电话。

　　格雷泽博士静静地躺了一会儿。这么说莱泽去世了。他们分手已经十二年了。他曾经深深地爱着她。他俩在一起有十五年——不，不是十五年，是十三年。最后两年充斥着误解、麻烦、无以言表的疯狂。促成这爱情的力量又彻底毁灭了它。后来格雷泽博士和莱泽·奈斯令再也没有见过面，也不通信。他从她的一个朋友那里得知她在谈恋爱，与一位做着剧院导演白日梦的人，那是他得到的关于她的最后消息。他甚至不知道莱泽还住在纽约。

　　这条噩耗对他的打击很大，格雷泽博士都不记得那天早晨他是怎么穿上衣服，又是怎么去了殡仪馆。到殡仪馆时，街对面的时钟显示八点三十五分。他推开门，接待员说他来得太早了。葬礼要十一点才开始。

"我现在可以看看她吗？"迈克斯·格雷泽问，"我是她的一个很亲密的朋友，而且……"

"我问问她准备好了没有。"女孩儿消失在门后。

格雷泽博士明白她是什么意思。死者总要被精心打扮一番，才能呈给家人和来宾看。

女孩儿很快回来了。"可以。四层，三号房间。"

一个穿黑西服的男人带他上了电梯，打开三号房门。莱泽躺在棺材里，棺材盖半开着，肩膀以下都遮住了，脸上盖着薄纱。他认出来那是她，仅仅因为他知道那是她。她的黑发像染过似的，没有光泽。脸上涂了腮红，鱼尾纹藏在脂粉下。涂了口红的双唇露出一丝笑意。他们是怎么做出微笑的？迈克斯·格雷泽感到奇怪。莱泽曾经指责他像个机器人，没有感情的机器人。当时她这样说是错误的，而现在很奇怪，似乎是对的。他不感到沮丧，也不害怕。

门开了，一个酷似莱泽的女人走进来。"是她妹妹，贝拉。"迈克斯·格雷泽自言自语。莱泽经常提起住在加利福尼亚的妹妹，不过他从未见过她。女人向棺材走去，他往旁边站了站。如果她开始哭，他在旁边还可以安慰她。她没有流露出什么情绪，他决定让她和姐姐单独待会儿，又一想，或许她害怕单独和尸体在一起，哪怕那是她姐姐。

过了一会儿，她转过身说道："没错，是她。"

"我想您是从加利福尼亚坐飞机来的吧。"迈克斯·格雷泽没话找话地说。

"从加利福尼亚？"

"您姐姐和我曾经很亲密。她经常提起您。我叫迈克斯·格雷泽。"

女人默默地站着，似乎在思考他的话。然后她说："你搞错了。"

"搞错了？您不是她妹妹，贝拉？"

"你不知道迈克斯·格雷泽死了吗？报纸上登了他的讣告。"

迈克斯·格雷泽咧了咧嘴。"也许是另一个迈克斯·格雷泽。"话刚出口，他就明白了是怎么回事：他和莱泽都死了——与他说话的这个女人不是贝拉，而是莱泽本人。他这才意识到如果他还活着，一定会悲痛不已。只有已在那边的人，才会如此漠然地接受曾经爱过之人的死。他心想，他正在经历的难道就是灵魂的不朽？如果可以的话，他可真要大笑一番了，可身体的幻觉已然消失；他与莱泽不再有物质存在，虽然他们都在这里。没有声音，他问道："这可能吗？"

他听到莱泽回答说："如果这样发生了，那就是可能。"还是那么机智。她又说道："告诉你，你的尸体也在这儿躺着呢。"

"发生了什么事？我昨晚睡觉时还很健康呢。"

"不是昨晚的事，你也不健康。这一过程似乎伴随着某种程度的遗忘。我是一天前死的，所以说——"

"我是心脏病发作吗？"

"也许。"

"你又出了什么事？"他问。

"我嘛，干什么都是慢慢来。你到底是怎么听说我的事的？"她问。

"我认为我是躺在床上。七点四十五分，电话响了，有个女人告诉了我你的事。她拒绝告诉我她是谁。"

"七点四十五分，你的尸体已经在这儿了。你想去看看你自己吗？我已经看过你了。你在五号。他们把你打扮成了 krasavetz。"

他已经多年没听到 krasavetz 这个词了。意思是一位美男子。莱泽出生在俄国，经常用这个词。

"不，我不好奇。"

礼拜堂里很安静。一位脸刮得干干净净，卷发，打着俗气领带的拉比为莱泽致悼词。"她是一位智慧女性，是对这个词的最佳诠释，"他说，"刚来美国时，她白天一直在店里工作，晚上则去上大学，以优异的成绩毕业。她一生坎坷，境遇颇蹇，但仍能保持内心的纯良。"

"我从来没见过那个人。他怎么会知道我的事？"莱泽问。

"你的亲戚们雇的他，给他提供信息。"格雷泽说。

"我讨厌这些职业颂词。"

"那个坐在第一排，花白胡须的男人是谁？"迈克斯·格雷泽问。

莱泽发出类似笑声的声音。"我曾经的丈夫。"

"你结婚了？我只听说你有个情人。"

"我什么都试过了，什么都没成。"

"你想去哪儿？"迈克斯·格雷泽问。

"或许去你的葬礼。"

"绝不。"

"这是一种什么状态？"莱泽问，"我什么都看见了。我谁都认得出来。那是我姑姑雷泽尔。她后面就是我的贝基表妹。我曾介绍你们认识。"

"是的，没错。"

"礼拜堂空着一半。从我某些时候对人的态度来看，我也就值得这么多人来。我相信为你而来的人一定会把礼拜堂挤满。想等等看吗？"

"丝毫不感兴趣。"

拉比结束了悼词，继而赞礼员唱诵"上帝怀仁"。他的唱诵如泣如诉。莱泽说："我亲爹也不会如此哀伤啊。"

"买来的泪水。"

"够了，"莱泽说，"我们走吧。"

他们从殡仪馆飘到了街上，六辆豪华轿车在灵车后排成排。一位司机正在吃香蕉。

"这就是他们所说的死亡？"莱泽问，"同样的城市，同样的街道，同样的商店。在我看来也没什么两样。"

"是的，就是没了身体。"

"那我是什么？灵魂？"

"说真的，我不知道该如何称呼你，"迈克斯·格雷泽说，"你觉得饿吗？"

"饿？不。"

"渴吗？"

"不，不。你怎么解释这些？"

"那些难以置信的、荒唐的、最庸俗的迷信看来是对的。"迈克斯·格雷泽说。

"或许我们会发现还真有个地狱和天堂。"

"在这一刻，任何事都有可能。"

"也许葬礼结束后，我们会被传唤到天庭，为我们的所作所为做陈词？"

"这也有可能呀。"

"我们俩是怎么到一起的？"

"求你了，别问了。我知道的也不比你多。"

"这是否意味着你读的，还有你写的那些哲学著作就是个弥天大谎？"

"更糟——简直就是胡说八道。"

就在那时，四位抬棺者抬出了莱泽的棺材，上面安放着一只花环，刻有金色铭文："芳魂永念，爱无绝期。"

"那是谁送的花环？"莱泽问，又自答道，"看这花环，还真不是个小气鬼。"

"你想和他们一起去墓地吗？"迈克斯·格雷泽问。

"不——为什么去？那个假赞礼员恐怕要哭哭啼啼地给我念《卡迪什》呢。"

"你想做什么？"

莱泽听了听自己的想法。没想法。多么奇怪的状态，连个愿望都没有。在她记忆中的有生之年，她一直被她的意志、她的欲望、她的恐惧所折磨。她总是梦到绝望、狂喜、野性激情。比起所有灾难，她更害怕大限之日的到来，曾经的存在化为乌有，坟墓幽冥悄然蔓开。而现在她就在这儿了，却记念起过去，迈克斯·格雷泽又和她在一起了。她对他说："我曾经以为结局会更有戏剧性。"

"我不相信这就是结局，"他说，"也许只是两种存在之间的过渡。"

"若是那样，那会持续多久？"

"既然时间已无效，持续一词就没有意义了。"

"算了，你还是老样子，说话云山雾罩，似非而是。走吧，你要是不想看到那些来哀悼你的人，我们可不能就在这儿待着，"莱泽说，"我们该去哪儿呢？"

"你带路。"

迈克斯·格雷泽挽起她的灵臂，开始上升，没有目的，没有终点。他们就像坐在飞机里，俯看地球，看到了城市、河流、田野、湖泊——就是没有看到人。

"你说什么了吗？"莱泽问。

迈克斯·格雷泽回答说："不朽为觉悟之觉悟。"

韩颖 译

邻　居[1]

　　他们俩和我住在中央公园西路上的同一栋楼里——他在我下面两层，她在我上面一层。我想象不出还有比他俩差别更大的人。莫里斯·特凯尔托伯，姑且这样称呼他吧，我和他为同一家意第绪语报纸供稿，他写"真实故事"版。而玛吉德·利维曾是一位意大利伯爵的情人。他俩倒是有一个共同点：俩人的根底我都不得而知。莫里斯·特凯尔托伯向我保证，他写的故事都是编的，可是我读起来却觉得不可能都是虚构。其中的细节和跌宕转折只有生活本身才设计得出来。而且，我经常看到他和一些老年人在一起，他们就像是从他的故事中走出来似的。莫里斯·特凯尔托伯实在是个没有文采的人，总是套话连篇。我在报纸上看到过他的手稿，完全没有句法概念，逗号、连字符混用，每个句子都以破折号结尾。但莫里斯·特凯尔托伯希望我相信他是个有创造力的作家，不是个转述者。

　　我与他相识的这些年里，他跟我说了许多谎话。不计其数的女人向他投怀送抱——社会名流、大都会歌剧院的明星、著名女作家、芭蕾舞演员、女演员。每次莫里斯·特凯尔托伯去欧洲度假旅游，都带回新的情史名册。有一次，他给我看一封情书，我认出来了那是他自己的笔迹。他甚至毫不羞耻地把世界文学名著中的场景加到他的故事里。其实他是个孤独的单身汉，心脏不好，只有一个肾。貌似他自己不知道少了一个肾，还是他的亲戚告诉我的。

　　莫里斯·特凯尔托伯身材矮小，肩膀宽阔，所剩无几的白发横跨头顶。

I．由作者和赫伯特·洛特曼翻译。——原注

眼睛大且黄，鼻如鹰钩，嘴似无唇，毋宁说是一道裂缝露出了一副大假牙。他说他的祖上是拉比和商人，年轻时他肯定学习过《塔木德》，说话总是引经据典。他的母语是意第绪语，也能说些蹩脚英语和错误百出的波兰语，还有复国主义大会上用的那种杂交意第绪－德语。从他的夸夸其谈中，我渐渐挖出些真实情况。他在波兰曾与一位拉比的女儿订婚；婚礼前一周，姑娘死于伤寒。他曾在柏林的希尔德斯海姆拉比学院学习，但从未毕业。他曾在瑞士的一所大学听哲学课。有一本意第绪语诗集收录了他的几首诗，他还用希伯来语在《晨星》报上发过几篇文章。我只认识他的一位情人——一位希伯来语教师的遗孀。我是在纽约的一次聚会上遇到她的，几杯酒后她告诉我，她和莫里斯·特凯尔托伯在一起已经很多年了。他常失眠，时有性功能障碍。她拿他的各种吹牛皮打趣。他对她夸口说伊莎多拉·邓肯曾和他有过一段。

另一位邻居玛吉特·利维倒不像是个骗子，但她的经历曲折离奇，我实在是看不透。她父亲是犹太人；母亲是匈牙利贵族。他父亲得知妻子和一位埃斯特哈齐贵族有染后，好像是自杀了，那位贵族是在德雷福斯案中扮演了重要角色的埃斯特哈齐的亲戚。她母亲的情人在失去了蒙特卡罗的财产后也自杀了。他死后，玛吉特的母亲就疯了，在维也纳的一家诊所待了二十年。玛吉特是由她姑姑带大的，姑姑是一位巴西咖啡种植园主的情人。玛吉特·利维能说十几种语言。她有几箱子的照片、信件、各种文件，证明她的故事是真实的。她曾对我说："我的经历写出来可不是一本书，而是一部文学史。与我的经历相比，好莱坞电影就是儿戏。"

如今，玛吉特·利维寄宿在一位独身老妇的房间，靠社会保障金过活。她有风湿病，行走艰难，只能是小碎步，靠两根拐杖支撑。虽然她声称自己六十多岁，我看她早就过了七十。玛吉特·利维老糊涂了，每次来我家，都会落下东西——她的钱包、手套、眼镜，甚至会落下一根拐杖。有时她把头发染成红色，有时又染成黑色。皱巴巴的脸上腮红涂得太重，睫毛膏用得太多，黑眼睛下面挂着黑眼袋。变形的手指，指甲涂成了亮红色。她的脖子让我想起拔了毛的鸡。我跟她说我不擅长学语言，她却总想跟我说法语、意大利语、匈牙利语。虽然她有着犹太名字，我注意到她的衣服下面挂着十字架，我猜她已经皈依了基督教。玛吉特·利维有一次从公共图书馆借了本我的书，从那以后，她就成了我的忠实读者。她很肯定地跟我说，我在故事中所写到的种种能力，她都有——心灵感应、千里眼、预感、与死者交流等等。她有一张占卜板和无钉桌。虽然她很穷，却订了好几本玄秘主义方面的杂志。第一次来拜访我时，她就拉着我的手，颤颤巍巍地说："我就知道您会走进我的生活。这将是我的最后一段伟大友谊。"

她送给了我一副袖扣，那是她从埃斯特哈齐伯爵那里继承的——就是一夜之间输掉八万克朗，饮弹而亡的那位埃斯特哈齐。

我没想过要把两位邻居聚到一起。其实他俩我谁都没邀请过。他们要是敲门，赶上我不太忙，不论谁来，我都会请进来喝杯咖啡，吃些曲奇。莫里斯·特凯尔托伯订了特拉维夫的希伯来语报纸。只要他在报上看到有关我的书的书评，哪怕是一则广告，都会拿来给我看。玛吉特·利维有时会用房东老妇的烤箱做个蛋糕，每次她都会给我送来一块。

有一回两人恰巧同时来了。玛吉特在她的那些文件中找到一封她曾跟我提过的信，莫里斯则发现南非的一本月刊上转载了我的一篇文章。我介绍两位客人相识；虽然他们在同一栋楼里住了很多年，却从未见过面。最近几个月，玛吉特的听力锐减。不知怎的，她就是念不对"特凯尔托伯"。她揪着自己的耳朵，皱着眉，还是念错了名字。她还冲着莫里斯·特凯尔托伯的耳朵大喊大叫，就好像听力不好的人是他似的。莫里斯跟她说英语，她听不懂他的口音。他就说德语，玛吉特·利维摇着头，每个字都让他重复一遍。她就像个严格的老师，纠正他的语法和发音。他总是吞音，一激动嗓门还又尖又细。他没喝完咖啡就走了。"那个疯老太太是谁？"他问我。他摔门而去，仿佛他没能给玛吉特·利维留下好印象都是我的错似的。

玛吉特·利维平时对所有人都极有礼貌，甚至对邻居的猫狗都要大加赞美。这回，莫里斯·特凯尔托伯一出门，她就骂他是个没教养的白痴、粗人。虽然她知道我是波兰来的，却禁不住怒气冲冲地骂他是个"波兰傻子"。紧接着又向我道歉说我是个例外。她的脸上泛起了片片红斑，腮红都遮不住。我放在她面前的咖啡，她也没喝完。走到门口，她拉着我的两只手腕亲吻，说道："求求你，亲爱的，别再让我遇到那家伙。"

我好像听到她一边上楼一边哭泣。玛吉特害怕坐电梯。有一次，她被困在电梯里长达三个小时。还有一次，电梯门夹住了她的手，害她失去了一枚钻戒。她把大楼管理人员告上了法庭。

自那以后我决定，只要他俩有一个在我的房间，我就不能让另一个进来。我对他俩都已经很不耐烦了。莫里斯·特凯尔托伯不是吹嘘他博得了多少女人的芳心，炫耀出版商、大学给他的种种厚待，就是抱怨编辑、书评家、记协官员、笔会秘书们对他的粗暴。哪里都不接受他，人人都在算计他。他标出来的文章错误，报社校对不仅不改，还故意再增添一些。有一次，排字工正在排字室里把他文章中的几行字倒过来，被他抓了个正着。莫里斯向印刷厂工会抗议，却没得到任何答复。他称意第绪语文学就是个骗局，指控意第绪语剧作家剽窃他的故事。他对我说："或许你觉得我疯了，总怀疑别人害我，可是你忘了人的确会彼此相残。"

"不，我不这么想。"

"我的亲生父亲就迫害我。"接着他如泣如诉地开始了一段长长的独白，这要是登在他的"真实故事"版面，够连载好几章了。一旦我试图打断，问些细节，他就急匆匆地说下去，根本无从插话。听他讲完故事，我彻底抑郁了。

我认为虽然玛吉特·利维和莫里斯·特凯尔托伯有着诸多不同，他们还是有很多相同之处的。像他一样，玛吉特也会把名字、日期、事件搞混。像他一样，她也会指责那些死去多年的人曾经如何如何冒犯她。所有邪恶势力联合起来，图谋搞垮玛吉特·利维。一位替她投资的经纪人迷上了赛马，挥霍她的钱财。为她治风湿病的医生给她打了一种针，造成她全身过敏，大病一场，险些丢了性命。冬天，她常滑倒在冰上，去百货商店，总是摔倒在电梯上。有人抢她的钱包，甚至有一回还是大白天，在人来人往的街道上，她居然就被抢了。玛吉特·利维发誓说她去度假时，那个老女人，就是她的房东穿她的裙子和内衣，拆她的信件，甚至吃她的药。

"谁会吃别人的药呀？"我问。

她回答说："如果可以的话，人们连眼睛都偷。"

那年夏天，我度了一次长假，去了瑞士、法国、以色列。我是八月中离开的，那个季节我会犯枯草热，回家时已是十二月初。我事先付了房租，走时锁好了门。小偷在我这儿除了书和文稿，什么都找不到。

回到纽约的那天，落雪了。我在楼前下了出租车，被眼前的景象惊呆了。玛吉特·利维拄着拐棍和腋杖，小心翼翼地挪着步子，莫里斯·特凯尔托伯则一手搀扶着她的胳膊，另一只手推着哥伦布大道上的一家超市的手推车，里面装满了食物。玛吉特的脸冻得蜡黄，皱纹比以前多了许多。她穿着一件破皮草，戴着一顶黑帽，让我想起了小时候在华沙的日子。她似乎病了，瘦了。她的眼睛间距很小，目光犀利如猛禽。莫里斯·特凯尔托伯也老了，鹰钩鼻红红的，脸上冒出些白胡子。

不论多么奇怪的事，我的惊讶不会超过一秒钟。我走上前问道："你们好吗，朋友们？"

玛吉特摇了摇头。"看我这样子你就知道啦。"

后来有位邻居跟我说，那个老女人，就是玛吉特的房东把房子处理了，去了迈阿密。玛吉特差点被赶到大街上，多亏莫里斯·特凯尔托伯让她搬到了他的房里。这其间是怎么回事，邻居也不得而知。我注意到玛吉特·利维的名字已经添加到了莫里斯·特凯尔托伯的信箱上。

我回来后没几天，玛吉特就来找我了。她一会儿用德语，一会儿用英语，原原本本地向我哭诉那个自私的老姑娘如何突然决定搬走，也不事先打招呼，所有邻居都对她的不幸视而不见，只有莫里斯·特凯尔托伯有人情味儿。听玛吉特的意思，她只是作为租客住在他那儿。但是第二天莫里斯来了，他欲言又止，比比画画，显然他们的关系不只是房客和寄宿那么简单。他说："人都是越来越老，不会变年轻。生了病，还是需要有人递杯茶的。"他又点头又挤眼，笑容羞惭而扭捏，还请我晚上去他们那儿。

吃过晚饭，我下楼去拜访他们。玛吉特像女主人一样招待我。公寓看上去很干净，挂上了窗帘，铺上了桌布，桌子上摆的盘子只可能是玛吉特的。我带来了鲜花，她亲吻我，抹去了泪水。玛吉特和莫里斯继续以"您"相称，而不是更亲近的"你"，但我觉得我听到玛吉特有时忘了，会说"你"。他们混杂着德语、英语、意第绪语交流。莫里斯·特凯尔托伯用手指捏鲱鱼吃，在袖子上擦手，玛吉特对他说："用餐巾。这儿是纽约，不是克里蒙托夫。"

莫里斯·特凯尔托伯则以典型的波兰哈西德派的声调说："噢，好吧。"

那年冬天，莫里斯·特凯尔托伯病了许久。起初是流感，然后医生发现他有糖尿病，给他开了胰岛素。他不去报社了，改邮寄稿件。玛吉特跟我说，莫里斯都没法读报上他自己的文章，错误太多了。每次读到自己的文章，他都心跳加速。她托我把样稿带到住宅区来给他看。我很愿意帮忙，但我没时间去报社。我经常做讲座，常常几周不在城里。有一次我去排字室，正好看到玛吉特·利维。她在等样稿。现在她每周两次坐地铁到市区来——第一次取样稿，第二次送样稿。她对我说："烦恼会加重病情，什么药也治不了。"她还说了一句话，肯定是从莫里斯·特凯尔托伯那儿听来的，"作家不会死于医疗错误，却会死于印刷错误。"杰克，那个印刷厂的魔鬼，一把将样稿抛给她。玛吉特戴上眼镜，开始翻阅。杰克对样稿很不认真，页边常常缺字母，要么就少几行，因为版面没那么大，印不下。虽然她不懂意第绪语，似乎也发觉样稿有什么地方不对，便去轰鸣的排字机间找杰克。小伙子冲她嚷嚷，骂她。回来后她抱怨道："美国就这样对待文学吗？"

春天快到了，莫里斯·特凯尔托伯又可以去市区的报社了，玛吉特却因胆结石住进了医院。莫里斯每天去探望她两次。医生说她有各种并发症。为了做那些林林总总的化验检测，他们抽了她很多血。莫里斯说美国的医生对病人一点尊重都没有；他们把病人切开，就像他们已经死了似的。护士叫不来，病人也吃不好。莫里斯只能自己给玛吉特炖汤喝，还给她带来橙汁。他问我："医生哪里比作家或剧院导演强？都是一样的人。"

我又离开了纽约，差不多三个月后才回来，回来时已是秋天。我在报纸上读到意第绪语作协要为莫里斯·特凯尔托伯去世三十天举行纪念会。他在读样稿时心脏病发作，也许是死于印刷错误。晚上，我带玛吉特打车到了纪念厅。厅里光线很暗，空着一半。玛吉特一身黑衣。她听不懂演讲者的意第绪语，但每次提到莫里斯·特凯尔托伯的名字，她都会抽泣。

几天后，玛吉特来敲我的门。我头一次看到她没化妆的样子，觉得她得有九十多岁了。我扶她坐到椅子上。她的手发抖，头也在晃，说话困难。她说："我不想他们在我死后，把莫里斯的手稿扔到垃圾里。"我得向她发誓，保证找一家机构接收他的手稿和书籍，还有他放在箱子里以及洗衣篮里的上千封信件。

玛吉特又活了十三个月。这期间，她总是来找我，提出各种计划。她想出版一本莫里斯·特凯尔托伯选集，但他留下的稿子那么多，要想挑出最好的，得费上好几年的时间，而且肯定找不到出版商。她总是问同一个问题："为什么莫里斯不用人们看得懂的语言来写作——波兰语或者匈牙利语？"她想让我给她找本意第绪语语法书，她要学习这门语言。虽然他写的东西她都没读过，却称赞他的文笔好，很可能是个天才。有一次玛吉特发现一本手稿，看似剧本。她敦促我把稿子拿给剧院导演，或者找人译成英语。

玛吉特·利维的最后两个月大多是在医院度过的。我去看了她几次。她住在普通病房，相貌变化很大，每次去我都觉得要认不出她了。她的嘴瘪了，假牙已不合适，鼻子弯成了钩，就像莫里斯的鼻子似的。她用德语、法语、意大利语跟我说话。有一回我在她那儿见到了另一个来访者——她的律师，一位德国犹太人。我听到她对他说，她买了克里蒙托夫社团的一块墓地，在莫里斯的坟墓附近。

她是一月份去世的。天寒地冻，狂风呼啸。有两个人去了小礼拜堂——律师和我。拉比匆匆念了一遍"上帝怀仁"，然后是简短的悼词。他说："只有乡下人才需要身后留下美名。在纽约这样的城市，名声比人先死。"之后棺材被抬上灵车，玛吉特·利维就这样驶向了永恒，无人陪伴。

我不想食言，尽力为莫里斯·特凯尔托伯的一堆稿子找接收机构，却屡遭拒绝。我的公寓里有只箱子，装满了他的文稿，还有玛吉特·利维的两本相册。其他的都被大楼管理员扔到了街上。那天，我没有离开房间。

在莫里斯·特凯尔托伯的箱子里，我惊讶地发现了一捆捆褪色的情书，都是那些女人写给他的——都用的是意第绪语。有一个女人威胁说他要是不回到她身边，她就自杀。不，莫里斯·特凯尔托伯并不是我以为的那个病态的吹牛大王。女人们的确爱过他。我想起斯宾诺莎曾经说过，没有谎言，只有扭曲的事实。一个奇怪的念头跑进我的脑子里：也许我能在这些信中找到伊莎多拉·邓肯的手书。我一时间忘了伊莎多拉·邓肯并不会意第绪语。

玛吉特·利维去世一年后，我收到了克里蒙托夫社团的邀请函，去参加玛尔卡·利维的纪念碑揭幕仪式，该社团给她取了一个希伯来语名字。到了周日那天，天降大雪，我相信揭幕仪式会推迟。醒来时，我的坐骨神经疼得厉害。我洗了个热水澡，可是没有人帮我刮脸、穿衣服，我也不想让别人帮我。吃过早饭，我拿出玛吉特的相册和莫里斯的几封信，看看照片，读一读信。我迷迷糊糊地睡着了，做梦，醒来梦就忘了。我不时地看看窗外。雪稀稀疏疏地，静静飘落，似乎在考虑落向何方。短暂的白昼即将过去。荒芜的公园成了墓地。中央公园南路的高楼矗立如墓碑。夕阳在滨河大道落下，水库的水反射着余晖，如燃烧的烛芯。椅边的暖气嘶嘶哼唱："尘土，尘土，尘土。"这唱诵和热气一起钻入我的骨髓，重复着如尘世般久远、如沉睡般深奥的真言。

韩颖 译

月与疯狂

　　窗外，从黎明到入夜，大雪纷纷扬扬，下个不停，随后冰封霜冻。拉齐明的学经堂内却暖意融融。两个乞丐腰缠绳子，坐在炉边烤土豆。耶利米在诵读诗篇。他是瞽瞍，却已将《诗篇》熟记于心。长桌那边，面朝约柜而坐的是釉工萨尔曼和列维·易兹肖克，列维患有粒性结膜炎，晚上都得戴墨镜。还有阉人梅耶，喀巴拉信徒，据说他半个月清醒，半个月疯狂，月圆后就发作。他们闲聊的话题此时转向了同情。釉工萨尔曼说：

　　"同情当然是美德，但做过了头也不是什么好事。离我们拉道希斯镇不远住着个波兰乡绅，让·马勒基伯爵，他的田产可多了去了。没等沙皇宣布解放农奴，这位伯爵就把给他干活的农民叫到一起说：'大地不属于我，而属于那些耕种它的人。你们不再是我的奴隶了。选个德高望重之人，把土地分了吧。'我现在还记得他的样子——又高又胖，红脸膛，淡黄色的胡子都快垂到肩膀上了。他没有孩子，他的妻子，伯爵夫人却有着五个姐妹、两个兄弟，每个人都有许多孩子。马勒基得养活这一群穷亲戚。他把农奴解放了，自己却要下地干活——锄地、播种、收割，真是怪事。他有割草机，他把新割下的草混上干草来喂牛。他在机器旁一干就是几小时，像个打工的。那些大舅子、小姨子们，还有那些小崽子却在旁边晃来晃去，花枝招展地像是要参加舞会。他门下的犹太人塞利格曾问他干吗让别人这么轻松。马勒基说：'人人都要随心所欲。我喜欢揽事，那就扛着；他们喜欢晃悠，那就闲着。'还有，马勒基的亲戚都爱说人坏话，吵吵嚷嚷的，孩子们还偷东西。他那些外甥喝得醉醺醺的，拿着手枪到处逛，跑到伯爵的森林里打猎，有时还瞄准自己人。姑娘们喜欢弹钢琴，参加聚会。拉道希斯的人给伯爵起了个外号——让·施麦特，就是'抹布'的意思。

"他不反抗当权者，也不与人吵架，俄国人对他也就没什么恶意，还让他当上了拉道希斯及全郡的法官。他不要薪俸。听说新官上任那天，小偷们大吃了一顿。他们知道马勒基是不会把谁关进大牢的。还真是这样。小偷被抓后，只要在他面前哭哭穷，说什么穷得叮当响，连双好鞋子都没有，头还疼，那么马勒基不仅会放了他，还会给他几卢布。只要人犯保证从今往后老老实实做人，他就满意了。那些恶棍小偷们可有的乐了。

"拉道希斯有个叫迈西克·索卡尔的，人们叫他律师。他要是律师，我还是大夫呢。他大字都不认得几个。不管怎样，一有人吃官司，就会请他做辩护律师。索卡尔自己就是个骗子、酒鬼、人渣。他没当律师时，人们称他为'全年证人索卡尔'。只要有人被告了，他就能不知从哪儿变出个证人来发假誓，证明人犯不在犯罪现场。索卡尔知道马勒基很好骗，就教那些罪犯怎么骗他。后来，外村的小偷也跑到拉道希斯来了——事情都到这份儿上了。

"不错，马勒基的仁慈很快就招来一堆麻烦。拉道希斯的店主们夜里不敢睡觉，还雇了人拿着棍子和响鼓看店。这看店的却被歹徒们痛揍一顿，在救济院里躺了好几周。这些恶棍开始在附近镇子偷马。农民抓到贼后，把他带到拉道希斯，马勒基却马上放人。有些商人被抢的次数实在太多，只好将店贱卖，搬到别的镇子去。还有些人去了美国。农民们议论纷纷，只有一条路可走了，就是赶走马勒基。可俄国人却向着马勒基。波兰农民的日子不好过，关他们什么事？大家都认定：正是索卡尔的狡诈，加上马勒基的同情心，使他们的日子越来越难熬。

"离拉道希斯不远，有个叫博亚瑞的小村庄。那儿有个坏蛋叫沃切克，是个酒鬼、小偷、强奸犯。他没有父亲，他母亲和一个吉卜赛流浪汉生下了他。五岁时他就开始偷东西。母亲死后，沃切克成了帮工，给一个买了地的农民干活。以前，每到周四拉道希斯开市的日子，沃切克就去市场上捅娄子。他去店里买帽子和外套，却不愿付钱。在酒馆里喝多了，他就打人，掀桌子，翻椅子，还砸碎了窗户。他还是个出了名的纵火犯，一打架，就烧人家的房子，谁都知道。可抓住了他，送到法院，又没有证人能当庭指证他。

"博亚瑞还有个叫斯塔奇·斯基巴的农民，他有个女儿，斯塔西娅，一个健康的漂亮姑娘，家里地里都是把好手。许多小伙子向她献殷勤，想娶她做老婆，可谁都没有沃切克追得紧。姑娘却对他说：'香肠可不是给狗吃的。'沃切克威胁说，要把她、她父亲和任何敢娶她的人给捅了。农民可不吃这一套。终于，斯塔西娅和一个健壮的农民小伙儿斯蒂芬订婚了。斯蒂芬对沃切克说，他要是对他的未婚妻说一句难听的话，就拧断他的脖子。没过多久，斯塔西娅结婚了，大家都到斯塔奇·斯基巴的小屋来庆贺，又吃又喝又跳舞。正热闹着，突然有人一声惨叫，一声哀号。房子四面全着了火。有些人想从狭窄的门口挤出去，却被踩踏致死。有人在门口堆了许多大石头。二十多人被烧死，包括新娘和新郎。还有些人严重烧伤，一辈子都成了瘸子。

"这回可有证人。有个八岁的女孩儿看到沃切克在斯基巴的门口堆石头。还有个拉道希斯来的犹太商人纳夫塔利·哥兹库尔，他对警察说，起火的前一天，沃切克从他那里买了一大桶煤油。农民们抓住沃切克，将他暴打一顿，押上车送到了拉道希斯。很快，索卡尔来了，他指责农民们伤害无辜的孩子。镇上唯一的警察将沃切克关进大牢，索卡尔却直接找到马勒基伯爵，说农民们喝醉了，袭击无辜男孩儿，打断了他的肋骨。索卡尔还对马勒基说，小镇里的长老为了让哥兹库尔做伪证，从他那里买了盐、煤油和轴承润滑油。索卡尔要求伯爵阁下立即释放沃切克，并惩处那些殴打他的人。人们不太清楚为什么索卡尔为沃切克这么卖力，不过有人说，为了能让索卡尔保护镇子上的每个恶棍，拉道希斯的窃贼每周都给索卡尔送钱。

"索卡尔还在法庭上，伯爵身着法官袍，项上挂着金链十字架，裁决官司，一群农民在法庭外等消息。突然大门开了，索卡尔挥舞着判决书出现在门口，马勒基已签署判决书：释放沃切克，并赔偿他因挨打所受的损失。农民们看到索卡尔拿着判决书，气坏了。他们尖声怪叫着，扑向索卡尔。据说不到一分钟，就把索卡尔撕成了碎片。做棺材的是我们的邻居，后来他告诉我，索卡尔的尸体没什么可装棺材的了。从法庭到监狱也就两步路。愤怒的农民冲进牢门，拖出沃切克；很快就有人找来绳子将沃切克吊在了柱子上。

脖子上套着绳索，沃切克还挣扎着喊：'乡亲们，别忘了我是孤儿。'一个农民回答说：'你很快就不是孤儿了。'

"犹太人听说这事后吓坏了。店主们马上关门，藏了起来。气头上的农民很可能会袭击犹太人。纳夫塔利·哥兹库尔连店都顾不上关，拔腿就跑，一直跑到美国。我也就这么一说。他失踪了，老婆被遗弃了。直到一年后，她才收到一封从纽约寄来的信。还是长话短说吧，有个暴民喊道：'抓住马勒基！'那些农民都这么想。也就一眨眼的工夫，他们闯入法庭，杀死了伯爵。

"总督听说了农民的所作所为，派调查组带着一百名哥萨克骑兵来到拉道希斯。调查进行了几个月。他们先把小偷都抓起来，送进了拉多姆的监狱，也许是别的镇子。拉道希斯的商人们松了口气，犹太人却还是忧心忡忡。郡里的某些官员对调查组说了些他们的坏话，说是这些犹太人放火烧了斯塔奇·斯基巴的房子，这就是为什么纳夫塔利·哥兹库尔要逃跑。他们还把纳夫塔利的老婆抓进大牢，关了好几周。

"哥萨克又能做什么呢？他们骑着小马，挥着皮鞭，来回奔跑，碰到谁上街就抽谁。有十几个博亚瑞农民没经审判，就被送到了西伯利亚。其中就有那个看到沃切克在斯基巴门口堆石头的小姑娘的父亲。有人指控他指使女儿做伪证，就因为沃切克偷过他一头猪，还和他吵了一架。调查组能帮什么忙？他们又不能起死回生。我只能说，马勒基伯爵的同情心没用对地方，给很多人带来了痛苦。我曾读过意第绪语《圣经》，有句话说：同情邪恶之徒就是对无辜者残忍。"

"是《革马拉》里的话。"阉人梅耶说。

拉齐明学经堂里一片寂静，人们可以听到灯芯浸渍煤油的声音。老耶利米恰巧读到《诗篇》中仁慈的上帝杀死了亚摩利亚王西宏和巴珊王噩，并将他们的土地赐予以色列人。两个乞丐打开炉门，徒手拨出土豆。列维·易兹肖克先生摘下墨镜，用衣边擦了擦通红的眼睛。阉人梅耶摸了摸他那不长胡子的面颊，瞥了一眼窗户和天空。月还未满，可以辨认出缺失的月牙。过了一会儿，列维·易兹肖克戴上墨镜说：

"波兰的疯子乡绅可真不少。有些人发疯是因为喝得太多，有些人是因为太奢华。或许那位马勒基伯爵听说过这项犹太律法：如果法庭找不到两位人证，就不能审判犯人，这两人还要在犯人犯罪之前警告他，告知他可能会受到的处罚。《密西拿》里说，如果法庭在七十年内宣判过一次死刑，就是个残忍的法庭。"

"有谁会在受到警告后，还当着两个证人的面杀人？"釉工萨尔曼问，"杀人犯总要在别人看不见时才动手，通常要等到天黑，等没人的时候。"

"上帝能看到，"列维·易兹肖克说，"祂不需要证人。祂自己就是证人，是法官，是行刑者。既然你提到用错地儿的同情心，我这儿也有个故事。"

"说说看。"

"科茨恩尼斯有个地主叫斯坦尼斯罗·卡罗斯基，小矮个儿，人称疯子卡罗斯基。他成年后就不断地和别的地主打官司，这些无休止的案子令他名利双失。反正他的祖父、外祖父都留给他许多牛、田地和森林，可以满足他的种种怪念头。他总是当庭辱骂法官，指责法官无知，收受贿赂。他的律师们苦苦央求他不要说话，但疯子是不听劝的。邻近的地主们知道他的脾气，常争夺他的土地，而他总是输家。他妻子也是个富婆，出身波兰王族。我没见过她，只是听说她羞花闭月、人尽可夫。大家都知道她有一打情人。连那些把她的疯丈夫告上法庭的乡绅也和她有一腿。

"现在，决斗已被禁止，但在那个时代，贵族之间时常决斗。一位贵族说另一位的赛马跑得不够快，马上就有人找他决斗。决斗少不了那些被叫作帮手的人。他们的任务是替敌对双方媾和，其实，他们只会令仇恨加剧，迫不及待地要看双方斗得头破血流。曾经有位贵族说卡罗斯基的妻子乱搞。卡罗斯基马上提出决斗。帮手们照样火上浇油。卡罗斯基和他的对手各自拿着一把手枪来到林间空地。帮手躲到两边，等着看谁被杀死。这就是外邦人所说的为荣誉而战。根据规则，双方应同时射击。但你怎么知道该何时扣动扳机呢？对方先开了枪，打伤了卡罗斯基的膝盖。决斗后，就应冰释前嫌，握手言和，有时还要亲吻。就这样，两人相互致歉。行礼完毕，先开枪的翻身上马庆贺胜利去了。有人给卡罗斯基包扎好伤口，把他抬上四轮马车，送回了家。

"听我说，正当卡罗斯基与人决斗时，他那不忠的妻子和一个情夫登上塔顶，在阳台上通过望远镜观看决斗，一边还接吻、拥抱、寻欢作乐。他俩都希望卡罗斯基被杀死。他们从望远镜中看到卡罗斯基被抬上马车，还以为他成了死尸。两人走下高塔饮酒，准备接受别人的抚慰。谁知卡罗斯基活着回来了。他妻子当即晕倒，苏醒后就亲吻卡罗斯基，假装高兴得失声痛哭，还一再感谢他维护了她的名誉。后来卡罗斯基的伤好了，不过成了瘸子。

"故事还没完。又过了一阵子，她彻底厌倦了他，就带着她的漂亮衣服和所有珠宝，把能抢到的钱都抢到手，和一个小色鬼跑到了国外——也许是去了巴黎，反正就是那种地方。她丈夫派出骑兵，一定要把她抓回来，可这对鸳鸯已经越过国界，追兵也无能为力了。卡罗斯基向他仅有的几个朋友抱怨说，那个小骗子拐走了他纯洁的妻子，使她走上歪路。官司缠身，他也无暇多想他的耻辱了。每隔几个月，他就得卖掉一片森林或土地，付钱给控告他的人和律师，还要因藐视法庭交罚金。他不得不借高利贷，甚至要向替他打理田产的犹太人借钱，他的田产可是越来越少。就这样过了三年。有一天，一辆马车停在了卡罗斯基的城堡前，你们猜里面是谁？他妻子——不是一个人，还带着个孩子，野种。看到她来，人们都以为卡罗斯基一定会用枪杀死她，或者用剑。妻子带个野种回到丈夫身边，还有比这更糟的吗？但他原谅了她。我没看见，但我听说她抱着他的脖子哭诉，发誓说她一直在想念他。都赖那个浑小子蒙蔽了她，勾引她，使她蒙受耻辱。那句话是怎么说的？'你还是有娼妓之脸，不顾羞耻……'她吃过饭，擦了擦嘴说：'我可没害人。'她不停地哭，卡罗斯基对她百般抚慰。没过多久，她又成了城堡的统治者。她还找到了其他罪人，也许是以前的那些罪人又回来了。由于要打官司，卡罗斯基不得不经常去卢布林或华沙。他甚至上诉到了彼得堡的宗教会议，希望在那儿能得到公正。他债台高筑，几乎破产。正在这时，一位一百多岁的姑妈死了，给他留下一小笔遗产。他还了债，又可以重开官司了。

"故事还没完。有一天，又有一辆马车来到城堡前，你们猜里面是谁？

孩子的父亲。他犯了事，要进大牢了。他假称要来看孩子，其实是找个借口向孩子他妈要钱。看起来她好像忘不了他。听说，她抵押了她的珍珠来替他还债。如果我没搞错的话，他是因为打牌时捣鬼，他父母和他也断绝了关系。我觉得他还有病，不是因为酗酒，就是因为纵欲。唉，你们知道卡罗斯基是怎么做的吗？他居然和勾引他妻子的男人成了好朋友，带他到他的城堡，找医生给他治病。连邻镇的牧师都指责卡罗斯基失去了理智。不过卡罗斯基的庄园里有他自己的私人小礼拜堂，还有他自己的助祭。这位助祭说，大人的所作所为正是一个虔诚的基督徒所应做的：原谅敌人，并把另一边脸送过去。"

"后来呢？"釉工萨尔曼问。

"还能怎样？"列维·易兹肖克说，"那个浪子在城堡里住了很久，歇够了，康复了，也胖了，嫌人家的妻子老了，便开始找更年轻的猎物。很快，他就找了个愿意听他使唤的女家庭教师，要么就是个女管家。一天，他撬开卡罗斯基的保险箱，拿走了所有值钱的东西，包括他的情妇的珠宝，和新欢跑了。我记得她好像是卡罗斯基夫人的远亲。卡罗斯基自己还是不停地打官司。一天，法官又判他败诉，震惊之下，他倒地身亡。他妻子想从马车夫或别的仆人那里找些安慰，但债主们抢走田产，将她赶了出去。不久她也死了。"

"那个私生子怎么样了？"釉工萨尔曼问。

"我还真不知道，"列维·易兹肖克说，"不过邪恶之人和他的后代能有什么结果？正如《诗篇》所说，他们就像风前的糠。"

学经堂里又是久久的沉默。一个乞丐躺在长椅上睡着了，打着呼噜，嘴里咕咕哝哝，时而从鼻孔里吹出一声哨音。另一个乞丐坐在那儿听故事。他长着一撮黄胡须，眼睛大大的，像牛犊的眼睛。列维·易兹肖克一边讲故事，他一边不住地点头，最后也打起了瞌睡。阉人梅耶用手掌擦掉玻璃窗上的霜，凝视着天空，像是要确认月还未满。他转过身说：

"马勒基的所作所为与同情无关。《传道书》说：'在公义之处也有奸恶。'

这些法官和律师都需要罪犯，正如医生需要病人。从那些被冤枉的老实人那里，他们得不到什么好处。至于另一位乡绅，他叫什么？卡罗斯基，他很清楚他的荡妇在做什么，但他喜欢让她过那种奢靡的生活。《革马拉》是怎么说的？'混乱给奴隶带来乐趣。'当人们陷入四十九重污秽之门时，本性也因之颠倒。坏成了好，耻辱成了荣誉。他们在烂泥中打滚，却引以为荣。所多玛怎样？大洪水一代又如何？无非变态二字。约瑟夫·德拉·雷纳拉比遭遇了什么？他已用铁链锁住撒旦，即将带来救赎。可他不该突生怜悯之心，让撒旦闻了烟草。对大魔头的同情无异于向偶像敬香，约瑟夫拉比的努力全部付诸东流。魔鬼立即挣脱枷锁，重获邪恶魔力，救赎因之受阻。约瑟夫拉比本可以忏悔，因为忏悔之门是永远敞开的，可他却自甘沉沦。无法结束历史，那就毁灭世界。正如他曾祈求神灵的福佑，如今他转而膜拜魔鬼之名。从光明到黑暗仅一步之遥。

　　《塔木德》写道：'越是不凡之人，越有激情。'约瑟夫拉比的血管里流淌的是火。那时候，西班牙为以实玛利的子孙所占据。约瑟夫拉比听说有个哈里发的妻子倾国倾城，名叫普提玛。她情欲旺盛，是苏珥的女儿哥斯比的化身。约瑟夫拉比既已抛弃神圣的束缚，不再希冀成为正直之人，便选择了万劫不复。他以撒旦之名，命令两个魔鬼给他带来这位普提玛。他仍然住在洞穴里，一如往日斋戒忏悔以迎接弥赛亚之时。据说，他是'正直的约瑟夫'的后代，像他的先祖一样优雅。难怪他遇到普提玛后，两人做尽丑事。

　　"有谚语说，'饺子也有吃腻的时候。'几个月后，约瑟夫拉比听说首相的妻子格里莎比普提玛还要妖娆。反正他也不再希求灵魂的犒赏，什么也不能阻止他再尝禁果。于是他命令魔鬼把格里莎带来。一见她的美色，他便不能自持。自那以后，魔鬼每晚都会把这两个女人送来——黄昏到子夜是普提玛，只消一眨眼的工夫，约瑟夫便能把普提玛送回她的床，然后他便可以享受格里莎，直到黎明。

　　"有一次，正当普提玛和约瑟夫拉比共度春宵时，她在床上发现了刻有格里莎名字的小胸章。她妒火中烧，问约瑟夫拉比这位格里莎是谁。就像大利拉哄骗参孙一样，普提玛对约瑟夫拉比软磨硬泡，他终于招认她是首相的妻子。普提玛知道约瑟夫拉比施展法术全靠一个魔鬼的名字，她把他哄睡着后，就开始找这个名字。她找到了，在约瑟夫拉比的脖子上挂着个小袋子，里面有张羊皮纸，上面刻着这个名字。一旦掌握这个邪恶之名，普提玛就占了上风。她命令魔鬼们用皮带绑起约瑟夫拉比，并把世上最强壮的男人都带到她这儿来。

"不知你们是否知道，那些堕落天使至今还活着，还有那些亚衲族人，就是摩西派到迦南之地的探子看到的巨人，也还活着。他们躲在黑山之后，也许是在安息日河对岸。死亡天使对他们无能为力，因为他们不属于这个世界。普提玛命令魔鬼们把那些巨人给她带来。魔鬼遵令而行。三天三夜，普提玛当着约瑟夫拉比的面，与巨人们行云施雨。你可以想象约瑟夫拉比是如何忍受煎熬。她控制着那个污秽的名字，约瑟夫拉比无法挣脱。哈里发则到处找他的妻子，她失踪了。

"普提玛第一次命令邪恶使者给她带来堕落天使和亚衲族人时，是压低了声音念的那个名字，以免被约瑟夫拉比听到。到第四日天色将明之际，沉迷于苟且之事的普提玛太疲惫了，一不留神，那个名字脱口而出。约瑟夫拉比似乎在睡觉，其实还醒着。他本来忘了那个名字，无计可施，现在他又知道了，重获魔力。他要求黑夜使者服从他的命令，不要再听普提玛的。既然双方念的是同样的咒语，为着不同的目的，魔鬼们便解除了他们的魔力，飞回西珥山，尽享安宁去了。约瑟夫拉比慢慢解开皮带，掐住了普提玛的脖子，要杀死她。通奸与谋杀能差多少？

"狡猾的普提玛意识到死期将至，就用甜言蜜语苦苦哀求。她说她其实是爱他的，之所以会屈就于那些天庭怪物，完全是出于嫉妒。她说：'你杀了我又能得到什么好处呢？你再也找不到像我这么有激情的了。'约瑟夫拉比说格里莎的身体比她的更令人销魂，普提玛说：'格里莎死了，我让我的魔鬼干掉她，他们就照做了，昨天她已下葬。'她接着说：'你放我一条生路，我俩可以征服世界。你可以念咒召来最美的女人，我可以召来最富的男人。趁他们睡觉的时候，我们就抢走他们的钻石、勋章和所有财产。你将成为地狱之王，我就是你可爱的王后。为报答你的仁慈，我会收起我的嫉妒心，为你建后宫，你将妻妾成群，所罗门王也望尘莫及。我们可以把示巴女王和妓女喇合都复活，我们可以为所欲为。'

"据说，那些擅长说服别人的人，自己也会被轻易打动。约瑟夫拉比问她是否同意复活格里莎，她答道：'你的心愿就是我的心愿。复活她，我们三人可以共享快乐。''你丈夫怎么办？'约瑟夫拉比问。她狡诈地说：'为了你，我就当寡妇吧。'

"约瑟夫拉比不仅滥施同情，还做出了一个致命的决定。学过喀巴拉的人都知道巫术法力无边，唯独不能起死回生。一旦约瑟夫拉比和普提玛试图复活格里莎，他们就失去了法力。下面的西珥山传来一阵狂笑。撒旦和莉莉斯笑得如此放肆，沙漠上空尽皆回荡着刺耳的笑声。约瑟夫·德拉·雷纳拉比丧失了神力，也丧失了魔力。他得了传染病。普提玛从未如此渴望回到丈夫的身边，可他们相隔四百英里。而且士兵们也不会让她进宫。她的美色已消退，瘦成一把骨头，谁还认得出她。"

"后来他们怎么样啦？"釉工萨尔曼问。

"约瑟夫拉比啐了她一口，任她自生自灭。她在清真寺行乞，不久就死了。约瑟夫拉比的骄傲不容他忏悔，他在叛逆中一命呜呼，后来投胎成了一条狗。"

"我从未听说过这种事。"列维·易兹肖克说。

"那你现在知道了。"梅耶说。

"你是从书里读到的吗？"列维·易兹肖克问道。

"我就是书。"梅耶回答。

他站起身，从屋子一边踱到另一边，搓着双手。煤油灯忽明忽暗，灯芯摇摆不定，冒着青烟。拉齐明学经房内暗影憧憧。釉工萨尔曼说："说真的，我都不敢走回家了。"

阉人梅耶似乎听到了这句话，他停下脚步，大笑道："别傻了，萨尔曼先生。月华如水，九霄明澈。邪恶不过是羁绊人的疯狂。"

韩颖 译